ZONDAGSKIND

JUDITH VISSER
ZONDAGSKIND

HarperCollins

MIX
Papier van
verantwoorde herkomst
FSC® C004472

Voor dit boek is papier gebruikt dat onafhankelijk is gecertificeerd door FSC™
ten behoeve van verantwoord bosbeheer.
Kijk voor meer informatie op www.harpercollins.co.uk/green

HarperCollins is een imprint van Uitgeverij HarperCollins Holland, Amsterdam

Omslagontwerp: Irwan Droog
Foto auteur: © Judith Visser
Zetwerk: Mat-Zet B.V., Soest
Druk: Wilco Printing & Binding, Amersfoort

ISBN 978 94 027 0117 3
ISBN 978 94 027 5503 9 (e-book)
NUR 301
Eerste druk maart 2018
Tweede druk april 2018
Derde druk mei 2018

www.harpercollins.nl

'A writer's duty is to register what it is like for him or her to be in the world.'

– ZADIE SMITH

1997

Een voetganger. Shit. Ik kende de theorieregeltjes, maar ik kon ze niet naar boven halen wanneer het erop aankwam. Elke rijles opnieuw hapten ze naar adem onder een lawine van prikkels. Moest ik voorrang geven? Of juist niet? Zweet drong zich een weg naar buiten en nestelde zich tussen mijn schouderbladen.

'Jasmijn,' klonk Jaaps stem naast me. 'Je weet het, hè? Kijk je hem in zijn bek of in zijn nek...'

'...laten lopen die gek,' vulde ik aan. Ik grinnikte om het ezelsbruggetje, dat na anderhalf jaar lessen nog steeds grappig én nodig was, en remde af. De passant stak de straat over, en terwijl ik weer gas gaf, werd ik serieus. We naderden een rotonde. Het stuur voelde klam aan onder mijn bezwete handen. *Focus.* Ik drukte mijn rug wat steviger in mijn stoel en haalde diep adem. Overzicht, alles ging om overzicht. Maar daar ontbrak het mij nu juist aan. Het grote geheel bestond voor mij niet, alleen oneindig veel details die nergens een compleet plaatje werden. Ik zag een overvliegende meeuw. Het nummerbord van de auto voor me. TP-NJ-80. Meteen maakten mijn hersenen er een zin van. Trotse Panter, Nooit Jaloers, 80 kilo. Ik duwde de zonnebril, die ik ondanks de bewolkte lucht droeg, dichter tegen mijn gezicht aan. Zonder de donkere glazen konden mijn ogen de verkeerslampen en knipperlichten om me heen niet aan. Als ik daar met het blote oog naar keek, ging álles knipperen.

'Opletten,' zei Jaap. 'Voet bij de rem.'

Afstand houden van Trotse Panter voor me. Wachten wat de bestuurders links van me gingen doen. De voorste, Harige Filosoof, Lijkt Jonger, 41 jaar, verliet de rotonde. Oké, ik kon doorrij–

'Pas op!' Jaap trapte hard op zijn eigen rem.

Nu pas zag ik de fietser rechts van mij. Het was een vrouw, ze keek me met grote ogen aan. In een reflex maakte ik een sorrygebaar met mijn handen. Hoofdschuddend vervolgde ze haar weg.

Achter ons klonk luid getoeter.

'Jasmijn...' De stem van mijn rijinstructeur balanceerde op het randje van een zucht. 'Ga na de rotonde maar naar rechts. Daar kun je even parkeren en de motor uitzetten.'

Jaap bladerde door het theorieboekje op zijn schoot. In het gleufje tussen zijn neus en bovenlip glinsterde een transpiratiepoeltje. 'Kijk.' Hij hield het boekje naar me op. 'Hier hebben we een soortgelijke situatie als waar jij je net in bevond.'

Ik keek naar de bladzijde die hij aanwees en onderdrukte een geeuw. Meedoen met het verkeer, alsmaar proberen de constante stroom van verandering bij te houden, putte me uit. Zodra ik registreerde wat er vóór me gebeurde, was er naast me of achter me alweer een andere situatie ontstaan. Jaap zag steeds in één oogopslag het complete beeld, maar zelf zag ik eerst de vrachtwagen, dan de auto, dan de mogelijke fietsers of voetgangers of brommerrijders of wat dan ook. Als automobilist moest je ze allemaal tegelijk kunnen zien, en de seconde daarna weer, en als je ook maar één keer met je ogen knipperde, was het beeld alweer versprongen. De plaatjes schoven als vuurstenen heen en weer over mijn netvlies tot de vonken uit mijn pupillen sprongen.

'Zie je wat ik bedoel?' vroeg Jaap. 'Waar je in zo'n geval op moet letten, is...'

Zijn stem vervaagde. Mijn ogen brandden steeds feller. Ik sloot ze, heel even maar.

'...begrijp je, Jasmijn?'

Duisternis, eindelijk.

'Jasmijn!'

Met een ruk keek ik op, en ik drukte mijn afgegleden bril aan.

Jaap sloeg zuchtend het theorieboekje dicht. 'Was je nou werkelijk in slaap gevallen?'

'Sorry,' mompelde ik. 'Ik ben gewoon moe.'

Zijn gezicht stond niet boos. Hij leek bezorgd, met die groef tussen zijn wenkbrauwen en de manier waarop hij zachtjes zijn hoofd schudde. 'Luister, meid...' Hij wreef met zijn duim en wijsvinger over zijn kin. 'Wat ik nu ga zeggen moet je niet verkeerd opvatten, maar heb jij je weleens laten onderzoeken? Psychologisch, bedoel ik. Ik vraag dit omdat ik al meer dan veertig jaar rijles geef, maar zo'n heftige reactie op het verkeer heb ik nog nooit gezien. Na ruim honderd lesuren moet ik nog steeds elke keer ingrijpen. Het stuur van je overpakken, op de rem trappen. Je lest in een automaat, dat scheelt al flink wat handelingen, en toch is er totaal geen progressie. Sterker nog, het lijkt wel alsof je elke week slechter rijdt.'

In mijn schoot balden mijn vuisten zich tot twee kluwen frustratie samen. 'Ik doe mijn best,' mompelde ik.

‘Dat weet ik. Maar misschien bestaat er wel een pilletje of iets anders waardoor jij je beter kunt concentreren. Dan kun je wellicht toch je rijbewijs halen. Ik zou je huisarts er echt naar vragen, als ik jou was.’

Ik zweeg.

Jaap keek me indringend aan. ‘Voordat er hier straks een dodelijk slachtoffer valt…’

Dit was een grap, ik hoorde het aan het lachje onder zijn woorden.

Maar het was een wanhopig lachje.

Een ik-weet-het-anders-ook-niet-meer-lachje.

Ik was destijds negentien, en dat rijbewijs is er nooit gekomen. Het bezoek aan de dokter wel, al gebeurde dat pas een paar jaar later. Mijn huisarts verwees me door naar een psycholoog, en na zes intensieve onderzoeken, waar ook mijn ouders bij betrokken werden, luidde de diagnose: syndroom van Asperger. Een vorm van autisme. Een aangeboren stoornis in de informatieverwerking, waardoor communicatie moeizaam verloopt en aansluiting met andere mensen een probleem kan vormen. Ik ging me erin verdiepen en ontdekte boeken vol antwoorden op raadsels uit mijn jeugd.

Ik was niet anders, mijn hérsenen waren anders.

Alle mensen zijn uniek, ook mensen met autisme. Zo zijn er genoeg Aspies die zich wél in het verkeer kunnen handhaven, of die zich niet voortdurend moeten volproppen met eten omdat ze anders geen brandstof hebben om te functioneren. Er bestaan autisten die een gesprek langer dan een paar uur volhouden zonder in te storten, die ontspannen in de schoolbanken zitten en die het leven ook zonder ‘hulphond’ aankunnen.

Maar dit is míjn verhaal.

Het verhaal van Jasmijn Vink, geboren in Rotterdam op een winterse zondag in 1978.

Ik was vier toen ik voor het eerst van school wegliep. Het was mijn eerste dag op de Prinses Marijkeschool, en ik begreep niet waarom mijn moeder me hiernaartoe had gebracht. Erger nog, waarom ze me er wilde achterlaten. Nooit eerder was ik ergens zonder haar of zonder Senta geweest. Senta was mijn beste vriendin. Ze was twee jaar jonger dan ik, en andere mensen noemden haar een hond. Ze had één oor dat omhoogstond en één oor dat naar beneden hing, en 's nachts sliep ze bij mij in bed. Nu plukte mijn moeder mijn vingers uit Senta's dikke, zachte vacht en zei dat Senta met haar mee terug naar huis ging.

'En ik dan?' vroeg ik.

'Jij blijft eventjes hier. Dat heb ik je thuis toch al verteld?'

Ik schudde driftig mijn hoofd. Mijn moeder had gezegd dat we naar de kleuterschool gingen, en ik had gedacht dat het net zoiets was als boodschappen doen. Niemand had iets gezegd over hier blijven!

'Laat mij dit maar even regelen,' klonk een onbekende stem. Een blonde mevrouw kwam bij ons staan. Ze stak haar hand uit om Senta te aaien.

Senta en ik deinsden tegelijk achteruit.

De mevrouw hurkte bij me neer. 'Jij bent Jasmijn, toch? Wat een mooie naam. Ik ben juffrouw Marleen, en jij blijft gezellig bij mij! Mama komt je over drie uurtjes weer ophalen.'

Ik draaide me resoluut om en liep samen met Senta terug naar de uitgang.

'Nee, Jasmijn.' De mevrouw klemde haar hand om mijn pols. 'Je moet echt blijven. De andere kindjes komen ook zo. Je gaat het heus heel leuk vinden hier.'

Ik rukte me los. Ik ging echt niet bij iemand blijven die ik helemaal niet kende.

Mijn moeder legde haar hand op mijn hoofd. Ze was vanmorgen lang bezig geweest met het invlechten van mijn haar. Als er een haartje in de borstel verstrikt raakte, hoefde ik niet eens 'au' te zeggen, mijn moeder trok het voorzichtig weer goed. Zij wist altijd wat ik voelde, en daarom zou ze mij hier écht niet achterlaten.

De mevrouw zei iets tegen haar, zo zacht dat ik het niet verstond.

Mijn moeder knikte.

'Kijk, Jasmijn.' De mevrouw wees opzij. 'De poppenhoek. Lijkt dat je niet leuk?'

Met mijn ogen volgde ik de richting van haar vinger, maar ik raakte afgeleid door de kale ramen waar brandend zonlicht door naar binnen viel. Aan het plafond gloeiden buizen, waar een bleek, fel licht uit kwam. Onder die scherpe straling stonden stoeltjes in een kring op de grond, en in de hoek waar de mevrouw naar wees, lag een rommelige verzameling poppen. Een meisje met rode wangen pakte er één aan de haren op en zwaaide ermee in het rond.

Mijn moeder had gezegd dat Colette hier ook zou zijn, maar die zag ik niet.

'Kom,' zei de mevrouw, 'je kunt gezellig met Mathilde spelen.'

Waarom liet ze me niet met rust? Ik keek om. Ik moest mijn moeder duidelijk maken dat we écht weg moesten gaan. Maar op de plek waar mijn moeder en Senta net hadden gestaan, stond nu een andere moeder. Een schreeuwend jongetje hing aan haar arm. Ik deed een stap opzij, keek langs ze heen. Toen draaide ik mijn gezicht de andere kant op en sperde mijn ogen wijd open. Mama! Senta!

De mevrouw pakte mijn hand en trok me mee naar de poppenhoek.

Senta! riep ik in mijn hoofd. *Senta!*

Maar Senta kwam niet.

Het felle licht kraste in mijn ogen. Overal waren stemmen, zo luid alsof ze allemaal tegelijk in mijn oor schreeuwden.

'Geef terug!' riep een jongen, die Ramon heette.

'Nee!' Colette rende weg. Ze hield een brandweerautootje hoog boven haar hoofd.

Ramon stormde brullend achter haar aan.

'Pak me dan, als je kan!' Colette maakte gillende sirenegeluiden. Zij vond het hier blijkbaar wél leuk.

Ik zat op de grond in de poppenhoek en drukte mijn handen tegen mijn oren. De vloer dreunde van Ramons gestamp. Zijn rode trui flitste voor mijn ogen, dezelfde kleur als die van de brandweerwagen in Colettes handen en de wangen van Mathilde. De hele wereld was rood, en de kleur sloeg tegen mijn hersenen. *Bam-bam-bam.* Ik kneep mijn ogen dicht. Mijn handen bedekten nog steeds mijn oren, maar de herrie sijpelde er als zand tussendoor. Iemand stootte tegen mijn schouder en rende stampend weg. De trillingen van de grond kropen in mijn lichaam. Mijn tanden klapperden.

Ta-toe! Ta-toe!

Geef hier!

Pak me dan!

Hahaha!

Ik trok mijn knieën op, drukte mijn hoofd ertussen en vouwde mijn armen er als een dakje boven. Voorzichtig hief ik mijn gezicht op en opende mijn linkeroog op een kiertje. De heen en weer springende vlekken waren nu niet alleen rood meer, maar ook paars. Blauw. Felgeel. De wereld was een kleurplaat, en alle vakjes ontploften. *Pats-pats-pats.*

De mevrouw stond in een hoek. Een jongetje dat bij haar stond, sloeg met zijn vuist een toren om. Alle houten blokjes kletterden op de grond, maar niemand leek het oorverdovende kabaal te horen.

Niemand, behalve ik.

'Hebbes!' bulderde Ramon vanaf de andere kant van het lokaal.

Colette krijste.

Ik kreeg geen lucht meer. Wankel drukte ik mezelf overeind. Ik moest naar Senta. Naar huis. Naar warme melk met honing. Naar het gesnor van mijn moeders naaimachine.

De mevrouw stond met haar rug naar me toe, nog steeds in dezelfde hoek.

Ik duwde opnieuw mijn handen tegen mijn oren en liep zo snel ik kon het lokaal uit. In de gang liep ik naar de lange rij met haken aan de muur. Tussen de onbekende jassen zocht ik naar die van mij. Toen liep ik met grote stappen naar de uitgang en duwde met beide handen hard tegen de glazen deur. Hij schoot open. Ik rende over het schoolplein, langs de zandbak en voorbij het strookje gras, weg van alle herrie.

Nooit ging ik meer terug naar de kleuterschool.

Mijn maag knorde. Thuis zouden we brood met tonijnsalade eten, had mijn moeder gezegd. Ik liep in de richting waar we vanmorgen vandaan waren gekomen. Nu waren er geen moeders met kinderen meer, geen rinkelende fietsbellen, geen gepraat en gelach. Maar in mijn hoofd hoorde ik nog altijd de herrie waaruit ik was weggevlucht. Ik liep harder. De geluiden zouden verdwijnen wanneer ik Senta weer zag. Bij haar was ik altijd blij.

Maar… wacht even…

Ik stond stil.

Liep ik wel goed? Alles zag er ineens zo groot uit.

Langzaam deed ik een stapje naar voren. Ik wist dat ik mijn straat zou herkennen wanneer ik er was. Dat ik bij het tweede portiek naar binnen moest en daarna vier trappen op. Geertruidenbergstraat, heette mijn straat. De flat tegenover ons zag er hetzelfde uit als die van ons, ook met drie verdiepingen. Er stonden een paar bomen tussen de twee gebouwen, en er waren parkeervakken voor mensen met een auto. Wij hadden geen auto.

Ik zette nog een stap, en nog een.

Met mijn handen hield ik mijn jas dicht tegen de winterkou. Hem dichtknopen kon ik niet, dat deed mijn moeder altijd. Soms keek ik hoe ze het deed, maar haar vingers bewogen vlug en als ik het probeerde na te doen, raakten die van mij in elkaar verstrikt. Ik bleef op de stoep lopen, want ik mocht nog niet zelf oversteken.

Mijn broer wel, die was al acht.

De snijdende wind maakte mijn vingers rood en stijf. Er reed een auto voorbij. De meneer achter het stuur keek naar mij om. Ik sloeg mijn handen voor mijn gezicht om mezelf onzichtbaar te maken. Als mensen naar me keken, voelde het alsof hun ogen mij aanraakten. Opnieuw dreunde het kabaal van de kleuterschool door mijn oren. Ik ging harder lopen. Steeds wanneer ik bij het rechtdoor gaan een straat moest oversteken, sloeg ik een hoek om, zodat ik geen één keer van de stoep af hoefde. Zo maakte ik niemand boos.

Links van mij herkende ik de sproeifontein. Hier voerden oma en ik altijd de eendjes! En, kijk, dat was waar ik met mijn moeder langsliep als we boodschappen deden en ik bij de bakker op het Plein een eierkoek kreeg om met Senta te delen.

Ik was dicht bij huis!

Een mevrouw met een boodschappenkarretje liep voor me, de wieltjes ratelend op de stoeptegels. Een paar opa's zaten rokend op een bankje. Ergens blafte een hond, maar het was een hoog gekef, niet het geluid van Senta. Dat kon ook niet, want Senta was thuis. En ik...

Ik wist niet meer hoe ik de weg naar huis moest vinden.

Ik stond stil. Wat nu?

Vragen ging niet, want ik kon niet praten met grote mensen. Behalve dan met mijn ouders, en met opa en oma, maar verder met niemand. Soms was dat lastig, zoals wanneer de bakker achter de toonbank vandaan stapte om me mijn eierkoek te geven en ik 'dank je wel' moest zeggen, maar niet wist hoe ik mijn stem uit mijn hoofd moest halen. Ik nam dan mijn eierkoek aan en rende de winkel uit.

'Ze is verlegen,' had mijn moeder een keer gezegd, toen ik weer eens de winkel uit stoof.

Een paar nachtjes geleden had de bakker zich naar me toe gebogen en gevraagd: 'Ben jij soms je tong verloren?'

Senta had naar hem gegromd. Zij wilde niet dat mensen hun gezicht zo dicht bij mij brachten, zij wist dat ik dan geen adem kon halen.

Ik had niet op zijn gekke vraag gereageerd.

Je kon je tong helemaal niet kwijt zijn, die zat aan een draadje vast in je mond.

'Zo is ze nou eenmaal,' had ik mijn moeder nog horen zeggen. Dat zei ze altijd, tegen iedereen. Mijn moeder maakte zich er geen zorgen om dat ik nog niet sprak.

Ik liep verder. Mijn tenen waren hard van de kou, maar ik bleef lopen want recht voor me herkende ik een laag, rood gebouw. Een wijkgebouw, noemde mijn moeder het. En het heette De Middelburgt, wist ik. Hier dronk ze soms thee met de moeder van Colette en een paar andere moeders.

Misschien was ze er nu ook wel!

De deuren stonden wijd open. Een fijne warmte trok me naar binnen, naar een zaal waar grote mensen aan tafeltjes zaten. De mensen hielden speelkaarten in hun handen. Blauwe rookwolken zweefden boven hun hoofden. Hun drukke stemmen klonken door elkaar, het gekwetter luid, een kleuterschool voor volwassenen. Ik bestudeerde elk gezicht en elk achterhoofd, maar nergens zag ik mijn moeders bruine krullen.

Naast me was een lange gang. Misschien zou die me naar mijn moeder brengen. Ik liep erdoorheen, langs een muur met schilderijen van vogels en bergen, en kwam opnieuw uit bij een zaal met tafels. Deze zaal was leeg.

Waar was mijn moeder?

Wat als ik nooit meer de weg naar huis terugvond?

Vanuit de eerste zaal kwam een bulderende golf grotemensengelach. En dichterbij, in de buurt van waar ik stond, hoorde ik voetstappen. Een dof geluid, niet het geklikklak van mijn moeders hakken. Ze kwamen dichterbij.

Achter me stond een deur op een kier.

Ik glipte naar binnen.

Eindelijk was het lawaai van de kleuterschool uit mijn hoofd weggedruppeld. Hier, in dit stille hokje en op deze neergeklapte deksel, zou ik blijven. Ik had mijn deur op slot gedraaid, en mijn voeten bungelden boven de stenen vloer. Af en toe gebruikte iemand het toilet in het hokje naast mij, maar daarna gingen ze weer weg. Op de muur zat een lichtknopje, maar daar bleef ik van af. Duisternis was fijn.

Ik had geen idee hoe laat het was, al kon ik sinds kort klokkijken. Mijn broer had het me geleerd. Hij was goed met cijfers, ik niet. Letters wel, die kende ik allemaal. Ik kon zelfs al lezen. Beter dan Emiel.

In het donker maakte ik propjes van wc-papier. Heel veel propjes. Een strook licht kwam door de kier onder de deur door, waardoor ik ze een beetje kon zien. Ze lagen overal. Op mijn rok, op mijn maillot, op de grond en in mijn handen. De witte propjes waren bij me zonder herrie te maken. Ze waren rustig en stil. Ze waren lief.

Ik drukte ze tegen mijn gezicht. 'Jullie zijn mijn vrienden,' zei ik.

Toen deed ik mijn ogen dicht.

'Hallo?'

Ik wreef in mijn ogen, mijn wimpers plakkerig van slaap.

'Hallo?' klonk het weer. Een mevrouw. Ze klopte op de deur.

Het was donker. Ik zat op iets hards.

'Is daar iemand?' vroeg de mevrouw.

O, ik wist weer waar ik was! Ik sprong van de wc af. Mijn vrienden dwarrelden naar beneden en landden als sneeuwvlokjes aan mijn voeten. Mijn maag voelde leeg, als lucht. De tonijnsalade wachtte op me, maar ik kon niet weg zolang er een mevrouw aan de andere kant van de deur stond. Iemand die vragen stelde. Ik stond stil, met mijn vingers om de deurklink.

'Gaat alles goed daarbinnen?'

Ik tikte tegen de deur. Het betekende 'ja'. Nu kon ze weggaan.

'Zit u soms opgesloten?' klonk het.

Ik gaf de deur een schop. Deze mevrouw moest weg. Ik moest eruit, terug langs het water met de eendjes, terug naar de straat van de kleuterschool. Waarschijnlijk was het nu eindelijk tussen de middag en stonden mijn moeder en Senta daar op me te wachten. We zouden samen naar huis gaan, en ik zou vertellen dat ik nooit meer naar school ging.

De mevrouw liep weg. Ik hoorde de grote deur opengaan en dichtvallen.

Eindelijk was het weer stil.

Ik draaide de deur van het slot en stak mijn hoofd om de hoek, mijn ogen samengeknepen tegen het plotselinge licht. Er was niemand. Snel stapte ik het kleine hokje uit, en –

'Jasmijn!' Tante Teun, de moeder van Colette, stormde de ruimte binnen en keek me met grote ogen aan. Ze had altijd felblauwe vlekken boven haar ogen, alsof ze zich bezeerd had. Oogschaduw, heette dat.

'Kind!' riep ze uit.

Ik staarde terug. Ik had haar schorre stemgeluid niet herkend, maar nu ik haar gezicht erbij zag, klopte het weer. Deze stem had ik vaak horen krijsen. *Nee, Colette! Met je tengels van afblijven, Colette! Geef me m'n peukies 'es aan, Colette!*

'Godallemachtig, meid, zat je híér al die tijd?' Tante Teun schudde haar hoofd alsof ze antwoord gaf op haar eigen vraag.

Maar het was niet het juiste antwoord.

Ik wilde langs haar heen lopen, maar haar dikke lichaam stond in de weg.

Ze drukte haar handen in haar zij. 'Weet je wel dat je moeder gek is van angst? Ze is je overal aan het zoeken. Je vader is van zijn werk naar huis gekomen. De politie is zelfs gebeld. Iedereen is in rep en roer!'

Haar getier ketste tegen de muurtegels. Ik drukte mijn handen tegen mijn oren.

'Weet je wat,' zei ze, 'ik breng je zelf naar huis. Je oma is daar zodat er iemand bij de telefoon is. Kom.'

Ik bleef staan. Waar had ze het over?

'Kom op, kind.' Tante Teun greep me bij mijn arm. 'Och, och, die arme ouders van jou.'

Mijn moeder zat op de leuning van de bank. Haar wangen waren nat en zaten onder de donkere vegen, haar onderlip trilde. Met haar vingers trok ze aan de glimmende, zwarte krulletjes van het telefoonsnoer. De grijze hoorn hield ze tegen haar oor. Ik had haar nog nooit zo gezien. Haar altijd zo vrolijke gezicht leek een gevlekt schilderij. 'Ja, ze is hier,' zei ze in de telefoon. 'Ja, dat zal ik doen. Bedankt voor uw hulp.'

Mijn vader keek me hoofdschuddend aan. Emiel zat stilletjes naast mijn moeder op de bank. Opa was er niet, die fietste nog steeds door de buurt, op zoek naar mij. Ook mijn ouders hadden op de fiets naar mij gezocht, maar toen ze op straat van iemand hadden gehoord dat tante Teun mij had gevonden, waren ze meteen naar huis gekomen.

Oma hurkte bij me neer en zei zachtjes: 'Ik heb gebeden dat je veilig thuis zou komen, Mijntje. Wat hebben wij in angst gezeten.'

Ik slikte. 'Iedereen is boos.'

En waarom? Ik had alleen maar geprobeerd naar huis te komen. Waar ik hoorde te zijn. En toen was ik in slaap gevallen.

Oma veegde mijn pony opzij en drukte een kus op mijn voorhoofd. 'Papa en mama waren ongerust omdat ze van je houden. Het is al bijna avond! Iedereen is sinds vanmorgen al aan het zoeken naar je, we waren zó bezorgd. Snap je dat?'

'Waar is Senta?' vroeg ik. Senta zou niet boos zijn. Senta was altijd blij om mij te zien.

Mijn moeder legde de telefoon op de haak en veegde met haar hand langs haar ogen. 'Ga maar naar huis, ma,' zei ze schor. 'Ik bel je straks nog wel even.'

Oma knikte en liep weg. Vanuit het portiek klonk het geluid van haar verdwijnende voetstappen en de benedendeur die dichtviel. Ik klom op de bank die voor het raam stond om haar uit te zwaaien. Oma keek altijd nog even omhoog. Zij en opa woonden in het straatje schuin om de hoek, de achterste woning in een rijtje van zes gelijkvloerse huisjes.

'Jasmijn,' zei mijn moeder, nog steeds hees.

Ik drukte mijn neus tegen het raam. Het werd al donker buiten. Oma's korte, grijze krullen waren zilver in het licht van de lantaarnpalen. Ik stak mijn hand naar haar op en –

Mijn vader pakte me beet en tilde me op.

Ik spartelde. 'Ik moet oma uitzwaaien!'

'Nu even niet.' Hij zette me neer op de andere bank, naast Emiel. 'We moeten praten, Jasmijn.'

Ik keek om me heen. De asbak op tafel was nog nooit zo vol geweest. Verfrommelde papieren zakdoekjes lagen ernaast. 'Waar is Senta?' vroeg ik weer.

'Weet je met wie mama net aan de telefoon was?' vroeg mijn vader.

'WAAR IS SENTA?' brulde ik.

'Die is met opa mee,' zei Emiel. 'Helpen om jou te zoeken.'

'Maar ik ben hier!' En ik had Senta zo gemist! Tranen prikten in mijn ogen. Tussen de middag was allang voorbij. Er was geen brood met tonijnsalade. Geen melk.

Geen Senta.

'Weet je met wie mama net aan de telefoon was?' vroeg mijn vader opnieuw. 'Met de politie, Jasmijn. De politie!'

'Juffrouw Marleen belde me op dat je weg was.' Mijn moeder snoot haar neus en wierp een nieuwe prop op de lage tafel. 'Ze dacht eerst dat je je misschien ergens in de klas had verstopt, maar nadat ze overal had gezocht, wist ze dat je verdwenen was. Je kunt niet zomaar weglopen! Dat begrijp je toch zeker wel?'

Ik slikte. Hoe kon ik iets begrijpen wat nooit was uitgelegd?

'We hebben de politie gebeld omdat we rekening hielden met het ergste. We waren bang dat je...' Mijn moeders schouders schokten.

Mijn vader sloeg zijn arm om haar heen. 'Rustig maar, Pien. Niet meer aan denken. Ze is terug en ze is veilig, daar gaat het om.'

Weer snoot mijn moeder haar neus. 'Hoe kwam je in godsnaam in De Middelburgt?'

'Ik zocht jou! En Senta!'

'En je bent onderweg met niemand meegegaan?'

Ik schudde mijn hoofd.

Er kwam een knorrend geluid uit mijn maag. Misschien was er nog wat tonijn over.

'Dus je bent verder nergens geweest? Je hebt de hele dag in het wijkgebouw gezeten? Helemaal alleen?'

'Niet alleen.' Ik dacht terug aan de witte propjes. Mijn vrienden. We hadden het gezellig gehad met elkaar, knus in het donker.

Mijn moeder sloeg met haar vlakke hand op de bank. 'Verdomme! Ik wist het wel! Met wie was je? Wat is er gebeurd?'

Ik knipperde met mijn ogen. Dat waren twee vragen.

'Tante Teun zei dat ze jou in de toiletruimte vond,' zei mijn vader. 'Wie was daar dan nog meer?'

Ik wees naar de tissues. 'Ze leken op die. Maar dan kleiner.'

Mijn moeder hield haar hoofd vast en schudde heen en weer.

'En... wat heb je... daar gedaan?' vroeg mijn vader, heel langzaam.

Ik haalde mijn schouders op. 'Ik heb geslapen. Ik was moe.'

Zachtjes wreef mijn vader over mijn moeders rug. Ook Emiel snifte nu. Hij trok zijn trui over zijn neus zodat alleen zijn ogen zichtbaar waren.

Mijn vader kwam naast me zitten en tilde me bij hem op schoot. 'Jasmijn, ik wil dat je goed naar me luistert, oké?'

Ik knikte.

'Je mag nóóit meer van de kleuterschool weglopen. Hoor je wat ik zeg?'

Weer knikte ik. Ik hoorde het. Maar ik begreep het niet.

'Mama en ik weten dat het heel erg wennen zal zijn daar, maar dit was pas je eerste dag. Je moet even volhouden, meid.'

'Maar er is zoveel herrie.' Ik wilde best naar school, alleen dan zonder al die andere kinderen.

'Het is een kwestie van wennen, Jassie, meer niet.'

'Mag Senta dan bij me blijven daar?'

'Nee,' zeiden mijn ouders tegelijk.

Ik slikte. Mijn tranen begonnen altijd in mijn keel.

Mijn moeder stak een sigaret op. 'Senta kan nu eenmaal niet altijd overal mee naartoe.'

Ik wou dat ik nooit vier geworden was. Alles was ineens anders. Waarom?

'Als het morgen te druk voor je wordt, dan ga je op een rustig plekje zitten en dan denk je aan iets leuks,' zei mijn vader. 'Goed?'

De bel ging. Emiel deed open.

Er klonk getrippel in het portiek, gevolgd door de voetstappen van opa.

'Senta!' Ik sprong op.

Mijn vader kwam overeind, maar mijn moeder legde haar hand op zijn arm. 'Laat haar maar,' zei ze zacht.

In de gang sloot ik mijn ogen en lachte terwijl Senta kwispelend mijn gezicht likte.

Toen mijn moeder me die avond kwam instoppen, zag haar gezicht er weer normaal uit. Mijn vader zou over een paar uurtjes naar zijn werk gaan. Hij werkte als beveiliger in het gebouw van de PTT. Niet alleen overdag, maar ook 's nachts. Dubbele diensten, heette dat.

Mijn moeder liep naar mijn cassetterecorder. 'Welk bandje wil je horen? Dat erin zit?'

Ik knikte.

Vroeger had ze me voor het slapengaan voorgelezen en had ik verwonderd naar de bladzijdes gestaard: die kleine symbooltjes die ze letters noemden, spraken tegen je, met een stem die je alleen maar in je hoofd hoorde! Toen ik drie was, had mijn moeder me leren lezen. Ze leende in de bibliotheek boeken voor me, en af en toe, als er braderie was, kocht ze er een paar. Die waren het fijnste, want die mocht ik houden. Soms had de vorige eigenaar zijn of haar naam voorin geschreven. Mijn moeder streepte die dan door en schreef mijn eigen naam eronder: Jasmijn Vink.

Tegenwoordig luisterde ik 's avonds als het licht uitging naar sprookjes. Ik had drie bandjes met verhalen voor mijn verjaardag gekregen, en ik kende ze intussen allemaal uit mijn hoofd. Het was fijn om precies te weten wat er ging gebeuren en wat iedereen ging zeggen. Soms praatte ik zachtjes met de stemmen mee, dan zat ik zelf ook in het sprookje.

Mijn moeder drukte mijn dekbed als een donzen muurtje om me heen, zette het bandje aan en maakte het donker. 'Welterusten, Jassie.'

Senta legde met een tevreden zucht haar kop op mijn kussen.

Ik sloeg mijn arm om haar heen en drukte mijn neus in haar vacht.

'Kijk eens om je heen, kijk eens om je heen. Geef elkaar een hand, je bent niet alleen. Want wij moeten samen delen; samen zingen, samen spelen...'*

We zaten in een kring. Colette zong het hardst van iedereen. Op haar tong plakten kruimels van het ochtendbiscuitje. Het was mijn tweede week op de kleuterschool, en we zongen dit lied elke ochtend. Dat was prettig: op dat moment waren alle stemmen één. Dan waren er geen afwijkende geluiden, behalve van Nick, die met zijn handen op zijn knieën meetrommelde. Die klanken waren niet storend: Nick maakte muziek die onze zang compleet maakte. Tijdens het drummen staarde hij met zijn lichte ogen voor zich uit alsof hij iets zag wat voor de rest van ons onzichtbaar was.

'Handen stilhouden, Nick,' zei juffrouw Marleen keer op keer. 'Als dat niet lukt, dan ga je er maar op zitten.'

Gisteren had ik even naar hem geglimlacht, als troost. Ik wist hoe hij zich voelde. Ook hij mocht niet anders zijn dan de rest.

'Ook al zijn we nog maar klein, samen spelen is pas fijn!'

Iedereen zong het lied vol overtuiging, maar tijdens die laatste zin hield ik altijd mijn mond dicht. Samen spelen was helemaal niet fijn.

Alléén spelen was fijn.

Na het zingen keek ik het lokaal rond, naar de poppen en autootjes die overal lagen. Mijn moeder had gezegd dat ik hier dingen zou leren, maar wat dan? Ik had nog nergens een boek gezien. En ik kon juffrouw Marleen er niet naar vragen, want ik wist nog steeds niet hoe ik bij haar mijn stem moest gebruiken.

Gelukkig had ik vandaag mijn eigen boek bij me. Het was mijn vaders idee geweest, ook al las hij zelf alleen de krant. Als straks iedereen ging spelen, en dus herrie ging maken, zou ik gaan lezen. Ik had het boek tussen het speelgoed in de poppenhoek gelegd. Het liefst pakte ik het er nu al bij, het was zo'n spannend verhaal. Over een tweeling. Ik had het van opa en oma gekregen. Zomaar, zonder dat het kerst of mijn verjaardag was. Ook Emiel had wat gekregen: een tunnel voor zijn treinbaan. Een boek vond hij niet leuk, hij kon namelijk niet zo goed lezen. Hij moest zijn wijsvinger onder de woordjes houden en alles hardop zeggen. En zelfs dan hakkelde hij.

Maar andere dingen kon hij wel.

Emiel kon rekenen. En veters strikken. En helemaal zelf de deur opendoen met een sleutel. Een dop terug op een fles draaien, een bal vangen. Uit een glas drinken zonder te morsen. Hardop praten met grote mensen. Emiel kon zélfs praten als de radio of televisie aanstond en door zijn woorden heen tetterde.

Eigenlijk kon hij alle dingen die iedereen leek te kunnen, behalve ik.

Met het puntje van mijn wijsvinger zocht ik in de wirwar van potloden naar de bruin. Alle kleuren waren zomaar kriskras terug in de doos gestopt. De rood lag niet naast de oranje maar naast de blauw, en meer dan de helft van de potloden had een gebroken punt. Thuis lagen mijn kleurpotloden allemaal op de juiste plek. Met geslepen punten.

'Dingen zullen ergens anders nooit hetzelfde zijn als thuis,' had mijn moeder gezegd. 'Ook daar zul je aan moeten wennen.'

En dat probeerde ik, maar ik had de bruin nog steeds niet gevonden. Een andere kleur kon ik niet gebruiken, want ik tekende Senta en zij was nu eenmaal niet rood of paars.

Colette zat naast me en was ook aan het kleuren. De mensen op haar papier hadden blauwe gezichten, alsof het smurfen waren. Ik probeerde er niet naar te kijken.

'Huh, hoe komt dít hier nou?' klonk juffrouw Marleens stem ineens.

Ik keek op van mijn tekening. Juffrouw Marleen stond bij de poppenhoek, met mijn boek in haar handen. Ik liep naar haar toe en stak mijn hand ernaar uit.

Vanaf de kaft lachten Saskia en Jeroen me vrolijk toe.

'Nee, nee, Jasmijn.' Juffrouw Marleen hield het boek hoog. 'Dit is geen speelgoed. Misschien is het van de voorleesmoeders. Ik zal het wel even apart leggen.'

Ik schudde wild mijn hoofd, mijn arm nog steeds gestrekt.

Juffrouw Marleen liep langs me heen naar haar eigen tafel. Ze hield mijn boek stevig in haar handen geklemd. Het verdween in haar la. Toen draaide ze zich om en botste bijna tegen me op. 'Jemig, wat doe je nou ineens achter me. Ik schrik me rot!'

Ik wees naar haar bureaulade.

Ze zuchtte. 'Ik zei net toch al dat een boek geen speelgoed is? Kom, terug naar de kleurtafel.'

Ik bleef staan, mijn blik nog steeds op de la gericht.

'Niet dwars doen. Meekomen.' Juffrouw Marleen greep mijn hand en trok me mee naar de kleurhoek. Colette keek nieuwsgierig naar ons op.

Ik rukte mijn hand los en liep met grote stappen terug naar juffrouw Marleens bureau.

'Ja, kind, wat is er nou toch?' riep ze uit. 'Zég dan gewoon eens wat.'

Toen ik naar haar la bleef wijzen, trok ze hem open en pakte het boek eruit. 'Zie je het nu? Hier heb jij niets aan. Het is...' Ze had Saskia en Jeroen opengeslagen op de eerste bladzijde en keek nu van het boek naar mij, en weer terug. 'O,' zei ze.

Ik knikte.

Haar wangen werden rood. 'Ja, zeg dat dan,' sputterde ze. 'Hoe kan ik nou ooit begrijpen wat je bedoelt als jij weigert te praten?' Ze klapte het boek dicht en drukte het in mijn handen.

Ik sloeg het open en keek naar mijn naam, geschreven in mijn moeders strakke, kleine handschrift.

‘Kijk, dit is wat ik bedoel. Wat er nu gebeurt, is een perfect voorbeeld.’

Ik spiedde achter mijn moeders rug vandaan om te zien waar juffrouw Marleen het over had. Het was een vreemd gezicht: de juf op een stoel bij de eettafel, zomaar midden in onze woonkamer. Snel trok ik mijn hoofd terug. Ik wilde haar niet zien. Juffen hoorden op school, niet hier.

‘Dus nu zie je waar ik mee te stellen heb, Paulien,’ ging juffrouw Marleen verder. ‘Zoals ze daar zit, helemaal achter jou weggedoken. De eerste weken dacht ik nog: ach, het is allemaal nieuw voor haar. Bovendien wist ik dat ze zelfs nog nooit naar een crèche was geweest, dus ik snap dat de kleuterschool dan best even een schok is. Ik kan daardoor zelfs die wegloopactie nog wel enigszins begrijpen, maar nu zijn we een hele maand verder en Jasmijn praat nog stééds niet.’

‘Met niemand? Ook niet met Colette?’

‘Nou, goed, met bijna niemand dan. Ik heb haar inderdaad weleens met Colette zien fluisteren. En vanmorgen zei ze “dank je wel” toen Nick haar een bruin potlood aangaf.’ Juffrouw Marleen zuchtte. ‘Maar tegen mij praat ze niet.’

Mijn moeder roerde door haar thee.

‘Praat ze hier thuis wel? Met jou, en met je man?’

‘Natuurlijk. Ze is gewoon een beetje verlegen, dat is alles.’

Het kraken van de houten stoel vertelde me dat juffrouw Marleen heen en weer schoof. ‘Ik had eigenlijk gehoopt dat je man ook bij dit gesprek aanwezig kon zijn,’ zei ze. ‘Deze kwestie gaat jullie beiden aan.’

‘Dat begrijp ik, maar Wim is aan het werk. Het lukte hem niet om op zo’n korte termijn een dienst te ruilen.’

Juffrouw Marleen wist natuurlijk niet dat mijn vader bijna altijd aan het werk was. Als hij ’s nachts moest werken, ging hij na het eten altijd voorslapen en mocht ik hem een verhaaltje vertellen. Dan kropen Senta en ik op het grote bed, en vaak bedacht mijn vader het begin. ‘Er was eens een meisje met een hond…’ zei hij, en dan moest ik het afmaken. Het meisje heette natuurlijk altijd Jasmijn en de hond heette Senta, en ze waren helemaal vrij om te doen wat ze wilden. Zonder kleuterschool en zonder juffrouw Marleen.

Zonder herrie.

'Jasmijn?' Juffrouw Marleens stem klonk dichterbij.

Senta, die naast me lag, keek op.

'Jasmijn, kijk me eens aan?'

Nee. Ik kneep mijn ogen dicht en duwde mijn gezicht dieper in mijn moeders rug. De gladde stof van haar blouse drukte koel tegen mijn wang.

Mijn moeder schoof een stukje vooruit en draaide zich half naar me om. 'Hoor je de juf?'

Ik reageerde niet. Als ik deed alsof juf Marleen er niet was, zou ze er straks misschien vanzelf echt niet meer zijn.

Juffrouw Marleen zuchtte. 'Op deze manier gaat het echt niet. Ik zit werkelijk met de handen in het haar, Paulien.'

Ik gluurde door mijn vingers heen. Juffrouw Marleen zat helemaal niet met haar handen in haar haar. Ze hield haar handen in de lucht, zoals sommige jongens uit mijn klas deden wanneer ze zich tijdens oorlogje spelen overgaven aan de vijand.

'Ik had gehoopt dat Jasmijn zich in haar vertrouwde omgeving misschien anders zou opstellen,' zei juffrouw Marleen. 'Dat ze zich zou ópenstellen, begrijp je. Maar ze sluit zich nog steeds volledig af. Ik weet het niet meer.'

Elke keer als juffrouw Marleen de letter K uitsprak, klakte er een spuugdruppeltje in haar stem. Het geklak bleef in de lucht hangen en vermengde zich met het geluid van mijn moeders rinkelende armbanden, de tikkende klok op de schoorsteen, de koerende duiven op het dak, de voorbijrijdende auto's. Emiel, die in zijn kamer naar Doe Maar luisterde. Het waren vertrouwde geluiden, het orkest van thuis, en juffrouw Marleens spuug-K hoorde daar niet tussen.

Mijn moeder draaide zich weer naar me om. Ik hoopte maar dat ze door dit gesprek met de juffrouw eindelijk snapte dat de kleuterschool echt niets voor mij was. Dat ik híér moest zijn, zoals ik gewend was. Hier was geen geschreeuw. Hier werden de potloden niet op de verkeerde plek teruggestopt. Hier waren geen poppen met maar één sok aan. Hier werd er niet stampend om me heen gerend, en hier schrok ik me niet steeds opnieuw een ongeluk van de blokkentoren die met veel kabaal omviel.

'Jas…' Mijn moeder sprak zacht. 'Als je op school bent, moet je luisteren naar juffrouw Marleen. Daar hebben we het toch over gehad?'

'Maar ik wíl niet meer naar school, mama.'

'Alle kindjes gaan naar school. Dat hoort zo.'

'Maar waaróm hoort dat zo?'

'Dit is voor het eerst dat ik haar echt hoor praten,' merkte juffrouw Marleen op. 'En ze praat ook nog eens in volzinnen, uitzonderlijk voor haar leeftijd.'

Mijn moeder ging verder: 'We hebben al afgesproken dat je tussendoor mag lezen, als je verder maar je best doet om mee te doen.'

'Maar ik wíl niet meedoen.' De wanhoop kneep in mijn keel.

Mijn moeder pakte mijn hand. 'Ik weet het, maar het moet. Je bent nu vier. Alle kindjes gaan naar school.'

Ze had dit al vaak gezegd, maar logisch werd het nooit. Ik was niet 'alle kindjes'.

Juffrouw Marleen stond op. 'Ik laat jullie alleen om hier verder over te praten. Bedankt voor je tijd, Paulien.'

Mijn moeder kwam overeind en liep met juffrouw Marleen mee naar de gang. 'Is het niet mogelijk om een manier te bedenken waarop school wat leuker wordt voor haar?' hoorde ik haar zachtjes vragen. 'Kan er misschien wat meer gelezen worden, bijvoorbeeld?'

'Lezen en schrijven zijn dingen die de kinderen pas in de eerste klas van de lagere school gaan leren,' zei juffrouw Marleen. 'Dus dat duurt nog twee jaar. Bij ons ligt het accent op sociale omgang, afgewisseld met knutselen en spelen.'

Wat 'sociale omgang' betekende, wist ik niet, maar het klonk verschrikkelijk.

Mijn moeder hield mijn dikke capuchonjack voor me op. Ik wurmde mijn armen erin, mijn buik nog warm van de havermoutpap, en keek toe hoe mijn moeder de jas dichtknoopte.

Senta liep kwispelend om ons heen.

'Jij blijft hier,' zei mijn moeder tegen haar, terwijl ze haar laarzen aantrok.

'Wat?' Ik keek haar vragend aan. 'Waarom?'

'Het lijkt papa en mij beter dat Senta voorlopig niet meer meegaat met jou naar school brengen. Hopelijk wordt het dan gemakkelijker voor je om de klas in te lopen.'

Ik liet me op de grond vallen en sloeg mijn armen om Senta heen. 'Ze gaat wél mee.'

Mijn moeder zuchtte. 'Deze scène wil ik dus niet meer op het schoolplein.'

Ik drukte Senta tegen me aan. Ik had haar gekregen toen ik nog maar twee was en kon me niet herinneren dat ze er ooit niet was geweest. Ze hoorde bij mij. Ze was er wanneer ik ging slapen, ze was er wanneer ik wakker werd. Als ik naar de wc moest, lag ze aan de andere kant van de deur op me te wachten. De kleuterschool zou veel minder vreselijk zijn met haar dicht bij me. Waarom was ik de enige die dat begreep?

'Schiet nou maar op,' zei Emiel. 'Serge heeft nieuwe knikkers, en we willen er nog even mee oefenen voordat de bel gaat.'

Ik wreef Senta's oor als een kroeldoekje tegen mijn wang, maar mijn moeder trok me overeind en scheurde ons los. 'Vanaf vandaag lopen we samen met Colette en tante Teun naar school. Tante Teun heeft aan Colette gevraagd of zij jou wat meer onder haar hoede wil nemen, zodat je je niet zo alleen voelt.'

Toen we de trappen af liepen, ik aan mijn moeders hand en Emiel springend van de onderste treden, keek ik door het brede portiekraam naar buiten. Colette en tante Teun stonden te wachten op de stoep. Colette had niets op haar hoofd, en ook in haar handen droeg ze niets. Wat mijn moeder had gezegd was niet waar.

Colette had helemaal geen hoeden bij zich.

's Avonds prikte mijn moeder gaatjes bij in het leren bandje van haar horloge. Ze gespte hem om mijn pols. 'Als je volgende keer naar huis wil, kun je zien dat de grote wijzer steeds een stukje opschuift. Dat je gewoon even geduld moet hebben.'

Ik hield mijn pols naast mijn oor. Ik hoorde een zacht getik, als een extra hartslag.

'Dit zal je helpen om het in de klas vol te houden,' zei mijn moeder. 'Vanaf nu weet je wanneer het bijna halftwaalf of kwart over drie is en ik met Senta op je sta te wachten.'

Met mijn vingers streek ik over het gladde vierkante klokje. Misschien zou de huid eromheen 's zomers bruin worden, net als bij opa wanneer we op vakantie in Uddel waren geweest. Als hij zijn horloge afdeed, was er een witte afdruk te zien.

'Ik wil het aan papa laten zien,' zei ik. 'Mag ik hem wakker maken?'

Mijn moeder schudde haar hoofd. 'Papa slaapt nog maar net. Hij moet vannacht weer de nacht in, dat weet je toch?'

'Colette zegt dat haar vader elke dag met het avondeten thuiskomt en 's ochtend pas weer weg hoeft.'

'Dat komt omdat ome Frits een administratieve baan heeft. Dan heb je andere werktijden.' Mijn moeder klikte haar naaimachine aan en schoof een lap stof onder de naald. Het werd een rode overgooier, voor mij.

'Maar waarom neemt papa dan niet ook een ad... mini... stiefbaan?'

'Om op kantoor te werken heb je een diploma nodig. Papa moest na de lagere school meteen gaan werken.'

'Waarom?'

Mijn moeder slikte een zucht in. Ik wist dat ze soms moe werd van wat ze mijn 'waarom-buien' noemde. Maar ik kon er niet tegen als dingen niet logisch waren.

'Omdat er geld verdiend moest worden. Bij opa en oma Vink thuis werkte iedereen vanaf hun twaalfde, zo ging dat nu eenmaal.'

Mijn vader had dertien broers en zussen, en mijn hersenen stuiterden van paniek wanneer ik me probeerde voor te stellen hoe het moest zijn om in zoveel drukte op te groeien. Waarschijnlijk was er vroeger bij hem thuis net zoveel herrie geweest als op school. Mijn vader had nergens rust gehad.

'Gelukkig vindt papa zijn werk superleuk,' zei ik.

'Is dat zo?' Mijn moeder haalde haar voet van het pedaal en keek me met opgetrokken wenkbrauwen aan.

'Natuurlijk! Anders zou hij toch geen dubbele diensten draaien?' Soms was het net alsof ik degene was die dingen moest uitleggen in plaats van mijn moeder.

'Aha,' zei mijn moeder alleen maar. 'Natuurlijk.'

Mijn vader snurkte hard, dus in de nachten dat hij thuis was, sliep mijn moeder met oordopjes in. Ze waren geel en eigenlijk waren het helemaal geen dopjes, want een dop deed je ergens op terwijl dit ergens ín moest. Ik pakte er eentje van haar nachtkastje en kneep erin. Het voelde stevig maar zacht; je kon het helemaal indrukken. Daarna veerde het dopje langzaam weer terug in vorm.

'Wat ben je aan het doen?' vroeg mijn moeder vanuit de keuken, waar de karbonades sisten in de pan.

'Niets!' riep ik terug. De echo van Ramons blokkentoren, die vanmiddag weer was omgevallen, donderde door mijn hoofd. Elke dag probeerde ik de herrie niet te horen, me te concentreren op mijn boek. Maar het neerkletterende hout dreunde in mijn oren, net als het overige lawaai. Op die momenten sjokte de grote wijzer op mijn horloge extra traag rond.

Ik duwde één dopje in mijn oor. Het ovalen ding viel er direct weer uit en landde geruisloos op de blauwe vloerbedekking. Senta snuffelde eraan en keek vragend naar me op.

'Het is te groot,' legde ik aan haar uit.

'Wat zeg je?' riep mijn moeder. 'Je weet dat Senta niet op bed mag spelen, hè?'

Ik raapte het oordopje op van de grond en liep ermee naar de keuken. 'Ik heb een schaar nodig, mama.'

Mijn moeder draaide de karbonades om in het pruttelende vet. 'Voor wat?'

'Om dit door te knippen.' Ik liet haar het oordopje zien. Toen ze er alleen maar naar keek en niets zei, verduidelijkte ik: 'Er is op school écht heel veel herrie.'

Ze knikte langzaam. 'Ik begrijp het. Kom maar mee.'

We liepen de woonkamer in, waar de naaimachine stond met haar schaar ernaast. Mijn moeder pakte het oordopje uit mijn hand en knipte het in één voorzichtige beweging doormidden. Ze gaf de twee helften aan mij. 'Alsjeblieft. Maar alleen gebruiken als je ze echt nodig hebt, en nooit in je mond stoppen.'

Ik beloofde het.

De volgende ochtend zat ik in de klas met de op maat geknipte oordopjes in de zak van mijn nieuwe overgooier. Af en toe controleerde ik of ze er nog waren. Ze voelden zacht en glad aan, behalve aan de kant waar ze doorgeknipt waren.

Toen het speeltijd was en iedereen naar zijn of haar favoriete hoek ging – Ramon naar de blokkenhoek, Tobias naar de autohoek en Colette naar de poppenhoek – bleef ik zoals altijd als enige op mijn stoeltje zitten tot juffrouw Marleen naar me toe kwam.

'Alsjeblieft, Jasmijn.' Ze gaf me mijn boek, dat ze nog steeds in haar la bewaarde.

Ik wist dat ik 'dank je wel' moest zeggen, maar mijn stem kroop diep weg in mijn keel. In gedachten zei ik het wél. In mijn hoofd bedankte ik juffrouw Marleen zo hard dat ze het wel móést horen. Maar zoals elke dag liep ze na een paar afwachtende tellen weg om bij de andere kinderen te kijken.

De blokkentoren viel om. Hester gilde om iets. Automatisch gingen mijn handen naar mijn oren om me tegen de herrie te beschermen, maar toen herinnerde ik me de oordopjes. Ik haalde ze uit mijn zak en duwde ze met mijn wijsvinger in mijn oren zoals ik thuis geoefend had. Toen keek ik om me heen. Alles zag er nog hetzelfde uit, alleen was er nu een onzichtbare muur tussen mij en het lawaai. De geluiden waren er nog wel, maar ze klonken doffer. Gedempt. Mijn hoofd ontplofte niet meer. Ik sloeg mijn boek open. Nu kon ik écht lezen, zonder dat de stem in mijn hoofd werd overschreeuwd door –

'Jasmijn?'

Ik keek op. Juffrouw Marleen stond voor me. Naast haar stuiterde Ivo op en neer. Hij was een van de drukste jongens uit mijn klas. Soms schreeuwde hij zo hard dat zijn gezicht paars werd. Hij trok aan juffrouw Marleens arm.

'Even wachten, Ivo.' Haar stem bereikte me gesmoord. Ze hurkte voor me neer en vroeg: 'Wat heb jij daar in je oren?'

Ik zweeg.

Ze hield haar hand op. 'Geef eens aan mij.'

Ik schudde mijn hoofd.

'Jasmijn…'

Ik schoof naar achteren in mijn stoel.

Juffrouw Marleen bukte en stak haar arm naar me uit alsof ze de dopjes zelf uit mijn oren ging halen.

Snel trok ik de herriestoppers los. Terwijl Ivo met grote ogen toekeek, legde ik ze in juffrouw Marleens uitgestoken hand.

Ze keek ernaar en rimpelde haar wenkbrauwen. 'Ivo, ga jij maar even terug naar de autohoek, ik kom zo bij je.'

'Maar, juf –'

'Geen gemaar. Hup, schiet op. Ik moet even met Jasmijn praten.'

Ivo liep sputterend weg. Zijn schoenen sloften over de grond.

'Hoe kom je hieraan?' Juffrouw Marleens stem was akelig luid nu mijn oren weer openstonden.

Ik keek naar het boek in mijn handen. Mijn vader had gezegd dat ik moest proberen te lezen als ik last had van de geluiden om me heen, en op dit moment had ik last van juffrouw Marleen. Ik bladerde naar het hoofdstuk waar ik gebleven was.

'Deze dingen zijn niet bedoeld voor kinderen,' ging ze verder. 'En kijk me eens aan als ik tegen je praat. Ik wil niet dat je zoiets meeneemt naar school, Jasmijn.'

Juffrouw Marleen pakte altijd alles af. Ze begreep nooit wat. En ze wilde altijd maar dat ik haar aankeek als ze wat zei. Luisteren deed ik met mijn oren, hoor.

'Want jij stopt het in je oren, maar iemand anders stopt het misschien in zijn mond. Je kunt hier lelijk in stikken, snap je dat?'

Ik schudde mijn hoofd. Hoe kon iemand erin stikken als ik ze in mijn oren had?

'Het wordt steeds gekker met jou,' mopperde ze. 'Ik denk echt... Ivo! Ik zei toch dat je even moest wachten?'

Snel veegde ik met mijn hand langs mijn ogen.

Juffrouw Marleen blies haar adem uit. 'Ik ben niet boos. Je hoeft niet te huilen. Maar ik gooi deze dingen nu weg en wil jou er niet meer mee zien, afgesproken? We kunnen gewoon niet... Ivo! Wat had ik nou gezegd over aan mijn arm trekken?'

'IK MOET POEPEN!' brulde Ivo.

Maar het was al te laat.

Toen het eindelijk tussen de middag was en Senta op het schoolpleintje kwispelend om me heen danste, hoorde ik juffrouw Marleen met mijn moeder praten.

'Dat begrijp ik, Paulien,' zei ze, 'maar dit kán niet. Ik snap dat Jasmijn anders in elkaar steekt dan de rest, maar het is ook aanstellerij. Ze is niets gewend. Niemand anders klaagt over lawaai in de klas. Het kan echt geen kwaad als Jasmijn zich leert aanpassen, anders krijgt ze het over twee jaar erg moeilijk op de lagere school.'

'Het zijn maar oordopjes. Als dat het voor haar makkelijker maakt...'

'Wat Jasmijn thuis in haar oren stopt, moeten jullie zelf weten, maar in mijn klas wil ik het niet. Niet alleen kunnen de andere kinderen erin stikken, ik vind ook dat Jasmijn het moet kunnen horen als er iets tegen haar wordt gezegd.'

'Ivo, pivo, poepbroek.' Roel wees naar Ivo en rende schaterend over het schoolplein. 'Ivo, pivo, poepbroek!'

Colette giechelde.

Senta piepte zachtjes. Zij vond het ook te druk.

Zij vond mij geen aansteller.

Samen liepen we weg.

In de ochtendpauze mochten we altijd naar buiten. Voordat juffrouw Marleen de deur naar het schoolpleintje opendeed, controleerde ze of we onze jassen goed hadden dichtgeknoopt. Wie dat zelf nog niet kon, werd door haar geholpen.

Ook vandaag wachtte ik tot ze bij mij kwam.

Ik stond naast Colette, die niet alleen haar jas al helemaal dicht had, maar ook nog eens zelf haar wanten had aangetrokken. Ongeduldig hupte ze van haar ene voet op haar andere. Haar blonde staartjes zwiepten langs haar gezicht.

'Jasmijn,' zei juffrouw Marleen, 'wil je dat ik jouw jas dichtknoop?'

Ik knikte. Dat wist ze toch? Dat deed ze elke dag.

Dit keer boog ze niet naar me toe. 'Ik wil het je horen zeggen. Dat alleen maar ja knikken of nee schudden moet maar eens afgelopen zijn.' Haar stem was veel harder dan nodig en sloeg tegen mijn hoofd.

Ik keek naar de grond en probeerde me voor te stellen dat ik hier niet was. Ik was in het park. Met Senta. Ze sprong in het water, en toen ze weer op de kant klom, schudde ze zich zo hard uit, dat haar oren om haar kop heen wapperden. Dat zag er altijd zo grappig uit.

'Sta je nou te lachen?' vroeg juffrouw Marleen. 'Denk je soms dat ik een grapje maak?'

Ik schudde mijn hoofd.

'Nou, waar wacht je dan nog op? Ik heb je nog steeds niets horen vragen.'

'Ik vraag het wel,' zei Colette. 'Juffrouw Marleen, wil jij Jasmijn helpen?'

'Ik wil het van jou zélf horen, Jasmijn. Je moet het niet door je vriendin laten opknappen.'

Ik keek naar mijn schoenen. Hoeveel stappen zouden het zijn naar huis?

'Prima, dan blijf je binnen.' Juffrouw Marleen klapte in haar handen en riep: 'Kom, jongens, we gaan buiten spelen!'

Colette stootte me aan. 'Vráág het.'

Maar ik kon het niet.

Vanachter het raam keek ik naar Colette. Ze had haar wanten uitgetrokken en ze tussen haar zandkoekjes op de stenen rand van de zandbak gelegd. Soms speelden we bakkertje, waarbij zij de bakker was en ik de klant. Tegen

Colette praten was niet moeilijk; ik kende haar al heel mijn leven. Tante Teun kende ik net zo lang, maar tegen haar zei ik niets. Grote mensen keken je altijd zo onderzoekend aan, alsof je krijt op je wang had. Hoe kon je dan praten? En tante Teun had ook nog eens een akelige stem. Gelukkig was ze geen echte tante.

Ramon stond bij Colette. Hij hield zijn wijsvinger en middelvinger voor zijn mond alsof er een sigaret tussen zat. Steeds als hij zijn adem uitblies, maakte de winter er een echt wolkje van.

Colette lachte.

Nick zat ook in de zandbak. Hij had twee takjes in zijn handen en trommelde ermee op een emmertje. Zijn hoofd bewoog mee. Nick Drumstick, had Roel hem genoemd.

Juffrouw Marleen kwam naar binnen. 'En? Kun je het al vragen?'

Mijn jas hing weer aan de kapstok. Op het derde haakje van links, net als altijd.

Juffrouw Marleen trok een stoel naar het raam toe en kwam naast me zitten. 'Waarom maak je het jezelf toch zo moeilijk, meis? Ik probeer je alleen maar te helpen.'

Niet waar. Dan had ze mijn jas wel dichtgeknoopt.

Ze zuchtte. 'Ik wil dat je tegen me praat, dat is alles. Ik wil dat je zegt: juffrouw Marleen, wil jij me helpen met mijn jas? Waarom doe je dat niet?'

Ik keek naar buiten. Ivo was bij Colette in de zandbak gesprongen en veegde alle koekjes van de rand af. Colette sprong gillend op.

'Hoor je me, Jasmijn?'

Colette gooide een van haar wanten naar Ivo's hoofd.

'Prima.' Juffrouw Marleen stond op. 'Je blijft binnen totdat je het vraagt, en dat geldt niet alleen voor vandaag.'

Prima, echode ik in mijn hoofd, en in gedachten stak ik mijn tong naar haar uit. Hierbinnen was het lekker toch veel fijner.

De rest van de winter bracht ik de ochtendpauze door in het lokaal. Terwijl mijn klasgenootjes krijsend in het rond renden, las ik in alle rust een boek. Het werd mijn favoriete moment van de dag.

Dat mijn moeder de knopen van mijn jas verving door klittenband, hield ik geheim.

'Zo, ze zitten er weer in.' Mijn moeder trok de metalen pin tussen haar op elkaar geklemde lippen vandaan en stak hem in de kruller op oma's hoofd. Ze schoof er een roze haarnetje omheen. 'Jij kunt er straks weer een week tegenaan.'

Terwijl mijn moeder en oma zich over een lap stof bogen en naaipatronen bespraken, hielp ik opa met het zoeken naar woorden in zijn puzzelboekje. Af en toe drukte hij zijn donkere bril wat steviger aan. Die bril droeg hij om zijn ogen te beschermen tegen licht, omdat hij anders migraine kreeg. Oma had me uitgelegd dat dit heel erg veel hoofdpijn was, die ervoor had gezorgd dat opa moest stoppen met werken. Nu was hij altijd thuis, bij oma.

'Halt, politie!' klonk het uit de gang, waar Emiel met zijn autootjes speelde.

Soms vroeg ik hem of hij stil wilde zijn, maar dan werd hij boos en noemde me een aansteller. Maar als het straks te erg werd, zou ik opstaan en de gangdeur dichtdoen.

'Hier, opa.' Ik wees naar de derde regel van de woordzoeker. 'Gevonden!'

'Wel verdomd.' Opa tikte wat as van zijn sigaret en streepte het woord weg. 'Jij wordt er steeds beter in.'

Ik gloeide blij. Er waren ook dingen waar ik wél goed in was.

Emiel kwam bij ons staan. 'Mag ik ook meedoen? Waar zoeken jullie naar?'

Ik wees het volgende woord in de lijst aan.

'Ge... Gewel...' begon hij langzaam.

'Gewelddadig.' Vloeiend las ik meteen ook de andere woorden op die eronder stonden. 'Stationsstraat. Opticien. Interview.'

Emiel werd rood.

'Miel had het ook bijna goed.' Opa nam een haal van zijn sigaret en blies de rook in tufjes uit. 'Hij kan alleen nog niet zo snel lezen als jij, Mijntje.'

'Nou...' sputterde Emiel. Hij keek van de woordzoeker naar mij. 'Nou...'

'Nou betekent niets,' zei ik.

'Nou,' zei Emiel weer, 'ík hou tenminste mijn vork normaal vast als ik eet.' Hij stak zijn neus in de lucht en liep terug naar de gang. Daar draaide hij zijn ogen scheel en deed met gekromde arm alsof hij een vork naar zijn mond bracht.

Mijn moeder zuchtte. 'Hoe vaak hebben we het hier nou al over gehad?'

'Negen keer,' zei ik direct.

Ze opende haar mond om wat te zeggen, maar schudde toen zachtjes haar hoofd. Vorige week had ze me uitgelegd dat niet alle vragen een letterlijk antwoord nodig hadden. Alleen had ze er niet bij gezegd wanneer je kon weten wanneer dat wél moest. Nu zei ze: 'Dan zeg ik je nu voor de tiende keer dat Senta niet mee naar school mag. Punt.'

'Maar niemand heeft last van haar, mama. Dat weet je toch?'

Tik-tik, deden mijn moeders breinaalden. *Tik-tik*. Het werd een trui voor Emiel. Haar vingers bewogen snel, ze hoefde er niet eens naar te kijken. 'Ik bepaal de regels niet. Een hond in de klas mag gewoon niet.'

'Wie bepaalt de regels dan wel?'

Mijn moeder legde haar breiwerk in haar schoot. 'De school. De wet. Weet ik veel.'

'Wat is de wet?'

Ze zuchtte. 'Doe nou eens voor één keer niet zo moeilijk en accepteer het. Je zeurt hier nu al een halfjaar over. Niemand op de hele wereld heeft zijn hond bij zich tijdens schooltijd.'

Uit Emiels kamer klonk muziek. Doe Maar zong over alles wat ze moesten doen voordat de bom viel.

'Maar waaróm niet?' vroeg ik.

'Soms is er geen waarom.' Mijn moeder pakte haar breiwerk weer op. Ze had plotseling donkere schaduwen onder haar ogen. 'Soms is iets gewoon hoe het is.'

De grote vakantie kwam eraan. Over een paar weken gingen we naar Uddel, naar het vakantiehuisje op de Veluwe waar we elke zomer twee weken naartoe gingen. Opa en oma gingen ook mee. In Uddel was het fijn. Daar speelde ik met Senta in het bos en telde ik met mijn moeder de eekhoorns rondom onze bungalow. Ik kon niet wachten.

Na de zomer mocht ik van juffrouw Marleen door naar de tweede klas van de kleuterschool, had ik mijn moeder tegen oma horen zeggen.

'Qua niveau is ze eraan toe,' had juffrouw Marleen gezegd. 'Ik hoop alleen dat ze zich daar wat socialer opstelt.'

Toen ik aan mijn moeder had gevraagd wat dat betekende, had ze gezegd: 'Ik denk dat de juf bedoelt dat je zo weinig tegen haar zegt. En dat je ook eens met anderen moet spelen in plaats van dat je alleen maar in een hoekje zit te lezen.'

'Ik speel toch met Colette?'

'Er zitten meer kindjes in je klas.'

Ik begreep niet waar juffrouw Marleen zich druk om maakte. 's Ochtends zat ik met de hele klas in een kring en zong ik alle liedjes mee. En toen gisteren mijn biscuitje op de grond was gevallen en Nick me de helft van het zijne had gegeven, had ik hem hardop bedankt. Op die momenten was ik eventjes net als de rest. Maar juffrouw Marleen wilde dat ik altíjd zo was als iedereen. En dat ging niet. Er waren zoveel verschillen. Zelfs mijn ogen werkten anders. Die van Colette bewogen voortdurend heen en weer, terwijl ik maar naar één ding kon kijken, en dan naar iets anders, maar nooit naar twee of meer dingen tegelijk.

'Kind, wat kijk jij toch altijd intens,' had tante Teun een keer gezegd. 'Alsof je me probeert te hypnotiseren met die donkere ogen van je.'

Ik had geen idee wat 'hypnotiseren' betekende, maar ze zei het op een afkeurende toon.

'Jasmijn heeft altijd zo'n ernstige expressie,' had ik haar later tegen mijn moeder horen zeggen. 'Alsof ze diep in gedachten is. Wat kan zo'n jong kind nou hebben om over na te denken? Die moet spelen! Blij zijn!'

'Jasmijn ís blij,' had mijn moeder geantwoord.

'Nou, heb je weleens naar de klassenfoto gekeken? Iedereen lacht, behalve zij.'

'Ze is blij op haar eigen manier.'

Tante Teun blies hard door haar neus naar buiten en maakte er een soort *ha!*-klank bij.

Een akelig geluid.

Het was maar goed dat ik nooit wat tegen haar zei.

Om de laatste schooldag te vieren gingen we met de hele klas naar het strand. Ik was daar nog nooit geweest. Wij gingen altijd naar de Rhoonse Grienden: ik bij mijn moeder achterop en Emiel sinds vorig jaar op zijn eigen fiets. Mijn ouders waren al een paar dagen bezig me op het schoolreisje voor te bereiden. Ze wisten dat ik het nodig had om een nieuwe situatie in mijn hoofd voor te beleven, zodat het in het echt niet zou voelen alsof er een vrachtwagen over mijn hersenen heen reed. Nieuwe dingen waren zo overweldigend. Mijn moeder liet me foto's van een strand zien: zwart-witplaatjes waarop mijn ouders net verkering hadden. Scheveningen, zo heette de plek waar ze hand in hand te zien waren, mijn vader met haar tot over zijn oren en mijn moeder met een grote zonnebril op.

Ik hield van foto's, het maakte niet uit wat erop stond. Het bevroren moment zorgde ervoor dat je rustig alle details in je op kon nemen. In het echte leven ging dat niet. Daar ging alles zo snel. Alles bleef maar gebeuren de hele tijd. Op een foto wás het al gebeurd.

Foto's brachten rust.

'Heb je er zin in?' vroeg mijn moeder.

Ik knikte, al was het jammer dat Senta niet mee mocht. Maar het was wel fijn dat we met een bus gingen. Ik hield van rijden in een bus, van het zachte gedein over hobbels in de weg. Mijn moeder gaf me een plastic tasje mee met een handdoek, twee liga's en een pakje appelsap erin. 'Denk erom dat je goed bij de juf in de buurt blijft,' zei ze. 'Er gaan ook een paar hulpjuffen mee, dus als je moet plassen of er is iets anders, dan is er altijd iemand aan wie je dat kunt vragen. Niet in je eentje gaan rondzwerven daar, Jassie, en in elk geval in het zicht van de juf blijven. Goed?'

De hulpjuffen hadden oranje zwembandjes om onze armen geschoven. We mochten tot aan onze voeten in de zee, maar niet verder. Colette zat met een plastic emmertje en schepje in het zand. Rockanje, heette het hier. Achter ons waren grote zandheuvels. Duinen, zei Colette. De zee zag eruit alsof die ademhaalde: in, en uit, in, en uit. De golven bleven komen. Ik ademde mee op het ritme. De frisse, zoute lucht was het lekkerste dat ik ooit had geroken.

Maar helaas was er ook zon. De felle stralen boorden zich in mijn hoofd.

Bij de Rhoonse Grienden zaten we altijd in de schaduw van de bomen, maar het strand was een open vlakte met een strakblauw dak waarin een veel te warme lamp gloeide. Ik kneep mijn ogen tot spleetjes en hield mijn handen als een klepje tegen mijn voorhoofd.

'Hier.' Juffrouw Marleen kwam naar me toe en hield een wit petje voor mijn gezicht. Ze plantte het stevig op mijn hoofd. 'Zo beter?'

Het brandende gevoel verdween. De zon deed geen pijn meer!

'Dank je wel,' zei ik.

Juffrouw Marleens ogen werden groot. 'Jasmijn… je praat!'

Ik lachte.

Ze hurkte bij me neer. 'Wat vind ik dít fijn, kind. Wacht maar tot je moeder dit hoort. Goed, hoor!'

Ik ging naast Colette in het warme, zachte zand zitten en keek toe hoe de hulpjuffen met de andere kinderen zandkasteeltjes bouwden en ballen overgooiden. Hester dobberde rond in een grote, zwarte autoband en werd voortgetrokken door een van de hulpjuffen. Na een tijdje stond ik op en liep door het zand, een klein stukje maar, precies ver genoeg bij het gegil en gelach vandaan.

Iedereen kon mij nog zien, dus ik verbrak de belofte aan mijn moeder niet.

Ik ging aan de rand van de zee zitten. Nat zand gleed door mijn vingers. Het lauwe, grijzige water spoelde over mijn benen. *Sloesh, sloesh.* Het sloeshen hield nooit op, al zou ik hier honderd jaar blijven zitten. Het ritme was rustig, zonder haast. De golven wisten dat ze hun bestemming toch wel zouden bereiken. Meer verlangden ze niet, meer werd er ook niet van ze verwacht. Ze mochten helemaal zichzelf zijn.

In de verte blafte een hond. Ik keek om me heen, maar zag het dier niet.

Senta zou het hier geweldig vinden. Ik zou mijn ouders vragen of we hier eens met zijn allen naartoe konden gaan. Met een bus, zoals vandaag.

Een schaduw boog over me heen. Ik keek op.

Het was juffrouw Marleen. 'Heb je het een beetje naar je zin, Jasmijn?'

'Ja,' zei ik.

Juffrouw Marleen straalde.

Op de terugweg zat iedereen twee aan twee. Iedereen, behalve ik. Ik had ervoor gekozen weg te kruipen op de achterbank, bij het raam, waar de weilanden die we passeerden me vertelden dat we nog lang niet terug in Rotterdam waren. Colette zat een paar plekken voor mij, naast Hester, allebei druk kwetterend. Nick zat achter hen en trommelde met zijn handen op de rode frisbee op zijn schoot.

Een piepklein, lichtgroen beestje kwam aangezweefd en streek neer op mijn jurk.

'Hallo,' zei ik. 'Wie ben jij?'

Twee lange voelsprieten bewogen trillend heen en weer.

'Ik ben Jasmijn. Blijf je gezellig bij mij zitten?'

Weer trilden de voelsprietjes. Het diertje was vast en zeker per ongeluk in de bus terechtgekomen en verlangde net als ik naar een rustig plekje.

'Hier ben je veilig, hoor,' zei ik.

Met een sprongetje landde hij op mijn arm. Hij had vier doorzichtige vleugels met allemaal groene streepjes erop. Ze glinsterden in het licht. Zijn pootjes kriebelden op mijn huid, en ik giechelde. Ik zag juffrouw Marleen halverwege het gangpad omkijken. Mijn vriendje zette met zijn lange, dunne pootjes kleine stapjes over mijn arm. Elk stapje kietelde, en weer giechelde ik.

Toen hupte hij van mijn arm af en kwam neer op mijn schoot.

'Samen slapen,' fluisterde ik, en ik voelde mijn ogen dichtvallen.

Ik schrok wakker. Het groene beestje was weg. Iedereen was gaan staan, de bus stond stil. De warme lucht in de bus rook naar zonnebrand. Ik keek uit het raam: we waren terug bij school. Alle moeders stonden te wachten. Ik zocht naar die van mij en zag haar met tante Teun praten. Senta keek kwispelend omhoog naar de openschuivende busdeuren. Ik tikte tegen het raam, maar ze hoorde het niet.

Snel pakte ik mijn plastic tasje en haastte me naar de uitgang van de bus.

Senta piepte toen ze me zag.

Ik rende naar haar toe en sloeg mijn armen om haar nek. Snuffelend drukte ze haar natte neus tegen me aan. 'Je ruikt de zee,' zei ik lachend. 'Je weet nu nog niet wat de zee is, maar die ga ik je snel laten zien!'

Juffrouw Marleen kwam bij ons staan.

'Hoe ging het?' vroeg mijn moeder.

'Heel goed.' Juffrouw Marleen streek met haar hand over mijn rug. 'Jasmijn heeft zich wel afzijdig gehouden van de rest, maar we hebben eindelijk met elkaar gepraat. En op de terugweg heeft ze geslapen.'

'Wat fijn.' Mijn moeder klopte het zand van mijn jurk. 'Daar ben ik heel blij om.'

Ik trok het petje van mijn hoofd en hield het op naar juffrouw Marleen.

Ze glimlachte. 'Die mag je houden, Jasmijn.'

We liepen door de Sliedrechtstraat naar huis, langs de schoenmaker, de borduurwinkel, de groenteboer en kruidenier. Het was bijna niet meer voor te stellen dat ik eerder dit jaar de weg terug niet had geweten. Maar het was natuurlijk wel logisch dat ik zonder oversteken niet thuis gekomen was. Op die manier bleef je in rondjes dwalen.

Colette en tante Teun wandelden voor ons uit, Colette huppelend aan haar moeders hand. Haar hoge, drukke stem fladderde uit haar mond.

Ik liep met Senta, en ook ik danste.

Hopelijk ging ik snel nog eens naar Rockanje. Ik had de zee gezien, en ik had me gelukkig gevoeld, en juffrouw Marleen had me geholpen toen mijn hoofd zeer deed, en in de bus had ik een bijzondere vriendschap gesloten.

Dit was een dag om nooit te vergeten.

'Je eerste uitnodiging voor een verjaardagsfeestje!' zei mijn moeder toen ik haar het envelopje liet zien. Haar stem schoot bij elk woord verder de hoogte in. Zo klonk het dus als iemand opgetogen was. Ze trok de roze kaart uit de envelop en keek ernaar. Er stond een tekening van een taart op. En of ik volgende maand op Zahvala's partijtje wilde komen. Mijn moeder lachte. 'De Beatrixschool begint goed. En dit is pas je derde dag!'

Mijn nieuwe school was maar een paar minuten verder lopen dan de kleuterschool, waar ik na de eerste ook de tweede klas had doorlopen, maar het gebouw was veel groter. Er waren zes klaslokalen, en er was zelfs een bovenverdieping. Mijn lokaal was beneden. Daar hingen gekleurde platen aan de muur met simpele woordjes erop, en onze tafels stonden in een U-vorm tegen elkaar. Het liefst zou ik op de hoek van de U zitten, zodat ik maar aan één kant iemand naast me had, maar de juf had gezegd dat mijn plek in het midden was, tussen Colette en Ramon in. De meeste kinderen in mijn klas kende ik van de kleuterschool, al was niet iedereen meegegaan naar de nieuwe school. Nick was weg, en ook Ivo was naar een andere school gegaan. Een paar nieuwe kinderen kwamen ervoor in de plaats, zoals de binnenkort jarige Zahvala.

Ook op de Beatrixschool mocht Senta niet bij me blijven. Ze ging wel weer mee met mij wegbrengen. Mijn moeder had gezegd dat ze wilde kijken of ik het afscheid nu ik een jaar ouder was wél aankon zonder in paniek te raken. In mijn hoofd moest ik nog steeds huilen wanneer de bel ging en mijn moeder Senta's riem uit mijn handen pakte, maar ik klemde mijn lippen stijf op elkaar om alles binnen te houden. Zo liep ik in mijn eentje met de rest van de kinderen de klas in en was ik eigenlijk maar voor de helft op school.

Ik was Jasmijn-en-Senta, zij was Senta-en-Jasmijn.

School hakte dat doormidden.

Mijn juf heette juffrouw Mannink. Achter haar bureau hing een groot, zwart bord aan de muur. De eerste dag kon ik mijn stem nog niet gebruiken; ik kende juffrouw Mannink nog niet. Maar ze had een lief gezicht en rook naar zeep, en toen ze vanmorgen de pakjes melk uitdeelde, zei ik 'dank je wel', en ik zei het hardop en niet alleen maar in mijn hoofd. Vorig jaar, in de tweede klas van de kleuterschool, had ik ook een nieuwe juf gehad, en toen had ik er een maand over gedaan om iets tegen haar te zeggen.

Een hele verbetering, noemde mijn moeder het.

Ik bleef zoveel mogelijk bij Colette in de buurt. Ik zag hoe ze haar vinger in de lucht stak als ze naar de wc moest en hoe ze lachte als iemand iets zei wat blijkbaar grappig was. Dan lachte ik ook. En vandaag had Zahvala mij dus ineens de uitnodiging voor haar partijtje in handen gedrukt.

Heel normaal, alsof ik erbij hoorde, alsof ik net zo was als de rest.

Mijn moeder zette de kaart op de schoorsteenmantel. 'Een hele verbetering,' zei ze opnieuw. 'Zie je wel? Het was allemaal gewoon een kwestie van wennen.'

'Maar ik ga niet, hoor.'

'Doe niet zo gek, natuurlijk ga je wel! Dit is hartstikke leuk!'

'Nee. Dammen met opa is leuk, dat doe ik élke woensdag. En daarna ga ik met Senta naar het park. Dat weet je toch?'

'Dammen kun je best één keertje overslaan, en het park loopt ook niet weg. Je zult zien dat het feestje leuk is, let maar op.'

'Waarom ga je dan niet zelf, als het je zo leuk lijkt?'

Mijn moeder legde haar handen op mijn schouders. 'Ik ben niet uitgenodigd. Dit is een kinderfeestje. Het is heel onaardig tegenover dat meisje als je niet gaat.'

Hier dacht ik even over na. Ik wilde niet onaardig zijn.

Goed. Ik zou gaan.

'Doe je ook mee, Jasmijn?' Thijs stond voor me, zijn wangen rood van het rennen.

Ik schudde mijn hoofd.

'Waarom niet?' Met de neus van zijn schoen tikte hij tegen mijn bankje. 'Jij zit in de pauze altijd maar te lezen. Tikkertje doen is veel leuker, joh.'

'Dat vind jij.' Ik had ze heus wel achter elkaar aan zien rennen. En ook ik vond rennen leuk, maar niet hier. Wel door het gras, met Senta. Sinds ik zelf de straat mocht oversteken, liep ik elke middag na schooltijd met haar buiten. We renden veel harder dan de kinderen uit mijn klas. En wij schreeuwden er niet zo bij.

'Thijs!' riep Ramon. 'Kom nou!'

Even keek Thijs me nog aan. Toen rende hij terug naar de rest.

Ik las weer verder. Slechts af en toe keek ik op van mijn boek. Ik zag Ramon, die steeds harder ging schreeuwen. Tikkie, jij bent 'm! Hester en Colette, die handjeklap deden over een vrouw die werd vermoord met een gordijnenkoord. Meisjes uit een hogere klas, die grote roze kauwgombellen bliezen. Emiel, die stond te jojoën met Serge en Leon.

Op het hele schoolplein was ik de enige die op het bankje zat.

In mijn hoofd zag ik mezelf bij Colette staan. Meezingen. Maar toen ik beter keek, zag ik mezelf steeds een stapje terug naar achteren doen. Verder, en verder, en verder, tot ik weer bij het bankje was. Tot ik mezelf weer was.

Alleen.

'Wat hou jij je potlood gek vast,' merkte Ramon op.

'Is dat zo?' Juffrouw Mannink keek op vanachter haar bureau. 'Ach, ja, ik zie het ook. Ben je toevallig links, Jasmijn?'

Ik schudde mijn hoofd.

'Waarom hou je dan je handje zo gekromd?' Ze liep om de tafels heen en kwam achter me staan. Twee hete straaltjes lucht kwamen door haar neus naar buiten en kriebelden in mijn nek. Ik schoof een stukje naar voren in mijn stoel. Juffrouw Mannink boog zich over me heen en vouwde haar vingers over mijn hand zodat we samen mijn potlood vasthielden. Ik bleef roerloos zitten, verstijfd omdat iemand mij aanraakte die niet mijn moeder, oma of Senta was. Ze duwde mijn duim lager op het potlood en trok het uiteinde waar een gummetje op zat naar achteren. Tot slot drukte ze mijn wijsvinger dichter tegen mijn duim aan. 'Probeer het zo eens,' zei ze. 'Gaat dat niet veel beter?'

Ik slikte. Door de nieuwe stand van mijn hand verdween mijn vertrouwde grip op het potlood. Mijn vingers trilden, en het potlood glipte ertussenuit.

'Geeft niets,' zei juffrouw Mannink. Ze liep terug naar haar bureau. 'Hou jij je potlood maar gewoon vast hoe jíj dat prettig vindt. We hebben allemaal onze eigen manier.'

Naast me trok Ramon proestend een kras in zijn schrift.

Ik deed alsof ik het niet zag.

Hij kon nog niet eens zijn eigen naam schrijven.

Elke ochtend las juffrouw Mannink voor uit een dik, geel boek met een man en een kameel op de voorkant. *Bijbelse verhalen voor jonge kinderen*, stond erop. Deze avonturen waren spannender dan de sprookjes op mijn cassettebandjes, zelfs interessanter dan de bibliotheekboeken. Ze gingen bijvoorbeeld over Noach. Over de dieren op zijn ark. Over de kleine David, die met een simpel steentje een grote reus versloeg. Over Jacob, die veertien jaar moest wachten tot hij eindelijk met zijn ware liefde mocht trouwen. En over Mozes, die de slaven bevrijdde! Maar het verhaal over Jozef raakte me het meest. Ik zag hem zitten in de put, ik zag hem strompelen achter de slavenkaravaan. Toen de juf het boek dichtsloeg nadat ze had verteld over hoe Jozef in Egypte in de gevangenis terechtkwam, stak ik mijn vinger op.

'Ja, Jasmijn?' Haar stem had dezelfde hoge klank als toen mijn moeder de uitnodiging voor het feestje had gezien. Ik had nog nooit eerder zelf mijn vinger opgestoken om iets te vragen.

'Hoe gaat het verder?' wilde ik weten. 'Met Jozef?'

De juf glimlachte. 'Dat vertel ik de volgende keer.'

Ik staarde haar aan. Het was vrijdag, de volgende keer zou pas na het weekend zijn. Daar kon ik helemaal niet op wachten. Ik moest vandaag nog weten hoe het met Jozef afliep.

Ik moest er zélf over lezen.

Na schooltijd liep ik met Senta naar het wijkbibliotheekje in de Tiengemetenhof en vond daar hetzelfde boek als dat van juffrouw Mannink. Ik ging op de grond zitten en las het verhaal over Jozef in één ruk uit. Hoe hij op de troon belandde, hoe zijn dromen toch nog uitkwamen. Met Senta aan mijn voeten bladerde ik terug naar het begin van het dikke boek en las alle verhalen opnieuw.

De dag erna had ik mijn bibliotheekpasje bij me en kon ik het boek mee naar huis nemen. Daar herlas ik alles nog eens. Nu kende ik alle avonturen uit mijn hoofd. Het Oude Testament was mijn favoriet. De helden over wie geschreven werd, wisten dat ze anders waren dan hun vrienden en familie, omdat ze dingen hoorden en zagen die gewone mensen niet opmerkten. Noach werd uitgelachen omdat hij een groot schip bouwde. Jozef werd belachelijk gemaakt om zijn voorspellingen. Niemand begreep waarom Simson lang haar had. En toch waren het uiteindelijk Noach en Jozef en Simson en al die anderen die gelijk kregen.

Ik vroeg aan Emiel of hij de verhalen ook zo mooi vond.

Hij rolde met zijn ogen. 'Allemaal onzin. Je gelooft toch niet dat die dingen echt zijn gebeurd? De Bijbel is gewoon een sprookjesboek, maar dan heel ouderwets.'

'Waar hebben jullie het over?' vroeg mijn moeder vanachter haar naaimachine, waar ze bezig was met een rok voor zichzelf.

'Jasmijn gelooft in God.' Emiel lachte hard.

'Miel,' zei mijn moeder scherp. Ze haalde haar voet van het pedaal, het geronk stopte. 'Jasmijn mag geloven wat ze wil.'

Het kon me niet schelen wat Emiel dacht. Jozef was ook uitgelachen door zijn broers. Maar uiteindelijk werd hij toevallig wel onderkoning.

Dus.

De enige persoon die graag luisterde naar mijn Bijbelverhalen, was oma. Vaak zat ik samen met Senta bij haar in het keukentje, waar ze steeds wilde horen welke nieuwe liedjes ik had geleerd. We zongen over de Ark, over Jericho en over Samuel, terwijl opa in de woonkamer naar Frank Sinatra luisterde.

Oma en ik waren net klaar met een lied over Abraham toen opa de keuken binnenkwam. Zijn ogen twinkelden achter zijn donkere brillenglazen toen hij verkondigde dat ook hij een Bijbels liedje kende.

'Echt waar?' vroeg ik verrukt. Met zijn drieën zingen zou nóg leuker zijn.

Opa knikte. 'Echt.'

'Laat horen, laat horen!' Ik sprong op van mijn krukje.

Opa ging midden in de keuken staan, zijn armen strak langs zijn lichaam als een koorknaap, en schraapte zijn keel. Toen begon hij. *'Johannes de doper, zijn kont is van koper, met een pimpelpaarse rand...'*

'Aart!' Oma sloeg hem met een pannenlap. 'Zoiets kun je niet zingen!'

Opa deed zijn bril af. Zijn ogen traanden van het lachen.

'Hester en Jasmijn, waarom lopen jullie niet hand in hand?' vroeg juffrouw Mannink.

'Vindt ze niet fijn,' zei Hester.

'Jasmijn...' Juffrouw Mannink wees naar de rij voor ons, waarin iedereen twee aan twee liep. Colette dartelde voorop, haar blonde haar glanzend in de ochtendzon. 'Ik heb toch duidelijk gezegd dat iedereen elkaars hand moet pakken? Ik wil niet dat iemand afdwaalt op weg naar de kinderboerderij.'

Ik dwaal niet af, zei ik in mijn hoofd, maar de woorden kwamen niet naar buiten. Deze situatie was te onverwacht. Vaste, gebruikelijke antwoorden geven lukte me tegenwoordig wel. Zo zei ik eindelijk 'bedankt' als de bakker me mijn eierkoek gaf. Maar daarna liep ik snel weg, voordat hij meer zou zeggen of een vraag stelde.

Een jongen op een brommer scheurde langs, een harde *vrrrroem* in mijn oor.

Ik sprong achteruit.

'Ze wíl het niet, juf.' Hesters stem klonk zeurderig. Als een geit.

'Jasmijn, je houdt nú Hesters hand vast. Zo moeilijk is dat niet, kom op.'

Hester stak opnieuw haar hand naar me uit.

Ik versteende toen haar koude vingers de mijne raakten, maar trok me niet terug.

'Heel goed.' Juffrouw Mannink liep weer naar het begin van de rij en zei iets tegen de hulpmoeder van vandaag, die omkeek en wat terugzei.

Hester kneep haar vingers strak om die van mij, een beklemmende vleeshandschoen. Ik probeerde niet te denken aan de rode zuigbult op haar duim, maar mijn aandacht te richten op het ritme van onze mars: links, rechts, links, rechts. We liepen achteraan in de rij. Geen schoolmuren om ons heen, alleen maar een open, blauwe herfstlucht. Bladeren knisperden als paprikachips onder onze schoenen. Hester verstevigde haar grip.

Mijn voeten sloften. Ik was Jozef, geketend achter de slavenkar.

Toen we de overkant bereikten, trok ik mijn hand los en stond stil.

Hester liep door, iedereen liep door. Met mijn handen in mijn zakken keek ik de stoet na. De groeiende afstand tussen mij en mijn klas bracht verse zuurstof in mijn longen. Ik was geen slaaf meer.

Ik liep de andere kant op.

'Jasmijn!' riep juffrouw Mannink. 'Kom onmiddellijk terug!'

Ik liep door.

Stampende voetstappen kwamen dichterbij. 'Sta stil, Jasmijn.' Juffrouw Mannink haalde me in en ging voor me staan. 'Kijk me eens aan.'

Ik keek op. Grote mensen vonden het nogal belangrijk dat je ze aankeek. Juffrouw Marleen was daar niet de enige in geweest. En ik kon het, maar na een paar tellen keek ik weer weg. Ik kreeg het er heet van, mijn hele lichaam ging kriebelen. Iemand aankijken voelde alsof diegene je aanraakte.

'Je mag nooit zomaar uit de groep weglopen, begrijp je dat?'

Ik schudde mijn hoofd. Mijn ouders hadden gezegd dat ik niet van schóól weg mocht lopen, maar we waren nu niet op school.

Juffrouw Mannink zuchtte. 'Het is heel druk met verkeer op de Groene Kruisweg, en je kunt verdwalen, en...'

In mijn hoofd riep ik haar toe dat ik me juist tussen al die anderen verdwaald voelde. *Ik ben geen schaap,* vertelde ik haar. *Ik hoor niet in een kudde. Waarom mag ik niet voor één keer mijn eigen weg gaan? Alleen vandaag?*

Met een zucht pakte ze mijn arm. 'Kom mee.'

We liepen terug naar de rij.

Juffrouw Mannink ging naast Hester lopen en gaf haar een hand. Met haar andere hand hield ze nog steeds die van mij vast. 'Zo, dames, ik loop gezellig tussen jullie in.'

Hester maakte een sprongetje.

Ik keek naar de overvliegende ganzen boven mijn hoofd en wou dat ik Nils Holgersson was.

Senta en ik zaten op bed. Ik hoorde mijn moeder opendoen voor juffrouw Mannink en het geritsel van een jas die werd uitgetrokken. 'Wilt u thee of koffie?' klonk mijn moeders stem.

'Thee, graag. En zeg maar "je", hoor.'

Ik zette mijn bandje van *De gelaarsde kat* aan en draaide de volumeknop hoog.

Na een paar minuten drong er sigarettenlucht onder mijn kamerdeur door, samen met mijn moeders stem en die van juffrouw Mannink. Eerst klonken de geluiden vaag, een zacht gemurmel, maar toen het bandje was afgelopen en de Markies van Carabas en zijn kat nog lang en gelukkig leefden, werden de woorden harder. Verstaanbaar.

'En hoe gedraagt ze zich thuis?'

'Goed. Jasmijn is een gelukkig kind.'

Ik streelde Senta. Ik knikte. Inderdaad.

'Maar hoe gedraagt ze zich bijvoorbeeld wanneer er visite komt? Als er dus andere mensen zijn?'

'Dan zit ze op haar kamer.'

'Ah!' De uitroep klonk geschrokken, alsof juffrouw Mannink een spin in haar thee aantrof. 'En dat staan jullie toe?'

'Waarom niet? Ze trekt zich op die momenten graag terug.'

'Ja, maar... Jemig, hoe kan ik dit het beste zeggen...' Juffrouw Mannink schraapte haar keel. 'Zo zal ze nooit leren om zich aan te passen. Ik zou overwegen haar te dwingen er toch bij te zitten, Paulien. Op deze manier helpen jullie haar niet.'

'Dwingen werkt niet bij Jasmijn. Ze is nu eenmaal hoe ze is.'

Ik hoorde het gerinkel van een lepeltje in een kopje, gevolgd door een zucht.

'Maar als ik je nu vertel dat ze zich op school geen houding weet te geven? Dat ze zich afzondert? Dat gedrag wordt haar hier dus aangeleerd.'

De *klink* van een theekopje dat hard op een schoteltje neerkwam. 'Jasmijn hoeft van mij niet tussen ooms en tantes of andere visite te zitten als zij zich op haar eigen kamertje prettiger voelt,' zei mijn moeder langzaam. 'Dat heeft niets met school te maken.'

Even was het stil, toen zei juffrouw Mannink: 'Zouden jij en je man ervoor openstaan om Jasmijn een intelligentietest te laten ondergaan? Ik ben benieuwd naar haar score. Ze is op sommige vlakken haar leeftijdsgenootjes ver vooruit, alleen het feit al dat ze boeken leest die voor twee of drie klassen hoger bedoeld zijn, maar op andere gebieden loopt ze ernstig achter. Ze heeft bijvoorbeeld de motoriek van een kleuter.'

'Zo'n test is onnodig. Ze kan gewoon snel lezen. En die motoriek komt nog wel.'

'Maar haar sociale vaardigheden –'

'Die gaan de goede kant op: over een paar dagen gaat ze zelfs naar een verjaardagsfeestje!'

Hier stopte ik met luisteren. Aan Zahvala's feestje wilde ik echt nog niet denken.

Ik draaide mijn bandje om en drukte hem weer aan.

In een winkel vol schoenen stonden eens twee rode schoentjes...

De volgende ochtend sprak juffrouw Mannink niet over haar huisbezoek. Alles was hetzelfde als altijd: we begonnen de morgen met het ochtendgebed, ze las voor uit de kinderbijbel, we zongen. De enige die ze rechtstreeks aansprak, was Roel, die tijdens het zingen moest hoesten en hard 'godverdomme' zei.

Iedereen viel stil.

'Laat je moeder maar niet horen dat je zulke woorden gebruikt, Roel,' zei de juf.

Hij haalde zijn schouders op. 'Zo praat ze zelf ook.'

'Ik wil het in de klas niet meer horen. Volgende keer kun je in de hoek gaan staan.'

We zongen door, over Hagar, die niet bang hoefde te zijn in de woestijn. Na het zingen legde juffrouw Mannink ons uit waarom vloeken fout was. '"Godverdomme" betekent letterlijk "God, verdoem mij". Je vraagt dan dus eigenlijk of er iets heel slechts met je mag gebeuren. Denk daar maar eens over na.'

Ik slikte. Mijn ouders gebruikten dat woord vaak, alsof het níéts betekende. Opa ook.

De enige die het niet deed, was oma.

'Godverdomme!' riep mijn moeder die avond uit. Ze zat achter haar naaimachine en stopte het topje van haar wijsvinger in haar mond. 'Dit is nu al de zoveelste keer dat ik me prik aan die stomme naald.'

'Dat woord mag je niet zeggen, mama,' zei ik. 'Dat heb ik vandaag geleerd.'

'Als ik nou gewoon eens een keertje goed licht had hier... Ik zie geen steek.' De tafellamp boven haar hoofd liet ze uit, voor mij, omdat het felle licht zeer deed aan mijn ogen. 'En nu zit er bloed op mijn stof, godverdomme.'

'Niet zeggen!' Ik sloeg met mijn boek op de leuning van de bank. 'Niet zeggen, niet zeggen!'

Mijn moeder keek op. 'Wat is er ineens met jou aan de hand?'

'Dat woord dat je net zei. Dat is gevaarlijk.'

'Godverdomme.' Emiel keek op van het computerspelletje in zijn hand en riep het nog eens. En weer. Hij lachte alsof het een geweldige grap was.

Ik gaf hem een duw tegen zijn schouder. 'Niet doen! Ik heb geleerd wat het betekent, en het is heel erg.'

'O, Jassie...' Mijn moeder legde haar patroon neer en zuchtte. 'Je moet niet altijd alles zo letterlijk nemen, lieverd, dat vertel ik je zó vaak.'

'Maar ik wil niet dat jij verdoemd wordt.' Ik veegde een traan weg.

'Ik word niet verdoemd, lieverd.'

'Maar je mag het echt niet meer zeggen.'

'Ik zal proberen er rekening mee te houden,' beloofde ze. 'Goed?'

Emiel gaf me een duw terug. 'Jij gelooft echt alles wat die stomme juf van jou zegt.'

'Miel,' zei mijn moeder met lage stem. 'Kappen.'

'Waarom? Jij en papa geloven toch niet in die onzin? Ineens is er wéér iets waar we rekening mee moeten houden. We moeten altíjd rekening houden met Jasmijn. Ik word er gek van. Het geluid van mijn computerspelletje mag niet aan, ik mag niet met mijn stuiterbal, ik mag helemaal niks hier!'

'Dan ga je maar naar je kamer,' viel mijn moeder uit. 'Genoeg nu, Miel. Ik meen het.'

Emiel werd rood. Hij smeet zijn spelletje op de bank, sprong op en stampte de gang in. Met een zware dreun trok hij zijn kamerdeur dicht en brulde: 'GODVERDOMME!'

'D*obre dan,*' zei Zahvala's moeder met een brede lach. Ze maakte een kom-binnen-gebaar. 'Wat leuk dat jullie er zijn.'

'Dobberdaan!' riepen Hester en Colette. Hun hoge stemmen galmden door het trappenhuis van Zahvala's flat.

Zahvala's moeder had blozende wangen en een donker knotje boven op haar hoofd. Ze leek op Vrouwtje Theelepel. Ze wees naar een gedekte tafel midden in de woonkamer en zei: 'Gaat jullie maar zieten!'

We waren met zijn achten. Iedereen trok een stoel naar achteren en ging aan tafel, behalve Colette. Zij liep naar Zahvala's moeder, stak haar hand uit en zei: 'Gefeliciteerd met uw dochter.'

'Oech, dank je, dank je!' De rode wangen bolden op als glimmende appeltjes.

Ook Hester liep naar Zahvala's moeder toe en feliciteerde haar. En ineens stond iederéén op om de hand van Zahvala's moeder op en neer te zwengelen.

Ik wilde het ook doen. Heel graag zelfs. Ik wilde zeggen hoe lief ik het vond dat ik hier mocht zijn, hoe leuk het was dat er voor iedereen een bord klaarstond met een snoepketting ernaast, en dat dit het eerste partijtje was waar ik kwam. In mijn hoofd zag ik een andere versie van mezelf, een normale Jasmijn, zich wél gedragen hoe het hoorde. Ik zag hoe zij gepijnigd haar hoofd schudde toen ze mij hier zag zitten, als enige, vastgeplakt in de stoel.

Hester en Colette liepen terug naar de tafel, gevolgd door de rest.

Ik staarde naar mijn snoepketting. Misschien had ik niet moeten komen. Dan was ik nu bij opa en oma geweest, waar ik me nooit afvroeg hoe ik me moest gedragen. Waar alles gewoon goed was hoe het was. Waar niet iedereen naar me keek, zoals nu.

Zahvala's moeder liep de keuken in en kwam terug met een hoge stapel dampende pannenkoeken. Toen ze het bord op tafel zette, zei ik zachtjes: 'Gefeliciteerd.'

Even leek het of ze me niet hoorde.

Toen veegde ze haar vingers af aan haar schort, legde een warme hand op mijn schouder en zei: 'Donkjewol, mijn kind.'

Zahvala had tijdens het uitpakken van haar cadeautjes blije kreetjes geslaakt, waar iedereen om had gelachen. 'Haha!' had ook ik geroepen. Ik zat rechtop in mijn stoel, ik kon dit. Het ging hartstikke goed. Bovendien was er eten, en eten was altijd fijn. De verse, goudbruine pannenkoeken hadden een knapperig randje, en Zahvala's moeder vulde de stapel voortdurend aan. De lucht was warm en zoet; er hingen slingers door de hele kamer, en we hadden allemaal onze snoepketting om onze nek gehangen. Uit de hoge, houten speakers op de grond klonk vrolijke Joegoslavische muziek, precies zacht genoeg zodat ik mijn vingers niet in mijn oren hoefde te stoppen.

Ik vroeg me af of ze in Joegoslavië ook pannenkoeken aten op een verjaardag. Misschien was het echt iets Nederlands en had Zahvala haar moeder gesmeekt om pannenkoeken te bakken omdat een Joegoslavische maaltijd vreemd geweest zou zijn. En niemand wilde natuurlijk vreemd zijn en raar aangekeken worden en altijd alles nét iets anders doen dan de rest. Maar daar zou ik nu niet aan denken. Ik zou me concentreren op de gezelligheid, goed opletten hoe iedereen zijn vork vasthield en het zo goed mogelijk proberen na te doen, zorgen dat ik lachte wanneer de andere meisjes lachten, en vooral niet afdwalen in mijn hoofd. Niet denken aan het dambord, waar oma soms de zwarte stenen verving door drop en de witte door pepermunt. Niet denken aan Senta, die niet mee mocht naar dit feestje omdat Zahvala's moeder bang was voor honden. Ik moest zorgen dat ik het leuk vond om hier te zijn. Ontzettend leuk.

Ook al was het vermoeiend.

Ik moest op zoveel dingen tegelijk letten. Zorgen dat ik niets omgooide, luisteren naar wat iedereen zei, niet mijn ogen dichtdoen. Nee, zelfs niet voor een seconde. Ik moest wakker blijven, alert blijven, ook al had ik mijn vork al twee keer op tafel laten vallen en piepte mijn mes op mijn bord wanneer ik ermee sneed, waardoor ik hem bijna niet meer durfde te gebruiken. Colette en de andere meisjes besmeerden moeiteloos hun pannenkoeken, terwijl ze ondanks de muziek op de achtergrond ook nog eens druk met elkaar kwetterden, lachten en aten.

En ik probeerde het ook. Ik bleef het proberen.

Maar mijn vork glipte voor de derde keer uit mijn vingers. En het leek wel alsof Diane, die naast me zat, steeds luider ging smakken. Aan de overkant van de tafel vergat Rianne elke keer om de dop van de schenkstroop terug op de fles te draaien. Ik had hem al vier keer teruggeplaatst. Niemand anders had het in de gaten.

Zahvala's moeder stond in de keuken in het Joegoslavisch met iemand te bellen. Ik kon haar precies zien. De telefoon hing aan de muur, en tijdens het praten wikkelde ze het lange snoer om haar vingers. Haar vreemde, buitenlandse woorden sprongen door mijn hoofd, en iemand had de muziek harder gezet, en Dianes gesmak werd steeds luider en luider, en het gekwetter aan tafel werd onbevattelijke herrie waar ik niets meer van verstond. Ik knipperde met mijn ogen. Het rood-groen-blauw-geel van de slingers boven mijn hoofd was veranderd in ROOD-GROEN-BLAUW-GEEL. De kleuren botsten tegen mijn ogen, fel als een knipperende zaklamp in mijn gezicht. Ik legde mijn vork neer voordat ik hem weer zou laten vallen. Waarom gilde iedereen zo? Waarom lachten ze met hun volle monden wijd open, hun tongen wit en bruin van poedersuiker en stroop? Was ik de enige die het ineens snikheet had? De geuren uit de keuken klonterden samen tot een drukkende prop in de lucht. De gekleurde slingers hopsten in een hysterische polonaise boven mijn hoofd. De Joegoslavische muziek was op hol geslagen, en er was geen zuurstof meer in mijn longen, alleen maar de geur van pannenkoeken, oneindig veel pannenkoeken. Alle geuren, kleuren en geluiden knalden in mijn hoofd tegen elkaar, zo hard dat ik dacht dat de botten in mijn schedel zouden versplinteren.

Wat deed ik hier?

Ik haalde diep adem. Ik moest rustig worden.

Vrolijk en blij zijn, net als de andere meisjes.

Maar de botsing in mijn hoofd zakte naar mijn keel en landde met een dreun in mijn maag, waar die direct in volle vaart terug omhoogschoot. Voordat ik wist wat er gebeurde, spoot er een harde straal pannenkoekbraaksel naar buiten, zo vanuit mijn mond over de tafel heen. Ik probeerde op te staan om naar de wc te rennen maar viel duizelig voorover. De volgende braakgolf gutste uit mijn mond.

Colette gilde.

'Loekt het?' Zahvala's moeder had me achter op haar fiets geholpen en met haar handen aangewezen waar ik haar brede middel stevig moest vasthouden. 'Koen jij zo blijven zitten?'

'Ja,' bracht ik met moeite uit. Mijn stem klonk ver weg. Elke paar seconden spatten mijn hersenen uit elkaar. Ik kneep mijn ogen dicht tegen het veel te felle daglicht.

Zahvala's moeder begon te fietsen. Bij elke hobbel of verkeersdrempel ontplofte mijn schedel. Speldenpunten prikten in mijn ogen. Ik wou dat ik geen ogen had. Geen hoofd. Helemaal niets. Gewichtloos zweven in een koele duisternis.

'Giertroedenborgstraat... Giertroedenborgstraat...' lispelde Zahvala's moeder. 'Aah, hier is het.' Ze remde en stapte van haar fiets af.

Ik bleef zitten. Ik kon mijn armen niet meer omhooghouden.

'Koem, kindje,' klonk de stem van Zahvala's moeder in mijn oor. 'Koem.'

Met haar stevige handen in mijn oksels tilde ze me van de bagagedrager en zette me op de stoep, waar mijn benen als opgerolde pannenkoeken in elkaar zakten.

'Njiet vallen.' Zahvala's moeder ving me net op tijd op en ondersteunde me naar de deur. 'Vienk,' zei ze, turend naar de naambordjes. 'Noemer zestien.'

Ze drukte op de bel.

Senta blafte, gevolgd door het zoemende geluid van de deur.

Zahvala's moeder duwde hem met haar elleboog open. 'Mevrouw Vienk?' riep ze naar boven. 'Uw doechter is hier.'

Haar schelle stem deed zo'n pijn, dat ik in snikken uitbarstte.

'Wat is er gebeurd?' vroeg mijn moeder geschrokken.

'Josmijn ziek. Moesschien te viel ponnenkoeken? Ik weet niet.'

Mijn moeder droeg me de trappen op. Slap hing ik in haar armen. Bij elke trede bonkte mijn hoofd harder. De stemmen van mijn moeder en Zahvala's moeder klonken vervormd; ik verstond ze niet. Binnen droeg mijn moeder me rechtstreeks naar mijn kamer, waar ze me zachtjes op bed legde en de gordijnen dichttrok. Ik hoorde haar Zahvala's moeder bedanken, haar ervan overtuigen dat Senta echt niets deed. Het geluid van de voordeur die dichtviel, getrippel van nagels door de gang.

Een nieuwe pijnscheut sneed door mijn hoofd. Mijn maag trok samen.

O, nee... Niet weer.

'Mama...' Mijn stem was niet meer dan een gefluister.

Gehaaste voetstappen kwamen mijn kant op.

De derde lading feestpannenkoeken gutste naar buiten.

Mijn moeder had een teiltje naast mijn bed gezet. Mijn maag was zo leeg, dat ik alleen nog maar zuur, gelig schuim uitspuugde. Mijn hart was omhooggeklommen naar mijn hoofd en bonkte daar zo hevig, dat ik er bij elke slag van overtuigd was dat die de laatste was. Ik hoopte het zelfs. Steeds weer drukte ik mijn handen tegen mijn schedel in een poging de pijn weg te duwen. Het hielp niet. Ik hoorde een vreemd, hoog geluid en besefte vaag dat ik dat was, kreunend, kermend.

Senta lag naast me en likte mijn hand.

Mijn moeder spoelde het braakteiltje om, verfriste mijn gezicht met een koude washand, druppelde pepermuntolie op mijn voorhoofd. Ik hoorde Emiel en mijn vader thuiskomen, en mijn moeder die hun met gedempte stem vertelde dat ze stil moesten zijn. De steken achter mijn ogen waren zo intens, dat ik een lepel wilde hebben om mijn ogen uit hun kassen te graven. Toen het galspugen eindelijk stopte, begroef ik mijn gezicht in mijn kussen en bleef ik zo roerloos mogelijk liggen, gevangen in een bubbel van ondraaglijke pijn.

Langzaam kwam er minder licht door mijn oogleden heen. Ik hoorde dat mijn moeder de gordijnen in de woonkamer dichtschoof en dat Emiel zijn tanden poetste en naar bed ging. Mijn vader vertrok voor zijn nachtdienst.

Het gedreun bleef.

Wat als dit nooit meer overging?

’s Ochtends voelden mijn hersenen stijf. De pijn die ze geplet had, was eindelijk opgetild, en ze konden zich uitrekken, voorzichtig weer bewegen. Ik rolde mijn hoofd van links naar rechts. Het washandje gleed van mijn voorhoofd. Langzaam opende ik mijn ogen. De duizeligheid was weg. De verschrikkelijke steken waren verdwenen. Er was geen gebons meer achter mijn ogen. Ergens in mijn hoofd draalde nog een lichte pijn, een overblijfsel dat niets voorstelde bij wat ik had doorstaan.

Ik duwde mezelf overeind.

Senta tilde haar kop op en keek me verwachtingsvol aan.

‘Ik… ben… beter.’ Ik sprak de woorden voorzichtig uit, voor het geval mijn stem de pijn weer tot leven zou wekken. Maar er gebeurde niets. Ik sprong uit bed en rende door de donkere woonkamer de slaapkamer van mijn ouders in. De rode cijfers op mijn moeders wekker stonden op 05:04. Mijn vader was nog niet terug uit zijn nachtdienst.

Ik schudde mijn moeder wakker.

‘Jas?’ Meteen zat ze rechtop.

‘Ik ben beter!’ Mijn opluchting was zo groot, dat ik het liefst nu, in mijn nachtpon, naar buiten rende om samen met Senta door de straat te dansen. Ik was nog nooit zo blij geweest. Ik kon weer kijken. En denken. Praten! Bewegen!

Mijn moeder knipte de schemerlamp op haar nachtkastje aan en slingerde met een slaperige glimlach haar benen over de bedrand. ‘Dan moet je snel wat eten. En drinken.’

Later die ochtend, toen Emiel naar school was en mijn vader in bed lag, zat ik samen met mijn moeder op de bank. Ik mocht vandaag thuisblijven, om bij te komen.

Mijn moeder vertelde me dat wat er gisteren was gebeurd ooit misschien terugkwam. 'Ik zou liever doen alsof het niet zo is,' zei ze zacht, 'maar ik weet hoe belangrijk het voor je is dat mensen eerlijk tegen je zijn.'

'Dit komt niet terug hoor, mama. Het is helemaal weg.'

'Ik durf daar niet zeker van te zijn. Je had migraine.'

'Mi... Je bedoelt wat opa ook heeft?'

'Ja. Ik herkende het direct. Migraine is erfelijk, maar kan een generatie overslaan. Ik heb het niet, maar ik ben altijd bang geweest dat Miel of jij het wel zou krijgen.'

Ik liet haar woorden op me inwerken. De vreselijke pijn van gisteren had een naam.

'Opa en oma komen straks even langs. Ze vinden het zo sneu dat jouw eerste partijtje zo is gelopen.'

Het partijtje. Dat was waar ook.

'Ik heb Zahvala's feestje verpest,' zei ik.

'Ten eerste is dat niet waar, en ten tweede kun jij er helemaal niets aan doen.'

Een vreselijke gedachte kwam in me op. Ik sloeg mijn hand voor mijn mond.

Mijn moeder keek me vragend aan. 'Wat? Wat is er?'

'Komt het...' Ik slikte. 'Komt het omdat ik "godverdomme" heb gezegd?'

'Ach, natuurlijk niet. Wanneer heb je dat gezegd dan?'

'Ik zei eergisteren weer tegen Emiel dat hij dat woord niet mag gebruiken. Hij vroeg welk woord ik bedoelde, en toen moest ik het dus zeggen.' Ik wreef mijn tranen weg. 'Ben ik nu verdoemd?'

'Jassie...' Mijn moeder duwde mijn haar achter mijn oren. 'Jij staat stil bij dingen waar een ander niet eens over nadenkt. Weet je wel hoe vaak *ík* vloek? Wat zou er met mij dan allemaal wel niet moeten gebeuren, als het inderdaad op die manier werkt?'

Die gedachte durfde ik niet eens in mijn hoofd toe te laten.

Mijn moeder gaf een kneepje in mijn hand. 'Misschien komt de migraine inderdaad niet meer terug, je weet maar nooit. Waarschijnlijk was het gisteren gewoon te druk voor je.'

Ik zweeg.

Alles was altijd 'te druk' voor mij. Misschien had Emiel gelijk en was ik een aansteller. Ik was ziek geworden op een feestje dat leuk had moeten zijn. Ik had over de tafel gekotst. De herinnering jeukte, en ik bleef eraan krabben, de wond open en vers.

'Mag ik met Senta naar buiten?' vroeg ik zacht.

'Ja, zolang je niet verder gaat dan het grasveldje achter. Dus niet naar het park lopen. Ik wil je kunnen zien.'

Ik trok mijn schoenen aan. Beneden gingen Senta en ik in het gras zitten, waar het rustig was, waar we konden ademhalen, waar we naar de vogels keken.

Waar ik zou blijven zitten tot de herinnering aan gisteren geen pijn meer deed.

Op mijn vaders vrije zaterdagen gingen we op visite bij oma Vink. Opa Vink was overleden voordat ik werd geboren. Oma Vink woonde in de wijk Bloemhof, een halfuurtje fietsen bij ons vandaan, in een donkere etagewoning met een lange, steile trap. Ze was mijn vaders moeder, en ze had een zacht en lief gezicht, maar als ik haar zag, voelde het nooit alsof ze echt familie van mij was. Met oma Vink knuffelde ik niet, zoals ik met oma deed. Met oma Vink zong ik geen liedjes in de keuken. Ik wist niet eens wat ik tegen haar moest zeggen.

Toen we bij Maashaven voor een rood verkeerslicht stopten, vroeg ik mijn moeder of ze wist wie er vandaag nog meer bij oma Vink zouden zijn. Ik had zoveel ooms en tantes; we waren nooit de enigen die er op visite waren.

'Geen idee,' zei ze, terwijl schuin boven ons de metro voorbijdenderde. 'Dat vraag je altijd. Daar komen we straks vanzelf achter.'

Maar dan was het te laat. Ik moest me voorbereiden, en dat ging niet als ik niet wist wie er nog meer kwamen en wat ze zouden zeggen. Misschien zouden ome Ruud en tante Annie er zijn, die altijd vroegen of ik nog 'iets leuks' had gedaan. Als je dan 'ja' zei, vroegen ze niet eens verder, alsof ze het helemaal niet echt wilden weten. Of tante Willeke, die telkens opnieuw riep dat ik zo gegroeid was en me daarbij aankeek alsof ze een antwoord verwachtte terwijl ze geen vraag had gesteld. Misschien waren mijn nichtjes Myra en Jantien er, die in de keuken elke keer de kookwekker lieten rinkelen tot ik gilde dat ze moesten stoppen. Toen we de Kamperfoeliestraat in fietsten, was mijn hoofd zwaar van alle mogelijkheden.

Zoals altijd rekende ik uit hoelang het nog duurde voordat ik weer bij Senta was.

'Ik hoop dat Floris en Randal er zijn,' zei Emiel, terwijl hij zijn crossfiets op slot zette. 'Dan kan ik mijn voetbalplaatjes wisselen.'

Emiel hoefde nooit iets te oefenen in zijn hoofd. Het maakte hem niet uit wie er bij oma Vink was. In elke situatie wist hij hoe hij moest reageren, welke dingen hij moest zeggen in een onverwacht gesprek.

Zijn leven gebéúrde gewoon.

De kussens van de bank kriebelden door mijn maillot heen. Ik plukte aan de mouwen van mijn witte coltrui. Er zaten korte, bruine haartjes op. Van Senta. Het zou allemaal heel anders zijn als zij mee mocht hiernaartoe. Met haar erbij maakte het me niet uit waar ik was. Als zij nu naast me lag, zou ik zachtjes tegen haar praten en de nare geluiden om me heen minder hard horen.

'Politie!' klonk Emiel vanuit de gang.

Randal maakte pistoolschotgeluiden en schreeuwde iets.

Ome Gerrit was in gesprek met mijn vader; tante Sjaan vertelde met drukke handgebaren iets aan mijn moeder; in de hoek van de kamer blèrde de radio, en oma Vink zat in haar stoel bij de tafel en mompelde steeds 'zo, zo' en 'het is allemaal wat'.

Mijn oren zogen zich vol met alle geluiden, als een schelp die de symfonie van de zee ving. Mijn hersenen zwollen op. Ik haalde diep adem. Ik moest volhouden. Dit was niet voor altijd. Uiteindelijk zouden we weer naar huis gaan. Ons bezoek aan oma Vink duurde meestal tien sigaretten.

Ik had er nu acht geteld.

Ik zat tussen mijn ouders in en hield mezelf bezig door de as van hun sigaretten te tikken. Steeds wanneer het zilveren hoedje hoog genoeg was, plukte ik de sigaret tussen de vingers van mijn vader of moeder vandaan en boog ermee naar de asbak op de lage tafel. Als mijn moeders sigaret op was, trok ik een nieuwe uit het rood-witte pakje in mijn schoot. Mijn vaders donkerblauwe pakje shag lag ernaast. Voor hem trok ik een vloeitje uit het platte doosje, verdeelde de losse shag erover, draaide het papiertje eromheen zoals hij me had geleerd, en likte het dicht.

Er bleef een bittere smaak achter op mijn tong.

Bij mijn echte opa en oma was ik nooit op visite, daar was ik thuis. Opa en oma zouden nooit opmerken dat ik 'zo'n stil kind' was, zoals oma Vink net weer had gezegd. Kon ik er wat aan doen dat ze de verkeerde vragen stelde, zoals hoe het op school ging? Hoe kon ik daar nou antwoord op geven. Want bedoelde ze of de juf aardig was? Of we mooie boeken lazen? Welke sommen we hadden geleerd? Als je 'goed' zei, dan was het alsof je bedoelde dat álles goed was, terwijl er altijd dingen waren die minder gingen. En telkens wanneer ik over een vraag zat na te denken, begon oma Vink alweer over een ander onderwerp en raakte ik nog meer in de war. Het ging te snel. Ik kon pas verder met het gesprek als er na de vorige zin een punt stond. Net als in een boek. Vraag, antwoord, punt. Zo hoorde dat. Maar in het echt ging dat nooit zo. Mensen vroegen iets en spraken daarna over iets totaal anders, als een bal die tegen de muur kaatste en een vaas van tafel stootte.

Ik staarde naar de blauwe rookkringen die naar het gelige plafond rezen en daar verdwenen. Die gewoon opstegen en onzichtbaar werden.

Ik keek op de schoorsteenklok. De grote wijzer kroop naar boven, over vijf minuten was het eindelijk vier uur en zou *Pippi Langkous* beginnen. Ik wachtte er elke woensdagmiddag op. Mijn moeder had de televisie al aangezet en stond in de keuken gehaktballen te draaien. Nog even en de omroepster zou in beeld verschijnen om de nieuwe aflevering aan te kondigen, de laatste voordat de grote vakantie begon.

Senta en ik zaten op de grond voor de tv. Emiel lag languit op de bank met de *Donald Duck*. Het was, samen met zijn *Suske en Wiske*-verzameling, het enige wat hij las. Aan boeken had hij nog steeds een hekel. Aan Pippi zogenaamd ook. Pippi Langkous was voor meisjes, beweerde hij. Hulk Hogan, die was pas stoer. Maar ik wist zeker dat hij straks net als altijd meekeek als de uitzending begon.

Later als ik groot was, wilde ik Pippi worden: alleen met mijn dieren in een huis leven en me van niemand iets aantrekken. Ik zou –

Er bewoog iets groens in mijn ooghoek.

'Hé!' riep ik. 'Jij bent het!'

Het groene beestje dat in de schoolbus bij me op schoot had gezeten fladderde door de woonkamer. Mijn vriendje uit Rockanje! Na twee jaar had hij me eindelijk teruggevonden! Ik stak mijn hand naar hem uit. 'Kom maar. Hier ben ik.'

'Tegen wie heb jij het nou weer?' vroeg Emiel.

'Kom maar,' zei ik weer. 'Kom maar bij me.'

En daar kwam hij! Mijn groene vriendje zweefde naar me toe en landde sierlijk op de salontafel, waar hij nieuwsgierig om zich heen keek. Zijn mooie, kleine voelsprietjes trilden van opwinding, en –

PETS!

Gillend sprong ik overeind.

Senta blafte.

'Jongens, wat gebeurt er?' riep mijn moeder vanuit de keuken.

'WAT HEB JE GEDAAN!' Ik schopte tegen de bank, mijn gezicht meteen nat van tranen. 'DAT WAS MIJN VRIENDJE!'

Emiel bekeek de onderkant van zijn opgerolde *Donald Duck*. Mijn groene vriendje zat eraan vastgeplakt. Hij was helemaal geplet. Zijn lange, dunne pootjes hingen in een vreemde knik van de pagina's af. Emiel grinnikte. 'Wás, inderdaad.'

Mijn moeder kwam de kamer in. 'Wat is dat allemaal voor gegil?'

'Emiel heeft mijn vriendje vermoord!' Ik huilde steeds harder. Dit was het ergste wat me ooit was overkomen. Mijn bijzondere vriend was pal voor mijn ogen vermoord. Door mijn eigen broer!

Emiel klakte met zijn tong. 'Doe toch eens niet zo idioot. Je lijkt soms wel achterlijk, zeg. Jezus.'

Mijn moeder keek ons om beurten aan. 'Wat voor vriendje, Jasmijn?'

Met een trillende vinger wees ik naar de *Donald Duck*, die nu op tafel lag. Ik kneep mijn ogen dicht. Ik kon er niet meer naar kijken.

'Jasmijn hééft geen vrienden,' zei Emiel. 'Ze zit in de ochtendpauze altijd als een sufkop alleen op het schoolplein.'

'Dat is niet waar! Ik zit met een boek. En dít was mijn vriendje!'

'Aansteller.'

'Ik ben geen aansteller!'

'Jawel. Je kunt nooit eens een keer normaal doen.'

'Hij deed niks! Waarom maak je hem dan dood?'

'Het is ongedierte, dwaas. Snap je dat echt niet? Ongedierte hoort niet in huis.'

Ik hapte naar adem. On-gedierte. Het was al net zo'n stom woord als onkruid. In het park bloeiden de mooiste bloemen en dat vond iedereen prachtig, maar zodra diezelfde bloemen in iemands tuin opdoken, was het ineens onkruid. Ik kon het niet begrijpen. Wild veegde ik met mijn hand langs mijn natte ogen.

Emiel zuchtte luid.

'Je had hem toch kunnen vangen... en... uit het raam... vrij kunnen laten.' Ik hikte. De snikken beten in mijn keel. 'Hij... kwam mij opzoeken, en jij... hebt hem dóódgemaakt.'

'Ma, zeg jij nou alsjeblieft ook eens een keer dat Jasmijn niet goed wijs is. Ik kan er echt niet meer tegen.'

'Je bent zélf niet goed wijs! Waarom geloof je me niet? Hij was mijn vriend. We kenden elkaar al twee jaar!'

Mijn moeder pakte de *Donald Duck* op.

'Nee!' gilde ik. 'Niet doen. Ik wil hem begraven! Dat heeft hij verdiend.'

Emiel draaide zijn ogen naar het plafond. 'Com-pleet ge-stoord.'

'Genoeg, nu.' Mijn moeder keek hem streng aan. 'Ik meen het, Miel.'

'Jezus, wat ben ik blij dat ik bijna op judokamp ga. Eindelijk weg uit dit gekkenhuis.'

Zonder ernaar te kijken pakte ik de *Donald Duck* uit mijn moeders handen en liep ermee naar de keuken. In de la graaide ik tussen de knijpers en spaarzegelboekjes tot ik een luciferdoosje vond. Ik schudde de houten vuurstokjes op het aanrecht. Toen scheurde ik voorzichtig de voorzijde van de *Donald Duck* los en vouwde die twee keer dubbel. Een traan plopte op het matglanzende papier.

'*Twee maal drie is vier,*' klonk Pippi vanuit de woonkamer, '*wiedewiedewiet en twee is negen! 'k Richt de wereld in, wiedewiede naar mijn eigen zin!*'

Mijn moeder kwam naast me staan en sloeg haar arm om me heen.

Voorzichtig legde ik mijn groene vriend in het doosje. 'Dag, lieve vriend,' zei ik zacht. 'Ik zal je nooit vergeten.'

Ik wilde zijn kistje dichtschuiven, maar mijn vingers bibberden.

'Laat mij maar.' Mijn moeder veegde een traan van mijn wang. 'Het was een snelle dood, lieverd, hij heeft geen pijn gehad.'

Plechtig liepen we de portiektrappen af naar beneden.

'Hier!' Ik wees naar een plek op het grasveldje achter de flat. 'Onder deze boom.'

Senta groef een kuil, iets wat ze op commando kon, en samen met mijn moeder legde ik het grafdoosje erin.

Toen ik omhoogkeek, zag ik Emiel vanachter het raam hoofdschuddend toekijken.

'Kom.' Mijn moeder pakte mijn arm. 'We staan hier nu al tien minuten. Oma en ik moeten nog meer doen vandaag.'

'Nog heel even. Alsjeblieft?'

We stonden in de V&D op het Zuidplein. Bij de roltrappen. Roltrappen vormden de enige plek in het drukke, overdekte winkelcentrum waar ik tot rust kwam. Eindeloos kon ik staren naar die zwarte leuning, die op het eind afboog en onder de grond verdween en daarna weer tevoorschijn kwam. De geribbelde, zilverkleurige traptreden, die wanneer de rit voorbij was onder je voeten wegsmolten en je weer terug op de gewone wereld brachten. De roltrappen gingen alsmaar door, en door, en door. Het enige wat veranderde, waren de mensen die erop stonden.

Maar daar keek ik niet naar.

Ik hield mijn moeders hand stevig vast. Oma liep aan mijn andere kant. We wandelden in een rustig tempo. Mijn moeder en oma keken om zich heen en stonden soms stil bij een etalage. Ik beet op mijn lip. Er was me een saucijzenbroodje beloofd als ik kalm bleef. Als ik niet zou gaan huilen, niet zou wegrennen. En ik deed mijn best. Echt. Maar de herrie was overal, en mijn moeder en oma hoorden het niet. Die hoorden alleen maar wat ze wílden horen. Zagen wat ze wílden zien. Roken wat ze wílden ruiken.

Mijn neus prikte nog steeds van het vreselijke parfum dat – zonder te vragen! – door een mevrouw in een deftig pakje op mijn moeder was gespoten toen we bij V&D naar de uitgang liepen. Een deel van de opdringerige nevel was op mij geland.

'Gewoon doorlopen,' had mijn moeder gezegd. Ze had mijn hand gepakt en de toezegging van het saucijzenbroodje herhaald.

Ik deed mijn best. *Gewoon doorlopen.* Doorlopen en aan het saucijzenbroodje denken. Hoe warm het zou aanvoelen in mijn hand. Het dunne papieren zakje eromheen, de krokante laagjes die kraakten als ik een hap nam. De hete, geurige binnenkant. *Gewoon doorlopen.* Aan de roltrappen denken. Die gingen ook gewoon door, hoeveel mensen er ook waren. Honderden per dag. Duizenden. De roltrappen trokken zich er niets van aan. En ik zou me er ook niets van aantrekken. *Gewoon doorlopen.* Ik pakte mijn moeders hand nog steviger beet. Het winkelcentrum was een echoput, waar de herrie net zo indringend in de lucht hing als de sigarettenrook. Een krijsende baby in een buggy kwam ons tegemoet. Het kindje had een knalrood gezicht. De tandeloze mond stond wijd open, een donkere poort van snot en kwijl. De moeder die achter het wagentje liep, keek boos voor zich uit. Achter ons liep een mevrouw op naaldhakken. Ik hoorde het geklikklak dichterbij komen maar ze haalde ons niet in. In plaats daarvan bleef ze achter ons lopen, *klikklak, klikklak, klikklak*. Het geluid werd steeds luider. *KLIKKLAK, KLIKKLAK, KLIKKLAK.*

'Niet stilstaan, Jas.' Mijn moeder trok me mee.

Ik rukte mijn arm los en stond weer stil. Ik kon pas verder als het geklikklak ons niet langer achtervolgde. Als het weg was.

Oma hurkte voor me neer. 'Wat is er, Mijntje? Wil je ergens naar binnen? Heb je wat moois gezien in een etalage?'

Ik schudde driftig mijn hoofd.

'In de metro was ze ook al zo stil,' zei oma tegen mijn moeder.

'Daar is ze altijd stil. In de metro wil ze alleen maar naar buiten kijken.'

De mevrouw op de herriehakken passeerde ons. Ik zag haar achterkant. Een blonde mevrouw in een korte rok, een sigaret in haar hand.

'Kom,' zei mijn moeder.

Ik liet me meevoeren. *Gewoon doorlopen.* Was Senta er maar. Ze zou me vrolijk maken, door hoe ze naast me meetrippelde, met een sprongetje in haar stap alsof ze danste. Maar ook hier mocht Senta nooit mee naartoe; de winkels waren verboden voor honden.

'Alleen nog even naar de Zeeman, en dan zijn we klaar.' Mijn moeder kneep in mijn hand. 'Dan halen we een broodje en gaan we naar huis.'

Ik keek naar de winkel voor ons. Ondanks zijn naam leek deze zaak niets met de zee te maken te hebben. Ik zag geen zand. Geen duinen. Niet eens een boot. Alleen maar allemaal metalen bakken met textiel. Toen we naar binnen stapten, galmde er een harde *dingdong* ergens uit het plafond. We liepen door naar achteren.

Mensen kwamen naar binnen. *Dingdong.* Mensen liepen weer naar buiten. *Dingdong.*

Ik drukte mijn handen tegen mijn oren.

'Bijna klaar nu,' zei mijn moeder toen we aansloten in de rij om af te rekenen.

De kassa rinkelde wanneer de la openging. Er was een dreun wanneer de la weer werd dichtgeschoven. Guldens, kwartjes en stuivers rolden kletterend over de toonbank. *Rinkel! Dingdong! Boem!* Mijn moeder keek naar me om.

Ze rook nog steeds naar het ongewenste parfum in plaats van naar zichzelf. *Rinkel! Dingdong! Boem!*

'Wilt u gebruikmaken van onze speciale aanbieding?' Het kassameisje wees naar een rekje met plastic hangertjes in de vorm van een dennenboom. 'Luchtverfrissers voor in de auto.'

'Nee, bedankt,' zei mijn moeder.

'O, maar uw auto gaat er echt heerlijk van ruiken. Wilt u het echt niet proberen?'

Mijn moeder pakte het plastic tasje van de toonbank en zei: 'Je moet er niet zomaar van uitgaan dat iedereen een auto heeft.'

We liepen de winkel uit. *Dingdong!*

Het tasje in mijn moeders hand zwaaide heen en weer. Het had een felgele kleur, met blauwe letters, en bij elke zwier sprongen de letters met gestrekte klauwen van het tasje af en krabden in mijn ogen. In mijn hoofd klonk nog steeds de deurbel van de Zeeman. Het gerinkel van de kassa. Ik probeerde aan het broodje te denken, maar ik kon er niet meer bij in mijn hoofd. De herrie van de Zeeman zat in de weg. De klikklakkende hakken. De stemmen, altijd overal stemmen. Altijd overal ménsen.

Zo ongelooflijk veel mensen.

Ik liet me op de grond vallen.

'Mijntje!' Oma hurkte bij me neer. 'Wat is er, kind?'

Tranen stroomden over mijn wangen. Ik kon niet stoppen. Ik kon alleen maar zitten, hier, op de vieze grond tussen de peuken en afvalpapiertjes en veel te veel mensen, en huilen. Zonder geluid. Zonder beweging. Misschien dat ik vanzelf zou verdwijnen als ik maar doodstil bleef zitten. Weg, ver weg van al dit lawaai. Van al deze gezichten die nu nog naar me stonden te kijken ook.

Mijn moeder sloeg haar armen om me heen. Ik hoorde haar stem, maar niet wat ze zei.

Oma haalde een zakdoekje uit haar tas en veegde mijn gezicht schoon.

Ik keek naar de grond. Onder de grond was het stil, dat wist ik zeker. En donker. En –

'Jozef zoekt zijn grote broers...' begon oma, hoog en zuiver. *'Alle tien zijn ze jaloers.'*

Ik keek op. Oma's zangstem klonk vertrouwd. Ze knikte bemoedigend. *'Op zijn jas en op zijn dromen...'* ging ze verder. *'Als zij Jozef aan zien komen...'*

Ik slikte. Veegde mijn neus af. Zingen hielp altijd.

'...wordt zijn mantel afgerukt,' zong oma. *'Diep zit Jozef in de put.'*

De herrie vervaagde. In mijn hoofd hoorde ik mezelf meezingen met mijn lievelingslied. Ik was niet langer op het Zuidplein, nee, ik was bij oma in de keuken. Oma, met haar schort om. De piepers, die op het vuur stonden. Senta, die de beslagkom mocht uitlikken. Ik liet me overeind trekken en viel snotterend in: *'Met de slavenkaravaan...'*

Vanuit mijn ooghoek zag ik mijn moeder glimlachen.

'...moet hij naar Egypte gaan,' zong ik, harder nu. *'Alle dromen zijn vergeten! Heel veel kwaad wordt hem verweten!'*

Langzaam liepen we verder. Mijn moeder hield mijn ene hand vast, oma mijn andere. Onze stemmen galmden door het winkelcentrum. Mijn moeder, die de woorden niet kende, neuriede mee. Onze stappen werden groter, onze armen zwierden naast ons lichaam. *'Jozef die onschuldig is, komt in de gevangenis!'*

'En hoe was jouw zomer, Jasmijn?' vroeg juffrouw Meurs.

Het was de eerste schooldag in de tweede klas van de lagere school. Dat betekende een andere juf en een ander lokaal, maar dit keer gelukkig geen nieuwe kinderen in de klas. Er was ook niemand weggegaan.

'Jasmijn? Hoor je me?'

Ik had een tafel achterin, bij het raam. Er zat alleen maar wat glas tussen mij en de vrijheid van buiten. Wat zouden de vogels in de boom op het schoolplein denken als ze naar binnen keken en mij hier zagen zitten? Zouden ze denken dat een klaslokaal een kooitje was en dat ik –

'Jasmijn!' De stem van juffrouw Meurs klonk scherper nu. 'Moet ik soms spijt krijgen van het feit dat ik jou een plek bij het raam heb gegeven?'

Ik draaide mijn gezicht weg van buiten, maar het ging langzaam; mijn blik bleef als honing kleven aan de boom. Mijn ogen wisten dat ik, zodra ik niet meer uit het raam keek, écht hier in de klas zou zitten. Dat ik niet langer kon doen alsof ik eigenlijk vrij was. Juffrouw Meurs zat aan haar bureau en keek me vorsend aan. Ik schudde mijn hoofd in antwoord op haar vraag. Het was juist heel fijn dat ik deze plek had gekregen.

Ze bolde haar wangen op alsof ze een zucht ging uitblazen, maar zei toen: 'We zijn aan het praten over de zomervakantie, en de beurt is aan jou.' Ze keek me afwachtend aan. 'Vertel.'

Ik staarde haar aan. *Senta en ik zijn in Uddel geweest,* antwoordde ik in mijn hoofd. *Met opa en oma en mijn ouders en Emiel. Ik heb lange boswandelingen gemaakt. Het was fijn.*

'Wil je er niet over praten?' vroeg de juf.

Maar hoe dan? Ik kende juffrouw Meurs nog helemaal niet. Het was toch logisch dat mijn stem pas naar buiten kwam wanneer ik aan haar gewend was?

'Je mag het straks ook opschrijven, als je dat fijner vindt,' zei ze. 'Ik heb van juffrouw Mannink begrepen dat je daar erg goed in bent.'

Ik knikte snel. Over Uddel schrijven zou leuk zijn.

Juffrouw Meurs was lief, besloot ik.

Ik keek weer naar buiten, recht in de nieuwsgierige, zwarte oogjes van een bruine mus. Toen hij wegvloog, keek ik op de klok boven de deur. Halftien.

Nog tweeënhalf uur voordat het deurtje van mijn kooi weer openging.

Aan het einde van die eerste week stond de Daphnetas op mijn bed. Mijn nichtje was een jaar ouder dan ik, en ik kreeg altijd de kleren waar zij uitgegroeid was. Dit keer trof ik tussen de gebruikelijke truien en T-shirts ook een strakke, grijze broek aan, eentje met gestikte, ovaalvormige vlakken aan de binnenzijde van de knie. Ik hield hem op naar mijn moeder. 'Wat is dit?'

Ze keek ernaar. 'Een paardrijbroek, zo te zien.'

'Ik wist niet dat Daphne op paardrijden zat.' Ik streek met mijn vingers over de geribbelde stof. Paardrijden, hoe heerlijk moest dat zijn! In Uddel mocht ik soms Bruninke aaien, de bruine merrie van de beheerder van het vakantiepark. Ze stond op een veldje tegenover het zwembad, en ze krulde haar zachte, dikke bovenlip op in een lach als ze me zag. Ik hield de rijbroek tegen mijn neus. Helaas, hij rook naar wasmiddel.

'Mag ik ook op paardrijden, mama?'

Ze schoot in de lach. 'Weet je wel hoe duur dat is?'

Ik zei niets. Dat was geen antwoord op mijn vraag.

'Nee, Jasmijn.' Ze ging verder met het opvouwen van de Daphnekleren. We maakten twee stapels: eentje om te houden en eentje om door te geven aan Myra. Myra was een jaar jonger dan ik. 'Paardrijden kost niet alleen handenvol geld, je hebt ook nog allemaal speciale spullen nodig. Laarzen, een cap, zelfs een zweepje, als ik me niet vergis.'

'Maar de broek heb ik al.' Ik hield hem nog steeds in mijn handen.

Mijn moeder schudde haar hoofd. 'Jij zit op zwemles, dat is ook leuk.'

Niet waar. Zwemles was niet leuk. Overal waren spartelende armen en benen, en soms trapte iemand onder water per ongeluk tegen mij aan. Maar mijn moeder had beloofd dat we naar Rockanje zouden gaan, als ik mijn zwemdiploma had gehaald. Zodat ik in de zee kon zwemmen. Dát leek me wel leuk. Daar zou ik me vrij voelen.

Toch legde ik de rijbroek in mijn kast. Ik zou hem bewaren.

Je wist maar nooit.

'Kijk maar naar mij,' zei de schoolfotograaf. Ik zat op een tafel voor een groot blauw doek. Sommige kinderen uit mijn klas waren al aan de beurt geweest, de rest stond nog in de rij. 'Ja, zo inderdaad. En nu lachen.'

Ik staarde hem aan.

'Láchen.' Met een grote namaakgrijns stak hij zijn glimmende gezicht boven de camera uit. 'Zo, zie je wel?'

Maar wat híj met zoveel gemak deed, kon ik alleen als ik écht moest lachen. Doen alsof ging niet. Nooit.

'Doe dan, je hebt vast een heel mooie lach. Hoe heet je? Wil je dat niet zeggen? Nou, kom op, wel even lachen naar het vogeltje.'

'Jasmijn is zelf een vogeltje!' riep Roel. Hij wapperde met zijn armen en maakte een tjilpend geluid. 'Een vink! Jasmijn Vink!'

Ik keek om me heen. Vogeltje?

'Nee, hier kijken.' De fotograaf klakte met zijn tong. 'Hiero! En lachen.'

Vragend keek ik hem aan. Ik zag nog steeds geen vogeltje.

Een flits. Een *klik*. Een: 'Dank je wel, jij bent klaar. De volgende mag komen.'

Toen juffrouw Meurs drie weken later aan alle kinderen het envelopje met onze foto's uitdeelde, moest Colette lachen toen ze die van mij zag. 'Kijk nou wat voor bek je trekt, joh. Waarom kijk je zo boos?'

'De fotograaf zei...' begon ik, maar ik slikte de rest van mijn woorden in.

Ze hield trots haar eigen portret hoog zodat iedereen het kon zien. De foto toonde een stralende Colette: breed lachend, haar blauwe ogen sprankelend. Het leek wel iets uit de *Wehkamp*.

Ik keek weer naar mijn eigen portret. Colette had gelijk, dat zag er maar gek uit. Mijn wenkbrauwen waren gefronst en mijn ogen leken twee donkere, horizontale streepjes. Er lag een verwarde, zoekende blik in.

Mijn foto was lelijk.

Misschien moest ik toch een neplach oefenen, net als Colette.

Thuis zag ik dat ook Emiel zijn foto had gekregen. Het was er eentje waarop hij lachte, met open mond zelfs. Je zag de gaten waar hij zijn melktanden aan het wisselen was. Hij zag eruit alsof hij echt plezier had. Misschien had híj het grapje over het vogeltje wel gesnapt. Ik legde zijn foto terug op tafel en schoof die van mij eronder.

'Is dat je schoolfoto, Jas?' vroeg mijn moeder vanachter haar naaimachine. Twee van de Daphnetruien waren nog iets te groot voor mij geweest. Mijn moeder maakte ze op maat. 'Laat eens zien?'

Zwijgend trok ik mijn envelop onder die van Emiel vandaan.

Mijn moeder drukte haar sigaret uit, bekeek de foto en knikte tevreden. 'Mooi. Ik zal ze straks allebei ophangen, dan kunnen die van vorig jaar in het album.'

'Colette zei dat ik eruitzie als een boze Chinees.'

'Colette heeft babyhaar en poppenogen,' zei mijn moeder. 'Lekker laten lullen. Je staat er prachtig op.'

Senta lag nog te snurken, maar zelf was ik allang wakker. Hoe kon je slapen als je jarig was? Het was vandaag precies zeven jaar geleden dat ik geboren werd, hier in mijn eigen kamer. Op zondag. Een zondagskind, noemde mijn vader me. Toen ik vanmorgen mijn arm uitstak om de verduisteringssok van mijn wekker te trekken, hadden de knipperende, rode cijfertjes op 04:20 gestaan. Het exacte moment van mijn verjaring! In de minuut die volgde, had ik een heuse verandering gevoeld: mijn bloed had getinteld, ik was een boom die er een groeiring bij kreeg. Mijn zevende!

Ik had mijn vader uit zijn nachtdienst horen thuiskomen, het gerommel in de badkamer, zijn zware voetstappen door de flat. Zou hij het ook voelen? Wanneer je kind jarig was, was je als ouder natuurlijk ook een beetje jarig.

Weer plukte ik mijn zwarte sok van de wekker. 06:50 uur. Ik legde de sok weer terug.

Senta werd wakker en gaapte luid. In het donker voelde ik haar vragende blik.

'Nog even wachten,' zei ik.

We zouden blijven liggen tot mijn moeder kwam. Ze wekte me op mijn verjaardag altijd een halfuur eerder, zodat ik tijd had om cadeautjes uit te pakken voordat ik naar school moest. Elk moment kon ik haar door de woonkamer horen schuifelen. Ze wist nooit dat ik wakker lag terwijl zij de slingers en ballonnen ophing, dat de geluiden van mijn oren naar mijn buik zakten en daar kriebelend bleven liggen.

Ik draaide me op mijn zij. Mijn wang drukte in het kussen door mijn lach.

Ik was jarig!

'In de glo-ri-a!' zong mijn moeder, terwijl ze mijn gordijnen openschoof. *'In de glooo-ri-a!'*

Ik sprong uit bed.

Ze omhelsde me. 'Gefeliciteerd, meid.'

Aan het ritueel van drie plakkerige wangzoenen, waar ik grote mensen altijd smakkend mee zag strooien, deden wij niet. Ik sloot mijn ogen en nestelde me in mijn moeders zachtheid. Toen haastte ik me in mijn nachtpon door de gang achter haar aan naar de woonkamer, waar mijn blik meteen naar het plafond ging. Ja, daar hingen ze! Slingers! Met ballonnen eraan! Nu was ik écht jarig.

Emiel was ook al op. Hij zat in zijn donkerblauwe pyjama op de bank. Zijn blonde stekels stonden alle kanten op. Mijn vader lag nog op bed. Hem zou ik tussen de middag zien, wanneer opa en oma er ook waren en ik het grote cadeau mocht uitpakken dat op tafel stond.

'Gefeliciteerd.' Emiel drukte een pakje in mijn handen. 'Zelf uitgezocht.'

Ik ging ermee op de andere bank zitten en scheurde het papier eraf. Het was een glazen bolletje, met een bruin hondje erin. Het hondje speelde in de sneeuw.

'Schud hem eens,' zei Emiel.

'O!' riep ik uit. Honderden sneeuwvlokjes dwarrelden in het rond, naar beneden en over het hondje heen. 'Wat mooi!'

'Leuk, hè?' zei mijn moeder. 'Heeft hij van zijn eigen zakgeld gekocht.'

Ik schudde het bolletje opnieuw en bedankte mijn broer. Dit was echt aardig van hem. Emiel kreeg drie gulden zakgeld per week, en ik wist dat hij aan het sparen was voor een tweedehands aquarium voor op zijn kamer. Voor zijn eigen verjaardag twee maanden geleden had hij geld gevraagd.

Mijn moeder verdween naar de gang. Toen ze terugkwam, liep Senta kwispelend naast haar, een rood lint om haar hals. Er bungelde een pakje aan. Ik hurkte bij Senta neer, knoopte het lint los en pakte het cadeautje uit. Het was een pocketboekje. *De Vijf en het gestrande goudschip*. Op de voorkant stonden twee jongens, twee meisjes en een hond. Ik sloeg het boekje open, rook eraan. Het stroeve, oude papier was vergeeld en had een heerlijk zoete geur.

'Ik zag deze liggen op de markt,' zei mijn moeder. 'De boekjes van *De Vijf* zijn echt wat voor jou. Ik las ze vroeger zelf ook. Dit is het eerste deel. Er zijn er meer dan twintig.'

'Dank je wel,' zei ik.

Senta duwde haar neus tegen me aan en gaf me een lik in mijn gezicht.

Van háár vond ik een kus op mijn wang niet vervelend.

Wiebelend stond ik boven op mijn stoel. Iedereen had zich om me heen verzameld en zong *Lang zal ze leven*. Dit was het minst leuke moment van jarig zijn. De hele klas keek naar je, en daar stond je dan, met rode wangen en in de gloria, hopend dat je niet zou vallen en wachtend tot ze klaar waren met zingen en met klappen, zodat je weer kon gaan zitten en kijken naar de vlag die de juf op het bord had getekend, waardoor de hele dag lang niemand kon vergeten dat er één jarig was, hoera, hoera.

Tussen de middag werd mijn moeder door de andere moeders *smak-smak-smak* met mij gefeliciteerd.

'Geeft ze geen feestje?' wilde de moeder van Mathilde weten. 'Ik heb Mathilde er niet over gehoord.'

'Nee,' zei mijn moeder. 'Dat hoeft voor Jasmijn niet zo nodig.'

Ze had het me wel gevraagd. 'Gewoon met een paar leuke meiden uit je klas bij ons thuis,' had ze geprobeerd, 'dat is toch gezellig?'

Maar ik had mijn hoofd geschud. De braaktoestand bij Zahvala was een les geweest: van feestjes werd ik ziek. Ik was sindsdien op geen één uitnodiging meer ingegaan.

En míjn verjaardag vierde ik gewoon op mijn eigen manier.

Een goudbruine appeltaart stond op de tafel. Er stonden kaarsjes in: twee roze, drie blauwe, een gele en een rode. In de vriezer had ik een Viennetta zien liggen, voor vanavond. Ook al was het winter, iets vieren deden we met ijs. Ik ging op mijn knieën voor de tafel zitten, mijn lichaam nog warm van de omhelzingen van opa en oma, en blies de kaarsjes in één keer uit.

Oma klapte juichend in haar handen.

Met een schuin oog keek ik omhoog naar de eettafel, waar naast mijn moeders naaimachine een dikke stapel kleurige enveloppen lag. Mijn vaders kant van de familie had verjaardagbezoekjes godzijdank afgeschaft – het waren er met alle ooms, tantes, neefjes en nichtjes simpelweg te veel – maar er werden nog wel kaarten gestuurd. Soms zat er met plakband een gulden in de kaart geplakt. Maar de post zou ik later wel openmaken, ik was veel nieuwsgieriger naar het pakje dat ernaast stond. Het cadeau van mijn ouders, dat al sinds vanmorgen smeekte om uitgepakt te worden. Tot nu toe was het me elk jaar gelukt om te raden wat ik kreeg, maar dit keer had mijn moeder niets verklapt.

'Het is iets wat je heel graag wil,' was alles wat ze had gezegd.

Ik stond op en liep naar de grote tafel.

'Wil je niet eerst even rustig je appeltaart eten?' vroeg mijn moeder, maar haar lachende gezicht vertelde me dat ze een grapje maakte. Ze wist hoe nieuwsgierig ik was.

'Wacht, Mijntje, eerst krijg je dit.' Oma trok een pakje achter haar rug vandaan. 'Dat je er maar veel plezier van mag hebben.'

Het was lang en dun en woog bijna niets. Snel trok ik het papier eraf. Ik staarde naar het voorwerp in mijn handen. Een zweepje. Een zwéépje? In een flits zag ik mezelf weer bij de Daphnetas staan, haar rijbroek in mijn handen. Mijn moeders opsomming over wat er voor paardrijles allemaal nodig was echode in mijn hoofd. Een hoopvol stemmetje fluisterde druk door de herinnering heen. *Zou het?*

Zou het echt?

'Dit hoort er ook bij,' zei opa. Nu pas zag ik dat hij vreemd naar voren gebogen op de bank zat. Hij trok een langwerpig pak achter zijn rug vandaan en gaf het aan me.

Een paar tellen later hield ik twee hoge, zwarte laarzen in mijn handen.

Het fluisterende stemmetje werd luid en opgewonden.

'Mama?' vroeg ik voorzichtig. 'Betekent dit...'

Ze knikte. 'Ik heb het er lang met papa over gehad, en je mag op paardrijden.'

'Echt?'

'Echt,' zei ze lachend.

'Ben je blij?' vroeg opa.

Ik sprong op en neer. 'Héél! Erg! Blij!'

'Dan kun je nu het andere cadeau uitpakken,' zei mijn vader.

Eindelijk trok ik het paarse papier los. Een cap! Ik streek over de fluwelen toplaag, de koele satijnen voering. 'Wauw,' bracht ik fluisterend uit.

'Zet hem eens op?' zei mijn moeder. 'Ik ben benieuwd of hij past.'

Met in mijn ene hand mijn laarzen en in mijn andere hand de cap liep ik naar mijn kamer. Diep weggestopt in mijn kast hield de rijbroek van Daphne een donkere, hoopvolle winterslaap onder de rest van mijn kleren. Ik schudde hem wakker, wekte hem voor zijn tweede leven. Snel stapte ik uit mijn overgooier en hees me in de rijbroek, het klittenband stekelig op mijn enkels. De broek was iets te wijd, maar dat maakte niet uit. Ik knoopte hem dicht, trok mijn laarzen aan en zette mijn cap op.

Hij paste.

De kersverse amazone in de spiegel lachte breeduit.

's Avonds pakte mijn vader zijn portemonnee. 'Vanaf nu krijg je zakgeld, Jassie. Deze gulden is helemaal van jou, je mag ermee doen wat je wil.'

Ik liet het zilverkleurige muntstuk langzaam door mijn handen glijden. Mijn eigen geld! Ik werd echt al groot. Dit was veel meer dan de stuivers en dubbeltjes die als wisselgeld overbleven wanneer mijn ouders me naar de sigarenboer stuurden. Dat kleingeld mocht ik altijd houden, om snoep van te kopen, maar nu had ik een hele gulden! In gedachten zag ik de doorzichtige potten, die op de toonbank van de sigarenwinkel stonden. Hun plastic wanden waren dof en poederig van schuimblokken, winegums en zure matten. Mijn favoriete snoep, de dropmanen, stonden op de hoek. De sigarenboer was een oude man met een rustige stem en een kuiltje in zijn kin. Hij wist dat ik 'verlegen' was, zoals hij het noemde, en hij vond het prima dat ik de dingen aanwees die ik kwam kopen in plaats van ze hardop bij naam te noemen. Zware Van Nelle voor mijn vader, een pakje Pall Mall voor mijn moeder, en vier dropmanen voor mij. Ik vouwde mijn vuist om de gulden heen. Hoeveel drop kon ik hier wel niet van kopen! Of misschien zou ik gaan sparen. Ik kon een piekpijp aan mijn muur hangen, net als Emiel. Zijn plastic spaarbuis was al tot aan het tweede streepje vol.

'Voortaan krijg je dit elke week.' Mijn vader stak zijn portemonnee weer terug in zijn broekzak. 'Net als bij Miel wordt het elk jaar met vijftig cent verhoogd. Denk goed na over waar je het aan uitgeeft, want op is op.'

Ik knikte en liet de munt in de zak van mijn jurk glijden, waar het een rinkelende ontmoeting had met het verjaardagsgeld uit sommige felicitatiekaarten. Ik lachte om het geluid. Ik was Pippi, en dit waren mijn goudstukken.

'Ben je klaar voor de afsluiting van de dag?' vroeg mijn moeder.

'Ja,' zei ik direct. Snel nam ik de punaise van haar aan.

Mijn vader tilde me op zijn nek en begon aan ons rondje door de kamer. Ik hield de punaise stevig vast, en bij elke ballon die ik lekprikte, slaakte ik een kreetje. De knallen deden mijn oren trillen, maar het was een geluid dat ik zélf maakte en daardoor kwam het heel anders mijn hoofd binnen dan lawaai waar ik geen controle over had. Senta sprong kwispelend tegen ons op. Elk jaar was het lekprikken van de ballonnen de perfecte ontlading van een drukke, blije dag. Bij elke explosie juichte ik harder.

De knallen waren vuurwerk: het inluiden van mijn eigen nieuwjaar.

'Christa, van Koos en Trudy, is een portiek in getrokken,' zei oma tegen mijn moeder. 'Die schoft maakte zich uit de voeten toen Christa gilde. Maar ik hoorde van Saar van de borduurwinkel dat er gisteren ook een engerd door de Middelharnisstraat reed, die kinderen vroeg bij hem in te stappen.'

'Kinderlokker!' riep Emiel vanuit de gang, waar hij met zijn He-Manpoppetjes op de grond zat. Af en toe vloog er eentje door de lucht, of brulde Emiel dat hij *the power!* had. 'Leon heeft er ook één gezien.'

Ik keek op van opa's puzzelboekje. *Kinderlokker.* Het nieuwe woord stapte als een schimmige gestalte mijn hoofd binnen. Waar herkende je een kinderlokker aan? Hoe had Leon geweten dat het er een was?

Mijn moeder draaide een nieuwe roller in oma's haar. 'Je hoort tegenwoordig steeds meer van die ellende. Gelukkig weten Miel en Jas dat ze niet met vreemden mogen praten.'

'Kielhalen moeten ze dat tuig,' bromde opa.

'Maar, Pien,' zei oma, 'Mijntje zwerft telkens maar in haar eentje door het Zuiderpark. Daar ben ik niet gerust op, hoor.'

'Ik ben niet alleen,' zei ik. 'Ik ben met Senta.'

Onder de tafel ritselde een kwispelende staart tegen de lange sleep van mijn jurk. Ik had kleren uit de verkleedkist aan. Steeds als ik, zoals nu, in oma's oude jurken rondliep, voelde ik de gladde, veel te ruime stof om mij heen bewegen als bladzijdes van een boek. Soms stond ik stil om minutenlang naar de knoopjes en het borduurwerk te kijken.

Elk kledingstuk had een eigen verhaal.

'Jas zal met niemand meegaan,' zei mijn moeder. 'Maak je daar maar niet druk om.'

Oma schudde zorgelijk haar hoofd. 'Toch hoor je steeds vaker akelige verhalen.'

'Ik ga haar niet verbieden om naar het park te gaan.' Met de punt van de kam trok mijn moeder strakke scheidingen op oma's hoofd. 'Zolang ze er maar niet komt als het donker is, maar dat weet ze.'

'Hm,' zei oma.

Ik bestudeerde haar gezicht. Dat *hm*-geluid hoorde ik mensen vaker maken, en ik wist nooit wat het betekende. Ik zag oma zachtjes haar hoofd schudden. Ze duwde haar grijze wenkbrauwen in een v-vorm.

Mijn moeder legde de kam op tafel. 'Ik speelde vroeger ook hele middagen buiten, weet je dat soms niet meer? Iederéén in de Korhaanstraat hing buiten rond. Toen had ik dezelfde leeftijd als Jasmijn nu.'

'Dat waren andere tijden, Pien. Bovendien speelde jij met vriendjes en vriendinnetjes.'

'Hou er maar over op, ma,' zei mijn moeder. 'Jasmijn is voorzichtig. En ze is echt niet altijd in het park. Ze zit ook vaak in de bibliotheek.'

Toen ik de volgende dag na schooltijd de Oldegaarde overstak en het Zuiderpark in liep, keek ik bij elk paar stappen dat ik zette om me heen. Zouden er hier echt kinderlokkers zijn? Stille schaduwen die zich in bosjes schuilhielden, of die plotseling achter een boom vandaan sprongen? Moest ik bang zijn?

Ik keek naar Senta. Aan haar kon ik precies zien of er iets aan de hand was, of niet. Als zij iets of iemand niet vertrouwde, gingen de haren in haar nek en op haar rug overeind staan. Dan stonden haar oren naar voren. Soms gromde ze. Maar nu niet. Ze liep met haar staart in een krul, haar tong zorgeloos uit haar mond.

Er was geen reden om bang te zijn.

We hoorden de vogels, we zagen de bomen, de bruggetjes, het water. Hier was helemaal geen gevaar. Hier was alleen maar rust, en stilte. Hier was vrijheid.

En geluk.

Vanmiddag was het eindelijk zover: mijn eerste paardrijles. Gisteravond had ik mijn kleding nog eens gepast en was ik er statig mee door de woonkamer gelopen.

Emiel had met zijn ogen gerold. 'Cowboys rijden gewoon in een spijkerbroek. Die hoeven niet zo'n gekke outfit aan.'

Mijn moeder keek op en zei: 'Je ziet er goed uit, Jas. Heb je er zin in?'

'En die hebben ook niet zo'n lompe helm op hun hoofd,' ging Emiel verder.

'Dat heet een cap, hoor,' zei ik. 'En heb jij jezelf weleens gezien in dat judopak van je? Je lijkt wel een sneeuwgans.'

Op school vertelde ik aan niemand wat ik straks ging doen, al wist ik zeker dat het aan me te merken was. Ik kon mijn aandacht niet bij de les houden. Tijdens het klassikaal voorlezen hoorde ik niet eens dat juffrouw Meurs zei dat het mijn beurt was. Pas toen Thijs mijn naam siste, keek ik op.

'De volgende alinea is voor jou, Jasmijn,' zei de juf.

Alinea? Snel keek ik in het boek over Pim, Frits en Ida. Ik wist nooit waar we gebleven waren, omdat luisteren naar al het gehakkel me onrustig maakte. Ik was altijd benieuwd hoe het verhaal verderging en was meestal al drie of vier hoofdstukken verder. Maar nu had ik helemaal niet gelezen. Ik kon alleen maar aan vanmiddag denken.

'Probeer toch eens met de rest van de klas mee te doen,' verzuchtte juffrouw Meurs. 'Diane, neem jij het maar over.'

Dianes zachte stem las een scène voor over Ida's kanariepietjes, en opnieuw dwaalden mijn gedachten af. Over een paar uur zou ik op de rug van een paard zitten.

Net als Pippi!

'Hier is het.' Mijn moeder sloeg links af, het terrein van Manege Charlois op. 'Kijk je uit in de bocht?'

Met een trommelend hart fietste ik de paardenwereld binnen. Ik zag meisjes die kruiwagens voor zich uit duwden, anderen liepen naast een paard of zaten erop. Er hing een zoet aroma in de lucht: een mix van zweet en vacht, van hooi en mest. Een roodharige vrouw sponste een paard af en knikte ons vriendelijk toe. Twee zwarte bouviers liepen om haar heen, en een klein meisje op een Shetlander hobbelde de parkeerplaats af.

Mijn moeder en ik stalden onze fietsen in een breed rek en beklommen een houten buitentrap. Bovenaan de trap was een halletje met toiletten en een prikbord. Rechts ervan was een kantine die uitkeek over de binnenbak. Meteen liep ik naar het raam. Een stuk of acht pony's draafden rondjes. Er zaten meisjes op van mijn leeftijd, sommigen wat ouder.

'Kom,' zei mijn moeder.

We liepen naar de bar, waar een blonde mevrouw ons hartelijk toelachte. 'Wat kan ik voor jullie doen?'

Op een namenlijst aan de muur zagen we dat ik Cilly toegewezen had gekregen. Cilly was een zwarte pony, bijna net zo groot als een paard. Ze had lieve bruine ogen en stond tussen twee dunne schotjes in een smal stalletje. Aan weerszijden van de schotjes stonden andere pony's, ongeveer vijftien in totaal.

'Is het niet zielig dat ze maar zo weinig ruimte hebben?' vroeg ik aan het meisje dat meeliep om mij alles uit te leggen. Ilonka, heette ze. 'Ze kunnen zich niet eens keren.'

'Vinden ze niet erg, hoor. Dat zijn ze gewend.'

Ze ging me voor naar de zadelkamer. Ook daar hing een lijst, eentje met namen en nummers. Cilly had zadel nummer tien, zag ik. Mijn geluksgetal! Ik snoof de warme geur van intensief gebruikt leer op. Het was bijna niet te geloven dat dit echt gebeurde. Er waren zoveel nieuwe beelden en nieuwe geluiden. Nieuwe woorden om te leren. Mijn hersenen zwollen op en drukten tegen de binnenkant van mijn hoofd. Ik trok mijn cap af.

'Dan laat ik je nu zien waar de borstels liggen,' zei Ilonka, 'en hoe je moet opzadelen. Vanaf volgende week is het de bedoeling dat je alles zelf doet.'

Om twee uur ging de bak open en kwamen de meisjes van het vorige lesuur eruit. Nu mochten wij naar binnen. Ik stond links naast Cilly's hoofd zoals Ilonka me had geleerd, en met de teugels in mijn rechterhand nam ik haar mee de binnenbak in. Haar teugels voelden net als het zachte leer van Senta's riem. Ilonka liep voor me uit. Mijn moeder volgde ons.

Om me heen stegen meisjes op en reden langzaam rondjes.

'Altijd links opstijgen,' zei Ilonka. Ze hield Cilly vast, terwijl ik mijn voet in de stijgbeugel zette en in het zadel klom, en legde nog wat dingen uit. Haar woorden vochten om de laatste stoel in mijn overvolle hoofd. *Hakken omlaag, tenen naar binnen. Afstand houden. Zachtjes aansporen.* Mijn ogen knipperden tegen de duizeligheid. Verstrakt zat ik in het zadel, mijn rug kaarsrecht. Ilonka liep mee naar wat ze de hoefslag noemde, waar ze Cilly's teugels losliet. 'Daar ga je,' zei ze.

Ik voelde de spieren van mijn pony bewegen. Haar soepele tred, de warme kriebeling van haar manen tegen mijn vingers. Ergens in mijn hoofd ging er een deurtje open, mijn hersenen haalden adem. De gespannen stijfheid vloeide uit me weg.

'Veel plezier!' riep mijn moeder.

Met o-benen zat ik op mijn fiets, mijn mond gekruld in een blije lach. Deze eerste paardrijles was het leukste uur van mijn leven geweest. Mijn duizeligheid was verdwenen zodra Cilly in beweging was gekomen. Ik had verwacht dat draven hobbelig en bobbelig zou zijn, maar juf Renske had uitgelegd hoe ik moest lichtrijden: telkens even uit het zadel opveren in het ritme van de pony. Al na twee rondjes was het alsof ik nooit anders had gedaan. De voltes, gebroken lijnen en andere figuren die we moesten rijden, kende ik nog niet, maar Cilly draafde braaf achter de andere pony's aan. Elke keer dat ik langs het raam van de kantine was gekomen, had mijn moeder trots haar duim opgestoken. Juf Renske had me na afloop van de les 'een geboren ruiter' genoemd. 'Je ziet eruit alsof je van plan bent nooit meer af te stijgen,' had ze opgemerkt.

'Jawel,' zei ik. 'De les duurt maar een uur.'

'Ik maakte maar een grapje,' zei ze.

Soms maakten mensen een grapje zonder dat ze daarbij lachten.

'Over een paar weken mag je proberen te galopperen,' vertelde ze.

Ik kon niet wachten.

Met de handdoek wreef ik het vuil van Senta's poten. Steeds vaker lag het park in de weekenden vol met troep. Verfrommelde bierblikjes, lege chipszakjes. Op het water dreef een olieachtige substantie. Was er maar een plek die schoon was, ergens waar Senta kon zwemmen zonder stinkend uit het water vandaan te komen.

Maar, wacht even. Die plek was er! Ik was er zelf geweest.

Met de handdoek nog in mijn handen liep ik naar het balkon, waar mijn ouders in de lentezon zaten. Er was op ons balkonnetje precies genoeg plek voor twee klapstoeltjes dicht naast elkaar. Een volle asbak stond op de grond tussen mijn ouders in. De cassetterecorder onder mijn moeders stoel speelde BZN. Het was zaterdagmiddag; mijn vader moest over een uurtje weg voor zijn late dienst.

Mijn moeder neuriede zachtjes mee met de muziek en keek op toen ze mij zag. 'Hé, Jas. Was het leuk in het park?'

'Ja, maar er lag wel veel vuilnis.' Ik hield mijn hand boven mijn ogen tegen de zon en vroeg: 'Morgen ben je toch vrij, papa?'

Hij knikte.

'Nou, zullen we dan eindelijk eens naar Rockanje gaan?'

'Rockanje?' Mijn moeder schoot in de lach. 'Lieverd, dat zouden we van de zomer doen. Het is nu nog veel te koud om te zwemmen. En weet je wel hoe ver dat fietsen is? Dan zijn we een halve dag onderweg.'

'Ik bedoel niet met de fiets, mama. Senta moet ook mee. We kunnen toch met de bus gaan? Op de kleuterschool ging ik ook met een bus.'

'Dat was een speciale schoolreisjesbus.' Mijn moeder tikte wat as af. 'Er is met het openbaar vervoer geen rechtstreekse verbinding van Rotterdam naar Rockanje. We zouden dan eerst met de metro naar Spijkenisse moeten, en daar op de bus moeten stappen. Alles bij elkaar zijn we dan uren onderweg.'

'Nou, én?'

Mijn moeder schudde haar hoofd. 'Bovendien gaan we morgen naar oma Vink.'

'Maar ik wil naar het strand!'

'Nee is nee.' Mijn vader drukte zijn opgerookte sjekkie uit. Een geknakt stompje in een volle asbak.

'Maar –'

Het rinkelende geluid van de telefoon sneed mijn woorden af.
Mijn moeder keek op. 'Pak jij hem even, Jas? Jij staat er het dichtstbij.'
Ik bewoog me niet. Ze wist toch dat ik nooit opnam? De gedachte dat ik niet wist wie het was, of wat er tegen me gezegd ging worden, en dat ik er geen gezicht bij zag, en –
Mijn vader trok zijn witte benen uit de balkonspijlen en haastte zich langs me heen. 'Ik ga wel.'

De volgende ochtend was ik als eerste op. Het gordijntje van het keukenraam was nog dicht. Net als in de woonkamer was het er donker. Slaapstilte streelde mijn oren. Het was kwart over zes. Rond halfacht zou iedereen wakker worden. De radio zou worden aangezet, mijn moeder zou achter haar ronkende naaimachine een krakend beschuitje met smeerkaas eten. Vanuit de badkamer zou het gezoem van mijn vaders scheerapparaat klinken. Emiel zou veel te hard naar Doe Maar luisteren en meezingen.
Ik mocht niet in mijn eentje weg zonder dat mijn ouders wisten waar ik was. Dat wist ik. En dat was helemaal geen probleem. Want ik zou vandaag niet in mijn eentje zijn, maar met Senta.
Zachtjes schoof ik het keukenraamgordijn open. Er hingen wolken boven de flat aan de overkant. Geen grijze regenwolken maar witte, zwevende stukjes zonwering.
Senta kwam bij me staan, haar voorpoten op de vensterbank.
'Zie je dat?' zei ik. 'Perfect strandweer.'

We waren de enigen op straat. Ik maakte elke paar tellen een sprongetje van opwinding. Mijn zakgeld rinkelde in mijn broekzak. In mijn andere zak zat een boterham. Senta keek vrolijk naar me op; ze wist vast dat we iets bijzonders gingen doen. Zij en ik, samen op avontuur.
Net als George en Timmy uit *De Vijf*.
Eerst de metro, dan de bus, had mijn moeder gisteren gezegd. Ik had het goed onthouden. In station Slinge keek ik om me heen. Er waren twee trappen. Boven de rechtertrap hing een bord waar ROTTERDAM CENTRAAL STATION op stond. Boven de andere trap stond SPIJKENISSE. Die moest ik hebben.
Bij de stempelautomaat stond ik stil. Dit was waar mijn moeder altijd haar strippenkaart pakte. Die had ik niet. Even keek ik om me heen om te zien wat andere mensen deden, maar ook hier was het op dit vroege uur nog altijd verlaten.

‘Kom,’ zei ik tegen Senta, en we liepen door.
De metro reed heus ook wel zonder strippenkaart.

We zaten in het achterste treinstel. Het was er stil. Er waren slechts twee andere mensen, en die zaten op de banken voor ons. De metro stopte op stations waar ik nog nooit van had gehoord: Rhoon, Poortugaal. Senta zat naast me op het bankje en hield haar scheve oren scherp gespitst. Samen keken we naar de wereld die aan de andere kant van het glas voorbijtrok. Toen de metro een tunnel in reed, zagen we plotseling onszelf. Mijn donkere ogen en lange, ongekamde haren. Senta, met haar natte neus tegen het raam.

We zagen eruit als de voorkant van onze eigen avonturenpocket.

Jasmijn en Senta in de ondergrondse.

Het perron in Spijkenisse was net als dat van Slinge bovengronds, hoog in de lucht. We daalden een lange trap af. Beneden zou ik op zoek gaan naar de bus waar mijn moeder het over had gehad. Maar onderaan de trap stond ik stil en kon ik slechts met grote ogen om me heen kijken. In mijn verbeelding had de bus al klaargestaan, wachtend om Senta en mij naar het strand te brengen, net als toen op schoolreis. Maar ik zag geen bus, alleen maar hokjes. Minstens tien. Er liepen mensen heen en weer die allemaal precies leken te weten naar welk hokje ze toe moesten, zoals de pony’s op de manege blindelings naar hun eigen stal liepen.

‘Ben je je mama kwijt?’ klonk het plotseling.

Ik keek opzij. Er stond een mevrouw naast me.

Ik schudde mijn hoofd.

‘Waar is je mama dan?’ vroeg ze.

Ik zei niets, ook niet in gedachten. Ik mocht niet met vreemden praten.

De mevrouw stak haar hand naar me uit. ‘Zullen we samen je mama gaan zoeken?’

Ik deed een stap terug.

‘Ach, liefje,’ zei ze, ‘niet schrikken. Ik –’

Kinderlokker! schreeuwde ik in mijn hoofd. *Kinderlokker!*

Senta en ik renden bij de mevrouw vandaan. Bij het eerste bushokje stond ik stil. Er was een informatiebordje. Ik ging op mijn tenen staan en las wat er stond. RENESSE.

Ik liep naar de volgende. HELLEVOETSLUIS.

Uiteindelijk vond ik helemaal vooraan de bus die ik zocht. ROCKANJE, stond er op het bordje. Bus 103. Een chaos van kleine cijfers en lettertjes krioelde eronder, en hoe langer ik naar de wirwar van getallen keek, hoe verwarrender ze werden. Het leek wel een puzzel.

Uiteindelijk ging ik op het bankje zitten.

Bus 103 zou vanzelf naar zijn stal komen.

'Even wachten, jongedame, je kunt niet zomaar doorlopen. Waar is je strippenkaart?' Toen ik niets zei, zuchtte de buschauffeur luid. 'Zonder strippenkaart kan ik je niet meenemen.'

Ik staarde hem aan. Was dit weer zo'n moment waarop iemand een grapje maakte zonder erbij te lachen? Je moest dan altijd maar raden of ze meenden wat ze zeiden. En dit meende hij niet, want hij kon me wél meenemen. Ik stak mijn vingers in mijn broekzak en trok mijn gulden tevoorschijn.

'Ben je je strippenkaart verloren, liefje?' klonk het achter me.

Ik keek om. De mevrouw die me eerder had aangesproken stond op het bustrapje.

Ze kwam naast me staan en trok een bruinleren portemonnee open. 'Ik koop wel even een enkeltje voor haar,' zei ze tegen de buschauffeur. 'Of, nee, weet je wat, ik koop voor mezelf een enkeltje. Hier, kind, dan is deze voor jou.' Ze drukte een blauwe strippenkaart in mijn handen.

Blauw. Een grotemensenstrippenkaart!

Ik liet de gulden terug in mijn zak vallen en keek de mevrouw aan. We zagen elkaar nu voor de tweede keer. Was ze dan nog steeds een 'vreemde'? Vast niet. Ik haalde diep adem, opende mijn mond en zei, iets te luid: 'Dank je wel.'

'Graag gedaan, liefje. Ik neem aan dat je ouders je straks opwachten?'

Ik gaf geen antwoord. Dit was een onverwachte vraag.

De buschauffeur hield zijn grote zilverkleurige stempel in de lucht. 'Waarnaartoe?'

Zwijgend legde ik mijn kaart voor hem neer. Wat een domme vraag. Het antwoord stond in koeienletters op zijn eigen bus.

'Brielle?' vroeg hij.

Ik schudde mijn hoofd.

'Rockanje?'

Ik knikte.

Hij drukte zijn stempel halverwege mijn kaart. 'Je hond mag voor deze keer gratis mee, maar denk erom dat je de volgende keer beter op je vervoersbewijs let.'

Met grote stappen liep ik door de bus, helemaal naar achteren. Daar ging ik op het hoekje van de achterbank zitten, net als met schoolreis. Senta vlijde zich aan mijn voeten.

Ik kriebelde haar tussen haar oren en lachte zachtjes.

Wat een avontuur!

Senta rende voor me uit, haar staart hoog in de lucht. We waren een flink stuk afgedwaald, ver bij de drukke opgang naar het strand vandaan. Het strand vóór ons was leeg, niemand liep zo ver als wij. Maar ik hoefde niet bang te zijn dat ik zou verdwalen, niet met Senta erbij. Zij wist altijd overal de weg terug. Ik voelde in de zak van mijn spijkerbroek of mijn strippenkaart er nog in zat. Mijn vingertoppen raakten het scherpe randje van het dikke, opgevouwen papier. Uit mijn andere zak haalde ik mijn boterham tevoorschijn.

We liepen dicht langs de zee. Mijn gympjes waren doorweekt, en mijn voeten zakten diep weg in het zand, maar het maakte niet uit. Het strand was nog precies hoe ik het mij herinnerde. De golven, de meeuwen, de zoute druppels op mijn lippen.

De wind, de ruimte.

Senta rende rond met een stok. Ik gooide hem in zee, en ze dook erachteraan. De golf waar ze in terechtkwam, was zo hoog dat ze een paar seconden onzichtbaar was. Toen ze proestend weer tevoorschijn kwam, waren haar ogen groot en wild van pret.

Ik schaterde.

Met verwarde haren en zanderige gympjes liep ik over het parkeerdek van metrostation Slinge. Ik daalde de geasfalteerde helling af en liep de Sliedrechtstraat in, terug naar huis. Morgen zou ik voor het eerst iets zeggen tijdens het maandagochtendkringgesprek, had ik besloten, in plaats van alleen maar te luisteren naar mijn klasgenootjes.

Elke week probeerde juffrouw Meurs het opnieuw. ‘En jij, Jasmijn? Wil jij ook iets delen met de groep, over je weekend?’

Altijd schudde ik mijn hoofd. Toen ik Colette een paar weken geleden had verteld over mijn weekend, over de boeken die ik gelezen had, de wandelingen met Senta, de nieuwe woorden die ik had geleerd in opa’s puzzelboekjes, de lachbuien van oma toen André van Duin op televisie was, had ze alleen maar gezegd: ‘Ja, dus je hebt weer niets gedaan.’

Maar morgen zou ik –

'Jas!'

Ik keek om, maar zag niemand en liep door. Mijn benen waren verzuurd, mijn voeten zwaar van het sjokken door het mulle zand.

Senta hijgde, maar kwispelde nog steeds. Om mijn mond voelde ik dezelfde lach als vanmorgen.

We waren moe, maar blij.

'Jas!' hoorde ik weer.

Dit keer herkende ik Emiels stem. Ik stond stil.

Vanuit een zijstraat kwam hij aangereden op zijn crossfiets, wild zwaaiend met zijn armen. Hij remde vlak voor mijn voeten. 'Waar was je, joh? Pa en ma draaien helemaal door!'

'Hallo, ik ben wel vaker met Senta op pad, hoor.'

'Weet je wel hoe laat het is? Bijna vier uur! Iedereen is je aan het zoeken. Ze denken dat je op zijn minst ontvoerd bent.'

'Niet alle onbekende mensen zijn kinderlokkers,' begon ik. 'Er was een mevrouw...'

Maar mijn broer fietste al voor me uit. 'Ik zal zeggen dat je eraan komt!' riep hij over zijn schouder.

Ik had verwacht dat mijn ouders er trots op zouden zijn dat ik helemaal zelf naar Rockanje was gegaan. Ik had me voorgesteld dat mijn vader zijn krant weglegde en mijn moeder haar naaimachine uitzette en dat ze samen bij me op de bank kwamen zitten om alles over mijn belevenissen te horen. Ze zouden spijt hebben dat ze naar oma Vink waren gegaan, want veel liever hadden ook zij de dag aan zee doorgebracht.

Maar mijn ouders waren helemaal niet bij oma Vink geweest.

En ze waren boos. Heel boos.

Mijn moeder was zelfs in tranen. Het lukte haar niet om te praten.

Mijn vader bleef dezelfde vraag stellen. 'Begrijp je wat je hebt gedaan? Begrijp je dat wij bezorgd waren?'

'Nee. Ik ben zo vaak met Senta weg.'

'Toch niet zonder dat wij weten waar je bent?' Hij ging steeds harder praten. 'Hoe denk je dat mama zich voelde toen ze vanmorgen zag dat jij er niet was?'

Mijn moeder was nog steeds aan het huilen.

Senta zat bij haar en likte nerveus haar handen.

'Maar ik wilde naar Rockanje,' zei ik, 'en jullie wilden niet mee.'

'Dus dan ga je maar zelf?' riep mijn moeder uit. Wild wreef ze langs haar ogen. Ze deed haar mond open alsof ze nog wat ging zeggen, maar sloeg toen haar handen voor haar gezicht.

Mijn vader keek me strak aan. 'Ben je echt in Rockanje geweest, of is dit weer een fantasietje?'

Ik stak mijn kin in de lucht. Gingen ze nou ook nog beweren dat ik het verzon? 'Ik ben écht in Rockanje geweest.'

'Dus dit is niet een van die verhaaltjes die je mij vertelt voordat ik ga slapen? Over die andere Jasmijn en haar hond die aan het strand wonen?'

Ik trok mijn gympen uit en hield ze demonstratief ondersteboven.

Mijn vader staarde naar de twee bergjes zand op de groene vloerbedekking. Hij en mijn moeder wisselden een blik. Ik kon niet ontcijferen wat hun ogen tegen elkaar zeiden. Toen fronste hij zijn wenkbrauwen en vroeg: 'Maar... hoe dan?'

'Met de metro en de bus, precies zoals mama gisteren zei.'

Mijn vader mompelde iets wat ik niet verstond en schudde zijn hoofd. 'De telefoon opnemen kan ze niet, maar helemaal in haar eentje vijftig kilometer reizen vindt ze de normaalste zaak van de wereld.'

'Ik was niet in mijn eentje, ik was met Senta! Wanneer begrijpt iemand dat nou eens?'

'We hebben iedereen gebeld,' zei mijn moeder schor. Ze snoot haar neus. 'We dachten dat je misschien bij Colette was, maar die had jou niet gezien. Toen dachten we dat je bij opa en oma was, maar daar was je ook niet. Oma was doodsbenauwd dat er in het park iets met je was gebeurd. Papa is samen met opa naar het politiebureau gegaan.'

'Emiel heeft ook naar je gezocht,' zei mijn vader. 'Hij heeft het hele park uitgespit.'

Ik keek naar mijn broer, die rood werd en murmelde: 'Nou, niet overdrijven, ik had gewoon zin om te fietsen.'

Zwijgend staarde ik naar de grond. Ik miste Rockanje nu al.

'Je had beloofd dat je er nooit meer zomaar in je eentje vandoor zou gaan,' zei mijn vader.

'Maar ik wás niet in mijn eentje!' riep ik uit, voor de honderdduizendste keer. 'En ik was alleen maar naar het strand! Volgend weekend ga ik weer.'

'Niets ervan.' Mijn moeder sloeg met haar vlakke hand op de leuning van de bank. Senta sprong geschrokken overeind. 'Geen denken aan. Hoor je me, Jasmijn Vink? Jij blijft hier in de buurt, en als ik ook maar één keer merk dat je te ver weg bent, dan is het voorbij met dat buiten zwerven van jou en blijf je voortaan binnen.'

'Dit is niet eerlijk!'

'De meeste mensen verklaren ons al voor gek dat we jou altijd maar je gang laten gaan,' ging mijn moeder verder. 'Weet je wel hoe vaak ik van andere moeders moet aanhoren hoe vreemd ze het vinden dat een meisje van zeven in haar eentje buiten loopt, urenlang, in plaats van met vriendinnetjes te spelen?' Ze wachtte niet op antwoord, maar ging verder: 'Ik vertrouwde je, en nu flik je ons dit.'

Ik had mijn moeder nog nooit zo boos gezien. Mijn ogen prikten ervan. 'Ik heb het echt niet expres gedaan.'

'We waren gewoon ongerust,' zei mijn vader. 'Probeer daar de volgende keer ook eens aan te denken, goed?'

Dat zei hij de hele tijd. Dat ik moest denken aan wat zij voelden en dachten. Maar hoe kon dat? Ik zat niet in hun hoofd. Ik zat in míjn hoofd. Dat was al druk genoeg. Mijn plan om naar Rockanje te reizen had al mijn denkruimte in beslag genomen.

'Goed?' vroeg mijn vader weer.

Langzaam knikte ik. Ik zou het proberen.

Ik wilde mijn moeder nooit meer aan het huilen maken.

'Hoe was het vanmiddag op de manege?' Mijn vader schepte een tweede portie rode kool op. Na het eten moest hij gaan slapen voor de nachtdienst. Ik zou hem instoppen en een nieuw verhaal bedenken over de andere Jasmijn. 'Op wie heb je gereden?'

'Op Cilly.'

'Alweer?' vroeg Emiel met volle mond. 'Durf je soms niet op een andere knol?'

Ik prakte wat extra appelmoes door mijn aardappelen en zei: 'Ik durf op allemaal, toevallig. Maar Cilly is mijn lievelingspony.'

De zachtaardige Cilly was de liefste én mooiste van alle pony's, en in galop ging ze het hardst van iedereen. Het was vandaag mijn zesde les geweest. Sinds vorige week mocht ik een uur eerder komen. Ik reed nu bij de halfgevorderden. En het was duidelijk dat Renske zag dat Cilly en ik een klik hadden, want ik hoefde tegenwoordig niet eens meer op de namenlijst te kijken om te weten op wie ik moest. Als ik op Cilly's rug zat, lukte het me om nergens anders aan te denken, een gevoel dat ik verder alleen maar had wanneer ik met Senta buiten liep. Op andere momenten dacht ik aan alles. Dan hoorde, zag en voelde ik veel te veel. Tijdens het paardrijden werd het rustig in mijn hoofd, dan bestonden alleen Cilly en ik.

'Eet eens door, joh,' zei mijn moeder lachend. 'Je zit te dromen.'

Ze had gelijk. Mijn bord lag nog helemaal vol, terwijl mijn ouders en Emiel al klaar waren. Mijn vader had zelfs al een sjekkie gedraaid. Snel nam ik een hap van mijn gehaktbal

Emiel dronk het laatste slokje van zijn chocomel. Ik wou dat ik net als hij ook gewoon normaal uit een glas kon drinken, zonder dat de helft van mijn slokken naast mijn mond terechtkwam. Hoewel ik prima wist waar mijn mond was, lukte het nooit om mijn glas er in een rechte lijn naartoe te brengen. Steeds morste ik. Mijn moeder zorgde ervoor dat we altijd rietjes in huis hadden, een goede oplossing.

Ook zij stak nu een sigaret op. De rook kringelde omhoog en draaide om die van mijn vader als in de paringsdans die ik gezien had in het boek over watervogels. De blauwe, verstrengelde luchtslierten zweefden samen verder. Ik hoestte en schoof een stukje naar achteren in mijn stoel.

'Jasmijn stelt zich weer aan,' merkte Emiel op.

'Niet. De rook kriebelt in mijn keel, ik krijg het er benauwd van.'

Even waren mijn ouders stil.

Toen tikte mijn moeder wat as af op haar lege bord, zilveren snippertjes in een vettig plasje achtergebleven jus. 'Luister, Jas, papa en ik houden altijd rekening met jou. Maar we moeten wel gewoon normaal kunnen leven hier. Wij roken.'

'Het stinkt,' mompelde ik.

'Dat lijkt zo,' zei mijn moeder, 'omdat je erop let. Je kunt beter aan volgende week dinsdag denken.'

'De Efteling!' riep Emiel enthousiast uit.

Ik voelde een lach op mijn gezicht klimmen. Dinsdag ging de hele Beatrixschool op schoolreisje. We waren al twee weken aan het aftellen naar de grote dag. Eerst had mijn moeder het niet verstandig gevonden dat ik meeging. Want wat als ik ziek werd?

'Maar ik wil heel graag, mama,' had ik gezegd. Hoe druk het in de Efteling ook was, het maakte me blij om hoog in de lucht te zijn. Even los van de wereld. Om gewichtloos rondjes te vliegen in de zweefmolen, steeds hoger. Nergens was je zo vrij als in de lucht.

'Ik ga in de Python,' zei Emiel voor de honderdste keer. 'Achterin, waar je slingert!'

'Nog zes nachtjes slapen,' zei mijn moeder.

Nog zes nachtjes slapen.

'Jasmijn? Ben je wakker?'

Mijn moeders woorden kletterden als hagelstenen op mijn hoofd. Ik lag op mijn buik, mijn gloeiende gezicht in mijn kussen, mijn ogen stijf dichtgeknepen, mijn hersenen verbrijzeld onder een stampende pijn.

Haar stem kwam dichterbij. 'Jas?'

Ik kon niets zeggen. Ik kon niet eens kreunen.

Ze trok het dekbed een stukje weg. 'Wakker worden, slaapkop, je gaat vandaag naar de Efteling!'

'Ef-te-ling!' brulde Emiel op de gang. 'Ef-te-ling! Ef–'

O, nee. Ik schoot overeind. Daar kwam het, daar kwam het, daar kwam het.

Een vloedgolf van braaksel spoot uit mijn mond.

Hijgend viel ik terug in mijn kussen. Ergens was er het vage besef dat ik vies was, dat mijn bed vies was, dat mijn moeder waarschijnlijk ook vies was, maar ik had de kracht niet om erover na te denken. Ik kon alleen maar liggen.

Doodstil liggen.

'Daar gaan we weer...' zei mijn moeder zacht.

Ik hoorde haar de school bellen om te zeggen dat ik niet kwam. Dat Emiel wel kwam. 'Ja, hij is al onderweg. Ja, goed, zal ik doen, bedankt. Dag.' Ze legde natte lappen op mijn gezicht, bracht me een schone deken, zette het braakteiltje naast mijn bed. Opa kwam Senta uitlaten, zodat mijn moeder mij niet alleen hoefde te laten. Voetstappen in het portiek, gefluister in de gang. 'Het arme kind, ja, ze zou naar de Efteling gaan, ja, zo sneu. Ze heeft er natuurlijk te erg naar uitgekeken, zich te druk gemaakt in haar hoofd. Ik zal de manege ook maar vast afbellen voor morgen.' Toen opa weer terugkwam, trippelde Senta door de gang en krabde aan mijn deur. Ik hoorde mijn moeder haar meenemen, de woonkamer in. 'Nu even niet, Senta, Jasmijn heeft rust nodig.'

Ik heb Senta nodig, wilde ik roepen. *Ik wil dat ze naast me ligt, dat ze zachtjes mijn hand likt, dat ze me steunt.*

Maar ik kon nog steeds niet praten. Niet bewegen. Amper nadenken.

Amper bestaan.

'Hé, lieve Cilly.' Ik legde mijn wang tegen haar warme hals. 'Heb je me gemist?'

Ze wreef haar zachte neus tegen mijn hand.

'Ik jou ook. Ik was vorige week ziek, maar nu ben ik er weer.'

Ik diepte een paardensnoepje op uit de zak van mijn rijbroek en gaf het haar. Cilly schoof haar dikke, donkergrijze bovenlip over mijn vinger, maakte smakkende geluidjes en duwde liefkozend haar hoofd tegen mijn schouder. Ik borstelde haar tot ze glom en liep naar de zadelkamer. In de gang zag ik Jolanda, een meisje uit mijn les. Ze liep met een zadel in haar handen, een hoofdstel hing over haar arm. 'Hoi,' groette ze.

'Hoi,' zei ik.

Jolanda dronk na afloop altijd samen met de andere meisjes limonade in de kantine. Ik niet, ik knuffelde met Cilly en wilde daarna naar huis. Mijn moeder wist dit en kwam na afloop van de les altijd naar de stallen toe in plaats van in de kantine op me te wachten zoals de andere moeders deden.

Ik liep naar het rek waar Cilly's zadel en hoofdstel hingen en stak mijn hand uit om haar spullen te pakken. Toen pas zag ik dat ze er niet waren. Blijkbaar had iemand ze verplaatst. Ik keek om me heen en controleerde alle cijfers op de zadels, maar nergens zag ik nummer tien. Ik zocht nog een keer. Cilly's zadel was er echt niet.

Dan maar zonder zadel rijden? Dat kon ik vast wel. Pippi deed het ook.

Ik liep terug de stalgang in. Bijna alle meisjes stonden al bij hun pony. Sommigen waren al helemaal klaar en keken ongeduldig op hun horloge, anderen waren nog bezig met hoeven uitkrabben. Alleen Vivaldi stond nog te wachten.

Toen ik bij Cilly's hokje aankwam, stond ik abrupt stil. 'Wat doe jij nou?'

Jolanda maakte net Cilly's neusriem vast en keek op. 'Hoe bedoel je?'

'Dat moet ik doen, hoor.' Ik wees naar Cilly's hoofdstel.

'Hoezo?' vroeg ze.

Ik staarde haar aan. Het antwoord was toch logisch? Cilly was mijn pony.

'Heb je niet op de lijst gekeken?' vroeg Jolanda. 'Jij zit op Vivaldi.'

'Dat kan niet. Ik zit altijd op Cilly.'

'Nou, vandaag niet.' Jolanda legde het zadel op Cilly's rug, bukte zich om de singel onder Cilly's zachte, zwarte buik door te pakken en gespte hem vast. Toen zei ze: 'Ik zou maar opschieten, want de les begint zo.'

Met trillende vingers hield ik Vivaldi's teugels vast. Ze lagen stroef in mijn handen, heel anders dan het zachte leer van die van Cilly. Stijfjes zat ik in het zadel, dat hard en onwennig aanvoelde. Deze situatie was helemaal verkeerd. Ik hoorde niet op Vivaldi, een eigenwijze donder die trapte naar iedereen die achter hem liep. Mijn lieve Cilly reed drie pony's voor mij. Ik had haar naar me zien kijken, de vragende blik in haar ogen. Ze vroeg zich ongetwijfeld af waarom Jolanda op haar zat en niet ik. Jolanda, die haar zweepje gebruikte terwijl Cilly dat helemaal niet nodig had. Die de hele tijd stomme grapjes maakte met het meisje achter haar in plaats van haar aandacht op Cilly te richten.

Mijn moeder had achter het kantineraam vragend haar wenkbrauwen opgetrokken toen ze mij met Vivaldi de bak in zag komen. Zij wist hoe belangrijk Cilly was.

En ik had gedacht dat Renske het ook wist.

'Hallo, Jasmijn, waar zit je met je gedachten? Afwenden bij C, zei ik toch? Wel opletten, hè?'

Het was al de vierde keer deze les dat ze me aansprak, terwijl ik normaal gesproken vrijwel foutloos reed. Nu bleef ik dingen verkeerd doen, en ik kon het niet helpen. Het liefst wilde ik afstappen, nu meteen, en naar huis gaan. Ik hóórde niet op Vivaldi. Ik hoorde op Cilly! Het klopte niet hoe het nu was!

'Jasmijn, kom eens hier. Meiden, de rest van jullie gaat terug naar stap en blijft de hoefslag volgen.'

Ik stuurde Vivaldi naar het midden van de bak en hield daar halt.

Renske kwam bij me staan. 'Kijk me eens aan? Wat... Ach, meisje, huil je nou? Wat is er? Heb je buikpijn?'

Ik schudde mijn hoofd.

'Nou, wat is er dan? Zo kun je niet rijden, joh, je bent er helemaal niet bij met je koppie. Je reed net tegen iedereen in, dat is gevaarlijk.'

Jolanda kwam voorbij met een brede lach op haar gezicht.

'Moet ik je moeder er even bij halen?' vroeg Renske.

Weer schudde ik mijn hoofd.

'Nou... Als je zeker weet dat het gaat... Maar dan wel je aandacht erbij houden, hoor.'

De rest van de les probeerde ik zo goed mogelijk op te letten. Ik reed de figuren, ik galoppeerde mijn rondjes. Een snel en stijf galop vergeleken met Cilly's soepele, gestrekte sprongen. Ik deed mijn best om niet meer naar haar te kijken, maar dat was moeilijk. Onze gelukkige traditie was verbroken, en ik wist zeker dat ook zij er niets van begreep.

Toen het uur voorbij was en ik Vivaldi had afgezadeld en drooggewreven, liep ik naar Cilly's stalletje. Haar lange wimpers hingen over haar ogen naar beneden. Wedden dat Jolanda haar niet eens wat lekkers had gegeven?

'Kijk eens.' Ik haalde een paardenkoekje uit de zak van mijn trui. 'Deze is voor jou.'

Terwijl Cilly het biscuitje opat, sloeg ik mijn armen om haar heen. Ik wreef mijn betraande wang af aan haar hals. Ik snapte heus wel dat ze een manegepony was en dat ik niet de enige was die op haar reed. Maar deze middag was compleet anders verlopen dan hoe ik die me had voorgesteld. En wanneer verwachting en realiteit met elkaar in botsing kwamen, was de klap te hard, dan scheurde er iets in mijn hersenen. Ik moest zélf kunnen bepalen hoe dingen gebeurden en wanneer ze veranderden, zodat ik wist waar ik aan toe was. Voor iemand als Jolanda was het misschien een leuke verrassing om eens op een andere pony te rijden, maar voor mij was het –

'Jasmijn?' Ik hoorde het doffe, naderende geluid van paardrijlaarzen op de grove stenen van de stalgang. 'Ah, hier ben je.'

Snel veegde ik mijn ogen droog aan mijn mouw.

Renske kwam naast me staan, haar rug tegen het zijschotje van Cilly's stal. 'Wil je misschien praten over wat er aan de hand is?'

Ik slikte. Liever niet.

Maar als ik nu zweeg, dan zat ik volgende week misschien weer niet op Cilly. En de week daarna misschien wéér niet. Dat mocht ik niet laten gebeuren.

Ik haalde diep adem en vroeg: 'Mag ik volgende keer alsjeblieft weer gewoon op Cilly?'

Renske fronste haar wenkbrauwen. 'Ben je daarom zo overstuur? Omdat je op Vivaldi moest?'

Ik durfde haar niet meer aan te kijken. Ik keek naar het stro op de grond, sommige stukjes donker van Cilly's plas.

Even was Renske stil. Toen zei ze: 'Toen je vorige week niet kon komen, heeft Jolanda op Cilly gereden, en daarna vroeg ze of ze er deze week weer op mocht. En weet je, dat moet kunnen. Het is hier op de manege de bedoeling dat je op alle soorten pony's goed leert paardrijden.'

De spiertjes in mijn kin trokken aan die van mijn mond. Ik beet op mijn wiebelende onderlip om hem stil te krijgen. In gedachten zag ik Normale Jasmijn beschaamd haar hoofd schudden. *Aansteller,* verweet ze me. *Doe normaal.*

Renske legde haar hand op mijn arm. 'Maar omdat jij hier nog niet zo lang bent en omdat ik zie hoe belangrijk het voor je is, zal ik proberen om rekening te houden met jouw voorkeur. Hoe vind je dat?'

Ik knikte dankbaar, mijn hoofd licht van opluchting.

Volgende week zou alles weer zijn hoe het hoorde.

Er was een onbekende meneer op school. We zagen hem toen hij in de ochtendpauze stond te praten met juffrouw Pruis van de zesde klas. O nee, juffrouw Pruis van groep 8, zoals het tegenwoordig heette. De Beatrixschool was sinds vorige maand geen 'lagere school' meer, maar een 'basisschool'. Klassen werden nu groepen genoemd, de kleuterschool werd daar ook in meegeteld. Ik zat niet langer in de tweede klas, maar in groep 4.

De meneer op het schoolplein had grijs haar, als een opa. Geen vrolijke opa zoals die van mij, maar een strenge. Hij was een nieuwe meester, werd er gefluisterd.

Terug in de klas vertelde juffrouw Meurs ons wie hij was. 'Zijn naam is meester Schijf, en hij zal voorlopig meester Enthoven van groep 5 vervangen.'

'Meester Schijt,' fluisterde Roel.

Ramon grinnikte.

'Maar waarom?' vroeg Hester. 'Waar is meester Enthoven?'

Juffrouw Meurs keek ernstig. 'Meester Enthoven ligt in het ziekenhuis, jongens.'

'Oooooo,' ging het door de klas.

'Wat heeft hij dan?' wilde Colette weten.

'Meester Enthoven heeft helaas longkanker.'

'Mijn papa had ook kanker,' zei Zahvala. 'En nu is hij er niet meer.'

Iedereen begon door elkaar te praten.

'We gaan met de hele klas een kaart voor meester Enthoven maken,' zei juffrouw Meurs. 'Het wordt een mooie kaart, met al jullie namen erop.'

'Wat is longkanker?' vroeg Diane.

Die middag drukte ik het opgerolde dekentje nog steviger dan anders tegen de onderkant van mijn kamerdeur. De rook zelf kringelde gewoon in de woonkamer omhoog, maar de géúr ervan bleef achter en kroop onder mijn deur door. Vandaag had juffrouw Meurs ons uitgelegd welke gevolgen sigarettenrook kon hebben. Ik was zo stom geweest. Al die keren was ik vrolijk huppelend shag en sigaretten voor mijn ouders gaan halen, terwijl ze dus doodziek konden worden van dat spul! Waarom had niemand mij dat eerder verteld?

Maar toen ik er 's avonds tijdens het eten over begon, zei mijn vader: 'Nou, ik rook al sinds mijn twaalfde. Zie ik er zo ongezond uit dan?'

Ik bekeek hem uitgebreid. Zijn bruine, kortgeknipte haar. Zijn volle snor. Hij had dunne rode streepjes in zijn ogen, maar dat kwam omdat hij niet genoeg sliep. Nee, hij zag er niet ziek uit. Mijn vader was groot en sterk. 'Maar de juf zei –'

'Gaan we weer.' Emiel zette een hoog stemmetje op. 'De juf zei dit, de juf zei dat. Wanneer kap je nou eens met zomaar altijd alles te geloven?'

'Hallo, meester Enthoven is ziek, hoor!' riep ik uit.

'Ja, en?' Emiel haalde zijn schouders op. 'Iedereen kan ziek worden.'

Ik schoof mijn boerenkool heen en weer over mijn bord. Ik had voor de derde keer opgeschept, maar nu was mijn trek weg. 'Dus de juf liegt?'

'Nou… nou…' Mijn moeder legde haar bestek neer en stak een sigaret op. 'Juffrouw Meurs overdrijft gewoon een beetje. Ik vind het heel erg dat het zo slecht gaat met meester Enthoven, maar dat het door het roken komt, is onzin.'

'Ze verzinnen tegenwoordig steeds iets nieuws,' zei mijn vader.

Stilletjes at ik mijn schijfjes rookworst op.

Ik wilde de juf geloven, maar mijn ouders waren altijd eerlijk tegen me.

'Voor jou.' Mijn moeder gaf me twee sleutels aan. Ze zaten samen aan een ring en klingelden tegen elkaar. 'Die zilveren is van beneden, de goudkleurige is van boven.'

Ik vouwde mijn vingers om het koele metaal. Ik was nu groot genoeg om alleen thuis te kunnen zijn, hadden mijn ouders gezegd. Mijn moeder was aangenomen bij de Blokker, waar ze vanaf morgen elke maandag, woensdag en vrijdag in de winkel zou staan. Soms ook op andere dagen, als iemand ziek was of op vakantie. Invalkracht, heette dat.

'Dit hoort er ook bij.' Mijn moeder toverde iets kleins achter haar rug vandaan. 'Deze krijg je van opa en oma. Omdat het toch een bijzonder moment is als je voor het eerst je eigen sleutels krijgt.'

Het was een foto van Senta, zo klein als een pasfoto, met dik glas eromheen.

'Een sleutelhanger,' legde mijn moeder uit. Ze maakte de foto aan mijn sleutelring vast.

Ik liet het bosje in de zak van mijn spijkerbroek glijden en voelde het nieuwe gewicht tegen mijn heup drukken. Mijn eigen sleutels!

Nu konden Senta en ik spelen dat we op onszelf woonden.

'Mijn moeder vroeg of je voortaan tussen de middag bij ons wil eten,' zei Colette toen we naar huis liepen. Met een hup-1-2 sprong ze over de stoeptegels. 'Zodat je niet alleen bent.'

'Ik ben niet alleen.'

'O? Dus je broer is er wel?'

'Soms. Op de middelbare school zijn ze elke dag op een andere tijd uit. Maar dat bedoel ik niet. Ik bedoel dat Senta er is en dat ik daarom dus niet alleen ben.' Het kwam er vlak uit. Ik had dit nu al zo vaak uitgelegd, dat de woorden slijtplekken vertoonden.

'Nou, wat een dolle boel, maar niet heus. En als het grote vakantie is dan? Dat duurt nog maar een paar weken. Zit je dan hele dagen alleen?'

Ik gaf geen antwoord. Ik had net al uitgelegd dat ik nooit alleen was.

'Ik vind het maar stom dat jouw moeder werkt,' merkte ze op. 'Die van mij is tenminste gezellig thuis.'

Zwijgend liep ik naast haar. Zo gezellig was tante Teun niet, en dat wist

Colette zelf ook. En ik kon tussen de middag altijd naar opa en oma als ik dat wilde, maar de stilte van de lege flat was juist fijn. Een uurtje rust voordat ik terug de kooi in moest. Bovendien zorgde mijn moeder er op de dagen dat ze moest werken voor dat ze wel een béétje thuis was: naast het afgedekte bord met mijn besmeerde boterhammen lag altijd een briefje, waarop ze een tekeningetje had gemaakt van een hond of een ander dier. Onderaan stond dan: *'Eet smakelijk en tot vanavond! xx mama.'*

Die briefjes alleen al waren duizend keer gezelliger dan de moeder van Colette.

'Sneller!' riep ik, mijn stem meegenomen door de wind. 'Kom op, nog sneller!'

Cilly en ik galoppeerden door het bos. Haar manen wapperden. Ze brieste vrolijk. Ik bukte om een laaghangende tak te ontwijken. De zanderige bosgrond dreunde onder Cilly's hoeven, de wereld was van ons. Ik hoefde niet naar beneden te kijken om te weten dat Senta naast ons meerende, met haar staart in een vreugdevolle krul.

'Jas?' Mijn moeder opende mijn kamerdeur. 'Wat ben je aan het doen?'

Snel sprong ik van Cilly af. Ze galoppeerde zonder mij verder, een snelle, donkere schaduw die tussen de bomen verdween.

'Was je nou alweer op je bed aan het springen? We hebben je vorige keer toch al uitgelegd dat het daar kapot van gaat?' Ze keek naar de teugels in mijn handen en rimpelde haar voorhoofd. 'En wat doe je met Senta's riem? Jullie zijn toch al buiten geweest?'

Ik zweeg.

'Nou, als je maar uitkijkt met je bed. We hebben geen geld voor een nieuwe.'

Ik wachtte tot ze mijn deur weer had gesloten en plofte terug op het matras. Langzaam liet ik de lange leren hondenriem tussen mijn pink en ringvinger doorgaan, en ik sloot opnieuw mijn ogen. Ik had geen riem meer in mijn handen, maar teugels. Cilly was weer van mij. Ik zag haar glanzende ogen, voelde haar sterke spieren bewegen onder mijn benen. Opnieuw rook ik de frisse bosgeur en hoorde het geritsel van Senta, die naast ons door de bladeren trippelde.

Mijn ritjes met Cilly waren echt.

Alles wat je in je hoofd kon zien, was echt.

'Jasmijn, als je het boek niet goed vond, dan mag je dat eerlijk zeggen, hoor,' merkte meester Schijf op. Het was mijn derde week in groep 5, en ik begon er langzaam aan te wennen dat we nu een meester hadden in plaats van een juf. 'Daar hoef je toch niet over te liegen?'

Ik keek hem verbaasd aan. Het boek waar ik gisteren in begonnen was, had ik juist zo spannend gevonden dat ik het vandaag in één ochtend had uitgelezen. Maar nu ik het tussen de andere bibliotheekboeken terug op de leestafel legde, zat meester Schijf te fronsen achter zijn bureau. 'Ik vond het boek wél goed,' zei ik.

Meester Schijf klemde zijn lippen stijf op elkaar en schudde zijn grijze hoofd. 'Ik vind het jammer dat je tegen me jokt.'

Een paar kinderen keken op. Sommigen waren nog bezig met hun taaloefening, de andere kinderen, die net als ik al klaar waren, mochten iets voor zichzelf doen. Ik was zoals altijd als eerste klaar geweest en had bijna drie kwartier de tijd gehad om te lezen.

'Ik jok niet.' Ik keek hem strak aan. Dat kon ik tegenwoordig al vijf tellen volhouden. Zes, nu. Zeven.

'Je kunt onmogelijk dat boek nu al helemaal uit hebben,' zei meester Schijf.

Een kriebelende hitte steeg vanuit mijn nek naar mijn hoofd. Ik had al gezegd dat ik niet jokte, dat ging ik niet nog eens zeggen. Ik pakte een nieuw exemplaar van de boekenstapel en liep er zwijgend mee terug naar mijn plek.

'Nee, Jasmijn,' zei meester Schijf. 'Leg dat eens terug. Ik vind het prima als je liever aan een nieuw boek begint, maar dan moet je eerst eerlijk toegeven dat je het vorige niet goed vond. Er was me door juffrouw Meurs al verteld dat jij snel leest, maar dit kan niet.'

Inmiddels keek iedereen nieuwsgierig toe.

Ik stond met het nieuwe boek in mijn handen stil bij mijn tafel, tintelend van alle starende blikken. De hitte in mijn hoofd nam toe, duwde tegen de achterkant van mijn ogen. Ik moest iets zeggen, maar wat? Hij geloofde me toch niet. En iedereen keek naar me.

Meester Schijf was gemeen. Ik haatte hem.

Hij stond zuchtend op, maar kwam niet naar me toe. Met gekruiste armen bleef hij naast zijn tafel staan. 'Ga maar zitten. Ik begrijp niet waarom je niet eerlijk kunt zijn, maar we hebben het er later wel over.'

Ik ging niet zitten. Ik werd niet geloofd. Als ik nu ging zitten, dan was het net alsof hij gelijk had, en dat was niet zo.

'Hoorde je me, Jasmijn? Ga maar zitten.'

'Ga zelf zitten,' snauwde ik.

Thijs, die achter mij zat, zoog luid zijn adem in.

Ik smeet het boek op de grond en stampte het lokaal uit. Op de gang griste ik mijn jas van de kapstok, waarna ik met grote stappen naar de uitgang liep. Vanuit mijn ooghoek trokken de andere lokalen aan me voorbij, maar ik keek er niet naar binnen. Ik wou dat de grote vakantie nooit afgelopen was. Ik wou dat ik nog in Uddel was. Ik wou dat meester Enthoven niet ziek was. Niemand wist of hij ooit nog terug zou komen. Ik wou –

'Jasmijn!' klonk meester Schijf achter me.

Ik versnelde mijn pas, duwde met beide handen de deuren open en liep naar buiten. Het schoolplein was verlaten.

'Jasmijn!'

Ik keek niet om, maar rende de straat op en bleef rennen, steeds harder, mijn vuisten gebald. Pas toen ik de Geertruidenbergstraat bereikte, stopte ik. Ik keek omhoog naar ons raam en klemde mijn vingers om de sleutels in mijn broekzak. Ik mocht niet zomaar weglopen van school. Maar dit was niet 'zomaar'.

Meester Schijf geloofde me niet. Meester Schijf begreep me niet.

Ik ging nooit meer terug naar school.

Tussen de middag kwam Colette langs. 'Ik moest van de meester zeggen dat hij met je wil praten,' zei ze.

'Dan heeft hij pech.' Ik zat naast Senta op de bank. De door mijn moeder gesmeerde boterhammen met chocoladepasta lagen nog onaangetast op tafel. Voor het eerst had ik geen honger. Senta keek er zoals altijd verlangend naar, maar ze mocht het niet. Chocolade was giftig voor honden. 'Zeg maar dat ik niet meer kom.'

Colette staarde me aan. 'Iedereen heeft het erover dat je bent weggelopen. Ze noemen je een heethoofd.'

Ze hadden gelijk. Ik had inderdaad een heet hoofd gekregen.

'Had je het boek echt uit?' vroeg ze.

'JA!'

'Nou, waarom vertelde je hem dan niet gewoon waar het boek over ging? Dan wist hij dat je het echt gelezen hebt.'

Ik staarde haar aan. Zoals zij het nu zei, klonk het zo simpel. Waarom had ik daar niet aan gedacht?

'Hij had me gewoon moeten geloven,' mompelde ik.

Colette haalde haar schouders op. 'Nou, ik ga naar huis. Ik moest het aan je doorgeven, en dat heb ik gedaan.'

Ik zweeg.

'Tot straks,' zei ze.

Nog altijd zei ik niets. Voor mij was er geen 'tot straks'.

Om tien voor één belde Colette weer aan. Dit keer deed ik niet open. Ze drukte een paar keer op de bel, de harde *trrring* sneed door de flat. Even later zag ik haar weglopen, haar blonde haar in een zwiepende staart op haar hoofd. Ze keek omhoog, naar het raam.

Snel dook ik weg.

Ik wist niet of ze me gezien had. Eigenlijk kon het me ook niet schelen.

Het werd één uur. Halftwee. Ik had nog steeds mijn brood niet op. Senta had de hoop opgegeven en lag te slapen. Twee uur. Ik ging naar buiten, liet Senta rennen op het grasveld achter. In de dierenwereld zou iets als dit nooit gebeuren. Dieren konden niet anders dan eerlijk zijn. Ze zouden nooit denken dat een ander loog. Ik liet me op mijn rug in het gras zakken, mijn gezicht naar de lucht. Een wirwar van samengeklitte wolken schoof voorbij.

Senta kwam naast me liggen, kauwend op een stok.

'Jasmijn Vink!' Mijn moeder hing uit het raam. Haar gezicht hing ondersteboven en was rood aangelopen. 'Kom jij eens als de donder hier!'

'Hou je jas maar aan,' zei ze kortaf, zodra ik boven was.

'Maar...' begon ik.

Ze bukte om Senta's halsband af te doen en zei: 'We gaan naar school. En Senta blijft hier. Nee, geen gemaar. Nú.'

Zwijgend liep ik achter haar aan het portiek in en naar beneden.

Haar oranje Blokkerblouse plakte aan haar rug.

Pas toen we buiten waren, zei ze: 'Heb je enig idee hoe ik schrok toen ik hoorde dat de school aan de telefoon was? Toen ze zeiden dat je was weggelopen? Wéggelopen, wat je niet meer zou doen! Terwijl je nota bene in groep 5 zit nu.'

'Maar –'

'Ze hebben me niet eens direct gebeld. Ze dachten eerst dat je wel weer terug zou komen. Pas toen je er vanmiddag nog niet was, hebben ze contact met mij opgenomen. Je mag blij zijn dat ze papa niet gebeld hebben. Die zou nog bozer zijn!'

'Maar –'

'De meester heeft me verteld wat er is gebeurd. En ik heb hem uitgelegd dat jij heel snel kunt lezen. Hij zei dat hij dat wist, maar niet dat je het zó vlug kunt.'

Ik trapte tegen een kastanje op de grond. 'Hij is stom.'

'Hij heeft gezegd dat het hem spijt.' Mijn moeder pakte mijn hand. 'Wel even doorlopen. Ik moet meteen weer terug naar de winkel nadat ik jou op school heb afgeleverd. Ik had eigenlijk helemaal niet weg gekund. Iris staat nu in haar eentje achter de kassa.'

Haar stem was lager dan anders, elk woord dreef op een zucht. 'Je bent boos,' concludeerde ik.

'Vind je het gek? Je kunt écht niet uit de klas wegstormen, wat er ook gebeurt. Jij en meester Schijf zullen gewoon samen door één deur moeten.'

'Welke deur?'

Weer een zucht.

We naderden de school. Ik kon het hek van het schoolplein al zien.

'Luister, Jas... Als je rustig terug de klas in gaat, dan is er volgens de meester niets aan de hand.'

'Maar volgens míj wel. Hij geloofde me niet.'

'Dan probeer je het volgende keer uit te leggen. Je kunt niet verwachten dat andere mensen altijd maar weten wat jij denkt en voelt als je nooit wat zegt.'

Ik stond stil. Ik hoorde niet op school. Dat werd steeds duidelijker.

Mijn moeder gaf me een zacht duwtje het schoolplein op. 'Vooruit. Naar binnen. Ik moet terug naar mijn werk. Straks krijg ik nog problemen daar. Tot vanavond.'

Ik beklom het brede stenen trappetje.

Achter me stierf het snelle geluid van mijn moeders hakken weg.

Meester Schijf stond al in de hal. 'Daar ben je. Ik zag je aankomen.'

Ik zei niets.

Hij stak zijn arm naar me uit alsof hij hem om me heen wilde slaan, maar liet hem toen weer zakken. 'Kom op, meid, we hebben het er niet meer over. De klas is begonnen met vrij tekenen, je bent net op tijd om nog mee te doen.'

Oma kocht soms de *Tina* voor me. Ik las hem op mijn kamer, waar de ingezonden brieven en de problemen in de *O jee, wat nou?!*-rubriek me het gevoel gaven dat ik spiekte in het dagboek van een oudere zus. Meisjes die vragen stelden over hun vriendje, of hun menstruatie. Nooit vroeg iemand zich iets interessants af, zoals of Kirrineiland uit *De Vijf* echt bestond. Maar de strips las ik aandachtig. Of, niet echt de strips, het waren de gezichten die ik bestudeerde. De vele uitdrukkingen erop. Uit wat er gezegd werd in de tekstballonnetjes kon ik opmaken of iemand boos was, of verdrietig, of verbaasd. Daarna keek ik naar het gezicht en probeerde de uitdrukkingen te onthouden die erbij hoorden. Grote ogen wezen vaak op schrik of angst. Iemand die zijn ogen neersloeg, kon verdrietig of gekwetst zijn. In een film of in het echt volgden gezichtsuitdrukkingen elkaar allemaal in razend tempo op, maar in strips kon ik uitgebreid de tijd nemen om ze met elkaar te vergelijken. Ze te onthouden. Soms, als oma al een tijdje geen *Tina* had meegebracht, oefende ik verder in de *Suske en Wiskes* van Emiel. Ik werd er steeds beter in.

Vandaag, vlak voor de Noortjestrip, stopte ik abrupt met bladeren. Mijn blik zoog zich vast aan een foto van een meisje op een zwart paard. Het meisje had lang haar, net als ik, en ze reed in een bos. Kijk dan! Dit was ik! Dit was een foto van Cilly en mij, eindelijk buiten, in plaats van in die stoffige binnenbak! Steeds vaker kreeg ik het gevoel dat we met zijn allen in een draaimolen zaten, sjokkend achter elkaar aan. En dan die commando's die we kregen toegeblaft, vooral nu ik bij de gevorderden zat en les kreeg van Sjaak. *Bij M van hand veranderen! Bij H een gebroken lijn! Bij C een grote volte, en ook de hoekjes meepakken, Jasmijn!* Zo kon paardrijden toch nooit bedoeld zijn? Allemaal onlogische figuurtjes rijden, opgesloten tussen vier muren, in plaats van je vrij te voelen, fijn buiten in de natuur. Steeds vaker fantaseerde ik tijdens de les dat we in het bos reden.

Ik keek weer naar de foto.

RUITERKAMP! stond erboven. EEN ONVERGETELIJKE VAKANTIEWEEK MET GRANDIOZE BUITENRITTEN.

'Ik wil op ruiterkamp.' Ik legde de *Tina* voor mijn moeder neer, opengeslagen op de juiste bladzijde.

Mijn moeder liet het voetpedaal van de naaimachine los, het geratel stopte. Zwijgend bekeek ze de advertentie. 'Een kamp? Jij?'

'Een rúiterkamp.' Ik tikte met mijn vinger op de afbeelding. 'Dat meisje ben ik!'

'Maar je zult daar met een hele groep zijn, dat snap je toch? Die foto ziet er leuk uit, maar in werkelijkheid rij je daar wel met zijn allen.'

'Geeft niets. Ik kan daar een hele week in het bos paardrijden. Dat is mijn droom!'

'Jij en je bos...' Mijn moeder stak een sigaret op en nam er snelle, korte haaltjes van waardoor ik wist dat ze nadacht. 'Ik zal het er met papa over hebben. Het ziet er inderdaad leuk uit.'

Ik maakte een sprongetje.

Ze fronste haar voorhoofd. 'Maar het is wel duur, zie ik.'

'Daar heb ik al over nagedacht,' zei ik snel. 'Ik vraag het voor mijn verjaardag. En ik ga ervoor sparen. Dan moet het lukken, toch?'

'Dat komt vast wel goed.' Ze schoof haar rok op de juiste plek onder de naald en zei toen, zachtjes alsof ze het meer tegen zichzelf had dan tegen mij: 'En ik denk dat een week lang met andere meiden optrekken een goede ervaring voor je zal zijn.'

Ik knipte het plaatje van Jasmijn-die-in-het-bos-reed uit en hing het boven mijn bureau.

Er lag nog één blokje kaas op het schoteltje op mijn bureau. De rest had ik al op. Als mijn moeder hapjes maakte voor de visite, kwam ze mij altijd mijn eigen bordje brengen. Ik wist dat mijn ooms en tantes dat maar vreemd vonden. Volgens hen kon ik toch ook gewoon naar de woonkamer komen om daar iets van de schaal te pakken die op tafel stond.

'Jasmijn is zo ongezellig,' had ik tante Bertha vorige keer horen zeggen. 'Ze zit altijd maar op haar kamer, we zien haar nooit.'

Merkwaardig, dat het woord 'gezellig' voor de een iets heel anders kon betekenen dan voor de ander. Ik vond het hier op mijn kamer gezellig, met mijn boeken en mijn sprookjesbandjes en de vogels in de boom op het grasveld achter. Soms deed ik mijn raam wijd open om ze uit te nodigen naar binnen te komen, maar dat deden ze nooit.

Terwijl ik dát soort visite nou juist leuk zou vinden.

Mensenvisite was het vervelendst wanneer ik een volle blaas had. Hoe zachtjes ik ook naar de wc sloop, er was altijd wel iemand die me vanuit de woonkamer zag. Zoals de vorige keer, toen ome Gerrit me opmerkte en heel overdreven riep: 'Kijk nou, ze is er dus tóch! Hallo, Jasmijn!'

Ik had me zo ongemakkelijk gevoeld dat ik met een knal de wc-deur had dichtgetrokken. Vervolgens was het me niet eens gelukt om te plassen. Met verkrampte billen had ik op de bril gezeten, terwijl er vanuit de woonkamer een lachsalvo had geklonken na een grap die zeker weten over mij ging. Mijn blaas was op slot gesprongen van de zenuwen.

En nu moest ik weer. Heel nodig zelfs. Het was zondag en het was pas kwart over drie. Mijn oom en tante gingen nog lang niet naar huis. Maar mijn plas nog urenlang ophouden zou me niet lukken. Ik zat op de rand van mijn bed, mijn knieën stijf tegen elkaar gedrukt. Wat moest ik doen? Moest ik misschien gewoon proberen er niet aan te denken? Als je ergens niet aan dacht, dan was het er niet. Ik sloeg mijn bibliotheekboek over wolven open en las verder waar ik gebleven was.

Maar na twintig minuten legde ik het boek opzij. Het ging niet, echt niet. Als ik mijn plas nog langer ophield, dan zou ik het in mijn broek doen. Ik stond op en liep met x-benen naar mijn kamerdeur. Er zat niets anders op, ik moest het risico nemen dat iemand vanuit de woonkamer wat tegen me zou zeggen. Ik haalde diep adem, vouwde mijn vingers om de klink en…

Nee, wacht.

Wat nou als net op het moment dat ik mijn kamer uit stapte ook mijn oom of tante op weg ging naar het toilet? We zouden elkaar treffen in de gang. Moest ik dan de ander voor laten gaan? Of moest ik zelf eerst gaan? En moest ik wat tegen ze zeggen? Maar wat dan? Ze zouden me weer zo gek aankijken, alsof ze wachtten op iets en ik niet wist op wat. Nee, nee, nee, het was geen goed idee. Ik moest hier blijven. Hier, op mijn kamer.

Langzaam liet ik de deurklink los. Terwijl ik mijn arm liet zakken, ging ook mijn blik naar beneden. Senta's drinkbak stond op de grond naast mijn voeten.

Ik keek ernaar.

Zou ik…

Nee, dat kon ik niet maken.

Maar niemand hoefde het te weten, toch? En als ik hem naderhand goed omspoelde, zou Senta het hopelijk niet ruiken. Er zat echt niets anders op.

Ik tilde de waterbak op, die nog voor de helft vol was, en liep ermee naar mijn raam.

De onderbuurvrouw had een droogrek met grote, witte onderbroeken buiten hangen.

'Sorry, mevrouw Stoep,' mompelde ik. Ik opende mijn raam en kiepte met een zwiep het water naar buiten. Een grijze kat stoof met rechtopstaande haren uit de bosjes onder me.

Snel zette ik de lege drinkbak op de grond, stroopte mijn maillot af en hurkte neer.

Op de avonden dat tante Teun en ome Frits kwamen, was het anders. Dan was Colette er ook en zaten we samen op mijn kamer. Als ik moest plassen, liep ze mee om in de woonkamer wat verse snacks voor ons te halen. Op die momenten kon ik onopvallend door de gang glippen. Terug op mijn kamer speelde Colette met mijn poppen en verzon ik er verhalen bij. Van één pop had ze het haar afgeknipt zodat we konden doen alsof het een jongen was die verkering had met een van de andere poppen. Haar favoriete spelletje.

'Wie vind jij leuk, bij ons in de klas?' vroeg ze. 'Ik vind Ramon leuk.' Ze kantelde haar hoofd en staarde dromerig voor zich uit. 'Heb je gezien hoe hij vanmorgen in de ringen hing, met gym? Hij leek Tarzan wel. Hij heeft volgens mij echt supersterke armen.'

Er was iets in Colettes hoofd gebeurd waardoor zij jongens ineens ontzettend interessant vond. Ik begreep er niets van. Jongens schreeuwden en trapten overal tegenaan, en toch keek Colette tegenwoordig naar Ramon alsof hij de voorkant van een boek was en ze niet kon wachten erin te gaan lezen.

'Kijk.' Ik wees naar de bruine arabier op de poster boven mijn bed. 'Dit is Rusty. Ik heb alle paarden op mijn posters een naam gegeven, leuk hè? Die haflinger daar naast mijn raam heet Cleo. En –'

'Hallo.' Colette legde haar jongenspop neer. 'Ik had het over Ramon.'

'Nou, én? Ramon is stom.'

'Waar slaat dat nou weer op?'

'Hij praat heel erg binnensmonds. Ik kan hem soms amper verstaan.'

Colette zuchtte overdreven. 'Wie vind jíj leuk, dan?'

'Niemand.'

'Tuurlijk wel.' Haar ogen glinsterden. 'Thijs, misschien?'

Direct sprong het gezicht van Thijs tevoorschijn in mijn hoofd. Zachte groene ogen, die uitstraalden dat hij je nooit stom vond als je iets verkeerd deed. Een smalle, M-vormige bovenlip, die als hij lachte een rechte lijn werd.

'Hij is aardig. En niet lelijk,' zei ik.

'Ha!' riep Colette. 'Dus we kunnen wél over jongens praten.'

'Nee. Dat is niet interessant.'

'Alsof die stomme paarden zo boeiend zijn. En die suffe manege is superduur. Volgens mijn moeder is dat de hele reden dat jouw moeder ineens bij de Blokker moest gaan werken.'

'Jouw moeder is een zeurpiet. En paarden zijn een stuk boeiender dan Ramon met zijn havermouthoofd.'

Colette stond op en schopte tegen de poppen op de grond. 'Ik ga in de woonkamer zitten. Er is helemaal niets meer aan met jou.'

'Tante Teun vertelde gisteravond dat Hester woensdagmiddag een feestje geeft,' zei mijn moeder de volgende dag. We zaten samen op de bank, allebei met een boek. Haar naaimachine stond uit zodat ze mijn vader, die straks weer nachtdienst had, niet wakker zou houden. Er zat maar een heel dun muurtje tussen de woonkamer en hun slaapkamer. 'Het schijnt dat Colette zich er ontzettend op verheugt, want ze krijgen een rondleiding bij McDonald's op het Zuidplein.'

'Weet ik,' zei ik knikkend. Colette had me er honderduit over verteld. Ze zouden hun eigen hamburger gaan maken en alles. Volgens haar mochten ze zelfs even in de koelcel om te voelen hoe koud het daar was.

'Ben jij niet uitgenodigd?' vroeg mijn moeder nu.

'Jawel.'

'En?' drong ze aan.

'Ik word ziek van feestjes. Dus ik ga niet.'

Mijn moeder legde haar hand op mijn arm. 'Dat je er één keer ziek van bent geworden, wil niet zeggen dat je het nooit meer kunt proberen. Misschien gaat het nu wel goed.'

Ik schudde mijn hoofd. Dat het partijtje ook nog eens op het vreselijk drukke Zuidplein werd gehouden was een extra reden om niet te gaan. Stel je voor dat ik weer helemaal akelig werd. Dit keer zou oma er niet bij zijn om me overeind te helpen.

'Als je zo doorgaat, word je straks nooit meer ergens voor uitgenodigd,' zei mijn moeder. 'Dat is toch ook niet leuk?'

'Lekker rustig juist.'

Ze grinnikte, maar toen trokken de lachplooien weg en werd haar gezicht weer glad. 'Je meent het.'

Natuurlijk.

Ik meende altijd alles.

Aan het eind van mijn straat stond ik stil. Zou ik naar links gaan, of naar rechts? Als ik naar links ging, kon ik naar de bibliotheek lopen. De aardige bibliotheekmevrouw, met een bril aan een koord om haar nek, zette altijd een bakje water neer voor Senta en liet me zien welke nieuwe boeken er waren binnengekomen. Ik hield van avonturenboeken, maar ook van boeken over dieren. Ik had geleerd dat er meer dan tienduizend verschillende soorten vogels bestonden. Zelfs een pinguïn was een vogel. In de bibliotheek had ik mijn eigen leeshoekje op de grond, samen met Senta op het blauwe tapijt, waar ik vaak wachtte tot het kwart over vijf was zodat ik naar de Blokker kon lopen om mijn moeder uit haar werk te halen.

Maar ik kon ook naar rechts gaan, naar Colettes huis.

Ze was nog steeds gepikeerd omdat ik niet over jongens wilde praten. Het was net alsof ze een van de briefschrijfsters uit de *Tina* was geworden. Veel ouder dan ik. Op school ging ze steeds bij Hester staan en keek mij niet aan. Ik vond het niet fijn als iemand boos op me was, vooral als ik achteraf besefte dat het mijn eigen schuld was. Op het moment zelf dat ik iemand nijdig maakte, besefte ik het niet. Ik kon immers niet tegelijkertijd in mijn hoofd én in dat van iemand anders kijken. Pas later, als ik weer alleen was en het stil was om me heen en ik de gebeurtenis in mijn geheugen terugspoelde, dán zag ik het. Wat ik verkeerd had gedaan. Wat ik eigenlijk had moeten zeggen. Ik wist dat ik het moest goedmaken. Ik zou Colette ophalen en aanbieden om met haar mee te gaan naar het speeltuintje achter De Middelburgt om te kijken of Ramon daar was.

Ik liep naar rechts.

Op de hoek van Colettes straat knoopte ik mijn jas om mijn middel. Het was de eerste echt warme lentedag van het jaar, en groene babyblaadjes aan de bomen benadrukten de komst van een nieuwe zomer. Van Uddel. Van het ruiterkamp! Nog even, en dan zou ik eindelijk paardrijden in het bos!

Colette woonde in het laatste huis van een rijtje eengezinswoningen. Haar achtertuin keek uit op de metrobaan. Aan de voorkant was ook een tuintje, daar moest je doorheen om bij de voordeur te komen. Als ik een huis met een tuin had, dan zou ik er een badje in zetten, zodat Senta altijd schoon water had om in te spelen. En –

O. Ik hoorde stemmen.

Colettes ouders zaten in de voortuin. Te praten, te lachen.

'Shit,' zei ik.

Senta keek vragend naar me op.

Dit was niet hoe het moest gaan. In gedachten had ik mezelf bij Colette zien aanbellen en had ze lachend opengedaan, blij verrast dat ik haar kwam ophalen want dat deed ik nooit. Ze zou niet boos meer zijn, en we zouden samen naar het Plein lopen.

Maar nu...

Tante Teun en ome Frits zouden natuurlijk verwachten dat ik wat zei. Maar wat? Colettes moeder vond altijd alles raar wat ik deed. Dat wist ik, omdat ze vaak riep: 'Kind, doe niet zo raar!'

Ik deed een paar stappen terug en verschool me achter een boom.

Hier zou ik blijven staan tot Colette verscheen. Dan zou ik naar haar wuiven en hopen dat ze naar me toe kwam.

Senta's tong hing uit haar mond. Weer keek ze naar me op.

'Nog even wachten,' zei ik zachtjes.

Ik pulkte met mijn vinger aan wat afbladderende boomschors. In de tuin van Colettes buren lagen vuilniszakken op een hoop. Een ervan was opengescheurd; er kwam een zure lucht uit. Een omgevallen tuinstoel lag ernaast.

Wat als Colette allang naar buiten was?

'Ja hallo, Jasmijn!' klonk het plotseling. Colettes vader was opgestaan en keek mijn richting op. 'We zien je wel staan hoor, achter die boom.'

Verstijfd staarde ik terug.

Toen draaide ik me om en rende zo hard als ik kon weg.

Ik rende zonder te stoppen en zonder om te kijken en bereikte hijgend de bibliotheek. Mijn hoofd was zo heet als een kruik. Bloed suisde in mijn oren.

'Hoi, Jasmijn,' zei de mevrouw achter de balie.

'Hoi.' Langzaam werd mijn ademhaling rustiger. Niemand hier wist wat er net was gebeurd en hoe verschrikkelijk ik mezelf voor gek had gezet. Hier was ik veilig.

Senta dribbelde automatisch naar onze vaste plek. Ik liep achter haar aan en liet me op de grond zakken. De hete paniek trok weg. Mijn hersenen deden het weer. Ik kon nadenken, beseffen wat ik had moeten doen. Achteraf leek alles zo eenvoudig. Achteraf wist ik het altijd.

Maar in het nu bevroor ik. Keer op keer op keer.

In mijn achterafbesef stapte Normale Jasmijn rustig achter de boom vandaan en zei opgewekt: *O, hallo! Warm, hè? Ik zocht even een beetje schaduw. Is Colette er ook?*

Op die manier zou er niets aan de hand geweest zijn. We zouden naar De Middelburgt gaan. Misschien was Thijs er ook wel.

Maar ík was weer dichtgeklapt. Gevlucht. Alleen maar omdat de situatie anders verliep dan hoe ik die me had voorgesteld, alleen maar omdat ik tante Teun en ome Frits stomme mensen vond.

Hier, in de bibliotheek, was niemand stom. Hier gaf ik gewoon antwoord, rechtstreeks in het nu, wanneer een van de mevrouwen me vroeg wat ik van een boek vond. Ik kon ze vertellen dat een wolf wel zestig kilometer per uur kon rennen. Praten over een onderwerp dat ik interessant vond, ging vanzelf. Ik vond het zelfs leuk. De bibliotheekmevrouwen begrepen dat.

Zij begrepen mij.

'Bah, zeg, wat stinkt het hier.' Met opgetrokken neus zette Colette haar fiets op slot.

Ik schoot in de lach. 'Daar wen je vanzelf aan.'

We liepen de stalgang in met links de privépony's in ruime boxen en rechts de manegepony's tussen de smalle schotjes.

'Niet te dicht langs hun achterkant lopen,' waarschuwde ik. 'Sommige pony's kunnen trappen.'

Met een gilletje sprong Colette opzij. 'Jezus.'

Cilly brieste toen ze me zag. Ik drukte een kus op haar fluwelen neus. 'Hoi, lieverd.'

'Ben je niet bang dat hij je bijt?' Colette bekeek ons vanaf een veilige afstand.

'Natuurlijk niet. En Cilly is een zij.'

Colette rilde overdreven. 'Heb je gezien hoe groot die bek is?'

'Mond,' corrigeerde ik haar. 'Een paard is een edel dier. Ze hebben benen in plaats van poten, en een mond in plaats van een bek.' Ik kriebelde Cilly achter haar oor en zei: 'Tot zo, lieverd.'

Colette en ik liepen naar de kantine, waar ik haar de tafels bij het raam liet zien. 'Dit is waar mijn moeder altijd zat toen ze nog meeging,' zei ik. 'Hier kun jij straks blijven zitten.'

Ze wees naar de binnenbak. 'Wat een lekker ding. Wie is dat?'

'Wat? Nee, joh, dat is Sjaak! Daar krijg ik les van.'

Colette giechelde. 'Nou, daar zou ik ook wel les van willen krijgen.'

'Je bent gek. Hij is stokoud. Zeker al twintig, of zo.'

'Misschien kan ik een keer een proeflesje komen doen.' Ze keek nog steeds de bak in en zei grinnikend: 'Wel een gestuiter, zeg, dat paardrijden. Het is maar goed dat mijn moeder me zaterdag meeneemt om een beha te kopen.'

Een week later had Colette er als eerste uit onze klas een aan. Ze liep rond met een mysterieuze glimlach op haar gezicht en liet haar T-shirt de hele tijd van één schouder afzakken zodat het smalle, witte bandje zichtbaar werd.

Ramon kon niet stoppen ernaar te kijken.

Weer kreeg ik het gevoel dat Colette plotseling ouder was dan ik. Had ik deze verandering eerder gezien als ik wat vaker naar haar had geluisterd?

Wanneer was ze voor het eerst ineens zo in jongens geïnteresseerd geraakt? Ik wist het niet. Het was zo druk in mijn hoofd, dat ik steeds minder luisterde wanneer ze wat vertelde. Interesse veinzen in onderwerpen die me niet aanspraken, zou nep zijn. Dat kon ik niet.

In de ochtendpauze stond ze met Hester vlak achter het bankje waarop ik zat te lezen.

'Ja, volgens mijn moeder ben ik er wel heel erg vlot mee,' hoorde ik haar zeggen. 'Maar ik heb het nu eenmaal nodig.'

Hester giechelde en fluisterde iets.

'O, maar als ik zo naar jou kijk, dan moet jij er ook niet te lang meer mee wachten, hoor,' zei Colette, op een toon alsof ze medewerker van de maand was in een behawinkel.

Zij en Hester haakten hun armen in elkaar en dansten voorbij alsof ze in *Dirty Dancing* zaten, een film die Hester in de bioscoop had gezien en waar ze niet over op kon houden.

's Middags stond ik voor mijn moeders kledingkast. Haar beha's lagen op de middelste plank, nette stapeltjes naast elkaar. De meeste waren wit, maar er zaten ook een paar zwarte tussen, een zachtroze en zelfs een rode. Ik pakte een witte op. Met mijn vingers streek ik over de dunne stof. De cups waren zo groot, dat allebei mijn handen erin pasten.

Ik hield de beha voor me en bekeek mezelf in de spiegel.

Wanneer zou ik er een nodig hebben? Ik kon het me nog niet eens voorstellen. Zelfs Normale Jasmijn in mijn hoofd zag er nog hetzelfde uit als ik.

Ik legde de beha terug.

Dit was iets voor de toekomstige Jasmijn.

Ik zorgde er tegenwoordig voor dat Senta's drinkbak al leeg was voordat de visite kwam.

Soms riep een oom of tante bij binnenkomst hard 'Hallo, Jasmijn!' door de gang, maar ook dan bleef ik achter mijn dichte deur en riep niets terug.

'Je had toch wel even hallo kunnen roepen?' had mijn moeder de vorige keer gezegd, toen tante Bertha en ome Luuk eindelijk weg waren. 'Daar hoef je jezelf niet eens voor te laten zien.'

Maar ik kon het niet. Ik begreep zelf ook niet waarom. Soms zag ik in mijn hoofd Normale Jasmijn de gang in stappen en daar een praatje aanknopen, maar ík kon het niet. Het was zoals de kinderen die in het zwembad de trap van de hoge duikplank beklommen, helemaal naar het puntje liepen en vervolgens niet sprongen. Hun benen zaten op slot.

Mijn mond zat op slot.

'Het zou aardig zijn als je het wel deed,' merkte mijn moeder op. 'Vooral nu tante Bertha steeds de oude *Penny's* van Daphne voor je meebrengt.'

De *Penny* was een paardentijdschrift. Er zaten mooie posters in, die ik aan mijn muur hing. Soms had Daphne de posters er al uitgehaald, en één keer had ze met viltstift allemaal hartjes op de laatste pagina getekend. '*I love Brian*,' stond er honderd keer bij. '*Daphne & Brian 4-ever!!!*'

'Nu zeg ik steeds dat je het niet hoort,' ging mijn moeder verder. 'Dat je met een koptelefoon op naar je bandjes zit te luisteren. Maar of iemand het gelooft...'

Iedereen vond mij een raar kind, en ik wist dat ik het door dit soort dingen alleen maar erger maakte. Soms keerde Normale Jasmijn me uit ongeduld haar rug toe. Ik wilde zijn zoals zij, echt waar, maar steeds wanneer ik naar haar uitreikte, kon ik er niet bij. Ik bleef maar op die duikplank staan, wiebelend en niet in staat te springen.

Mijn moeder ging er niet over door.

Wat zou er gebeuren als ze dat wél zou doen? Zouden we er dan samen achter komen waarom ik zo was? Misschien was er een manier om mij normaal te maken. We zouden kunnen oefenen, net zo lang tot ik durfde te doen wat Normale Jasmijn me influisterde. Als er dan weer 'Hallo, Jasmijn!' door de gang geroepen werd, zou ik niet meer mijn adem hoeven inhouden en hoeven denken: *ik ben er niet, ik ben er niet, ik ben er niet.*

Misschien zou ik er dan wél zijn.

'Heb jij je al ingeschreven voor de wedstrijd, Jasmijn?' vroeg Sjaak.

De les was bijna afgelopen. We waren aan het uitstappen: stapvoetse rondjes waarin we onze voeten uit de stijgbeugels haalden en vrij lieten bungelen. Ook lieten we de teugels vieren, zodat de pony's hun hoofd ontspannen naar beneden konden laten hangen. Tijdens het uitstappen gaf iedereen haar pony zachte beloningsklopjes op de hals, waardoor de binnenbak zich vulde met het geluid van cirkelend applaus.

'Wedstrijd?' Ik keek hem niet aan. Tijdens het paardrijden hoefde dat gelukkig niet. Het was namelijk belangrijk dat je tussen de oren van je pony door keek in de richting die je op wilde.

'Over twee weken. Een proef met galop. Ik denk dat jij en Cilly een goede kans maken.'

Cilly en ik. Ik en Cilly!

'Gewoon meedoen, joh,' zei hij. 'Het is op zaterdag 28 mei. Je kunt je inschrijven aan de bar.'

'Ik doe ook mee!' riep Nadia. 'Op Flootje.'

'Volgende week zullen we een paar oefeningen doen,' vertelde Sjaak. 'Hoe je de jury moet groeten, dat soort dingen.'

Groeten. Nou, dat mochten we dan wel minstens honderd keer oefenen. En een jury? Wie waren dat? Waar zouden ze zitten? Toch knikte ik. Misschien was een wedstrijd inderdaad wel leuk. Het was in elk geval een manier om ook eens op zaterdag te kunnen rijden. Het was dan wel niet in het bos, zoals straks op ruiterkamp, maar het was wel een extra dag.

'Wat tof dat jij ook meedoet, Jasmijn!' zei Marloes, achter de bar. 'Ik schrijf je direct in.'

'Op Cilly,' zei ik.

'Ik had niet anders verwacht.' Lachend schreef ze mijn naam op een formulier. 'Cilly rijdt die dag geen andere wedstrijden, zie ik. Dus dat betekent dat je de achtentwintigste ruim op tijd aanwezig moet zijn om haar in te rijden.'

'Komt goed,' zei ik, mijn stem hoog van opwinding. *Inrijden!* Het klonk razend spannend.

‘Even voor de zekerheid: je weet dat je speciale wedstrijdkleding nodig hebt?’

Ik staarde Marloes aan.

‘Witte rijbroek, zwart jasje,’ somde ze op. Ze tikte wat as van haar sigaret. ‘Witte blouse of wit shirt, zwarte laarzen, witte handschoentjes, je haar netjes bijeengebonden, nou ja, je weet het wel.’

Ik wist het niet, natuurlijk. Vragend keek ik haar aan. Hopelijk begreep ze mijn blik.

Maar ze drukte haar sigaret uit en zei: ‘Het inschrijfgeld is vijf gulden, maar dat kun je volgende week betalen.’

‘Oké,’ was alles wat ik zei.

Hallo! riep Normale Jasmijn me toe. *Vergeet je niet iets? Ze vindt het echt niet gek als je iets meer uitleg vraagt, hoor.*

Maar er kwamen twee moeders naast me staan, allebei met een briefje van vijf in hun handen, en mijn stem verdween.

Marloes borg het formulier op in een map onder de bar. ‘En vergeet je familie niet uit te nodigen. Iedereen is welkom, hoe meer publiek hoe leuker!’

Mijn moeder legde de telefoon neer. ‘Tante Bertha heeft me precies uitgelegd wat we allemaal nodig hebben. Maar ze vertelde helaas ook dat Daphne gestopt is met paardrijden. Ze heeft al haar wedstrijdkleding verkocht. Dus we kunnen niets lenen.’

‘O,’ zei ik.

‘En volgens Bertha is zo’n witte broek stervensduur. En een jasje ook.’

Ik zweeg. Ik wist dat we geen smak geld konden uitgeven voor paardrijkleren die ik maar één keer zou dragen. ‘Kunnen we niet van iemand anders kleren lenen?’ vroeg ik.

Mijn moeder nam een paar snelle haaltjes van haar sigaret en besloot toen: ‘We gaan het gewoon proberen. Ik zal eens rondvragen. En dat jasje maak ik desnoods gewoon zelf.’

Ja. Ik knikte blij. Zij kon dat.

Zij kon alles.

Ik deed mijn best om niet door het grote raam de kantine in te kijken, waar mijn ouders zaten. Cilly en ik waren in ons eentje in de bak en hielden halt bij x om de jury te groeten zoals ik had geleerd: ik nam beide teugels in de linkerhand en bracht mijn rechterhand met gestrekte arm naar beneden. Ik bracht mijn arm tot achter mijn dijbeen en gaf een knikje met mijn hoofd naar de drie mensen in het hokje naast de kantine. Daarna pakte ik de teugels rustig weer in mijn handen en reed alle figuren die ik moest rijden, in draf en in galop. Toen reed ik met een glimlach op mijn gezicht de bak uit.

'Goed gedaan, lieve Cilly,' zei ik, terwijl ik haar afzadelde. 'Vond jij het ook zo spannend?'

Ze blies krachtig uit door haar neus.

Ik trok mijn witte handschoentjes uit, gekregen van opa en oma, die er speciaal voor naar een winkel in Rhoon waren gefietst. Mijn klamme palmen veegde ik af aan mijn rijbroek. Het was geen witte. Het was mijn moeder niet gelukt een wit leenexemplaar te vinden. Maar via een advertentie had ze wél een tweedehands beige broek kunnen kopen. Dichter bij wit konden we niet komen. En na vandaag kon ik hem als gewone rijbroek gebruiken. Met wit ging dat niet, dat was alleen voor wedstrijden.

'Apart jasje, hoor,' klonk het achter me.

Ik keek om, recht in het lachende gezicht van een ouder meisje. Ze had zware, dichtgroeiende wenkbrauwen. Ik wist niet wat ik op haar opmerking moest zeggen, dus ik zei niets. Zelf had ze een officieel rijjasje aan, net als de andere meisjes. Van dikke, zwarte stof en met glimmende, zilveren knopen. Het jasje dat mijn moeder had gemaakt was dunner en had gewoon normale zwarte knopen. Het model was ook iets anders, zag ik nu.

Ik schoof Cilly's hoofdstel af en hing het over mijn schouder.

Het meisje blies een kauwgombel en liep weg.

Iedereen had zich in de kantine verzameld, in afwachting van de bekendmaking van de winnaars. Samen met mijn ouders zat ik aan een tafeltje bij het raam, de lucht ranzig van patat en kroketten. Mijn vader had ook voor mij een bakje friet gehaald, en ik schrokte de patatjes naar binnen. Mijn vingers waren vettig van de mayonaise. Eten was mijn wapen tegen drukte; het gaf me spierballen in mijn hoofd.

Vanuit mijn ooghoek zag ik het meisje uit de stallen voorbijlopen. Ze stootte iemand aan die naast haar liep en wees naar mij. Het andere meisje giechelde. Ik deed alsof ik het niet zag en liet mijn blik de kantine door gaan. Iedereen keek naar me, of leek dat maar zo? Misschien vonden ze allemaal wel dat ik een 'apart jasje' droeg. En verbeeldde ik het me, of staken de andere wedstrijdbroeken allemaal extra wit af tegen mijn beige exemplaar? Waarom zag ik nu pas voor het eerst hoe wijd mijn rubberen laarzen waren vergeleken met de leren laarzen van de andere meisjes? Natuurlijk werd er naar me gekeken. Vandaag was ik niet alleen vanbinnen, maar ook vanbuiten anders dan de rest.

Mijn ouders zaten op het puntje van hun stoel. Ze keken aandachtig naar een man met donkergrijze krullen, die in het midden van de kantine was gaan staan en zijn keel schraapte. Hij begon te praten, en mijn moeder strekte haar nek om hem goed te kunnen zien. Ze keek blij en trots, zoals ze gekeken had toen ik mijn zwemdiploma's haalde. Mijn god, wat als ze hoopte dat ik gewonnen had? Met deze foute outfit was ik kansloos. Waarom had ik dat niet eerder beseft? Waarom had ik thuis stralend als een onnozel wicht voor de spiegel gestaan, trots op mijn wedstrijdtenue? Het leek nergens op. En had ik de jury wel op de juiste manier begroet? Ik wist het niet eens meer. Tijdens het rijden had ik me geconcentreerd op Cilly, op het gevoel dat ik kreeg om samen te draven, en ook na het groeten had ik niet gedacht aan de toeschouwers in de kantine, aan de jury die mij beoordeelde.

De wedstrijd was in een roes aan me voorbijgegaan.

'We beginnen met de prijsuitreiking van de eerste proef,' begon de man.

Mijn moeder stootte me aan. 'Dat ben jij!'

Ik slikte. Waarom begonnen ze niet met springen? Ik bracht mijn mond naar mijn moeders oor en fluisterde: 'We kunnen ook vast weggaan, hoor.'

Ze keek me bezorgd aan. 'Heb je hoofdpijn?'

Ik schudde van nee, maar vertelde haar niet de werkelijke reden waarom ik weg wilde. Ik wilde haar en mijn vader een teleurstelling besparen. Zij dachten dat het heel bijzonder was dat ik kon paardrijden en dat ik aan een wedstrijd had meegedaan. Het enige paard waar mijn vader ooit op gezeten had, was de knol van de schillenboer, toen hij een kind was. Mijn ouders wisten niet dat er hier meisjes waren die een eigen pony hadden. Meisjes die elke dag reden in plaats van slechts één uurtje per week.

Ik had me niet voor deze wedstrijd moeten inschrijven.

'De derde prijs gaat naar... Nadia Strooband op Flootje!'

Geklap. Gejuich. Ik bedwong de neiging mijn handen tegen mijn oren te duwen.

Nadia liep met een rood hoofd naar voren en nam een trofee en een witte rozet in ontvangst. De man gebaarde dat ze moest blijven staan.

'Op de tweede plek is geëindigd... Jolanda Meuleman op Lady!'

Nog meer geklap.

Ik durfde mijn ouders niet aan te kijken. 'Meedoen is belangrijker dan winnen,' had oma vanmorgen gezegd, toen ik Senta bij haar en opa had gebracht. Ik zou deze woorden straks herhalen, net zo lang tot ze de vorm van waarheid aannamen en mijn ouders zich konden verzoenen met de schrale troost ervan.

Jolanda hupte met blije stappen naar voren en hield haar trofee en rode rozet hoog in de lucht. Haar vader maakte foto's.

'En de winnaar is iemand geworden die op de jury niet alleen indruk maakte door het foutloos afleggen van de hele proef, maar die vooral uitstraalde dat ze er plezier in had en dat zij één was met haar pony zoals een goede amazone dient te zijn. Deze ruiter reed op... Cilly! Dames en heren, jongens en meisjes, mag ik een hartelijk applaus voor Jasmijn Vink!'

Mijn vader ging staan, zijn gezicht glimmend van trots. Ook mijn moeder kwam overeind, en ze trok mij mee. 'Heb je het gehoord?'

Ik knikte langzaam.

Ze gaf me een zacht duwtje in mijn rug. 'Naar voren dan!'

Ik schuifelde door het applaudisserende publiek naar de man met de krullen.

'Gefeliciteerd.' Hij gaf me een oranje rozet en een zwarte trofee met de zilveren afbeelding van een paard erop. EERSTE PRIJS MET GALOP, stond erop. 28 MEI 1988.

Mijn ouders stonden nog steeds. Ze klapten zo hard dat de lucht ervan trilde. Iedereen klapte. Maar ik durfde niemand aan te kijken. Ik deed een paar stappen naar achteren tot ik naast de andere twee winnaars stond.

'Gefeliciteerd,' zei Nadia. 'Goed gedaan.'

'Ik moet het aan Cilly vertellen!' Ik glipte weg, de drukke kantine uit, de hal door en de stenen trap af naar beneden. Boven mijn hoofd klonk nog steeds applaus. Ik rende naar Cilly en liet haar de prijzen zien.

Ze drukte haar neus tegen de rozet, en eindelijk lachte ook ik.

Ik vlijde mijn wang tegen die van haar, en lachte, en lachte, en lachte.

Mijn moeder haalde een hand door haar bruine krullen. 'Hoe zie ik eruit?'

'Heel mooi,' zei ik.

Ze had haar nieuwe jurk aan, die dagenlang gedragen was door Marietje: de paspop in de hoek van de woonkamer. De jurk was lichtblauw, met korte mouwen en een witte ceintuur. Voor mij had ze dezelfde jurk gemaakt, een paar maten kleiner.

Zelfs Emiel, die sinds hij op de middelbare school zat alleen nog maar in spijkerbroeken met zoveel mogelijk scheuren erin rondliep, zag er nu netjes uit.

Vanavond gingen we naar het trouwfeest van ome Guus en tante Karin.

Ik had de hele week gevraagd of ik thuis mocht blijven, maar gisteravond was mijn vader het ineens zat geweest: 'Je gaat mee, punt uit. Dit is een bruiloft, in de familie. Daar hoor je bij te zijn.'

'Papa heeft gelijk,' had mijn moeder gezegd. 'En het is toch leuk om je nichtjes weer te zien?'

Mijn nichtjes.

Soms zag ik ze bij oma Vink. Als er meerdere nichtjes tegelijk waren, trokken ze zich terug in de gang of in de keuken, smoezend en giechelend. Af en toe ging ik met ze mee, dan was ik even uit de rook weg. Ik zei niet veel. Ze praatten, net als de meisjes bij mij uit de klas, alleen maar over New Kids on the Block.

'Joey is echt mijn droomjongen,' had Jantien eens verzucht. 'Zo knap.'

'Waar val jij eigenlijk op, Jasmijn?' had Myra willen weten.

Ik dacht na. Colette was boos geworden toen ik niet over jongens wilde praten. Dat zou me niet nog een keer gebeuren. 'Er zit een jongen in mijn klas die ik leuk vind. Hij heet Thijs.'

'Vindt hij jou ook leuk?' vroeg Myra.

Ik knikte en hoopte dat het overtuigend overkwam.

'Hebben jullie al gezoend?' fluisterde Jantien.

'Nog niet, maar dat zal niet lang meer duren.'

'Hoe ziet hij eruit?' vroeg Myra ademloos. 'Zie je hem ook na school?'

'Hij heeft brede schouders. En groene ogen. En hij heeft ook een hond, net als ik. We maken lange wandelingen samen.'

Jantien slaakte een gilletje. 'Wat romantisch!'

Myra stootte haar aan. 'Stil, muts. Straks horen ze je binnen.'

'Alles goed daar?' klonk de stem van ome Ruud.

'Ja hoor!' riepen we alle drie in koor.

Lachend hadden we elkaar aangekeken. Het was me gelukt om mijn blik hoog te houden, mijn ogen niet neer te slaan. Zeven tellen lang. Acht. Negen!

Ik was Normale Jasmijn.

Ik hoorde erbij.

Het trouwfeest was in de stad. Het was nog licht toen we rond acht uur uit de metro stapten, het zoveelste teken dat de zomer dichterbij kwam.

'Zou er ook wat te eten zijn?' vroeg ik.

Mijn vader stak het sjekkie op dat hij in de metro had gedraaid. 'Vast wel.'

'Jij altijd met je eten,' zei Emiel. 'Hoe kun je nu alweer honger hebben?'

Ik wist het ook niet. Het was alsof mijn maag voortdurend om eten riep. Ik had het nodig, de hele dag door, anders liepen mijn hersenen leeg als een lekke fietsband.

'Hier is het,' zei mijn moeder. We stonden voor een hoog, grijs gebouw in het centrum van Rotterdam. 'Op de derde verdieping, als het goed is. O, kijk, daar komen Gerrit en Sjaan ook net aan.'

Ik stond in de toiletruimte, mijn wangen kleverig van ongewenste zoenen, mijn huid rood van de priksnorren van mijn ooms. Waarom hadden mensen zichzelf wijsgemaakt dat ze hun lippen op de wang van een ander mens moesten drukken, drie keer achter elkaar maar liefst? Een hand geven was al erg genoeg.

En dan die opmerkingen.

Wat zie je er mooi uit, Jasmijn! Wat word je lang, Jasmijn!

Ik had beleefd geglimlacht. Mijn arm op en neer laten zwengelen. Mijn gezicht uiteindelijk zo ver weggedraaid, dat de zoenen op mijn oren of in mijn haar terechtkwamen.

Een mengeling van tientallen parfums kriebelde na in mijn neus.

Tante Karin, die nog meer gekust werd dan ik, leek nergens last van te hebben. Ze straalde in haar witte jurk en nam de tijd om met iedereen een praatje te maken.

Naast haar stond ome Guus, die vanaf vandaag écht mijn oom was.

Ik keek in de spiegel boven de wasbak en plensde koud water in mijn gezicht. Zelfs hier was de harde muziek te horen. Een liveband: vier mannen in smoking en een zangeres. Er was een dansvloer, waar lichtstralen op schenen die voortdurend heen en weer schoven. Mijn nichtjes hadden rokjes aan, speldjes in hun haar. Mijn vader had zich door mijn moeder de dansvloer op laten trekken. Emiel liep rond met een drankje in zijn hand en verbeeldde zich dat hij volwassen was.

Ik depte mijn gezicht droog met toiletpapier.

Tijd om terug te gaan naar de zaal, voordat iemand zich afvroeg waar ik was.

Mijn moeder danste inmiddels met ome Gerrit. Ik was onderweg naar het tafeltje waar mijn vader aan zat, toen er vanuit mijn ooghoek naar me werd gezwaaid. Myra maakte driftige wenkbewegingen. 'Kom bij ons zitten!'

Ik moest de dansvloer doorkruisen om bij hun tafeltje te komen. Tante Bertha zwierde voorbij in een dronken foxtrot. Ik botste tegen haar op, brabbelde 'sorry' en snelde naar mijn nichtjes toe.

'Zo,' begon Daphne toen ik zat, 'ik hoor van Myra dat jij een vriendje hebt!' Met getuite lippen nam ze een slok van haar cola, waarbij ze een rode lippenstiftafdruk achterliet op het rietje. Daphne was al bijna twaalf. 'Tongen jullie al?'

Ik knipperde met mijn ogen. 'Wat bedoel je?'

'Ik zei het toch?' Daphne keek Myra en Jantien triomfantelijk aan. 'Die verkering van Jasmijn houdt niets meer in dan handje vasthouden.'

Ik tuurde naar mijn handen, die nog nooit de hand van een jongen hadden vastgehouden. Waarom had ik beweerd dat ik een vriendje had? Ik haatte het als dingen niet klopten, en nu had ik zélf iets gezegd wat niet klopte. Thijs wist niets van onze zogenaamde wandelingen. Hij had niet eens een hond.

'Het is uit,' zei ik.

'Uit?' echoden ze alle drie tegelijk.

Ik knikte.

'Omdat je niet wilde tongen, zeker,' zei Daphne grinnikend.

Myra en Jantien stootten elkaar lachend aan. 'Tongen' betekende vast iets anders dan hoe het klonk. Ik moest niet altijd alles maar letterlijk nemen.

Mijn moeder walste voorbij. Ze stak haar duim op toen ze me bij mijn nichtjes zag zitten.

Daphne lachte nog steeds.

Maandag zou ik aan Colette vragen wat tongen betekende.

Zij wist tegenwoordig alles van dat soort dingen.

Ik had alle bitterballen die op het tafeltje stonden opgegeten. Voortdurend brandstof aanvullen was de enige manier om deze avond vol te houden. Maar het werd steeds drukker om me heen; er viel niet langer tegenop te tanken.

Ik ging met mijn rug naar de dansvloer zitten, maar het was al te laat: in mijn hoofd hupste *De vogeltjesdans* onverminderd voort. Moest mijn familie onze achternaam echt op deze hysterische manier eer aan doen? Het ergste was nog dat Normale Jasmijn in mijn hoofd meedeed. Ze wapperde met haar armen, klapte in haar handen, zakte door knieën, draaide met haar heupen. Mijn hersenen vlogen alle kanten op, botsten tegen de muren van mijn schedel als gevangen vliegen in een glas. Het lukte me niet aan het beeld te ontsnappen.

Ik drukte mijn handen tegen mijn hoofd.

Mijn nichtjes sprongen op, gillend van pret, nog meer Vinkjes op de dansvloer. *Kom, Jasmijn! Doe ook mee!* Ik staarde naar ze, gevangen in mijn gedachten. Ik wilde opstaan, meedoen, maar hoe dan? Ik voelde mijn lichaam niet meer. Ik hád geen lichaam meer. Alleen nog een hoofd. Een exploderend hoofd.

Ik sloot mijn ogen. Zo bleef ik zitten.

De vogeltjesdans stopte. Ik hoorde mijn nichtjes terugkomen, ving flarden op van hun gesprek. Tante Willeke was zo dronken geweest, dat ze tijdens de dans omgevallen was. Myra mocht er binnenkort een extra gaatje bij laten prikken in haar oren. Daphne ging het uitmaken met Brian, maar wat er nog meer gezegd werd, kon ik niet verstaan. Ik kon hun hoge, drukke stemmen niet langer van de muziek onderscheiden. Alle klanken klonterden samen, geluidsbollen die tegen mijn oren beukten.

Tantes dansten langs me heen, wolken van parfum en sigarettenrook jeukend in mijn neus. Jantien lachte hard om iets wat Myra zei en sloeg met haar hand op tafel. *Ha! Ha! Ha!* De asbakken, tot de rand gevuld met dode peuken, trilden ervan. Iemand stootte tegen de achterkant van mijn stoel.

Ik moest weg. Als ik bleef zitten, zou ik ziek worden. Migraine krijgen. Overgeven, flauwvallen, doodgaan, ik wist het niet. Ik wist niets meer, alleen maar dat ik het geen seconde langer meer aankon om hier te zijn.

Ik stond op.

Met mijn handen tegen mijn oren stak ik de dansvloer over, terug naar de toiletten.

Ik hield mijn hoofd onder de kraan. Koud water stroomde over mijn gezicht, in mijn mond, droop de kraag van mijn jurk in. Ik drukte mijn handen tegen mijn ogen. Het licht hier in de toiletruimte was veel te fel. Met trillende handen draaide ik de kraan uit, voordat ik met een druipend gezicht naar de garderobe liep. De muziek uit de feestzaal werd gedempt door afstand, maar in mijn hoofd dreunde de herrie onverminderd verder. Echo's, altijd weer die echo's. Ik strompelde langs de rekken met jassen tot ik achterin was. Daar liet ik me op de grond zakken, mijn benen opgetrokken en mijn hoofd tussen mijn knieën.

Af en toe hoorde ik mensen voorbijlopen om naar het toilet te gaan. Lachende mensen. Dronken mensen. Soms herkende ik de stem van een oom of tante. Niemand keek de garderobe in. Niemand wist dat ik hier zat.

Waaróm kon ik niet zoals mijn nichtjes zijn en lachend aan een tafeltje zitten? Waaróm kon ik niet zoals mijn moeder vrolijk dansen op de muziek, met mijn jurk zwierend om mijn lichaam? Waaróm was ik zo totaal anders dan iedereen in dit hele gebouw? Waarom was het zo ongelooflijk heet in mijn hoofd?

Ik sloeg met mijn vuist tegen de grond.

Ik was kwaad. Op mezelf. Kwaad dat ik, zoals Emiel het noemde, nooit eens normaal kon doen. Ik wás namelijk niet normaal, en vanavond was dat weer eens bevestigd. Een paar meter verderop was iedereen feest aan het vieren, en ik zat hier, verscholen achter jassen van familieleden die het wel naar hun zin hadden.

Normale Jasmijn was nog steeds op de dansvloer. Bij de onvermijdelijke polonaise die elk moment kon losbarsten, zou ze vooroplopen, één hand zwaaiend in de lucht. Ze zou me wenken. Me roepen om mee te doen. *Kom op, Jas, wees nou eens gezéllig.* Ik zou doen alsof ik haar niet zag, maar natuurlijk zag ik haar wel. En Emiel, die achter haar liep, zag ik ook. Trots op zijn kleine zus, de gangmaker van elk feest. Wat een plezier. Was er elke dag maar een bruiloft. *Kom nou,* riep Normale Jasmijn. *Je kunt het echt wel.*

Maar ze begreep me niet. Want ik kon het níet.

Duizelig duwde ik mezelf overeind. Ik moest naar Senta, die me wel begreep. Bij de ingang van de garderobe hing een telefoon aan de muur. Ik had hem gezien toen ik hier naar binnen liep. Ik zou een taxi bellen. Dan konden mijn ouders hier blijven. Ik zou tegen mijn moeder zeggen dat ik vast naar huis ging. Waar het stil was.

Op een plank onder de telefoon lagen vier telefoonboeken en een *Gouden Gids*. Ik sloeg de *Gouden Gids* open en bladerde naar de T. Toen ik een nummer gevonden had, pakte ik de hoorn van de haak en begon te draaien, maar er klonk alleen maar gezoem. Ik keek ernaar en begreep het. Dit was zo'n telefoon waar je kwartjes in moest stoppen, anders deed hij het niet. Maar al had hij het wel gedaan... Wie hield ik hier nou voor de gek? Alsof ík een taxi kon bellen. Alsof ik wie dan ook kon bellen. Mijn stem verdween zodra ik iets door een telefoon moest zeggen, dat zou nu heus niet anders zijn. Ik liet de hoorn los. Hij bungelde aan zijn koord. Ik smeet hem terug op het toestel en veegde met een wilde beweging de *Gouden Gids* van de plank.

De grond trilde, geschrokken van de dreun waarmee het dikke boek neerkwam.

Even was mijn hoofd minder zwaar, als het mandje van een luchtballon waar zojuist een zandzak uit was gegooid.

Ik pakte een van de telefoonboeken op en smeet ook die op de grond. Weer steeg mijn hoofd een stukje op. De hitte trok weg; ergens in mijn hersenen ging een raam open. Een raam! Dat was het, ik had op deze gang een raam gezien, vlak bij het trappenhuis. Dáár moest ik naartoe! Want dit gevoel van opluchting, van ontlading, kon nog veel intenser worden.

Ik pakte nog twee telefoonboeken van de plank en drukte het dikke pakket tegen me aan. Zo snel als ik kon, liep ik de garderobe uit en naar het raam, mijn rug hol door mijn zware vracht. Ik legde de telefoonboeken in de vensterbank en duwde het raam wijd open. Met diepe teugen slokte ik de avondlucht op. Toen pakte ik het bovenste telefoonboek. Met gestrekte armen hield ik het uit het raam... en liet het los.

Het boek maakte een vrije val de duisternis in.

Plof! verbeeldde ik me te horen vanaf de stoep.

Even staarde ik naar de grijze contouren van de straat ver onder mij. Ik voelde niets. Waar bleef het gevoel van ontlading dat ik in de garderobe had ervaren?

Misschien moest ik het boek naar beneden góóien. Al mijn frustratie uit mijn lichaam slingeren. Ik tilde het tweede telefoonboek op en smeet het zo hard als ik kon uit het raam. Weg ermee.

'Jasmijn!' klonk het achter me. 'Wat dóé je?'

Met een ruk draaide ik me om. Myra en Daphne keken me met grote ogen aan.

Daphne duwde me opzij en keek naar beneden. 'Ze gooit telefoonboeken uit het raam!' riep ze gierend van de lach tegen Myra. 'Jezus, wat een giller. Ik wil ook, ik wil ook!'

'In de garderobe liggen er misschien nog wel een paar,' zei Myra. 'Kom, we gaan kijken!'

Ik bleef staan. Bewegingloos.

Myra en Daphne kwamen schaterend teruggerend, allebei met een telefoonboek in hun handen.

'Ik eerst!' Daphne hief het telefoonboek boven haar hoofd en wierp het naar buiten. Ze klapte dubbel van plezier, haar armen slap van het lachen langs haar lichaam.

'Nu ik, nu ik!' Myra hield haar telefoonboek vast aan de kaft en stak haar armen uit het raam. Maar voordat ze kon gooien, scheurde het papier, en het zware boek glipte uit haar handen naar beneden. Slechts een hoekje van de kaft bleef achter in haar hand. Ze sloot het raam, liet het puntje papier naar de grond dwarrelen en veegde de lachtranen uit haar ogen. 'Jas!' bracht ze uit. 'Hoe verzin je het, joh. Als ik dit maandag aan mijn vriendinnen vertel, komen ze niet meer bij.'

Daphne bekeek me met een mix van verbazing en bewondering. 'Dit had ik niet achter jou gezocht.'

Ik zei niets. Ze begrepen het toch niet.

Daphne stak haar arm door die van Myra. 'Kom, we gaan Jantien halen en kijken of we nog meer kunnen –'

'Myra?' klonk het plotseling vanuit de gang, gevolgd door het tikkende geluid van naaldhakken op de marmeren vloer. 'Myra, ben je hier?'

We stonden alle drie stil. Tante Annie kwam aangelopen, samen met een vrouw in een donkerblauw uniform.

Myra werd rood. 'Hoi, mam.'

'De receptioniste vertelt me dat er een boze meneer beneden staat, die beweert dat er telefoonboeken uit het raam gegooid worden.' Tante Annie keek langs Myra en Daphne heen naar het raam, waar ik nog steeds stond. 'Uit dit raam, hier. Het laatste boek kreeg hij bijna op zijn hoofd. Gelukkig kon hij net op tijd opzijduiken. Weten jullie hier toevallig meer van?'

Myra werd nog roder. Daphne zei niets.

'Heb jij toevallig iets gezien, Jasmijn?' vroeg mijn tante.

'Jasmijn is al de hele tijd bij ons,' zei Daphne. 'En wij hebben niets gezien, toch?'

'Niets,' zei Myra.

'Vreemd.' De receptioniste keek ons een voor een met gefronste wenkbrauwen aan. 'En wat ligt daar dan?'

We volgden haar blik. Het afgescheurde stukje kaft van het laatste telefoonboek lag tussen onze voeten op de vloerbedekking.

Daphne haalde haar schouders op. 'Géén idee.'

‘Myra…’ De stem van tante Annie klonk ernstig. ‘Ik wil dat je eerlijk tegen me bent. Hebben jullie telefoonboeken uit het raam lopen gooien?’

‘Ik was het,’ zei ik.

Direct keek iedereen mijn kant op. Tante Annies mond viel open.

O god, mijn duizeligheid was terug, het gedreun was terug. Mijn oren suisden.

‘Jasmijn?’ vroeg mijn tante.

Zo hard als ik kon, rende ik naar de toiletruimte, waar ik neerviel bij de wc-pot.

Die zondag werd de Rotterdamse marathon gelopen, en Colette kwam me ophalen. 'Dat is leuk,' had ze eerder deze week gezegd. 'Dan kunnen we klappen en juichen als ze langskomen.'

Bijna had ik onmiddellijk mijn hoofd geschud. Ik zag werkelijk niet in wat daar zo leuk aan was. Maar dan zou ze misschien weer boos worden. En zeggen dat er met mij niets te beleven viel. Ze zou nog gelijk hebben ook. Dus ik had gedaan alsof ik Normale Jasmijn was. De marathon. Ja, wat een goed idee.

Mijn moeder was vanmorgen gaan twijfelen. 'Ik weet het niet, hoor. Als je wil, kan ik tante Teun opbellen en vragen of ze aan Colette doorgeeft dat jij thuisblijft. Het is wel erg kort na je migraine.'

'Ik denk juist dat het goed voor haar is,' had mijn vader opgemerkt. 'Als ze altijd maar op de vlucht blijft voor drukte, dan kan ze op den duur helemaal nergens meer tegen. Zo'n situatie als vrijdag wil ik niet nog eens, hoor, Pien.'

Nee, dat wilde niemand.

Ome Ruud had ons met de auto thuisgebracht. Mijn migraineaanval had de hele nacht geduurd. Mijn ouders hadden me laten beloven het voortaan op tijd aan te geven als het niet meer ging. Dan zouden we gewoon naar huis gaan.

Dan hoefde ik geen telefoonboeken uit het raam te gooien.

Colette keek ongeduldig toe hoe ik mijn schoenen aantrok en Senta's riem van de kapstok pakte. Ik vermoedde dat ze liever met Hester zou zijn gegaan, maar die was zoals elk weekend bij haar vader in Pernis.

'Laat Senta maar thuis,' zei mijn moeder. 'Straks gaat iemand per ongeluk op haar pootje staan.'

Ik twijfelde. Weggaan zonder Senta?

'Kom nou.' Colette trok aan mijn arm. 'De eerste renners zijn al bijna bij de Groene Kruisweg, straks missen we ze!'

'Ga maar, en zorg dat je plezier hebt.' Mijn moeder wees naar de tv. 'Misschien zie ik je straks wel staan, in het publiek.'

Ik staarde naar de menigte aan beide kanten van de Slinge. In het echt waren er veel meer mensen bij dan op televisie, zag ik nu. Colette en ik stonden ongeveer ter hoogte van de Blokker en de andere winkels, maar door de enorme drukte konden we niets zien. Het enige wat ik zag, was publiek. Honderden mensen langs de lange, geasfalteerde winkelstraat.

'We gaan vooraan staan,' zei Colette.

We wurmden ons door de massa. Ik staarde strak voor me uit naar Colettes paardenstaart en gebruikte mijn handen als oogkleppen om de drukte buiten te sluiten.

Eindelijk stopte Colette. 'Zo! Dit is een mooie plek, vind je niet?'

We stonden helemaal vooraan. In de verte hoorde ik mensen joelen, juichen. Een helikopter vloog over ons heen, duizend rotjes werden afgestoken in mijn hoofd.

Daar kwamen de eerste lopers.

Colette klapte in haar handen. 'Kom op! Whoehoe!'

Er werd met vlaggetjes gezwaaid. Mensen floten. Achter me stootte er iets hards tegen mijn rug. Ik kneep mijn ogen dicht in een duizelige poging rustig te blijven.

'Jas!' hoorde ik boven het oorverdovende lawaai uit. 'Jasmijn!'

Het klonk als Emiel. Ik keek om me heen, maar overal waren mensen.

'Omhoog! Achter je!'

Ik draaide me om en hief mijn gezicht op. Toen ik van huis ging, was het bewolkt geweest, nu brandde de zon op mijn hoofd. Maar daar was Emiel, op het dak van het bushokje.

'Kom!' riep hij.

Ik tikte Colette op haar schouder. 'Ik ga even naar mijn broer, Colette. Ik –'

'Whoehoe!' Ze wierp haar armen in de lucht. 'Joehaa!'

Ik draaide me om, drukte mijn handen tegen mijn slapen en baande me een weg uit de menigte. Mijn elleboog raakte de dikke buik van een man. Hij leek het niet te voelen, dus het was vast niet erg dat ik geen 'sorry' kon zeggen. De bittere geur van zijn blikje bier drong mijn neus binnen. De helikopter hing nog steeds boven ons. Ik haalde mijn handen van mijn hoofd af en drukte ze tegen mijn oren om de duizendklapper te dempen. Zo liep ik naar Emiel toe, die van het bushokje af was gesprongen en mijn kant op kwam.

'Kom, ik help je op het dakje. Daar kun je alles goed zien, zonder dat je in de drukte staat.' Hij hield zijn armen naar beneden gestrekt en vormde met zijn ineengevouwen handen een soort kommetje. Toen ik er niet-begrijpend naar keek, zei hij rustig: 'Zet je voet hierin en leg je hand op mijn schouder.

Als je rechtop staat, pak je met je andere hand het dak van het bushokje beet. Dan kun je er zo op klimmen.'

Emiel had me zijn petje gegeven. De helikopter was weg. Ik zat op het bushokje, mijn benen bungelend over de rand, met een perfect uitzicht over de marathon. 'Dit is nog beter dan op tv,' zei ik.

Mijn broer grijnsde.

We waren niet de enige op het bushokje, Emiels vrienden Serge en Leon waren er ook. Zij stonden net als Emiel rechtop.

Leon tikte me op mijn schouder.

Ik keek op.

Hij wees naar Colette, die nog steeds vooraan in de menigte stond te klappen. 'Kun je niet vragen of je vriendin ook bij ons komt?'

'Vraag het zelf,' zei ik.

Serge grinnikte. 'Ja, Leon, waarom vraag je het niet zelf? Durf je dat soms niet?'

Ook Emiel lachte.

Ik keek weer voor me. Steeds vaker viel het me op dat jongens Colette interessant vonden. Zelfs Emiel keek af en toe naar haar, wanneer hij dacht dat niemand het zag.

'Oké,' zei Leon. 'Dan ga ik haar zelf wel halen.'

Hij hurkte neer bij de rand van het bushokje en sprong er lenig van af.

Ik zag hem naar Colette toe lopen. Hij tikte haar op haar schouder zoals hij vlak daarvoor ook bij mij had gedaan. Háár reactie was echter totaal anders. Met een sierlijke beweging, waarbij haar paardenstaart in slow motion mee zwierde, draaide ze haar hoofd een kwartslag om. Toen ze zag wie het was, liet ze een lome, halve glimlach zien. Alsof ze totaal niet verbaasd was dat Leon achter haar stond. Sterker nog, alsof ze hem verwacht had.

Samen liepen ze uit de menigte weg.

Ze kwamen niet naar het bushokje toe, ze keken niet eens onze richting op. In plaats daarvan verdwenen ze in de richting van de Kerkwervesingel.

Serge zei iets tegen Emiel wat ik niet verstond.

Emiel lachte.

Vanuit mijn kamer hoorde ik Colette mijn ouders vrolijk begroeten. Senta, altijd blij met visite, trippelde opgewonden door de gang. Het geritsel van jassen die werden opgehangen. Colettes ouders die zich naar de woonkamer verplaatsten. Mijn moeder die ergens om lachte. De extra asbak die werd neergezet.

En toen, mijn deur die openging.

Colette stapte naar binnen, een glas cola in haar handen. 'Hey.'

'Hey.'

'Gebruik je dit nog steeds?' Ze tikte met haar voet tegen het opgerolde dekentje bij mijn deur. 'Ik vind sigaretten tegenwoordig juist wel lekker ruiken.'

'Ik niet,' zei ik, terwijl ze naast me op bed plofte.

Weer ging mijn kamerdeur open. Emiel stak zijn hoofd om de hoek. 'Hoi, Colette.'

Colette nam een slok van haar cola. 'Hoi.'

Emiel liep mijn kamer in. 'Ik, eh... wilde het niet vragen waar je ouders bij waren, maar Leon vraagt zich af waarom je nooit meer naar het basketbalpleintje komt.'

'Is dat zo?' Colette wikkelde een lok van haar lange, blonde haar om haar wijsvinger. 'Zeg maar dat ik geen tijd meer heb.' Haar stem klonk plotseling anders. Lager, ouder. Overdreven verveeld.

'O. Eh... O,' stamelde Emiel. Hij werd rood. Zo had ik mijn broer nog nooit gezien. 'Nou, ik moest vragen of je hem wil bellen.'

'Misschien.' Colette liet de lok van haar vinger glijden en gaapte. 'Ik zie wel.'

Even leek het alsof Emiel nog wat ging zeggen, toen draaide hij zich om en liep weg.

Ik stond op om het rookdekentje weer goed te leggen en zei: 'Ik wist niet dat jij op het basketbalpleintje kwam.'

'Er zijn wel meer dingen die jij niet weet.'

Ik duwde mijn wenkbrauwen naar elkaar toe. 'Waar slaat dat nou weer op?'

Ze gaf geen antwoord, maar sloeg haar benen over elkaar en nam nog een slok van haar cola. Toen liet ze een harde boer.

'Maar op dat pleintje komen alleen maar oudere jongens,' zei ik.

'Nou, poeh, poeh, Leon scheelt maar vier jaar met ons, hoor. En je broer komt er ook.'

Het basketbalpleintje lag aan de rand van Pendrecht, tegenover de Rilland Bathstraat. Ik was er met Senta weleens langsgelopen. De jongens die daar rondhingen, rookten en hadden grote radio's bij zich. Ik wist niet dat Emiel daar kwam. En Colette dus ook.

Ze stond op, opende mijn kastdeur en bekeek zichzelf in de spiegel aan de binnenzijde. 'Ze zijn weer gegroeid. Zie je het?'

Ik knikte.

'Wil je ze zien?' Ze hees haar shirt op. Een witte beha kwam tevoorschijn. Glanzend, met een strikje in het midden. 'Dezelfde beha als die van Baby in *Dirty Dancing*,' had ze in de gymkleedkamer tegen Hester gezegd. Ik had *Dirty Dancing* niet gezien en droeg nog steeds de hemdjes die mijn moeder bij de Wibra kocht. Colette duwde haar beha omhoog. Haar borsten floepten eronder vandaan, wit en vol. 'Groot al, hè?'

Ik staarde ernaar. 'Wat is die blauwe streep?'

Colette klakte met haar tong en trok haar kleren terug naar beneden. 'Een ader. Dat hoort zo, maar dat kan jij natuurlijk niet weten.'

Weer iets wat ik niet wist. Ineens wilde ik dat ik haar vormen had, met ader en al. Dat ik met oudere jongens omging. Geen type als Leon, maar iemand die slim was. En stoer. Kalm en wijs en sterk. Iemand die mij dingen kon leren. Over de wereld, over mezelf.

'Ik schaam me niet dat ik ze al heb, hoor.' Colette ging weer op bed zitten en zei: 'Ik zou me juist schamen als ik ze niet had.' Ze liet haar blik nadrukkelijk over mijn kinderlijke figuur glijden.

Ik bedwong de neiging mijn armen voor mijn lichaam te vouwen.

Toen zei ik: 'Nou, én? Ik ga tenminste op ruiterkamp, en jij niet.'

'Huh? Waar slaat dat nou weer op? Ik wil helemaal niet eens op zo'n suf kamp.'

'Echt wel,' mompelde ik.

'Heb je alles?' vroeg mijn moeder voor de tiende keer. 'Ome Guus is zo hier.'

Ik ritste mijn tas dicht. 'Alles zit erin. Rijkleding, gewone kleding, nachtpon.'

'Tandpasta? Shampoo?' Mijn moeder ritste hem weer open en rommelde met haar vingers door de inhoud. 'Oordopjes voor 's nachts?'

Er werd getoeterd.

'Hij is er!' riep Emiel, die dol was op autoritjes en gevraagd had of hij mee mocht met wegbrengen. 'Ik ga vast naar beneden!'

Mijn moeder slingerde mijn tas over haar schouder. 'Ben je klaar?'

'Ja. Gaan jullie maar vast. Ik wil Senta rustig gedag zeggen.'

Ik ging niet huilen, had ik me voorgenomen. Over een week zou ik Senta weer zien. Een hond dacht niet na over tijd. Voor haar zou het misschien zijn alsof ik maar een dag weg was. Zo moest ik het ook zien. Tijd was slechts een verzinsel in je hoofd, bedacht om gebeurtenissen overzichtelijk te houden. Dit was mijn kans om een hele week op een paard te zitten, midden in het bos. Ik zou doen alsof ik op Cilly reed. En in mijn hoofd zou Senta naast ons rennen, zoals ze daar al zo vaak had gedaan. Ze begreep dat ik dit moest meemaken, dat wist ik zeker. Ik hurkte bij haar neer, sloeg mijn armen om haar heen en hield haar dicht tegen me aan. 'Ik ga je missen,' zei ik. 'Maar ik kan je straks allemaal mooie verhalen vertellen als ik weer terug ben.'

Emiel en ik zaten op de achterbank. Mijn moeder zat voorin, naast ome Guus. Binnenkort zou ze beginnen met rijlessen. Het zou fijn zijn om straks net als iedereen een auto te hebben. Dan hoefden andere mensen ons niet meer weg te brengen als we ergens naartoe moesten waar je niet met het openbaar vervoer heen kon.

Ik keek naar buiten, waar een vrachtwagen vol met varkentjes door mijn oom werd ingehaald. 'Kijk nou, wat lief!' riep ik uit.

Alleen hun snoetjes waren zichtbaar. Tientallen roze, platte neusjes, die door smalle openingen heen staken om de buitenlucht op te snuiven. Het deed me denken aan de biggetjes van de kinderboerderij, die ik zo vaak geaaid had. Varkens konden wel twintig jaar worden, was me daar verteld. En ze waren zo slim als een driejarig kind. Maar, kijk nou, deze dieren stonden wel erg dicht op elkaar. O, en boven elkaar. Ze leken wel gestapeld.

'Zwaai ze maar uit,' zei Emiel, 'want over een paar uurtjes leven ze niet meer.'

Met een ruk keek ik weg van het raam. 'Wat bedoel je?'

'Die varkens gaan naar de slacht. Jezusmina, dat snap jij toch ook wel?'

'Dit is waarschijnlijk de eerste keer dat ze buiten zijn,' vertelde ome Guus. 'Vleesvarkens worden zo snel mogelijk vetgemest. Het merendeel gaat voordat ze een halfjaar oud zijn al naar het slachthuis.'

Ik opende mijn mond, maar er kwam geen geluid. Toen ik omkeek, kon ik de vrachtwagen nog zien. De dikke, gebruinde arm van de bestuurder leunde uit het raam. Maar de afstand werd groter. Met elke seconde die verstreek, waren tientallen, misschien wel honderden lieve en intelligente dieren dichter bij het moment waarop ze vermoord werden.

Vaag hoorde ik ome Guus iets zeggen. Emiel lachte.

Hun gesprek drong niet tot me door. Hoe kon dit bestaan? En waarom had ik dit nooit geweten? En dan die chauffeur! Hoe kon die man leven met zichzelf, terwijl hij wist dat hij onschuldige dieren naar een gruwelijk einde reed? Slachthuis. Het woord alleen al.

'...toch, Jas?' klonk mijn moeders stem.

Ik schrok op. 'Wat? Wat zei je?'

'Ome Guus vroeg of je...' Ze draaide zich naar me om. 'Hé, wat is er?'

Ik wreef met mijn hand langs mijn betraande ogen.

'Je hebt toch geen migraine, hoop ik?' vroeg mijn moeder bezorgd.

'Die varkens... Ik vind het zo erg.'

'Hallo, het zijn maar karbonades, hoor,' zei Emiel. 'Overdrijf niet zo.'

'Ik begrijp niet hoe jij zo dom kan zijn.' Ik hapte naar adem. 'Ik snap niet waarom dieren met vrachtwagens tegelijk naar het slachthuis moeten, terwijl mensen zoveel andere dingen kunnen eten.'

'Waar dacht jij dán dat het vlees op jouw bord vandaan kwam?' riep Emiel.

Ik duwde met mijn vingers tegen mijn hoofd om de opkomende pijn tegen te houden. Wat was ik ongelooflijk dom geweest. Ik kon mezelf niet uitstaan dat ik er nooit over had nagedacht.

'Die beesten worden er speciaal voor gefokt, Jas,' zei mijn moeder op sussende toon.

'Maar, mama, ze voelen pijn, net als jij en ik. Net als Senta! En ze zullen in paniek zijn als ze straks de wagen uit moeten en de dood ruiken. Heel dat gebouw stinkt natuurlijk naar bloed en naar angst, en... en...' In gedachten hoorde ik de varkens gillen.

'Het gebeurt nu eenmaal,' zei mijn moeder.

Alsof dat alles goedmaakte.

'Er zijn wel ergere dingen om je druk om te maken,' merkte Emiel op. 'Dan kun je de hele dag wel gaan zitten janken. Wat schiet je daarmee op?'

'We zijn er.' Ome Guus stuurde zijn auto het terrein op. Eindelijk. We hadden er bijna drie uur over gedaan om hier te komen. 'Mooi plekje, hoor.'

'Echt midden in het bos.' Mijn moeder draaide haar gezicht naar me toe. 'Zie je dat? Precies zoals je hoopte.'

Ik keek uit het raam. Drenthe was mooi. Overal waren bomen. In een buitenbak reed een meisje op een schimmel. Dat vond ik vreemd. Waarom zou je in een bak gaan rijden als je een heel bos tot je beschikking had? Zelf zou ik straks op een paard klimmen en de hele week het bos niet uit komen, dat wist ik nu al.

We stapten uit. Het kloppende gevoel achter mijn ogen was erger geworden, maar ik zou doen alsof het er niet was. Misschien zou het straks vanzelf wegtrekken.

Ome Guus tilde mijn tas uit de kofferbak.

'Paardenpoep.' Emiel kneep zijn neus dicht. 'Ik wacht wel in de auto.'

Ik haalde diep adem. Het rook juist heerlijk.

Dit was mijn verjaardagscadeau en mijn overgangsrapportcadeau en alle lege flessen die ik maandenlang had ingeleverd om geld bij elkaar te kunnen sprokkelen.

Eindelijk was ik er.

‘Gaat het?’ klonk een stem dicht bij mijn gezicht.

Ik keek door mijn wimpers. Een vaag silhouet van een meisje stond aan mijn bed, omringd door te veel licht. Ik kneep mijn ogen weer dicht.

‘Ze ligt hier al sinds gisteren,’ hoorde ik een ander meisje fluisteren.

Ik nam mijn zuurstof met korte teugjes. De typische paardengeur die om de meisjes heen hing en die normaal juist zo lekker was, maakte me nu nog misselijker dan ik al was. Ik lag op het achterste stapelbed in de slaapzaal. Onderop, omdat ik steeds moest braken. Iemand had een emmer bij me neergezet. Er kwam een zure lucht uit.

‘We gaan een buitenrit maken, dus ik kwam kijken of het al beter met je gaat,’ zei het eerste meisje. ‘Ga je mee?’

Ik kreunde zacht.

Fluisterend liepen de meisjes weg.

’s Avonds vulde de slaapzaal zich met geschuifel, gegiechel, gestommel. Slaapzakken werden open- en dichtgeritst, stapelbedden piepten en kraakten. Een veel te zoete zak snoep ging geurend en krakend in het rond.

‘Hoe gaat het met het zieke meisje?’ hoorde ik iemand vragen.

‘Die slaapt nog steeds,’ antwoordde een ander.

Maar ik sliep niet.

Was het maar zo.

Verlamd van pijn lag ik in mijn slaapzak, niet in staat mijn hoofd te bewegen of zelfs maar mijn ogen te openen. Mijn hartslag ramde tegen mijn schedel. In gedachten schreeuwde ik om Senta. Ik was nog nooit zo ver bij haar vandaan geweest.

Langzaam werd het stil in de zaal.

De volgende ochtend was de migraine er nog steeds. Ik hoorde het klittenband van rijbroeken die werden aangetrokken, voeten die met een *oef!* in laarzen werden gedwongen. De geur van tandpasta. Uit alle hoeken klonk het gesis van deodorantspray, als op een slaapzaal vol slangen. Buiten hinnikte een paard. *Klikklak, klikklak*, hoefijzers op het terrein.

Een nieuwe dag, en iedereen had er zin in.

Ik had, behalve de witte merrie in de buitenbak, nog geen paard gezien. Bij aankomst was ik aan een leeg tafeltje in de hoek van de kantine gaan zitten, omdat in de brief had gestaan dat we ons daar moesten verzamelen. Er was toen al een hele groep meisjes geweest, druk pratend alsof ze elkaar al jaren kenden. Zij zaten rondom een tafel in het midden. Een donkerharige vrouw met een zachte g stond rechtop en legde alles uit. Vrolijk verkondigde ze dat er deze week een barbecue zou zijn, een bingoavond, een zwemmiddag. Dat was het moment waarop mijn hoofdpijn door de oppervlakte brak en door mijn oogkassen naar buiten wilde. De woorden *barbecue, bingoavond, zwemmiddag* jaagden door mijn hoofd. *Nee, nee, nee*, riep ik erachteraan. Daar had niets over in de advertentie gestaan. Toch? Of had ik eroverheen gelezen, misschien? Had ik alleen maar naar de plaatjes gekeken? Ik had immers al geweten hoe het zou zijn: ik zou een week lang in het bos zijn, op een paardenrug, en dat was het. Dát was mijn idee van ruiterkamp. Ik speurde het gezicht van de vrouw af op tekenen van een grap. Maar ik hoorde niemand lachen. Ik keek naar de andere meisjes, maar in niemands ogen zag ik de paniek die ik voelde.

'Maar het draait hier natuurlijk vooral om de paarden,' vervolgde de vrouw.

Godzijdank. Oké. Het was dus wél zoals ik het me had voorgesteld.

'We beginnen daarom elke dag met een buitenrit van een uur. De rest van de dag zal in het teken staan van leuke gezamenlijke activiteiten zoals sport en spel en...'

De term *gezamenlijke activiteiten* schoot als een vuurpijl mijn hersenen in. Ik deed driftige pogingen mijn misselijkheid weg te slikken, maar die kwam steeds terug omhoog. Bitter vocht dreef mijn keel in, waar het... waar het...

O god, nee.

Ik sprong zo abrupt op dat mijn stoel met een dreun achteroverviel.

Voordat ik had kunnen vragen waar het toilet was, was het al te laat geweest.

De meisjes kwamen terug van hun ochtendrit. Blije hoge stemmen fladderden in het rond. Ik duwde mijn nagels in het vlees van mijn bovenarmen. Was er maar een manier om een beschermlaag op mijn hersenen aan te brengen, een soort filter waardoor niet alles de hele tijd maar pijn deed. Was ik maar gewoon thuis.

'Jasmijn? Zo heet je toch?'

Ik opende mijn ogen op een kiertje.

De zachte g-mevrouw uit de kantine stond aan mijn bed. 'Gaat het weer een beetje? Wil je dat we je ouders bellen om je te komen halen?'

Ik probeerde te knikken, maar kon mijn hoofd niet bewegen. Ik wilde naar huis. Weg van deze teleurstelling. Als ik geen migraine zou hebben gehad, zou ik hebben moeten meedoen aan groepsactiviteiten. Dat was bijna net zo erg. Ik deed mijn mond open, maar de poging om te praten explodeerde zo hard in mijn hoofd, dat ik ineenkromp van de dreun.

'Ach, meissie toch.' Ze zuchtte. 'We kijken het vandaag nog even aan, maar als je morgen nog niet beter bent, dan bellen we je ouders op.'

Bel ze alsjeblieft nu, smeekte ik in mijn hoofd.

Maar ik kon weer alleen maar kreunen.

'Ik was al bang dat dit zou gebeuren.' Opa stopte me een rol Topdrop toe. 'Zo'n kamp is niets voor jou, joh. Al die drukte, zoveel mensen bij elkaar.'

'Maar ik dacht dat ik daar in het bos zou zijn… hele dagen alleen maar op een paard.' Ik hoorde zelf hoe idioot het klonk. Wanneer leerde ik nou eens dat dingen bijna nooit gingen zoals ik ze me had voorgesteld? Weer was mijn fantasie te dominant geweest.

'Over twee weken gaan we naar Uddel.' Opa gaf me een opbeurend kneepje in mijn arm. 'Daar is het fijn.'

Ik knikte. Ja, daar was het fijn. Daar klopte mijn voorbeleving wél.

Daar was ik nooit ziek.

Die woensdag ging ik niet naar de manege. Want wat als er gevraagd werd waarom ik niet op kamp was? Ik wilde mijn mislukte ruiterkampavontuur vergeten en ging met Senta naar het park. In mijn hoofd zag ik Normale Jasmijn, nog steeds op kamp. Zíj vond het geweldig. Zij won prijzen met bingo. Zij sprong schaterend rond in het water tijdens de zwemmiddag. Zij maakte vriendinnen en wisselde adressen uit om elkaar brieven te schrijven en contact te houden. Zij zou nooit van mening zijn dat ze Senta al had en daarom geen andere vriendinnen nodig had. Natuurlijk niet. Hoe meer, hoe leuker, toch? Ik hoorde haar met de andere meiden zingen toen ze terugkwamen van hun ochtendrit.

En we gaan nog niet naar huis... nog lange niet, nog lange niet!

Ik deed er alles aan om niet meer aan kamp te denken. Senta en ik stonden vroeg op en reisden naar Rockanje. Mét strippenkaart. Ik liet een briefje achter zodat mijn ouders wisten waar ik was, zo zou er dit keer niemand boos worden. Toen het de volgende dag slecht weer was, zat ik bij opa en oma, de dag erna in de bibliotheek. De rest van de week stapten Senta en ik op de metro en reden we heen en weer van Slinge naar Centraal Station en terug. We zaten altijd in de achterste wagon, die op de terugweg de voorste was. Het was fijn om de wereld aan de andere kant van het raam voorbij te zien trekken, steeds in dezelfde volgorde, als een videoband die telkens werd afgespeeld en teruggespoeld.

Samen met de omroepster kondigde ik in gedachten elk station aan.

In de metro wist je wat je kon verwachten.

Ik schudde mijn hoofd toen mijn moeder vlees op mijn bord wilde leggen. 'Geef maar aan Emiel.'

'O. Ik dacht dat je hier wel een uitzondering voor zou maken. We eten braadworst, jouw favoriet.'

'En gisteren was het een gehaktbal. Eergisteren spek. Ik hoef het allemáál niet meer.'

Mijn moeder hield haar hand stil boven de pan. Donkere druppels jus hingen aan de opscheplepel. Voor mij was het geen jus meer. Het waren tranen. Bloed.

Ik voelde me de grootste debiel op aarde dat ik er ooit zo van had gesmuld.

'Joehoe!' zei Emiel. 'Geef maar aan mij, zei ze toch.'

'Ik vind dat je die onzin wel lang volhoudt, hoor,' merkte mijn vader op. 'Die dieren worden toch wel geslacht, of jij je vlees nou laat liggen of niet. Als je het opeet, zijn die beesten in elk geval niet voor niets aan hun eind gekomen.'

'Ik wil niet medeplichtig zijn. En als iedereen wist waar hun worst vandaan komt, zou niemand het nog eten.'

'O jawel, hoor,' zei Emiel met volle mond. 'Dan hadden ze maar geen varken moeten worden.'

Ik gooide mijn bestek neer. 'Hoe kun je zo achterlijk zijn?'

'Jasss…' klonk mijn vaders lage stem.

Ik stond op en stampte de gang door. Woest trapte ik mijn kamerdeur open.

'Laat haar maar even gaan,' hoorde ik mijn moeder zeggen.

'Ik heb je eten bewaard.' Mijn moeder zette een bord op mijn bureau.

Ik keek ernaar. Boontjes, aardappelen, appelmoes.

'Als je echt geen vlees meer wil, dan zullen papa en ik er niet meer op aandringen,' zei ze. 'Maar je moet er ook geen punt van maken dat wij het wél gewoon blijven eten. Dus geen ruzie aan tafel.'

Ik zweeg.

'Ik vind het ook zielig,' gaf ze toe. 'Maar mensen eten vlees, dat hoort nu eenmaal zo.'

'Dit hoort zo, dat hoort zo, alles hóórt altijd maar zo. Je kunt toch ook zélf kiezen hoe je leeft?'

'Wij eten vlees,' herhaalde ze alleen maar.

'Vroeger gingen mensen op jacht om eten te zoeken. Soms lukte het en was er vlees, en soms niet. Maar tegenwoordig gaan dieren massaal naar de slacht. Ze worden er zelfs speciaal voor gefókt. In hokken! Dat is toch ziek? Zo heeft de natuur het nooit bedoeld.'

'Verdomme, Jas, ik wou dat je die vrachtwagen nooit had gezien.'

'Maar ik heb hem wél gezien. En ome Guus zei –'

'Ome Guus beseft niet hoe jij kunt doorslaan met dingen.'

'Maar hoe kun jij worst eten terwijl jij óók die wagen zag?'

Ik moest dit vragen. Ik moest dit begrijpen.

Gisteren had Colette ongeduldig met haar tong geklakt. 'Echt, over jongens wil je niet praten, maar die stomme varkens zijn het gesprek van de dag.'

In haar hoofd wist ze heus wel wat ik haar probeerde uit te leggen, maar ze was net als Emiel: ze voelde het niet. Colette kon haar ziel een schildje omdoen. Ik niet.

Mijn moeder haalde haar schouders op. 'Ik probeer er gewoon niet aan te denken.'

'Maar ík kan er niet níét aan denken, mama. Niet nu ik het weet.'

Ze zuchtte. Toen wees ze naar mijn bord. 'Eet je aardappelen op, voordat ze koud worden.'

Mijn rijbroek lag nog in dezelfde vouw als toen ik hem op de vooravond van ruiterkamp zo opgewonden had ingepakt. Ik trok hem aan, de ruwe stof stroef van teleurstelling. Ik drong het gevoel weg. Niet meer aan denken. Vandaag zou ik Cilly weer zien.

Lieve, vertrouwde Cilly.

Bij de manege gunde ik mezelf geen tijd mijn fiets op slot te zetten. Mijn cap liet ik aan mijn stuur hangen, die pakte ik straks wel. Eerst mijn pony knuffelen en vertellen hoe erg ik haar gemist had.

Ik trok een sprintje de stalgang in, en... O!

Abrupt stond ik stil.

Cilly's hokje was leeg.

Sita, die naast haar gestald stond, was er ook niet. Zij waren dus al aan het rijden. Niet heel vreemd: Cilly was een populaire pony en ze kreeg het steeds drukker. Nadia had me verteld dat er zelfs dagen waren waarop Cilly vier uur achter elkaar in de bak was.

'Zoek je iemand?' klonk het achter me.

Ik draaide me om.

Het meisje met de dichtgroeiende wenkbrauwen keek me aan. In haar ogen lag dezelfde blik als toen ze iets over mijn wedstrijdjasje had gezegd. Ook nu leek het op een ingehouden lach. 'Want als je Cilly zoekt, die is er niet meer.'

'Die rijdt al, bedoel je.'

Ze schudde haar hoofd overdreven van links naar rechts. 'Nope. Cilly is verkocht.'

Ik keek haar zwijgend aan. Wat bezielde haar om zoiets belachelijks te zeggen?

Ze liep richting de privépony's en zei over haar schouder: 'Ga maar naar de kantine en vraag het aan Marloes. Cilly is weg.'

Ik liep de stalgang uit en naar boven, waar ik rechtstreeks naar het kantineraam liep. Wedden dat ik Cilly zo zou zien? De beginnersles was bezig, er reden negen pony's. Sita zag ik als eerste, die draafde voorop. Haar berijdster hopste als een zak aardappelen in het zadel en hield haar teugels hoog in de lucht. Vivaldi draafde erachter, onrustig met zijn puntige oren draaiend. Ik speurde de rij af. Lady. Fluweeltje. Pandora. Flootje. Chanel. Snowy. En, als laatste, Charlie.

Nee, dit klopte niet. Ik keek nog eens.

Sita, Vivaldi, Lady, Fluweeltje, Pandora, Flootje, Chanel, Snowy, Charlie.

Geen Cilly.

Ik stond stil. Langzaam liep ik naar de bar.

Mijn laarzen schuurden met een piepend geluid tegen elkaar.

Marloes was lachend in gesprek met een vader. Toen ze mijn kant op draaide, rinkelden de grote, gouden oorringen in haar oren. 'Jasmijntje!' riep ze vrolijk. 'Hoe was ruiterkamp?'

'Waar is Cilly?' vroeg ik. Ze was niet weg. Dat kon niet.

'Ach, meissie.' Marloes maakte een even-wachten-gebaar naar de vader, drukte haar ellebogen op de bar en leunde naar me toe. 'Cilly is verkocht, lieverd. Afgelopen weekend.'

Nee.

'Aan een manege in Zeeland,' ging Marloes verder.

Nee!

'Soms gebeurt dat. Die manege had een stabiele pony nodig voor hun beginnertjes, en ze hadden hun oog een tijd geleden al op Cilly laten vallen.' Marloes legde haar hand op die van mij. 'Cilly heeft het goed, hoor. Het is daar veel groter. Ze heeft een eigen box en –'

Ik trok mijn hand terug. Deed een stap achteruit.

'Jasmijn?'

Ik draaide me om en rende de kantine uit.

Langzaam ging mijn kamerdeur open. Mijn moeder kwam naar binnen, een bezorgde groef tussen haar wenkbrauwen. 'Dat was Marloes, aan de telefoon. Ze wilde weten hoe het met je gaat.'

Ik keek op van mijn boek. Vanmiddag, toen mijn moeder nog aan het werk was, had de telefoon ook gerinkeld. Ik had niet opgenomen.

Mijn moeder kwam naast me op mijn bed zitten. 'Ik heb gezegd dat je voorlopig even niet meer komt.'

'Voorlopig?' Met een klap sloeg ik mijn boek dicht. 'Ik ga helemaal niet meer. Je kunt mijn spullen verkopen, ik stop ermee.'

'Zo denk je er nu over. Maar als je het even laat bezinken –'

'Ik wil daar niet meer naartoe!'

'Geef het tijd,' zei ze zacht. 'Er zijn meer lieve pony's.'

'Nee.' Ik wreef langs mijn ogen. 'Niet zoals Cilly.'

Mijn moeder pakte mijn hand. 'Maar als jij je nou eens openstelt voor de andere pony's... Jij fixeert je altijd zo op één ding. Als je die eerste les op Lady had gereden, dan was zíj misschien wel jouw favoriet geworden. Begrijp je wat ik zeg? Het gaat volgens mij niet zozeer om Cilly maar om –'

'Ik begrijp niet dat dit zomaar buiten mij om besloten is!'

'Jas...' Mijn moeder was even stil. Toen zei ze: 'Je beseft wel dat Cilly niet van jou was, hè? Je leende haar in feite alleen maar. Zoals een boek bij de bibliotheek.'

'Cilly is geen boek!'

Een zucht. 'Nee, lieverd, dat bedoel –'

'Ik rijd elke week op haar, en nu is dat opeens voorbij. Nu is alles anders!' Ik drukte mijn gezicht in mijn dekbed. Toen ik geen lucht meer kreeg, richtte ik me op en plukte driftig een natte lok haar van mijn wang. 'En ik heb haar niet eens gedag kunnen zeggen.'

Ik ging niet meer terug naar de manege. Er ging een week voorbij, en nog één. Een maand, twee maanden. In de *Tina* zag ik opnieuw de advertentie voor ruiterkamp. Nu ik goed keek, zag ik dat het meisje op de foto helemaal niet op mij leek.

Ik was dat nooit geweest.

De zomer kwam, en daarmee Uddel, de vakantie waar ik veilig naar kon uitkijken omdat de werkelijkheid daar klopte met het plaatje in mijn hoofd.

In de bossen van Uddel bestonden geen teleurstellingen.

Een buitenstaander zou misschien zeggen dat het druk was hier op het vakantiepark. Dat er in het kleine buitenzwembad luidruchtig werd gegild en geplonsd. Dat er in de aangrenzende speeltuin geschater klonk vanaf de schommels, dat de voorbijfietsende kinderen herrie maakten met hun rinkelende bellen. Maar ik ervaarde het anders. Deze herrie was míjn herrie. Vertrouwde herrie. En ook vertrouwde gezichten: bungalowpark Noord Riezen was alleen voor personeel van de PTT, en ook al sprak ik met niemand, ik herkende veel mensen van vorige jaren.

Achter ons huisje was het bospad dat naar de hei kronkelde: uitgestrekte, paarse vlaktes waar Senta en ik ons op een Amerikaanse prairie waanden. We lieten ons leiden door de wind en de zon, we dronken water uit mijn veldfles.

Op het betegelde stukje terras voor het huisje damde ik met opa. Ik badmintonde met Emiel. Mijn moeder legde op de buitentafel olienoten neer voor de eekhoorns, en samen keken we toe hoe de snelle, sierlijke diertjes de pinda's met hun klauwtjes in hun wangzakken propten.

Als ik langs het paard van de beheerder liep, draaide ik snel mijn gezicht de andere kant op, alsof ik daarmee de gedachte aan Cilly kon wegduwen. Eén keer hinnikte Bruninke en kwam op een drafje naar het hek.

Ik wilde met grote stappen doorlopen, maar het lukte niet.

We troffen elkaar bij het hek, waar ze haar neus tegen mijn schouder duwde en ik zachtjes achter haar oren kriebelde. Lieve Bruninke. Zij kon er ook niets aan doen.

Mijn moeder had me beloofd dat we Cilly zouden bezoeken zodra ze haar rijbewijs had gehaald. Tot die tijd zou ik proberen niet aan haar te denken.

'Waar zijn al je paardenposters gebleven?' had Colette gevraagd, terwijl ze mijn kamer rondkeek. Ook mijn wedstrijdtrofee, die voorheen trots en glimmend het zonlicht op mijn vensterbank had gevangen, was weg.

'Opgeruimd,' had ik geantwoord.

'Maar je muren zijn wel heel kaal ineens, zeg. Ik heb nog wel een paar New Kids on the Block-posters, wil je die misschien?'

'Nee, bedankt.'

'Ik ga nu met iemand om die sprekend op Jordan lijkt,' had ze verteld. 'Je zou hem eens moeten zien. Zo knap.'

Met iemand omgaan, zo noemde ze het tegenwoordig. Na Leon was het steeds iemand anders geworden, jongens die ik niet kende. Jongens die zelfs al op de middelbare school zaten. Ze 'ging ermee om' wanneer haar ouders dachten dat ze bij mij was, of bij Hester.

'Zijn er in Uddel ook leuke jongens?' had ze willen weten.

Ik dacht aan haar vraag terwijl ik met Senta door het eindeloze naaldbos achter de Elspeterweg struinde. Leuke jongens? Wist ik veel.

De enige leuke jongen die ik kende, was Thijs.

'Eerbiedig,' zei juffrouw Faber. Het was haar vaste startsein van ons ochtendgebed. 'Eerbiedig' betekende dat wij onze handen moesten vouwen en onze ogen moesten sluiten, waarna de juf Onze Lieve Heer bedankte voor deze nieuwe dag.

'Wil iemand nog iets toevoegen?' vroeg ze, voordat we 'amen' zeiden.

Vorige week hadden we gebeden voor Billies opa die ziek was, en een paar dagen geleden had Hester gevraagd of haar vader en moeder alsjeblieft mochten stoppen met ruzie maken want anders hadden ze net zo goed getrouwd kunnen blijven. Zelf had ik nog nooit hardop gebeden. Wel in gedachten. Of mijn hoofd lichter mocht zijn, niet de hele tijd zo zwaar van alles. Of ik Thijs een keertje mocht tegenkomen wanneer ik met Senta in het park liep. Vandaag was het de beurt aan Ramon. Met zijn binnensmondse tongval vroeg hij: 'Lieve Heer, ik wil vragen of U ervoor wilt zorgen dat mensen geen eten meer krijgen. Dank U.'

'Amen,' klonk het gezamenlijk.

De hele klas zei het, ook de juf. Iedereen, behalve ik.

Ik keek Ramon met grote ogen aan. 'Geen eten meer? Wat gemeen om dat te vragen.'

'Geen aids meer, Jasmijn,' zei juffrouw Faber. 'A-I-D-S.' Ze keek de klas rond. 'Wie weet er nog meer niet wat aids is?'

Hier en daar gingen wat vingers omhoog.

'Ramon,' zei de juf, 'wil jij het misschien aan de klas uitleggen?'

Ramon werd rood. 'Nou, het is steeds in het jeugdjournaal. Dat mensen eraan doodgaan. Dus ik hoop dat er iets aan gedaan kan worden.'

'Dat is heel mooi van jou,' zei juffrouw Faber.

'Aids krijg je van seks,' zei Roel in de ochtendpauze.

Thijs gaf hem een duw. 'Nietes.'

'Welles,' hield Roel vol. 'Van neuken zonder condoom.'

'Neuken,' echode Ramon. 'Neuken, neuken, neuken.'

Colette giechelde.

'Je kunt het ook krijgen van iemands bloed,' wist Hester.

Ik zat niet op mijn vertrouwde bankje, maar stond bij het groepje. Dat gebeurde tegenwoordig steeds vaker. Na al die jaren begon ik eindelijk aan de pauzes te wennen. Bovendien maakte mijn klas minder herrie dan kinderen uit de lagere groepen. Wij zaten al in groep 7, hoor.

Meestal stond ik bij Hester en Colette. De laatste tijd hingen Roel, Ramon en Thijs ook om ons heen, of beter gezegd om Colette. Ze konden niet ophouden met naar haar te kijken.

'Dus gewoon een condoom gebruiken,' zei Ramon hard. Hij tikte met zijn vlakke hand op de zak van zijn spijkerbroek. 'Gelukkig heb ik er altijd eentje bij me.'

Colette schaterde. 'Laat zien.'

Ramon grijnsde maar haalde niets tevoorschijn.

Thijs rolde met zijn ogen. 'Je weet niet eens hoe je zo'n ding moet gebruiken, man.'

'Alsof jij dat wel weet,' hoonde Ramon.

'Wat is een condoom?' vroeg ik.

Alle vijf staarden ze me aan.

'Jas...' Colette giechelde. 'Dat weet je toch wel.'

Ik voelde mijn wangen kleuren. Weer was er iets wat ik niet wist en anderen wel. Net als vorige week, toen Zahvala ineens niet mee hoefde te doen met gym. Ze had langs de muur gezeten en toegekeken, met haar handen op haar buik. Het was geen gewone buikpijn geweest, want ze had erover staan fluisteren in de kleedkamer. En sinds Hester net als Colette een beha droeg, was het alsof zij samen lid waren van een bijzondere club. Ze liepen anders, keken anders, alsof ze kennis hadden van zeer verheven zaken waar ik geen benul van had.

En nu dit. Een condoom had blijkbaar iets met seks te maken.

Misschien moest ik volgende keer gewoon doen alsof ik ook alles wist. Ik zou mijn mond houden en alleen maar langzaam knikken. Want ik wist heus wel wat seks was. In bijna alle dierenboeken die ik gelezen had, was er wel een hoofdstuk over voortplanting. Wolven bijvoorbeeld deden het alleen maar in de winter, zodat hun welpjes in het voorjaar op de wereld kwamen, het gunstigste seizoen. Maar mensen deden het vaker, vermoedde ik.

Mensenbaby's werden het hele jaar door geboren.

De radio stond zachtjes aan, mijn vader en ik waren allebei stil. Hij nam de krant door, ik las verder in *Marjorie Morningstar.* In mijn roze badjas was ik nog warm van de nacht. Senta lag snurkend tegen mijn benen. Het was zondag, mijn moeder sliep nog. Ook Emiel lag nog op bed. Het vroege uur werd omlijst door de koerende duiven op het dak, het getik-tik wanneer mijn vader de as van zijn sjekkie klopte, de zoemende koelkast in de gang. Ochtendgeluiden die zo bekend waren, dat ik ze amper hoorde.

En toen veranderde alles.

Zachte gitaarklanken kwamen uit de radio, teder en puur, een plotselinge streling in mijn oor. Het was een eenvoudig akkoord, langzaam en rustgevend. Precies op het moment dat ik opkeek van mijn boek, kwam er een ongewoon diepe mannenstem bij. Warm en zacht als een dichtbehaarde dierenhuid, dit was hoe een pels zou klinken als die een klank was.

Het was het mooiste geluid dat ik ooit had gehoord.

Ik legde mijn boek naast me neer en keek naar de radio die deze fabelachtige muziek liet horen. De mannenstem zong zachtjes over een tedere liefde, de tonen zo subtiel dat het een hypnotiserende spreuk leek. Alsof de stem het tegen mij had. Alsof er een arm om me heen geslagen werd, eentje waar ik me niet direct onder vandaan wurmde maar waar ik me tegenaan vlijde, warm en geborgen.

Vanuit mijn ooghoek zag ik mijn vader een krantenpagina omslaan, maar ik hoorde geen geritsel. Ik hoorde niets anders meer dan dit nieuwe geluid. Niets behalve de diepgaande tonen die zich in mijn hoofd nestelden, nog steeds die zachte gitaar, de hele tijd in hetzelfde ritme, alsof er een baby'tje in slaap moest worden gewiegd, en de diepe mannenstem, nauwelijks meer dan een liefdevol gefluister maar toch zo helder en duidelijk.

Het was alsof mijn oren, die altijd en overal te veel hadden gehoord, nu pas écht opengingen. Mijn ogen waren vochtig, niet van verdriet maar van iets anders, iets wat nog het meeste op een soort opluchting leek. Op liefde. Er gebeurde hier iets groots, hier, nu, op dit moment. Iets waarna ik nooit meer dezelfde zou zijn.

Toen het liedje was afgelopen, veegde ik een traan van mijn wang.

Mijn vader keek op van zijn krant. 'Gaat het?'

'Papa… Hoorde je dat?'
'Wat?'
'Dat.' Ik wees naar de radio. 'Dat liedje.'
'Natuurlijk. Dat was Elvis.'
Elvis.

Ik sprong op bed en duwde tegen mijn moeders schouder. 'Ben je wakker?'
Ze knipperde, haar groene ogen jong zonder make-up. 'Nu wel.'
Senta kroop kwispelend over het bed, wankelend over de kronkel van mijn moeders benen onder de deken. De zon gaf kopstootjes tegen de achterkant van het gordijn.
'Mama, ik heb Elvis gehoord!' riep ik enthousiast uit.
Ze glimlachte loom, rekte zich uit. 'Elvis Presley?'
'Het liedje heette *Love Me Tender*. Het was zo mooi!'
Ze duwde zich overeind, met rozige wangen van de slaap. 'Dat is inderdaad een fijn nummer.'
'Ik wil het nog een keer horen. En nog een keer. Voor altijd!'
Mijn moeder schoot in de lach.
'Ik meen het,' zei ik.
Ze haalde haar vingers door haar verwarde krullen en dacht even na. 'Volgens mij heb ik geen elpees meer van hem. Ik heb een tijdje geleden alles aan Karin gegeven.'
'Dan vragen we ze terug.'
'Dat kan niet, joh.' Ze stapte uit bed en trok haar ochtendjas aan. 'Maar ik heb wel een ander idee. Er is vandaag braderie op het Plein; daar staat altijd wel iemand met cassettebandjes. Misschien zit er wat tussen.'

Ik drukte mijn cassettespeler aan zodra ik wakker werd, en 's avonds viel ik ermee in slaap.
Na drie weken vroeg mijn moeder: 'Heb je er nu nog geen genoeg van?'
Nooit. Ik had iets gevonden wat me gelukkig maakte. Iets wat mijn hoofd rustig maakte, alsof ik in het park liep. De zoete stem van Elvis kneedde en masseerde mijn hart tot alle deukjes waren gladgestreken. Hoe anders klonk dit pure geluid dan de gepolijste muziek van die New Kids, waar Colette voortdurend naar luisterde! Elvis was écht.
Elvis had een ziel.
In de bibliotheek had ik drie boeken over hem gevonden. Ik kende ze intussen woord voor woord uit mijn hoofd. Hij leefde niet meer, maar zijn ge-

luid was onsterfelijk. Urenlang staarde ik naar zijn beeltenis. Hij was knap op een intense manier, passend bij zijn stem. Een priemende maar zachte blik, als een wolf. Hij bewoog ook als een dier: soepel en primitief. Ik had het gezien op een videoband die ik van opa en oma had gekregen: *Elvis, The Early Years*. Zwart-witbeelden van hem op zijn negentiende, twintigste, eenentwintigste. Een gezicht dat eerlijk en tegelijkertijd rauw en sensueel was. Donker haar dat bezweet in zijn ogen viel. Brede schouders. In de boeken stonden ook portretten van latere jaren. De jongen werd een man. Op mijn bandjes hoorde ik de ontwikkeling die daarbij hoorde. De magische stem werd nog voller, nog dieper, kreeg nog meer gevoel. Het werd de stem van iemand die had geleefd, die pijn had gekend. De laatste pagina's toonden foto's die ik liever niet zag: het was duidelijk dat zijn lichaam minder sterk was dan zijn stem.

Elvis overleed toen hij tweeënveertig was, op 16 augustus 1977.

Vijf maanden en dertien dagen later werd ik geboren.

Intussen wist ik waarom sommige meisjes uit mijn klas soms niet meededen met gym. Colette had me uitgelegd wat ongesteld zijn was. 'Jij bent een laatbloeier,' had ze eraan toegevoegd. 'Het zal bij jou nog wel even duren voordat het zover is.'

Thuis bekeek ik mezelf in de spiegel.

Colette had gelijk: ik bloeide niet. Terwijl ik nota bene naar een bloem was vernoemd. En het werd toch ook echt wel tijd. Bij alle meisjes uit mijn klas was hun lichaam aan het veranderen; ik was de enige die achterbleef. Nooit ging er met mij eens iets op de normale manier.

Met mijn moeder sprak ik er niet over. Wat kon ik zeggen? Dat de jongens in de klas het hadden over een televisieprogramma dat *De PinUp Club* heette? Dat het leek alsof iedereen alleen maar met 'boobies', zoals Hester het giechelend noemde, bezig was?

Elke dag bestudeerde ik mijn spiegelbeeld. Ik drukte mijn handen tegen mijn borstkas, speurend, hopend op een indicatie dat er groei onderweg was. Ik stopte zelfs met op mijn buik slapen.

Maar er ontkiemde niets.

Nog steeds reisden Senta en ik een paar keer per week met de metro op en neer.

Eenmaal tikte een meneer me bij Centraal Station op de schouder. 'Dit is het eindpunt, jongedame.'

Ik keek de andere kant op, alsof hij er niet was.

'Leuke hond,' zei hij. 'Wel oud al, aan die grijze kop te zien?'

'U heeft zelf een grijze kop.'

De meneer deinsde achteruit en liep in zichzelf mompelend weg.

Terwijl de metro zich vulde met nieuwe reizigers, bleven Senta en ik zitten, terug naar Slinge, opnieuw langs alle bekende stations. In mijn hoofd vinkte ik ze af. Het rijtje klopte altijd. Het ritueel faalde nooit.

De meeste tijd bracht ik nog altijd door in het park, waar ik mijn best deed het toenemende zwerfafval niet te zien. Eén keer had ik Senta bij een smerige prop wc-papier vandaan moeten trekken. Altijd moest ik oppassen dat ze niet met haar pootjes door de scherven van kapotte bierflesjes liep. Op de bruggetjes prijkten *tag names*, maar de houten bankjes waren vooral bekliederd met liefdesverklaringen. Daar keek ik wel naar. Ik bestudeerde de namen die er met een mes ingekerfd of met zwarte stift opgekalkt waren.

Mandy & Sven, 23-09-1988.

A & G 4-ever!!!

Tony loves Femke.

Met mijn vingers streek ik over de teksten, zittend op hetzelfde bankje waar verliefde jongens en meisjes diep in elkaars ogen hadden gekeken. Waar ze met elkaar gezoend hadden, wie weet zelfs met tong.

Colette had vast al heel vaak gezoend.

Misschien was dát de manier om tot bloei te komen.

'Daar komen ze,' zei Emiel.

We zaten voor het raam, Senta tussen ons in, haar neus tegen het glas.

Het was begin februari, een paar dagen na mijn elfde verjaardag, en mijn moeder had gisteren haar rijbewijs gehaald.

Buiten werd er getoeterd.

'Zijn ze dat echt?' Een donkergrijs autootje was de straat in komen rijden. Ik kneep mijn ogen samen om het beter te zien. Ja! Mijn moeder zat achter het stuur!

We renden de portiektrappen af.

Mijn ouders waren uitgestapt. Ze stonden te praten met de overburen.

'Nou, Jasmijn, wat vind je van de auto?' vroeg de overbuurvrouw.

'Mooi.' Dat leek me het beste antwoord. Ik had er geen verstand van. Het enige wat er gebeurde als ik naar een auto keek, was dat mijn hersenen automatisch een zinnetje maakten van het kenteken. Maar ik was blij voor mijn ouders. Het was blijkbaar nogal wat.

Emiel, die al tijden riep dat hij niet kon wachten tot hij eindelijk oud genoeg was om te lessen, was ingestapt en zat achter het stuur alsof hij Michael Knight was.

Senta liep kwispelstaartend rondjes om de auto.

Mijn moeder boog zich naar me toe. 'Voor jou hebben we straks een verrassing.'

Ik lachte. De verrassing lag ongetwijfeld in de vriezer. Iets vieren deden we met ijs.

'Aardig dingetje, hoor,' zei de overbuurman tegen mijn vader. Hij tikte met zijn wijsvinger tegen de motorkap. 'Welk jaar?'

'1980, maar ze heeft volgens de garage pas één eerdere eigenaar gehad.'

Bijna al onze bezittingen hadden een 'eerdere eigenaar' gehad.

Als er op televisie een reclame was voor een nieuwe keuken of wasmachine, merkte mijn moeder altijd op: 'Wie kan zoiets nou betalen?'

Niemand wist het.

Boven vertelde mijn vader me wat de verrassing was.

'Echt waar, echt waar?' Ik sprong op en neer. 'Echt?'

Mijn moeder knikte.

'Hoor je dat, Senta?' Samen dansten we rond de tafel. 'We gaan naar Rockanje!'

Emiel ging niet mee. Het was zaterdag; hij ging met Serge en Leon naar de stad.

'We kunnen vragen of Colette mee wil,' stelde mijn moeder voor. 'Daar rijden we toch langs, want ome Frits en tante Teun zijn benieuwd naar de auto.'

Het was een goed idee. Ik had al eens aan Colette gevraagd of zij ook zulke mooie herinneringen had aan ons schoolreisje.

'Hallo, toen waren we vier,' had ze zuchtend opgemerkt, alsof we destijds amper levensvatbaar waren. 'Dat jij je nou elke seconde van alles wat er ooit is gebeurd nog kan herinneren wil niet zeggen dat iedereen dat kan.'

Ik liep naar de kapstok om Senta's halsband te pakken.

Vandaag zou Colettes geheugen een opfrisser krijgen.

'Naar het strand?' Colette trok haar neus op. We stonden bij haar voor de deur. 'Weet je wel hoe koud het is? Niet echt weer om in je bikini te gaan liggen.'

'Nee, we gaan natuurlijk niet zonnen.'

Colette dook weg in de kraag van haar winterjas. 'Wat moet je anders op het strand?'

'Wandelen, langs de zee!'

'Wacht even...' Haar blauwe ogen lichtten op. 'Ik heb misschien wel zin om te shoppen bij de winkeltjes op de boulevard.'

'Er is daar geen boulevard. Rockanje heeft dat niet nodig.'

Mijn moeder kwam bij ons staan. 'En? Ga je gezellig mee, Colette?'

Colette zette haar liefste glimlach op en zei zoet: 'Ik kan helaas niet.'

Samen met mijn moeder en Senta liep ik terug naar de auto, waar ome Frits met vlakke hand een klopje op het dak gaf. 'Nou, veel plezier met jullie eerste uitje in de Toyota Starlet. Geniet ervan.'

Achter hem zag ik Colette een gezicht trekken.

Mijn moeder toeterde toen we wegreden, mijn vader zwaaide. Tijdens de drie kwartier durende rit draaiden we Elvisbandjes. Ik zong mee, Senta keek kwispelend naar buiten.

Colette had geen idee wat ze miste.

Emiel had een walkman: een grijze, van Sony, met zwarte kussentjes in het koptelefoontje. Hij had hem gekocht van het geld van zijn krantenwijk, maar het ding lag ongebruikt te verstoffen op de plank boven zijn bed.

'Mag ik hem?' vroeg ik. Ik zag het helemaal voor me: hiermee zou ik altijd en overal Elvis bij me hebben, het perfecte wapen tegen herrie.

Emiel dacht even na. 'Goed,' besloot hij toen, 'je mag hem lenen. Op voorwaarde dat je mijn kamer opgeruimd houdt.'

'Deal!' riep ik.

Ik drukte het harde, vierkante apparaatje als een harnas tegen me aan.

Vandaag gingen we naar oma Vink, en voor het eerst zou ik daar geen sigaretten hoeven tellen om rust te vinden.

Ik lag languit op Emiels bed, met Senta naast me. De afstandsbediening van de videospeler, die Emiel tweedehands op de kop had kunnen tikken, lag in mijn hand. Af en toe nam ik een hap van mijn geroosterde boterham met jam. Het netjes houden van Emiels kamer gaf mij het recht om daar naar mijn Elvisvideobanden te kijken, had ik besloten, helemaal nu de videospeler van mijn ouders dagelijks stond ingesteld voor mijn moeders Amerikaanse soapserie.

Steeds opnieuw bekeek ik de zwart-witfragmenten uit 1956. Het gillende publiek kon ik niet begrijpen. Door zo te schreeuwen konden ze toch niets van zijn optreden horen? Wat had je er dan aan? Morgen zou ik bij de videotheek weer een van Elvis' eerste vier speelfilms huren, films waarin hij zijn ambitie toonde de nieuwe James Dean te worden. Dat hij vervolgens naar Duitsland moest voor militaire dienst had een abrupt einde aan deze plannen gemaakt. Naar de films waarin hij daarna had gespeeld zou ik nooit kijken; ik had gelezen dat het flutfilms waren waaraan hij met tegenzin had meegewerkt. Inhoudsloos, een schandalige verspilling van talent. Wat moest hij er ongelukkig om geweest zijn.

'*Don't worry*,' had ik tegen hem gezegd. '*I will never watch those movies.*'

Het praten tegen hem was een paar maanden geleden begonnen, toen ik mijn eerste poster boven mijn bed had gehangen. Inmiddels was het alsof mijn gesprekken met hem er altijd al waren geweest. Ik verbeeldde me heus niet dat hij antwoord gaf, ik was niet gek. Maar hij hóórde me wel, daar was ik van overtuigd.

Toen de videoband was afgelopen, keek ik op de klok boven Emiels aquarium. Bijna halfvijf. Ik moest opschieten, Emiel kon elk moment thuiskomen. Ik drukte de tv uit, veegde de kruimels van zijn bed en zag iets onder zijn matras uitsteken. Een klein hoekje van iets.

Ik trok eraan, en er kwam een tijdschrift tevoorschijn.

'O,' zei ik hardop.

Dit was geen *Donald Duck*.

Op de voorkant stond een blote vrouw, met blond haar en enorme borsten. Ze leek op Tatjana, waar Emiel posters van had hangen, alleen had Tatjana een bikini aan en deze vrouw niet. Ik sloeg het tijdschrift open en bladerde erdoorheen. Borsten, overal borsten, groot en met vooruitstekende tepels. Vrouwen die hun glimmende benen wijd openspreidden. Ik bladerde verder. Op één foto zat een vrouw op haar knieën voor een man. Hij was ook naakt, zijn ding vol in beeld. Even keek ik ernaar. Het zag er heel anders uit dan die van Danny de Munk in Ciske de Rat, de enige piemel die ik tot dan toe had gezien. Dit was een volwassen exemplaar. Het stak naar voren, en erboven groeide allemaal krullerig haar. Op de volgende foto had de vrouw het ding in haar mond, en op de foto daarna had ze allemaal wit spul in haar gezicht. Ik bladerde verder. De vrouwen hadden allemaal dezelfde lege blik in hun ogen, als poppen. Ik begreep niet wat Emiel daar leuk aan vond. Tatjana láchte tenminste. Zij had een vrolijke en lieve uitstraling. Heel anders dan deze neppe zooi. Was dit seks?

Of was dit alleen maar doen alsof, en keek die man daarom zo boos?

Ik stopte het tijdschrift terug onder Emiels matras.

Niemand wist dat ik met Elvis sprak. Ik wist dat mensen het maar vreemd zouden vinden, hoewel we op school elke ochtend met gesloten ogen en gevouwen handen spraken tegen iemand die geen van ons ooit had gezien of gehoord. Elke zondag zaten de kerken vol met mensen die heilig geloofden dat ze contact met Hem hadden. Sterker nog, ze waren ervan overtuigd dat Hij dingen voor hen kon doen, want ze vroegen om gunsten. Om vergiffenis. Om wonderen. Dát werd door niemand vreemd gevonden. Het werd geaccepteerd. Gerespecteerd. Maar dat ik contact had met Elvis, zou niemand begrijpen. Terwijl hij prachtige bewijzen van zijn bestaan had nagelaten. Niemand kon ontkennen dat hij echt had geleefd. Het was een stuk logischer om dáár tegen te praten dan te bidden tegen een mysterieuze hogere macht, een geloof gebaseerd op wat oude geschriften en meer niet.

Emiel had de Bijbel een sprookjesboek genoemd, maar ik was er nog altijd van overtuigd dat Jozef en Simson en de andere helden uit de kinderbijbel echt op aarde hadden rondgelopen. Dat geloof veranderde niet. Waar ík mijn twijfels bij trok, waren de wetten en verplichtingen die ik in de volwassen bijbel was tegengekomen. Zoveel regeltjes waar men zich aan moest houden! Dat kon nooit de bedoeling zijn. Ik wist niet wie dat allemaal had bedacht, maar het kwam echt niet van God zelf. Volgens mij wilde Hij alleen maar dat iedereen elkaar liefhad en had de mensheid de rest er zelf bij verzonnen. Wat moesten ze anders, elke zondag daar in zo'n kerk? Ze maakten elkaar gek met hun geloof, en o wee als iemand zich niet aan de regels hield!

Van Elvis kon ik tenminste in stilte genieten, gewoon op mijn kamer.

Elvis was alleen van mij.

Ja, natuurlijk luisterden andere mensen ook naar zijn muziek, maar zij hadden niet de band die ik met hem had. Zij hoorden een mooie stem, een aanstekelijke melodie. Maar er ontstond geen contact. Niet zoals mij was gebeurd. En het was niet erg dat hij niet terugsprak. Eigenlijk was het zelfs wel fijn. Zo zou ik hem nooit verkeerd begrijpen. En op deze manier werd ik nooit onderbroken. Dat maakte mijn gesprekken met hem net zo veilig als die met Senta. Andere mensen moesten altijd maar wat terugzeggen, mijn gedachten in de knoop leggen. Elvis begreep dat ik dat niet prettig vond. Elvis zweeg.

Hij was dan misschien geen god, maar hij was wel een engel.

Mijn eigen, geheime engel.

Samen met Colette en Hester liep ik over het schoolplein. Hun blonde haar bewoog deinend mee op het ritme van hun stappen. Dit heupwiegende loopje hadden ze zichzelf aangeleerd, vertelde Colette.

'Kijk, Jas, bij elke stap plaats ik mijn ene voet precies vóór de andere, alsof ik op een koord loop, zie je? Op die manier draai je vanzelf met je heupen. Probeer jij het ook eens!'

'Doei. Ik heb niet eens heupen. Gisteren noemde je mij nog een spriet.'

'Dat wil niet zeggen dat je niet mooi kunt lopen.'

'Let jij nou maar op jezelf,' zei ik.

Hester grinnikte. Ze had het steeds vaker met Colette over jongens en zoenen, en ze hingen voortdurend ondersteboven aan het klimrek zodat hun shirtje omhoogviel en de jongens hun beha konden zien.

'Ik probeer je alleen maar te helpen,' zei Colette. 'Thijs zei dat hij je misschien best leuk kon vinden, als je niet zo jongensachtig was.'

Abrupt stond ik stil. 'Je hebt met Thijs over mij gepraat?'

'Ik vroeg alleen maar wie hij leuk vindt. Behalve mij, natuurlijk. En toen zei hij jou.'

'O,' zei ik. Ik keek naar Thijs, die aan de andere kant van het schoolplein bij Roel en Ramon stond. Toen hij terugkeek, wendde ik snel mijn blik af.

'Maar je loopt in van die lompe T-shirts. Daar moet je echt eens wat aan doen.'

Ik zweeg en keek naar onze schaduwen. Naast de twee sierlijke meisjes leek ik wel een langpootmug. Ik had benen waar geen eind aan kwam, en ze werden steeds langer.

We gingen op het bankje zitten, waar Hester en Colette zonnebloempitten aten. De zakjes kostten een kwartje bij de drogist. Iedereen at ze. De uitgespuwde schilletjes lagen glimmend en levenloos op het schoolplein. Een massagraf van dode kakkerlakken, waar de juffen en meesters met een vies gezicht overheen stapten. Ik at mijn brood. Ik was de enige die altijd boterhammen bij zich had; de rest at gewoon tussen de middag pas. Zolang kon ik echt niet wachten. Als ik niet elke paar uur iets at, draaide alles wat ik zag om me heen en om me heen en werd ik zo duizelig, dat ik niet meer wist of ik het was die draaide of de wereld.

Thijs ving een bal en hield hem onder zijn arm geklemd.

Had Colette gelijk? Zou ík degene kunnen zijn om wie hij zijn arm heen sloeg, als ik er maar anders uitzag?

Maar dan vond hij niet de echte Jasmijn leuk.

De Jasmijn die van mening was dat er niets mis was met haar T-shirts.

Elke nieuwe dag van de zomervakantie was een stap op de brug tussen groep 7 en groep 8. Een stap vooruit, terwijl ik eigenlijk wilde stilstaan. Na groep 8 zou alles anders worden, dat wist iedereen. En al zou dat nog een heel schooljaar duren, toch zouden we er nu al steeds mee geconfronteerd worden. Groep 8 was als de wachtkamer van de tandarts: je kon het geluid van de boor horen, ook al was je nog niet zelf aan de beurt. Ik trok me met Senta terug in de bossen van Uddel, zij en ik, alleen op de wereld. De tijd kon ons niet raken.

Maar dat deed hij wel.

Ik was terug op de brug en bereikte uiteindelijk toch de overkant.

Al in de eerste schoolweek kwetterde iedereen over de afscheidsmusical, over de werkweek, over de middelbare school waar ze volgend jaar naartoe zouden gaan. Colette, Hester, Zahvala en Roel gingen allemaal naar scholengemeenschap Maarten Luther. Rianne ging naar de Julianamavo, Ramon naar de Hugo de Groot.

Ik ging wat mij betrof helemaal nergens naartoe.

De verandering zou zó groot zijn. Het was amper te bevatten. Het feit alleen al dat deze vaste groep, kinderen die ik bijna allemaal al acht jaar lang elke dag zag, aan het eind van dit schooljaar uiteen zou vallen. Als een madeliefje waarvan de blaadjes werden losgetrokken, dunne witte vleugeltjes die een voor een verdwenen in de wind.

Ik wilde niet verdwijnen.

Hier was het vertrouwd, hier kende ik iedereen, hier wist ik wat ik van mijn dagen kon verwachten. Het vooruitzicht straks op een andere plek helemaal opnieuw te moeten beginnen blies zoveel onrust mijn hoofd in, dat mijn oren ervan suisden. Steeds weer keek ik vanuit het klaslokaal naar buiten, naar de vrijheid van de vogels in de boom op het schoolplein. Als kind moest je van kooitje naar kooitje, gekortwiekt door regels en leerplicht en 'zo hoort het nu eenmaal'.

Ooit zou ik daarboven uitstijgen, nam ik me voor.

Ooit zou ik vliegen.

'En doet het geen pijn?' vroeg Daphne.

Jantien ging met het puntje van haar tong langs haar boventanden, waar een plaatjesbeugel overheen zat. 'Een beetje. Maar het went.'

We zaten in de gang bij oma Vink, die vandaag jarig was. Ik had 'gefeliciteerd' tegen haar gezegd. De ooms en tantes die in de woonkamer zaten, had ik genegeerd. Ik had gezien hoe Emiel iedereen afging en een hand gaf en hoe mijn ouders hetzelfde deden. Ook Normale Jasmijn in mijn hoofd had iedereen persoonlijk gefeliciteerd. Maar ik had naar de grond gestaard, en toen mijn nichtjes me vanuit de gang hadden geroepen, was ik direct naar ze toegesneld.

Waarom kon ik mensen niet feliciteren? Waaróm niet? Ik had een arm, een hand, een mond, net als iedereen. Ik hoefde alleen mijn broer maar na te doen. En toch kon ik het niet. Toch veranderde ik op die momenten steeds weer in de kleuter die de winkel uit stoof zodra de bakker maar naar me keek.

Mijn nichtjes zeiden er niets van. Wat kon hun het schelen.

Zij hadden wel wat anders aan hun hoofd.

'Mijn moeder zegt dat ik er misschien ook een moet,' zei Myra. 'Maar ik hoop het niet. Het lijkt me zo lastig met eten. En met zoenen, natuurlijk.'

Daphne giechelde.

'En hoe gaat het met jou?' vroeg Jantien aan mij. 'Heb je alweer een nieuw vriendje?'

Precies op het moment dat ze dat vroeg, liep Emiel voorbij. Randal liep achter hem aan. Emiel keek met opgetrokken wenkbrauwen van Jantien naar mij. Op zijn kin zaten kleine, rode wondjes van het scheren. Zijn mond hing open alsof hij ging zeggen dat ik helemaal geen vriendje had. Ik pakte een chocoladekoekje van het schaaltje in de gang en at het in twee happen op. Godzijdank liep Emiel door. Ik wachtte tot hij en mijn neef helemaal de trap af gedaald waren, had nog twee chocoladekoekjes nodig en zei toen luchtig: 'O, nee, nu even niet.'

'Nou, ik wel,' verklapte Daphne. 'Althans, bijna! Hij woont bij mij in de straat en...'

Ik sloot mijn ogen en wenste dat ik Emiels walkman bij me had. Ik had hem dit keer thuis moeten laten, zodat ik 'gezellig kon doen' met mijn nichtjes. Ik probeerde in mijn hoofd een bandje van Elvis af te spelen. Het lukte niet. In de verte hoorde ik de klanken: de rauwe gitaar, de diepe stem, maar ze bleven op afstand. Er was te veel ruis. Te veel geklets over wie van mijn nichtjes al kleedgeld kreeg en hoeveel dan, en wat je wel en niet moest toelaten als je met een jongen ging staan, en of het echt waar was dat de pil hielp tegen jeugdpuistjes. Uiteindelijk stond ik op en ging naar het toilet, waar ik de deksel neerklapte en ging zitten. Met gesloten ogen deed ik opnieuw een poging de muziek op te roepen, maar ook hier was het signaal te zwak. Er was te veel herrie mijn hoofd in gekomen.

In oma Vinks woonkamer werd luid gepraat, gelachen en gerookt. In het gangetje zaten mijn giebelende nichtjes. Emiel en mijn neven stonden buiten, waarschijnlijk om stiekem te roken. En ik?

Waar hoorde ik in dit alles?

Ik bekeek de verjaardagskalender aan de binnenkant van de wc-deur. *Jasmijn*, stond er in de kolom van januari, geschreven in precies hetzelfde schuine handschrift als de andere namen. Wie mij niet kende en mijn naam hier las, zou denken dat Jasmijn net als iedereen was. Ze zouden niet weten dat mijn naam er helemaal niet tussen hoorde. Over een paar uur gingen mijn nichtjes weer met hun ouders mee terug naar huis, terug naar hun leven, hun vriendinnen, hun bijna-vriendjes. Hun kleedgeld, hun jeugdpuistjes, hun anticonceptiepil.

Nooit hoorde ik ze over een mooi boek of over verhalen die in hun hoofd woekerden.

Jantien had een hond, maar ze had regelmatig onenigheid met haar ouders over wanneer het haar beurt was om hem uit te laten. Haar béúrt! Alsof het een taak was, een klusje zoals de afwas. Iets om je maar zo snel mogelijk vanaf te maken. Jantien was helemaal geen hond waard.

Met mijn wijsvinger streek ik over mijn naam. Elf jaar geleden was ik de baby geweest waar mijn ouders zo op hadden gehoopt: een dochter om het plaatje compleet te maken. Maar elke keer dat mijn moeder 'zo is ze nu eenmaal' tegen iemand zei, vroeg ik me af of ik ook echt de dochter was geworden naar wie ze zo had verlangd. Ik wist dat mijn ouders van me hielden, maar waarschijnlijk was dat alleen maar omdat ik toevallig hun kind was. Hoe leuk zouden ze me vinden als ik hun buurmeisje was geweest, iemand voor wie ze geen verplichte liefde hoefden te voelen? Ik was niet het type waarvan mensen zeiden: jemig, wat is die Jasmijn een leuk kind, kijk toch eens wat een schattig meisje. Ik was het stille wezen met de intense blik, het kind dat het gezelschap van haar hond verkoos boven dat van mensen.

En dat vonden de mensen vreemd.

Want zo hóórde het niet.

Colette had het voortdurend over de naderende werkweek. Zelf deed ik hard mijn best er juist niet aan te denken, maar nu het volgende maand zover was werd dat steeds lastiger.

Werkweek. De vloek van groep 8.

'Misschien dat er dan eindelijk iets tussen jou en Thijs gebeurt,' zei Colette toen we vanuit school naar huis liepen. 'Zou hoog tijd worden. Ik zie hoe hij naar je kijkt.'

Thijs of niet, bij het idee dat ik vijf dagen en nachten omringd zou zijn door gezichten en lichamen en stemmen brak het zweet me uit. Om het feest compleet te maken ging er nog een groep 8 van een andere basisschool mee. Waarschijnlijk zou de hele week in het teken staan van 'gezamenlijke activiteiten'.

Zo ging dat, had ruiterkamp mij geleerd.

'Ik kan niet wachten op de discoavond daar,' ging Colette verder. 'Wedden dat er op die andere school allemaal leuke jongens zitten?'

Discoavond. Ik kreeg al migraine als ik er alleen al aan dacht. Nu al voelde ik een tang zich om mijn hoofd sluiten en knijpen, harder en harder. Nee. Ik zou het niet toestaan.

Niet weer.

'Ik ga niet,' zei ik plotseling.

Colette stond stil. 'Wat zeggie nou?'

'Ik ga niet!' We hadden de Geertruidenbergstraat bereikt. Zonder Colette gedag te zeggen stormde ik het portiek in en rende met twee treden tegelijk de trappen op. Hijgend viel ik naar binnen. Mijn rug was drijfnat. 'Ik ga niet!'

Mijn moeder keek op van haar naaiwerk. 'Hallo? Wat is er aan de hand?'

'Ik ga niet op werkweek.' Ik hurkte bij Senta neer. 'Echt niet.'

Mijn moeder stond op en liep naar Marietje. 'Waar komt dit ineens vandaan?'

Ik trok mijn jas van mijn klamme lijf. Toen herhaalde ik mezelf, kalm dit keer. De gedachte aan de werkweek liet zich niet langer wegdringen, maar de werkweek zelf zou ik wél wegdringen. Want ik ging gewoon niet. Zo simpel was het.

Mijn moeder prikte een naald in de jurk die ze Marietje had aangetrokken en kwam naast me op de bank zitten. 'Weet je het zeker? Emiel vond schoolkamp destijds geweldig. Hij kwam helemaal schor thuis.'

'Ja, Emíél.' Ik snoof. 'Natuurlijk vindt hij zoiets geweldig.'

'Werkweek hoort er eigenlijk wel bij, Jas, in groep 8.'

'Maar weet je nog toen ik op ruiterkamp ging?'

'Dat was een andere situatie, daar had je je te veel van voorgesteld. Je kon de teleurstelling niet aan. Maar nu... Ik had eigenlijk gehoopt dat je het leuk zou vinden. Je gaat met je eigen klas, allemaal kinderen die je al jarenlang kent. Dat is vertrouwd.'

'Er is ook een andere school bij, hoor. En Senta mag niet mee.'

'Het zal goed voor je zijn om er even uit te zijn, júíst zonder Senta. Om een keer echt contact te hebben met je klasgenootjes.'

'Ik heb elke dag contact met ze! Maar dat hou ik maar met moeite uit tot kwart over drie. Op werkweek duurt de dag een hele week! En wat als ik daar tussen de maaltijden door niets kan eten? Of als ik allemaal spelletjes moet doen die ik niet snap? En als iedereen herrie maakt?'

Mijn moeder stak met gefronst voorhoofd een sigaret op. 'Papa en ik vragen ons weleens af of jij jezelf niet te erg afzondert. Ga je nog wel met Colette om?'

'We lopen elke dag samen naar school.'

'Ik bedoel buiten school. Ze komt al bijna een jaar niet meer mee als ome Frits en tante Teun op visite komen. En eerst had je de manege nog, maar nu ook dat is weggevallen... Ik weet het niet. Je bent alleen maar met Senta bezig, of naar Elvis aan het luisteren. Andere kinderen van jouw leeftijd spelen buiten, dóén dingen met elkaar. En, nee, stil, ik weet wat je gaat zeggen. Ik wéét dat je altijd al zo geweest bent, maar eigenlijk hadden papa en ik gehoopt dat je er op een bepaald moment overheen zou groeien. Helemaal nu je volgend jaar naar de middelbare school gaat. Het lijkt...' Ze tikte wat as af. Haar ogen staarden langs me heen. 'Het lijkt alsof je steeds meer in je eigen wereld leeft.'

'Ik zou niet weten in welke wereld ik anders moet leven.'

'Je begrijpt heus wat ik bedoel. Je zou gewoon eens wat meer... hoe zal ik het zeggen... moeten openstaan voor anderen. Juffrouw Pruis zei het ook, vorige week op ouderavond.'

Aha. Dus daar kwam dit vandaan.

'Juffrouw Pruis kent mij niet,' zei ik. 'En ik ga níét mee op werkweek.'

Mijn moeder stond op en plukte nog wat aan de kraag van de jurk. De stof spande om Marietjes boezem. Armen of benen had ze niet, maar wel borsten. Zelfs een paspop bloeide. Mijn moeder nam snelle haaltjes van haar sigaret. 'Ik zal met de juf gaan praten,' besloot ze uiteindelijk. 'Maar dan moet jij beloven dat je weer wat meer met Colette omgaat.' Toen ik geen antwoord gaf, keek ze op. 'Afgesproken?'

'Afgesproken,' mompelde ik.

De volgende dag nodigde ik Colette uit om bij mij te lunchen. 'Mijn moeder bakt patat.'

'Patat, tussen de middag?' vroeg Thijs. Het was ochtendpauze. Achter ons renden drie jongens uit groep 4 schreeuwend achter elkaar aan. In een reflex schoten mijn handen omhoog, maar vlak voordat ze mijn oren bereikten, vroeg Thijs: 'Mag ik ook komen?'

Colette stootte me aan en liet veelzeggend haar wenkbrauwen op en neer gaan. 'Dat vindt Jasmijn vast wel goed, toch?'

Een warme gloed kroop naar mijn wangen. Plotselinge beelden van Thijs in mijn woonkamer, op de bank, in mijn persoonlijke ruimte, klapten in mijn hersenen tegen elkaar. Ik knipperde tegen de duizeligheid. Nee, nee, Thijs hoorde híér, op school. Niet bij mij thuis. Hij was geen Colette; aan haar aanwezigheid was ik gewend. Als hij bij mij thuiskwam, dan moest ik me daar eerst op voorbereiden. Dit was veel te onverwacht.

Ik schudde mijn hoofd.

'Okidoki.' Thijs liep fluitend weg, zijn handen in zijn zakken.

Colette wierp haar handen in de lucht. 'Dombo. Dit was je kans!'

'Ik hoef geen kans,' snauwde ik, ook al wilde ik niets liever dan een kans, dróómde ik van een kans. 'We zijn niet allemaal zoals jij, hoor.'

'Waar is je moeder dan?' Colette keek om zich heen.

Ik bukte om Senta te begroeten. Op tafel lag een afgedekt bord met gesmeerde boterhammen en een briefje erop. Vandaag stond er een tweede bord naast. *Colette,* stond daarop.

'Geen patat?' vroeg Colette teleurgesteld.

Ik pakte het briefje op. 'Ze moest onverwacht werken, staat hier. Een collega van haar is ziek geworden. De patat houden we tegoed.'

Colette trok het plastic los en vouwde een boterham open. Ze grijnsde. 'Chocopasta!'

We gingen met onze borden op de bank zitten.

'Niets daarvan aan Senta geven,' waarschuwde ik. 'Daar wordt ze ziek van.'

Met haar laatste boterham nog in haar hand liep Colette mijn kamer in. 'Je hebt nieuwe posters opgehangen! Wie is dat?'

Ik voelde dat ik rood werd, alsof ze mijn dagboek had opengeslagen en er hardop uit voorlas. Elvis was niet zomaar iemand als Ramon. Zelfs Thijs kwam niet bij hem in de buurt. Elvis was bijzonder.

Elvis was van mij.

'Nou?' vroeg ze.

'Elvis,' zei ik kort.

'Wie?' Ze sprong op mijn bed en bracht haar gezicht dicht bij dat van hem. 'Hij ziet er wel beter uit dan die suffe paarden van eerst.'

Ik bleef in mijn deuropening staan.

'Lekker ding is het, hoor,' zei ze, nog steeds op mijn bed. Met een smakkend geluid drukte ze haar lippen tegen de poster, en ze giechelde.

Ik moest me inhouden om niet te schreeuwen. 'Kom,' zei ik hard.

Colette bleef staan. 'Waarom? We hebben nog een kwartier.'

De vettige afdruk die haar mond op de poster had achtergelaten glom in het zonlicht dat mijn kamer binnenviel. Colette moest weg daar, voordat ze nog meer zou verpesten. 'Wil je wat interessants zien?' vroeg ik.

Ze sprong van bed. 'Wat dan?'

Ik wenkte haar mee naar Emiels kamer. Daar tilde ik Emiels matras op en haalde de seksblaadjes tevoorschijn. 'Hier. Leef je uit.'

'O!' Colette trok de blaadjes uit mijn handen en ging ermee op Emiels bed zitten.

Snel glipte ik terug mijn kamer in en veegde met mijn mouw Colettes afdruk van Elvis af.

'Nou, ik hoef niet te vragen wat jij dit weekend hebt gedaan, Rianne,' zei juffrouw Pruis tijdens het maandagochtendkringgesprek. 'Jij bent naar de kapper geweest. Wat mooi!'

Rianne glom. Haar vorige week nog steile haar viel in allemaal krulletjes op haar schouders. Ook Hester had sinds vorige maand een permanentje. Het was helemaal in. 'Net als Gloria Estefan.'

De juf glimlachte. 'Ben je daar fan van?'

Rianne knikte. 'En van Madonna, natuurlijk, maar dat is iedereen.'

'Ik ben fan van The Bangles!' riep Hester. 'Ik ga tijdens de werkweek *Eternal Flame* playbacken.'

De werkweek was over zeven dagen, en het ging hier bijna nergens anders meer over.

'The Bangles, Gloria Estefan, dat zijn al twee goede tips voor de discoavond,' zei de juf. 'Heeft iemand nog meer suggesties? Diane, van welke muziek hou jij?'

'Michael Jackson, natuurlijk.'

De juf lachte. 'En jij, Roel?'

Roel haalde zijn schouders op. 'Maakt mij niet zoveel uit. Gewoon, Top 40.'

'En waar luister jij graag naar, Thijs?'

'Ook Top 40,' zei hij. 'En N.W.A.'

Juffrouw Pruis keek de klas rond en liet haar blik op mij rusten. 'En jij, Jasmijn?'

Ik keek haar vragend aan. Waarom wilde ze dat weten? Ze wist dat ik niet meeging op werkweek en dat ik dus ook geen verzoekjes had voor de discoavond.

Ze glimlachte alsof ze mijn gedachten kon raden. 'Ik ben gewoon benieuwd.'

Ik zweeg. Toen Colette aan Hester had verteld dat ik posters van Elvis in mijn kamer had hangen, had Hester gelachen en Elvis een oude lul genoemd. Nu keek de hele klas naar me. Een warme prikkeling kroop vanuit mijn nek omhoog. 'O,' zei ik nonchalant, 'ik vind Top 40 ook heel goed. Ik ben daar al heel lang fan van.'

Juffrouw Pruis keek verbaasd. 'Wie bedoel je dan?'

'Top 40,' zei ik, harder nu. Ze had me blijkbaar niet goed verstaan.
Ik hoorde Colette giechelen.
'Weet je wel wat de Top 40 is?' vroeg Roel.
'Ja, natuurlijk,' zei ik. 'Dat is een supergave groep.'
'Och, kind.' Juffrouw Pruis schudde haar hoofd. 'Wat leef jij toch op je eigen planeet. De Top 40 is geen band, het is een hitlijst, een overzicht van de veertig best verkochte of meest gedraaide singles van die week. Er staan steeds andere artiesten in.'
Mijn wangen werden heet. 'Dat weet ik ook wel. Maar ik heb het over de gróép Top 40. Die bestaat echt, ik ben vorig jaar nog naar hun concert geweest.'
Schuin achter mij hoorde ik Hester gniffelen. 'Ze luistert alleen maar naar Elvis Presley. Een tijdje geleden wist ze niet eens wie New Kids on the Block waren.'
'Nou, én?' zei Thijs. 'Laat haar.'
Ik keek naar de boom op het schoolplein, de vogels.
Thijs draaide zich naar me om en zei zacht: 'Niets mis met Elvis, hoor. Mijn moeder houdt er ook van.'
Lach naar hem, siste Normale Jasmijn in mijn hoofd. *Doe het!*
Maar ik verstijfde.
Ik deed alsof ik hem niet hoorde en bleef uit het raam staren.

'Fijn dat jullie er zijn.' Juffrouw Pruis glimlachte naar mijn ouders. 'En wat leuk om nu ook de váder van Jasmijn eens te ontmoeten.'
Mijn vader knikte. Hij had er speciaal een dienst voor verzet.
We zaten met zijn vieren rond twee tegen elkaar geschoven tafels in het klaslokaal. Het was de eerste ouderavond waar ik zelf ook bij mocht zijn. Terwijl juffrouw Pruis vertelde wat we tot dan toe in de klas hadden gedaan en met welke projecten we bezig waren, keek ik om me heen. Vreemd, hoe anders het er hier uitzag nu de rest van mijn klas er niet was. De tafels waren leeg, als pony's die afgezadeld en drooggewreven waren.
'Jasmijn blinkt uit in taal,' zei juffrouw Pruis. 'Haar opstellen worden al een paar jaar in de klas voorgelezen. Voor Engels haalt ze alleen maar tienen.'
Mijn moeder knikte trots. 'We zagen het op haar rapport.'
'Ze zit met Engels en Nederlands op een veel hoger niveau dan de rest van groep 8,' ging de juf verder. 'Alle woordenrijtjes die geleerd moeten worden, beheerst ze al, en ook grammaticaal hoef ik haar niets bij te brengen.'
'Ze leest thuis al een paar jaar Engelstalige boeken,' vertelde mijn moeder.

Dat was waar. De bibliotheek had een fijne collectie. Ik las nu *Pride & Prejudice*. Af en toe greep ik nog terug naar mijn pockets van *De Vijf*, voor de zoete smaak van reprise, maar tegelijkertijd voelde ik dat er meer was. Dat ik meer nodig had.

'Helaas zijn er ook vakken waar Jasmijn moeite mee heeft,' ging juffrouw Pruis verder. 'Eigenlijk alle vakken behalve Nederlands, Engels, godsdienst en biologie. Jasmijn vindt het erg moeilijk om haar best te doen voor dingen die ze niet interessant vindt.'

Mijn ouders zwegen. Ik zag hun gezichten, herkende de geduldige blik die ze ook hadden wanneer ik ze vertelde over dingen die ik gelezen had. 'Ja, nu wéten we wel dat een wolf een ander dier op meer dan anderhalve kilometer afstand kan ruiken!' had Emiel een keer uitgeroepen. Maar mijn moeder luisterde steeds aandachtig, ook als ik al die boeiende feiten voor de honderdste keer opnoemde.

Juffrouw Pruis vervolgde: 'Dat Jasmijn zich niet voor alle vakken inzet, kan straks problemen opleveren bij de Cito-toets. Als ze zo doorgaat, dan zal haar score niet hoog zijn, en dat kan een nadelig effect hebben op het advies voor de middelbare school.'

Mijn ouders keken elkaar aan.

Ik zag mijn vader zijn wenkbrauwen fronsen, nadenken. Zoeken maar niet vinden.

'Ik weet niet of jullie zelf al een school in gedachten hebben?' vroeg de juf.

'Nou, haar broer zit op het Mercatus College...' zei mijn moeder, 'en die is daar heel tevreden. Dus het ligt voor ons voor de hand dat Jasmijn daar ook naartoe gaat.'

'Mercatus. Detailhandel, als ik me niet vergis? Vbo.'

Mijn moeder knikte. 'Klopt.'

'Ik kan mij Emiel herinneren, al was het mij ontschoten naar welke school hij is gegaan.' Juffrouw Pruis schreef iets op en zei: 'Kijk, we moeten natuurlijk eerst de uitslag van de Cito-toets afwachten. Maar ik denk dat het Mercatus geen slechte keuze zal zijn voor Jasmijn.'

Mijn vader ontspande in zijn stoel, de lijnen trokken weg uit zijn gezicht. Mijn moeder gaf een tevreden knikje met haar hoofd. Niemand vroeg wat ik dacht, en zelf zei ik niets. Ik wilde niet naar het Mercatus, of naar welke andere middelbare school dan ook. Ze leken me allemaal vreselijk: grote gebouwen vol met drukte en herrie.

Maar ik wist dat ik moest.

Dat dit nu eenmaal was hoe het hoorde.

Twee keer per week repeteerden we voor de afscheidsmusical. Eerst moesten we alle liedjes uit ons hoofd kennen, daarna zouden we de dialogen gaan leren. Ik had gehoopt dat klassikaal zingen leuk zou zijn, net als vroeger. Maar ook al schalden de stemmen op het cassettebandje enthousiast de gettoblaster uit, ze hadden helaas geen aanstekelijk effect op de klas. Rianne hoorde ik zelfs helemaal niet, die bewoog alleen haar lippen mee. Iedereen zong zo zacht dat mijn stem harder klonk dan die van de rest. Niet langer was samenzang het zeldzame moment waarin ik één was met de klas.

Juffrouw Pruis klapte in haar handen mee met de muziek, haar ritme volledig uit de maat. En dat terwijl Nick op de kleuterschool tijdens het zingen op zijn handen had moeten gaan zitten zodat hij niet kon meetrommelen. Zíjn tempo was juist precies goed geweest. Juffrouw Pruis was degene die op haar handen zou moeten zitten, maar in plaats daarvan ketsten haar palmen hysterisch tegen elkaar. Ik probeerde het niet te horen, maar de dunne stemmetjes om me heen maakten dat het valse geklap steeds harder mijn oren binnendrong.

Zo kon ik niet zingen.

Uiteindelijk verscholen ook míjn stembanden zich achter het koor van het cassettebandje en mimede ik de woorden van het openingsnummer mee alsof juffrouw Pruis Henny Huisman was en we met zijn allen in de *Mini-playbackshow* stonden.

'Hey!' klonk het achter me. 'Wacht even.'
Senta en ik keken tegelijk om.
Colette kwam op een drafje op ons af. 'Waar ga je naartoe?'

'Ik ga mijn moeder uit haar werk halen.' Ik zag Colettes roze lippenstift en donkere eyeliner, make-up die ze vandaag op school niet gedragen had. 'Waar ga jij heen dan?'

Ze deed een stap dichter naar me toe alsof ze me een geheim ging vertellen. 'Ik had je toch verteld dat ik met iemand omga die ik echt heel leuk vind?'

Ik dacht na, mijn hersenen nog suf van de Cito-toetsen die we de afgelopen drie dagen hadden gemaakt. Op de gang buiten ons lokaal hingen A4'tjes met daarop STILTE, CITO-TOETS. Ik was als eerste klaar geweest met Nederlands en Engels, maar had me niet kunnen concentreren op de rest. Steeds was mijn blik weggedwaald van het papier, naar buiten, naar de echte wereld.

'Die op Jordan Knight lijkt,' zei Colette ongeduldig.

O, ja, nu wist ik het weer. Ik knikte.

'Nou, ik heb eindelijk weer eens met hem afgesproken. Hij rijdt op bus 68, en ik mag straks meerijden op zijn laatste ritje.' Ze wachtte tot een oudere mevrouw ons was gepasseerd en zei toen met gedempte stem: 'Daarna hebben we de bus voor onszelf alleen...'

Ik keek haar niet-begrijpend aan. 'En dan?'

'Jezus.' Ze schoot in de lach. 'Soms lijkt het echt alsof je nog op de kleuterschool zit.'

Ik kleurde. Ik snapte het al. In mijn hoofd schoten de plaatjes uit Emiels tijdschrift voorbij. Colette had me uitgelegd wat het witte spul was. Ik had niet gevraagd hoe zij dat allemaal wist. 'Maar... hij is een buschauffeur. Hoe oud is hij dan?'

Ze haalde haar schouders op, een beweging waarbij de fluorescerende buttons op haar spijkerjasje een sprongetje maakten. 'Wat maakt dat uit?' We passeerden het kantoorgebouwtje tegenover de autogarage, en Colette stootte me aan. 'Zin om te lachen?'

Ik keek haar vragend aan.

Ze wees omhoog. 'Zie je die camera daar? Bij de ingang? Als ik hier met Hester langsloop, doen we altijd iets grappigs. Let op.' Heupwiegend slenterde ze naar de camera toe. Toen tilde ze met haar ene hand razendsnel haar T-shirt en beha omhoog en zwaaide met haar andere hand uitbundig naar wie het ook was die deze beelden bekeek.

Schaterend kwam ze terug.

Senta sprong kwispelend tegen haar op, blij met de onverwachte vrolijkheid.

'Maar nu moet ik opschieten!' riep Colette. 'Anders mis ik de bus. Doei!'

Mijn ouders schreven me in bij het Mercatus College. Vbo handel, heette de opleiding. Voor hen was het nog steeds volslagen logisch: Emiel zat erop, dus Jasmijn straks ook.

'Of had jij iets anders in gedachten?' had mijn moeder aan me gevraagd.

Maar ik had juist helemaal niets in gedachten. Letterlijk niet. Ik wilde er niet aan denken. Want zolang ik er niet aan dacht, was het er niet. De middelbare school zou een compleet nieuwe wereld worden, en steeds wanneer iemand erover begon, werd ik misselijk. Ik zag mezelf in dat onbekende universum ronddolen als een blinde dwerghamster in de woestijn. Ik wilde slechts een hol graven, diep onder de grond, en daar blijven.

'Op het Mercatus leer je om in een winkel te gaan werken,' vertelde mijn vader.

'Maar ik vind winkels vreselijk!' riep ik uit. 'Al die drukte!'

'Nou, een boekwinkel vind je toch wel leuk?' zei mijn moeder. 'Of een dierenwinkel?'

Ik kneep mijn ogen dicht tegen de duizeligheid. Een dierenwinkel leek me juist helemaal niet leuk. Allemaal beestjes in kooitjes. Ik zou ze willen bevrijden. Maar wat moest ik dan? Ik wist dat ik over élke school een slecht gevoel zou hebben, niet alleen over het Mercatus. Ik had geen idee wat ik wilde worden later. Werkelijk niet. Ik wist alleen maar dat ik vrij wilde zijn. Alleen wilde zijn.

En ik had geen idee hoe.

'Joh, zover is het nog lang niet,' zei mijn vader. 'Je kunt als je van school komt ook iets anders gaan doen. Als je maar een diploma haalt, daar gaat het om. Dan ben je al een heel stuk verder dan ik ooit was. En op het Mercatus College is die kans voor jou het grootst, denkt juffrouw Pruis.'

Mijn Cito-score was matig geweest. Volgens juffrouw Pruis kwam dit door mijn 'gebrek aan interesse'. 'Jasmijn houdt niet van leren,' had ze gezegd. 'Een school als het Mercatus, waar ze veel bezig zal zijn met dingen dóén, is het beste voor haar.'

Complete onzin. Ik hield wél van leren. Ik wist alles over Elvis, over hondengedrag, over de leefwijze van allerlei soorten dieren. Tientallen boeken had ik erover gelezen. Ik kende elk oorlogsverhaal van opa en oma uit mijn hoofd. Ik wist hoe chocola werd gemaakt.

‘Maar op school moet je leren wat zíj vinden dat je moet leren,’ zei mijn moeder, toen ik daarover begon. ‘Het Mercatus College is een fijne school. Emiel is er heel tevreden.’

Ja, ongetwijfeld. Emiel was overál heel tevreden. Die ging als een blijmoedige kameleon op in zijn omgeving. Helemaal vanzelf. Terwijl het mij al niet lukte om dat te probéren.

Ik wist niet hoe.

Maar het werd dus inderdaad het Mercatus. Veel keuze had ik ook niet met mijn lage Cito-score. Maar het maakte niet uit, in mijn hoofd waren alle middelbare scholen een verschrikking. Ik was als enige uit mijn klas niet naar open dagen gegaan, ik had geen enkele school bezocht. Waar iedereen een plan leek te hebben, bestond míjn plan vooral uit ontkennen dat alles straks zou veranderen.

Uiteindelijk zou de schok komen, dat besefte ik. Het hol dat ik had gegraven zou vollopen met zand. Maar ik zou het zo lang mogelijk blijven wegduwen.

'In vredesnaam, Jasmijn,' verzuchtte juffrouw Pruis. 'Volgens mij doe je het expres fout.'

'Niet waar. Het lukt me gewoon niet.'

'Maar ik heb al tien keer voorgedaan hoe het moet. En Rianne en Zahvala doen het toch ook goed?'

Ik stond stil en kruiste mijn armen over elkaar. Ik was Rianne en Zahvala niet.

'Nee, niet stoppen, we gaan net zo lang door totdat het je lukt. Kom op, en één, twee, drie, *go*.'

We stonden in de gymzaal, waar we met de hele klas een dansje repeteerden voor de musical. Maar terwijl iedereen de pasjes foutloos nadeed, bleek het voor mij onmogelijk om mijn been de ene kant en mijn arm de andere kant op te dirigeren. Juffrouw Pruis stond de bewegingen met haar gezicht naar ons toe voor te doen, waardoor die ook nog eens in spiegelbeeld waren. Dat maakte het nog verwarrender. Haar links was mijn rechts, en elke seconde deed ze weer wat anders. Uiteindelijk was ik achter Rianne gaan staan en deed háár pasjes na, maar hierdoor had mijn uitvoering vertraging op de rest.

'Jasmijn!' Juffrouw Pruis stond te puffen alsof haar leven van dit stomme dansje afhing. 'Allemachtig kind, wie heeft jouw motoriek in elkaar geknutseld?'

De Gloria Estefankrullen voor me stopten met stuiteren. Rianne draaide zich om.

Thuis, op mijn kamer, kon ik uren dansen. Ik zong erbij en hield het vol tot ik licht in mijn hoofd was. Maar deze geforceerde situatie was iets heel anders. Hier kreeg mijn natuurlijke ritme geen enkele kans. Iemand anders bepaalde ineens hoe ik me moest bewegen. En dan ook nog eens precies in de maat, met al die rondzwaaiende ledematen om me heen. Het was niet gek dat ik daarvan in de war raakte.

Toch probeerde ik het weer. Voor de allerlaatste keer.

'Jas-mijn! Nu ben ik het zat. Bij *I'm gonna learn how to fly* spring je naar links. Je weet toch wel wat links is? LINKS!'

Weer draaide Rianne zich om, maar de rest van de klas bleef dansen. Colette had blosjes op haar wangen; Roels zweet verspreidde zich als een inktvlek onder zijn armen.

Ik deed een stap naar achteren, duizelig van het geschreeuw dat naar mijn hoofd werd geslingerd. De harde stem van juffrouw Pruis echode in mijn oren.

Ik deed nog een stap terug.

'Jasmijn...' probeerde ze nog.

Maar ik drukte mijn handen tegen mijn hoofd en rende de gymzaal uit.

'Blijf jij even, Jasmijn?' vroeg juffrouw Pruis om kwart over drie. Rugzakken werden op schouders gehesen, stoelen werden aangeschoven. 'Ik wil met je praten.'

Mijn klasgenootjes liepen het lokaal uit, de gang op, waar nu ook de andere groepen naar buiten kwamen. Er klonk geschuifel van voetstappen, namen die geroepen werden, gelach, een stuiterbal tegen de muur.

Juffrouw Pruis stond op en sloot de deur van het lokaal. 'Zo,' zei ze.

De geluiden verstomden, verschoven naar buiten. Ik keek uit het raam. Kinderen uit groep 1 en 2 die op hun moeders afrenden: moeders met fietsen, moeders met kinderwagens, moeders met andere moeders, moeders met hoofddoekjes om. Hier en daar een vader. Hester en Rianne, die op het schoolplein nog één keer het vervloekte dansje oefenden. Vlekkeloos, uiteraard.

'Jasmijn...' Juffrouw Pruis schraapte haar keel. 'Je weet zeker wel waarom ik je gevraagd heb te blijven?'

Om me opnieuw te vertellen dat ik niet kon dansen? Alleen maar omdat ik haar suffe 1-2-3-*go* niet onder de knie kreeg. Ze zou me thuis eens moeten zien. *I'm gonna learn how to fly.* Pff. In mijn eigen wereld vloog ik hoger dan iedereen.

Vanachter haar bureau keek ze me ernstig aan. 'Kom even hier zitten, dat praat wat gemakkelijker.'

Langzaam kwam ik overeind. Ik moest naar huis. Senta wachtte op me.

Juffrouw Pruis knikte naar de tafel die voor haar stond, Billies plek.

Ik ging zitten, maar schoof mijn stoel niet aan. Als ze weer ging schreeuwen, zou ik direct vertrekken. Ze had haar boze stem naar me toegeslingerd als een kiezel uit een katapult, dwars door mijn hoofd. Ze had me pijn gedaan.

'Ik wil mijn excuses aanbieden voor de manier waarop het vanmiddag bij de dansrepetities ging,' zei ze.

Voorzichtig schoof ik mijn stoel een stukje aan.

'Het punt is...' Ze zuchtte. 'Ik wéét dat je slim bent. En daarom kan ik het me soms niet voorstellen dat bepaalde dingen bij jou gaan zoals ze gaan. Ik vraag me dan af of je het niet opzettelijk doet.'

Ik voelde mijn wenkbrauwen omhooggaan.

'Om dwars te liggen, bijvoorbeeld. Om de boel te saboteren, omdat je het nut er niet van inziet, ik zeg maar wat. En daar heb ik soms dus moeite mee, begrijp je dat?'

Ik bestudeerde haar gezicht. Ik zag haar niet vaak van zo dichtbij. Ze had donkere kringen onder haar ogen, kleine rimpeltjes rond haar mond. Haar korte, donkerrood geverfde haar had een lichtgrijze uitgroei. Juffrouw Pruis was een mens, en plotseling vroeg ik me af hoe haar leven buiten de Beatrixschool eruitzag. Ze droeg geen trouwring. Woonde ze alleen? En waar dan? Had ze huisdieren? Wat deed ze wanneer ze niet juffrouw Pruis was?

'Jasmijn? Ik vroeg of je dat begrijpt.'

Ik schudde mijn hoofd.

'Kijk, dit soort momenten bedoel ik ook. Je kijkt mensen altijd zo intens aan. Het is me een raadsel wat er allemaal in jou omgaat.' Ze zuchtte, greep een pakje sigaretten uit haar tas en stopte het toen weer terug. 'Maar, in elk geval, ik heb volgens mij een oplossing gevonden voor de dansproblemen in de musical.'

'Dat is heel fijn,' zei ik ernstig.

Ze kneep haar ogen samen. 'Hou je me nou voor de gek?'

Weer schudde ik mijn hoofd.

'Goed.' Ze kuchte. 'Ik heb besloten om jou een andere rol te geven. Je zit niet langer in de dansgroep. Vanaf nu speel jij de presentatrice die de hele show aan elkaar praat en de acts aan het publiek voorstelt.'

'Maar dat is toch jouw rol?'

'Niet meer. Het is helemaal niet nodig dat de leerkracht zelf ook meespeelt. Dus mijn rol gaat naar jou. Wat vind je daarvan?'

De presentatrice hoefde alleen maar te praten. Niet te dansen. En ik hoefde niet te praten als mezelf, maar als iemand anders. Ik zou een 'rol spelen'. Dan was het niet eng. Dan kon ik niets verkeerds zeggen. Want ik was het niet zelf.

'Ik denk dat je het heel goed kunt,' ging ze verder. 'Je kunt zo mooi voorlezen altijd. Deze rol is geknipt voor jou.'

'Ja,' zei ik slechts.

'Nou, dan is het opgelost, toch?' Weer pakte ze haar sigaretten uit haar tas. Dit keer trok ze er één uit het doosje. 'Dan mag je nu gaan. En nogmaals sorry.'

Toen ik de school uit stapte, zag ik Colette bij iemand achter op een brommer stappen.

Terwijl ik naar huis liep, scheurde ze voorbij, de opgevoerde bromfiets gromde door de Sliedrechtstraat. Colettes blonde haren wapperden in de wind.

Ik keek haar na.

Iedereen zocht zijn eigen manier om zich vrij te voelen.

'Nog drie weken, jongens, dan is het grote vakantie,' zei juffrouw Pruis. 'Wie gaat er deze zomer op reis?'

Driftig schoten vingers de lucht in.

'Waar ga jij naartoe, Ramon?' vroeg ze.

'De Canarische Eilanden, naar een hotel aan het strand.' Hij leunde achterover in zijn stoel en vouwde zijn handen achter zijn nek alsof hij zich al in een strandstoel waande.

'En jij, Hester?' vroeg de juf.

'Mijn moeder en ik gaan met de bus naar Oostenrijk, wandelen in de bergen.'

Fidan ging naar haar familie in Turkije. Diane ging met haar ouders naar een camping in Frankrijk. Thijs ging op kamp met zijn scoutinggroep. Daarna begon hij aan de lts. Het was een vreemd idee dat ik hem na de zomer nooit meer zou zien. Dat ik níémand meer zou zien. Iedereen in dit lokaal zou een herinnering worden, net zoals Nick Drumstick dat geworden was.

'En jij gaat naar Kreta, hoorde ik van je moeder?' zei juffrouw Pruis tegen Colette. 'Spannend hoor, voor de eerste keer vliegen.'

Colette knikte opgewonden. 'Iedereen zont daar topless,' had ze gisteren tegen Hester en mij gezegd. 'Ik word straks vanboven helemaal egaal bruin.'

'En jij, Jasmijn?' vroeg de juf. 'Waar ga jij naartoe?'

'Uddel.'

'Wat zeg je? Jongens, ik snap dat jullie opgewonden zijn over de vakantie, maar jullie moeten niet allemaal door elkaar praten. Zeg het nog eens?'

'Uddel,' herhaalde ik.

'O, dat ken ik niet. Waar ligt dat?'

'Odol.' Roel lachte. 'Ze gaat naar odol.'

'Roel!' zei juffrouw Pruis. 'Zulke grapjes horen niet thuis in de klas.'

'Ze gaat naar Uddel,' zei Colette. 'De Veluwe. Daar gaat ze elk jaar naartoe.'

'Aha,' zei de juf.

'Lekker saai,' merkte Ramon op. 'Geef mij de Spaanse zon maar.'

Ik maakte een *tss*-geluid. Die Spaanse zon waar hij het over had, leek mij juist verschrikkelijk. In het bos had je tenminste schaduw van de bomen.

Iedereen ratelde weer door elkaar, en juffrouw Pruis liet het, want het was bijna grote vakantie.

Bijna het einde van de Beatrixschool.

De afscheidsmusical trok als een nicotinewolk langs me heen. Ik sprak mijn tekst luid en duidelijk uit. Het maakte niet uit hoeveel mensen er naar me keken, naar me luisterden. Want dit was ik niet. Dit was de presentatrice van deze show.

Eindelijk was ik iemand anders.

Vanuit de coulissen keek ik toe hoe Colette schitterde in haar solo. Ze had een rode haarband in; haar ogen straalden, en ze zong en danste alsof ze in Kinderen voor Kinderen zat.

Na afloop van het stuk nam ik, net als de rest van mijn klas, bloemen en applaus in ontvangst. Het drong maar half tot me door. Het was te veel, alles was te veel. Al die mensen, al die lampen, het geflits van fotocamera's. Stemmen, parfum, emotie, overal sentiment, de lucht was er dik van en prikte in mijn ogen. Onze namen werden opgenoemd, en weer werd er geklapt in de zaal. Iedereen voelde dat er een einde kwam aan dit deel van ons leven. En, nog heftiger, dat een nieuwe periode op het punt van beginnen stond. De opa's en oma's wisten het. De vaders, de moeders, de broers en zussen.

En wij, de kinderen van groep 8.

Vaste routines zouden verdwijnen. Over een paar minuten zou het applaus sterven, zouden de lichten in de zaal aanfloepen en zouden we de basisschool voorgoed verlaten. We zouden vergeten gezichten worden in elkaars fotoalbums. *Hoe heette hij ook alweer? En zij?*

Nu al, terwijl ik hier op het podium stond, voelde ik mezelf een herinnering worden.

Eenmaal thuis kreeg ik een migraineaanval die de hele nacht en dag duurde. De felle lampen van het podium hadden zich in mijn hersenen gekerfd en bleven flitsen. De zenuwen in mijn schedel ketsten tegen elkaar. De liedjes die we het hele jaar hadden geoefend kwamen brakend naar buiten. Ik drukte mijn gezicht diep in mijn matras terwijl de pijn tegen de binnenkant van mijn hoofd krabde en klauwde als de nagels van iemand die levend begraven was. Die nog niet toe was aan zijn volgende leven.

In Uddel sloot mijn broer vriendschap met twee jongens van een paar huisjes verderop. Ik hoorde zijn voetstappen op het grind wanneer hij tegen middernacht thuiskwam, rook de bierlucht die hij uitademde als hij zich op het onderste deel van ons stapelbed liet ploffen.

Emiel maakte altijd overal vrienden. Zijn blonde haar, blauwe ogen en vrolijke lach trokken mensen aan, soortgelijke zielen die plezier wilden en er verder allemaal niet te veel over nadachten. Mijn broer ging niet in het bos tegen een boom zitten om urenlang te peinzen over wie hij nou eigenlijk was. Om zachtjes aan Elvis te vragen of híj wist wat het allemaal betekende. Emiel bestond, en dat was voor hem reden genoeg om er een feestje van te maken. Met iedereen. Zijn wereld was een dansvloer waarop elke danspartner welkom was, terwijl mijn behoefte aan alleen-zijn groeide en groeide omdat ik zonder stilte de herrie niet aankon.

Die stilte vond ik in de natuur.

Ik wilde nooit meer uit Uddel weg.

Er was op de Veluwe al weken geen druppel regen gevallen. De hei was zo droog dat hij breekbaar leek, de paarse puntjes dof en fragiel als gesponnen suiker. De zon brandde. Ik had de pijpen van mijn spijkerbroek kort afgeknipt.

'Zullen we na de vakantie samen naar het Zuidplein gaan?' had mijn moeder voorgesteld. 'Wat nieuwe kleren kopen voor het Mercatus.'

'Ik pas alles nog.'

'Wil je niet iets nieuws kopen? Iets... meisjesachtiger, misschien?'

Ik dacht terug aan de opmerkingen van Colette. En nu begon mijn moeder ook al. Ik zag de blik in haar ogen: het sprankje hoop dat ik, straks in de brugklas, ineens zou veranderen. Dat ik eindelijk normaal zou worden, een meisje net als iedereen.

Zou ik het proberen? Zou het de overgang straks wellicht makkelijker maken?

'Misschien kunnen we thuis even door de *Wehkamp* bladeren,' zei ik.

In de week voordat de brugklas begon, fietste ik samen met mijn vader vier ochtenden achter elkaar de route die ik straks elke dag zou afleggen. Een ritje van ongeveer een halfuur. Mijn moeder had bij de Zeeman een regenpak voor me gekocht voor de dagen die bijna iedereen 'hondenweer' noemde. Op de weg die mijn vader voor me had uitgestippeld, vermeden we het drukke verkeer van de Slinge en fietsten binnendoor, door Zuidwijk.

Het eerste stuk van de route was hetzelfde als die naar de manege.

Hoe vaak had ik hier niet gefietst, met mijn cap bungelend aan mijn stuur, snoepjes voor Cilly in mijn zak? Ik was haar nooit gaan opzoeken in Zeeland. Mijn moeder had een paar keer voorgesteld er samen naartoe te gaan, maar Cilly had een nieuw leven daar en ik wilde onthouden hoe het was geweest toen ze van mij was. *Je leende haar in feite alleen maar,* hoorde ik mijn moeder weer zeggen. *Zoals een boek bij de bibliotheek.*

Maar dat klopte niet.

Cilly was van mij geweest.

'Kijk uit,' klonk mijn vader naast me. 'Wel je aandacht erbij houden, Jas, anders lig je straks onder een auto.'

Ik trok mijn stuur recht en staarde naar de vaalroze tegels van het fietspad onder mijn wielen. Het was een vreemd besef dat mijn toekomstige zelf hier ook fietste, dat ze een brugklasser was. Hoe voelde ze zich? Was het haar gelukt zich aan te passen aan zoveel veranderingen? We naderden de stoplichten. Daarachter was het Mercatus College al zichtbaar: een grijs, rechthoekig gebouw aan de drukke Spinozaweg. Twee verdiepingen, waarschijnlijk met een schoolplein aan de achterzijde.

Ik remde en keek naar de school.

Het zag er totaal niet uitnodigend uit.

Een week later stuurde het Mercatus College een brief. Ik las hem terwijl ik op bed zat: zwarte letters op een wit vel, heldere informatie over hoe laat Vink, J. aanstaande vrijdag aanwezig moest zijn om haar rooster en klassenlijst in ontvangst te nemen.

De eerste echte schooldag zou de maandag erna zijn.

Ik vouwde de brief dubbel, legde hem op mijn bureau en zette Elvis aan. De stellige, warmbloedige klanken van *As Long As I Have You* vulden mijn kamer.

Vink, J. vouwde de brief open en las hem nogmaals.

Ze had nog nooit zo erg tegen iets opgezien.

'Goeiemorgen, brugsmurf.' Emiel grijnsde zo breed, dat het propje keukenpapier op zijn wang, om het bloed van een kapotgeknepen puist te absorberen, losraakte en naar de grond dwarrelde.

Brugsmurf. Ik vroeg me af hoelang hij had gewacht om dat eindelijk te kunnen zeggen. Zelf had hij zijn klassenlijst en rooster per post gekregen; hij hoefde er niet voor naar de school toe. Maar volgens hem was het een pluspunt dat ik er wel heen moest. 'Dan kun je al een beetje zien wie iedereen is en bij wie je in de klas komt. Gaaf, toch.'

Gaaf.

Ja, gaaf, man. Echt.

Wat was er in vredesnaam gaaf aan om ergens heen te gaan waar ook allemaal andere mensen waren? Onbekende mensen, op een onbekende plek. Het zou minder erg zijn als Senta mee mocht. Samen stonden we sterk. Maar een hond op school was niet normaal, en normaal zijn was voor de meeste mensen zo'n beetje het belangrijkste ter wereld. Het bepaalde de norm, daar kwam het woord waarschijnlijk ook vandaan.

Maar er moesten toch ook uitzonderingen kunnen zijn?

'I don't want to go,' fluisterde ik tegen Elvis, toen ik na het ontbijt mijn fiets uit de kelder pakte. Mijn vingers trilden. Ik wilde dat het nog gisteren was, dat ik met Senta in het park liep en deze dag nog veilig aan de overkant van de nacht stond.

Ik fietste de route zo langzaam, dat mijn stuur slingerde en ik een paar keer bijna omviel. Timide trapte ik door, en door, en toen was ik er.

Mijn god, ik was er.

Ik zag jongens, ik zag meisjes, sommigen alleen en anderen in groepjes of met zijn tweeën. Ze leken allemaal precies te weten waar ze naartoe moesten en liepen via de zijkant van het gebouw naar de achterzijde van de school.

Langzaam volgde ik, lopend, met mijn fiets aan mijn hand.

Ik plaatste mijn fiets in de overdekte stalling en nam door de spijlen van het hek het schoolplein in me op. Daar stroomde het vol met leerlingen. Ik zette een voorzichtige stap in de richting van de onbekende massa, maar stapte direct weer terug.

Weer trilde ik. Ik had Senta wél mee moeten nemen. Schijt aan normen.

Als zij bij me was geweest, dan had ik mijn aandacht nu op háár kunnen richten en zou ik niet die paniekerige stem in mijn hoofd horen die aan een stuk door *o shit, o shit, o shit* zei. Ik klemde mijn vingers om mijn fietssleuteltje, het dunne metaal scherp in mijn handpalm. Het leek wel alsof iedereen elkaar al kende. Ik zag mensen praten, lachen, roken. Ze waren met zoveel, en dit waren alleen nog maar de brugklassers.

Ik kon natuurlijk terug naar huis. Deze beangstigende situatie achter me laten. Maar dan? Uiteindelijk zou ik terug moeten. Uiteindelijk was dit de plek waar ik de komende vier jaar dag in dag uit naartoe zou gaan. Ik haalde diep adem. Misschien leek het alleen maar onoverzichtelijk omdat ik nog niemand kende. De weg niet wist. Misschien moest ik alleen maar even doorbijten en net als iedereen op het schoolplein gaan staan en de informatie over me heen laten komen.

Als ik daarna terug naar huis fietste, met de wind in mijn rug, zou ik opgelucht zijn dat ik het eerste obstakel overwonnen had.

Gezichten, ontelbaar veel gezichten. Ze hadden zich om me heen verzameld, te dichtbij, hun lichamen stootten tegen me aan. Ik had zoals altijd een denkbeeldige cirkel van afstand om me heen getrokken, maar iedereen liep er dwars doorheen. De lucht stond stijf van drukte, van opwinding, van spanning en ongeduld. Iedereen wilde weten bij wie hij of zij in de klas zat.

Er verscheen een meneer. Hij had een donkerblauw pak aan en hij sprak met luide stem. Zijn openingswoorden, *welkom allemaal,* gingen meteen op repeat in mijn hoofd. Allemaal, allemaal, ik was onderdeel van het alomvattende allemaal. Voor de man die nu sprak, was de groep die voor hem stond één geheel: de brugklassers van 1990.

En daar hoorde ik bij.

Maar dat voelde niet zo. Mijn nááм hoorde erbij. Mijn nááм stond ergens op een lijst. Maar ikzelf, mijn lichaam, mijn hoofd, hoorde hier helemaal niet. Het kon niet anders dan dat iedereen dat wist. Dat ze het aan me konden zien, konden ruiken zelfs. *Wat doet zij hier? Ze hoort hier niet.* Maar toen ik om me heen keek, zag ik dat niemand vreemd naar me staarde. Overal zag ik heldere, glanzende ogen. Opgeheven gezichten, aandachtig luisterend. Niemand zag er zo verloren uit als ik me voelde. Misschien waren ze hier al eerder geweest, misschien waren zij wél naar de open middagen en avonden geweest. Sommigen zagen er ouder uit: zittenblijvers, misschien. De lucht rook naar uitgeblazen adem. Nicotine, sinas. Ik probeerde ook te luisteren naar wat de man zei, maar ik hoorde slechts flarden.

'Je hebt je donkere blik weer,' zou juffrouw Pruis zeggen als ze mij nu zag.

Ik vond het logisch dat mijn blik donker was: het licht in mijn hersenen was uitgegaan, de luiken voor de ramen. Er was zoveel informatie binnengekomen. Zoveel beelden. Overal gekleurde T-shirts en truien. Onbekende gezichten. Sproeten. Beugels. Hoge, getoupeerde kuiven. Kroeshaar. Trainingsjacks. Sigaretten. Petjes. Ringetjes in neuzen, in wenkbrauwen. En overal stemmen. Hoge stemmen, lage stemmen, lachende stemmen, hysterische stemmen, snel pratende stemmen, brommende stemmen. Donkere blik? Ja, nogal logisch. Ik moest mezelf uitschakelen voordat er kortsluiting kwam.

In mijn hoofd zocht ik naar Elvis, maar ik vond hem niet. Het was er al te druk.

'De... van wie ik de namen... klas 1A,' klonk de meneer. 'Als je niet... 1B of 1C. ...Onthou goed... deur hier achter mij... rooster en klassenlijst.'

Opletten, sprak Normale Jasmijn me toe. *Aandacht erbij. Niet jezelf meteen op de eerste dag al voor schut zetten door straks niet te weten wat je moet doen.*

Twee meisjes voor mij haakten hun armen in elkaar. 'Alsjeblieft, alsjeblieft, alsjeblieft,' prevelde een van hen. 'Alsjeblieft, laat ons bij elkaar in de klas zitten.'

'Anouk Alsems,' begon de man. 'Marcel Broeders. Jos Dijkstra.'

Even sloot ik mijn ogen. Hij was nog lang niet bij de V. Als ik een paar seconden duisternis had, zou het al wat rustiger zijn in mijn hoofd.

'Yes!' werd er gegild.

Ik opende mijn ogen, knipperde.

De twee meisjes voor mij sprongen juichend op en neer, een blond en een donker permanentje stuiterden voor mijn ogen. 'Hoera!'

De man glimlachte even en ging toen verder met voorlezen. 'Deborah Teunissen. Ilse Vervloet. Jasmijn Vink. Bennie Willemse.'

's Avonds zat ik op de rand van mijn bed, de A4'tjes in mijn handen. Het rooster zag er rommelig uit: niet één dag had dezelfde begin- of eindtijd, er viel geen enkel patroon in te ontdekken. In de klassenlijst wel, die was op alfabetische volgorde. Het was een lange opsomming van namen, geboortedata en telefoonnummers. Samen met vierentwintig anderen zat ik in klas 1A van het Mercatus College. Elf jongens en dertien meisjes, ik kende hun namen en geboortedata al na één keer lezen uit mijn hoofd.

Ik vroeg me af welke namen bij de twee gillende meisjes hoorden.

Zodra ik mijn spullen vanmiddag had opgehaald, was ik terug naar mijn fiets gelopen. Sommigen waren achtergebleven om op het schoolplein rond te hangen. Anderen waren net als ik de fietsenstalling in gelopen. Weer anderen waren naar de bus gegaan. Het was dus niet raar wat ik deed.

Thuis was ik direct met Senta naar het park gegaan, waar we in het hoge gras hadden gezeten. Een tijdlang had ik naar het water gestaard, gezien hoe de druppels samen een eenheid vormden.

Hoe ze eigenlijk pas een druppel werden wanneer ze alleen waren.

De Beatrixschool was een warm bad geweest, zag ik nu. Knus en vertrouwd, met als enige verandering een nieuwe juf of meester aan het begin van een nieuw schooljaar, en daarmee een ander lokaal. Op het Mercatus waren er geen juffen of meesters, had Emiel me verteld. Daar moest je 'mevrouw' zeggen, of 'meneer'. Elk vak werd door iemand anders gegeven, en volgens mijn rooster had ik elk uur andere lesstof. Ik moest steeds aan een andere docent zien te wennen. En ook nog eens telkens in een ander lokaal.

'Maar hoe weet je dan wanneer het uur om is?' had ik Emiel gevraagd. 'Moet je steeds de tijd in de gaten houden?'

'Nee, sufkop, er gaat een bel. En een lesuur is trouwens niet letterlijk een uur hè, het zijn vijftig minuten.'

'O,' zei ik. 'Dan moeten ze het geen uur noemen.'

'Jawel, het is een lésuur.'

'Maar een uur is zestig minuten. Súfkop.'

Emiel zuchtte overdreven. 'Ik kan je aanraden om niet overal zo ingewikkeld over te gaan doen daar. Soms zijn dingen gewoon hoe ze zijn.'

Ja, voor hem wel. Emiel zou dit jaar examen doen en daarna gaan werken. Waar, of als wat, wist hij nog niet. Hij vond alles prima, als het maar geld opleverde.

Want we moesten vooral niet ingewikkeld gaan doen.

De fietsenstalling was vandaag een stuk voller dan afgelopen vrijdag. Er stonden nu ook brommers in, en scooters. Ik draalde in de buurt van mijn fiets. Mijn eerste les begon om tien voor halftien, en het was nu pas tien over negen. Het was dus helemaal geen halfuur fietsen, zoals vorige week met mijn vader. In mijn eentje was ik er al in twintig minuten. Morgen zou ik later van huis gaan. Want wat moest je als brugsmurf doen wanneer het nog geen tijd was? Op het schoolplein rondhangen, net zoals op de basisschool? Dat zag ik niet voor me. Ik kende niemand. En ik wist ook helemaal niet waar het lokaal was waar ik straks naartoe moest. Het was op de eerste verdieping, want het lokaalnummer begon met een 1: die logica was ons vrijdag uitgelegd. De lokalen op de tweede verdieping begonnen met een 2, een systeem dat ik begreep. Ik zou naar binnen gaan en uitzoeken waar ik precies moest zijn.

Langzaam liep ik de fietsenstalling uit.

Bij elke stap drukte mijn rugtas tegen me aan. Als een zwaar, onbekend gewicht trok hij aan mijn schouders. Vrijdagavond had ik hem al ingepakt. En weer uitgepakt. Gecontroleerd of ik echt de juiste boeken had geselecteerd. En ze er weer ingestopt. Bovenop lagen mijn etui, agenda, mijn broodtrommel voor 's ochtends én mijn broodtrommel voor tussen de middag, want door de afstand kon ik niet meer naar huis om te lunchen. Voor het eerst in mijn leven zou ik Senta tussendoor niet zien.

Dat was misschien nog wel het moeilijkste van alles.

Ik liep het schoolplein op. Weer allemaal nieuwe gezichten. Groepjes. Mensen van vijftien, zestien jaar. Ik leek de enige die hier alleen was. Mijn rechterhand kneep zich tot een vuist, en ik probeerde me voor te stellen dat Senta's riem erin lag. Dat zij naast me liep, dat we hier samen waren. De gezichten maakten geluid. Stemmen die dichterbij kwamen, al kon ik niet verstaan wat er werd gezegd. Waar spraken mensen van zestien over? Ik had geen idee. De hoofden werden bewegende vlekken om me heen. Met mijn blik strak voor me uit tegen de draaierigheid stapte ik de deur door en belandde in het halletje met huurkluisjes. Afgelopen vrijdag was deze ruimte leeg en overzichtelijk geweest, nu was hij overvol. De lucht was blauw van de rook. In de school zelf mocht niet gerookt worden, maar hier blijkbaar wel. Ik hield mijn adem in, wurmde me tussen de rugtassen, sigaretten en nog meer gezichten door, kwam in de grote gang. Daar keek ik zoekend in het rond. Mensen, de meesten een stuk langer dan ik, passeerden me en liepen richting de aula, die ik vanaf hier kon zien en waar ontzettend veel herrie vandaan kwam. Gierende stemmen schalden door de gang, tassen stootten tegen me aan, de aula was een kleurrijke kolonie van krioelende lichamen.

Ik glipte de toiletten in.

Daar drukte ik mijn vingers tegen mijn overvolle hoofd en wachtte tot de bel ging.

Een harde zoemtoon dreunde door de muur. Dat moest dan de bel zijn. Ik opende de deur van de toiletruimte en zag een maalstroom van gezichten voorbijspoelen. Oké. Ik nam een diepe teug adem, dook er vol in en liet me meevoeren naar de trap, de eerste verdieping en... aha, lokaal 1.2. Dat ging snel.

De deur stond wijd open.

Zes plekken waren al bezet. De tafels stonden twee aan twee, de meneer of mevrouw was er nog niet. Ik liep in een rechte lijn door naar achteren en ging daar aan een tafel in de hoek zitten. Geen idee of ik dit goed deed. Had ik degenen die al in de klas zaten, moeten begroeten? Maar hoe dan? Ik kende ze nog helemaal niet.

Het lokaal druppelde vol. Er waren meer jongens en meisjes die net als ik gewoon stilletjes gingen zitten. Mooi, ik had dus nog steeds niets vreemds gedaan. Misschien kon ik hier, op deze nieuwe school, proberen om zo normaal mogelijk te zijn. Opnieuw te beginnen. Ik zou kijken hoe anderen zich gedroegen en dat toepassen.

Aangezien er geen gedragsinstructie met het rooster en de klassenlijst was meegeleverd, leek dat me de slimste manier.

Mijn god, hoe hield iedereen dit vol? Ik stuiterde heen en weer als een balletje in een flipperkast. Elke vijftig minuten, als die veel te luide bel ging, moest ik mijn boeken in mijn tas proppen, mijn jas meeslepen, zorgen dat ik de rest van mijn klas niet kwijtraakte, mijn adem inhouden voor weer een duik in de stroming en vervolgens in een ander lokaal opnieuw een plekje zien te vinden. Iedereen zat voortdurend ergens anders. Zelf zocht ik een tafel steeds zo ver mogelijk achterin, waar ik al drie verschillende meisjes naast me had gehad. Een van hen had gevraagd of ze een pen mocht lenen.

'Dank je wel,' had ze gezegd.

'Alsjeblieft,' had ik geantwoord.

Normale Jasmijn in mijn hoofd knikte me goedkeurend toe.

Tijdens dat soort kleine momenten geloofde ik werkelijk even dat ik dit kon. Maar meteen daarna was er het geflikker van een kapot tl-licht op de gang, dreef het gelach en gegil vanaf het schoolplein door het open raam de klas binnen en steeg het gebrom van de af en aan rijdende brommers hoog op. Iemand in de klas smakte op kauwgom, iemand anders tikte onophoudelijk met een pen. Een krijtje piepte op het bord. Ik dacht terug aan mijn oordopjes die op de kleuterschool direct waren afgepakt. Zou ik ze hier wel in mogen?

Maar dan hoorde ik niet wat de leraar zei.

Ik liet mijn blik de klas rondgaan. Iedereen zat ontspannen aan zijn of haar tafel. Een jongen met een te wijde capuchontrui hing onderuitgezakt in zijn stoel. Hij had een sigaret achter zijn oor gestoken. Een blond meisje leunde met haar kin in haar hand en maakte met haar andere hand aantekeningen. Ik was de enige die op het puntje van de stoel zat. Mijn ogen waren wijd opengesperd. Ik kon het voelen, maar ik kon ze niet klein maken. Ik wilde ook onderuitgezakt zitten en er stoer uitzien, maar mijn rug was kaarsrecht van de spanning die door mijn bloed pompte. Ik drukte mijn handen tegen mijn oren. Als die pentikker drie tafels voor me niet ophield, zou ik opstaan en de pen uit zijn handen trekken. Ik zou –

Het geluid van de bel sneed door het lokaal.

Meteen sprong iedereen op en begon luid te praten terwijl de docent nog snel zei wat we in onze agenda moesten schrijven voor volgende keer. In de lokalen boven en naast ons klonken dezelfde geluiden: stoelen die wild achteruitgeschoven werden, deuren die openzwaaiden, gestamp van voeten op de gang. Ik liet me niet langer kopje onder gaan in de stroom, maar verliet als laatste het lokaal en vormde daarmee de lamme staart van deze spartelende vis. Terwijl mijn bloed steeds harder in mijn oren ruiste, staarde ik recht voor me uit in een poging het zicht van mijn ooghoeken uit te schakelen. Ik focuste me op één achterhoofd, één rugzak, één herkenningspunt van iemand uit mijn klas, en daar sjokte ik achteraan. Het lokaal uit. De drukke gang door. De nog drukkere trap af.

Wacht even: de trap af?

O, god, het was pauze. Ook dat nog.

Beneden in de hal splitste de klas zich. De ene helft liep rechtstreeks door naar het rookgangetje, een pakje sigaretten al in de hand. De rest liep druk pratend naar de aula.

Ik stond stil, de enige die twijfelde.

Mijn maag gaf het antwoord.

In de rij bij de snackbalie keek ik voor het eerst voorzichtig om me heen. De aula was felverlicht; elk tafeltje was bezet, en mensen gleden heen en weer in een onoverzichtelijke choreografie. Ik kocht een roze koek en bedwong de neiging om weer mijn handen tegen mijn oren te drukken. Ik moest normaal doen. Maar hoe dan? Het was alsof ik in een ruimte stond waar honderd televisietoestellen tegelijk aanstonden, allemaal op een ander kanaal, allemaal op vol volume en met flikkerend beeld. Getetter in mijn oren, dansende vlekken voor mijn ogen en de zoute geur van instant kippensoep in mijn neus. Het was in deze chaos onmogelijk om te zien waar de leerlingen uit mijn klas zaten. Zelfs Emiel kon ik niet ontwaren, als hij toevallig ook pauze had nu. De vele gezichten smolten samen tot een draaiende waas.

Ik liep naar een hoek bij de ingang en at mijn koek. En mijn brood.

En mijn brood voor de lunch.

Toen de bel ging, stroomde de aula leeg als een gootsteen waar de stop uit werd getrokken. Lege bekertjes werden in de prullenbak naast me gemikt, sommige vielen erachter. Een stoet rugtassen schampte me alsof ik onzichtbaar was, een stukje muur. Ik kneep mijn ogen dicht en wachtte tot iedereen weg was, toen verliet ook ik de kantine. Volgens mijn rooster moest ik naar lokaal 2.9, een plek waar ik nog niet eerder was geweest. Op de nu rustige gang keek ik om me heen. Waar was de trap ook alweer? Alles zag er ineens anders uit nu er niemand meer was. Ik passeerde het rookhalletje en liep weer terug. De trap was ergens in dit gedeelte.

Toch?

Ik wist het niet meer. De gang was groot en verlaten en plotseling onherkenbaar. Ik wreef in mijn ogen tegen de duizeligheid en riep in gedachten een plaatje op van de grote opening waar iedereen doorheen liep en waarachter de donkere traptreden naar boven waren. Weer keek ik om me heen. De grote opening was verdwenen. Weg. Het beeld dat ik in mijn hoofd had opgeslagen, was er niet meer. Een strakke band spande zich om mijn maag. De zure smaak van groeiende paniek kwam naar boven en dreef mijn keel in.

Verdwaald. Op school. Hoe kreeg ik het voor elkaar?

Maar, o, daar, daar liep iemand! Een volwassen man, een leraar misschien. Ik opende mijn mond, klaar om hem te vragen of hij wist waar de trap was, maar ineens stak hij zijn arm uit en trok ergens aan. Een grote, zware deur ging open en... ja hoor... dáár was de opening, dáár was de trap. Ik snelde eropaf en verving de blinde vlek in mijn hoofd door dit nieuwe plaatje. Onthouden: een doorgang kon twee gezichten hebben.

Terwijl mijn tas tegen mijn rug stuiterde, rende ik naar de tweede verdieping.

Ik rende de hele gang af, keek naar links, naar rechts. Overal volle klaslokalen. Maar nergens een bordje met 2.9 erop. Ik ging langzamer lopen, controleerde de nummers nog eens. Hoe kon dit? Er zat een volgorde in de lokalen, 2.9 zou na 2.8 moeten komen. Maar 2.8 was hier, het laatste lokaal van de gang. Zweet prikte in mijn nek. Er waren al zeker tien minuten verstreken sinds de bel was gegaan. Shit! Nu al was mijn poging om normaal te zijn mislukt. Ik had met de rest van mijn klas in de aula moeten gaan zitten, meteen zodra de pauze begon, in plaats van te dralen. Dan was ik ze niet kwijtgeraakt, dan zou ik nu samen met hen in dat verdomde onvindbare lokaal zitten. Ik had het verpest.

En nu?

Misschien kon ik deze les maar beter overslaan en op zoek gaan naar het lokaal waar ik het volgende uur moest zijn. Dan was ik daar in elk geval wel op tijd. Misschien zou het niemand opvallen dat ik een uurtje had overgeslagen. Misschien...

Nee, wacht.

Nu pas zag ik dat er aan het einde van deze verdieping nog een soort extra stukje gang was, verscholen achter een hoekje. Ik liep ernaartoe, zag het witte bordje met de zwarte cijfers: 2.9. Hier was het. Ik had het tóch gevonden! Snel wierp ik een blik naar binnen. Ja, kijk, daar zat de pentikker, en daar het meisje dat steeds met haar haar speelde, en die daar herkende ik ook, en die ook. Dit was mijn klas.

Allemaal keken ze naar een kleine mevrouw die iets stond te vertellen.

Langzaam opende ik de deur en glipte op mijn tenen naar binnen, op weg naar een lege tafel achterin.

'En wie hebben we hier?' klonk het luid. 'Sta eens stil, jongedame. Wat kom jij doen?'

Ik haastte mij naar de lege plek, naast het meisje dat bij Nederlands een pen van mij had geleend. Kirstin, heette ze. Mijn wangen brandden toen ik mijn stoel aanschoof. Ik keek de mevrouw niet aan.

'Ik geloof dat ik een vraag stelde, toch, jongens?' zei ze.

Voor me ging een aantal hoofden bevestigend op en neer.

'Ik zal het nog een keer vragen. Wat kom jij doen?'

'Dit is mijn klas,' antwoordde ik zacht. Ik keek haar nog steeds niet aan, maar hield mijn ogen strak op mijn tafel gericht.

'Als dat zo is, waarom ben je dan zo laat?'

'Ik kon het lokaal niet vinden,' mompelde ik. Iemand had een hartje in het hout gekrast. Het voelde ruw onder mijn vingertoppen. Er stonden initialen bij. Een N en een C.

Ik wou dat ik op mijn bankje in het park was.

'Iets harder praten, graag. En kijk me eens aan als je tegen me praat, of heb jij thuis geen manieren geleerd?'

Ik keek op. Ik wist heus wel dat ik mensen aan moest kijken, hoor. Ik kon het al vanaf mijn zesde. Steeds een paar tellen langer. Alleen was het op dit moment moeilijk, omdat ik voelde dat niet alleen zij maar iederéén naar me keek. Mijn gezicht werd nog heter.

'Nou?' drong ze aan.

'Ik kon het lokaal niet vinden,' zei ik opnieuw, hard dit keer.

Ik had verwacht dat iedereen hard zou gaan lachen, maar het bleef stil in de klas en de mevrouw knikte. 'Dat kan ik begrijpen,' zei ze. 'Het is jullie eerste dag, en 2.9 ligt inderdaad een beetje verscholen zo in dat donkere hoekje. Maar kind, je bent bijna een kwartier te laat. Heb je al die tijd het lokaal lopen zoeken?'

'Ik kon de trap ook niet vinden,' zei ik, nog steeds luid omdat ik me anders toch weer moest herhalen.

Nu steeg er ineens wel gelach op. Sommige leerlingen keken naar me om.

Kirstin stootte me grinnikend aan. 'Goeie,' zei ze.

Ik zei niets.

De mevrouw wendde zich hoofdschuddend tot het krijtbord.

De rest van de les bleef ik stil.

Ik deed alsof ik aantekeningen maakte, maar schreef de songtekst van *Love Me Tender* opnieuw en opnieuw en opnieuw in mijn schrift.

'In deze eerste les wil ik jullie conditie testen,' zei de gymleraar, die zich had voorgesteld als meneer Ter Haaf. 'Jullie gaan twaalf minuten lang rondjes rennen. Over een paar maanden zullen jullie de officiële coopertest lopen, maar nu gaat het even om een eerste indruk.'

De klas werd in twee groepen verdeeld. De tweede groep, waar ik bij hoorde, keek vanaf de bank toe hoe de eerste groep door de gymzaal rende. Het was mijn derde dag op het Mercatus, en de namen op de klassenlijst hadden nu allemaal een gezicht gekregen. In mijn hoofd noemde ik ze op terwijl ze voorbijrenden. Wytske. Bram. Kirstin. Menzo. Ilse. Jos. Marcel.

'Hé, Bram, heb je mijn beha nodig?' riep Sandra, toen Bram puffend en met een rood hoofd voorbijstrompelde. Onder zijn bezwete T-shirt hupsten zijn vetjes op en neer.

Bram stak hijgend zijn middelvinger op.

Sandra lachte. Ze droeg feloranje lippenstift en was een zittenblijver. Bijna veertien was ze al. Bij alles wat er in de lessen werd uitgelegd, verzuchtte ze: 'Pff, dat weet ik allemaal nog van vorig jaar.'

Ik vond het bijzonder dat ze was blijven zitten als ze alles zo goed wist.

Ik plensde een handkommetje water in mijn verhitte gezicht. De koude druppels gleden over mijn wenkbrauwen naar beneden. Ik trok wat papier uit de dispenser en depte mijn gezicht droog. Meneer Ter Haaf was tevreden geweest over mijn conditie; volgens hem had ik de snelheid van een atleet. Tijdens het rennen had ik mijn best gedaan te vergeten dat ik in een muffe sportzaal liep. Ik rook geen zweetgeur maar buitenlucht, want ik was in het park, met Senta, fris in de schaduw van de bomen. Ik rende langs het water, sprong door het hoge gras, voelde amper dat mijn voeten de grond raakten. Ik zweefde, en Senta zweefde naast me. In een hoekje van mijn hoofd, als een klein schermpje waar ik af en toe op keek, had ik gezien hoe ik anderen passeerde, hoe ik ze moeiteloos inhaalde. Ik hoorde hun zwoegende ademhaling en rook hun zweet, maar ik drukte het beeld weg en was weer terug in het park.

De twaalf minuten waren veel te snel voorbij.

Acht boterhammen en een reep chocola bleken niet genoeg om een schooldag door te komen. Alles was alweer op. En dat terwijl het pas tien over twaalf was en ik het nog tot vanmiddag vier uur moest volhouden hier. De afgelopen dagen had ik de pauzes op de gang doorgebracht, op het semi-verborgen plekje voor lokaal 2.9, maar nu ik nog een hele middag te gaan had en de honger aan mijn hersenen knaagde, zat er niets anders op dan toch weer iets in de aula te kopen.

Ik liep de twee trappen af. Ik zou iets halen en meteen weer terug naar boven gaan.

Bij de ingang stond ik stil. Iedereen liep achteloos door de kantine, alsof ze doof waren en niet hoorden dat het een hysterische volière was. Ik haalde diep adem. Ik wilde zijn zoals de rest, toch? Dan moest ik me ook zo gedragen. Al was het maar voor even. Kom op, de kooi in. Doen alsof ook ik de oorverdovende kakofonie aan stemmen niet hoorde. Als ik snel was, zou ik met een minuut weer terug op de gang zijn.

Met vlugge stappen liep ik naar de balie, waar ik een zakje Nibb-it en een Bounty kocht.

'Hey,' klonk Kirstin plotseling naast me. 'Wij begonnen ons al af te vragen waar jij in de pauzes uithing, joh.'

'O. Hoi.' Ik rekende af en stopte de snacks in mijn tas.

'Kom je mee?' Ze wees naar een tafel in het epicentrum van de aardbeving. 'Wij zitten daar.'

'O,' zei ik weer. 'Nee, ik kan niet, ik, eh...'

Kirstin grinnikte. 'Kom nou maar.'

Ik concentreerde me op haar rug terwijl ik haar volgde. Kirstin keek om en lachte naar me. Ik pakte de Bounty uit mijn tas en nam een hap. Het krokante chocoladelaagje brak tussen mijn tanden. Ik concentreerde me op de zoete smaak die vrijkwam en dwong mezelf door te lopen. Omkeren en verdwijnen zou te vreemd zijn. Doorzetten nu. Ogen niet te groot. Schouders ontspannen.

Normaal doen.

Wytske en Menzo keken op toen we bij de tafel aankwamen. Wytske glimlachte en trok een lege stoel van de tafel achter hen naar voren. Kirstin duwde mij erin. Ik voelde haar vingers tegen mijn rug. Wat moest je doen als iemand je ineens aanraakte? Doen alsof je het niet merkte? Alsof je niet snel opzij wilde springen? Zelf greep ze een stoel naast Menzo. Ik nam een nieuwe hap van mijn reep. Suikerkokos lag als een korrelige brei in mijn mond. Ik probeerde me in te beelden dat de zoetigheid me kracht gaf.

'Hoe heb jij warenkennis net gedaan?' vroeg Wytske aan Kirstin. 'Volgens mij heb ik het echt zwaar verkloot.'

'Dat zeg je altijd.' Menzo gaf haar een por. 'En je haalt altijd een voldoende.'

'Wij kennen elkaar van de basisschool,' zei Wytske tegen mij. 'Iedereen denkt dat we verkering hebben, maar dat is niet zo.'

'Nee,' zei Menzo, 'dat mocht ze willen.'

'Mijn toets ging redelijk,' vertelde Kirstin. 'En de jouwe, Jasmijn? Je was als eerste klaar. Je had het zeker goed geleerd?'

Ik haalde mijn schouders op. 'Ik heb het even doorgelezen tijdens mijn ontbijt.'

Wytske schaterde. 'Ik vind jou zo grappig. Je moet vaker bij ons komen zitten, joh.'

Kirstin en Menzo raakten met elkaar in gesprek, en ook de anderen aan het tafeltje stelden me geen vragen meer. Ik staakte mijn pogingen te verstaan wat ze zeiden. Het had toch geen zin met al die andere stemmen om me heen. Er stond zelfs een radio aan, alsof er nog niet genoeg herrie was hier. Ik at mijn chips en wachtte tot de bel ging zodat ik eindelijk weg kon. Vanaf morgen zou ik nog meer eten meenemen, zodat de aula overbodig werd.

Wytske liet een boek vallen en raapte het giechelend op. Kirstin slurpte de laatste slokjes van een pakje chocomel luid op. Menzo tikte met zijn voet tegen de tafelpoot. De geluiden sloegen als een bijl tegen mijn hersenstam. Het zonlicht dat door de grote ramen naar binnen scheen, fikte in mijn ogen. Ik verfrommelde het lege Nibb-it-zakje en legde het op tafel. Mijn handpalmen werden klam. Ik hield ze in mijn schoot, keek ernaar.

Rustig blijven.

Niet ziek worden.

De pauze zou vanzelf voorbijgaan. Misschien kon ik alvast beginnen met aftellen. Nog vijftien minuten. Dat waren… hoeveel tellen? Ik kreeg de simpele rekensom niet voor elkaar. Menzo's voet schopte steeds harder tegen de tafelpoot. *Tik-tik-tik.* Wytske liet een gulden pirouetjes draaien op tafel en rinkelend op zijn kant vallen. De hakbijl in mijn hoofd sloeg harder, en harder. Ik sloot mijn ogen. Dit ging niet. Ik kon dit niet. Ik…

Niets meer. Er was niets, behalve die ene stem die ik direct herkende.

Ik opende mijn ogen. Was dit echt? Of was het alleen in mijn hoofd?

One night with you… Is what I'm now praying for…

'Jezus Christus, wat een vreselijke ouwelullenmuziek weer,' merkte Menzo op. 'Het lijkt wel of we in een bejaardensoos zitten hiero.'

Ik zat stijf in mijn stoel. Menzo had geen idee wat hier werkelijk gebeurde:

dat Elvis mij liet weten dat hij écht bij me was. Dit was een teken, een duidelijk signaal dat ik er niet alleen voor stond. Dat ik deze drukke situatie aankon.

Just call my name... And I'll be right by your side...

Wytske giechelde. 'Afgrijselijk, inderdaad.'

Ze moesten eens weten hoe bijzonder dit moment was. Dat ik iemand had die er altijd was, tegen wie ik kon praten, die mij hielp om rustig te blijven wanneer de wereld een jungle was.

'Wat zit jij ineens gelukzalig te glimlachen,' zei Kirstin.

Voordat ik kon reageren, ging de bel, precies op het moment dat het liedje was afgelopen. Elvis had niet alleen een uitzonderlijk gevoel voor ritme, maar ook voor timing.

Al in de tweede week waren er groepjes ontstaan in de klas. Knappe, Colette-achtige meisjes trokken naar elkaar toe als pluisjes naar klittenband. Truttige meisjes met dikke truien liepen gearmd door de gangen. Drie Surinaamse jongens droegen grote gouden kettingen om hun nek en riepen: '*Fuck tha Police!*' Twee jongens met leren jacks en schouderlang blond haar aten samen uit één zak chips, hun pukkelige gezichten dicht bij elkaar. Soort zocht soort. Ik zag sommige klasgenootjes wanhopig hun best doen ergens bij te horen: niet-rokers die toch in het rookhalletje gingen staan, meisjes die blij achter een groepje aan huppelden terwijl niemand luisterde naar wat ze zeiden. Er waren de een-op-eenvriendschappen: Vera en Rochelle, die in elk lokaal naast elkaar zaten en die ik herkend had als de juichende meisjes van de introductiedag. Bennie en Marcel, die samen naar school fietsten.

Ik bleef een eenling.

Mijn voornemen om net als de anderen te zijn kwam niet van de grond; mezelf zijn kostte alle energie die ik had. Ik had het hele afgelopen weekend met snerpende migraine in bed gelegen, terwijl de eerste schoolweek door middel van braakgolven stukje bij beetje mijn hoofd had verlaten. 'Het zal wennen,' had mijn moeder keer op keer gefluisterd. 'Je zult heus niet elk weekend ziek zijn.' Ik had het koude washandje dat ze mij was komen brengen tegen mijn ogen gedrukt, en nog had ik de gezichten van mijn klasgenoten heen en weer zien krassen op mijn netvlies, alsof ik nog steeds in het lokaal zat. Zondagavond was ik eindelijk uit de nachtmerrie ontwaakt, precies op tijd om mijn wekker te zetten voor de volgende ochtend: een nieuwe week op het Mercatus.

Ik zag de soepelheid waarmee Kirstin en Wytske zich bewogen, hoe hun lippen zich lenig tot een lach vormden, hoe ze altijd een gespreksonderwerp op voorraad hadden in hun hoofd. Hoe had ik ooit kunnen denken dat ik dat kon nadoen? Ik at en ik at, en toch bleef er amper genoeg brandstof over om zelfs maar te bestaan. Om simpelweg aanwezig te zijn.

Elvis' stem in de aula had me op het idee gebracht mijn walkman mee naar school te nemen. In de pauzes zette ik het koptelefoontje op mijn hoofd en spoelde ik mijn hersenen met de enige klanken die me echt rustig maakten. Die me de kracht gaven om het volgende lesuur weer aan te kunnen.

Soms zag ik hoe Normale Jasmijn in mijn hoofd zich gedroeg. Hoe ze zomaar bij een groepje ging staan, meedeed in een gesprek, al had ik geen idee wat ze zei. Het leek zo eenvoudig. En toch kon ik het niet. Ik móést me afzonderen; het was de enige manier om overeind te blijven. Het was al heel wat dat ik tegenwoordig antwoord kon geven wanneer me iets werd gevraagd. Maar zomaar uit mezelf iets zeggen… dat bleef een stap te ver.

Bij sommige lessen zat Kirstin naast me, bij een aantal zat ik alleen. De aardschok die elke vijftig minuten losbarstte, maakte me nog steeds duizelig, maar ik verdwaalde niet meer. Ik wist de lokalen te vinden, de aula vermeed ik, en niemand wist dat ik de pauzes doorbracht op de lege gang van de tweede verdieping. Niemand vroeg of ik gisteravond naar *Goede tijden, slechte tijden* had gekeken en wie ik leuker vond: Peter of Arnie. Ik was er, en toch ook niet. Na schooltijd ging ik direct naar huis. Als ik op het schoolplein mensen uit mijn klas passeerde, staken ze hun hand op, zeiden ze 'tot morgen'. Eerst stak ik alleen mijn hand op en zei niets terug. Het zou vast vreemd klinken als ik het wel deed: mijn stem te hoog, mijn woorden te luid. Maar niets zeggen was óók raar.

Ik moest het oefenen.

Thuis liep ik rondjes door mijn kamer, langs mijn met Elvis bezaaide muren. Elke keer dat ik zijn gezicht passeerde, stak ik mijn hand op. 'Tot morgen!' riep ik vrolijk. 'Doei!'

Ik hield het net zo lang vol tot het normaal klonk.

Toen ik op een middag weer door het rookgangetje liep, zei ik het plotseling terug.

Niemand lachte me uit.

Soms was ik echt Normale Jasmijn.

Vaak zat ik op de rand van mijn bed en staarde naar de klassenlijst. Daar was niet alleen ieders naam op te lezen, maar ook ieders telefoonnummer. De cijfers walsten heen en weer op mijn netvlies, vroegen me ten dans, lieten me fluisterend weten dat ik zomaar iemand uit de lijst kon opbellen. Contact kon leggen. Ik zou niet eens zelf iets hoeven te zeggen.

Steeds had ik de dans afgeslagen. Het was een raar idee.

Maar vandaag keek ik niet langer van de verleiding weg. Wat kon het voor kwaad? Het was misschien juist goed om dit te doen. Het zou me helpen me meer verbonden te voelen met mijn klas. Ik zou niet langer het meisje zijn dat alleen maar 'hoi' en 'doei' zei.

Anouk Alsems was de eerste naam op de lijst.
Ik pakte de telefoon op en toetste haar nummer in.
'Hallo, met Anouk.'
Ik zei niets.
'Hallo?'
Ik hing op. Mijn hart klom een paar ribben omhoog. Mijn hemel, dit was leuk! Ik had zowaar een manier gevonden om contact te leggen met mijn klasgenoten zonder dat er een gesprek kwam, zonder dat er vragen aan me werden gesteld.
Ik belde de volgende naam op de lijst: Marcel Broeders.
De telefoon ging vier keer over.
'Met mevrouw Broeders,' klonk het in mijn oor.
Shit. Ik hing op.
De volgende was Jos, en daar werd direct opgenomen.
'Ja, met Jos Dijkstra, hallo.'
Weer zweeg ik.
'Met Jos Dijkstra,' zei hij weer. 'Met wie spreek ik?'
Ik drukte mijn hand tegen mijn mond om een nerveus gegiechel te smoren.
'Hallo? Wie is dit?'
Ik hing op, licht in mijn hoofd, mijn handen wapperend van opwinding.
Menzo Gerritsen was de volgende op de lijst.

Toen ik een dag later uit school kwam, belde ik de lijst voor de tweede keer af. En de dag daarna weer. Het had iets bevredigends, als een nieuw soort voedsel dat me eindelijk verzadigde. Nu was ik op mijn eigen manier onderdeel van 1A: ik was een met mijn klasgenoten, want we deelden een telefoonverbinding en hun stemmen klonken in mijn oor.
Maar na een week ving ik een gesprek op tussen Marcel en Kirstin. Het was het eerste uur, en we stonden met de hele klas te wachten tot de deur van lokaal 2.6 openging. 'Jij dus ook al,' hoorde ik Kirstin zeggen. 'We zijn niet de enigen, Anouk heeft er ook last van.'
'Waarvan?' vroeg Wytske.
'We worden elke middag gebeld door een of andere hufter,' zei Marcel. 'En dan wordt er niets gezegd.'
'Nee!' riep Deborah uit. 'Jongens, dat heb ik ook!'
'Goedemorgen, mensen.' Meneer Lodewijks kwam aangelopen, de sleutelbos rinkelend aan zijn vingers.

Het geklingel sloeg meteen mijn oren in, alsof er belletjes aan mijn hersenen hingen. Ik schudde kort mijn hoofd om het geluid van me af te werpen.

Meneer Lodewijks opende het lokaal.

'Meneer!' Anouk had plotseling rode vlekken in haar hals. Haar stem sprong in het rond. 'We komen er net achter dat we allemaal elke middag door iemand worden gebeld.'

'Klinkt gezellig, jongelui.' Hij liep het lokaal in.

'Nee, u snapt het niet,' zei Menzo. 'We worden gebeld en dan wordt er opgehangen.'

Kirstin stootte me aan toen ik de klas in liep. 'Bizar, toch? Gebeurt het bij jou ook?'

Ik ging zitten en antwoordde naar waarheid: 'Ik neem nooit op als er gebeld wordt.'

'Het is natuurlijk Pablo, hè,' zei Sandra die middag in de kleedkamer. 'Ik weet het zeker. Menzo denkt het ook.'

Ik had mijn gymkleding al aan, maar rommelde wat in mijn tas. Ik hield mijn blik expres de andere kant op gericht. Pablo was een bleke jongen met zwart haar en een grote, kromme neus als van een steenarend. Hij was altijd alleen. Wanneer hij ergens bij ging staan, ging iedereen met de rug naar hem toe staan. Ook ik vond hem niet leuk. Hij had kleine, spiedende oogjes, die hem iets gluiperigs gaven.

'Ik denk het ook,' zei Wytske. 'Ik bedoel: het kan eigenlijk niemand anders zijn. Niemand van ons is sneu genoeg om zoiets te doen.'

Ik trok mijn agenda tevoorschijn en bladerde erdoorheen alsof ik iets zocht. Sneu? Was het sneu wat ik deed? Waarom? Ik bracht alleen maar een connectie tot stand, veilig vanachter mijn onzichtbare muur.

'Menzo gaat Pablo's fietsbanden laten leeglopen vanmiddag.' Sandra lachte. 'Dat zal hem leren.'

Samen met Ilse liep ze de gymzaal in.

De rest volgde.

Ik keek ze na. Langzaam stopte ik mijn agenda terug in mijn tas.

Ik borg de lijst op in de la van mijn bureau en belde helemaal niemand meer. Pablo had een fietspomp geleend van de conciërge en was er tierend mee naar de fietsenstalling gestampt. De volgende ochtend hoorde ik hem sputterend uitroepen dat hij óók gebeld werd, hoor, en als ze hem niet geloofden, dan vroegen ze het maar aan zijn moeder. Daarna waaide het over. De telefoontjes stopten. Pablo bleef verdacht, maar het was niet langer actueel. Het mysterie verdween naar de achtergrond, nieuwe commoties kwamen ervoor in de plaats. Er zou binnenkort een feestavond komen. Iemand had meneer Lodewijks en mevrouw IJdema zien zoenen in het kopieerhok, met zijn handen in haar blouse nog wel. Een meisje uit de derde was met haar fiets onder een vrachtwagen gekomen en lag in het ziekenhuis. De herfstvakantie kwam eraan. Niemand had het nog over de telefoonterreur, zoals ze het waren gaan noemen.

Mijn poging me met de klas te verbinden was mislukt.

Ik wist natuurlijk dat er meer manieren waren, andere manieren, betere manieren, normale manieren. Maar wat als ik die nooit zou leren? Ik kon de andere meisjes observeren zoveel als ik wilde, ik danste altijd uit de maat.

Het etaleerlokaal stond vol met kleine vitrines. Ieder van ons kreeg een hoeveelheid kartonnen doosjes van luxeparfum en cosmeticamerken toegewezen, die we creatief moesten opstellen om een zo aantrekkelijk mogelijke etalage te creëren.

'Is de opdracht duidelijk?' vroeg meneer Spit. 'Mooi, dan mogen jullie nu beginnen. Jullie krijgen een halfuur de tijd, daarna zal ik de etalages beoordelen. Je krijgt je cijfer direct te horen.'

Ik staarde naar de roze doosjes voor mij. 'Christian Dior,' stond erop. Ik pakte er één op. Het woog niets. De andere doosjes ook niet. Ze waren leeg, een gewichtloos bedrog in mijn handpalm. Dit was allemaal nep!

Naast me was Kirstin druk bezig met haar vitrine. Ze bouwde een soort piramide. Aan mijn andere kant stond Anouk over haar parfumdoosjes gebogen, het puntje van haar tong uit haar mond. Ze zette de doosjes in een rondje neer, met één doosje rechtop in het midden, als een dwepende toerist in een prehistorische steencirkel. Mijn eigen doosjes lagen nog steeds op een rommelige hoop. Ik zette ze naast elkaar, een prutserige optocht, het lege karton te licht voor domino. Toen veegde ik ze met een handbeweging omver. Ik kon dit niet.

'Goed bezig, Sandra,' hoorde ik meneer Spit zeggen. Zijn stem kwam dichterbij. 'O, dat ziet er ook mooi uit, Kirstin. Vergeet je het doosje daar in de hoek niet?'

Ik keek om me heen. Iedereen maakte iets anders. Vormen, figuren, de doosjes gestapeld of uitgespreid als een pastelkleurige waaier. Overal geconcentreerde gezichten.

Kleuters, spelend met lege Smartiedoosjes.

'Jasmijn?' klonk meneer Spit. 'Lukt het niet?'

'Ik kan dit niet.'

Hij fronste zijn wenkbrauwen. 'Heb je het wel geprobeerd?'

'Het is nep.'

'Nep? Hoe bedoel je dat?'

Ik gooide een doosje op de grond. 'Dit is leeg. Het is niet echt.'

'Het gaat toch niet om de inhoud? Het gaat om de presentatie. Hoe het eruitziet, hoe het overkomt.' De groef tussen zijn wenkbrauwen werd dieper. Een dikke, grijze snor drukte zijn mondhoeken naar beneden. 'En raap dat doosje eens op.'

Ik bleef rechtop staan. Wat dacht hij wel niet? Dat ik een vierjarige was die braaf in de blokkenhoek moest spelen? Dit sloeg nergens op.

Anouk keek op van haar bouwwerk.

'Jasmijn...' Meneer Spits stem werd harder. 'Je weet dat jullie straks een cijfer krijgen, hè? Als jij weigert om deze opdracht naar behoren uit te voeren, dan moet ik je een onvoldoende geven.'

Ik haalde mijn schouders op. Een onvoldoende voor etaleren, wat een ramp.

'Ik help haar wel even, meneer,' bood Kirstin aan. 'Ik ben zelf toch al klaar.'

'Goed,' bromde meneer Spit. Hij zwaaide zijn dikke wijsvinger met gele kalknagel voor mijn gezicht heen en weer. 'Ik maak voor één keer een uitzondering. Maar de volgende keer doe je het zelf.'

Ik kreeg een zeven. Kirstin gaf me een knipoog. Ik probeerde terug te knipogen, maar voelde mijn gezicht in een rare plooi schieten. Iedereen had een voldoende gehaald. Kirstin zelf kreeg een acht, Anouk een zeven en een half. Ilses ontwerp werd zelfs met een negen bekroond. Ze keek blij, glunderend om haar talent voor het stapelen van lege doosjes.

Waarom leerde geen enkele docent ons iets interessants?

Zelfs van Nederlands en Engels stak ik niets op. Ik wist het allemaal al. Vakken die mij wél fascinerend leken en waar ik me graag in zou hebben verdiept, zoals Frans of Spaans of geschiedenis, werden hier niet gegeven. Daar had ik van tevoren helemaal niet bij stilgestaan. Misschien dat ik anders toch zou hebben aangedrongen op een andere school. Maar hoe interessant ik Frans ook gevonden zou hebben, ook op zo'n andere school zou het druk zijn. Met lawaaierige gangen en volle klaslokalen. Ook dáár zou ik omringd zijn door herrie. Door mensen, altijd en overal weer veel te veel mensen. Bovendien, met mijn lage Cito-score was alles hoger dan mavo niet eens een optie geweest, dat moest ik niet vergeten. En het had ook allemaal nog zo ver weg geleken, toen.

Maar nu was het er.

En nu leerde ik, in de saaie lessen bedrijfsadministratie en bedrijfseconomie, hoe ik een balans moest opmaken en wat het exploitatieoverzicht inhield. Het was kennis die door mijn hersenen sijpelde als afgietwater door een zeef. Ik deed geen poging de stof te onthouden, maakte mijn huiswerk niet en scoorde vieren en vijven voor ingeleverde opdrachten. 'Onvolledig,' stond erop als ik het terugkreeg. De opdrachten voor Nederlands en Engels maakte ik wel. Daar haalde ik tienen. Maar bedrijfskundige rekensommen maken? Reclametekenen? Etaleren? Ik kon me er niet voor inzetten.

Ik zag werkelijk geen reden waarom.

Het liefst zou ik ook tussen de lesuren door, wanneer we van lokaal moesten wisselen, mijn walkman erbij pakken. Maar het risico dat iemand me zou vragen waar ik naar luisterde, kon ik niet nemen. Op de Beatrixschool hadden ze erom gelachen. En hier hadden Menzo en Wytske Elvis vreselijk genoemd. Afgrijselijk, zelfs. Al betwijfelde ik of ze wel wisten wie hij was. Voor de zekerheid bewaarde ik de muziek voor tijdens de pauzes. De rest van de tijd deed ik alsof ik steeds opnieuw mijn haar achter mijn oren duwde. In werkelijkheid drukte ik mijn handen ertegenaan om de herrie voor een paar seconden te dempen.

We hadden allemaal twee oren en slechts één mond, maar de stembanden op school leken vastberaden deze scheve verhouding recht te trekken. Woorden vlogen roepend, lachend, schreeuwend en schaterend in het rond, schalden tegen de muren, trilden in de lucht en sloegen me in mijn gezicht. Steeds vaker fantaseerde ik over een wereld met alleen maar fijne geluiden. Een rustige wereld om samen met Senta in te verdwijnen. Ooit zou ik die wereld vinden, dat wist ik zeker. Zodra mijn échte leven begon. Het liefst ging ik er nu al naar op zoek, maar onder de achttien werd zoiets beschouwd als 'weglopen'. Onzin, natuurlijk: in de natuur bleven dieren ook niet tot hun achttiende bij hun ouders wonen. Als een wolf een jaar of twee was, ging hij zijn eigen weg. Omgerekend naar mensenjaren scheelde dat niet veel met mijn leeftijd nu. In de mensenwereld was je daarnaast ook nog eens verplicht om, eveneens tot je achttiende, naar school te gaan. En hoe meer ik daarover nadacht, hoe meer me dat tegenstond. Hoe kon het dat een anonieme stem die zichzelf 'de Wet' noemde voor mij bepaalde hoe ik moest leven? Dat ik veroordeeld was tot een dagelijks verblijf in een lelijk betonblok langs een drukke weg, waar ik lessen moest volgen die helemaal niets bijdroegen aan mijn ontwikkeling? Dat ik niet gewoon mijn hersenen mocht voeden met dingen die wél waarde hadden? Het werd me steeds duidelijker dat ik weg moest uit dit doelloze drama.

Echt weg.

Maar waarnaartoe?

Misschien kon ik in de kelder gaan wonen. Theoretisch gezien zou dat geen 'weglopen' zijn, want ik bleef gewoon op hetzelfde adres. En het was best een goed idee. Mijn ouders konden de troep die er nu stond prima weggooien, want, hallo, wanneer waren Emiel en mijn vader bijvoorbeeld voor het laatst gaan vissen? En dat grote diascherm was ook al jaren niet gebruikt. Met een beetje troep ruimen zou er voldoende ruimte zijn om er mijn eigen woonruimte te creëren, een plek waar ik prima voor mezelf en Senta kon zorgen. Daar in de kelder zou ik niemand hoeven zien. Ik zou er mijn eigen leven leiden, met mijn eigen regels. Geld had ik niet nodig: als ik moest eten, zou ik gewoon even naar boven gaan. Dat vond mijn moeder heus niet erg. Tegen de school zou ik zeggen dat ik verhuisd was. In feite was dat ook zo. En niemand zou weten waarnaartoe. Ja, mijn ouders. Maar die zouden opgelucht zijn. Eindelijk kon de radio hard aan. En de tv.

Eindelijk kon de zon in al haar scherpte naar binnen schijnen.

'Wat zeg je nou?' Mijn moeder drukte haar sigaret uit en keek me met hoog opgetrokken wenkbrauwen aan. 'In de kelder wonen? Wat is dat nou weer voor onzin?'

'Is geen onzin. Ik vind het een fijne plek.'

Ze schoot in de lach.

'Nee, ik meen het,' zei ik.

'Je kunt niet in de kelderbox gaan wonen, Jas. Ik heb nog nooit zoiets krankzinnigs gehoord.' Ze legde de blouse voor de overbuurvrouw op de juiste plek onder de naaimachine en drukte het voetpedaal in. Brommend ging de naald op en neer door het textiel.

'Maar waaróm kan het niet?'

Mijn moeder keek op, het gebrom stopte. 'Het kan gewoon niet. Zie je het voor je?'

'Ja. Daarom juist.'

'Nou, ik zie het níét voor me. Om te beginnen is daar geen toilet. Dus wat doe je dan als je naar de wc moet?'

'We kunnen er toch zo'n ding neerzetten dat bij Colette in de caravan staat?'

Ze duwde haar mondhoeken naar beneden alsof ze in iets zuurs beet. 'Getver.'

Ik zweeg. Ze moest eens weten waar ik tijdens visites in plaste.

'En bovendien,' ging ze verder, ' is het een piepklein hok! Amper twee bij drie!'

'Ik heb niet veel ruimte nodig.'

'Er is geen water, geen kraan. Geen keuken. Geen –'

'Dat maakt allemaal niet uit. Ik kan één keer per dag naar boven komen om te douchen. En mijn eten kan ik elke avond gewoon bij jullie ophalen. Brood en zo kan ik zelf klaarmaken, en… Waarom lach je nou weer?'

'Als ik dit aan je vader vertel, komt hij niet meer bij.'

Ik kruiste mijn armen over elkaar. 'Je neemt me niet serieus.'

'Dit ís niet serieus te nemen. En wat moeten de buren wel niet denken, als jij ineens in de kelder woont?'

'Wat kan ons dat schelen? Ik vind mevrouw Cremer ook raar, met haar harde operamuziek, en meneer Groenenweg, die elke ochtend zo hard staat te rochelen. En mevrouw Stoep met haar grote witte onderbroeken, die altijd maar buiten hangen, en haar gezanik over geboende trappetjes.'

Mijn moeder trok een nieuwe sigaret uit het pakje. De aansteker siste en vlamde. Mijn moeder nam een eerste, lange haal. 'Je bent dertien jaar. Je hoort hier, bij ons. Niet in een donkere, vochtige kelder tussen de spinnen en ratten.'

'Maar als papa het goedvindt, mag het dan wel?'

'Papa zal hetzelfde zeggen als ik.'

Dat was geen antwoord op mijn vraag. 'Maar als hij het goedvindt, mag het dan wel?' vroeg ik weer.

'Ja, hoor.' Mijn moeder zuchtte. 'Dan mag het wel.'

'Emiel is zijn brood vergeten.' Mijn moeder wees naar de drie zilverkleurige pakjes op het aanrecht. Er zaten tijgerbolletjes in. Eerder vanmorgen had ik gezien hoe ze de broodjes besmeerde, er plakjes ham tussen legde, er aluminiumfolie omheen vouwde, een puntje boter van haar vinger likte. 'Wil jij het meenemen en aan hem geven als je hem ziet?'

'Ik zie Emiel nooit,' zei ik, zonder erbij na te denken.

'Je ziet hem nooit?' Mijn moeder staarde me aan. Ze had haar werkkleding al aan: de oranje Blokkerblouse, de zwarte knierok. Haar make-up was vers, net aangebracht. Ze was mooi. 'Hoe kan dat nou? Jullie zitten op dezelfde school.'

Ik voelde me rood worden. Snel zei ik: 'O, nou, Emiel en ik hebben bijna nooit tegelijk pauze. En wanneer dat wel zo is, dan is hij op het schoolplein. Ik niet.'

'Hm.' Ze liep naar de kapstok en trok haar jas aan. Mijn ouders hadden geen idee waar ik mijn pauzes doorbracht. 'Neem toch maar mee, goed? Voor het geval je hem wel ziet.'

Maar natuurlijk zag ik hem niet. En anders zou ik echt niet naar hem toe gelopen zijn. Emiel was nooit alleen. De keren dat ik hem toevallig vanuit de verte zag, was hij altijd omringd door mensen uit zijn klas. Jongens én meisjes. Daar kon ik niet zomaar bij gaan staan, als een lompe inbreker in hun gesprek. Als ik het wel deed, zou ik alleen maar rood worden en iets onverstaanbaars mompelen. Emiel zou zich voor me schamen. Zijn klasgenoten vonden hem stoer, dat wilde ik niet verpesten. Ze lachten om zijn grapjes, leenden hem sigaretten.

Mijn ouders wisten niet eens dat hij rookte.

Op het toilet van de tweede verdieping plukte ik de ham tussen de tijgerbollen vandaan, gooide het beleg in de maandverbandbak en liep naar de gang voor 2.9, waar ik Emiels lunch zelf opat. Hij zou wel iets kopen in de aula. Hij voelde zich ongetwijfeld thuis in de drukte daar; hij bleef drijven in de stroming zonder zelfs maar te zwemmen.

Ik drukte mijn walkman aan en sloot mijn ogen bij de beginklanken van *Welcome To My World.*

Nog twaalf minuten voordat de chaos weer begon.

'Heb jij een OB in je tas?' vroeg Sandra aan Ilse. We stonden bij 2.6 te wachten tot Lodewijks het lokaal zou opendoen. 'Ik heb niets bij me. Tyfuszooi.'

Ilse schudde haar hoofd, haar rossige krullen pluizig van de regen die al drie dagen aanhield. 'Nee. Misschien Kirstin?'

Kirstin stak haar handen op. 'Sorry.'

'Jij dan, misschien?' Sandra keek naar mij. 'Ik heb er echt dringend één nodig.'

'Ik heb geen OB,' zei ik, dankbaar voor de *Tina* waarin ik geleerd had wat tampons waren.

'Sst!' viel Sandra uit. 'Niet iedereen hoeft te horen dat de rode vlag uithangt. Jezus.'

'Inderdaad.' Ilse rolde met haar ogen. 'Er komt bijna nooit geluid uit jou, maar áls je dan eens wat zegt, zijn we meteen allemaal doof.'

'Jongens, ik ga even naar beneden om te kijken of Yvon van de receptie misschien wat heeft,' zei Sandra. 'Als Lodewijks vraagt waar ik ben, wil je dan zeggen dat ik eraan kom?'

'Yo.' Ilse knikte haar toe dat ze kon gaan. Toen wendde ze zich weer tot mij. 'Waarom praat jij altijd zo hard, joh?'

'Je zegt dingen inderdaad best luid, Jasmijn,' merkte nu ook Kirstin op. 'Dat is op zich niet erg, maar het valt op omdat je verder altijd zo stil bent.'

'Ik doe het om boven alle herrie uit te komen,' zei ik. Dat was toch logisch?

'Herrie?' Kirstin keek om zich heen. 'Welke herrie?'

Even staarde ik naar haar. Haar groene, kalme ogen. Natuurlijk: net als iedereen kon zij het scala aan bijgeluiden filteren, afstemmen op dat ene geluid waar ze naar wilde luisteren en de rest aan haar voorbij laten schieten, als ballen die het doel misten. Ze wist niet dat bij mij alle ballen raak waren. Mijn hoofd was een doel zonder keeper.

Leg het haar dan uit, siste Normale Jasmijn me toe. *Misschien begrijpt ze je.*

Maar op dat moment kwam Lodewijks aanlopen en deed Kirstin een stap opzij om hem door te laten.

Het moment was voorbij.

Op koopavonden werkte mijn moeder, dus at ik op vrijdag bij opa en oma. Na het toetje luisterde ik naar de bekende verhalen. Anekdotes over vroeger, hún vroeger. Het voor-de-oorlog-vroeger, de tijd waarin opa met vrienden over de Coolsingel flaneerde alsof het een promenade was. Jaren waarin oma jong en hip was en op het modernste schoeisel liep omdat ze de nieuwe schoenen van haar 'mevrouw' mocht inlopen. Steeds weer bekeek ik het handjevol sepiakleurige foto's uit die tijd en liet de beelden tot leven springen in mijn hoofd. Ik dacht terug aan de verkleedkist van toen ik klein was.

Tijdreizen verveelde nooit.

Wanneer Senta en ik thuiskwamen, was de flat donker en verlaten. Mijn vader was bijna altijd aan het werk, en Emiel had een weekendbaantje als magazijnmedewerker bij Bart Smit op het Zuidplein. In de stilte rekten mijn hersenen zich uit, los en vrij in de deuropening van het weekend. Twee dagen geen Mercatus, geen drukte.

Ik zette Elvis aan, maar liet het licht uit, en kroop met Senta op de bank.

Vrijdagavond was de fijnste avond van de week.

Senta had knobbels. Zomaar, van de ene op de andere dag. De eerste ontdekte ik in haar zij, de tweede in haar buik. De dierenarts zei dat de knobbels kwaadaardig waren en zo snel mogelijk moesten worden verwijderd. Het geld voor de dure operatie konden mijn ouders lenen van opa en oma. Aanstaande donderdag was het zover.

'Maar waarom kan die operatie niet 's middags?' vroeg ik. 'Als ik uit school ben? Ik wil bij haar zijn.'

'Geplande operaties zijn altijd 's ochtends,' zei mijn moeder. 'Dat doen ze zodat de dieren 's middags weer wakker mee naar huis kunnen. Maar maak je geen zorgen, ze wordt volledig onder narcose gebracht en merkt nergens wat van. Als jij uit school komt, gaan we Senta samen ophalen, goed?'

Senta kwispelde bij het horen van haar naam.

Ik zat bij haar op de grond en streek zachtjes met mijn vingers over de bulten alsof ik ze kon wegstrijken als ik het maar lang genoeg probeerde.

'Alles oké?' Kirstin keek me bezorgd aan. 'Je hebt de hele les je boek nog niet opengeslagen.'

Ik schudde mijn hoofd. 'Ik voel me niet goed.'

Het was geen leugen: ik was kotsmisselijk. Het was bijna halfelf. Senta lag al meer dan een uur op de operatietafel. Altijd was zij er voor mij geweest, altijd had ik op haar kunnen rekenen. En nu het mijn beurt was om voor háár klaar te staan, was ik er niet. Ik zat als een dwaas te luisteren naar het verschil tussen crediteuren en debiteuren, terwijl ik bij haar zou moeten zijn. Ik had vandaag niet naar school moeten gaan.

Ik diepte een gulden op uit mijn tas. Mijn hand trilde toen ik mijn vinger opstak.

'Ja?' zei meneer Hilkens.

'Mag ik even naar het toilet?'

Hij knikte.

Ik snelde het lokaal uit, de trappen af, naar de garderoberuimte, waar een telefoon aan de muur hing. Ik wierp mijn muntstuk erin en belde naar huis.

'Met Paulien Vink,' klonk mijn moeders stem.

'Heb je al wat gehoord?' vroeg ik.

'Ach, zit je daar nou de hele tijd aan te denken?'

Dat was geen antwoord. Ik zweeg.

'Toevallig werd ik net gebeld door de assistente,' zei mijn moeder sussend. 'Alles is goed gegaan. Ze zijn haar nu aan het dichtmaken. Daarna mag ze naar de uitslaapkamer. Zodra jij thuis bent, gaan we haar ophalen.'

De dierenarts zat in de Sliedrechtstraat, direct bij ons om de hoek. Het was zo'n klein stukje lopen, dat mijn moeder en ik niet eens onze jassen dichtknoopten. *Ik kom je halen, ik kom je halen*, zei ik in gedachten bij elke stap. *Ik kom eraan.*

Binnen rook het naar urine en desinfecterende zeep.

'Hier is ze,' zei de assistente. Ze deed een stap opzij, en daar kwam Senta, wankel als een pasgeboren veulen. Haar staart hing laag en zwiepte uiterst langzaam van links naar rechts toen ze mij zag. Eén keer. Toen drukte ze haar neus in mijn hand.

Zo bleef ze staan, haar kop zwaar en bewegingloos.

Ik hurkte bij haar neer en slikte toen ik de twee grote, kaalgeschoren plekken op haar lijf zag. 'Nu kun je beter gaan worden,' zei ik zachtjes. 'De knobbels zijn weg.'

Langzaam liepen we terug naar huis. Elke paar seconden moest Senta stilstaan om bij te komen. Ze wiebelde heen en weer. Steeds weer liet ze haar neus in mijn hand zakken.

'We zijn er bijna,' zei ik. 'Nog een heel klein stukje.'

Beneden stond mijn vader te wachten om haar de portiektrappen op te dragen.

Het werd zomer. In Uddel liepen Senta en ik onze vertrouwde routes, het bos vol met schimmen van onze jongere versies. Ik zat met mijn rug tegen dezelfde grove den als het jaar daarvoor, drukte mijn vingers in het zachte mos en voelde daar de nerveuze grip van mijn twaalfjarige zelf. Haar zenuwen voor de brugklas, de vele vraagtekens die in haar hoofd doolden. Ik wilde dat ik haar gerust kon stellen. Kon zeggen dat het allemaal meeviel. Maar alles wat ik kon doen, was haar hand een bemoedigend kneepje geven. Ik kon niet tegen haar liegen: het geraas van de middelbare school was heftig.

Emiel was geslaagd voor zijn examen en ging een opleiding doen waarbij hij nog maar één dag in de week naar school hoefde. De rest van de tijd ging hij werken als logistiek medewerker bij een groot magazijn.

Ik had niet gevraagd wat 'logistiek medewerker' inhield.

Hier in Uddel ging hij weer met dezelfde vrienden als het jaar ervoor om. Ze hingen rond in de kantine en bij het zwembad. Dit keer was er ook een meisje bij met wie hij veel tijd doorbracht. Karlijn, heette ze, maar iedereen noemde haar Karli. Ik had haar een paar keer vanuit de verte gezien. Ze was veertien, de leeftijd waarop Priscilla Elvis had ontmoet, maar ze zag eruit als zestien.

Vanmorgen waren Senta en ik langs het zwembad gelopen, precies op het moment dat Karlijn uit het water klom. Ze droeg geen badpak maar een bikini, en haar natte lichaam golfde als het water zelf: weelderige borsten en heupen, ronde vormen die in elkaar overvloeiden in een uitbundige viering van schoonheid. Ik móést stilstaan om naar haar te kijken. En ik was niet de enige: alle jongens uit Emiels groepje staarden naar haar.

Lachend slenterde ze naar mijn broer toe, haar borsten deinend in haar bikinitopje.

Ik had nog steeds de hoop dat ik ineens een groeispurt zou krijgen. Dat mijn lichaam wakker zou worden – *hallo! werk aan de winkel!* – en dat ik er net zo uit zou komen te zien als Karli. Dat het mijn toekomstbeeld was, waar ik nu naar keek.

Stel je eens voor.

En hoe moest het wel niet zijn voor Emiel om Karli als vriendinnetje te hebben? Ze zoenden ongetwijfeld. Waarschijnlijk deden ze nog wel meer. Ik wist zeker dat Emiel niet haar eerste vriendje was.

Dat kon gewoon niet als je er zo uitzag.

Opa en ik stopten net de damstenen terug in het doosje toen Emiel het huisje binnenstapte, een lachende Karlijn aan zijn hand. 'Is het goed als Karli mee-eet, ma?'

'Natuurlijk!' Mijn moeder veegde haar handen af aan haar schort. 'Gezellig.'

Ik hielp met de tafel dekken en keek vanuit mijn ooghoek naar Karli, die met Emiel op het betegelde stukje voor de bungalow was gaan zitten. Ze giechelde om iets wat hij zei.

Steeds als ze lachte, gooide ze haar hoofd achterover.

Tijdens het eten stootte ze niets om, prikte ze niet één keer met haar vork naast haar mond, morste ze geen drinken en ging ze soepel in gesprek met mijn vader, met oma, en met opa. Ze maakte grapjes met mijn moeder alsof ze haar al jaren kende.

Ik zat zwijgend tegenover haar en dronk mijn melk met een rietje.

Misschien was dit het soort dochter dat mijn ouders eigenlijk hadden willen hebben. Iemand die normaal was, die mooi was, die bloeide. Iemand die alles leuk vond en over perfecte tafelmanieren beschikte. Ik zag helemaal voor me hoe Karli op school was. Een soort Wytske: vrolijk, populair en zeker van zichzelf. Een meisje op wie alle jongens verliefd waren. En dan was er nog haar stem. Karli had een hese stem, als een keelverkoudheid zonder slijm. Daardoor had alles wat ze zei een opwindende klank. Mijn stem was hoog als van een kind. Ik klonk als een kind, ik zag eruit als een kind, ik werd beschouwd als een kind. Ik leek jaren jonger dan Karli, terwijl ik al dertien was.

Ergens ging er iets vreselijk mis.

Na de vakantie hielden Emiel en Karli contact. Zij schreef hem brieven, hij belde haar. Eén keer kwam ze langs. Emiel haalde haar op bij Slinge en nam haar mee naar huis. Het was weekend, mijn ouders waren er ook. Toen ik moest plassen, liep ik als vanzelf naar Senta's drinkbak en...

Nee. Ik stond stil, keek ernaar.

Toen stapte ik er vastbesloten overheen.

Misschien zag ik er nog steeds uit als een kind omdat ik me gedróég als een kind. Nou, dan zou ik vandaag een stap vooruit zetten. Karli zou mij heus niets toeroepen als ze me toevallig in de gang zag. In Uddel had ze immers ook amper tegen me gesproken. Ik kon gewoon naar de normale wc. En als ik heel eerlijk was: ik was benieuwd hoe ze er hier uitzag. Ik had haar alleen nog maar tijdens de vakantie gezien. Zou ze nog steeds dezelfde Karli zijn?

Ik glipte mijn kamer uit en wierp een snelle blik de woonkamer in. Daar zat ze, op de bank. Emiel zat naast haar, zijn hand op haar knie. Ze droeg een strakke, witte spijkerbroek en was nog net zo bruin als in Uddel. De pony van haar gepermanente haar stond in een perfecte kuif omhoog, de rest viel op haar schouders. Roze lippenstift. Een strak, lichtblauw topje, dat zo laag uitgesneden was, dat je de witte huid kon zien waar haar bikini gezeten had.

Snel dook ik de wc in.

Vanuit de woonkamer klonk een aanhoudend gelach. In gedachten zag ik Karli haar hoofd in haar nek werpen. Ik zag haar topje openvallen als ze zich bukte om Senta te aaien, zag Emiels pupillen de vorm van hartjes aannemen als hij naar haar keek. Ik zag mijn vader zijn krant opzijleggen en mijn moeder stralen, blij met Karli's aanwezigheid.

Mijn ouders hadden me ooit verteld dat ik een lachbaby was. Een blije zuigeling die meteen na de geboorte al pretkuiltjes in haar wangen had, een vrolijkerd waar iedereen blij van werd. Een echt zondagskind. Ook als peuter was ik vrolijk. Mijn universum was klein en overzichtelijk geweest. Knus en veilig. Het was allemaal pas veranderd toen de buitenwereld zich ermee ging bemoeien. Toen was het fout gegaan.

Ik wist zeker dat iemand als Karli niet van de kleuterschool zou zijn weggelopen. Zij zou net als Colette het lievelingetje van de juf geweest zijn. Een kind dat in het plaatje paste. Dat zich niet afzonderde. Iemand van wie mijn moeder nooit 'zo is ze nu eenmaal' zou zeggen.

Ik hoopte dat ze niet bleef eten.

Een paar dagen voordat de tweede klas begon, kreeg ik mijn rooster en klassenlijst opgestuurd. Ik herinnerde me de zenuwen van vorig jaar. Niet zo lang geleden had ik ergens gelezen dat elke gedachte die je ooit hebt een trilling in de lucht achterlaat. Het klopte: ik voelde de achtergebleven nervositeit van het begin van vorige schooljaar. En net als in Uddel wist ik dat ik deze gevoelens niet kon laten verdwijnen. Dat ze gegrond waren. Dit keer bekeek ik mijn rooster met de ervaring van iemand die wist wat haar te wachten stond. Weer een jaar in een gebouw waar ik niet hoorde. Waar ik moest luisteren naar docenten die wisten hoe hun leerlingen heetten, maar die geen idee hadden welke persoonlijkheid er bij de namen hoorde.

Ik bestudeerde de klassenlijst van 2A. Veel bekenden uit de brugklas, maar er stonden ook een paar nieuwe mensen tussen. Elliot Bakker. Laurinde Bruinsma. Claudia Jansen.

'Zullen we wat nieuwe kleren kopen?' had mijn moeder weer voorgesteld. 'Je spijkerbroeken zijn bijna allemaal te kort geworden. En de mouwen van je truien ook.'

Nooit werd er eens iets te strak.

'We kunnen vroeg op de ochtend gaan,' had ze eraan toegevoegd. 'Dan is het nog niet zo druk op het Zuidplein.'

'Ik bestel wel weer wat uit de *Wehkamp*,' had ik gezegd.

Ik had een teleurgestelde blik gevreesd, maar ze had haar ogen neergeslagen.

Ooit had ik gezien hoe ze op het Zuidplein naar een moeder en dochter keek die voor ons liepen. Het meisje was van mijn leeftijd geweest. Ze waren lachend een winkel in gestruind, arm in arm, kleurige plastic tasjes bungelend in hun handen. Iemand zoals Karli zou gezellig mee gaan winkelen. Mee naar oma Vink, mee naar alles. Die zou er 'gezellig bij komen zitten' als er visite was. Die zou vriendinnen mee naar huis nemen, meisjes net zo leuk als zij.

'Oké,' had ik plotseling gezegd.

Mijn moeder had vragend opgekeken. 'Oké?'

'Ik ga met je mee winkelen.'

Ze had gelachen. Een blije, brede lach.

'Maar ik ga niets passen,' had ik er snel aan toegevoegd.

De volgende ochtend waren we vroeg vertrokken. Het was nog stil geweest op het Zuidplein, de winkels maar net open. Er had geen rooklucht gehangen, het gele marmer onder onze voeten was nog schoon geweest. Ik had een spijkerbroek en drie sweaters aangeschaft, en we hadden koekkruimels gekocht bij de stroopwafelkraam. We hadden samen uit de zak gegeten tot hij leeg was. Mijn moeder had er blij uitgezien. Normale Jasmijn, tegenwoordig gezegend met het figuur van Karli, had in mijn hoofd haar duim naar me opgestoken. *Zie je wel*, had ze gezegd. *Je kunt het wel.*

Ik staarde weer naar de klassenlijst in mijn hand.

Dít kon ik misschien ook. Dan zou het dit jaar anders zijn.

In de klas zat ik weer achterin. Net als op de Beatrixschool sprak iedereen over wat ze de afgelopen zomer gedaan hadden. Foto's gingen rond. Een van de nieuwe jongens liep zelfs in een korte broek. Over een paar weken zou iedereens gebruinde vel afbladderen en zou de herfstvakantie dichter voor ons liggen dan de grote vakantie achter ons, maar voor nu werd het zomergevoel nog zo lang mogelijk gerekt.

Het derde uur, bij warenkennis, zat Kirstin naast me. Ze had roze nagellak op en droeg lipgloss. Kirstin was een Karli, besefte ik. Haar dunne zilveren armbandjes rinkelden zacht terwijl ze aantekeningen maakte in haar schrift.

Ik maakte geen aantekeningen.

Ik was alleen maar aanwezig.

Elliot, een van de nieuwe jongens, zat voor me. Elliot had bruin haar dat vanboven lang en vanonder opgeknipt was. Hij had brede schouders, en de mouwen van zijn T-shirt waren opgerold, een look die ik tot dan toe alleen maar gezien had op foto's van een jonge Elvis. Soms, als hij bukte om iets uit zijn tas te pakken, rook ik zijn geur. Fris, als buitenlucht, alsof hij na het douchen aan een waslijn was gaan hangen om te drogen.

Kirstin staarde voortdurend naar Stefan, die naast Elliot zat.

Toen ik aan het einde van de eerste dag naar de fietsenstalling liep, zag ik vanuit mijn ooghoek Menzo, die dit jaar niet meer bij ons in de klas zat. Hij stond bij het bankje op het schoolplein, één voet erop en één voet op de grond. Het leek wel of hij in zes weken tijd twee koppen langer was geworden. Hij lachte naar een blond meisje dat op het bankje zat en met getuite lippen een wolkje rook uitblies.

Abrupt stond ik stil.

Ik kneep mijn ogen samen om zeker te weten dat ik het goed zag.

Ja, ze was het echt.

Toen mijn moeder thuiskwam, wachtte ik haar op in de deuropening.

'Colette zit op het Mercatus!' riepen we tegelijk.

'Huh,' zei ik. 'Hoe weet jij dat?'

Mijn moeder stapte naar binnen en trok haar pumps uit. 'Teun was in de winkel.'

'Vertelde ze ook waarom?' vroeg ik. 'Waarom is Colette van de Maarten Luther af?'

'Ik weet het niet.' Mijn moeder liep de keuken in en drukte de waterkoker aan. 'Teun liet er verder niet veel over los; ze had geloof ik nogal haast.'

Al sinds mijn moeder bij de Blokker was gaan werken, was het contact tussen Teun en haar verwaterd, en vanaf het moment dat Colette en ik allebei naar een andere school gingen, hadden ze elkaar helemaal niet meer gesproken. Ik vroeg me af of dat nu zou veranderen. Zouden Teun en Frits weer op visite komen? Het idee dat Colette dan ook mee zou komen, dat we als vanouds samen op mijn kamer zouden zitten, was zo onwaarschijnlijk dat het plaatje niet eens de moeite nam tevoorschijn te komen in mijn hoofd. Ik had haar sinds de afscheidsmusical niet meer gezien. Niet één keer had ze aangebeld of was ik haar op straat tegengekomen. Ik had de moeite kunnen nemen om naar háár toe te gaan, natuurlijk. Maar die gedachte was nog onwaarschijnlijker. Wat hadden wij elkaar nog te vertellen?

'...of niet?' vroeg mijn moeder.

Ik keek op. 'Wat zei je?'

'Of je Colette gesproken hebt. Je hebt haar gezien, toch?'

'Alleen uit de verte.'

'Nou, ik weet wel waarom ze niet meer naar de Maarten Luther gaat, hoor,' zei Emiel vanuit de woonkamer. 'Die kan zich daar niet meer vertonen, natuurlijk.'

Mijn moeder liep de woonkamer in. 'Wat bedoel je?'

Emiel, die volgende week aan zijn bestaan als logistiek medewerker zou beginnen, grinnikte. 'Hebben jullie de verhalen niet gehoord dan?'

'Wat voor verhalen?' vroeg ik.

'Over Colet Slet. Ze heeft een behoorlijke reputatie.'

'Zo'n stomme bijnaam zal wel een bedenksel van Leon zijn,' zei ik. 'Hij heeft het volgens mij nooit kunnen hebben dat ze het uitmaakte.'

'Pff.' Emiel draaide een sjekkie. 'Denk je nou echt dat hij daarmee zat? Ze heeft daarna duizend andere gasten gehad.'

'Miel!' zei mijn moeder scherp.

'Ja, wat? Het is toch zo.' Emiel nam een haaltje. Hij hing onderuitgezakt op de bank, dezelfde plek waar Karli zo stralend naast hem had gezeten. Sinds een paar weken hoorde hij niets meer van haar.

'Nou, én?' zei ik. 'Dat moet ze helemaal zelf weten.'

Colette en ik waren geen vriendinnen meer, maar ook zeker geen vijanden. Ze was gewoon uit mijn leven verdwenen, en ik uit dat van haar, dat was alles.

'Iederéén weet het. Serge zit op de Maarten Luther, en die vertelde me dat ze het daar met zo'n beetje de hele school heeft gedaan. Zelfs een keer vlak voor de camera's in de fietsenstalling.'

Mijn moeder schudde haar hoofd. 'Dat geloof ik niet.'

In mijn hoofd zag ik de camera bij het kantoorpandje op het Plein.

Colette speelde haar spel nu dus een paar niveaus hoger.

'Teun en Frits hebben haar natuurlijk naar het Mercatus gestuurd in de hoop dat ze daar een nieuwe start kan maken.' Emiel gniffelde. 'Zal mij benieuwen.'

'Ik snap niet dat je er zo om moet lachen,' merkte ik op. 'Wat maakt jou het uit of iemand veel vriendjes heeft?'

'Hé, misschien heeft ze er wel eentje over voor jou! Zal eens tijd worden, of niet?' Hier moest mijn broer zo hard om lachen, dat de as van zijn sigaret brak en op zijn spijkerbroek landde.

Ik liep de kamer uit en trok de koelkast open. Er lag een blok jonge kaas in. Ik pakte een mes, sneed de helft eraf en at het in drie happen op.

Mijn moeder schonk thee in, deed alsof Emiel niet nog steeds aan het lachen was en merkte op: 'Maar even serieus, het is wel leuk dat jij en Colette nu weer op dezelfde school zitten, toch? Misschien kunnen jullie samen naar school fietsen.'

'Wie weet,' mompelde ik.

Mijn moeder had Colette niet gezien, vanmiddag op het schoolplein. Ze had niet gezien hoe ze daar had gestaan, met haar naveltruitje, haar hoge hakken, haar opgeheven, zelfverzekerde gezicht. De onmiskenbare gloed van populariteit die om haar heen hing. Nu al, op de eerste dag.

Zij zat net zomin op mij te wachten als ik op haar.

In de pauzes liep Colette hand in hand met Menzo. Wanneer ik snel de aula in- en uitglipte voor een gevulde koek of een Balisto, zag ik haar steevast aan een tafel in het midden zitten, omringd door de rest van haar klas. Eén keer kwam ik haar daadwerkelijk tegen, toen ik door het rookhalletje de school binnenliep en zij daar stond, samen met Menzo en Wytske, die ook ineens rookten, en een jongen die ik niet kende.

Colette keek me aan alsof we elkaar gisteren nog hadden gezien.

'Aloha,' zei ze, waarbij ze de laatste a lang uitrekte.

'Aloha,' zei ik terug, zonder erbij na te denken. Snel liep ik door.

'Ken jij haar?' hoorde ik de jongen van wie ik de naam niet wist vragen. 'Dat kind is echt het meest verlegen meisje *ever*. Ze praat met niemand.'

'Jasmijn is niet verlegen,' antwoordde Colette. 'Ze is selectief.'

Ik hoorde de echo van haar woorden terwijl ik de trap op liep. Was dat zo? Was ik selectief? Was dat de reden waarom ik ook hier met bijna niemand sprak? Ja, natuurlijk zou het anders zijn als ik iemand tegenkwam die dezelfde interesses had als ik. Met wie ik over honden kon praten. Over wolven. Over Elvis. Maar daar hoorde ik dus nooit iemand over. Wat had het dan voor zin om bij een groepje te gaan staan en mee te doen? Wat was het nut van doen alsof je geïnteresseerd was? Als je deed alsof je belangstelling had in iets terwijl dat niet zo was, dan hield je de ander alleen maar voor de gek. Dan liet je je hersenen een marathon rennen, en voor wat? Niemand schoot er wat mee op. Dan kon je beter gewoon je mond houden en in je eigen wereld blijven. Ik gunde iedereen zijn of haar gelijkgestemden, zolang ze maar niet verwachtten dat ik daar ook bij hoorde.

Dat was helemaal niet selectief.

Dat was trouw zijn aan wie je werkelijk was.

Ook Normale Jasmijn acteerde niet. Dat hoefde niet, want zij was wérkelijk geïnteresseerd in anderen. In mijn hoofd zag ik hoe zij wel bij Colette bleef staan en haar vroeg hoe het tegenwoordig met haar ging. Even bijpraten, *for old times' sake*. Ik zag haar lachen, en luisteren, en niet eens last hebben van de rook, en ook nog iedereen groeten die langsliep!

Normale Jasmijn begon me op de zenuwen te werken.

Soms wierp ik tussen de lesuren door een snelle blik de lerarenkamer in. Daar zaten de docenten met hun boterhammetjes en hun gepelde mandarijntjes. Een bijna aandoenlijk tafereel. Lodewijks, Spit, Ter Haaf, stuk voor stuk waren het ook maar gewoon mensen, ook al wist ik niet wat hun voornaam was en zou ik ze waarschijnlijk niet eens herkennen als ik ze buiten school tegenkwam.

Net als in de brugklas haalde ik tienen voor Engels en Nederlands, maar scoorde ik matig bij de andere vakken. In de pauzes zat ik nog steeds op de grond voor 2.9 of slenterde ik door de verlaten gangen, mijn rugtas aan één schouder, de band snijdend in mijn vlees.

'Waarom kom jij altijd pas als laatste de klas in?' vroeg Kirstin eens. 'Waar ben jij voordat de bel gaat?'

'Ik ben graag alleen.' Ik hoorde zelf hoe vaag dat antwoord klonk en opende mijn mond al om eraan toe te voegen dat de aula te druk was voor mij, dat de nabijheid van zoveel mensen tegelijk aanvoelde als vuistslagen op mijn ogen, maar ik slikte mijn uitleg in. Zelfs in mijn hoofd klonk het raar en aanstellerig. Kirstin was aardig, maar ik vreesde dat ze me niet zou begrijpen.

Ik begreep mezelf niet eens.

'Oké,' zei ze slechts.

Ik had gehoopt dat ze het daarbij zou laten, maar na de volgende les vroeg ze: 'Wat doe jij eigenlijk buiten schooltijd? Ik weet helemaal niets van jou, joh.' Ze giechelde. 'Best bizar eigenlijk, toch? We zitten al zo lang naast elkaar.'

Ik haalde mijn schouders op. 'O, ik ben meestal buiten, met Senta.'

'Senta... Mooie naam. Is dat een vriendin van je?'

'Mijn beste,' antwoordde ik.

Bij maatschappijleer ging het over de geschiedenis van popmuziek. Meneer Eriksen sprak over rock-'n-roll, over Chuck Berry, Little Richard en Jerry Lee Lewis, en natuurlijk wist ik wat er onvermijdelijk ging komen. Ik keek de klas rond, bestudeerde de gezichtsuitdrukkingen om me heen. Was er ergens een blik die ik zou herkennen, een teken dat ik niet de enige was die wist waar dit verhaal op afstevende?

Nee. Iedereen hing met dezelfde verveelde uitdrukking in zijn of haar stoel.

Voor hen betekende muziek Michael Jackson. Madonna. Jon Bon Jovi. Rappers. New Kids on the Block, nog stééds. Kirstin leunde met haar gezicht in haar hand en bladerde afwezig door haar schrift. Ze maakte niet eens aantekeningen.

Toen Eriksen eindelijk bij Elvis aanbelandde, beet ik mijn tong kapot om hem niet te verbeteren. Ik klemde mijn enkels om de poten van mijn stoel om te voorkomen dat ik zou opspringen en uitwissen wat hij op het bord kalkte. Hij vertelde alles fout, alles, alles, alles! Hij liet een foto zien van Elvis, die ik herkende als een uit 1963, en deed alsof het een foto uit de beginjaren was. Dat scheelde bijna tien jaar! Hij sprak met een snuivend lachje over de films die Elvis had gemaakt en begreep dus helemaal niet dat Elvis in eerste instantie oprechte acteerambities had gehad! Dat hij door zijn egoïstische en commerciële manager pas eind jaren zestig eindelijk weer serieus de studio in kon om mooie, gevoelige nummers op te nemen. Meneer Eriksen begreep er helemaal niets van. En nu had hij het ineens over *Love Me Tender*, waarbij hij een foto liet zien van Elvis in een wit pak. O, mijn god, nee, nee, nee! Elvis was die witte jumpsuits, geïnspireerd door zijn passie voor karate, pas in 1969 gaan dragen. *Love Me Tender* was uit 1956! Wat was dit voor zogenaamde les? Meneer Eriksen wist niets!

'Gaat het?' fluisterde Kirstin. 'Je zit helemaal te hijgen.'

'Ik heb het warm,' mompelde ik terug. Bloedheet had ik het. Een straaltje zweet kroop over mijn rug naar beneden.

'Moet je ongesteld worden?' vroeg Kirstin zachtjes. 'Ik heb wel wat bij me, hoor.'

Ik schudde mijn hoofd en richtte mijn aandacht weer op meneer Eriksen. Zijn laatste paar zinnen had ik niet meegekregen. Ging het nog steeds over

Elvis?

'Er zijn mensen die beweren dat hij nog steeds in leven is,' zei hij. Weer was daar dat vreemde, snuivende lachje. 'Er is zelfs allerlei bewijs voor gevonden. Zo wordt er al jarenlang gesuggereerd dat er een wassen beeld in zijn kist ligt in plaats van zijn eigen lichaam. Er zijn mensen die zweren dat ze hem pas nog hebben gezien en dat hij zelfs –'

'Onzin,' zei ik hard.

'Huh?' klonk Elliot voor mij.

Ik wist wat hij dacht. *Jasmijn zei iets, jongens! Het stille meisje sprak! Het moet niet gekker worden.*

Meneer Eriksen trok zijn wenkbrauwen op. 'Pardon?'

Een nieuw zweetstraaltje begon de afdaling. Ik voelde dat ik rood was, knalrood, maar ik zou gek worden als ik me nog langer moest inhouden. 'Elvis leeft niet meer. Mensen die dat beweren, weten niet waar ze het over hebben.'

Er klonk gegrinnik in de klas.

'En jij wel?' vroeg Eriksen.

Ik beet op mijn kapotte tong, proefde de flauwe smaak van bloed. Eriksen bleef stil, in afwachting van mijn antwoord. Shit. Ik had al te veel gezegd. Het was natuurlijk helemaal niet de bedoeling dat ik over onze bijzondere band sprak. Dat moest geheim blijven, dat was iets tussen Elvis en mij. Maar tegelijkertijd kon ik toch niet zomaar toestaan dat meneer Eriksen hem voor bedrieger uitmaakte? Kijk, als die krankzinnige bewering waar was, als Elvis inderdaad had besloten om zijn eigen dood in scène te zetten zodat hij eindelijk weer een rustig leven kon leiden, dan zou ik dat volledig begrijpen. Natuurlijk. Ik wist immers als geen ander hoe belangrijk het was om in stilte te kunnen bestaan. Maar het wás niet zo.

Elvis was dood, want tegen wie praatte ik anders al die jaren al?

Meneer Eriksen wist daar niets van. Níemand wist daar iets van. En ik zou het niet verraden.

'Nou?' vroeg meneer Eriksen.

Ik klemde mijn lippen stijf op elkaar. Mijn T-shirt plakte aan mijn rug. Wat moest ik doen? Wel praten, niet praten? Wat als ik mijn engel, door nu niets meer te zeggen, júíst verloochende? Er werd slecht over hem gesproken, en ik zat erbij en deed er niets aan! Maar hoe kon ik in godsnaam uitleggen dat ik wist wat ik wist?

'Gaat het?' vroeg Kirstin weer.

Ik slikte de bloedsmaak weg.

Ik zweeg en hoopte dat Elvis geen Nederlands verstond.

Mijn avondeten at ik tegenwoordig op mijn kamer. Na de drukte van een schooldag verlangde ik boven alles naar stilte om me heen. Zittend aan mijn bureau hoorde ik de stemmen van mijn ouders en Emiel uit de woonkamer komen, het getik van hun bestek, de televisie die er gezellig bij aanstond nu ze geen rekening meer met mij hoefden te houden. Tijdens de afwas zong mijn moeder mee met BZN. Haar vrolijkheid danste door de keuken, schalde door de flat. Míjn batterij was elke avond leeg, maar zij bruiste onvermoeibaar door, de voltooide werkzaamheden bij de Blokker waren als opgevangen zonnestralen, haar eigen opwekker van energie.

Ik luisterde naar Elvis om de echo's van het Mercatus uit mijn hoofd te verdrijven. Ik lag op mijn rug op bed, dezelfde houding als waarin ik sliep, om mijn borstgroei niet te saboteren. Het zou nu vast niet lang meer duren. Ik was het enige meisje in de klas dat nog geen beha droeg. De rest van mijn lijf was wel aan het veranderen, want mijn middel was uitzonderlijk smal geworden. Deze overdreven inkeping wekte de illusie dat ik erboven en eronder wel degelijk vormen had. Maar het was optisch bedrog.

Een zandloper zonder zand.

Af en toe zag ik Colette door de schoolgangen slenteren, niet langer hand in hand met Menzo, maar met een Antilliaanse jongen die ik niet kende. Vanmorgen had ik toevallig achter haar gelopen. Nog steeds draaiden haar heupen als ze liep, rond en soepel. Ze had het lichaam gekregen dat bij haar persoonlijkheid paste. En was dat hoe het werkte? Als je jezelf altijd maar afzijdig hield, ging dan ook je lijf aan de zijlijn staan terwijl alle andere lichamen ontloken?

In mijn hoofd knikte Normale Jasmijn langzaam en nadrukkelijk, alsof ze niet kon geloven dat ik het nu pas doorhad.

Toen liep ze heupwiegend weg.

Meneer Schaap van verkoopbevordering las de cijfers van de toets hardop voor. Een zes voor Marcel. Een vier voor Mehmet. 'Voor jou gaan we bijles regelen,' zei meneer Schaap. 'Als je nu nog het verschil niet weet tussen inkoop en verkoop, dan gaat er iets goed mis.'

Mehmet sputterde wat.

'Elliot, jij hebt me verbaasd, een acht en een half voor jou. Goed gedaan, knul.'

Elliot, die ook hier voor me zat, stak zijn armen in een overwinningsgebaar de lucht in. Hij had de mouwen van zijn blauwe T-shirt weer opgerold. Onder zijn armen zaten vochtige plekken, en het verbaasde me dat ik dat geen vies gezicht vond. Die vlekken hoorden er immers niet. Bij een ander zou het afleidend zijn, maar bij Elliot zag het er gewoon uit alsof hij het warm had, alsof zijn huid zou gloeien als je hem aanraakte. Het deed me afvragen hoe het zou zijn om hem dicht tegen me aan te voelen. Heel dicht.

'Jasmijn,' klonk de stem van meneer Schaap. 'Over jou heb ik lang getwijfeld.'

'U bent niet de enige, meneer,' klonk het ergens achter in de klas.

Gegrinnik.

'De opdracht was: schrijf een klachtenbrief naar een leverancier,' ging Schaap verder. 'Maar jij bent er... hoe zal ik het zeggen... een beetje in doorgeslagen. Jouw brief heeft weinig met de oorspronkelijke insteek te maken. Je hebt er een heel verhaal omheen verzonnen. Ik zou je dus eigenlijk een onvoldoende moeten geven. Maar omdat de brief, of eigenlijk moet ik zeggen het korte verhaal, me zo heeft weten te boeien, krijg je van mij toch een goed cijfer. Je hebt dan wel niet gedaan wat de bedoeling was, maar het is zeker een negen waard.'

Elliot draaide zich om en stak zijn duim naar me op.

Even waande ik me terug op de Beatrixschool. Een compliment voor een opstel, een leuke jongen die voor me zat. Het verschil was dat dit keer Normale Jasmijn me niet hoefde in te fluisteren wat ik moest doen.

Ik keek Elliot aan en lachte naar hem.

Meneer Hilkens van bedrijfsadministratie had een chronisch speekseloverschot dat zijn woorden deed borrelen in een sopje van spuug. Hij was al minstens zestig en droeg beige pantalons, waar altijd vage, donkere vlekken op zaten. Zijn buik puilde boven zijn broekriem uit; lichtgrijs haar lag in vlassige plukjes op zijn hoofd, en zijn brillenglazen waren steevast beslagen, alsof hij zijn persoonlijke dampkring om zich heen had hangen. Ik probeerde zijn stem niet te horen, maakte van de muziek in mijn hoofd zo'n hard tegengeluid dat ik bijna begon mee te zingen, maar toch klonken de spetterende spuugdruppels er steeds natter doorheen.

En vandaag was het ook nog eens extreem benauwd in het lokaal. De zon schitterde pijnlijk fel naar binnen, en er was niemand die de luxaflex even dichtdraaide. Ilse, die bij het raam zat, kneep niet eens haar ogen samen, en ook Sandra, naast haar, leek nergens last van te hebben. En dat terwijl ik, helemaal aan de andere kant van het lokaal, het gevoel had dat er gaten in mijn ogen geboord werden. Ik trok mijn haar naar voren zodat het als een gordijn langs de zijkant van mijn gezicht viel, maar de zon scheen er dwars doorheen. Uiteindelijk stond ik op, liep naar het raam en draaide de luxaflex dicht.

'Yo!' riep Ilse uit. 'Waarom doe je dat?'

'Jashmijn,' spetterde Hilkens. 'Had ik gezegd dat jij op mocht shtaan?'

Ik draaide ook de luxaflex van het raam ernaast dicht. Toen liep ik terug naar mijn plek, de schaduw een koele opluchting in mijn rug.

'Jashmijn.' Hilkens schraapte zijn keel, zijn speeksel pruttelde in het rond. 'Het ish níet de bedoeling dat iedereen shomaar opshtaat en heen en weer gaat lopen door de klash.'

Iedereen? Ik keek om me heen. De rest van de klas zat gewoon op zijn plek.

'En het ish óók niet de bedoeling dat we hier in het donker shitten.' Hij liep naar het raam en draaide de luxaflex een stukje open. 'Als je lasht hebt van de zon, dan kun je dat sheggen, dan shal ik er wat aan doen.'

'Ze heeft er helemaal geen last van,' zei Claudia. 'Ze zit toch helemaal daar? En ik vond het juist wel lekker, die warmte.'

Ik keek Claudia strak aan. Tien seconden lang. Elf. Twaalf.

Uiteindelijk was zij het die wegkeek.

Ik verliet als laatste het lokaal, liep naar de wc's en wachtte op het neergeklapte deksel tot het helemaal stil werd op de gang. De muurteksten, die ik uit mijn hoofd kende, hielden me gezelschap.

Voor hoeren en dellen moet je Hélène bellen

NKOTB zijn pikzuigers

Sally ♥ Remco 4-ever

NEUKEN, JONGENS, NEUKEN

Toen de laatste stemmen wegstierven, stapte ik de toiletruimte uit. De gang was leeg, koel en –

'Psst!'

Ik keek om. Claudia stond achter me, haar armen voor haar borst gevouwen. Laurinde stond naast haar. Ik liep door, maar een plotselinge ruk aan mijn arm hield me tegen.

'Wat zat je nou stoer te doen net, in de klas? Je bent fucking raar, weet je dat?'

Ik trok mijn arm los en draaide me langzaam om. Claudia's ogen lagen dof in haar pafferige gezicht. Ze was pas veertien, maar nu al leek ze op de aangeschoten mannen die ik op het terras van café Goof Meijer zag zitten wanneer ik daar met Senta langsliep. Misschien was een van die mannen wel haar vader.

'Hallo, kan je niet praten, of zo?' spuwde ze. 'Ben je daar te raar voor? Jasmijn Vinkentering, of hoe je ook heet.'

Ik bleef rustig. In mijn boeken over wolven had ik gelezen dat een wolf er bij een confrontatie altijd eerst naar streefde om een conflict te vermijden. 'Ga eens weg,' zei ik kalm. 'Je verpest mijn pauze.'

Laurinde schoot in de lach. 'Hoor die alien nou praten. Rot zelf op, joh.'

'En kijk die spijkerbroek dan.' Claudia's adem stonk naar een open zak uienchips die te lang onder in een rugtas had gelegen. 'Shop jij bij het Leger des Heils of zo?'

Ik liep door. *Conflict vermijden, conflict vermijden.*

Een harde ruk aan mijn haar trok me terug. Mijn hoofd schoot abrupt naar achteren, mijn tas viel op de grond. Als een wolf het conflict niet langer meer uit de weg kon gaan, zag hij maar één oplossing: tot de aanval overgaan. Ik draaide me wild om. Mijn elleboog raakte Claudia hard tegen haar schouder.

'Godverdomme!' riep ze uit. Ze had nog steeds mijn haar vast. Onze hoofden waren zo dicht bij elkaar, dat ik de glimmende talgbultjes op haar neus kon zien. Ik rukte aan haar oor, en ze gilde nog luider. Er lag een gele aanslag op haar tong. Haar grip op mijn haar werd sterker. Ze trok zo hard, dat het voelde alsof mijn hoofdhuid scheurde. Nu was het genoeg. Ik balde mijn vuist en ramde haar vol in het gezicht. Haar schreeuw galmde door de gang.

'Stil nou!' siste Laurinde. 'In 2.4 wordt lesgegeven. Ik heb geen zin in gezeik, hoor.'

We hoorden een deur opengaan.
'Wegwezen!' Laurinde rende weg, richting de trap.
Claudia liet mijn haar los, haar gezicht nog steeds vlak bij het mijne. Haar lip trilde, en ze knipperde verwoed met haar ogen. Toen rende ook zij weg.
Ik raapte mijn tas op, stapte terug de toiletruimte in en plensde net zo lang water in mijn gezicht tot de hitte wegtrok. Toen liep ik naar 2.9, haalde mijn walkman tevoorschijn en at rustig mijn brood.
If you're looking for trouble, zong Elvis. *You came to the right place.*

Na het incident op de gang liep Claudia een paar dagen rond met een paarse vlek onder haar oog. Toen Stefan er wat van zei, mompelde ze iets over een kastdeur. In de pauzes kwam ik haar of Laurinde niet meer tegen, maar een week later zag ik hoe Claudia, terwijl ze het warenkennislokaal binnenliep, zomaar een harde duw gaf tegen Frieda's rug.
Frieda was een bleek meisje, dat wanhopig probeerde aansluiting te vinden. Ze lachte te hard wanneer iemand iets grappigs zei, en na gym wachtte ze met het verlaten van de kleedkamer tot ze met iemand kon meelopen. Ze had een puntige kin en een voorovergebogen postuur en sjokte achter de massa aan als een schildpad met een te zwaar schild.
Net als ik had ze geen vrienden op school.
Toch had Kirstin mij gisteren gevraagd om de vragenlijst in haar vriendinnenboekje in te vullen. Ik had er zelfs een pasfoto van mezelf in moeten plakken. En toen Wytske haar nieuwe schooltas de klas liet rondgaan zodat iedereen zijn naam op de leren hengsels kon schrijven, had ze gezegd: 'Jij ook, Jasmijn.'
Frieda's naam stond er niet tussen.
En toen Claudia haar die duw gaf, lachte Frieda alleen maar.
Een hoog, nerveus lachje dat ik niet begreep.

Tussenuren zorgden voor een uitgelaten stemming. Plotseling was er zomaar de mogelijkheid om midden op de dag met de bus naar het Zuidplein te gaan, jongens! Of om langs de winkels op de Spinozaweg te slenteren, wie gaat er mee? Sommigen gingen naar café 't Haantje, anderen hingen gewoon rond op het schoolplein of in de aula, de rugzakken ineens gevuld met tijd.

Voor mij was het anders. Voor mij sloeg een onderbreking van ons vaste rooster een akelig gat in het ritme waarop ik was gaan vertrouwen. De onrust van zo'n plotseling tussenuur jeukte in mijn hoofd. Ik wurmde me tijdens die uitgevallen lesuren door het rookhalletje – waar Colette, als ze er stond, me nog altijd groette – en liep naar buiten. Achter het schoolplein stond een hoge galerijflat, waar ik de lift naar de bovenste verdieping nam en met mijn ellebogen op de reling van de galerij leunde. Vanuit de hoge, vrije wereld staarde ik naar het dak van het Mercatus, naar de kleine, bewegende figuurtjes op het schoolplein. Op die momenten werd het besef nog eens bevestigd dat ik totaal geen onderdeel was van dat gebouw of van de mensen erin. En toch moest ik, zodra het tussenuur voorbij was, er weer naar terug. Telkens liet ik me weer opsluiten in een klaslokaal, samen met alle anderen, iedereen in setjes van twee, als opgerolde sokken in een la.

Hoelang hield ik dat nog vol?

Ook nu weer stond ik op de galerij, en zelfs vanaf hier kon ik het gejoel van het schoolplein horen. Ik zag voor me hoe mijn klasgenoten straks weer breeduit door de gangen zouden sloffen, naast elkaar, een horizontale eenheidsworst zonder kop of staart. Het was fascinerend hoe ze allemaal dezelfde manier van lopen hadden: de jongens met o-benen en knikhoofden, hun ondergekliederde rugtassen zo laag mogelijk op de kont van hun afgezakte spijkerbroek, de meisjes kauwgom kauwend en haarzwiepend. De populaire meiden hadden dezelfde manier van lachen, dezelfde manier van praten, dezelfde handgebaartjes, hetzelfde permanentje. Ze knipten de zoom van hun spijkerbroek af om hem te laten rafelen. Ze hadden roze pennen met een verenpluim erop, en ze hadden spiegeltjes in hun agenda geplakt. Soms werkten ze tijdens de les snel hun make-up bij. Ook Kirstin deed dat, en dan keek ik naar haar. Ze hanteerde haar lippenstift met strakke, vaste bewegingen. Eerst de bovenlip, dan de onderlip en dan *klik*, de dop er weer op terug. Het was een ritueel.

Ik keek er graag naar.

Alles was beter dan kijken naar het bord en leren over economisch resultaat.

Nog altijd fietste ik binnendoor naar school, ver bij de drukke Slinge vandaan. De route die ooit zo ingewikkeld had geleken, legde ik nu in amper een kwartier af. Fietsen was prettig. De repeterende beweging van het trappen, rond en rond en rond, pompte rust in mijn lichaam. In mijn hoofd. Maar vandaag was het anders, vandaag was ik al twee keer afgestapt om mijn hand in mijn buik te duwen in een poging de plotselinge kramp weg te dwingen.

Lopend, met mijn fiets aan mijn hand, vervolgde ik mijn weg. Het was tien over acht.

Om halfnegen begon bedrijfsadministratie, en als Jashmijn niet terug op haar fiets stapte, ging ze te laat komen. Maar wat dan nog? Wat maakte het eigenlijk uit? Het was allemaal onzin. Waarom zou ik mezelf niet gewoon het eerste uur vrij geven? Waarom zou de school de enige zijn die mocht bepalen wanneer er een tussenuur was?

Een volgende pijnscheut kneep in mijn buik.

Ik naderde het parkje achter de Zuiderbegraafplaats.

In de verte zag ik een leeg bankje.

'Schiet eens op,' klonk Emiels ongeduldige stem die avond aan de andere kant van de wc-deur. 'Ik moet pissen en ik moet zo weg.'

Er lag bloed in de pot. In mijn onderbroek ook. Ik had het kunnen weten, natuurlijk. Mijn buikpijn had de hele dag aangehouden.

'Hallo, ben je er soms doorheen gezakt?' riep mijn broer.

Het was eindelijk gebeurd.

'Jas!' Emiel bonkte tegen de deur. Sinds vorige week was het uit met een meisje in Dordrecht met wie hij een paar maanden verkering had gehad. Er werd niet over gesproken, maar Emiels humeur was er niet op vooruitgegaan.

'Wat is er aan de hand?' vroeg mijn moeder vanuit de woonkamer.

'Jasmijn zit al duizend jaar op de plee en ik moet zo weg.'

Mijn moeder zuchtte. 'Laat je zus eens gewoon op haar gemak haar gang gaan, zeg, in plaats van als een hooligan op die deur te bonken. Je kunt best nog even wachten.'

Ik legde wat dubbelgevouwen wc-papier in mijn onderbroek, kleedde me aan en spoelde door. Toen deed ik open.

Emiel stond rokend in de gang. Zijn schoenen had hij al aan. 'Eindelijk.'

Ik waste mijn handen in de keuken en liep mijn kamer in. Ongesteld, een week voor mijn veertiende verjaardag. Blijkbaar was ik lichamelijk dus toch normaal. Misschien dat ik nu ook eindelijk –

'Getverdemme!' riep Emiel uit. 'Er zit allemaal bloed in de pot, man.'

Midden in mijn kamer stond ik stil. Shit.

'Bloed?' Het geschuifel van mijn moeders pantoffels in de gang. 'Ah, ik zie het. Nou, ga maar weg, Miel, ik ruim dit wel op.'

'Maar –'

'Ga,' zei ze weer, 'en doe vanavond voor de verandering eens een beetje stil als je thuiskomt.'

Ik zat verstijfd op de rand van mijn bed, met gloeiende wangen. Nu wist mijn moeder het dus ook. En Emiel. Terwijl ik dit nieuws juist nog even geheim had willen houden om het in alle rust tot me door te laten dringen.

Een klopje op mijn kamerdeur. 'Mag ik binnenkomen?'

'Ja.'

Senta's staart sloeg tegen mijn been toen ze mijn moeder zag.

'Ik vroeg me al af wanneer het zou komen.' Mijn moeder kwam naast me zitten. 'Myra is het ook al een tijdje.'

'Hoe weet jij dat nou?'

'Dat heeft haar moeder me verteld. Het is groot nieuws als een meisje voor het eerst ongesteld wordt, hoor. Het betekent dat alles goed werkt.'

'Nou, sorry maar ik wil dus echt niet dat de hele familie het weet!' Waar ik me eerst had geschaamd dat het bij mij allemaal zo lang op zich liet wachten, leek het nu juist een afgang dat er eindelijk iets was gebeurd. Zoiets intiems ging helemaal niemand wat aan.

Mijn moeder glimlachte. 'Maak je geen zorgen.'

Ik zweeg.

'Er ligt maandverband in het kastje op de wc,' zei ze. 'Ik zal morgen nieuwe kopen zodat er genoeg is. En er staat ook een doosje met tampons, als je dat prettiger vindt.'

Ik zei nog steeds niets.

'Weet je... hoe dat werkt?' vroeg ze. 'Met tampons?'

'Shit, ma.' Ik zuchtte, heel hard en lang. 'Ik ben niet achterlijk, hoor.'

'Ik ga Viennetta halen,' besloot ze vrolijk. 'Iets vieren doen we met ijs.'

Dat ik de meeste vakken verafschuwde, betekende niet dat ik mijn cijfers dat liet weerspiegelen. Ik leerde voor repetities. Als ik de saaie lesstof 's ochtends doornam, zat het voor minstens een paar uur goed in mijn hoofd.

Ik ging probleemloos over naar de derde.

Die zomer gingen we voor het eerst zonder mijn broer naar Uddel. Emiel vond zichzelf te oud om nog met zijn ouders en opa en oma mee op vakantie te gaan en was met een groep vrienden twee weken naar Salou. Hij was een dag eerder vertrokken dan wij. Luid zingend had hij zijn tas ingepakt, stuiterend op happy hardcore. Om in Salou te komen moesten hij en zijn vrienden een hele dag en een nacht in een touringbus zitten, hun rugzakken vol met bier. Daar had hij maanden naar uitgekeken.

Mijn wandelingen in Uddel waren minder lang dan voorheen. Senta werd steeds sneller moe. Het eerste kwartier rende ze voor me uit, daarna ging ze hijgen, en uiteindelijk sjokte ze achter me aan, haar pootjes slepend over de bosgrond. Zwerftochten van een hele dag waren er niet meer bij. We nestelden ons op rustige plekjes in het bos, waar Senta haar kop op mijn schoot legde en in slaap viel.

Daarna liepen we rustig terug naar het huisje.

Bij thuiskomst, een week voordat de derde klas begon, ontdekte ik nieuwe knobbels in Senta's buik. Opnieuw kwaadaardig, zei de dierenarts. Weer moesten mijn ouders geld lenen van opa en oma om de ingreep te kunnen betalen, maar dit keer mocht ik erbij blijven. De operatiekamer zelf was verboden terrein, maar ik zat in de wachtruimte en keek naar de grote wijzer van de klok, die zijn rondje nog trager aflegde dan Bram zijn coopertest.

Toen Senta naar haar uitslaaphok werd gebracht, mocht ik bij haar kruipen. Zo zou ik de eerste zijn die ze zag wanneer ze bijkwam. Met opgetrokken knieën zat ik bij haar in de kooi, samen achter de tralies, en luisterde naar haar zware ademhaling.

Voorzichtig streek ik over het verse, rode litteken op haar geschoren buik.

Toen nam ik haar pootje tussen mijn handen, sloot mijn ogen en vroeg aan de god tegen wie we op de Beatrixschool elke ochtend hadden gebeden of haar tumoren dit keer echt weg mochten blijven.

Alstublieft?

Amen.

Ook in de derde zaten Kirstin en ik weer naast elkaar. Ik was aan haar gewend geraakt. Ze was rustig, stelde weinig vragen en rook naar pepermunt.

Elliot zat net als vorig jaar bijna overal voor ons, naast Stefan en zo dicht in mijn blikveld dat het onmogelijk was om níét naar hem te staren. Automatisch sloeg mijn hoofd dotten met informatie over hem op: de T-shirts die hij droeg en welke daarvan mijn favoriet waren, de grapjes die hij maakte, de manier waarop zijn schouders meebewogen als hij zachtjes grinnikte. Hoe hij nog steeds altijd met opgerolde mouwen liep en hoe breed zijn armen wel niet waren. Zijn zware wenkbrauwen die boven zijn ogen dansten als hij sprak.

Ik was gestopt met bedrijfsadministratie. Kirstin lichtte me in wanneer er een toets gepland stond, en op die dagen kwam ik wel, want het missen van een SO of repetitie resulteerde in een 1. Dat zou mijn gemiddelde te ver naar beneden halen. Maar bij de lessen zelf kwam Jashmijn niet meer opdagen, en wat bleek? Er was helemaal niemand die iets van mijn persoonlijke tussenuren zei.

Meneer Hilkens niet, mijn klasgenootjes niet.

En ik al helemaal niet.

Ook gym begon ik over te slaan. Eerst één keer, om te zien of ik erop zou worden aangesproken. Daarna bleef ik helemaal weg. Ik kon bijna niet geloven hoe eenvoudig ik mijn rooster zelf kon aanpassen zonder dat er gezeur van kwam. Ik had ontdekt dat het flatgebouw achter de school een openbare kelderruimte had. Nu hoefde ik daar niet meer steeds op de hoge, winderige galerij te gaan staan, maar was er ook een plek waar ik in stilte kon zitten, op de grond en met mijn rug tegen de koele betonnen muur. Daar at ik in alle rust mijn brood. Ik las er mijn boeken, luisterde naar Elvis.

'Wat doe je eigenlijk, als je niet bij gym of bedrijfsadministratie bent?' vroeg Kirstin, toen mevrouw IJdema tijdens Engels het lokaal even verliet.

'Dan zit ik op een stille plek.'

Ze giechelde, zoals zo vaak wanneer ik juist een serieus antwoord gaf. 'Zullen we een keer samen wat doen, na school? Misschien naar het Zuidplein of zo?'

Ik staarde naar de pennen in mijn etui en zweeg. Kirstin was aardig, echt waar. Ze was misschien wel het aardigste meisje van de klas. Maar hoe vertrouwd het ook was geworden om naast haar te zitten, ik wist dat het te druk zou worden om haar ook ná schooltijd te zien. De grens tussen de Mercatus-wereld en mijn eigen wereld zou vervagen, en dat wilde ik niet.

'O, je hebt dan natuurlijk altijd al met je vriendin afgesproken,' zei ze snel. 'Hoe heet dat meisje ook alweer? Senta, toch?'

Ik knikte. Opgelost. Nu kon ik haar weer aankijken.

Kirstins ogen lichtten op alsof ze een geweldig idee kreeg. 'Nou, dan vraag je toch of het haar leuk lijkt om ook mee te gaan?'

Stefan draaide zich naar ons om. 'Mee? Waarnaartoe? Mag ik ook komen?'

'Dat moet je aan Jasmijn vragen.' Kirstin kantelde haar hoofd en keek Stefan vanonder haar gekrulde wimpers aan. 'Maar ík vind het goed.'

Mevrouw IJdema stapte naar binnen en sloot de deur.

Ik keek opzij, naar de perfecte structuur van Kirstins profiel. Ze had niet doorgevraagd. In plaats daarvan staarde ze voor zich uit, haar ogen gericht op Stefans achterhoofd, en leunde ze met haar gezicht in haar handen alsof ze haar vraag aan mij vergeten was.

Met een rood potlood tekende ze hartjes in haar schrift.

'Wat bedoel je met "een operatie heeft geen zin meer"?!'

'Sst,' zei mijn vader. 'Blijf alsjeblieft rustig, Jas. Wij vinden het ook erg.'

'Maar ik weet zeker dat de dierenarts liegt! En jullie geloven hem zomaar!' Ik stormde de woonkamer uit, waar ik mijn ouders een kwartier geleden met verdrietige gezichten had aangetroffen. Mijn vader had gezegd dat ik misschien beter even kon gaan zitten. Alsof, door op de bank neer te ploffen, er iets aan het nieuws zou veranderen.

Ik stampte mijn kamer in, gooide mijn deur dicht en smeet mijn schooltas op de grond. Languit liet ik me op mijn bed vallen, mijn gezicht in mijn kussen. De dierenarts loog echt. Hij loog! Dit fabeltje was ongetwijfeld iets wat hij nog veel meer mensen wijsmaakte, die vervolgens allemaal hun hond lieten inslapen bij hem, maar in werkelijkheid liet hij ze helemaal niet inslapen. Het leek alleen maar zo. Hij diende ze een zwaar slaapmiddel toe, en zodra de baasjes weg waren, werden de honden weer wakker en verkocht hij ze! Aan een laboratorium! Dat op zoek was naar dieren om allerlei experimenten op uit te voeren! Ik had hem heus wel door! Nou, mooi niet dat hij dat ook met Senta kon doen! MOOI NIET! Hoe konden mijn ouders hier zo gemakkelijk in trappen? Hoe –

Mijn moeder kwam mijn kamer in. 'De dierenarts loog niet,' zei ze zachtjes. Mijn matras veerde toen ze naast me kwam zitten. 'Senta is ernstig ziek.'

'Niet waar.' Ik kwam overeind, veegde een traan van mijn wang. 'Ze heeft gewoon weer een knobbel en die gaan we weer laten weghalen. Dat ging steeds goed.'

'Dat gaat dit keer niet, helaas. Ik was vanmiddag bij de dierenarts en –'

'Waarom ben je daar zonder mij naartoe gegaan? Waarom wist ik hier niets van?'

'Omdat ik al rekening hield met slecht nieuws. En het mij beter leek als jij dat hier hoorde, thuis, bij ons, in plaats van daar.'

Ik schudde mijn hoofd. Er klopte werkelijk helemaal niets van dit verhaal.

'Een operatie gaat echt niet meer. Senta is –'

'Het gaat wél! Maar jullie vinden het te duur! Jullie laten haar liever doodgaan!' Mijn stem sloeg over. 'Jullie... Jullie...'

'Jas!' Mijn moeder pakte mijn trillende armen beet. 'Hou op. Rustig worden. Ik begrijp dat dit een schok is. Wij zijn er zelf ook kapot van.' Ze haalde diep adem, slikte. 'Ik wilde het eerst ook niet geloven. Maar we moeten het onder ogen zien, helaas. Het ging de laatste tijd al steeds slechter met Senta. En de dierenarts zegt dat ze een volgende operatie waarschijnlijk niet meer overleeft. En al zou ze er wel doorheen komen, dan nog verspreidt de ziekte zich te snel. Ze zou alleen maar pijn hebben.'

Samen keken we naar Senta, die in de hoek van mijn kamer in haar mand lag. Al een paar weken lukte het haar niet meer om op mijn bed te springen. 's Nachts lag ze nog wel bij me, dan tilde ik haar het bed in. Nu ademde ze zwaar, diep in slaap. Ze hoorde ons niet, haar toenemende doofheid vormde een onwetend schild tegen ons verdriet.

Mijn moeder hield nog steeds mijn armen vast, alsof ze bang was dat ik zou opspringen en wegrennen. Misschien wilde ik dat inderdaad. De portiektrappen afvliegen, mijn fiets pakken, wegrijden en opnieuw thuiskomen. Even schudden en een andere kaart trekken, een andere scène binnenstappen, eentje waarin Senta me kwispelstaartend zou begroeten, zoals vanouds. Tegenwoordig moest ik, wanneer ik thuiskwam, naar háár toe. Dan hurkte ik bij haar neer en kuste ik haar snuit. Ze gaf me een likje, maar bleef liggen.

Senta wilde slapen, alleen maar slapen.

Onder mijn moeders ogen lagen donkere halve manen van uitgelopen mascara. 'We zullen dus binnenkort afscheid van Senta moeten nemen.'

Ik rukte mijn armen los. 'Nee.'

'Ik wil het ook niet, maar ze heeft nu veel pijn en dat moeten we haar besparen. Dat zijn we haar verschuldigd.'

Ik slikte. In die andere realiteit, waarin Senta geen tumor had, zag ik ons in het park lopen. Blij zijn. Vrij. Gelukkig.

Zonder pijn.

Mijn moeder liet haar hoofd hangen. 'We hebben een afspraak gemaakt voor aanstaande maandag. Dan kun je dit weekend nog zoveel mogelijk tijd met haar doorbrengen.'

'Wát?' riep ik uit. Senta schrok wakker en keek vanuit haar mand met kleine slaapoogjes op. 'Dat is over drie dagen!'

Mijn moeder knikte droevig.

'Nee.' Ik schudde wild mijn hoofd. Toen liet ik me bij Senta neervallen, mijn armen om haar nek, mijn gezicht in haar pels. Haar zachte vacht werd nat van mijn tranen. 'Nee.'

'Senta gaat maandag níét naar de dierenarts,' zei ik 's avonds.

Mijn moeder keek op van haar boek. Haar ogen waren roodomrand, net als die van mij. 'Begin nou niet weer, Jas... Het is al moeilijk genoeg.'

Ze sprak zacht, omdat mijn vader aan het voorslapen was voor een nachtdienst.

'Ik bedoel dat ik wil dat de dierenarts híér komt. Bij ons thuis.' Mijn stem was dik van ingeslikte tranen. 'Je weet hoe naar ze het vindt om naar de dierenarts te gaan. Om daar op die tafel te moeten liggen. Alle stress die daar in de lucht hangt. Ik wil niet dat ze in haar laatste momenten bang is. Dat mag echt niet.'

Mijn moeder knikte langzaam. Ze legde haar boek neer. 'Je hebt gelijk.'

'Dus we moeten vragen of hij hiernaartoe kan komen.'

'Ik ben het met je eens, maar we moeten ook praktisch zijn. Als het bij de dierenarts gebeurt, dan zorgen zij ervoor dat ze wordt opgehaald en gecremeerd. Als het hier gebeurt, dan is het –'

'Gecremeerd? Waar heb je het over? Ik ga haar begraven. In het park.'

'Dat is verboden. En dat niet alleen, hoe wil je haar daar krijgen?'

'Dat maakt me geen moer uit, ik wil haar begraven waar ze het liefste kwam!'

'Het Zuiderpark is maar klein, de kans dat iemand ons ziet is te groot. En stel je voor dat een andere hond het ruikt en haar opgraaft?'

Ik zweeg. Daar had ik nog niet over nagedacht. Mijn gedachten stopten bij het besef dat ze er vanaf maandag niet meer zou zijn. Daar stopte álles. Een leven daarna was gewoon niet voor te stellen. Het was zelfs niet voor te stellen dat mijn moeder en ik dit gesprek voerden, terwijl het echt zo was. Maar ik moest sterk zijn, had ik besloten. Voor Senta. Ik moest doen wat voor haar het beste was. Het zou niet eerlijk zijn haar leven te rekken terwijl ze pijn had, alleen maar zodat ze nog een paar maanden langer bij mij kon zijn.

Dat mocht ik haar niet aandoen.

Die maandag belde mijn moeder naar school om te zeggen dat ik ziek was. Ik moest thuis zijn, elke seconde die ik nog met Senta had samen met haar beleven.

Om vier uur zou de dierenarts komen.

Ik probeerde niets aan Senta te laten merken. Ze kuste het zoute verdriet van mijn gezicht zonder te weten welke vreselijke rol zij erin speelde. Buiten liepen we langzaam, zo langzaam dat we bijna stilstonden. Ons laatste rondje. Ik wilde dat ik achteruit kon lopen, terug in de tijd als linksom gaande wijzers van een klok. Dat het eind van deze middag nooit zou komen. Al mijn herinneringen begonnen met Senta; ze was er altijd geweest.

Zonder haar bestond ik maar voor de helft.

We zaten samen in het gras op het veldje achter, onder een lucht die veel te blauw was voor deze dag. Daarna klommen we trede voor trede terug naar boven, waarbij ik haar zwakke lijfje met beide handen ondersteunde. Haar laatste keer in het portiek.

Mijn vader was bleek, zijn mond een trillende streep. Ik keek naar hem, naar dit gezicht dat niet op dat van hem leek, en kreeg steeds sterker het gevoel dat dit allemaal niet werkelijk gebeurde. Dat het een verschrikkelijk toneelstuk was. Een film, een boek. Deze dag was geen echte dag. Ik droomde. Mijn ouders droomden.

Allemaal zaten we gevangen in dezelfde nachtmerrie.

Ik lag in Senta's mand, opgerold tegen haar aan. Ze sliep. Het was drie uur. Over een uur zou de wereld veranderen van een wereld met Senta naar een wereld zonder Senta. Maar ze ging niet dood, had ik besloten. Doodgaan bestond namelijk niet. Senta ging slechts verder zonder haar lichaam, dat was alles. Ze trok gewoon haar jas uit. Haar ziel verhuisde naar een andere plek, een móóiere plek. Een plek zonder pijn. Ergens waar ze weer jong zou zijn, en sterk. Waar ze zou zwemmen en door het gras zou rollen.

Ik had *Old Shep* van Elvis op repeat staan en klampte me vast aan de laatste zin: *But if dogs have a heaven, there's one thing I know: Old Shep has a wonderful home.*

Senta straks ook.

En daar zouden we elkaar uiteindelijk weer zien.

Emiel was er niet, die moest werken. Vanmorgen had hij net als altijd zijn brood staan smeren. Hij had zelfs gemopperd dat er geen chocoladepasta meer was.

'Dat kan niet,' had mijn moeder gezegd. 'Ik heb een paar dagen geleden een nieuwe pot gekocht.'

Maar Emiel had geen tijd gehad om te zoeken. Hij had zijn schoenen aangetrokken en in de woonkamer afscheid van Senta genomen. Niet heel uitgebreid, slechts een aai over haar kop en een 'Doei, meissie'. Zijn stem was schor geweest. Met afgewend gezicht was hij de kamer uit gelopen.

Mijn vader zat in zijn stoel en staarde met bewegingloze ogen naar de krant in zijn handen. Niet eenmaal sloeg hij een pagina om.

Kwart voor vier. Ik had Senta's mand uit mijn kamer gehaald en in de woonkamer gezet en was weer naast haar gaan liggen, mijn witte T-shirt vol bruine en zwarte haren. Stukjes Senta die ik er nooit af zou halen.

Zo nu en dan deed ze haar ogen open, keek me aan en kwispelde.

'Er gaat straks iets heel bijzonders gebeuren,' fluisterde ik in haar oor. 'Je gaat naar een prachtige, mooie plek, ergens waar je nooit meer pijn zult hebben.'

In mijn hoofd kreeg het plaatje van de hemel steeds mooiere kleuren. Het was er heuvelachtig, zoals in de duinen van Rockanje. Er was bos, er was zee. En het was helemaal niet erg dat Senta daarnaartoe ging, ben je gek. Het tegenovergestelde was juist waar. Ik zou haar liefdevol uitzwaaien op haar reis naar die schitterende wereld. Niet verdrietig zijn. Want op een dag zou ik haar achternareizen, en dát was wat ik in gedachten moest houden. Dat, en verder helemaal niets, denk erom.

Níét denken aan hoe ik me tot die tijd moest zien te redden, zonder haar.

Aan dat ik mensen niet meer zou kunnen tegenspreken als ze zeiden dat ik alleen was.

Senta slaakte een verheugd piepje toen de dierenarts binnenkwam. Hijgend van inspanning krabbelde ze overeind in haar mand en liep kwispelend op hem af.

De dierenarts klopte haar op haar rug. 'Hallo, oude dame.'

Met een tevreden zucht plofte Senta terug in haar mand.

De dierenarts schudde mijn vaders hand, die van mijn moeder, en begroette tot slot mij.

Ik zat rechtop in de mand. Ik kon niets zeggen. Als ik nu mijn mond opendeed, zou ik hem vragen of het echt nodig was, dit. Of we niet wat langer konden wachten. Een maand, twee maanden. Nu het afscheid zo dichtbij kwam, wist ik niet of ik het wel aankon.

Maar het is geen afscheid! schreeuwde de stem in mijn hoofd. *Geen afscheid, geen afscheid!* Het was een tot ziens. Senta en ik zouden elkaar weer zien. Dat was echt waar. Dat was een feit. Dat moest en zou ik geloven.

'Gaat het?' Mijn moeder kwam bij me zitten en legde haar hand op mijn arm.

Ik knikte, maar het ging moeizaam. Mijn hoofd bewoog vertraagd. Het wilde niet hier zijn, in het heden. Ik zag de dierenarts een paar woorden wisselen met mijn vader. Hun stemmen klonken vervormd, geluiden uit een andere dimensie.

'Goed.' De dierenarts zette een donkere leren tas op de grond en hurkte naast me neer. 'Zullen we dan maar? Ik weet uit ervaring dat wachten het alleen maar moeilijker maakt en dat de hond er nerveus van wordt.'

'Wacht.' Ik sprong op. 'Ik ben zo terug.'

De dierenarts vouwde zijn tas open en pakte er een klein flesje uit.

Ik rende naar de gang en opende de deur naar het portiek.

'Waar ga je naartoe?' riep mijn moeder vanuit de woonkamer.

'Ik moet alleen even iets pakken!' riep ik over mijn schouder terug. Ik stapte het portiek in, opende de meterkast – die we bij gebrek aan keukenruimte gebruikten als voorraadkast – en ging op mijn tenen staan om bij de bovenste plank te komen. Daar stond de nieuwe pot chocoladepasta, verstopt achter de jerrycan frituurvet, nog precies waar ik hem een paar dagen geleden had neergezet.

'Zou je niet even wachten met eten tot straks?' klonk mijn vaders stem vanuit de woonkamer.

Met de pot onder mijn arm geklemd liep ik terug naar binnen. 'Het is niet voor mij.'

De dierenarts legde uit dat hij Senta twee injecties zou geven. Van de eerste zou ze alleen maar in slaap vallen. Daarna kwam het tweede spuitje, waardoor haar hart zou stoppen. Hij vertelde het kalm, alsof het volslagen normaal was wat hier gebeurde. Alsof de wereld zoals ik die altijd gekend had niet ter plekke ophield te bestaan.

Maar Senta gaat naar een mooie plek! Het maakte niet uit dat mijn binnenstem dat nu voor de duizendste keer riep, want die mocht het wat mij betrof blíjven roepen, tweeduizend keer, drieduizend keer, zodat ik het nooit zou vergeten. *Een mooie plek, een mooie plek.* Een mooie plek waar ze op mij zou wachten. Want dit hier was allemaal maar tijdelijk. Tijdelijk! Zo tijdelijk dat het bijna irrelevant was. Waar Senta naartoe ging, dát was eeuwig, dát was waar het om ging. Dit was allemaal slechts een onbenullig voorprogramma.

Senta zou geen pijn meer hebben.

En het was mijn taak om ervoor te zorgen dat zij nu, in haar laatste minuten, ook geen pijn had. Dat ze geen tijd zou hebben om te voelen dat ze een prikje kreeg. Dat ze het te druk zou hebben met het ervaren van triomf, omdat haar langgekoesterde wens eindelijk uitkwam.

'Daar komt-ie, Sen.' Ik draaide het deksel van de pot chocoladepasta en doopte mijn vinger in de smeuïge, suikerzoete substantie. 'Ruik eens?'

Senta's ogen lichtten op. Vragend keek ze me aan.

Ik lachte. 'Ja, lieverd. Je krijgt eindelijk jouw felbegeerde chocopasta.'

Ze gaf een klein proestje van opwinding. Voorzichtig likte ze mijn vinger af, alsof ze niet kon geloven dat het echt mocht, daarna bewoog haar tong harder, gretiger. Toen mijn vinger schoon was, keek ze verlangend naar de pot. Ik pakte hem op en zette hem tussen haar voorpoten. Senta bedacht zich geen moment en dook met haar neus midden in de pasta.

'Nu,' zei ik zachtjes tegen de dierenarts.

Met een strakke, beheerste beweging drukte hij een injectie in Senta's bil. Ze merkte het niet, te druk als ze was met het naar binnen schrokken van grote happen chocola, een gelukzalige glimlach op haar met pasta besmeurde snuit. Haar staart zwiepte opgetogen heen en weer.

Ik streelde haar over haar kop, haar warme lijfje, haar zachte, bruine vacht. Ik bracht mijn mond bij de fluwelen driehoek van haar oor en fluisterde: 'Ik hou van je.'

Haar roze tong bewoog nog altijd blij heen en weer in de pot. Ze schrokte, ze smakte, ze likte, ze...

Haar bewegingen werden langzamer.

Met haar neus nog in de pot viel ze in slaap.

Ik had een dekentje over haar heen gelegd. Haar lijfje was koud. Ze koelde snel af. Ik wist dat ze de plaid niet voelde, de kou niet merkte, dat haar ziel gevlogen was. Maar toch. Toch was het Senta's lichaam dat hier in de mand lag. Senta's tong die uit haar mond hing, bruin van de chocoladepasta. Senta's oogjes die gesloten waren, haar grijze wimpers stil.

De dierenarts had gezegd dat ze over ongeveer een uur zou worden opgehaald. Onbekende handen zouden haar optillen en meenemen. Handen die haar nooit hadden geaaid, waar zij nooit aan gesnuffeld had. Ik moest haar mee laten gaan met mensen die haar nooit hadden zien rennen, die niet wisten hoe ze vroeger op me had staan wachten bij het schoolplein. Hoe ze me met haar natte neus wakker duwde uit een nachtmerrie, mijn gezicht likte als ik verdriet had, zich troostend tegen me aan duwde als ik migraine had. Hoe we samen naar Elvis hadden geluisterd.

Ik zat nog steeds bij haar in de mand.

Mijn moeder was met bevende handen achter haar naaimachine gaan zitten, een doos tissues voor zich op tafel. Mijn vader kwam bij me staan en legde zijn hand op mijn schouder. 'Je hebt haar een heel mooi laatste moment gegeven, Jas. Ze heeft er niets van gemerkt dat ze in slaap werd gebracht.'

Ik knikte. En slikte. Ik kon niets zeggen. De laatste woorden die ik had gesproken waren tegen Senta geweest, en dat wilde ik zo houden. Het laatste wat mijn handen hadden aangeraakt was Senta. Het laatste wat mijn ogen hadden gezien was Senta. Zolang dat zo bleef, was ze er nog. Het mocht nog niet overschreven worden.

Ik trok het dekentje nog wat beter over haar heen.

Voor het eerst werd de nacht niet omlijst door Senta's vertrouwde gesnurk. Voor het eerst voelde ik haar slapende warmte niet tegen me aan. Mijn voeten schoven heen en weer onder het dekbed, zoekend naar iets wat er niet meer was. Ik woelde en draaide, hoorde mijn vader thuiskomen uit de nachtdienst, mijn moeder die opstond, theezette, Emiel die een douche nam en naar zijn werk ging. Ik bleef liggen.

Deze nieuwe dag had mij niets te bieden.

'Jasmijn?' Mijn moeder stak haar hoofd om de deur. 'Ik ga naar Blokker. Gaat het een beetje?'

Ik lag op mijn rug, staarde naar de witte ribbels van het plafond. Hierboven was de vloer van de bovenburen, boven hún plafond was het dak. Daarboven was de lucht. En daarboven... de hemel.

Waar Senta was.

Mijn moeder liep naar binnen en schoof mijn gordijnen open. 'Moet je niet opstaan? Je moet om tien voor halftien op school zijn, toch?'

'Ik ga niet. Ze kunnen best nog een dag denken dat ik ziek ben.'

Ik wachtte op het onvermijdelijke 'je gaat wél/je hebt afleiding nodig/van in bed blijven liggen komt Senta heus niet terug', maar het kwam niet.

Mijn moeder knikte en streek zachtjes over mijn wang.

'Je bent weer beter,' zei Kirstin, terwijl ik naast haar aanschoof bij bedrijfseconomie. Er lag een lach op haar gezicht. Een onbezorgde lach. De lach van iemand die niet de belangrijkste ziel in haar leven in haar armen had zien sterven. 'Wat had je?'

Ik bazelde iets wat ik zelf niet eens verstond.

Beter? Ik was niet beter. Ik zou nooit beter worden.

Meneer De Bruin liep de klas in en begon direct met het uitdelen van stencils. Fuck, de repetitie, helemaal vergeten. Maar wat maakte het uit. Wat maakte alles nog uit.

'Gaat het wel?' fluisterde Kirstin.

Ik schudde mijn hoofd.

'Wie klaar is, mag het bij mij inleveren en het lokaal verlaten,' zei meneer De Bruin. 'Maar denk erom: niet op de gang blijven hangen.'

Kirstin volgde me naar de toiletten. 'Wacht even.'

Ik stond stil, mijn hand op de deurklink. Zag ze niet dat ik alleen wilde zijn?

'Wat loop jij snel, joh,' zei ze hijgend.

'Wat is er?' vroeg ik.

'Nou, dat wilde ik juist aan jou vragen.'

'Laat mij maar even met rust.'

'Nee.' Ze sloeg een arm om me heen en deed alsof ze niet merkte dat ik acuut verstijfde. 'We gaan even ergens heen waar we rustig kunnen praten.'

Haar arm lag als een zwaar, onbekend gewicht op mijn schouders. Ik wist niet of ik hem van me af moest schudden of stil moest blijven staan.

'Kom.' Kirstin trok me mee de hoek om, naar het stukje gang voor 2.9. Daar liet ze haar rugtas op de grond vallen en ging tegen de muur aan zitten. Ze klopte met haar vlakke hand naast zich. 'Kom.'

Ik zakte naast haar neer, mijn rug tegen de harde muur, mijn armen om mijn opgetrokken benen gevouwen. Ze moest eens weten dat ik hier al jarenlang elke pauze zat.

'Praat tegen me,' zei ze.

Kirstin bedoelde het goed. Ze zou me nooit begrijpen, maar ze bedoelde het goed.

'Senta is dood,' zei ik.
Met een ruk keek ze op. 'Wat?'
Ik beet op mijn trillende lip.
'Hoe... Wat is er in godsnaam gebeurd? Jezus. Wat erg!'
Ik veegde met de rug van mijn hand langs mijn ogen.
Weer sloeg Kirstin haar arm om me heen.
Mijn hele lichaam schokte van het snikken. Ik kon het niet tegenhouden. Ik veegde mijn neus af met de mouw van mijn jas. Probeerde diep adem te halen.
'Wat is er gebeurd?' vroeg Kirstin weer. 'Was ze ziek?'
Ik knikte.
'Wat vreselijk,' fluisterde ze. 'Ik weet dat ze je beste vriendin was. Echt verschrikkelijk.'
We bleven zitten tot de bel ging.
Snel krabbelde ik overeind. Ik moest de toiletruimte in schieten voordat het hier volstroomde met mensen. Het geluid van voetstappen klonk al in het trappenhuis.
'Jasmijn,' klonk Kirstins stem.
Ik haastte me de gang door.
Kirstin kwam achter me aan, legde haar hand op mijn schouder. 'Wacht nou even!'
De deur van het trappenhuis vloog open, een groep tetterende brugklassers stormde de gang op. Ik kneep mijn ogen dicht. Het was te laat: als ik nu doorliep, dan ging ik tegen de stroom in. Ik kon beter hier blijven staan en wachten tot iedereen voorbij was.
'Hoi, Jas,' klonk het plotseling.
Ik deed mijn ogen open.
Colette stond voor me, haar blonde haar glanzend over haar schouders. Haar stem was nog zwaarder geworden; ze klonk volwassen.
'Hoi,' zei ik.
'Ik hoorde van mijn moeder over Senta. Echt zwaar kut.'
Ik knikte, mijn keel dik.
Een jongen met een zwart leren jack sloeg zijn arm om Colette heen en drukte een kus op haar mond. Hij was ouder dan wij. Zijn wangen waren donker van stoppels.
'Nou, doei,' zei ze.
Samen met de jongen liep ze verder.
'Ken jij haar?' vroeg Kirstin verbaasd.

Colettes hoofd verdween in de massa. Ik knipperde en kneep mijn ogen samen in een poging haar opnieuw te ontwaren. Colette was de enige persoon op deze hele school die Senta had gekend. Door haar te zien, door haar Senta's naam te horen zeggen, was het alsof Senta er zelf weer heel even was geweest. Ik ging op mijn tenen staan, probeerde over de vele hoofden in de gang heen te kijken.

Maar Colette was weg.

Ik bracht steeds meer tijd door in de kelder. Als ik er na schooltijd mijn fiets neerzette, bleef ik er hangen, aangetrokken door de plek waar Senta's mand nu stond. Ik kroop erin, drukte haar dekentje tegen mijn wang, snoof haar geur op. Soms verbeeldde ik me dat de mand nog warm was, dat ik de afdruk van haar lijfje er nog in zag. Het maakte niet uit hoeveel dagen er verstreken. Hier, in de kelder, stond de tijd stil.

Hier kon ik nadenken.

Ik dacht terug aan een boek dat ik had gelezen, vol met verhalen van mensen over hun bijna-doodervaring. Deze mensen hadden een ongeluk of een hartstilstand gehad en waren heel kort dood geweest, voordat ze door reanimatie weer terug tot leven waren gebracht. Allemaal hadden ze hetzelfde gezien: een prachtig licht, waar ze werden opgewacht door degenen die hun waren voorgegaan, zielen die ze tijdens hun aardse bestaan hadden liefgehad. Na deze ervaring waren ze niet langer bang voor de dood. Sommigen verlangden er zelfs naar.

Eén zin sprong opnieuw en opnieuw door mijn gedachten.

Het mooiste moment van je leven is het moment waarop je doodgaat.

'Denk jij weleens na over de dood?'

Kirstin schudde haar hoofd. We zaten voor lokaal 2.9, waar ze nu steeds vaker samen met mij de pauzes doorbracht. Soms ging ze even naar beneden om in de aula iets te eten te halen, maar daarna kwam ze terug. 'Nee,' zei ze. 'Jij wel dan?'

'Soms. Ik denk dat het in de hemel veel mooier is dan hier.'

'De hemel?' Kirstin rimpelde haar neus. 'Geloof jij daarin?'

'Natuurlijk geloof ik daarin. Jij toch zeker ook?'

'Nee.' Ze gebaarde om zich heen. 'Dit, hier, dit is alles wat er is. Dit is het leven. Als je dood bent, dan ben je dood, zo simpel is het.'

'En dan is het afgelopen? Dan is er helemaal niets meer, volgens jou?'

'Dood is dood,' zei ze weer. Ze nam een slok van haar blikje cola.

Het woord 'dood' alleen al had de laatste dagen een warme, zoete klank gekregen. Als ik dood was, zou ik herenigd zijn met Senta.

'Jíj gelooft dus wel in een soort hiernamaals?' Kirstin keek me vragend aan.

'Het heeft niets met geloven te maken, het is gewoon een kwestie van logica. Elk levend wezen is opgebouwd uit energie, en energie kan niet vergaan. Dat is onmogelijk. Dus als iemand zogenaamd doodgaat, dan betekent het eigenlijk alleen maar dat de energie een andere vorm aanneemt. Dus dan moet die wel in een andere dimensie doorleven.'

'Een andere dimensie.' Kirstin giechelde. 'Wat heb jij voor pilletjes op? Je zit een partij te trippen hier, zeg.'

'Laat maar.' Ik draaide mijn gezicht de andere kant op, plotseling niet langer in staat dezelfde lucht in te ademen als zij. 'Je begrijpt het niet.'

Kirstin lachte nog steeds, maar werd uiteindelijk stil. 'Sorry,' zei ze langzaam. 'Ik wist niet dat je echt serieus was.'

Ik zweeg, nog steeds van haar afgewend.

'Komt dit door die vriendin van jou?' vroeg ze zacht. 'Door Senta?'

Ik maakte een wegwuifgebaar met mijn hand.

'Goed. Oké.' Ik hoorde haar in haar tas rommelen, iets doormidden breken. 'Wil je de helft van mijn KitKat?'

Thuis werd er niet meer over Senta gesproken. In elk geval niet tegen mij. Ik had mijn moeder aan de telefoon horen praten met tante Annie, had haar horen zeggen dat het 'wel goed' ging met mij. 'Ja, Jasmijn lijkt zich wel te redden, ze gaat er beter mee om dan we hadden verwacht… Ja, dat denk ik ook… Inderdaad, de klap moet nog komen, daar zijn wij ook bang voor.'

De klap moest nog komen?! De klap was non-stop aanwezig. De klap was er elke seconde van elke dag. De klap beukte en beukte en beukte op me in. Mijn hart was bont en blauw en hapte naar adem. Maar aan de buitenkant zag je dat niet.

Nee, aan de buitenkant zag je helemaal niets.

Aan de buitenkant ging het 'wel goed' met mij.

Ik had Senta's riem aan de spijlen van mijn bed gehangen en vlocht mijn vingers erdoorheen als ik ging slapen. In het donker lag ik wakker en dacht ik aan mensen die in hun slaap overleden, zomaar, zonder duidelijke oorzaak. Het gebeurde ook met jonge mensen. Een bloedpropje in de hersenen, of een hart dat er ineens mee stopte. Soms hoopte ik dat het mij zou gebeuren. Dat ik in mijn slaap de oversteek zou maken naar die andere wereld, de wereld waar Senta nu was.

Maar elke ochtend werd ik wakker.

Wanneer Elvis me toezong, vroeg ik me af of Senta nu bij hem was. Ik vermoedde van niet. Het was natuurlijk heel groot in de hemel, en wie elkaar hier, in de tijdelijke wereld, niet had gekend, zou elkaar daar waarschijnlijk ook niet kennen. Ik stopte met tegen Elvis te praten. Zijn stem maakte me nog altijd rustig, maar mijn engel was hij niet meer.

Die rol was overgenomen door Senta.

Stukje bij beetje verdwenen de tastbare restjes van haar. Mijn moeder verschoonde mijn beddengoed en liet daarmee de donkere haartjes verdwijnen. Mevrouw Stoep schrobde Senta's pootafdrukken van de portiektrappen. Ik vond haar in mijn hoofd en in mijn hart, maar het was niet genoeg. Ik moest bij haar zijn, écht bij haar zijn.

Ik moest naar haar toe.

De gedachte liet me niet meer los. Senta had mij gevolgd waar ik maar ging, nu was het mijn beurt om háár te volgen. Wat had ik hier nou, zonder haar? De wereld zou me niet missen, dat had ik altijd al beseft. Ik voegde niets toe aan deze planeet. Ik was mensen alleen maar tot last. Dat was een simpel feit, iets wat ik rustig kon constateren zonder mezelf zielig te vinden. De realiteit niet onder ogen kunnen zien, dat was pas zielig. Wat hadden mijn ouders aan mij? Aan iemand die alleen maar op haar kamer zat, iemand met wie altijd maar rekening moest worden gehouden. *Mag de tv zachter? Mag die lamp uit? Mag het raam open. Ja, ik weet dat het vriest. Pa, wil je niet zo met je krant ritselen? Emiel, moet jouw muziek zo dreunen? Ma, waarom klingel je zo met dat lepeltje in je glas?* Ik kon me heel goed voorstellen dat het niet leuk was om met mij onder één dak te leven. De enige die oprecht blij met mij was geweest, was Senta.

En dat kon ze weer zijn.

Ik zou haar weer blij kunnen maken.

Maar ondanks de opluchting dat ik er niet meer was, zou mijn overgang naar die andere wereld ook verdriet veroorzaken, besefte ik. In het verleden had mijn moeder immers gehuild als ik was weggelopen, dat moest ik nu voorkomen. Toen had ze niet geweten waar ik was, en daarom zou ik nu een briefje achterlaten. Een afscheidsbrief, waarin ik precies vertelde waar ik naartoe ging en dat mijn ouders niet moesten denken dat ik zelfmoord had gepleegd. Want dat was het dus juist helemaal niet. Ik vermoordde mezelf niet. Ik zou alleen maar naar een betere plek gaan, naar Senta. Dat het toevallig een plek was waar mijn lichaam niet mee naartoe kon, was slechts een aards detail. Hopelijk konden mijn ouders verder kijken dan dat.

Maar konden ze dat echt?

Ik wist het niet.

Want al zou ik honderd keer in die brief schrijven dat ze blij voor me moesten zijn, ik was bang dat ze het toch niet zouden snappen. Niet écht. En ze zouden er ook nog eens op worden aangekeken. Mensen die langs de Blokker liepen, zouden naar binnen wijzen en zeggen: 'Daar staat de moeder van dat meisje dat zelfmoord heeft gepleegd.'

Mensen konden zo ongelooflijk kortzichtig zijn.

Vorig jaar was er een man van de Karel de Stouteflat gesprongen, en weken later werd er nog steeds schande van gesproken. De mensen noemden hem laf en egoïstisch. Maar wat was er egoïstisch aan? Die man had er nooit om gevraagd om op deze wereld te komen, en blijkbaar mocht hij er ook niet zelf voor kiezen om deze plek weer te verlaten. Waar sloeg dat op? Mensen begrepen het eenvoudigweg niet, dat was het. En daar moest ik wat aan doen.

Ik moest een perfecte brief schrijven.

Een perfecte brief was er in dit geval eentje waarin alles heel duidelijk stond uitgelegd, zodat er geen enkele vraag zou achterblijven. Dat zou een ramp zijn. Daar zou ik namelijk nooit meer antwoord op kunnen geven en op die manier zou ik voor eeuwig onbegrepen zijn. Daarom moest ik met alle vragen rekening houden. Ik dacht na en schreef ze een voor een op.

Waarom? Omdat ik altijd bij Senta was geweest en niet zonder haar wilde. Zij hoorde bij mij. Als je er goed over nadacht, zou het juist bizar zijn als ik dit níét deed. Als ik gewoon verderging met mijn leven hier, terwijl zij dáár was. Dat klopte niet. Zonder haar klopte ík niet.

Zelfmoord? Absoluut niet, zelfmoord was een totaal verkeerde opvatting. Ik verliet slechts mijn lichaam, dat was alles. Uiteindelijk zou iedereen dat doen. Ik alleen wat eerder. Dus wat maakte het uit?

Zo'n drastisch besluit, alleen maar vanwege een hond? Hallo. Senta was allesbehalve 'alleen maar een hond'. Zij was mijn hele wereld. Ik wist ook wel dat niet iedereen dat op die manier ervaarde. Voor Emiel was ze bijvoorbeeld gewoon een huisdier geweest. Dat was hoe de meeste mensen een hond zagen, als iets voor erbij. Maar voor mij was ze alles. Dus het was niet drastisch dat ik besloot bij haar te blijven. Het zou juist drastisch zijn om zonder haar door te gaan.

Begrafenis of crematie? Crematie, zodat niemand zich verplicht zou voelen om mijn graf te bezoeken. Stel je voor dat je na je dood nog stééds anderen tot last was.

Welke muziek tijdens de plechtigheid? Elvis natuurlijk. *Just Pretend* en *Help Me Make It Through The Night* en daarna, om mijn standpunt nog even te bekrachtigen, *Home Is Where The Heart Is.*

Goed. Ik probeerde te bedenken wat mijn ouders nog meer voor vragen zouden kunnen hebben, maar er kwam niets meer in me op. Ik schreef dat het niet hun schuld was. Voor de zekerheid plaatste ik er drie uitroeptekens achter. Daarna probeerde ik opnieuw en steeds in andere woorden uit te leggen dat ik geen eind maakte aan mijn leven maar dat ik ergens anders juist vérderging met leven. Dat was het hele punt. Al op de kleuterschool hadden we geleerd dat er een hemel was. We hadden er blije liedjes over gezongen. En nu was Senta daar. Hoe kon iemand mij dan kwalijk nemen dat ik naar die fijne plek verlangde?

Ik schreef de brief in mijn eigen krullerige handschrift. De letters dansten onder mijn pen vandaan, maar nog steeds vreesde ik dat ze niet met dezelfde vrolijkheid gelezen zouden worden. Hoeveel woorden ik er ook aan wijdde, ik bleef het gevoel houden dat het niet genoeg was. Dat er vragen zouden komen waar ik nu geen weet van had. Ik moest mij leren 'verplaatsen in een ander'.

Maar hoe dan?

Mijn moeder stond in de keuken, snijbonen door de molen te halen. Ik ging bij haar staan, mijn pen nog in mijn hand, en vroeg: 'Wat zou je doen als ik dood was?'

'Wat?' Ze zette de vergiet onder de kraan, spoelde de snijbonen af. 'Wat is dat nou weer voor gekke vraag. Doe eens niet zo eng, zeg.'

'Ik ben serieus. Wat zou je doen?'

'Ja, jezus, ik zou gek worden, Jas.'

Dat was dus een antwoord waar ik niets aan had. Ik kon moeilijk in mijn brief zetten: *PS, niet gek worden, ma.*

Ik liep terug naar mijn kamer en ging op mijn rug op bed liggen.

Natuurlijk zou mijn moeder niet echt gek worden, het bewijs daarvan had ik zelf gezien. Emiel was opgeroepen voor militaire dienst, en een paar weken geleden was hij gegaan. Het was ergens in Friesland, en zijn dienstperiode zou meer dan een jaar duren. Alleen in de weekenden was hij thuis. Hij vond het geweldig. Vorig weekend had hij ons een foto laten zien van hem in camouflagekleding met allemaal modder op zijn gezicht. Mijn moeder had de foto toen hij weer weg was op de schoorsteen gezet, zo was hij er toch nog een beetje bij. En dat zou ze met mij ook doen. Ik zou een foto op de schoorsteenmantel worden, niets aan de hand. Ik ging weer aan mijn bureau zitten, maar de juiste woorden kwamen niet.

Uiteindelijk legde ik de brief terug in mijn la.

Ik zou er later mee verdergaan.

'Wat ben je aan het schrijven?' Kirstin probeerde op mijn vel te kijken. 'Je maakt nooit aantekeningen.'

Elliot draaide zich naar ons om. Zijn bruine ogen keken naar mijn pen. 'Een liefdesbrief aan mij?'

Ik werd rood. Wist hij hoe leuk ik hem vond? Snel legde ik mijn hand over de brief.

'Elliot en Kirstin,' zei meneer Lodewijks luid. 'Monden dicht tijdens de les. Vergaderen doen jullie maar in de pauze.'

Elliot knipoogde naar me en draaide zich terug.

Kirstin keek me nog steeds vragend aan.

Ik vouwde mijn brief dubbel en stak hem achter in mijn schrift. Nog altijd kon ik de exacte woorden niet vinden. Mijn ouders geloofden niet in een hiernamaals. Zij zouden denken dat ik weg was, écht weg, en dat ze mij nooit meer zouden terugzien. Toen ik ze destijds verteld had over het boek met bijna-doodervaringen, had mijn vader gezegd: 'Die mensen kunnen wel zoveel zeggen. Laat ze het eerst maar eens bewijzen.'

Hoe kon een brief hun duidelijk maken dat er wél een hemel was?

'Heb je zin om mee naar mijn huis te gaan?' vroeg Kirstin toen het tussenuur begon. Ze woonde twee straten achter de school. 'Mijn ouders zijn aan het werk.'

Snel keek ik naar de grond, zodat Kirstin me niet zag nadenken. Ik moest een aardige manier verzinnen om nee te zeggen. Ik moest dit tussenuur gebruiken om verder te werken aan mijn afscheidsbrief. Bovendien was ik behalve bij Colette nog nooit in mijn eentje bij iemand thuis geweest. Een heel tussenuur lang nog wel. Waar konden we in hemelsnaam al die tijd over praten? Want niets zeggen zou raar zijn. Ik kende niemand die het, zoals ik, fijn vond om gewoon stil te zijn. Maar –

'Hé, Anouk en ik gaan naar het Zuidplein.' Wytske wapperde met het witte hoesje van haar busabonnement. 'Jullie ook?'

'Nee, wij gaan naar mijn huis.' Kirstin stak haar arm door die van mij. 'Kom, ga je mee?'

In mijn hoofd zei ik nee.

In het echt ging ik mee.

We zaten tegenover elkaar op Kirstins bed, allebei in kleermakerszit, een grote schaal met chips tussen ons in. Aan Kirstins muur hingen posters van Brandon en Dylan uit *Beverly Hills 90210*, en overal lagen kleren: op de grond, over haar stoel, op haar bed. Onder een grote muurspiegel hing een brede plank met daarop allemaal make-up. Wat een verschil met mijn eigen kamer, die ik zo leeg mogelijk hield omdat troep mijn hersenen onrustig maakte. Hier, in Kirstins kamer, was mijn hoofd voortdurend bezig om alles te registreren, elk object scherp in beeld te krijgen. Een onmogelijke opgave. Zelfs nu ik mijn blik strak op de chips gericht hield, zag ik de rode vlek van de doodgeslagen mug op de muur boven haar hoofd. Haar paarse gordijnen, waarvan de linker verder openhing dan de rechter. Parfumflesjes zonder dop. Waar was de dop? Er hoorde een dop op.

'Maar wat was dat nou, wat je aan het schrijven was tijdens Nederlands?' vroeg ze.

'O, niets. Een brief. Zomaar.'

'Dus Elliot had gelijk?' Ze dempte haar stem, ook al was er verder niemand thuis. 'Val je op hem?'

'Wat? Nee, joh. Natuurlijk niet.'

'O, oké. Had gekund, toch? Ik vind Stefan leuk.'

Er viel een stilte.

Toen ik opkeek, zag ik dat Kirstin mij zonder te knipperen aankeek, haar mond licht geopend. Ik herkende het als een afwachtende blik. Ik moest wat zeggen. Maar hoe moest je reageren op zo'n bekentenis? Colette had me dezelfde soort dingen toevertrouwd, maar ik wist dat ik destijds niet gereageerd had zoals de bedoeling was. Daar moest ik van leren. Dus dit keer dempte ook ik mijn stem en hoorde ik mezelf zeggen: 'Misschien vind ik Elliot inderdaad een klein beetje leuk.'

'Ik wist het!' Kirstin wipte op en neer op het bed. De schaal met chips schudde. 'Ik wist het, ik wist het!'

Ik lachte, een onverwacht geluid in mijn eigen oren. Ik had gedacht pas weer te kunnen lachen wanneer ik met Senta herenigd was. En toch zat ik ineens hier, en at ik chips, en kletste ik met iemand over jongens.

Jongens!

'Stefan ziet mij niet staan, maar dat komt nog wel.' Kirstin had blosjes op haar wangen gekregen. 'Volgende maand is de klassenavond. Daar ga ik met hem zoenen, let maar op. En jij met Elliot!'

Ik kneep mijn vuist om het handje chips dat ik net had gepakt. Ze verkruimelden vettig in mijn hand. 'Ik ga niet naar de klassenavond, hoor.'

'Natuurlijk wel, dat is onze kans! Op school zal er nooit wat gebeuren, niet als jij in de pauzes altijd maar boven wil blijven.'

'Maar er hoeft van mij ook helemaal niets te gebeuren.' Dat was niet waar, natuurlijk. Het zou geweldig zijn als er iets tussen mij en Elliot zou 'gebeuren'. Als ik dicht tegen hem aan zou staan, zijn warmte zou voelen. Als hij zachtjes mijn naam zou zeggen. Als we zouden zoenen. Maar Kirstin had gelijk: op school was daar geen kans op. En zo'n klassenavond leek me een verschrikking.

Van feestjes werd ik ziek, dat was al te vaak zo geweest.

Kirstin zuchtte dramatisch. 'Oké, dus jij gaat niet. Maar ík ga wel. Mijn moeder vindt me nog te jong om uit te gaan, maar een schoolfeest is prima.' Ze wipte van het bed op en opende haar kastdeur. Een kleurige berg van topjes, bloesjes en spijkerbroeken sprong tevoorschijn. 'Maar wat moet ik aan?'

Die avond staarde ik lang in de ogen van Elvis. Heel lang. Ik bracht mijn gezicht dicht bij de poster naast mijn deur en streek met mijn wijsvinger over zijn wang. De foto was een portret, in kleur. De eenentwintigjarige Elvis droeg een overhemd met korte mouwen, de kraag stond overeind. Ik zag zijn magnetische schoonheid maar ik 'viel' niet op hem, zoals Kirstin het noemde. Dat was nooit de reden geweest van mijn hang naar hem. Het ging dieper dan dat. Hoe vaak al had hij me geholpen door me rustig te maken met zijn stem?

En nu was er weer iets waarbij hij me kon helpen.

Want stel dat ik ooit inderdaad met Elliot zou zoenen – ik kon me niet voorstellen waar, of wanneer, maar stel nou gewoon dát – dan moest ik wel iets van ervaring hebben. Dan moest ik ertegen kunnen om zo dicht met mijn gezicht bij dat van hem te zijn, zonder direct achteruit te deinzen. Dan moest ik hem durven aankijken, ook als onze ogen zo dicht bij elkaar waren, dat onze wimpers elkaar bijna raakten.

De poster van Elvis hing een paar centimeter hoger dan mijn gezicht, hetzelfde lengteverschil als ik met Elliot had. Ik drukte mezelf tegen de muur en beeldde me in dat ik Elliots lichaamswarmte voelde. De blauwe ogen van Elvis keken geduldig op me neer. Er lag een geamuseerde blik in. Maar hij was er. Hij hielp me.

En toen mijn lippen de zijne raakten, was het niet Elvis maar Elliot die ik kuste.

Er was bijna een maand voorbij sinds Senta me was voorgegaan, en nog altijd was het me niet gelukt de perfecte brief aan mijn ouders te schrijven. Telkens opnieuw slaagde ik er niet in de juiste woorden te vinden, alsof ik ook in geschreven vorm een andere taal sprak dan de rest van de wereld. Steeds weer legde ik de brief onaf terug in mijn la.

Onder de dekens voelde ik Senta soms nog tegen me aan, alsof 's nachts de grenzen tussen het eeuwige en het tijdelijke vervaagden en ik, als ik me heel erg concentreerde, weer een beetje bij haar was. Soms hoorde ik haar zelfs ademhalen. Maar wanneer ik 's ochtends de gordijnen openschoof en mijn lege bed zag, vroeg ik me af of ik het me verbeeld had. Zij was daar, in die wereld die mij riep. Maar hoorde ik het goed dat de lokroep minder hard was dan een paar weken geleden? Er klonken ineens andere geluiden doorheen. De opgewekte stem van Kirstin. Haar klaterende lach, die zo weinig nodig had om naar buiten te komen. Haar vrolijkheid werkte aanstekelijk. Soms lachte ik vanzelf met haar mee.

Om niets.

Om alles.

Het maakte het zoeken naar de juiste afscheidswoorden er niet eenvoudiger op.

Na gym en bedrijfsadministratie was ik nu ook gestopt met etaleren. Nog steeds vulde ik deze gaten in mijn rooster op in de flat achter het Mercatus, weggekropen in de donkere koelte van de openbare kelderruimte. Daar las ik Engelstalige romans. Het Mercatus College had een kleine schoolbibliotheek met een fijn aanbod van boeken die ik nog niet kende. Op dit moment was ik verdiept in *The Picture of Dorian Gray*, en twee keer had ik moeten rennen om nog op tijd te zijn voor het volgende uur, zo verdiept was ik geweest in het verhaal. Wanneer ik op het nippertje bij het lokaal aankwam, mijn hersenen nog bruisend van het moois waarmee ik ze had gevoed, trof ik daar de rest van mijn klas, hun ogen dof als verstofte knikkers, hun mondhoeken slap van verveling. Op die momenten moest ik mezelf, meer nog dan anders, dwingen me bij de groep te voegen, aan te schuiven aan mijn tafel, doen alsof ik een van hen was, terwijl ik voelde dat ik daar niet hoorde. Dat ik weg moest, terug naar de kelder achter de school, terug naar waar dan ook, alles beter dan deze geestdodende gevangenis.

Economie was het vierde vak waar ik mee stopte.

Ik wist dat mijn gedrag kon worden opgevat als spijbelen en daardoor tegen de regels was, maar zo zag ik het niet. Het waren niet míjn regels die ik brak. Het schoolreglement was door een vreemdeling bedacht, iemand die mij helemaal niet kende, hoe kon het dan op mij van toepassing zijn? Blijkbaar dacht het Mercatus College daar zelf ook zo over want nog altijd was er, behalve Kirstin, niemand die over mijn afwezigheid begon.

'Stefan moet twee uur nakomen omdat hij Nederlands heeft gemist,' merkte ze op, 'terwijl jij allerlei vakken skipt en er over jou niet eens een aantekening in het klassenboek staat.'

'Logisch, hij is al twee keer blijven zitten, daarom houden ze hem in de gaten. Ze hebben geen reden om tegen mij te zeuren. Ik haal misschien niet de allerhoogste cijfers, maar ik ga wel elk jaar over.'

We waren op Kirstins kamer, waar we tegenwoordig elke dinsdagmiddag zaten. Nog altijd trok mijn blik onrustig naar de overvolle prullenbak, de lades die half openstonden, de grote pluchen beer die een oog miste, maar steeds wanneer een van die objecten tegen mijn netvlies op vloog, pakte ik een Chokotoff uit de zak tussen ons in. Alles was minder erg met een smeltende toffee in je mond. In mijn hoofd herhaalde ik steeds opnieuw dat het niet míjn rommel was. Niets om me druk om te maken. En het hielp. Kirstin leerde mij, zonder dat ze dat zelf wist, een gesprek vol te houden. Of het me met anderen ook zou lukken wist ik niet, maar dat ik er bij háár in slaagde was al een hele stap vooruit.

Op deze dinsdagen liep ik tegen vijven de trappen van haar portiek af, pakte mijn fiets die tegen de lantaarnpaal stond en fietste naar huis. Mijn moeder was opgetogen omdat ik eindelijk vriendschap met iemand had gesloten.

Ja, ze had het woord 'eindelijk' gebruikt.

Alsof Senta er nooit was geweest.

Kirstins moeder werkte achter de kassa van een supermarkt op de Spinozaweg. Ik had haar gezien op een trouwfoto die in de gang aan de muur hing. Ze leek op tante Teun. Maar misschien leken alle moeders behalve die van mij op tante Teun.

Kirstin giechelde, en al wist ik niet meer waar we het over hadden, ik hoorde mezelf weer met haar meelachen. Zomaar, spontaan. Ik keek naar Kirstins opgewekte gezicht en merkte dat ik haar kon aankijken zonder dat ik hoefde te tellen hoelang ik het volhield. Het ging vanzelf. Ik had inderdaad een vriendin.

Ze had een tv op haar kamer, die op MTV stond. Ik zat er expres met mijn rug naartoe, en Kirstin had het geluid uitgezet. Maar af en toe, als er een video kwam die ze goed vond, ging het geluid toch aan en moest ik me van haar omdraaien om ook te kijken.

'Ik hoop dat ze deze volgende week op de klassenavond draaien!' riep ze uit, dansend door haar kamer. Toen de videoclip was afgelopen, liet ze zich met een zucht terug op bed vallen. 'Vind jij het ook geen waanzinnig nummer?'

Ik keek naar de tv. *Dreamlover*, stond er onder in beeld. Mariah Carey. 'Het klonk wel vrolijk.'

'Ik vind het geweldig. Wat voor muziek luister jij graag?'

'Ik hou van Elvis.'

'Elfjes? Hoe bedoel je?'

'Elvis!'

'Wat, je bedoelt Elvis Presley? Serieus? Die dikke vent met die bakkebaarden?'

'In zijn laatste jaren werd hij wat steviger, maar hij is ook jong geweest, hoor. Hij bracht zijn eerste nummers uit toen hij negentien was.' Ik pakte mijn agenda uit mijn tas en liet haar een foto zien uit 1957. 'Hier is hij tweeentwintig.'

'O, oké, niet verkeerd inderdaad.' Ze bestudeerde de foto en merkte op: 'Maar... wat zie je dan eigenlijk in Elliot? Hij is nou niet bepaald een Elvis om te zien, zullen we maar zeggen.'

Ik klapte mijn agenda dicht. 'Er is niets mis met Elliot.'

'Nee, natuurlijk niet. Ik bedoel alleen maar... Nou ja, Elliot is niet echt dat je zegt de knapste jongen van de klas, of zo. Hij lijkt op Eddie, uit *Vrienden voor het leven*, vind je niet?'

'Ik weet niet wie dat is. Maar Elliot is grappig. En hij heeft brede schouders. En lieve ogen. En hij is altijd aardig tegen iedereen. En...' Ik fronste mijn voorhoofd. 'Wat zit je nu weer te lachen?'

'Wat maakt het nou uit hoe hij eruitziet, joh. Ik was alleen maar benieuwd hoe je zou reageren. Of je hem écht leuk vindt. Ja dus!'

Ik gooide een handvol chips naar haar toe. 'Stom wijf,' zei ik grinnikend.

Ineens was daar het geluid van een sleutel in het slot. De voordeur die openging. Een stem, die zei: 'Kirst, ik ben thuis!'

'Hoi, mam!' riep Kirstin. 'Ik ben hier!'

Shit.

Ik keek op Kirstins klok: tien over vijf. Ik was helemaal de tijd vergeten. Snel stond ik op en pakte mijn rugtas op, die achter de deur stond, precies op het moment dat Kirstins moeder aan de andere kant van de deur haar hoofd naar binnen stak. Ze zag mij niet.

'Kom je zo helpen in de keuken?' hoorde ik haar vragen.

'Is goed, mam. Ik kom eraan.' Kirstin trok haar wenkbrauwen op toen ze mij achter de deur zag staan, mijn rug tegen de muur gedrukt, en vroeg: 'Wat doe je?'

'Zei je wat?' vroeg haar moeder vanuit de keuken.

Ik drukte mijn wijsvinger tegen mijn lippen, schudde driftig mijn hoofd. Mijn haar plakte in mijn bezwete nek. Ik kon het niet aan om haar moeder te ontmoeten. Die zou me vreemd vinden, me aankijken zoals tante Teun gedaan had, vragen stellen waar ik geen antwoord op wist. Ik zou mijn stem weer verliezen, zoals toen ik klein was.

Kirstin zou zich voor me schamen.

Met mijn rugtas over mijn schouder sloop ik Kirstins kamer uit, en zonder de keuken in te kijken haastte ik me door de gang naar de voordeur. Daar glipte ik het portiek in, maar het lukte me met mijn trillende handen niet om de deur geruisloos dicht te doen. Hij dreunde in het slot.

'Wat was dat?' hoorde ik Kirstins moeder vragen.

Ik raasde de trappen af en sprong op mijn fiets.

Toen ik de volgende ochtend bij Engels naast haar schoof, keek Kirstin niet op. Haar aandacht werd zogenaamd volledig in beslag genomen door een bladzijde uit ons tekstboek, stof die mevrouw IJdema maanden geleden al behandeld had.

De les was nog niet eens begonnen.

'Hoi,' zei ik.

Kirstin zei niets terug.

Ik beet op mijn lip. 'Sorry dat ik zo plotseling wegging gisteren, maar –'

Met een klap sloeg ze haar boek dicht. 'Maar wát, Jas? Wat was dat nou voor lompe actie, joh. Je hebt me echt voor lul gezet tegenover mijn moeder. Ze dacht meteen dat ik met een of andere jongen op mijn kamer had gezeten.'

'Een jongen?'

'Ja! Iemand die zij niet mag zien, iemand die snel moet wegvluchten als zij thuiskomt. Ze vroeg zelfs of ik met een Turk ga. Ik heb haar de hele avond moeten overtuigen dat het niet zo is.'

'Maar je hebt toch gezegd dat ik het was?'

'Ik weet niet of ze me gelooft. Ze vindt het erg vreemd.' Kirstin kneep haar ogen samen. 'En ik ook.'

Mevrouw IJdema begon te praten. Haar stem was een irritante inbreuk op mijn gedachten.

Ik had iets vreselijk fout gedaan gisteren.

Ik probeerde Kirstins blik te vangen, maar ze keek stug de andere kant op.

Leg het haar uit, fluisterde Normale Jasmijn boos in mijn oor. *Zorg dat ze je begrijpt.*

Maar hoe dan? Het had allemaal zo eenvoudig kunnen zijn. Ik had alleen maar even 'hoi' hoeven te zeggen, of 'hoi, ik ben Jasmijn', dat was alles. Dan had niemand mij raar gevonden, dan was er niets aan de hand geweest. Maar nee, ik moest zoiets simpels natuurlijk weer grandioos verpesten. Ik moest bevriezen, en me verstoppen, en vluchten. Ik was weer het suffe kind geweest dat achter de boom bij Colettes tuin stond. En alleen maar omdat ik in paniek raakte. Om niets. Om helemaal fucking niets.

En nu was Kirstin boos. En haar moeder was boos.

En ik was boos.

Op mezelf.

In de pauze liep Kirstin samen met Wytske en Anouk naar beneden. Ik liep in mijn eentje door de verlaten gang naar 2.9 en ging op de grond zitten. Ik at een boterham, dronk mijn appelsap. Sinds ik met Kirstin omging, liet ik mijn walkman thuis, maar het lukte me om in mijn hoofd naar drie Elvisliedjes te luisteren. Naar vier. Vijf.

Geen Kirstin.

Tijdens het zesde liedje ging de bel. Ik haastte me naar de toiletten, wachtte tot de drukte wegebde en liep naar het warenkennislokaal.

Kirstin zat er al.

Zonder wat te zeggen ging ik naast haar zitten. Ook zij zweeg.

Toen ik die middag thuiskwam, liep ik, voor het eerst in bijna twee maanden, onze kelderbox in en krulde mezelf op in Senta's mand.

Ik trok haar dekentje over me heen en sloot mijn ogen.

De volgende dag gedroeg Kirstin zich alsof er niets meer aan de hand was. In de klas draaide ze zich niet langer van me weg, en in de pauzes zaten we weer samen op de stille gang. Ik wachtte tot ze zou beginnen over wat er bij haar thuis was gebeurd, maar ze sprak over Stefan en een film die ze gisteravond op tv had gezien. Ik speurde haar gezicht af in een poging te ontdekken wat er werkelijk in haar omging en of ze diep vanbinnen misschien toch nog boos was. Haar wenkbrauwen lagen kalm en rustig boven haar ogen. Misschien had ze besloten dat ze het voorval wilde vergeten. In dat geval was het beter om er zelf ook niet over te beginnen.

Het zou stom zijn om haar boosheid weer aan te wakkeren.

Toen we de dinsdag daarna samen de school uit liepen, liep ze gewoon weer mee naar de fietsenstalling. Oké. Onze dinsdagmiddagroutine was niet verbroken. We zouden nog net als altijd samen naar huis gaan. Nu wist ik zeker dat ze me mijn blunder vergeven had.

Voortaan zou ik gewoon nooit meer vergeten om ruim voordat haar moeder thuiskwam te vertrekken.

'Nog drie dagen.' Kirstin ijsbeerde door haar kamer. 'Nog drie dagen, en ik heb helemaal niets om aan te trekken!'

Ik wees naar een zwart jurkje dat over haar stoel hing. 'Die is toch leuk?'

'Nee, ik moet iets nieuws. Ik ga aan mijn moeder vragen of ik mijn kleedgeld deze maand wat eerder kan krijgen, en dan ga ik morgen na school naar het Zuidplein. Ga je mee?'

Het Zuidplein. De grote, overdekte hel. Onmiddellijk begonnen de bloedvaten in mijn hoofd te pulseren. 'Nee,' zei ik resoluut.

'Waarom niet?' Kirstin plofte terug op bed. 'We zijn morgen om drie uur uit. We kunnen op de fiets.'

'Ik hou niet van winkelen.'

'Dag, dat geloof ik niet.'

'Het is zo.'

'Hoe geef jij je kleedgeld uit dan?'

'Dat krijg ik niet. Ik blader een paar keer per jaar door de *Wehkamp* en de *Otto*, en daar kies ik wat dingen in uit.'

Kirstins ogen werden groot. 'Dat is toch helemaal niet leuk? Dan kun je het niet eens passen.'

'Ik weet mijn maat, en die is altijd goed.'

'Dus jij shopt nooit.' Met elk woord kropen haar wenkbrauwen een trede hoger op de ladder van verbijstering.

'Niet voor kleding. Maar boekenwinkels vind ik wel leuk.'

'Ja, maar het zou zo leuk zijn om samen te shoppen! We zouden voor jou ook allemaal gave dingen kunnen uitkiezen. Misschien een outfit waardoor Elliot zijn ogen niet van je af kan houden?'

Ondanks alles schoot ik in de lach. 'Nee, echt niet.'

Ze rimpelde haar voorhoofd, alsof ik een moeilijke rekensom was die ze moest oplossen. Toen zei ze: 'Dus met Senta ging je ook nooit naar het Zuidplein of naar de stad.'

'Nee.' Ik zei het rustig, alsof ik de plotselinge steek niet voelde bij het horen van Senta's naam. Het vreemde was dat er soms momenten waren dat ik, voor heel even, vergat dat ze er niet meer was. Dat ik naar huis fietste in de volle overtuiging dat ze boven aan de trap op me zou staan te wachten. Terwijl ik heel goed wist dat ze ergens anders op me wachtte. De dringende, dwingende behoefte om ook naar die plek te gaan werd steeds vaker verdrukt door het gevoel dat ik nog even moest wachten, al wist ik niet op wat.

'Nooit winkelen,' mompelde Kirstin. 'Dat vind ik echt bizar.'

'Hebben jullie geen *Wehkampgids* dan?' vroeg ik. 'Misschien zien we daar ook wel wat leuks in voor jou!'

Kirstin schudde haar hoofd. 'Ik wil echt naar de winkel. Ik wil kunnen zien wat ik koop. Straks bestel ik iets, en dan komt het niet op tijd of past het niet, of wat dan ook. Het feest is aanstaande vrijdag al.'

'Stefan moest eens weten hoeveel moeite je doet,' merkte ik op, terwijl ik toekeek hoe ze opnieuw opsprong en voor de honderdste keer de hangertjes in haar overvolle kast opzijschoof.

'Dit is geen moeite,' zei ze. 'Dit is leuk.'

Ik besefte dat ze haar waarheid sprak. Voor haar was dit inderdaad leuk.

'Mag ik jou eens opmaken?' vroeg ze toen ze weer op bed zat. 'Een klein beetje maar. Gewoon, om te kijken hoe het staat.'

'Nee,' zei ik. Kirstin was dan wel een vriendin geworden, maar bij het idee dat ze met haar vingers aan mijn gezicht zou zitten moest ik me bedwingen om niet direct op te staan en naar huis te gaan. Dat was allemaal veel te dichtbij. Met Elliot zou ik zoiets intiems aankunnen, maar daar was ik verliefd op. Dat was anders.

'Alleen wat mascara en oogpotlood,' ging ze verder. Ze bestudeerde mijn gezicht. 'En misschien een vleugje lippenstift. Als je het niet mooi vindt, kunnen we het er meteen weer vanaf halen.'

Opeens begon ik te twijfelen. Ze wilde dit blijkbaar heel graag. Ik kon moeilijk op alles wat ze voorstelde steeds maar nee blijven zeggen. Ik moest ook háár vriendin zijn, niet alleen maar andersom.

Dus wat was erger: de krijsende echoput van het Zuidplein of een snelle visagie?

Om kwart voor vijf fietste ik mijn straat in, mijn wimpers zwaar van mascara. Ze waren ineens lang en krullend, en als ik voor me uit keek, zag ik een zwarte schaduw boven het beeld.

'Wat vind je ervan?' had Kirstin gevraagd, toen ze haar make-uptasje dicht had geritst. 'Ik vind het zelf heel goed gelukt!'

In de spiegel had ik naar mezelf gestaard. Mijn bruine ogen waren veranderd in twee donkere vlekken. Rouge lag in poederige blosjes op mijn wangen. 'Ik lijk wel een geisha.'

Kirstin had gegiecheld. 'Wat is een geisha?'

Met een tissue had ik de rouge van mijn gezicht geveegd. De oogmake-up en rode lippenstift had ik laten zitten. Het had wel wat.

Emiel, die een week verlof had, stond in de keuken toen ik thuiskwam, een pak melk aan zijn mond. Zijn grote legertas stond nog steeds onuitgepakt in de gang.

Ik lachte breed naar hem, benieuwd of hij de verandering zou zien.

'Kolere, wat heb jij nou met jezelf gedaan?'

'Niets,' zei ik snel. Ik wendde mijn gezicht af. Zie je wel, ik had die troep eraf moeten halen voordat ik op de fiets stapte. Dat soort dingen pasten toch helemaal niet bij mij.

'Staat je goed, hoor.' Emiel grinnikte en zette het pak terug in de koelkast. 'Maar er zit allemaal lippenstift op je tanden. Het lijkt wel alsof je iemand hebt verscheurd.'

‘Ik word gek, Jasmijn.’ Kirstin zoog haar wangen vol met lucht en liet die met een luide zucht ontsnappen. We stonden bij de uitgang van de school, ik met het stuur van mijn fiets aan mijn handen, zij wippend van haar ene voet op de andere. ‘Ik ga dood van de zenuwen.’

‘Je bent een dramaqueen. Het gaat een geweldige avond worden.’

Ze vouwde haar handen in een smeekgebaar. ‘Alsjeblieft, ga mee, alsjeblieft!’

‘Nee, echt niet. Je kunt me niet op andere gedachten brengen. Maar ik beloof dat ik de hele avond aan je zal denken.’

‘Vanavond gaat er eindelijk wat gebeuren. Ik weet het zeker, ik kan het voelen,’ zei ze voor de honderdste keer. Ze sprong weer op haar andere voet. ‘Mijn god, ik ben zo fucking zenuwachtig.’

‘Veel plezier!’ Ik stapte op mijn fiets. ‘Ik wil er maandag alles over horen.’

‘Maandag? Denk je dat ik zo lang kan wachten? Ik bel je morgen zodra ik wakker ben! Heb jij een telefoon op je kamer?’

Ik schudde mijn hoofd. ‘Maar we hebben sinds kort wel een draagbare telefoon, dus die kan mijn moeder komen brengen als jij belt.’

‘Dan hoor je me morgen. Duim voor me!’

Ik had mijn ouders niet verteld over de klassenavond. Ze zouden vragen waarom ik niet ging, zeggen dat zoiets hartstikke leuk was. Mijn vader en moeder hadden elkaar nota bene op dansles leren kennen. Maar zo’n schoolfeest leek me echt verschrikkelijk. Overdag was de aula al een ramp, maar vanavond kwam daar ook nog eens harde muziek bij. Felle, flitsende lampen. Mensen die tegen elkaar botsten, in elkaars oor schreeuwden.

Thuis was het beter. Hier was ik alleen, en het zou nog een uur duren voordat mijn moeder terugkwam van haar koopavond bij de Blokker. Emiel was er op vrijdagavond nooit, en mijn vader zou pas rond elf uur uit zijn werk komen. Ik had de hele flat voor mezelf, in alle rust.

‘Wil je niet wat langer blijven?’ had oma na het eten gevraagd. Nog steeds was het vreemd om bij het weggaan alleen mijn jas te pakken en niet Senta’s riem. ‘Ik heb Zaanse koeken, voor straks bij *Rad van Fortuin*.’

Maar ik had mijn schoenen aangetrokken. Ik zou thuis een lange, warme douche nemen. Lezen. Naar Elvis luisteren. Niemand om me heen, niemand die me stoorde.

Maar nu ik dan ook echt aan het lezen was, drongen de woorden in mijn boek niet tot me door.

Zou Elliot er ook zijn? Zou hij dansen met iemand? Het feest was voor alle derdeklassers. In mijn hoofd sprong een beeld tevoorschijn van Elliot met Colette. Lachend, dansend. Colette, met haar poppengezichtje, haar perfecte vormen.

'Nou, én?' zei ik hardop.

Ik las verder. *Angela's Ashes*, over de kleine Frankie die opgroeide in armoede en een dronken vader had en in een bed vol luizen moest slapen. Het was de mooiste roman die ik ooit gelezen had, maar toch deed ik nu al tien minuten over één bladzijde. In mijn hoofd ging de dans van Colette en Elliot over in zoenen. Colette was een stuk kleiner dan ik en dus ook dan Elliot. Ze moest op haar tenen staan om bij hem te kunnen. Ze had haar armen om zijn nek geslagen en drukte haar borsten tegen hem aan.

'Nou, én?' riep ik.

Ik hield het boek dichter bij mijn gezicht, tot ik alleen nog de letters zag. Wat kon mij het schelen met wie Elliot zoende? Het enige wat ik hoopte, was dat Kirstin een leuke avond had. Dat er eindelijk eens wat gebeurde tussen haar en Stefan.

Colette en Elliot liepen naar buiten, naar de fietsenstalling, waar Colette precies wist wat ze moest doen. Ze trokken zich terug in het donkere hoekje achterin en –

Met een doffe klap sloeg ik mijn boek dicht.

Onder mij tetterde de televisie van mevrouw Stoep. *Rad van Fortuin*.

In mijn hoofd zag ik Normale Jasmijn, die wel bij opa en oma was gebleven. Ze lachte en at Zaanse koeken en was telkens de eerste die een nieuw onderdeel van het woordspel raadde.

'Er is voor je gebeld,' zei mijn moeder toen ik de volgende ochtend uit de badkamer kwam. Ze klonk verheugd, alsof ik een prijs had gewonnen en zij hem mocht uitreiken. 'Kirstin.'

Ik schudde mijn natte haar los uit de handdoek. 'O.'

'Ze vroeg of je haar wil terugbellen.'

'Oké.'

'Als pa straks terug is van zijn rijles, dan gaan we naar oma Vink,' zei ze. 'Jij gaat zeker niet mee?'

‘Nee.’ Ook mijn ouders beseften tegenwoordig dat het oma Vink, met zoveel andere kleinkinderen om haar heen, vast weinig uitmaakte of ze mij wel of niet zag. Waarom zou ik het mezelf dan nog aandoen om daar in de drukte te gaan zitten, waar ik alleen maar hoofdpijn kreeg?

‘Hier.’ Mijn moeder gaf me de telefoon aan. ‘Kirstin zal wel zitten te wachten.’

Door de gewichtige manier waarop ze de naam uitsprak, klonk het alsof Kirstin een langverwachte belofte was die eindelijk uitkwam. Bijna alsof het háár vriendin was.

Ik liep mijn kamer in, sloot mijn deur en legde de telefoon op mijn bed. Geen haast, ik zou straks bellen. Eerst mijn natte klitten eruit kammen, dan misschien een paar hoofdstukken uit *Angela's Ashes* lezen. Frank was aan het sparen voor een overtocht naar Amerika, en ik was benieuwd of het hem ging lukken. En er was nog veel meer dat gedaan moest worden, toch? Want werd het niet eens hoog tijd om mijn kast op te ruimen? Om mijn lades uit te spitten? Te zoeken naar gespleten punten in mijn haar?

De zaterdag rolde zich voor me uit als een onbewandeld tapijt.

Er zou nog alle tijd zijn om het telefoontje te plegen.

Al tien minuten staarde ik naar de telefoon. Mijn haar hing glad op mijn rug. Frank was veilig aan boord van de *Irish Oak*. Mijn kasten en lades waren geordend als altijd. Huiswerk had ik niet. Ik kon geen klusjes meer bedenken. Mijn ouders waren intussen weg, naar oma Vink. Het ging goed met mijn vaders rijlessen, had hij verteld. Binnenkort mocht hij afrijden.

Emiel lag nog op bed. Hij was vanmorgen vroeg pas thuisgekomen van stappen. Zijn vriendengroep werd steeds groter. Regelmatig hoorde ik hem in zijn kamer bellen. En lachen. Voor hem was telefoneren heel normaal.

Híj zou Kirstin allang hebben teruggebeld.

Ik pakte de telefoon en zocht Kirstins nummer op de klassenlijst in mijn agenda, alsof ik het nummer niet al sinds de brugklas uit mijn hoofd kende. Mijn vinger drukte op de aanknop. Als ik nog langer wachtte, dan zou ze mij misschien opnieuw bellen en dan werd Emiel wakker. En een wakkere Emiel betekende het einde van de rust in huis; hij draaide zijn dreunende house het liefst zo hard mogelijk, de krankzinnige beats bonkend als een uitwendige migraine.

Ik toetste Kirstins telefoonnummer in en haalde diep adem. Kom op, ik kon dit.

De telefoon ging over.

'Veenstra,' klonk een mannenstem in mijn oor.

Shit!

Snel hing ik op en wierp de telefoon bij me vandaan. Ik stond op van mijn bed, liep mijn kamer uit, de woonkamer in en keek naar buiten. Mijn hoofd was heet, de stem van Kirstins vader echode in mijn oren. Ik had er helemaal niet bij stilgestaan dat ook híj de telefoon zou kunnen opnemen. Wat nu? Wat als Kirstin boos werd, net als toen ik zonder wat te zeggen uit haar flat was weggeglipt? Maar wacht, ze hoefde natuurlijk niet te weten dat ik het was die had opgehangen. Ik zou er niets over zeggen. En ook niet terugbellen. Ik zou –

De telefoon ging.

Ik rende terug naar mijn kamer. Een paar seconden keek ik naar het rinkelende toestel op mijn bed. Iedereen wist dat ik nooit opnam, want opnemen betekende dat je wat moest zeggen. Het was toch nooit voor mij, en de keren dat ik op aandringen van mijn ouders wel opnam, ging ik altijd verschrikkelijk zweten zodra de stem aan de andere kant van de lijn begon te praten. Een telefoongesprek voeren was het lastigste wat er bestond. Hoe kon je met iemand praten die onzichtbaar was? Het was bij een persoon met een gezicht al moeilijk genoeg om in te schatten hoe iets bedoeld werd, maar door de telefoon was ik kanslozer dan ooit in het raden of iemand serieus was of juist een grapje maakte. Ook leek ik nooit te weten wanneer het mijn beurt was om wat te zeggen. Soms zei ik expres helemaal niets, maar ook dat was niet goed.

De telefoon jammerde om te worden opgepakt, als een huilende baby in een wieg.

Ik drukte hem aan. 'Met Jasmijn Vink.'

'Hey, met mij.'

'O, hoi.'

'Belde jij mij net?'

'Eh...' Ja hoor, daar begon het al. Eerst de versnelde hartslag, toen de koude druppels die kriebelend naar buiten kwamen in mijn nek. Ik schraapte mijn keel en vroeg: 'Hoe was het gisteravond?'

Een luide zucht deed de lijn ruisen. Ik hield de telefoon een stukje van mijn oor en hoorde Kirstin uitroepen: 'Het was een ramp.'

In de kamer naast me kraakte Emiels bed. Er klonken schuifelende voetstappen. De *roetsj* van gordijnen die werden opengeschoven.

Ik sloot mijn kamerdeur en ging in kleermakerszit op mijn bed zitten. 'Wat is er gebeurd? Ik wil alles horen.'

De rest van het weekend bleef ik op mijn kamer. Ik las *Angela's Ashes* uit en luisterde naar Elvis. Ik had een speciaal bandje waar voornamelijk nummers op stonden die me aan Senta deden denken. *I Can't Stop Loving You. Just Pretend. I Miss You.* Tussen de liedjes door verbeeldde ik me haar diepe, tevreden ademhaling te horen. Maar het fantoomgeluid was zwakker dan daarvoor. Het haperde, alsof het me niet langer lukte om op de juiste frequentie af te stemmen. Andere echo's klonken erdoorheen.

Kirstin, die radeloos verslag deed van het klassenfeest.

'Het was een teleurstelling!' had ze uitgeroepen. Ja, Stefan was gekomen. Maar nee, ze hadden niet gezoend. Niet gedanst. Niet eens gepraat. Stefan had de hele avond als een smachtende sukkel om Colette en haar vriendinnen heen gehangen. Op een gegeven moment waren Colette en hij naar buiten gegaan, en daarna had Kirstin hem niet meer gezien.

'O,' zei ik.

'Ik moet er niet aan denken wat hij ongetwijfeld allemaal met dat wijf gedaan heeft!'

'En Elliot? Was die er ook?'

'Ja. Die hing vooral rond met Jos en Menzo. Hij vroeg trouwens nog waar jij was.'

'Echt?'

'Ja. Maar je was er niet, dus tja.' Ze zuchtte luid. 'Die trut van een Colette is er met Stefan vandoor. Ik kan het niet uitstaan.'

'En Elliot heeft met niemand gedanst?'

'Jezus, Jas, als het zo belangrijk is wat Elliot allemaal heeft gedaan, dan had je zelf moeten komen. Hoor je niet wat ik net zeg? Stefan en Colette!'

'Ja, ja, ja,' mompelde ik. Ik begon opnieuw te zweten. Ze was ongeduldig. Ik hoorde het aan de manier waarop ze haar lettergrepen als losse woorden uitsprak. Toch had ik geen rust voordat het plaatje in mijn hoofd compleet was. 'Maar heeft Elliot nou wel of niet met iemand gedanst?'

'Ja,' zei ze kort. 'Met Ilse. En dat is je eigen schuld, dan had je maar moeten komen. Ik was er wel, en toch zat Stefan de hele avond aan die dellerige Colette vastgeplakt. Wat ziet hij in haar?'

Elliot en Ilse. Ik probeerde het voor me te zien. Ilse, met haar 'yo, dit' en 'yo, dat', alsof ze een rapper was. Ilse, met haar haarlakkuif. Was dat waar hij op viel?

'Was het een langzaam nummer?' vroeg ik.

'Ik moet ophangen,' zei Kirstin. 'Mijn moeder roept me.'

Ik had niet gehoord dat haar moeder haar riep, maar ik zei er niets van.

Met een 'tot maandag' hadden we opgehangen. Ik had me op mijn rug laten vallen en had een tijdlang naar het plafond liggen staren. Elliot en Ilse. Ilse en Elliot. Zelfs hun namen klonken stom samen.

Ik zag het niet.

Stefan en Colette, dat zag ik wel. Ik had Colette al zo vaak en met zoveel verschillende jongens gezien, dat de plaatjes in mijn hoofd inwisselbaar waren geworden. Ik kon Stefan er zo tussen schuiven.

Maar Kirstin kon dat niet.

Het hele weekend weerklonk ons telefoongesprek in mijn hoofd. Hoe vaker ik het hoorde, hoe meer ik het gevoel kreeg dat ik geen goede vriendin was geweest. Dat ik niet had geluisterd naar wat zij had willen zeggen. Ik moest haar terugbellen, wist ik. Ons gesprek overdoen. Mijn mond houden over Elliot. Met haar meeleven. Achteraf kon ik onze dialoog zoals hij eigenlijk had moeten gaan helemaal uitschrijven. Maar ik kón haar niet terugbellen. Dat had ik nog nooit gedaan. Ik zou niet weten wat ik moest zeggen als ze nog steeds boos was. De laatste keer dat ze boos was geweest, toen ik haar 'voor lul had gezet' tegenover haar moeder, was haar kwaadheid na een tijdje vanzelf overgegaan. We hadden allebei gedaan alsof er niets meer aan de hand was. Zo zou het nu ook gaan, hoopte ik.

Ik zuchtte.

Met Senta was het allemaal nooit zo ingewikkeld geweest.

‘Waar ga jij heen op vakantie?’ vroeg Kirstin, meelopend naar de fietsenstalling. We hadden ons eindrapport op zak; allebei zouden we na de zomer naar de vierde gaan. Ook Stefan en Elliot waren over. Er waren drie mensen blijven zitten.

‘Wij gaan dit jaar niet op vakantie.’ Ik haalde mijn fiets van het slot en legde uit: ‘Mijn vaders rijlessen waren nogal duur.’

Toen we de fietsenstalling uit liepen, keek ik om naar het schoolplein. Misschien kon ik nog één laatste glimp van Elliot opvangen. Maar ik zag hem niet.

‘Jammer,’ zei Kirstin.

‘O, ik vind het niet erg, hoor. We gingen altijd naar Uddel, maar daar wil ik liever niet meer heen. Ik zou Senta te erg missen daar.’

‘Ging zij altijd met jullie mee dan? Dat wist ik niet.’

Ik knikte.

‘Wat bijzonder!’ Kirstin was even stil, wat meestal betekende dat ze nadacht, en zei toen: ‘Nou, maar dan kom je toch een weekje bij mij op de camping logeren? Mijn ouders en ik zijn daar drie weken. Ik heb mijn eigen tent, het zou echt supergaaf zijn.’

Ik was nog nooit op een camping geweest, maar ik wist wel dat mijn beeld van kamperen anders was dan dat van de meeste mensen. Als kamperen inhield dat je een tentje opzette ergens diep in het bos, op een plek waar je helemaal alleen was met de rest van de dieren in de natuur, dan zou ik het fantastisch vinden. Maar een camping zoals Kirstin bedoelde, was de openluchtvariant van het Zuidplein. Overal mensen. En dus overal herrie. Op de foto’s van Colettes campingvakanties had ik caravans gezien die maar een paar meter uit elkaar stonden. Iedereen zag, hoorde en rook elkaar de hele dag door. Een absolute verschrikking.

Kirstin knikte een paar keer snel met haar hoofd, stralend om haar goede idee.

‘Ik, eh... Ik moet het even aan mijn ouders vragen,’ zei ik.

‘En?’ vroeg ze die avond aan de telefoon. ‘Wat zeiden ze? Die van mij vinden het goed. Wel wil mijn moeder jou graag eerst een keer ontmoeten, dat is alles. O, ik heb er zo’n zin in!’

‘Kirst...’ Ik slikte. ‘Sorry, maar... Misschien dat ik een keer een dagje kan komen? Zou dat ook leuk zijn?’

'O.' Haar stem zakte. 'Vinden je ouders het niet goed?'

'Nou, het punt is meer dat een camping niets voor mij is, joh. Dat weet je toch? Ik trek de aula niet eens.' Dit laatste wilde ik met een lachje zeggen, maar het kwam eruit als een droge snik. Een begrijp-me-alsjeblieft-kreun.

Kirstin zei niets. Na een tijdje vroeg ze langzaam: 'Heb je het er eigenlijk wel met je ouders over gehad, of je mag?'

'Nee.'

Ik hoorde haar ademhalen. Zag voor me hoe ze op haar bed zat, de pluchen beesten om haar heen, de kleren overal. De geur van nagellak. Uiteindelijk zei ze: 'Oké, dan zie ik je gewoon wanneer ik weer terug ben.'

Ze stuurde me een ansichtkaart vanaf de camping. Ik zette hem op mijn bureau, tegen de poot van mijn lamp aan. Soms pakte ik hem op en keek naar de achterkant. Ze had er een zonnetje bij getekend. *Veel liefs uit Bergen op Zoom. Xxx Kirstin.*

'Wanneer nodig je Kirstin eens hier uit?' vroeg mijn moeder. 'Misschien vindt ze het leuk om eens mee te eten, als ze terug is van vakantie.'

Ik knikte vaag en zei niets, wetende dat ik dat toch niet ging vragen. Het was fijn om de pauzes met Kirstin door te brengen, maar die momenten waren steeds precies lang genoeg. Een pauze had een duidelijke begin- en eindtijd. Ik hoefde me nooit zorgen te maken dat het langer zou duren dan ik aankon. Ook onze dinsdagmiddagen waren geen probleem, omdat ik wist dat ik hoe dan ook voor vijf uur weer zou vertrekken.

Ik wist precies waar ik aan toe was.

Maar als Kirstin híér zou komen, bij mij thuis, dan had ik geen enkele controle over de duur van ons samenzijn. Als ik na anderhalf uur vond dat het genoeg was geweest, omdat mijn hoofd zwaar en moe was van het luisteren, van het bestuderen van haar mimiek om te begrijpen wat ze wérkelijk zei en bedoelde, van het terugpraten, dan kon ik niet zomaar opstaan en vertrekken. Want we waren dan híér, bij mij. Ik zou dan dus moeten wachten tot zíj besloot dat het tijd was om te gaan. Dat kon weleens helemaal fout gaan. Wat als dat heel lang duurde? Wat als Kirstin het zo naar haar zin had dat ze na het eten nog uren bleef hangen, terwijl ik alleen maar op mijn bed wilde liggen om naar Elvis te luisteren en bij te komen van haar bezoek? Of, nog erger, wat als ze verwachtte dat we aan tafel zouden eten, samen met mijn ouders en Emiel, in plaats van op mijn eigen kamer zoals ik het gewend was?

Nee, ik kon haar echt onmogelijk uitnodigen.

Kirstin had *Dirty Dancing* gehuurd. De film deed me terugdenken aan de Beatrixschool, het gezwijmel op het schoolplein. Destijds had ik er niets van begrepen, maar nu lag ik languit op mijn buik op Kirstins bed en besefte ik wat ik had gemist.

Kirstin had de film al twee keer eerder gezien, vertelde ze. Ook zij lag op haar buik, leunend op haar ellebogen, haar kin in haar handen. We hadden de gordijnen gesloten, waardoor de afleidende troep gelukkig minder in het oog sprong, en het geluid van de tv stond hard. Het volume deed geen pijn aan mijn oren. Het was namelijk geen bijgeluid, geen storende klank die als een ongenode gast door mijn hoofd stampte. Dit was iets wat ik wílde horen. Ik luisterde, ik keek. Ik voelde de broeierige aantrekkingskracht tussen Baby en Johnny, kreeg het warm bij de zwoele klanken van *These Arms of Mine* en dacht aan Elliot.

De hele tijd.

'Shit,' zei ik hardop. 'Ik ben verliefd.'

'Ik ook. Patrick Swayze is zó knap.'

'Nee, idioot. Ik heb het over Elliot.' Alleen al door zijn naam uit te spreken veranderde de energie in Kirstins kamer, alsof hij hier was, bij ons. Het was onzin waar ik voorheen spottend om gelachen zou hebben.

Kirstin rolde met haar ogen. 'Natuurlijk ben je verliefd op hem. Dat probeer ik je al meer dan een jaar te vertellen.'

Op haar kleine, vierkante tv waren Baby en Johnny voor het eerst samen op zijn kamer. Ze dansten, ze kusten, ze toonden eindelijk hun liefde voor elkaar.

Ik dacht nog steeds aan Elliot.

Voor het eerst verheugde ik me op een nieuw schooljaar.

Mijn moeder drukte me een briefje van vijfentwintig in handen. 'Voor als je wat leuks ziet straks.'

Ze was zo opgetogen dat ik eindelijk eens met Kirstin naar de stad ging, dat ik bijna vroeg waarom ze niet zelf ging als het haar zo geweldig leek. Dan kon ik thuisblijven. Maar ik bedankte haar en stopte het geld in de zak van mijn spijkerbroek. Ik zou het gebruiken om Kirstin vanmiddag te trakteren. Tussen het winkelen door zouden we poffertjes eten, had ze voorgesteld.

Voor de zekerheid had ik ook een paar boterhammen gesmeerd om mee te nemen en wat chocoladerepen in mijn tas gestopt. Ik besefte dat het niet leuk voor Kirstin zou zijn als ik daar met mijn walkman op rondliep, en voortdurend iets eten was de enige andere manier om de drukte vol te houden.

Ze kwam met de bus naar station Slinge, daar zouden we samen op de metro stappen.

'Veel plezier!' riep mijn moeder me na.

'En wat vind je van deze?' Kirstin schoof het gordijn van het pashokje opzij. Ze plukte wat aan de halslijn van het topje en draaide een rondje voor de spiegel. 'Niet te strak?'

'Ik zie eigenlijk weinig verschil met de vorige drie.' Ik deed een stap opzij om uit de felle lichtstraal van het spotje boven ons te ontsnappen, maar stond direct in de verblindende gloed van die ernaast.

'Je kijkt niet goed. Die van daarnet had een v-hals en langere mouwen. En, kijk...' Ze plukte een exemplaar van de haak aan de muur. 'Deze heeft knoopjes!'

'Maar ze zijn allemaal zwart.' Ik drukte mijn handen tegen mijn oren. Wat stond de muziek hier ontzettend hard. Waarom, in godsnaam?

Kirstin bekeek zichzelf kritisch in de spiegel. Haar gezicht was rood van het vele omkleden. Haar lippen bewogen.

'Wat zei je?' Ik liet mijn handen zakken.

'Dat deze het wordt.'

Godzijdank. Ik hield het hier geen minuut langer meer uit.

Kirstin roetsjte het gordijntje weer dicht. Er klonk gestommel en geritsel.

'Kunnen we dan nu iets gaan eten?' vroeg ik. Mijn brood en chocola waren allang op. Het vooruitzicht van de poffertjes was het enige wat me nog op de been hield.

'Doen we,' klonk het vanachter het gordijntje.

'Weet je,' zei ze, terwijl ze het laatste poffertje aan haar vork prikte, 'ik zal eerlijk bekennen dat ik je eerst niet geloofde. Toen je zei dat je niet van winkelen hield, bedoel ik. Ik kon het me niet voorstellen.'

'En ik kan me niet voorstellen dat jij er wel van houdt.'

'Ja, dat is nogal duidelijk.' Ze grinnikte, nam een slok van haar cola en leunde achterover in haar stoel. 'Je hebt de hele tijd haast om overal weg te komen.'

'Sorry,' zei ik, omdat ik niet wist wat ik anders moest zeggen. Zou ik haar vertellen dat ik niet overál haast had gehad? Dat ik in de pasruimte van drie winkels geleden een bankje had zien staan, bekleed met blauw fluweel, en dat ik overwogen had daarop te gaan liggen en mijn ogen te sluiten, gewoon om heel even een moment rust te pakken? In dat zaakje was de muziek ook niet zo overheersend geweest. Even slapen, tien minuten zou al genoeg zijn.

'Het geeft niet,' zei Kirstin. 'Ik weet het nu.'

Haar stem klonk zoals die van mijn moeder wanneer ze 'zo ben je nu eenmaal' zei. Ik schoof mijn stoel wat dichter aan, probeerde te ontdekken of er teleurstelling in Kirstins ogen blonk, maar ze keek naar haar bord, dus kon ik het niet zien.

'Maar dit vind ik wel leuk.' Ik gebaarde om me heen door de poffertjestent.

'Tuurlijk, alles wat met eten te maken heeft, vind jij leuk.' Kirstin diepte een spiegeltje op uit haar tas en veegde wat poedersuiker van haar kin. Haar gezicht was nog gewoon vrolijk, en ze stelde voor: 'Zullen we dit vaker doen dan? Ergens iets eten?'

'Ja,' antwoordde ik direct.

Ook hier waren mensen, maar ons tafeltje stond tegen de muur zodat we er niet middenin zaten. Er waren geen felle lichten. Geen harde muziek. De lucht hier was zoet en zalig. Ja. Ja! Eindelijk hadden Kirstin en ik iets gevonden wat we samen konden doen.

Ze keek op haar horloge. 'Maar we zijn nog niet klaar met winkelen, hoor. We gaan natuurlijk pas naar huis als jij ook wat hebt gekocht.'

'Dag. Ik bestel wel wat bij de *Otto*.'

'Niets daarvan. We zijn nu hier, in het centrum, waarom zou je dan thuis door zo'n suffe catalogus gaan bladeren?'

'Nou, in zo'n suffe catalogus lopen er geen mensen voor mijn voeten, en botsen ze niet tegen me aan, en hoor ik hun stemmen niet overal. In de *Otto* ruik ik hun veel te scherpe parfums niet, daar is geen superfelle verlichting overal, en daar klinkt niet de hele tijd harde muziek alsof het een discotheek is in plaats van een kledingwinkel.'

'O, ik vind die muziek juist leuk. Het geeft een beetje sfeer.' Maar ze zag mijn gezicht en zei: 'Oké, zodra we iets voor jou gevonden hebben, gaan we naar huis, goed?'

'Ik heb echt niets nodig,' probeerde ik nog.

'Jawel.' Ze boog zich over de tafel naar me toe, liet haar wenkbrauwen op- en neergaan en vroeg: 'Of wil je soms geen indruk maken op Elliot als school straks weer begint?'

'Alle jongens staren naar je,' merkte ik op. Ik deed hard mijn best om hier op de Lijnbaan recht voor me uit te kijken om de overvloed aan bewegende beelden om me heen buiten te sluiten, maar de vele bewonderende blikken ontgingen me niet. Jongens die even stilstonden als Kirstin voorbijliep, mannen die omkeken, zelfs in het gezelschap van hun vriendin of vrouw. Ik begreep het: Kirstin was blond, met een lief gezicht en ronde vormen.

'Ze kijken ook naar jou, hoor.' Kirstin lachte. 'Maar dat heb jij niet door.'

'Valt weinig te zien.'

'Dat denk jij. Maar je lijkt op een ballerina. En je haar komt bijna tot aan je kont!' Ze stond stil bij de etalage van een boetiekje, keek naar binnen en liep weer verder. 'Maar weet je wat het probleem is? Jouw blik houdt jongens op afstand.'

'Mijn blik.' Ik keek haar aan. 'Wat is er mis met mijn blik?'

'Dat is moeilijk uit te leggen. Maar in de brugklas dacht ik soms: die Jasmijn leeft in een raadselachtige wereld achter een dichte, zware deur.'

'Knap... Dat je dat allemaal kunt zien aan iemands ogen.'

Ze gaf me een duwtje. 'Je weet wat ik bedoel.'

Ik wist het, maar toch ook niet. Als ik met Kirstin was, koesterde ik soms de illusie dat ook ik normaal was, een gewoon vijftienjarig meisje, net als zij. Kirstin keek er niet van op dat mijn moeder met zwarte stift een L en een R onder mijn schoenen schreef, omdat ik anders niet wist welke links of rechts was. Ze vroeg niet waarom ik geen verschil kon zien tussen de twee vormen. Ze deed alsof ze het niet merkte wanneer ik mijn handen tegen mijn slapen duwde om oogkleppen te maken. Zei er niets van dat ik altijd uit een rietje dronk. En in de schoolpauzes was ze helemaal uit zichzelf bij me komen zitten op de gang.

Maar toch waren we anders. Zij wist het. En volgens haar zagen anderen het dus ook.

'Yes, de H&M!' riep ze uit. 'Hier vinden we vast wel iets. Kom.'

Achter haar aan liep ik naar binnen. Ook hier dreunde de muziek ons tegemoet en schenen er venijnige spotlichtjes op ons neer. Kirstin bewoog zich voort met de nonchalante zelfverzekerdheid van iemand die zich op haar gemak voelde en liep direct door naar achteren, waar een tafel met opgevouwen shirtjes lag. Ik volgde haar, al moest ik af en toe even stilstaan om de opkomende duizeligheid in bedwang te houden.

'Deze dan.' Kirstin hield een rood topje omhoog. De witte stippen erop dansten voor mijn ogen. 'XS. Jouw maat.'

'Waarom zou ik erbij willen lopen als een paddenstoel?'

Ze legde het terug en spitte verder door de stapel. 'Deze?'

Ik schudde mijn hoofd, een beweging waar ik direct spijt van had. De tafel draaide om me heen. Even sloot ik mijn ogen, toen plukte ik een dun, wit bloesje met korte mouwen en een ronde hals uit de stapel. 'Ik denk dat ik deze wel leuk vind.'

Kirstin pakte het kledingstuk uit mijn handen, liet het door haar vingers gaan en bekeek het van verschillende kanten. 'Je hebt gelijk. Dit ben jij.'

'Mooi. Dan wordt dit 'm en dan kunnen we naar huis.' Ik moest weg hier. Onder dit brandende gat in de ozonlaag vandaan. Weg bij het voortdurende geluid van kledinghangertjes die *rrrritsj* opzij werden geschoven. Weg bij vrouwen die stapje voor stapje voor stapje door de zaak sjokten omdat ze elk kledingstuk dat ze zagen moesten bekijken en ondertussen over hun schouder dingen naar elkaar riepen. *Kijk Suus, deze zagen we in de etalage, toch? O Aslihan, wil jij even helpen zoeken om deze in mijn maat te vinden?* Weg uit de alsmaar stijgende temperatuur hier.

'Hoef je niet eerst te passen?' vroeg Kirstin achter me.

Zwalkend liep ik in de richting van de kassa. 'Nee.'

'Kijk uit.' Kirstin trok me net op tijd opzij en klemde haar hand om mijn arm. 'Gaat het, Jas?'

Ik keek door mijn wimpers naar de vuilnisbak waar ik bijna frontaal tegenaan was gelopen. Een puntzak friet hing er half uit, mayonaise droop op de grond. Een paar minuten geleden was ik al tegen de wielen van een kinderwagen op gebotst. Ik zag de draaiende wereld om me heen door smalle kiertjes, mijn ogen wilden dicht, alleen maar dicht.

'Zullen we even gaan zitten?' vroeg Kirstin. 'Kom, daar staat een bankje.'

Ik wilde nee schudden, maar bij elke beweging die mijn hoofd maakte, scheurde hij open in een pijnscheut. 'Ik wil naar huis,' bracht ik uit.

Kirstin hield mijn arm vast, terwijl we voorzichtig, rustig, naar metrostation Beurs liepen, ik met mijn ogen nog steeds halfdicht. De harde muziek van de H&M dreunde na in mijn oren, de zure smaak van mijn maaginhoud dreef hoog in mijn keel.

Ik kon alleen maar hopen dat ik het allemaal binnen kon houden tot ik thuis was.

'O nee toch,' hoorde ik mijn moeder zeggen. 'Wim! Kom eens helpen.'

Ik had mijn ogen dicht en voelde dat mijn vader me optilde, me naar mijn kamer droeg en op bed neerlegde. Mijn moeder die mijn schoenen uittrok en de gordijnen sloot. Eindelijk vond mijn pijnlijke hoofd de zachte troost van mijn kussen. Nu moest ik roerloos blijven liggen, zodat ik niet –

O, fuck. Te laat.

Ik schoot overeind.

Precies op tijd hield mijn moeder het teiltje onder mijn gezicht, waarna het kwam, en kwam, en bleef komen. Een onophoudelijk spasme van braakgolven, zelfs toen mijn maag allang leeg was. Mijn lichaam trok samen, mijn hersenen explodeerden, mijn gezicht werd nat van tranen, van zweet, van snot, van alles tegelijk. Koortsachtig zochten mijn handen naar Senta tot ik besefte dat zij er niet meer was. Weer persten mijn maagspieren samen.

Toen hield het op.

Mijn moeder omvatte voorzichtig mijn hoofd en liet het terug op mijn kussen zakken.

Pijn sloeg in golven tegen de binnenkant van mijn hoofd, de scheuten zo hevig dat ik me afvroeg of er ergens nog iets anders bestond. Wat als de hele wereld dit zou voelen, nu, op dit moment? Vliegtuigen zouden neerstorten, treinen zouden ontsporen. Auto's zouden tegen elkaar aan knallen. De hele planeet zou een collectieve, ondraaglijke pijnscheut zijn en in vlammen opgaan. Ik hoorde mezelf kermen, proefde de bloedsmaak van mijn wangen die ik kapotbeet. Nog altijd rolden er tranen over mijn gezicht, pijn die via mijn ogen een uitweg zocht. In mijn hoofd knalde de Lijnbaan onverminderd verder. Elk gezicht, elke uitroep, elke dreunende muzieknoot. Mijn hersenen hadden de complete winkelstraat met zich meegenomen, vol als de zakken van een kleptomaan.

Vanuit de woonkamer klonken stemmen, het gedempte geluid van een conversatie in een andere ruimte. Mijn vader, die wat vroeg. Mijn moeder, die antwoord gaf. En nog een stem. Een hogere.

Kirstin?

Kirstin.

'Gelukkig, je bent op.' Mijn moeder kwam de keuken uit. 'Hoe voel je je?'

Ik stond in de gang en leunde tegen de deurpost, wankel in de duizelige nasleep van afgelopen nacht. 'Hoe laat is het?'

'Halfacht. Ik zat me net af te vragen of ik de meiden bij Blokker moest bellen dat ik vandaag niet kom. Maar je bent zo te zien al een stuk opgeknapt, of niet?'

Ik knikte en ging in de woonkamer op de hoek van de bank zitten, nog steeds gekleed in het T-shirt van gisteren. Het katoen was stijf van opgedroogd zweet. Ergens in de loop van gisteravond was mijn moeder bij me gekomen om me uit mijn spijkerbroek te helpen en mijn dekbed goed over me heen te leggen. Dat was het laatste wat ik me kon herinneren. Toen ik daarna mijn ogen weer had geopend, had er zonlicht door de gordijnen geschenen en was de pijn weg geweest. Slechts de draaierigheid en de zure smaak in mijn mond herinnerden nog aan gisteren.

'Ik zal even wat te drinken voor je pakken.' Mijn moeder liep weg en kwam terug met een glas water. 'Kirstin heeft gisteravond nog een paar keer gebeld om te vragen hoe het met je ging.'

'O,' zei ik.

'Die arme meid is zich rot geschrokken. Ze dacht dat het haar schuld was, dat jullie eerder uit de stad weg hadden moeten gaan. Ik heb haar uitgelegd dat je al je hele leven migraineaanvallen hebt, dat zij er niets aan kan doen.'

'O,' zei ik weer. Het was een vreemd idee dat mijn ouders Kirstin nu ook kenden. Dat ze hier in de woonkamer gezeten had, dat ze met elkaar gepraat hadden zonder dat ik erbij was. Een nogal onverwachte ontwikkeling, waar ik totaal geen sturing over had gehad.

'Je moet haar straks maar even terugbellen,' stelde mijn moeder voor.

Ik knikte, bracht het rietje naar mijn mond en dronk met grote slokken mijn glas leeg.

Mijn moeder vulde hem opnieuw en zei: 'Hou je maar rustig vandaag. Je bent de dag na zo'n aanval altijd nog een beetje wiebelig.'

'Is ze hier lang gebleven?' vroeg ik. 'Waar hebben jullie het over gehad?'

Had Kirstin mijn ouders verteld over mijn spijbelen? Nee, zo stom zou ze niet zijn. Had ze –

'Over van alles.' Mijn moeder zag mijn blik en zei: 'Maak je geen zorgen, we hebben heus niet over je zitten roddelen. Ze vroeg waar Emiel naartoe was op vakantie. Ze vertelde dat zij op een camping was geweest. Ze liet het topje zien dat je gekocht hebt, wat een leuk ding trouwens, en ze hoopt dat jullie straks in de vierde weer bij elkaar in de klas komen, vooral omdat het jullie laatste jaar is, dat soort dingen.'

Ik haalde wat rustiger adem. Oké, er was niets aan de hand. Bovendien, waar maakte ik me eigenlijk druk om? Mijn leven hing nu niet bepaald van spectaculaire geheimen aan elkaar. Er víél waarschijnlijk niet eens over mij te praten, al zouden ze gewild hebben. Wat was er te zeggen?

'O, en ze vond dat een mooie foto.' Mijn moeder wees naar de ingelijste foto van Senta, aan de muur boven de kachel. Het was een foto van een paar jaar geleden, in Uddel. 'Ze vroeg wie dat was. Ik vertelde haar over Senta, en dat ze nog maar net overleden is.'

Ik beet op mijn rietje. Langzaam, heel langzaam, nam ik een slok.

'Kirstin heeft er daarna erg lang naar staan kijken,' ging mijn moeder verder. 'Ik vroeg of ze zelf ook een hond heeft, maar dat was niet zo.'

'Veenstra,' klonk een vrouwenstem.

Fuck! Waarom nam Kirstin nou nooit eens zelf die kuttelefoon op?

Meteen wilde ik ophangen. Ik had mijn vinger al op de uitknop. Maar... Kirstin had me geholpen gisteren. Ze had me helemaal naar huis gebracht. Kom op, ik kon dit. Het was maar een telefoon. Op dit moment waren er over de hele wereld duizenden mensen aan het bellen. Miljoenen. Iedereen kon het. Ik ook. Ik haalde diep adem. 'Hallo, met Jasmijn, is Kirstin er ook?'

'Ja.'

Stilte.

Mijn oksels werden vochtig. Dit was niet hoe het hoorde. Kirstins moeder had moeten zeggen: *ja hoor, wil je haar even spreken*? En dan zou ik gezegd hebben: *ja, graag*.

'Hallo?' klonk de stem van Kirstins moeder.

'Hallo,' zei ik.

Kirstins moeder zuchtte.

Ik klemde mijn vingers om de telefoon. Ik kon niet ophangen, ik had mijn naam gezegd. Waarom?! Ik had mijn naam niet moeten zeggen! Maar ik had het zo graag goed willen doen dit keer. En nu was het alsnog allemaal vreemd en raar.

'Voor jou, Kirst,' hoorde ik Kirstins moeder uiteindelijk zeggen. 'Jasmijn.'

Er klonk wat geritsel en geschuifel, een deur die dichtging, en toen: 'Hoi!'

Ik blies mijn ingehouden adem uit. 'Hoi.'

'Ben je beter? Wat was jij ziek, zeg. Niet normaal. Wil je dat nooit meer doen?'

Ik lachte. 'Ik zal het proberen.'

'Aardige ouders heb je, trouwens. Je moeder heeft me thuisgebracht.'

'Ja,' zei ik. Ik keek naar de ingelijste foto van Senta aan de muur. Het was onvermijdelijk dat Kirstin over haar zou beginnen. Ze zou me vragen waarom ik nooit gezegd had dat Senta een hond was. Waarom ik dat expres had verzwegen. Ik zou haar moeten uitleggen dat ik had willen voorkomen dat ze zou denken dat mijn beste vriendin 'maar een hond' was. Want er was helemaal niets 'maar' aan Senta geweest.

'Vanavond komt *Cry Baby* op tv,' zei ze. 'Ga je kijken?'

'Misschien.'

'Leuk! Dan bel ik je na afloop, kunnen we erover praten.'

'O. Oké.'

'Ik moet nu ophangen, want ik moet met mijn ouders mee op visite. Ben echt blij dat je beter bent. Spreek je vanavond!'

Die avond wachtte ik opnieuw tot ze over Senta zou beginnen, maar ze deed het niet. Ze sprak over *Cry Baby* en vroeg of ik ook niet vond dat Johnny Depp sprekend op Stefan leek, en dan vooral zijn mond, de vorm van zijn lippen, dat moet jou toch ook opgevallen zijn, Jasmijn, en dan zijn ogen, zag je zijn ogen?

Ik moest erom lachen.

Kirstin leerde mij, zonder dat ze dat zelf besefte, dat ik wél kon telefoneren. Ik ging er nog steeds van zweten, en het zou waarschijnlijk altijd lastig blijven om in te schatten wanneer het mijn beurt was om iets te zeggen, of om zeker te weten hoe ze iets bedoelde zonder dat ik haar gezicht kon zien, maar het ging. Het ging! Ons gesprek duurde zelfs zo lang, dat Emiel op een gegeven moment kwam zeggen dat ik moest ophangen omdat ik de lijn te lang bezet hield. Hij had weer eens een vriendinnetje en wilde bereikbaar zijn. Ik trok een gezicht toen ik hem de telefoon gaf, maar eigenlijk was ik hem dankbaar dat hij me een aanleiding had gegeven om op te hangen. Níét aan de telefoon zijn was nog altijd fijner dan wel aan de telefoon zijn. Maar ik merkte dat ik glimlachte toen ik terug naar mijn kamer liep.

Voor het eerst in maanden haalde ik mijn bandje met verdrietige Elvisnummers uit mijn cassetterecorder en stopte er een andere in.

Een vrolijke.

Ik staarde al zeker een kwartier naar de spiegel aan de binnenkant van mijn kastdeur.

Ik aanschouwde een ramp.

En dat terwijl morgen de eerste schooldag was.

'Heb je het gezien?' had Kirstin vorige week zo hard in mijn oor gegild, dat ik de telefoon bijna uit mijn hand had laten vallen. 'We zitten weer bij elkaar in de klas!'

Ik had het inderdaad gezien. Maar op de lijst die we hadden ontvangen, had ik ook gezien dat Elliots naam er dit keer niet tussen stond.

'Misschien dat je dan voortaan eindelijk de pauzes in de aula wil doorbrengen,' had Kirstin opgemerkt, toen ik had gevraagd of zij zijn naam ook niet zag, alsof hij op mysterieuze wijze van alleen maar míjn lijst was verdwenen. 'Dat is straks de enige manier om hem nog te zien.'

'Maar wat als hij er helemaal niet meer is, Kirst? Straks is hij van school veranderd!'

'Nee joh, muts. Hij zit gewoon in een andere klas. Net als Stefan, helaas. Niemand gaat in het examenjaar ineens naar een andere school, alleen als ze moeten verhuizen.'

Afgelopen vrijdag waren we onze boeken gaan ophalen. Ik had onopvallend om me heen gekeken, maar had Elliot niet gezien. Nu was het zondagavond, en ik had me voorgenomen om morgen eindelijk het bloesje aan te trekken dat ik in de stad had gekocht. Het ding was vanuit het tasje rechtstreeks in mijn kast beland, ergens achter een stapel T-shirts. Het kaartje zat er zelfs nog aan; ik had het nooit gepast.

Tot nu.

En hoe langer ik mijn spiegelbeeld op me in liet werken, hoe meer mijn afgrijzen groeide. Dit was absoluut niet hoe het witte bloesje eruit hoorde te zien. Hoe kon dit maat vierendertig zijn? Mijn T-shirts in die maat vielen passend om me heen, maar dit topje deed heel andere dingen. Ja, de elastieken halslijn was rond, en ja, de taille was mooi geplooid, maar daartussenin zat heel veel loze ruimte. Overtollig textiel dat wijd en verdwaald om me heen lubberde. Ik kon me herinneren dat Kirstin een soortgelijk bloesje had gepast. Dat van haar was zwart geweest en had overal strak gezeten, zoals de bedoeling was van dit model. En kijk nou, bij de minste beweging viel de halslijn van dit stomme ding nog helemaal open ook.

Ik kneep mijn ogen dicht en schudde mijn hoofd. Deze teleurstelling was niet om aan te zien. Het lag natuurlijk niet aan het kledingstuk, maar aan mij. Omdat mijn verdomde groei maar niet op gang kwam. Niet waar het ertoe deed in elk geval. Vorige maand had mijn moeder op eigen initiatief een beha voor me gekocht, een wit AA-cupje van de Hema. Ik droeg het niet. Het zinloze ding benadrukte alleen maar de leegte eronder. En dat terwijl ik dit schooljaar zestien zou worden.

'Misschien moet je toch eens wat spek eten, Mijntje,' had oma gezegd. 'Ik vind je wat aan de schrale kant, hoor.'

Maar spek had er helemaal niets mee te maken. Behalve vlees at ik alles, en in grote hoeveelheden ook nog, en er gebeurde gewoon niets. Het was heus niet zo dat een gemarteld kadaver op mijn bord me ineens wél borsten zou geven.

Ik trok het topje uit, liet het op de grond vallen en staarde naar het witte hoopje desillusie aan mijn voeten.

Misschien kon mijn moeder het voor me op maat maken.

Een onbekend achterhoofd zat voor me in de klas. Iemand met lange lokken, in plaats van Elliot met zijn verwarde haar. Weg was de geamuseerde blik wanneer hij zich naar Kirstin en mij omdraaide om een grapje te maken. Verdwenen was de frisse geur die ik rook wanneer hij zich in zijn stoel bewoog. Zelfs het gladgekamde hoofd van Stefan, naast hem, was een vertrouwd beeld dat ik miste nu alles anders was en er ineens twee meisjes op hun plekken zaten.

Het linkermeisje heette Hannah, van het andere was ik de naam vergeten.

Hannah zwiepte voortdurend een waterval steil, bruin haar naar achteren, waardoor ik opzij moest duiken in mijn stoel om de scherpe haarlakwalm te ontwijken.

'Heb je gezien hoe Elliot eruitziet?' had ik Claudia voor het begin van de les op de gang tegen iemand horen schateren. Meteen had ik mijn oren gespitst. Hij zat dus inderdaad nog gewoon bij ons op school! 'Die gast is nu nog lelijker dan eerst, man.'

Kirstin, die me zag omkijken, had in mijn oor gefluisterd: 'Geduld, je ziet hem straks. Ik neem je na dit uur mee naar de aula, of je nou wil of niet.'

Ik keek op de klok die boven meneer Schaap aan de muur hing. Nog twintig minuten voordat het zover was. Hier, bij verkoopbevordering, zou dat aanvoelen als veertig.

'Het is dus belangrijk dat jullie allemaal een goede eerste indruk maken donderdag,' zei meneer Schaap. Hij keek de klas rond en liet zijn blik even rusten op mij. Ik keek strak terug. 'Maar dat begrijpen jullie. En jullie hebben er uiteraard buitengewoon veel zin in.'

Een golf van gemompel steeg op in de klas.

Kirstin rolde met haar ogen. 'Kan niet wáchten, hoor...'

Omdat we nu in de vierde zaten, ons examenjaar, moesten we dit jaar stagelopen. Een jaar lang, één dag in de week. Mijn moeder had geregeld dat ik bij de Blokker terechtkon. Ik moest een Blokkerblouse aan, en een zwarte knierok. En omdat het steeds op donderdag was, zou mijn moeder er zelf niet bij zijn. Het leek een onmogelijke opgave: een hele dag, van negen tot halfzes, in een winkel staan. Tijdens de zomer had ik mijn uiterste best gedaan niet aan het afgrijselijke vooruitzicht te denken, en daar was ik in geslaagd. Die tactiek moest ik nog even volhouden, het was de enige manier om ermee om te gaan.

Over drie dagen was het pas zover.
Het had geen enkele zin mezelf nu al gek te maken.

Ik stond met Kirstin bij de ingang van de aula en probeerde me voor te stellen hoe het er hier tijdens de zomer moest hebben uitgezien: leeg en stil, alle tafels en stoelen aan de kant, de keuken dicht. Wat een verschil met nu. Een sproeiende fontein van stemmen klaterde op ons neer. Mijn hoofd was doorweekt, al wist ik dat daar vanaf de buitenkant niets van te zien was. Ik stond met mijn rug naar de massa toe en keek naar Kirstin. Zij lachte naar iemand, zwaaide naar een ander, en werd hartelijk op haar schouder getikt door iemand die voorbijliep.

Zelf werd ik met rust gelaten, alsof het me eindelijk was gelukt onzichtbaar te worden.

'Sommige mensen denken dat je arrogant bent,' had Kirstin vorig jaar een keer tegen me gezegd. 'Omdat je met bijna niemand praat.'

'Stom. Ik geef namelijk altijd antwoord als iemand iets tegen me zegt.'

Daar had ze om gelachen. 'En daarna doe je er alles aan om je weer zo snel mogelijk uit het gesprek los te wurmen.'

'Ik hoef toch geen vrienden met de hele school te zijn? Dat lijkt me zó vermoeiend.'

Maar dat was het voor haar dus niet. Nu ook ik eens in de aula was, zag ik hoe Kirstin moeiteloos kletste, lachte, groette. Hoe mensen als vanzelf naar haar toe trokken, een warmtebron waar iedereen even bij in de buurt wilde staan.

Dat ik er ook naast stond, namen ze vast voor lief.

'Yes, ik heb hem gespot,' zei Kirstin. Ze stootte me aan en wees naar de rechterhoek van de aula. 'Daar. Zie je hem?'

'Nee.'

'Kijk goed, dan. Daar! Hij heeft een blauw spijkerjasje aan. Hij staat naast Ilse!'

Maar ik zag hem nog steeds niet. Ik zag Ilse, ja, maar zij was in gesprek met een –

Nee, wacht even. Was dat…

'Zie je het nu?' vroeg Kirstin.

Ik knikte langzaam, mijn ogen nog steeds op Elliot gericht.

Toen zei ik: 'Wat is er in godsnaam met hem gebeurd?'

Toen we de volgende dag het schoolplein op liepen, zagen we Elliot in een groepje bij de bankjes staan. Hannah en Leslie stonden er ook bij. 'Kom,' zei Kirstin. 'We gaan naar hem toe.'

'Nee zeg!'

Kirstin zuchtte. 'De hele zomer loop je over Elliot te miepen, en we moesten weet ik hoe vaak opnieuw *Dirty Dancing* huren, en nu zíé je die gozer eindelijk en dan doe je zo!'

'Je weet toch dat ik nooit zomaar op iemand af kan lopen? En heb je gezien hoe hij eruitziet?'

'Nou, én? Zoveel jongens zijn tegenwoordig gabber.'

Ik dacht aan Serge, Leon en nog een paar andere vrienden van Emiel. Hun kaalgeschoren hoofden, hun wijdvallende Australian trainingsjasjes. Ze hadden een slome manier van bewegen, keken glazig uit hun ogen. Elliot was geen gabber. Zijn kale hoofd had een andere oorzaak, dat wist ik zeker.

'Vind je hem niet leuk meer?' vroeg Kirstin.

'Natuurlijk wel. Maar het is wel een verandering. Hij lijkt niet meer op het plaatje in mijn hoofd. Ik...' Ik stopte. Dit klonk stom. Ik besefte het. Toch maakte ik mijn zin af. 'Ik moet er eerst even aan wennen.'

Toen meneer Lodewijks aan het begin van Nederlands nog even wegliep, tikte Kirstin Hannah op haar schouder en vroeg of zij wist wat er met Elliot aan de hand was.

'Yep,' zei Hannah. 'Elliot is aan zijn hoofd geopereerd, en daarom is al zijn haar er afgeschoren. Hij had te veel vocht in zijn hersenen. Een waterhoofd.'

Leslie keek om en giechelde. 'En hij was al niet moeders mooiste. Maar nu is hij helemaal een gedrocht, zeg.'

'Elliot is geen gedrocht,' zei ik.

Hannah verschoof in haar stoel, draaide zich wat verder naar ons om en liet haar blik van onder tot boven over mijn gezicht gaan, alsof ze me nu pas opmerkte. Leslie en zij waren meisjes die tijdens de les hun nagels vijlden en met een hoog tekenfilmstemmetje spraken. 'Wat zeg je?'

Ik keek haar onbewogen aan. 'Zijn haar groeit wel weer terug.'

'Ja, en dan ziet hij er nog steeds niet uit,' zei Hannah.

Leslie giechelde weer.

'Maar hij is wel aardig,' merkte Kirstin op.

Twee smalle, getekende streepjes die voor wenkbrauwen moesten doorgaan schoten omhoog boven Hannahs ogen. 'Zijn jullie verliefd op hem of zo?'

'Ik mag hem graag,' zei Kirstin. 'Dat kan toch? Maar ik heb al een vriend, hoor.'

Dat was waar. Vorige week was ze Dave, een jongen van de camping, tegengekomen in de stad. Ze waren aan de praat geraakt en de avond erna samen naar de film gegaan. Ze hadden gezoend, en nu hadden ze verkering.

Ik zweeg.

'Kijk dat dan.' Leslie wees proestend naar mijn gezicht. 'Je wordt helemaal rood! Ik maakte maar een grapje.'

'Jasmijn is op Elliot,' zong Hannah zachtjes.

Ik keek naar Kirstin, zoekend naar een aanwijzing hoe ik hierop moest reageren. Dit was een zeer vreemde situatie. Moest ik het zingen negeren? Ontkennen wat er beweerd werd? Toegeven? Erom lachen? Of –

'Zo, jongelui.' Lodewijks stapte het lokaal binnen. 'Iedereen recht in zijn stoel, ja, jij ook, Wytske, en jullie boek open op bladzijde vierentwintig, dank u.'

Hannah en Leslie draaiden zich terug, Leslie nog altijd gniffelend.

Ik begreep werkelijk niet wat er zo grappig was.

Nog twee dagen voordat mijn eerste stagedag aanbrak. Iedereen in de klas had het erover. Hannah ging aan de slag bij de Douglas op het Zuidplein, Leslie had een plek gevonden bij Mac & Maggie, en Kirstin was aangenomen bij een tassenwinkel op de Spinozaweg. Over twee dagen zou ik... Nee. Snel trok ik aan de teugels in mijn hoofd en wendde af, een ander gedachtenpad in. Er waren genoeg andere dingen om aan te denken. Zoals aan mijn vader, die vorige week eindelijk zijn rijbewijs had gehaald. Aan Colette, die met haar ouders naar Barendrecht was verhuisd. In hun oude huis woonde nu een gezin uit Kaapverdië.

Ik had Colette vanmorgen door de gang zien lopen. Ze had haar lange haar verruild voor een sluike boblijn. De laatste keer dat we elkaar gesproken hadden, was na het inslapen van Senta geweest. Mijn gevoelens van toen waren er nog steeds, maar ze waren valer geworden, als een felrode trui na een paar keer wassen. Nog altijd was ik ervan overtuigd dat Senta in die andere wereld op me wachtte, maar de drang om haar zo snel mogelijk achterna te reizen was afgezwakt. Stukje bij beetje waren er andere dingen voor in de plaats gekomen.

Kirstin, die me had laten zien dat ik weer kon lachen.

Elliot, die me zonder dat hij het wist liet voelen dat ik ook nog naar iets anders dan alleen maar het hiernamaals kon verlangen.

Uiteindelijk zou ik Senta weer terugzien, wanneer het tijd was.

Maar tot het zover was, zou ik me in déze wereld proberen te redden.

'Zal ik met je meelopen?' vroeg mijn moeder.

'Nee.' Ik trok mijn schoenen aan en zei: 'Het is mijn eerste dag. Als ik dan met mijn moeder aan kom zetten, denken ze meteen dat ik een klein kind ben.'

'Maar ik kan toch doen alsof ik gisteren wat ben vergeten? Alsof ik nog even iets uit mijn kluisje moet halen?'

Ik schudde mijn hoofd. 'Hoeft echt niet. Je hebt me alles uitgelegd, toch? Als ik binnenkom, moet ik naar beneden lopen, naar de kantine, waar iedereen zich omkleedt. En daarna wijst het zichzelf.'

'Ja. Iris is er ook. Zij zal je uitleggen hoe het allemaal werkt. Heb je alles bij je?'

Ik wierp een laatste blik in mijn rugtas en somde op: 'Pumps, rok, panty, blouse. Brood. Boek. Ja, alles zit erin.'

Mijn moeder trok haar wenkbrauwen op. 'Dat boek kun je wel thuislaten, denk ik.'

'Je zei zelf dat er drie keer pauze is.'

'Ja, maar... Ik denk niet... Nou goed, je zult het vanzelf wel zien. Eigenlijk zou ik niet weten waarom je in de pauze niet zou kunnen lezen, trouwens.' Ze keek op haar horloge. 'Maar je moet nu wel opschieten. Heel veel plezier vandaag, en tot vanavond!'

Honderden keren had ik deze route gelopen, jaren geleden, telkens wanneer Senta en ik mijn moeder uit haar werk hadden gehaald. Ik keek naar de grond, half hopend Senta's stekelige schaduw naast me te zien trippelen, maar ook haar schim was er niet. Ik moest dit zelf doen. In mijn eentje de Sliedrechtstraat door lopen, Plein '53 over, de Slinge op.

Er hingen geen oranje Blokkervlaggen buiten, zag ik. De winkel was nog dicht.

Het was kwart voor negen, alleen het personeel was er.

Ik ging langzamer lopen.

'Je moet tegen de ruit tikken,' had mijn moeder gezegd. 'Dan doet er vanzelf iemand voor je open.'

'Waarom kan ik me niet om negen uur melden? Als ze al open zijn?'

'Omdat je je voor die tijd moet omkleden. En misschien willen ze wel dat je helpt met het buitenzetten van de bakken en displays. Iedereen is er eerder. Zelf ben ik er altijd al om halfnegen, dat weet je toch? De kassalades moeten worden klaargemaakt, de –'

'Ja, ja,' had ik gemompeld. 'Ik snap het al.'

Waarom, waaróm had ik geen stageplek bij een boekenwinkel geregeld, een omgeving waar ik graag was? Waarom had ik me zo laten afschrikken door de gedachte wildvreemde mensen te moeten benaderen met de vraag of ik stage mocht komen lopen? Als ik gewoon even had doorgezet, in plaats van gemakshalve 'ja' te knikken toen mijn moeder had gezegd dat ik vast wel bij Blokker terechtkon, was ik nu heel ergens anders geweest. Maar nee, ik had er niet aan willen denken. Steeds opnieuw had ik de gedachte weggedrongen. *Zover was het nog niet, zover was het nog niet.* Terwijl ik had geweten dat het ooit wél zover zou zijn.

En nu zat ik aan de Blokker vast.

De laatste meters liep ik zo langzaam, dat ik praktisch stilstond. Ik kende niemand in die winkel. In al die jaren dat ik mijn moeder had opgehaald, was ik er nooit naar binnen gegaan, had ik nooit met een van haar collega's gekletst. Altijd was ik voor de deur blijven wachten, met mijn rug naar de ingang toe.

Ik had geen idee wat me vandaag te wachten stond.

Een vrouw op een fiets passeerde me, en ik keek haar na. Een man met een koffertje in zijn hand stak de straat over, en ook hem volgde ik met mijn ogen. Bij de bushalte voor de Blokker stonden mensen te wachten. Ik bekeek ze een voor een en bedacht dat ik met ieder van hen zou willen ruilen. Het maakte niet eens uit met wie. Nou, goed, misschien niet met die Turkse jongen daar in de hoek van het hokje, die namelijk precies in de rook van een hoestende en rochelende man stond. En liever ook niet met die man zelf, die ondanks het vroege tijdstip nu al een blikje bier in zijn trillende hand hield. Maar verder met iedereen. Alles was beter dan nu naar een winkel te moeten lopen, waarvan de deuren nog niet eens open waren, en daar op de ruit te moeten tikken. Wat moest ik zeggen wanneer er werd opengedaan?

Tien voor negen.

Ik dwong mezelf door te lopen. Nog drie stappen. Nog twee. Nog één.

Ik haalde diep adem. Daar gingen we.

Tik, tik.

Ik tuurde naar binnen. De donkere winkel zag er verlaten uit. Misschien moest ik wat harder tikken, hadden ze me niet gehoord.

Tik! Tik!

Nog steeds kwam er niemand. Shit. Zie je wel, ik had niet moeten komen. Het slechte voorgevoel dat ik de hele week al had, bedroog me niet. Ik kon me maar het beste omdraaien nu, weglopen. Heel dat stagegedoe sloeg nergens op. Ik wist dat ik later toch niet in een winkel zou gaan werken, dus waar was het goed voor? Ik zou nog één allerlaatste keer op de ruit tikken, en als er dan nog steeds niemand kwam, zou ik weggaan. Dan lag het niet aan mij. Ik kon er ook niets aan doen dat er niemand was, toch? Of dat ze doof waren, daarbinnen. Ik hief mijn hand op en klopte nogmaals op de ruit van de deur.

TIK! TIK! TIK!

Ineens kwam er een plompe, roodharige vrouw aangelopen. Ze hield een sleutelbos in haar handen. Hoofdschuddend deed ze de deur open. 'Oké, waar is de brand?'

Ik knipperde met mijn ogen. Brand?

'We hadden je de eerste keer ook al gehoord, hoor,' zei ze.

O. Ik liep langs haar heen naar binnen.

De roodharige vrouw draaide de deur weer op slot. Haar ronde gezicht was bezaaid met sproeten. Ik bleef achter haar staan en keek om me heen. Wat nu? Moest ik iets zeggen, iets doen? Zelf zei ze ook niets.

Links van mij zag ik de brede, houten trap naar de benedenverdieping. Aha, de trap!

Je gaat met de trap naar beneden, en dan naar links, en daar is de kantine en daar kleedt iedereen zich om, hoorde ik mijn moeder in mijn hoofd opnieuw zeggen.

Oké.

Ik stak mijn hoofd om de hoek van wat vermoedelijk de kantine was. Twee vrouwen waren zich aan het omkleden. Eentje stond haar blouse dicht te knopen, de andere hees zich in een zwarte rok.

'Hoi,' zei de voorste vrouw toen ik naar binnen stapte. Een meisje nog, zag ik. Emiels leeftijd, misschien iets ouder. Ze had lang, donkerblond haar en een vrolijk gezicht. 'Jij bent zeker Pauliens dochter?'

Ik knikte.

Ze stak haar hand uit. 'Ik ben Iris.'

De andere vrouw gaf geen hand, maar mompelde 'ik ben Maaike' en liep langs me heen de kantine uit. Haar parfum rook naar het troebele vaaswater van dode bloemen.

Iris bond haar haren in een staart en stak een pepermuntje in haar mond. 'Kom jij boven te werken, of beneden?'

'Dat weet ik niet,' zei ik.

'Nou, kleed je om, dan gaan we naar boven. Mevrouw Witteveen is er nog niet, maar Norma weet het vast wel.'

De Blokker was een gevangenis, en de reiskoffers en pannensets in de etalage waren de tralies waardoor ik naar buiten keek. De wereld aan de andere zijde bruiste van vrijheid. Alle voorbijgangers op de drukke Slinge leken een lach op hun gezicht te hebben, elke lijnbus die voorbijreed zat ongetwijfeld vol met vrolijke mensen. Iedere ziel daar in die vrije buitenwereld danste van vreugde omdat zij geen stagiaire bij de Blokker waren. Omdat zij geen spiegels hoefden op te wrijven, geen stellingen hoefden te soppen, geen lelijke peenkleurige blouse hoefden te dragen, en bovenal omdat ze geen collega's hadden tegen wie ze niet wisten wat ze moesten zeggen en zich niet hoefden af te vragen óf ze er überhaupt iets tegen moesten zeggen.

Iris stond achter de kassa, en Norma, de roodharige vrouw die voor mij had opengedaan, stond bij de klantenservice. Jet was in de servieshoek aan het stickeren met de prijstang. Dat leek me op zich nog wel een leuk klusje: je hield de tang ingedrukt en floep, er vloog een prijsstickertje uit. Het maakte nog een leuk geluid ook, al konden mijn oren het inmiddels niet meer filteren van de constante herrie die als stof in de lucht hing. *Kaboem*, elke keer dat de grote, zware kassalade weer als een projectiel werd afgeschoten. *Rinkel-rinkel-kling*, wanneer de guldens en kwartjes over de toonbank rolden. *Beng*, telkens als de kassalade met een dreun terug in zijn kanon werd geramd. *Klunk*, deed het winkelmandje dat terug op de hoge stapel werd gezet. *Oeps*, riep een vrouw toen haar gespaarde Blokkerdukaten uit haar tas vielen, die ze met een dramatisch gezucht opraapte.

Norma had mij de rol van schoonmaakster toegewezen. De emmer met sop oefende een blijkbaar onweerstaanbare aantrekkingskracht uit op klanten met prangende vragen. Of ik misschien wist waar de waterkokers stonden? De ananassnijders? De strijkijzers? Ik had een paar rondjes gelopen. Soms wist ik het antwoord. Dan wees ik in de juiste richting. Vaker wist ik het niet, en dan gebaarde ik naar Norma. Na een paar keer lukte het me om te zeggen: 'Sorry, ik ben nieuw. U kunt dat beter even aan haar vragen.'

Het bleek een miljoen keer makkelijker om tegen klanten te praten dan tegen mijn collega's. De klanten kenden mij niet. Zij wisten niet dat ik Jasmijn was en maakten me te kort mee om te beseffen dat ik vreemd was. Tegen hen kon ik vriendelijk lachen en me voor een paar seconden normaal voelen, al groeide de drang om snel achter een stelling weg te duiken zodra ik er weer eentje ontwaarde.

Te laat. Daar kwam er weer één, een jonge vrouw. Ze liep recht op mij af.

Ik zat gehurkt naast mijn emmer, de natte spons in mijn handen, en keek naar haar op.

'Waar staan de geurkaarsen?' Zoals bijna iedereen op Zuid sprak ze de r en de n niet uit. Met kleine, vermoeide ogen keek ze om zich heen, speurend naar de *gukkaasse*.

Ik wees naar het schap achter mij. Een hele stellage vol.

Zonder wat te zeggen liep ze langs me heen en liet er een aantal in haar mandje ploffen. Ik keek haar na toen ze naar de kassa liep, de druipende spons nog altijd in mijn hand. Altijd had ik geleerd hoe belangrijk het was om mensen te groeten. Goedemorgen, goedemiddag. Bedanken wanneer dat nodig was. Dat was hoe het hoorde. Maar de winkelende mensen hier stelden hun vraag, zomaar zonder eerst hallo te zeggen. En ze liepen weg zonder gedag te zeggen. Kwam dat door mij? Omdat ik het ook niet deed? Ik wilde het wel. Maar ik kon moeilijk 'goedemorgen' zeggen als zo'n klant al direct iets vroeg, toch? Dan klopte de volgorde van het gesprek niet meer.

Maar nu klopten de regels niet.

Met mijn droge hand wreef ik over mijn voorhoofd. De winkel draaide om me heen.

Door de speakers had nu al twee keer dezelfde Celine Dion-cd gejammerd, en inmiddels werd *Think Twice* voor de derde keer uit de keel van de Canadese zangeres geknepen. Het videoscherm een paar meter verderop speelde dezelfde commercials opnieuw en opnieuw af, ondersteund door een hysterische voice-over en klingelingdeuntjes uit de hel.

En het was pas halfelf.

Ik was nog steeds aan het poetsen toen ik een bekende stem hoorde. Ik wrong mijn spons uit en keek op. Oma was in de winkel! Ze was in gesprek met Iris en keek zoekend om zich heen.

Snel kwam ik overeind en stak mijn hand op. 'Hier ben ik!'

'Hoe gaat het?' vroeg oma. 'Heb je het een beetje naar je zin hier?'

Ik bromde iets onverstaanbaars.

Ze drukte me een rol chocoladepastilles in handen. 'Hier. Lekker voor tussendoor.'

Ik liet het kokertje in de zak van mijn blouse glijden en bedankte haar.

Naast ons tetterde de zoveelste reclame uit de videospeler. Een moeder met een krijsende peuter in een buggy sjokte zuchtend door de winkel. Links van mij raakte een thermoskan met een doffe klap de grond. Iemand vloekte.

Ik sloot mijn ogen.

'Druk voor jou, hè?' vroeg oma zacht. 'Hou je het wel vol?'

'Jasmijn?' Jet liep naar ons toe en kwam bij ons staan. 'O, hallo mevrouw Van Os! Als u voor Paulien komt, die is er vandaag niet.'

Oma pakte mijn hand en kneep er even in. 'Dat weet ik. Ik kom voor haar.'

Jet trok haar wenkbrauwen op. Toen zei ze tegen mij: 'O ja, jij bent natuurlijk Pauliens dochter. Was ik helemaal vergeten, joh. Jullie lijken totaal niet op elkaar.'

Ik zweeg.

'Maar goed, ik kwam zeggen dat je pauze hebt. Tot halftwee.' Jet liep weer weg. Over haar schouder zei ze: 'Je weet waar de kantine is, toch? Waar je je vanmorgen hebt omgekleed.'

'Nou, Mijntje,' zei oma, 'dan ga ik maar weer. Zet 'm op, hè.'

Ik keek haar na en wachtte tot ze zich bij de uitgang omdraaide om nog één keer te zwaaien. Toen liep ik naar de trap, langs de kassa. Mensen die afrekenden, zeiden wél hallo en gedag en bedankt, was me opgevallen. Soms was het zelfs dezelfde persoon die mij even tevoren zonder eerst te groeten iets had gevraagd.

Waarschijnlijk lag het dus toch aan mij.

Ik liep naar beneden. Bij het naderen van het kantinehok trad de geur van sigaretten, zweetpanty's en deodorant me tegemoet.

'Hoi,' zei Norma. Ze zat aan de tafel, samen met een vrouw die beneden werkte en van wie ik de naam vergeten was. 'Bevalt je eerste dag een beetje?'

Ik pakte mijn tas van de kapstok en haalde mijn brood eruit. Toen trok ik een stoel naar achteren en ging zitten. 'Ja hoor,' zei ik beleefd. 'Dank je wel.'

Ik zag Norma en de andere vrouw een blik wisselen.

'Hoe oud ben jij nou, als ik vragen mag?' vroeg Norma.

'Vijftien.'

'Dat was die stagiaire van vorig jaar ook, weet je nog?' zei Norma tegen de andere vrouw. 'Die kletste de oren van je kop.'

'Hoor je daar nog weleens wat van?' vroeg de andere vrouw.

'Ze belt soms. En ik kom haar natuurlijk regelmatig tegen tijdens het stappen.'

Zwijgend stond ik op en pakte *To Kill a Mockingbird* uit mijn tas. Toen ik weer ging zitten, zag ik Norma en de andere vrouw opnieuw naar elkaar kijken. Ze constateerden, net als Jet gedaan had, ongetwijfeld dat ik niet op mijn moeder leek. En ook niet op hen. Zou het me misschien met heel veel inspanning kunnen lukken om te doen alsof, die ene dag per week? Nee, wist ik direct. Een uurtje, ja, misschien. Maar van negen tot halfzes? Kansloos. De gedachte alleen al. Non-stop in deze lawaaierige winkel staan trok alle energie uit mijn hersenen, waardoor ik mijn acteerwerk niet langer vol kon houden.

Ik at mijn brood en chocolade en las mijn boek, maar kon me niet op de woorden concentreren. De piepjes van de kassa-aanslagen, het geritsel van cadeaupapier, de voortdurende stroom van schuifelende voetstappen ruisten door mijn hoofd alsof ik nog steeds op de begane grond zat. Norma en de andere vrouw staken een sigaret op en kletsten over iets wat de Baja Beach Club heette, een zonnebankkuurtje om de opkomende najaarsdip te lijf te gaan, een lingerieavond bij iemand die Tess heette, en... en... en.

Ik probeerde me voor hun stemmen af te sluiten, maar het lukte niet.

Voor een moment zag ik mezelf door hun ogen: verlegen, of misschien juist verwaand. Saai, of gewoon heel raar. En hun vorige stagiaire was dus wel hun type geweest. Die had waarschijnlijk niet zitten lezen tijdens de pauzes. Een gezéllig typetje, de vorige stagiaire. Eentje die al ging stappen, die waarschijnlijk zelfs rookte. Wat een feest.

Toen het halfuur voorbij was, stonden Norma en de andere vrouw tegelijk op en liepen zonder wat tegen mij te zeggen weg.

'Misschien had je ze moeten uitleggen dat het jou heel erg uitput om in zo'n drukke omgeving te zijn,' zei mijn moeder toen ik de volgende ochtend eindelijk bijkwam uit de explosieve migraineaanval die de hele nacht had geduurd en ik haar vertelde over mijn stagedag. 'Dan begrijpen ze waarom je zo stil bent.'

Maar ik schudde mijn hoofd.

Ik wist zeker dat mensen me nóg vreemder zouden vinden, als ik eenmaal begon met dingen over mezelf uit leggen. Bovendien waren alle mensen en de herrie die daarbij hoorde slechts één factor geweest, niet de schuld van alles. Want toen ik de Blokker 's ochtends was binnengestapt, was de winkel nog stil geweest, en ook toen had ik al weinig gezegd. Achteraf zag ik natuurlijk prima hoe het allemaal wél moest, iets wat me niet lukte wanneer het allemaal nog aan het gebeuren was. Pas wanneer ik de rust had erover na te denken was voor mij alles logisch. Dan pas kon ik voor me zien hoe Normale Jasmijn haar eerste stagedag doorlopen had. Zíj liep vrolijk de winkel in, gaf iedereen een hand, stelde zichzelf voor en vertrouwde op logische omgangsvormen die nu pas in mij opkwamen. Ze stelde voortdurend vragen aan haar collega's, gretig als ze was om alles te leren. En natuurlijk zat zij niet de hele dag gehurkt achter de stellages. Geen enkel geluid deerde haar. Ze deelde de chocolaatjes die ze van oma had gekregen vrijgevig met haar collega's en propte ze niet als een uitgehongerd beest met vijf tegelijk in haar mond. Tijdens de pauze vroeg ze wat een lingerieparty was. En of de Baja Beach Club daadwerkelijk aan het strand zat, misschien wel in Rockanje?

Norma en de rest van de Blokkervrouwen vonden haar aardig.

Bij het weggaan riep ze 'tot volgende week!' en glipte ze niet stilletjes de winkel uit. En bij haar omvatte de strakke, zwarte Blokkerrok een paar royale heupen en billen en ging er onder de oranje blouse een wulpse C-cup schuil. O, en toen ze om halfzes naar buiten stapte, werd ze opgehaald door haar vriendje. Elliot, heette hij! En –

'Als je wil, kan ik straks wel even met ze praten,' stelde mijn moeder voor.

'Nee.' Ik schudde mijn hoofd, nog draaierig van de helse nacht. 'Dat maakt het alleen maar erger. Ik zal volgende keer gewoon beter mijn best doen.'

Opnieuw bood mijn moeder aan om mee te lopen.

Weer sloeg ik het af.

Wat had het voor zin? Als we daar samen kwamen aanzetten, was het contrast tussen ons alleen maar groter. Mijn moeder, die met iedereen lachte, grapjes maakte, bij elk gezicht een naam wist en overal van op de hoogte was. Wanneer ik met haar op straat liep, kwam ze elke paar meter wel een bekende tegen.

'Dat komt door het werken in een winkel,' had ze gezegd. 'Dan leer je vanzelf iedereen in de wijk kennen.'

Maar het kwam niet alleen door de Blokker; het kwam ook door háár. Door haar natuurlijke flair. En hoe vaak hoorde je niet dat een meisje als vanzelf haar moeders gedrag imiteerde? Blijkbaar was ik ook in dat opzicht de uitzondering op de regel.

Toch zou het vandaag, op mijn tweede stagedag, beter gaan.

Nu ik wist wat ik kon verwachten, kon ik me erop voorbereiden.

Dit keer tikte ik maar één keer tegen de glazen winkeldeur.

Weer was Norma degene die opendeed. Haar sleutelbos rinkelde in haar handen. Haar sproeterige gezicht was mat van vers aangebracht poeder. Ze rook naar nicotine, en voordat ik mijn voorgenomen 'goedemorgen!' eruit kon gooien, had ze zich alweer omgedraaid en liep bij me vandaan.

Even staarde ik haar na, toen liep ik naar beneden, naar de kantine, waar ik Jet, Iris en Maaike – dankzij mijn moeder wist ik eindelijk weer hoe ze heette – aantrof. 'Goedemorgen,' zei ik.

Ze hoorden me niet. Jet en Iris waren druk in gesprek, Maaike stond voor de spiegel haarlak op te spuiten. Een mistige damp trok als hooibroei rond haar hoofd.

Ik bleef in de deuropening staan. Zou ik het nog een keer zeggen, misschien wat harder? Maar wat als ze me wel hadden gehoord en alleen maar deden alsof dit niet zo was? Misschien was het wel heel raar als ik het hard zei. 'Waar is de brand?' had Norma gevraagd, alleen maar omdat ik hard op de deur had getikt. Dingen hard doen was vreemd. Beter was het om even hier te blijven staan, te wachten tot iemand mij aankeek en dan te glimlachen. Dat was ook een groet. Of ik zou mijn hand opsteken. Of –

'Kom maar binnen, hoor!' Jet stootte Iris aan. 'Moet je haar daar nou zien staan.'

Maaike grinnikte. 'Wacht je op toestemming?'

Ik liep de kantine in, mijn 'goedemorgen' diep weggezakt in mijn keel.

'Hoi, Jasmijn.' De bedrijfsleidster, die we aanspraken met mevrouw Witteveen, kwam naar me toe. 'Gaat alles goed? Word je fijn ingewerkt?'

Mevrouw Witteveen was zelden in de winkel. Meestal zat zij achter, in het kantoortje. Daar stond de computer en werden 's avonds de kassa's geteld. Ook hing daar de lijst waarop stond wie er wanneer pauze had.

Ik knikte.

'Je bent de spiegels aan het poetsen, zie ik? Wat heb je nog meer gedaan?'

'De stellages.' Ik had me verscholen achter de stellingen zoals een wolf achter de bomen. Geruisloos was ik van de weegschalen naar de vuilnisbakken naar de placemats geslopen. Driftig zuigend op karamelbonbons had ik de klanten bespied, en zodra iemand mijn kant op had gekeken, was ik weggedoken. Maar ik had wel artikelen rechtgezet. Steeds opnieuw. Alles netjes op een rij, geen pepermolen uit de maat.

'En heb je ook al kassa gedraaid?' Mevrouw Witteveen keek langs me heen naar het kassablok, waar Iris wisselgeld teruggaf aan een klant. 'Misschien kun je straks helpen met cadeaus inpakken en kijken hoe Iris alles doet. Dan kun je op een rustig moment even de kassa van haar overnemen.'

Mijn vingers klemden zich om de fles met Glassex. Ik moest mevrouw Witteveen aankijken want we waren met elkaar in gesprek. Maar toch keek ik naar de grond. Als ik haar in haar ogen keek, zou ze mijn paniek zien, dat wist ik zeker. Ik zou namelijk nog liever de hele dag spiegels opwrijven dan één minuut achter de kassa staan. Van alleen al het idee om samen met Iris in zo'n kleine ruimte te staan terwijl een rij klanten ongeduldig toekeek hoe ik ongetwijfeld alles verkeerd deed, begon ik al te zweten. De kassa, met zijn piepjes en geld dat uit mijn handen zou vallen en de zware la die steeds met een dreun dichtgesmeten moest. En er was daar geen enkele persoonlijke bewegingsruimte, zodat Iris en ik tegen elkaar aan zouden stoten. Ik zou niet weten of ik dan sorry moest zeggen of niet, en ik zou stokstijf stil gaan staan om te voorkomen dat het opnieuw gebeurde.

Ik zou weer migraine krijgen.

'Ik zal het er straks even met Norma over hebben,' besloot ze. 'Anders wordt het later zo'n eentonig stageverslag, denk je niet?'

'Ja,' antwoordde ik alleen maar. Ik keek haar nog steeds niet aan.

‘Vandaag is voorlopig even de laatste keer dat wij elkaar zien,’ ging ze verder. ‘Vanaf nu is donderdag mijn vaste vrije dag. Norma is vervangend bedrijfsleider, dus zij zal voortaan ook op donderdag voor mij invallen.’

‘O,’ zei ik.

Mevrouw Witteveen wenste me nog een fijne stagetijd en liep weg.

Ik stak een nieuwe karamel in mijn mond en beet het snoepje in één keer stuk.

Het Mercatus bestond vijfentwintig jaar. Om dat te vieren was er een feestweek georganiseerd: elke avond was er een klassenavond in een zaaltje ergens op Zuid, en op vrijdag waren de vierdeklassers aan de beurt.

'Ik kan bijna niet geloven dat je echt gaat,' zei Kirstin in de ochtendpauze. Ze sprong nog net niet op en neer van opwinding. 'In ons laatste jaar word je eindelijk verstandig!'

Ik kon het zelf ook amper geloven, maar toch was het zo. Dankzij de feestweek hadden we overdag maar een paar uur les. Ik hoopte dat ik 's middags genoeg kon eten en uitrusten om de drukte van 's avonds aan te kunnen. Kirstin en ik zouden er samen naartoe gaan, en mijn vader zou ons aan het eind van de avond, als hij uit zijn werk kwam, weer ophalen. Vanavond zou ik misschien eindelijk Elliot weer eens spreken.

'Weet je al wat je gaat aantrekken?' vroeg Kirstin.

Ik haalde mijn schouders op. 'Iets wat lekker zit.'

'Je hebt nog geen outfit uitgezocht? Het feest is vanavond!'

'En?'

'En?! Mijn god, ik zie jou ervoor aan om in een van je witte T-shirts en afgetrapte gympies op te komen dagen!'

'Alsof dat zo erg zou zijn.'

Kirstin sloeg haar ogen ten hemel. 'Goed. Ik ben om halfzeven bij je.'

'Dan ben ik er niet. Het is vrijdag, en dan eet ik altijd bij mijn opa en oma. Dat kan ik niet overslaan, zo ben ik het gewend.'

'Ook goed, dan ben ik er om zeven uur. Dan kun je wel thuis zijn, toch?'

Ik dacht even na. 'Maar het feest begint pas om acht uur.'

Ze grinnikte. 'Daarom.'

'Oké...' Ze zette haar handen in haar zij. 'Je hebt dus echt helemaal niets om aan te trekken.'

Tot nu toe had ik altijd gelachen om dit soort verzuchtingen van Kirstin. Ik had haar gewezen op haar uitpuilende kast, mijn hoofd geschud om het onbenullige drama. Maar nu was het anders. Nu stonden we voor míjn kast, en voor het eerst zag ik de schamele inhoud door haar ogen.

'Wil je indruk maken op Elliot of niet?' vroeg ze.

'Weet ik veel,' mompelde ik.

Kirstin liet zich theatraal op mijn bed vallen en riep uit: 'Ja, Jasmijn! Dat wil je! En dat gaat je hier dus niet mee lukken!'

'Nou, lekker dan.'

'Maar gelukkig ben ik er, en gelukkig had ik dit probleem al voorzien.' Ze plukte haar tas van de grond en trok er iets uit. 'Tadaaa!'

Ik kneep mijn ogen samen. 'Wat is dat?'

'Jouw redding, schat.' Ze legde het stapeltje kleren op bed en klopte dat ik naast haar moest komen zitten. 'Ik heb ook make-up meegenomen.'

'Moet dat?'

Ze gaf geen antwoord, maar ging meteen aan het werk. Stilletjes bleef ik zitten. Tien minuten later deed Kirstin een paar stappen naar achteren en knikte tevreden. 'Kijk eens in de spiegel? Ik heb alleen je ogen gedaan.'

Ik keek. Een oudere, vrouwelijkere versie van mezelf staarde terug. Mijn ogen waren opnieuw twee donkere vlekken, maar op een mooie manier. De rest van mijn gezicht was inderdaad naturel. Dit keer zou niemand lachen om lippenstift op mijn tanden.

'En?' vroeg ze.

'Het kan ermee door.'

Kirstin glom van trots. 'Ik laat het kohlpotlood en de mascara hier, goed? Dan kun je het voortaan ook zelf opdoen. Ik gebruik toch geen zwart.'

Ik stond nog steeds voor de spiegel. Mijn gezicht leek niet langer op dat van een onhandig kind. Het was alsof ik een masker droeg waarachter ik kon doen alsof ik iemand anders was. Een normaal meisje. Misschien zelfs een aantrekkelijk meisje.

'En dan nu je outfit.' Kirstin spreidde haar meegebrachte kledingstukken uit op mijn bed. 'Wat vind je hiervan?'

Het eerste wat ik zag, waren de schoenen. Ze had echt overal aan gedacht. Ik staarde naar de zwarte enkellaarsjes op mijn sprei. Er zaten hakken onder.

Kirstin volgde mijn blik en knikte. 'Ja, hakken. Iedereen is stikjaloers op jouw benen, en met hakken lijken ze nog langer.'

'Maar daar kan ik toch helemaal niet op lopen, gek.'

'Jawel, dat heb je snel genoeg door. Probeer ze maar eens aan.'

Ik ging op de rand van mijn bed zitten, pakte een van de laarsjes op en fronste mijn voorhoofd.

'Rechts,' zei Kirstin behulpzaam.

Voorzichtig schoof ik mijn voet erin. Hij paste. Ik trok het andere laarsje ook aan en ritste de zijkant dicht. Toen ging ik staan. 'Whoa!'

Kirstin grinnikte.
'Ik lijk wel een giraf,' zei ik.
'Onzin. Het is maar zes centimeter. Loop eens naar de spiegel?'
Ik zette een voorzichtige stap, wachtend op instabiel gewiebel en gewaggel. Maar ik stond stevig, sterk en in balans. Ik zette nog een stap. Toen liep ik lachend door mijn kamer.
Kirstin klapte in haar handen. 'Ik wist het! Je doet het geweldig op hakken. En zie je hoe mooi ze staan?'
'Ja,' hoorde ik mezelf zeggen. Ik liep nog een rondje, mijn lach werd breder. Wie had dit ooit gedacht?
'Kijk.' Ze wees naar het bed. 'Ik heb een zwarte legging voor je meegenomen. En een witte blouse.'
Ik trok de laarsjes uit, de legging aan. Met vlugge, opgewonden vingers knoopte ik de blouse dicht. Snel draaide ik me naar de spiegel, de lach nog steeds op mijn gezicht. Toen slikte ik. Ondanks de make-up stond ik plotseling oog in oog met het kleine meisje dat zich in haar oma's kleren had verkleed. De sensatie die ik zojuist nog had gevoeld, verliet stilletjes mijn hoofd. Mijn god. Ik zag er niet uit.
Kirstin zag mijn gezicht. 'Wat is er?'
Ik wees naar de legging, die overal strak aansloot behalve bij mijn billen. 'Ik heb veel te weinig kont voor dit ding. Kijk dan. Het lijkt helemaal nergens op.'
Ze knikte langzaam. 'Hij is jou te groot.'
'En die blouse is ook veel te wijd.'
Kirstin zweeg, een denkrimpel tussen haar wenkbrauwen. Hier had ze natuurlijk geen rekening mee gehouden. Bij haar zat alles altijd perfect strak. O, om toch zulke vormen te hebben, al was het maar voor één avond.
Maar… dat was het!
Ik liep mijn kamer uit.
Mijn bed kraakte toen Kirstin overeind sprong. 'Wat ga je doen?'
'Ik weet al wat,' zei ik over mijn schouder, terwijl ik de woonkamer in liep naar de eettafel waar mijn moeders naaimachine stond.
'Je gaat mijn kleren niet vermaken, hoor. Ik wil ze zelf ook nog aan kunnen.'
'Natuurlijk ga ik ze niet vermaken, gek. Ik zou niet eens weten hoe.'
'Wat dan?'
Ik opende mijn moeders naaitrommel. Klosjes garen, doosjes met knopen in allerlei kleuren, klittenband. Niet wat ik zocht. Ik tilde het patroonpapier voor een nieuwe jurk op dat ernaast lag. Ook daar vond ik het niet.

‘Wat zoek je?’ vroeg Kirstin.

Ik boog me over de grote tas die achter de naaimachine op tafel stond en graaide erin. Een patronenboek, gekleurde linten en… Hebbes. Een hele voorraad zelfs. Ik trok er twee, vier, zes uit de tas omhoog en legde ze op tafel.

Kirstin staarde ernaar.

Ik zag haar denkrimpel dieper worden en zei: ‘Wacht maar.’

‘En?’ Ik stapte de badkamer uit.

Kirstin beet op haar lip. ‘Wil je dat ik eerlijk ben?’

‘Ja, natuurlijk.’

‘Nou… Je lijkt niet meer op jezelf.’

‘Nogal logisch. Toen ik mezelf was, zag ik er niet uit, in een outfit van twintig maten te groot.’

‘Dank je.’

Ik gaf haar een por tegen haar schouder. ‘Je weet wat ik bedoel. Maar kijk nou eens goed. Dit is toch de ideale oplossing?’

Ze liet haar blik van boven naar beneden over mijn lichaam gaan. ‘Je hebt echt ál die schoudervullingen gebruikt. Jezus.’

‘Vier stuks vanboven, vier stuks vanonder.’ Ik grinnikte. ‘Wat de natuur is vergeten te doen, los je op met een beetje katoen.’

‘Een beetje?’ Kirstin hield haar hoofd schuin. ‘Dit is wel meer dan een beetje, hoor.’

‘Ik vind het een succes.’ Ik bekeek mezelf in de deurspiegel van mijn kast. ‘Ik wacht al jaren op dit figuur, en eindelijk heb ik het. Dit doe ik voortaan elke dag!’

‘En wat nou als die zooi eruit valt?’

‘Die valt er niet uit.’

Het was vanaf de bus een paar minuten lopen naar het Dynamisch Partycentrum. Bij elke stap die ik zette, voelde ik mijn nieuw verworven billen heen en weer schuiven in mijn legging. Ik hield mijn normaal gesproken zo rechte rug licht gekromd om maar even geen aandacht op mijn spontane groeispurt te vestigen. Als iemand mijn stunt doorkreeg, zou ik de grap van het jaar zijn. Maar ik besefte tegelijkertijd dat mensen het waarschijnlijk juist níét zouden zien. Mijn buitenkant was nu normaal, en normaalheid viel niet op.

Vanavond zag ik er eindelijk net zo uit als iedereen.

Met ingehouden adem liep ik achter Kirstin aan naar binnen.

‘Heb je hem gezien?’ Kirstin knikte subtiel naar de hoek van de zaal.

‘Allang,’ zei ik. Al heel de avond. Al heel mijn leven en alle levens hiervoor. Al honderdduizend jaar geleden. Al voordat de aarde bestond.

Kirstin stootte me aan. ‘Stop met dromen. Hij komt onze kant op.’

O, god. Ik slikte. Bedwong de neiging te voelen of mijn behavullingen nog op hun plek zaten. Drapeerde voor de zekerheid mijn lange haar ervoor. O, god, o, god.

‘Hoi, ex-klasgenoten.’ Elliot grijnsde zijn scheve, vrolijke lach. Zijn haar was al wat gegroeid. Alleen als je heel goed keek, zag je er hier en daar nog stukjes van zijn schedel doorheen. ‘Voelen jullie je ook zo dynamisch?’

Ik lachte. Ik snapte zijn grapje. IK SNAPTE ZIJN GRAPJE! Ik begreep het op dit daadwerkelijke moment, in plaats van straks als het al te laat was. Nu was er dus helemaal geen twijfel meer mogelijk over het feit dat Elliot en ik voor elkaar bestemd waren.

Ook Kirstin grinnikte. ‘Ik denk dat ik even dynamisch ga dansen, jongens. Lekker nummer, dit.’

Elliot en ik keken samen naar de dansvloer, waar Kirstin zich bij Wytske en Anouk voegde en soepele bewegingen maakte op het ritme van Snows *Informer*. Haar rokje was iets opgekropen, maar het leek haar niet te deren. Bennie ging achter haar staan en schuurde zijn heupen tegen die van haar. Kirstin lachte en liet hem toe in haar dans. Hiervoor, toen ze nog bij mij had gestaan, hadden ze een langzaam nummer gedraaid. Slowdance. Schuifelen, noemde Kirstin het. Ik had haar naar Stefan zien kijken, die zijn onderlichaam uitdagend tegen Ilse aan had gewreven en haar met zijn handen op haar kont in haar hals had gezoend. Het was blijkbaar uit met Colette, die er vanavond niet was, want ook op school liepen Stefan en zij niet meer samen. Even was ik bang geweest dat Kirstin weer verdrietig zou worden, tot ik had gezien dat het haar weinig meer deed. Zij had Dave nu, ook al was hij niet hier.

Vanuit mijn ooghoek keek ik naar Elliot. Hij had een zwart T-shirt aan met opgerolde mouwen en hield een plastic glas bier in zijn hand. Hij stond zo dicht naast me, dat ik me gemakkelijk kon verbeelden zijn lichaamswarmte te voelen. Ik deed een onopvallend stapje zijn kant op, om nog dichter bij hem te zijn. En weer een stapje. Ik kon hem ruiken. Een mix van zweet en bier en zijn eigen herkenbare buitengeur. Nooit eerder had iemand zo lekker geroken.

Elliot keek opzij en knikte naar de dansvloer, waar nu geswingd werd op Haddaways *What Is Love*. ‘Wil je ook?’ vroeg hij.

Ik schudde kort mijn hoofd. Ten eerste kon ik niet dansen. Ten tweede was dit een afgrijselijk nummer, en ten derde was ik als de dood dat mijn vullingen eruit zouden floepen zodra ik onverhoopt een verkeerde beweging maakte.

Elliot sloeg het laatste slokje van zijn bier achterover, keek om zich heen en maakte aanstalten om weg te lopen.

Gimme a sign, zong Haddaway wanhopig.

Hou hem tegen! siste Normale Jasmijn in mijn oor. *In hemelsnaam! Dit is je kans!*

'Maar misschien straks, bij een langzaam nummer?' hoorde ik mezelf zeggen.

Elliot bleef staan. Zijn grijns was terug. 'Deal.'

'Hey.' Kirstins wangen waren rood van het dansen. Ze trok haar rokje recht. 'Waar is-ie?'

Ik gebaarde in de richting van de bar, waar Elliot een drankje voor ons aan het halen was. Bier voor hem, appelsap – met een rietje – voor mij. Ik vond het prima als andere mensen alcohol dronken, maar zelf vond ik alleen de geur al weerzinwekkend. Het aroma stak zo scherp in mijn neus, dat ik er duizelig van werd.

'En? Gaat het de goede kant op?'

'Ik denk het wel.' Ik boog me naar haar toe en zei in haar oor: 'We gaan dansen. Zodra er weer een langzaam nummer komt.'

'Ha! Zie je nou wel dat hij je leuk vindt?'

Ik probeerde te lachen.

'Wat kijk je nou moeilijk? Dit is toch geweldig!'

'Ja, hallo, Kirst, ik heb nog nooit met iemand gedanst. Ik weet helemaal niet hoe!'

'Het is doodsimpel: je slaat je armen om zijn nek, legt je hoofd op zijn schouder en dan beweeg je zachtjes mee met de muziek. Het is een langzaam nummer, dus het kan niet fout gaan. Gewoon zorgen dat je niet op zijn tenen trapt. Nee-hee, niet gelijk weer zo'n gezicht trekken, dat was een grapje. Geniet er nou maar van. Hier droom je al van sinds *Dirty Dancing*.'

Er ging een halfuur voorbij, een uur, en al die tijd durfde ik niet naar de wc te gaan voor het geval er precies op dat moment een langzaam nummer begon. Kirstin was een paar keer terug de dansvloer op gegaan, terwijl ik appelsap dronk en probeerde niet te laten merken dat mijn ogen voortdurend in de gaten hielden waar Elliot was. Mensen mochten hem. Wanneer hij zich bij een groepje voegde, werd hij joviaal op zijn schouder geslagen. Meisjes gingen op hun tenen staan om dingen in zijn oor te roepen. Ik vroeg me af of hij er wat van verstond met deze luide muziek. Of was ik de enige die het opviel dat de aanhoudende beats steeds harder dreunden? De vibraties van de bas sloegen op mijn hart, trilden door mijn hersenen. Zelfs de vloer leek ervan te beven, of was ik gewoon draaierig? Hoe dan ook, ik moest volhouden. Niet op de vlucht slaan, niet nu mijn droom op het punt stond uit te komen.

Af en toe draaide Elliot zijn gezicht mijn kant op. Dan keek ik snel weg.

In gedachten zag ik Normale Jasmijn hem een kushandje toeblazen, hem wenken om naar haar toe te komen. Hoe vurig ik ook wenste dat ik haar gedrag kon overnemen, ik kon het niet. Iets zien betekende niet dat je het zélf kon toepassen. Toekijken hoe iemand jongleerde hield ook niet in dat het talent daarmee vanzelf oversprong op jou. Ik wilde naar Elliot lachen, wilde hem naar me toe lokken, maar ik kon hem alleen maar bevroren gadeslaan. Maar als hij wilde, zou hij uit zichzelf naar me toe komen, toch? Waarom zou hij daar aanmoediging voor nodig hebben? Op dit moment leek hij het gezelschap van anderen te verkiezen. Meisjes die bij het minste of geringste schaterend om zijn nek vielen, die niet alleen lachten om zijn grapjes, maar zelf ook wat wisten te vertellen, die uitdagende bewegingen maakten op de muziek, die geen fucking schoudervullingen op hun fucking reet hadden geplakt.

Kirstin kwam weer bij me staan. Ze veegde een blonde pluk van haar bezwete voorhoofd en vroeg: 'Heb je het nog naar je zin?'

Ik schudde mijn hoofd. Ik had nooit moeten komen. Wie dacht ik nou voor de gek te houden? Alsof ik met wat oogmake-up en een sexy legging ineens net als de rest kon zijn, terwijl het me vanavond, meer nog dan alle dagen op school, akelig duidelijk werd dat ik nog steeds dezelfde Jasmijn was. Het vreemde meisje dat in haar eigen wereld leefde. Wat deed ik hier überhaupt? De populaire muziek klonk mij buitenaards in de oren. Het gedrink, gelach en gerook overal om me heen duwde me steeds verder terug in mijn hoofd. Nog even, en het zou voelen alsof ik helemaal geen lichaam meer had, alleen maar hersenen, een stuiterende massa zenuwen die weg wilden, naar buiten, naar huis, naar Elvis. Mijn ongemakkelijke stiltes hadden Elliot weggejaagd. Iedereen wist hoe je je moest gedragen. De enige die het niet in de praktijk kon brengen was ik. Ik kon maar beter weggaan.

Ik had het in elk geval geprobeerd.

'Jouw beurt,' zei Kirstin.

Ik keek op. 'Wat?'

Ze tipte haar vinger tegen haar oor en trok veelzeggend een wenkbrauw op.

Een elektrische gitaar speelde een paar dramatische akkoorden, de opening van een nieuw nummer. O god, een lángzaam nummer! Met grote ogen keek ik Kirstin aan.

Ze grinnikte. 'Have fun.'

Elliot kwam aangelopen.

O, god. O, god.

Hij pakte mijn hand. De zijne was warm. Onder de discolampen glinsterden zweetdruppeltjes tussen de korte, nieuwe haartjes op zijn hoofd.

'Wacht!' Ik trok mijn hand terug. 'Even wachten, alsjeblieft! Ik ben zo terug!'

Zonder om te kijken rende ik weg en stormde de toiletruimte binnen. Die zooi moest eruit, alle acht schoudervullingen, allemaal. Ik kon het risico niet lopen dat Elliot er iets van zou voelen. In de spiegel waren mijn ogen groot en wild. Met mijn hand rukte ik de vullingen uit de achterkant van mijn legging. Eén, twee, drie, vier. Ik smeet ze op de grond, weg ermee. Snel ging ik met mijn rug naar de deur toe staan en plukte de overige vier uit mijn beha. Toen haastte ik me terug naar de zaal, de legging lubberend om mijn kont, Guns N' Roses schallend uit de speakers.

Godzijdank, hij stond er nog. En hij leek het niet eens gek te vinden.

Hij pakte mijn hand, en ik liet het gebeuren. Samen liepen we naar de dansvloer.

Dit gebeurde, dit gebeurde echt. Met mij, met mij! En Elliot! Vlug, ik moest nadenken, wat had Kirstin ook alweer gezegd? Armen om zijn nek. Hoofd op zijn schouder. Mijn god, wat rook hij lekker. Zijn nek was vochtig. Zijn armen lagen om mijn middel, zijn handen net onder de knik van mijn rug.

Knock-knock-knockin' on heaven's door, klonk het om ons heen. *Knock-knock-knockin' on heaven's door.*

We stonden dicht tegen elkaar aan. Zo dicht, dat mijn vullingen, als ik ze nog gedragen zou hebben, zijn borstkas zouden hebben geraakt. Nu raakten onze bovenlichamen elkaar net niet; er was ruimte tussen ons in, slechts opgevuld door de hitte die uit onze lijven kwam. Ik hoefde mijn heupen niet aan te sturen; ze bewogen als vanzelf in het ritme van de zijne. Zijn schouder was het fijnste kussen waar mijn gezicht ooit op had gerust.

Ik sloot mijn ogen.

Het hele weekend kon ik aan niets anders denken. Alles was veranderd. Ik was veranderd.

In de badkamer experimenteerde ik met de mascara die Kirstin voor me had achtergelaten, maar ik kreeg het niet voor elkaar. Steeds opnieuw wreef ik het donkere spul van mijn wimpers omdat alles aan elkaar kleefde, tot de huid eromheen rood en schraal werd van het boenen. Uiteindelijk bracht ik slechts een dun laagje aan en trok ik met mijn moeders pincet de samengeklonterde zooi van elkaar los. Een simpel lijntje kohl op mijn onderste ooglid maakte het af, en daar was ze weer: het meisje van gisteravond. Ik glimlachte naar haar. Het was de Jasmijn die gedanst had, de Jasmijn die Elliots bezwete hals tegen haar wang had gevoeld, die zijn geur opgesnoven had. Minutenlang bestudeerde ik mijn gezicht in de spiegel, ervan overtuigd dat er een zichtbare verandering was opgetreden. Ik zag het in de lach die nog altijd om mijn lippen danste. In mijn ogen, waar een lichtje blonk dat er eerst niet was geweest. En ik hoorde het. Ik hoorde het in elk Elvisliedje waarnaar ik luisterde. Plotseling kregen alle teksten een andere betekenis. *Young Dreams* ging over mijn gevoelens voor Elliot. *This Is Our Dance* ging over gisteravond. *The Next Step Is Love* ging over wat er maandag zou gebeuren wanneer ik hem weer zag.

Ik kuste de rug van mijn hand tot mijn huid rood en mijn lippen gezwollen raakten. Het was de beste manier om het te oefenen, had Kirstin gezegd. Zo had zij het ook gedaan, voordat ze met Dave had gezoend. Ik had haar niet verteld over mijn oefensessies met de poster naast mijn deur. Ik sloot mijn ogen en fantaseerde dat het Elliot was die ik met mijn lippen beroerde. Mijn bloed bruiste als limonade. Een brandend gevoel van ongeduld vlamde door me heen. Maandag duurde nog honderdduizend jaar.

Zou hij ook aan mij denken?

Ik was de enige met wie hij had gedanst. Voor zover ik wist dan. Na onze dans was ik direct weggegaan, uit angst dat mensen zouden zien hoe wijd mijn kleren ineens zaten. Ik was terug naar de toiletruimte gesneld om de schoudervullingen van de grond op te rapen en in de maandverbandbak te dumpen en had daarna, samen met Kirstin, buiten op mijn vader gewacht.

‘Natúúrlijk denkt hij ook aan jou,’ zei Kirstin aan de telefoon. ‘Die jongen is hartstikke gek op je. Dat ziet zelfs een blinde.’

'Ja?' vroeg ik, en mijn stem was blij, hoopvol, heel anders dan mijn normale stem.

'Geniet er nou maar van,' zei Kirstin grinnikend. 'Je hebt er lang genoeg op gewacht.'

Niet alleen mijn hoofd was in de wolken, ook mijn benen waren licht toen ik die maandag naar school fietste. Alsof mijn voeten van de pedalen waren gegleden en ik gewichtloze trapbewegingen in de lucht maakte. School zou nooit meer hetzelfde zijn, dat was onmogelijk. Want Kirstin had gelijk: Elliot vond mij ook leuk! Een jongen deed echt geen slowdance met iemand die hij afzichtelijk vond. En ook al had ik geen idee hoe het nu verder zou gaan, de hij-vindt-mij-ook-leuk-wetenschap dartelde zo blij door mijn hoofd, dat het vervolg erop niet zoveel uitmaakte. Dit feit alleen al was meer dan waarop ik ooit had durven hopen.

Ik fietste sneller, hongerig naar deze nieuwe dag. Ik croste over de verkeersdrempels, en mijn kont ketste hard terug op het zadel. Vullingen droeg ik niet meer. Ik had er het hele weekend over nagedacht, mezelf van alle kanten in de spiegel bekeken, nog precies geweten hoe het had gevoeld toen ik afgelopen vrijdag oog in oog had gestaan met mijn droomsilhouet.

Maar het was een nepfiguur geweest.

En ik hield niet van nep. Ik had besloten dat het beter was om een scharminkel te zijn dan een verzameling katoenen bedrog. Ik had zelf heus ook wel billen. Ze waren zelfs mooi rond. Je zag ze alleen bijna niet. Maar ik had liever miniatuurbillen dan dat ik voortdurend bang moest zijn dat iemand mijn geheim ontdekte. Dat zou nóg iets zijn om me druk om te maken, alsof het nog niet vol genoeg was in mijn hoofd. Bovendien wilde ik dat Elliot míj leuk vond. De echte Jasmijn.

De Jasmijn met wie hij gedanst had.

Zodra ik de school binnenliep, zag ik hem in het rookhok. Hij stond in een groepje te praten, zijn gezicht vrolijk alsof in zijn hoofd hetzelfde triomflied klonk als in het mijne. Toen hij mij opmerkte, lachte hij, opende zijn mond om wat te zeggen en deed alvast een stap mijn richting op. In een reflex draaide ik snel mijn gezicht weg. En hoewel ik niets liever wilde dan op hem afrennen en in zijn armen vliegen, of op zijn minst lief lachen en 'hoi' zeggen, kon ik niets anders dan mijn blik strak op de grond gericht houden en met grote stappen doorlopen, mijn gezicht verscholen achter mijn haar. In de gang glipte ik snel de toiletruimte in, voor het geval Elliot achter me aan zou komen.

Shit! Ik sloeg met mijn vuist tegen de muur. Waarom deed ik dit?

Ik haalde diep adem.

Ik kon nog terug.

Ik zou doen alsof er iets in mijn oog had gezeten en ik hem niet had gezien. Rustig teruglopen en hem alsnog groeten. Vragen hoe zijn weekend was geweest. Maar… hoe dan? Er stonden allemaal mensen om hem heen. En –

De bel maakte een eind aan mijn dilemma.

Ik wachtte een halve minuut, voordat ik de gang op sloop en me naar mijn lokaal haastte.

Kirstin zat al in de klas. 'Heb je hem al gezien?'

Ik knikte kort, hing mijn jas over mijn stoel en ging zitten.

'En?' Ze porde me met haar elleboog. 'Hallo, vertél nou eens een keer wat! Ik moet altijd alles maar uit je trekken.'

'Sst.' Ik wees naar Leslie en Hannah voor ons, die gestopt waren met praten. Ik zag hoe Leslie naar achteren leunde in haar stoel in de hoop iets van ons gesprek op te vangen.

'Pff!' Kirstin maakte een ongeduldig wegwuifgebaar. 'Wat zei hij?'

'Niets.'

'Dag. Dat geloof ik niet.'

Ik zweeg.

'Hij zag jou en hij zei niets? Dat kan niet.'

'Ik deed alsof ik hem niet zag.' Ik liet mijn hoofd ellendig in mijn handen zakken. 'Ik rende voor hem weg als de een of andere imbeciel. Hij zal wel denken.'

'Jezus, Jasmijn.' Ze keek boos, alsof zij degene was tegen wie ik zo stom had gedaan.

Dijkstra kwam de klas binnen.

De smalle streep van Kirstins mond en de manier waarop ze de hele les haar hoofd bleef schudden vertelden me dat ons gesprek nog niet voorbij was.

'Je gaat dus écht niet de hele ochtendpauze hierboven op de gang zitten, hè.'

'Waarom niet? Dat doe ik altijd.'

'Ja, maar nu toch zeker niet? Wil je niet naar beneden, naar Elliot? Ik durf te wedden dat hij jou zoekt.'

'Ik zit elke pauze hier,' zei ik. 'Dat ben ik gewend. Ik zie niet in waarom dat moet veranderen.'

Kirstin wierp haar armen in de lucht. 'Goed. Doe jij maar lekker wat je altijd doet. Dan ga ik naar beneden en ga ik gewoon zelf met Elliot praten.'

'Als je het maar uit je kop laat!'

'Ik begrijp jou niet, weet je dat?' Kirstin gooide haar rugtas op de grond.

'Je bent tot over je oren verliefd op die jongen, en hij is stapelgek op jou. En nu komt er, na meer dan een fucking jáár, eindelijk schot in de zaak, en dan ga je hem lopen ontwijken.'

'Ik ontwijk niemand. Ik ga gewoon niet ineens in de pauzes beneden zitten alleen maar omdat ik toevallig met iemand heb gedanst.'

'Toevallig met iemand heb ge...' Kirstin stootte een lachje uit. 'Hoor nou hoe je praat!'

Ik klemde mijn lippen stijf op elkaar en keek de andere kant op.

'Wíl je hem dan niet zien?' vroeg ze.

'Jawel,' mompelde ik.

Ze pakte mijn polsen en deed een poging me overeind te trekken. 'Dan kom je nú mee naar beneden.'

Maar ik bleef zitten en schudde mijn hoofd.

Kirstin slaakte een harde, dramatische zucht. Toen liet ze zich naast mij op de grond zakken en zei: 'Goed. Dan moet je het zelf maar weten.'

Ik bleef Elliot negeren. Elke keer dat ik hem toevallig zag, keek ik abrupt de andere kant op. Het blije deuntje in mijn hoofd werd zwakker, tot ik het uiteindelijk niet meer hoorde. Ik haatte mezelf, en tegelijkertijd kon ik er niets aan doen. Zoiets als dit had ik nog nooit meegemaakt, nooit kunnen oefenen. Ik was weer de kleuter die geen 'dank je wel' kon zeggen toen de bakker haar een eierkoek gaf. Het meisje dat hard de winkel uit rende, terwijl haar moeder zei: 'Ach, zo is ze nu eenmaal.'

Ja, zo was ik nu eenmaal.

Fijn.

Het klassenfeest had de eerste stap kunnen zijn op het liefdespad waar ik van droomde. Een weg die ik kon bewandelen met Elliot, de tofste jongen van de school. Wat kon mij het schelen dat hij niet de knapste was? Ik vond hem leuk. Ik voelde nog steeds zijn bezwete rug onder mijn handen. Maar Elliot was mijn droom, en dromen hoorden in mijn hoofd. Daar waren ze veilig. Daar had ik controle.

Toen ik die avond vanuit mijn kamer naar de keuken liep, zag ik de televisie aanstaan. Mijn ouders keken naar *Vrienden voor het leven* en lachten om iets wat er werd gezegd. Ik hoorde de grap niet. Ik keek alleen maar.

Kirstin had gelijk.

Elliot leek inderdaad op Eddie.

Vanuit de gang bleef ik kijken tot het afgelopen was, toen liep ik langzaam terug naar mijn kamer en sloot zachtjes mijn deur.

'Het antwoord is nee, Jasmijn, hoe vaak je er ook over begint.'
'Maar waaróm dan niet?' Ook op mijn vijftiende was de wereld vaak nog een ondoordringbaar oerwoud van waaroms.

'Het is totaal niet praktisch,' zei mijn moeder. 'Je vader en ik werken, en jij zit op school. Emiel is er alleen maar in de weekenden. Een hond past daar niet bij.'

'Wel. Senta paste er toch ook bij? Dat ging prima. Pa heeft wisselende diensten, en jij werkt maar drie dagen per week, dus zo vaak zal hij of zij heus niet alleen zijn. En ik kan hem of haar uitlaten voordat ik naar school ga en zodra ik weer uit ben.'

Mijn moeder stak een sigaret op en schudde haar hoofd. 'Sorry, maar het gaat niet gebeuren. Waarom kijk je niet of je wat honden uit de buurt kunt uitlaten? Carlo van de overkant werkt ook hele dagen, en zijn honden zitten maar thuis. Ik denk dat je hem daar best blij mee zou maken.'

Ik had Carlo al een paar keer met zijn honden zien lopen. Het waren dobermanns, die met hun ranke lijf en lange poten qua uiterlijk het tegenovergestelde van Carlo waren.

Vandaag was hij bij mijn moeder in de winkel geweest om wijnglazen te kopen en had zij hem gevraagd of hij het fijn zou vinden als ik zo nu en dan zijn honden voor hem uitliet.

'Hij is erg blij met het aanbod,' liet ze me weten. Ze trok haar pumps uit en zette de waterkoker aan voor thee. 'Hij komt straks even langs om je de sleutel van zijn flat te geven. Je krijgt er een gulden per keer voor. Ik heb gezegd dat je op donderdag niet kunt omdat je dan moet stagelopen, maar verder levert het je dus vier gulden extra op in de week. Dat is mooi meegenomen, toch?'

Ik knikte, al ging het me niet om het geld. Ik verlangde – snakte, eigenlijk – steeds heviger naar het gezelschap van honden om me heen. Om eindelijk weer tijd door te kunnen brengen met zielen die ik begreep. Die míj begrepen.

Zonder woorden.

'Zullen we even naar de overkant lopen, zodat jullie alvast kunnen kennismaken?' stelde Carlo voor. Hij was een man van ergens in de dertig, zonnebankbruin en met veel gel of ander spul in zijn donkerblonde haar. 'Dan kan ik je meteen laten zien waar alles ligt.'

Ik knikte.

Hij stond op en gaf mijn moeder een hand. 'Bedankt voor de koffie, Paulien.'

'Geen dank.' Mijn moeder liep met ons mee naar de deur en vroeg: 'Hoe heten je honden eigenlijk?'

'Vatos en Locos. Het zijn broers uit hetzelfde nest. Een beetje druk, maar geweldige beesten.' Zijn gezicht betrok toen hij eraan toevoegde: 'Eigenlijk is het leven op zo'n flatje niets voor hen. Maar ik kon het niet betalen om na de scheiding in mijn oude huis te blijven.'

Mijn moeder legde haar hand op mijn schouder. 'Nou, dankzij Jasmijn zullen ze in elk geval wat meer aandacht en beweging krijgen.'

Carlo en ik liepen naar de overkant, een betonnen blok waar schotelantennes als witte paddenstoelen uit de muur groeiden. Ik volgde hem de twee portiektrappen op naar zijn flat en zag naambordjes met achternamen die ik niet kon uitspreken. Achter een van de deuren kwam een kruidige kooklucht vandaan. We beklommen nog een trap, en toen Carlo de sleutel in het slot stak, klonk er driftig gekras van nagels tegen de andere kant van de deur.

Hij lachte. 'Ja, ja, daar ben ik al.'

De deur ging open, en onmiddellijk werd hij besprongen. Hij hurkte bij de honden neer, liet zich gemoedelijk in het gezicht likken. Met vlakke hand klopte hij de dieren op hun gespierde lijf.

Ik bleef rustig staan en keek om me heen in dezelfde smalle gang als bij ons. Een Feyenoordsjaal hing horizontaal tegen een muur van spiegeltegels. In het keukentje naast me balanceerde een scheve toren van vuile afwas op het aanrecht.

Carlo kwam overeind. Vatos en Locos liepen rondjes om me heen en besnuffelden mijn broek, mijn handen. Uiteindelijk lieten ze zich met een zucht op de grond vallen, hun kop aan mijn voeten.

Carlo grinnikte. 'Je bent geaccepteerd.'

'Heb jij Jasmijn gezien?' hoorde ik Norma vragen. 'Ik wil haar zeggen dat ze beneden kan helpen met dozen uitpakken, maar ik heb geen idee waar dat kind uithangt.'

'Ik zie haar ook niet,' zei Iris. 'Heb je bij de etalages gekeken? Ze staat nogal vaak naar buiten te turen.'

'Daar is ze niet. Ik zoek haar al meer dan tien minuten.'

Ik zat muisstil in het kleine hokje van de wc, aangekleed op het naar beneden geklapte deksel. Dit was de enige plek in de hele winkel waar ik voor even kon ontsnappen aan de reclamejingles, de steeds wisselende gezichten en stemmen, het boeket van achtergebleven parfums en de rommelige actiebakken en koopjesschappen waar iedereen maar met zijn vingers doorheen graaide terwijl ik het net allemaal weer goed had gelegd. Soms hield ik me hier langer dan een halfuur schuil, en tot nu toe was dat nog niemand opgevallen. Sinds mevrouw Witteveen er op donderdag niet meer was, en omdat Norma amper naar me omkeek, werd er bij de Blokker net als op het Mercatus niet op mij gelet. Tot nu dus, blijkbaar. Ik wachtte tot ik Norma en Iris niet meer hoorde en duwde toen de wc-deur een stukje open. Voorzichtig stak ik mijn gezicht om de hoek. Bij de ovenschalen stond een klant, maar verder was er niemand te zien. Geruisloos stapte ik terug de winkelvloer op, waarna ik zo nonchalant mogelijk langs de mokken en schalen naar het schap met keukengerei in het midden van de winkel liep. Ik trok wat blikopeners recht en –

'Dáár ben je.' Norma kwam met grote, zware stappen naar me toe. Ze had de gewoonte om tijdens het lopen hard door haar neus uit te ademen, waardoor het leek alsof ze brieste. 'Waar was je nou?'

'Bij de kop-en-schotels.' Ik loog niet: de wc bevond zich in de buurt van het servies.

Norma rimpelde haar voorhoofd. 'Ik zag je daar niet.'

Tja. Ik had geen controle over wat zij allemaal wel of niet zag. Zwijgend zette ik een kaasrasp terug op de juiste plek.

'Ik wilde je zeggen dat je naar beneden kunt gaan om Maaike te helpen met het uitpakken van een vracht die vanmorgen is binnengekomen.'

Dat er een vracht was bezorgd wist ik al, want de toiletpot was ranzig geweest. Een vaste gewoonte van de vrachtwagenchauffeurs, had ik Iris vorige week horen klagen. Met opgetrokken neus had ik de pot schoongemaakt. Mijn handen roken naar bleekmiddel.

Norma staarde me aan. 'Beneden, dus.'

Ja, ja, ik ging al. Ik legde nog een deegroller goed, toen liep ik naar de trap. Dozen uitpakken vond ik niet erg. Het was beneden een stuk rustiger dan boven.

Bovendien was Celine Dion daar niet te horen.

'Ga je mee naar de stad?' vroeg Kirstin, toen we die vrijdag een uur eerder uit waren. 'Ik heb mijn kleedgeld gekregen. We hoeven niet langer dan twee uur te blijven, goed?'

'Ik kan niet. Ik moet de honden van mijn overbuurman uitlaten.'

'O, zal ik met je meegaan dan?'

'Nee joh, daar vind jij niets aan.' We liepen de fietsenstalling in, waar ik zei: 'Vorige keer zei je nog dat je bang bent voor grote honden. En daarna ga ik naar mijn opa en oma, want het is vrijdag.'

'Morgen dan?' probeerde ze. 'We gaan echt weg zodra het jou te veel wordt, beloofd.'

Ik kon niet weigeren en ik wist het. Dave had het een paar dagen geleden met haar uitgemaakt, per telefoon nog wel. Die eikel had ineens een ander, een roodharige snol uit de lokale snackbar. En al hield Kirstin zich groot, ik had genoeg boeken gelezen om te weten dat iemand na een liefdesbreuk verdriet had. Dat ze nu zo aandrong omdat ze afleiding nodig had. Ik moest een goede vriendin zijn. 'Oké,' zei ik.

'Echt?' Haar stem maakte een sprongetje. 'Leuk!'

Ik haalde mijn fiets van het slot, en terwijl we de fietsenstalling uit liepen, keek ik automatisch of ik Elliot op het schoolplein zag staan.

'Dan eet je daarna bij mij, en dan kunnen we 's avonds een film huren. Misschien hebben ze *Pulp Fiction* inmiddels, die wil ik echt heel graag zien. En dan kunnen we...'

Elliot was er niet. Ik had hem al een paar dagen niet gezien.

'...goed idee?' vroeg Kirstin.

Ik knikte afwezig. Waar hing Elliot uit? Ging het wel goed met hem?

'Cool! Dan kom ik je morgen om één uur ophalen. En ik zal mijn moeder vragen of ze iets vegetarisch maakt voor jou.'

'Huh?' Ik keek opzij. 'Waar heb jij het nou ineens over?'

'Je eet morgen toch mee, zeg je net. Bij mij thuis! Mijn moeder zeurt daar al maanden om. Het is dat ze je weleens aan de telefoon heeft gehad, anders zou ze denken dat ik je verzonnen heb of zo, want ze ziet je nooit.'

Met talloze onuitgesproken vragen stapte ik op mijn fiets. Bij Kirstin eten? Ik zou dus haar ouders ontmoeten. Wat moest ik in vredesnaam tegen die mensen zeggen? Moest ik ze de hand schudden? Of juist niet? Moest ik –

'Tot morgen!' riep Kirstin. 'Ik heb er zin in!'

'Hallo, dames.' Kirstins moeder stond al in de deuropening toen we in het trappenhuis naar boven kwamen. Ze had een schort omgeknoopt en haar korte roodbruine lokken achter haar oren geduwd. 'Was het leuk in de stad?'

O, god. Aan wie vroeg ze dat? Aan mij? Of aan Kirstin? En ze zei hallo. Moest ik nu eerst hallo terugzeggen, of beter meteen antwoord geven op haar vraag? Ik beet op mijn lip en zei niets.

Kirstin zwaaide met een plastic tasje. 'Ik heb eindelijk een goed vest gevonden!'

'Eindelijk' was het juiste woord. We waren weer in alle winkels geweest. Eindeloos moest er worden gepast, getwijfeld, weer gepast, tot Kirstin uiteindelijk had besloten om terug te gaan naar de eerste winkel en daar het vest te kopen dat ze aan het begin al had gezien. Maar ik had geleerd van de vorige keer en was dit keer beter voorbereid geweest. Ik had oordopjes meegenomen, die ik in had gedaan zodra we een winkel binnen waren gestapt met luide muziek. En ik had een zonnebril bij me gehad, tegen de felle verlichting overal. Soms, als het in een zaakje te benauwd was geweest of er gewoon echt te veel mensen heen en weer hadden gelopen, had ik buiten op Kirstin gewacht.

Ze had het geen probleem gevonden.

Gelukkig waren we ook naar Donner geweest, waar ik de achterflap en de eerste paar zinnen van *Flowers for Algernon* had gelezen. Ik had de roman van Daniel Keyes daarna meteen aangeschaft. Ik kon niet wachten er vanavond in te beginnen.

'Dit is de enige winkel waar ik je niet gepijnigd om je heen zie kijken,' had Kirstin opgemerkt toen ze bij me was komen staan. Zelf had ze bij de tijdschriften staan neuzen en een glanzend magazine in haar handen gehouden. *Cosmopolitan*, had ik op de cover zien staan, boven een lachende vrouw met spierwitte tanden en een laag uitgesneden jurk.

Ik liep achter haar aan de flat binnen, waar Kirstin haar hoofd om de hoek van de woonkamer stak en haar vader groette. Ik stapte alvast haar kamer in. Kirstin volgde me en slingerde haar plastic tasje op bed. 'Hoe laat eten we?' riep ze over haar schouder.

'Over een kwartier!' riep haar moeder vanuit de keuken terug. 'Dus je kunt zo beginnen met tafeldekken.'

Kirstin sloot haar kamerdeur, zette haar tv aan op MTV en schopte haar laarzen uit.

Ik staarde haar aan. 'Tafeldekken?'

'Ja, daar moet ik altijd even mee helpen, en daarna ook met afruimen. Hoef jij dat thuis niet te doen dan?'

'Ik bedoel: eten we aan tafel? Binnen, bij je ouders?'

'Ja, natuurlijk. Waar anders?' Ze zette de tv wat harder en zwiepte met haar hoofd op een nummer van een Britse boyband.

Ik liet me op haar bed zakken en zei: 'Ik dacht dat we hier, in jouw kamer, zouden eten.'

Kirstin keek me verbaasd aan. 'Hoe kom je daar nou bij? Dat zou mijn moeder nooit goed vinden.'

Shit.

Ik kon nog weg. Het eten stond nog niet op tafel. Ik zou er stilletjes tussenuit kunnen piepen, aan Kirstin kunnen vragen of ze wilde zeggen dat ik me niet goed voelde en dat ik daarom naar huis was gegaan. Ik zou op mijn fiets stappen en de koele wind in mijn gezicht voelen.

Vanachter haar deur klonk nu een zwaardere stem. Kirstins vader. Hij zei iets tegen haar moeder. Ik kon niet verstaan wat. Ging het over mij? Was het vreemd dat ik me niet had voorgesteld? Maar Kirstin keek alsof er niets aan de hand was en bewoog nog steeds mee op de muziek. Ik concentreerde me wat beter op het geluid van de stemmen achter haar deur.

'Doe toch niet zo moeilijk, vent,' hoorde ik Kirstins moeder brommen.

'Ik doe niet moeilijk. Ik zeg alleen dat ik straks even langs de patatzaak loop. Je denkt toch niet echt dat ik die gekkigheid ga eten? Ik ben geen konijn.'

Kirstin zette het geluid van haar tv zachter en rolde met haar ogen. 'Mijn vader denkt dat alles waar geen vlees doorheen zit meteen konijnenvoer is. Luister er maar niet naar, hij weet niet beter. Mijn moeder kookt normaal nooit vegetarisch, dus dit is nieuw voor hem.'

'O.'

'Ze heeft speciaal voor jou vegetarische lasagne gemaakt. Dat lust je wel, toch?'

Koud zweet nestelde zich tussen mijn schouderbladen. De laatste keer dat ik bij iemand anders thuis aan tafel had gezeten, was bij Zahvala geweest. Dat was tien jaar geleden, maar als ik eraan terugdacht, kon ik de pannenkoeken weer ruiken alsof ze net met een salto terug in de pan waren geland. Ik zag de blije gezichten aan tafel weer voor me, hoorde het gepraat, het gesmak. De radio, de drukte. Alle handen die het bestek op een normale manier vasthielden, behalve die van mij. Mijn braaksel, het gegil van afschuw.

'Waarom kijk je zo benauwd? Lust je geen lasagne?'

Ik wist niet eens wat het was. Waarom maakte haar moeder niet gewoon aardappelen, wat ik gewend was? Wat als ik niet wist hoe je 'lasagne' moest eten? Die vreemde naam alleen al. En het zou raar zijn om een rietje te vragen, maar wat als ik mijn glas weer eens naast mijn mond hield en alles morste? Of als ik mijn bord op de grond liet vallen? Moest overgeven?

Kirstin schudde het plastic tasje leeg op haar bed en hing de nieuwe aanwinst op in haar kast. Uit de tv achter haar klonk de onverwachte echo van een gekneusde herinnering.

Knock-knock-knocking on heaven's door…

Ik kneep mijn ogen dicht.

Waarom verpestte ik altijd alles?

'Lekker?' Kirstins moeder keek ons alle drie om beurten aan. Ze was een robuuste vrouw met een luide stem. De puntjes van haar dunne wenkbrauwen stonden bij de neusbrug omhoog, wat haar een chronisch smekende blik gaf.

'Smaakt goed,' zei Kirstins vader, een kalende man die zijn bord al bijna leeg had. Zijn lippen glommen van de gesmolten kaas. 'Maar toch mis ik mijn vleessie.'

'Het is erg lekker, mam,' zei Kirstin.

'En jij, Jasmijn? Vind jij het ook een beetje lekker? Ik heb me suf gezocht naar een vegetarisch recept.' Ze lachte hard, alsof ze een hilarische grap maakte, eentje die ik niet begreep.

'Ja,' antwoordde ik beleefd. De lamp op de kast achter haar injecteerde een felle lichtstraal rechtstreeks mijn ogen in. Ik schoof opzij in mijn stoel.

'Ik heb zeker te veel voor je opgeschept?' zei ze, met een blik op mijn nog bijna volle bord. 'Je ziet er niet uit als een grote eter.'

Kirstin schoot in de lach. 'Nou, Jasmijn eet als een bootwerker, hoor. Dat ze geen vlees eet, doet daar niets aan af.'

'Hm.' Weer keek haar moeder naar mijn bord. 'Als je het niet lekker vindt, dan mag je het gerust zeggen, hoor.'

Ik knipperde met mijn ogen tegen het felle licht van de lamp en reageerde niet. Ik had net al gezegd dat ik het lekker vond. Het beste was nu om me te concentreren op hoe ik dit spul op mijn vork moest krijgen. Elke keer als ik een hap wilde nemen, gleden de deegvelletjes, glibberig van het een of andere waterige tomatensausje, van mijn vork. Ik keek opzij. Kirstin had haar bord al voor de helft leeg, zonder dat het eruitzag als een slagveld. Zij sneed telkens een stukje van de gestapelde velletjes af, prikte het hapje aan haar vork en bracht het moeiteloos naar haar mond. Bij mij viel de hele zooi uit elkaar, als een muur zonder cement.

Misschien hield ik na al die jaren nog steeds mijn vork niet goed vast.

'Zo, Jasmijn.' Kirstins vader legde zijn bestek op zijn lege bord, leunde naar achteren en knoopte zuchtend zijn broek los. 'Vertel eens wat over jezelf. Waar werkt jouw vader?'

Ja hallo, wat wilden deze mensen nou? Ik kon niet praten en eten tegelijk. Als ze me vragen bleven stellen, dan zou het helemaal nooit lukken om dit lastige gerecht weg te werken. Nu al begon het koud te worden. Maar het was een directe vraag, en eentje die ik begreep, en dus gaf ik antwoord. 'Hij werkt in het KPN-gebouw in de stad.'

'Aha, de voormalige PTT. En wat doet hij daar?'

'Hij is beveiligingsbeambte.'

'Aha,' zei haar vader weer.

Opnieuw gleed er een stuk lasagne van mijn vork.

'En, weten jullie al welke film jullie vanavond gaan huren?' vroeg haar moeder.

'Ik wil kijken of *Pulp Fiction* er al is,' zei Kirstin, die nu ook klaar was met eten. 'Wytske had hem in de bioscoop gezien en zei dat hij echt spannend was. Toch, Jas?'

Weer knikte ik.

'Nou, je zegt niet echt veel, kind,' merkte haar moeder op. Opnieuw die harde lach, en opnieuw begreep ik de grap niet. Ook haar bord was intussen leeg. 'En je eet nog minder.'

Alle ogen waren op mijn volle, knoeierige bord gericht.

Een warme gloed steeg op vanuit mijn nek. Wat verwachtten mensen toch? Dat je ineens in een kletskous veranderde als ze opmerkten dat je weinig zei? Met hun stomme opmerkingen bereikten ze juist het tegendeel.

En dan die lamp.

Ik schoof opnieuw een stukje opzij in mijn stoel, dichter naar Kirstin toe, maar het felle licht bleef in mijn ooghoek prikken. En hoe meer ik mijn best deed om het niet te zien, hoe feller het werd.

Kirstins vader schraapte zijn keel.

Met samengeknepen ogen tegen het licht van die klotelamp probeerde ik opnieuw een hap te nemen. Dit keer bleef er zowaar een stukje lasagne op mijn vork zitten toen ik hem optilde. Het was koud en glad en smaakloos, en ik slikte het snel door.

'Kijk niet zo boos, joh,' zei Kirstins moeder.

'Mam.' Kirstin klakte met haar tong. 'Laat haar toch.'

Elke keer als ik knipperde, dansten er paarse stipjes heen en weer. Ik drukte een hand tegen mijn ogen. Wat bezielde deze mensen om zulke helse verlichting neer te zetten?

'Gaat het?' vroeg Kirstin.

'Mag die lamp misschien uit?' bracht ik uit.

'Lamp?' herhaalde Kirstins moeder.

De paarse stipjes waren nu grote, paarse vlekken. Als dat licht niet heel snel verdween, zou ik ziek worden. Ik voelde het al aankomen. Het zou net zo zijn als bij Zahvala thuis. Nu al was mijn speeksel zuur van maagsap. Nog even, en ik zou –

Nee, dat mocht ik niet laten gebeuren.

Met een ruk schoof ik mijn stoel achteruit, stond op, liep naar de kast achter Kirstins moeder en drukte de lamp uit. *Floep*. Ein-de-lijk. De eethoek baadde in donkere opluchting.

Maar toen ik weer ging zitten, keken Kirstins ouders mij met open mond aan.

En ze bleven kijken.

Goed. Ik legde mijn bestek neer zoals ik Kirstins vader had zien doen. Klaar dan. Ik kon echt niet eten als iedereen naar me keek.

Kirstins moeder kwam abrupt overeind en begon af te ruimen.

'Nee, blijf maar zitten,' snauwde ze, toen Kirstin opstond om te helpen.

In de keuken werden de borden met veel kabaal op elkaar gestapeld. Behalve één bord. Dat bord werd eerst luidruchtig leeg geschraapt. Het vegetarische gerecht waar zo druk naar was gezocht, plofte in de vuilnisbak.

Ik staarde naar mijn handen. Had ik verkeerd gehandeld?

Misschien had ik gewoon mijn zonnebril uit mijn tas moeten halen en moeten opzetten.

Kirstins moeder kwam terug de kamer in en smakte een pak vanillevla op tafel. 'Toetje moet je zeker ook niet?'

'Natuurlijk wil ze dat wel, mam.' Kirstin zuchtte.

Haar moeder liep weg en kwam terug met vier witte stenen kommetjes.

Zwijgend werd het nagerecht opgelepeld.

'Sorry, Kirst.' Ik hield mijn blik laag, keek naar de stoeptegels voor Kirstins flat, het voorwiel van mijn fiets. Alles behalve naar Kirstins gezicht. Ik kon de teleurstelling niet aanzien. 'Ik ga naar huis. We kijken die film een andere keer, goed?'

'Doei, we gaan gewoon naar de videotheek. Je moet je niets van mijn moeder aantrekken, hoor, die heeft altijd wel wat om te zeuren. Ik ben al blij dat het eindelijk eens niet om mij ging.'

Voorzichtig keek ik op.

Kirstin haalde haar schouders op. 'Kan jou het schelen, joh.'

'Maar dan moeten we straks weer naar binnen en...' Ik keek omhoog, naar het raam van Kirstins woonkamer. 'Ik heb niet het idee dat je moeder mij graag ziet.'

'Nou, én? Je komt toch niet voor haar?' Ze grinnikte. 'En wees maar blij dat je niet veel ophebt, want die lasagne was niet te vreten. Bij de videotheek hebben ze popcorn. En chips. Kom nou maar.'

Ze liep weg.

Even twijfelde ik. Ik keek naar mijn fiets, naar het witte frame dat ontspannen tegen de lantaarnpaal leunde. Ik kon over twintig minuten thuis zijn. Lezen in *Flowers for Algernon.*

Kirstin was bijna bij het eind van haar straat toen ze omkeek. 'Ga je mee of niet?'

Ik keek naar mijn fiets. Naar Kirstin. Naar mijn fiets.

Ik ging mee.

Over een paar minuten zou *Charlie's Angels* beginnen, een van de weinige tv-series waar ik naar keek. De afleveringen waren al twintig jaar oud, maar ik sloeg er geen een over. Het flinterdunne verhaal intrigeerde me niet erg, de Angels zelf daarentegen des te meer. Drie jonge vrouwen die eruitzagen als tengere poppetjes, maar die stoer genoeg waren om alle boeven in de val te lokken. Ze waren mooi en dansten sierlijk over het scherm.

Ik wilde ook een Angel zijn. Zij hadden niemand nodig, konden alles zelf.

Ze waren de volwassen Pippi.

'Ik meende wat ik gisteravond zei,' merkte mijn moeder op, naast me op de bank. Ook zij zat elke week klaar voor een nieuwe aflevering. 'Je verjaardag is al over tien dagen, je moet echt iets anders verzinnen. Anders geven we je gewoon weer een boekenbon, hoor.'

'Ik weet niets anders,' zei ik voor de tiende keer, echt niet van plan me zomaar gewonnen te geven. 'Ik heb met die honden van Carlo nu toch wel bewezen dat het prima zal gaan, dat ik er tijd voor heb?'

'Nu, ja. Maar je weet toch niet wat voor rooster je volgend jaar krijgt, als je naar een andere school gaat? Voor hetzelfde geld zit je dan ineens elke dag tot na vieren in de schoolbanken en dan is zo'n arm beestje veel te lang alleen.'

Het was voor het eerst dat mijn moeder over volgend jaar en een andere school begon. En dan ook nog zo terloops, alsof het de normaalste zaak van de wereld was dat er wéér een complete aardverschuiving in mijn leven kwam. Ik werd over tien dagen zestien, en door die stomme leerplicht moest ik nog twee jaar naar school blijven gaan. Naar wat voor school? Ik had geen idee. Ik wílde helemaal niet naar een andere school, wilde niet weer opnieuw beginnen en wennen aan alles. Van de gedachte alleen al sprongen mijn hersenen in een pijnlijke knoop. Op dit moment kon ik maar het beste doen wat ik altijd deed wanneer ik tegen iets opzag: er gewoon nog niet aan denken. De toekomst was niets meer dan een geest; hij bestond alleen maar als je er aandacht aan schonk. Ik zou stug de andere kant op kijken en de donkere schim negeren zolang als het mogelijk was.

Mijn moeder stak een sigaret op en zette de tv wat harder.

Het begon.

Once upon a time, there were three little girls who went to the police academy...

Emiel was uit dienst en had zijn groot rijbewijs gehaald. Hij had werk gevonden als vrachtwagenchauffeur voor de Aldi en stond ingeschreven voor een huurwoning. 's Avonds was hij bij vrienden, en wanneer hij wel thuis was, droeg ik oordoppen om de knallende beats van zijn housemuziek te dempen. In de weekenden ging hij naar feesten waar deze herrie nog veel harder gedraaid werd. Dat ik nog steeds alleen maar naar Elvis luisterde, vond hij gek. 'Je moet met je tijd meegaan, zussie.'

'Van wie moet dat?'

'Ik bedoel dat het geen kwaad kan als je eens wat moderner werd.'

'Modern' was een stom woord. Moderne dingen veranderden steeds. Emiel was nu gabber, maar wat zou hij over vijf jaar zijn? En over tien?

Elvis was voor altijd.

De cd-speler van de Blokker bevond zich in het kantoortje. Hij stond op de hoek van het bureau, naast de computer. Ik was er naar binnen geglipt toen niemand keek en tikte nu ongeduldig met mijn voet tegen de wieltjes van de bureaustoel, terwijl ik wachtte tot het huidige nummer was afgelopen. Eindelijk was *Falling Into You* voorbij. Snel haalde ik de kwellende cd eruit, verving hem door mijn meegebrachte exemplaar en drukte op play.

De eerste klanken van *It Feels So Right* streelden mijn oren.

Ik haalde diep adem en blies langzaam uit. Eindelijk.

Terug op de vloer ging ik verder met het schoonmaken van de spiegels. Of mevrouw Witteveen inderdaad met Norma over mij had gesproken wist ik niet, maar we waren nu een paar maanden verder en ik had gelukkig nog steeds geen kassa gedraaid. Ik maakte schoon, zette producten recht, staarde naar buiten en verschool me het grootste deel van de dag nog steeds op het toilet. Ik deed er niet eens het licht aan. Ik zat er in het donker, maakte propjes van wc-papier alsof ik weer was weggelopen van de kleuterschool en zag in mijn hoofd hoe Normale Jasmijn zich door deze donderdagen heen sloeg. Hoe ze initiatief nam. Hoe ze al tientallen, nee honderden, producten had afgerekend aan de kassa. Ik zag haar via de spiegels naar me kijken als ik weer een rondje door de winkel sloop, wist dat ze niet begreep waarom ik het niet gewoon probéérde.

Maar ik wilde het niet proberen.

Ik kón het niet proberen.

Vorige week had ik tante Teun gezien. Ze had een wasrek gekocht en even met Norma gekletst. Mij had ze niet gezien. Colette liep stage bij de Hunkemöller, had ik gehoord. Ik zag het voor me: het plaatje klopte. Ze was er goed in, vermoedde ik, net als Elliot die stageliep bij de Kijkshop. Ook dat beeld tekende zich moeiteloos af in mijn hoofd. Klanten zouden hem graag aanspreken. Met zijn vriendelijke bruine ogen en gemakkelijke lach zag hij er benaderbaar uit.

Hij zou grapjes maken. Iedereen nog een fijne dag wensen, ook klanten die hém niet groetten. Hij –

'Hé, hoe kan dat nou?' klonk het van achter in de winkel.

Ik draaide me om. Norma stond achter de balie van de klantenservice. Iris liep naar haar toe. 'Heb jij andere muziek opgezet?' vroeg Norma.

Iris schudde haar hoofd. 'Ik was ook al verbaasd.'

Snel hurkte ik neer achter het schap met stengelbengels, voordat ze het ook aan mij zouden vragen. Ik hoorde Norma briesend door de zaak stampen, naar de trap, waar ze iets naar beneden riep. Jet antwoordde dat ze van niets wist.

Langzaam kwam ik vanachter de bloemsteelsnijders omhoog.

Had ik misschien eerst toestemming moeten vragen?

Maar het was hun eigen schuld dat ik dat niet had gedaan. Toen ik Norma twee weken geleden had gevraagd of we het geluid van de reclamejingles misschien uit konden zetten, had ze me aangekeken alsof ik niet goed snik was. En dat terwijl ik haar eerder op de dag nog tegen Maaike had horen klagen hoe vreemd ik wel niet was omdat ik nooit wat zei. 'Ze zegt niets als ze binnenkomt, ze zegt niets als ze weggaat…'

'…en tussendoor zegt ze al helemaal niets!' had Maaike aangevuld.

Samen hadden ze gelachen.

Het was ook nooit goed.

Ik drukte mijn handen tegen mijn oren. Mijn collega's vroegen zich niet langer af wie de muziek had verwisseld. Ze hadden de verandering geaccepteerd en zongen zachtjes mee met de liedjes die ze dachten te kennen. Dáchten, ja: ze hadden de woorden fout. Iris, achter de kassa, zong *Too Much Funky Business* in plaats van *Too Much Monkey Business.* Maaike kweelde *Don't Be Cool* in plaats van *Don't Be Cruel.* Mijn god! Deze marteling was nog erger dan het dunne gezever dat eerst uit de boxen sijpelde.

Ik had zo gehoopt dat Elvis me kon helpen deze dag door te komen. Dat zijn stem alles minder verschrikkelijk zou maken. Maar nu moest ik nog vaker dan daarvoor naar het toilet vluchten, alleen maar om even te ontkomen aan het tergende geluid van idioten die niet wisten wat ze zongen en mijn dierbare muziek verpestten.

Mijn plan pakte helemaal verkeerd uit.

Uiteindelijk liep ik terug naar het kantoortje en ruilde de cd's opnieuw om.

Toen ik om halfzes naar huis liep, wist ik dat ik niet meer terug zou komen.

'Ze bijten echt niet, hè?' vroeg Kirstin.

'Pff, als je dit nog één keer vraagt, dan laat ik ze in je reet happen, hoor,' zei ik, terwijl ik de sleutel in Carlo's voordeur stak. 'Gewoon rustig blijven staan en je laten besnuffelen, dan is er niets aan de hand.'

We stapten naar binnen, waar Vatos en Locos zoals gewoonlijk meteen aan kwamen stormen. Ik hurkte neer en liet ze mijn oren likken, ons begroetingsritueel. Toen kwam ik overeind en deed een stap opzij. Kirstin stond met grote ogen achter me. Via de spiegelwand keek ze me aan. 'Jas! Die beesten zijn *huge*!'

'Ze zijn superlief.'

De twee dobermanns liepen nieuwsgierige rondjes om Kirstin heen, snuffelend en zachtjes kwispelend. Toen drukte Vatos zijn snuit tegen haar been en keek naar haar op.

'Hij vindt je leuk,' zei ik. 'Aai hem maar.'

Langzaam stak Kirstin haar hand uit en streelde Vatos voorzichtig over zijn kop. 'Wat is hij zacht! Dat zou je helemaal niet verwachten.'

Ik glimlachte.

Dit ging helemaal goed komen.

Toen ik Vatos en Locos een paar maanden geleden voor het eerst mee naar het park had genomen, had ik de plekjes vermeden waar ik vaak met Senta gezeten had. Die herinneringen moesten puur blijven, zich niet vermengen met nieuwe. Maar het Zuiderpark was klein, en uiteindelijk slenterde ik toch weer over de vertrouwde paden, zat ik op de bekende bankjes en stond ik stil op dezelfde bruggetjes als toen. Daar was het alsof de tijd had stilgestaan. Alsof Senta elk moment uit het water kon springen, proestend en kwispelend. Ik zag de plekjes waar ze in het gras had gerold en waar we samen tegen een boom hadden gezeten, en het snijdende gevoel van ontbering ging over in een soort warme dankbaarheid dat ik haar had gekend. Dat ze zo lang bij me was geweest. Dat ik altijd mijn herinneringen zou hebben.

Vatos en Locos zorgden op hun beurt voor nieuwe herinneringen. Ze renden achter elkaar aan – Vatos altijd iets sneller, Locos altijd wat lomper – ze kibbelden om dezelfde stok, rolden zich tegelijk ontspannen op hun rug, met hun lange, dunne poten in de lucht en de zon op hun buik. De inkomsten die ik aan deze wandelingen overhield, voelden als diefstal. Ik genoot zo van het samenzijn met deze honden dat ík degene zou moeten zijn die ervoor betaalde.

Nu, met Kirstin erbij, liep ik slechts een eenvoudig rondje door Pendrecht.

Toen we de honden terugbrachten, vulde ik hun drinkbak en liep de woonkamer in om mijn gulden van tafel te pakken. Terug in de gang keek ik om me heen. 'Kirst? Waar ben je?'

'Holy shit,' hoorde ik.

Ik liep in de richting van haar stem. 'Wat doe je in Carlo's slaapkamer? Kom mee, joh, hier mogen we helemaal niet komen.'

'Ja maar, kijk dan.' Ze floot zachtjes, haar blik naar boven gericht.

Ik keek omhoog. In plaats van een normaal plafond hingen er bij Carlo allemaal spiegeltegels. Het hele plafond was één grote reflectie. Ik zag ons staan, een donker en een blond hoofd, Kirstin met open mond. Carlo's onopgemaakte bed had gladde, zwarte lakens.

Ik greep Kirstins arm. 'Kom.'

'Kinky,' zei ze. 'Stel je eens voor wat hier allemaal gebeurt.'

Maar ik wilde het me niet voorstellen. Voor mij was seks wat ik in *Dirty Dancing* had gezien: Baby en Johnny, die dansten, elkaar streelden, zoenden. Die samen in bed lagen, loom en gelukkig, waardoor je als kijker wist dat er iets moois was gebeurd.

'Je bent rood,' merkte Kirstin lachend op.

Kirstin dacht dat ze alles wist, alleen maar omdat ze toevallig een vriendje had gehad. Seks met een sukkel die een levensgrote poster van Pamela Anderson boven zijn bed had hangen. Ze had hem ernaar zien kijken terwijl ze het aan het doen waren. Nee, dát was tof.

Dan kon je nog beter maagd zijn en in de sprookjes van *Dirty Dancing* geloven.

Ik hoopte dat mijn eerste keer met Elliot zou zijn. Na de avond in het Dynamisch Partycentrum was de parallelle werkelijkheid rondom de alternatieve versie van mezelf sterker geworden. Normale Jasmijn deed alles op de juiste manier. Zij had Elliot de maandag na het feest wél gegroet, en ze had er een gewoonte van gemaakt om de pauzes met hem door te brengen. Samen zaten ze in de kelder tegenover de school. Hij liet haar het litteken op zijn hoofd zien. Ze spraken over de boeken die ze lazen. Normale Jasmijn nam haar walkman mee en liet hem haar favoriete Elvisnummers horen. Ze zoenden op *Love Me Tender.* Hand in hand slenterden ze door de schoolgangen, zoals Stefan en Ilse, zoals Leslie en Menzo. Hij nam chocola voor haar mee.

En uiteindelijk hadden ze seks.

Ik wist niet waar; dat zag ik er niet bij. Op dit punt werden de beelden in mijn hoofd wazig, de ontvangst van de parallelle werkelijkheid zwak. Ik voelde Elliots gewicht op mijn lichaam, hoorde zijn ademhaling en rook zijn geur, maar terwijl ik al het andere zo zuiver en gedetailleerd kon oppikken, bleef dit gevoel onscherp. Het zorgde ervoor dat ik zachtjes zijn naam zei en een gloeiend gevoel in mijn onderbuik kreeg, waarvan ik wist dat het het begin was van iets veel groters, maar daarna was het over.

Weg.

Een onbereikbare fantasie die steeds opnieuw door mijn vingers glipte en plaatsmaakte voor de echte realiteit. Een realiteit waarin ik nog altijd snel de andere kant op liep wanneer ik Elliot ontwaarde op school. Waarin ik me telkens voornam om hem een brief te schrijven en mijn gevoelens uit te leggen, maar het niet deed. Waarin ik steeds sterker rekening hield met de kans dat ik hem op een dag ineens met een ander meisje zou zien, waardoor mijn onderbuik niet langer gloeide maar volliep met de zure smaak van spijt.

'Dat zal niet zo snel gebeuren, hoor,' had Kirstin gezegd. 'Meisjes vinden hem leuk, maar niet op die manier.'

'Onzin. Ik vind hem toch ook leuk? Iedereen heeft verkering en hij binnenkort ook, let maar op. Hij gaat heus niet op mij zitten wachten. Misschien denkt hij wel dat ik niets meer met hem te maken wil hebben.'

'Dat is dan je eigen schuld.'

Ze had gelijk.

'Je moet gewoon met die jongen gaan praten,' zei ze, zachter nu. 'Hij snapt er waarschijnlijk helemaal niets van.'

Maar ik kon het niet.

Ik kón het gewoon niet.

Ome Ruud en tante Annie waren vijfentwintig jaar getrouwd en zouden over een week een groot feest geven ergens in een zaaltje in Capelle. Ik moest mee.

Alsof het hele telefoonboekenincident nooit was voorgevallen.

'Kan ik niet thuisblijven?' probeerde ik. 'Dan feliciteren jullie ze namens mij.'

Mijn vader schudde zijn hoofd. 'Je gaat mee, en meer wil ik er niet over horen. Er wordt al over je gepraat omdat jij je nooit meer bij oma Vink laat zien.'

'Jullie zeiden zelf dat ik daar niet meer naartoe hoefde.'

'Omdat je intussen oud genoeg bent om zoiets zelf te bepalen,' zei mijn moeder. 'Maar je kunt er best af en toe eens langsgaan. Je nichtjes zitten er altijd, jij bent de enige die zich nergens vertoont.'

Mijn nichtjes. Ook die had ik al jaren niet gezien. Wat als ik volgende week weer bij hen aan een tafeltje kwam te zitten? Maar plotseling kreeg ik een idee. 'Mag Kirstin mee?'

'Naar het trouwfeest?' Mijn moeder schudde haar hoofd. 'Natuurlijk niet, het is alleen voor genodigden. Ome Ruud en tante Annie kennen Kirstin helemaal niet.'

'Nou, én? Ze kennen die vriendin van Emiel ook niet, en die gaat toch ook mee? Ik weet niet eens hoe dat mens heet. Ik wist tot gisteren niet eens dat hij weer een nieuwe vriendin hééft.'

'Dan moet je misschien eens wat vaker bij ons in de woonkamer zitten,' zei mijn vader, 'dan hoor je ook eens wat. En je weet dat ze Chantal heet, want dat heeft hij je gisteren zelf verteld.'

Ik kruiste mijn armen. 'Dus waarom mag Chantal wel mee, maar Kirstin niet?'

'Emiel en Chantal hebben verkering,' antwoordde mijn moeder. 'Ze is zijn vriendin.'

'En Kirstin is míjn vriendin.'

'Dat is anders, Jas.' Mijn moeder zuchtte.

'Nou, dat vind ik discriminatie. Alsof liefde zwaarder weegt dan vriendschap.'

Mijn moeder keek naar mijn vader. 'Wim, zeg jij nou ook eens wat.'

'Van mij mag Kirstin mee,' zei hij.

'Wát?' Mijn moeder trok haar wenkbrauwen op. 'Waarom zeg je dat nou?'

'Omdat Jasmijn gelijk heeft: het is niet eerlijk dat Emiel wel iemand mag meenemen en zij niet. En als zij zich fijner voelt met haar vriendin erbij... We bellen Annie van de week wel even op. Ik weet zeker dat het geen probleem zal zijn.'

Emiel reed met zijn eigen auto achter ons aan. Naast hem zat Chantal, die ik vanavond voor het eerst zag. Ze werkte bij de Aldi in Schiedam, waar ze elkaar hadden ontmoet toen Emiel er een levering kwam brengen. Ze zag eruit zoals al zijn vriendinnetjes er tot nu toe hadden uitgezien: blond permanentje, flinke boezem, een vrolijk gezicht met veel make-up. Toen ze zich aan me voorstelde, had ik haar lange nagels gevoeld.

Kirstin en ik zaten samen op de achterbank. Ze had dezelfde outfit aan als op het schoolfeest. Voor mij was het lastiger geweest iets uit te zoeken. Weer iets van Kirstin lenen zou betekend hebben dat ik opnieuw vullingen moest gebruiken, en dat was voor mij geen optie meer. Gisteravond, toen ik in bed in mijn hoofd de avonturen van Normale Jasmijn en Elliot had afgespeeld, had ik plotseling gezien dat haar voluptueuze vormen verdwenen waren: ze had míjn lichaam weer terug. En ik had gezien dat het goed was. Ik was licht, ik was lenig. Ik was mezelf. Al begreep ik heus de gevoelens van mijn jongere zelf nog wel. Meisjes kregen lichamelijk allemaal hetzelfde starterspakket mee, en het was in de puberteit gewoon niet leuk om de enige te zijn bij wie het bij het starterspakket blééf. Maar voortaan zou ik daarboven staan. Dieren vergeleken zichzelf ook niet met elkaar; ze hadden allemaal hun eigen kracht. En dus had ik Kirstins aanbod afgeslagen, ook al had ik zelf alleen maar spijkerbroeken in de kast liggen. Behalve dan de zwarte Blokkerrok, die ik al weken niet gedragen had en die ik net zo goed kon weggooien.

Het was mijn moeder geweest die met de oplossing was gekomen en me op een ontwerp in haar patronenboek had gewezen. 'Is dat niets voor jou?'

Kritisch had ik naar het plaatje gekeken. Het was een wijnrood jurkje van fluweel, met een strak bovenlijfje en een kort, soepel vallend rokje. Een paar jaar geleden zou ik het voorbeeld resoluut bij me vandaan hebben geduwd, maar dit keer was ik benieuwd. Hoe zou zoiets mij staan? Hoe zou díe versie van mezelf eruitzien? 'Ik denk het wel,' had ik geantwoord.

Oma was bij ons geweest toen ik het jurkje voor de eerste keer had gepast. Ik had stil moeten staan zodat mijn moeder me niet met haar naalden zou prikken. 'Beeldig,' had oma gezegd. 'Wat een lijntje.'

Met kleine, behoedzame stapjes, zodat de spelden niet losschoten, was ik naar de spiegel in de gang gelopen. 'O,' was het enige wat ik had gezegd.

Mijn moeder had achter me gestaan. 'En? Vind je het mooi?'

Ik had langzaam geknikt.

Ik zag eruit als een Charlie's Angel.

Emiel bleek niet de enige met een verkering aan zijn arm: Myra stond fier midden in de zaal, haar hoofd hoog, haar blik scannend om er zeker van te zijn dat ze ieders reactie kon waarnemen wanneer men zag dat ze haar vriendje bij zich had. Hij droeg een geruit overhemd, zij een lange broek met een zwart colbertjasje en opgestoken haar. Ze was een jaar jonger dan ik, maar ze leek vanavond minstens achttien. Haar vriend keek naar de grond en plukte aan de zoom van zijn pantalon.

Ik zag hoe Emiel alle tafeltjes langsging, hoe hij iedereen begroette, iedereen feliciteerde, iedereen aan Chantal voorstelde. Ook mijn ouders dompelden zich onder in de feestende familiegolf, mijn moeder met uitgestrekte armen, mijn vader met opgestoken hand en groetende knikjes. Zelf liep ik meteen door naar een leeg tafeltje in de hoek van de zaal. Ik had Kirstins enkellaarsjes aan en voelde het rode jurkje bij elke stap om me heen zwieren.

'Moet je niet eerst je oom en tante feliciteren?' vroeg Kirstin.

Ik schudde mijn hoofd. 'Misschien straks, als ze niet meer zo in de drukte staan.'

'Oké,' zei ze schouderophalend. Ze keek om zich heen. 'Maar weet je zeker dat je helemaal hier wil zitten? Niet in de buurt van de rest van je familie?'

'Hier zitten we goed.' Ik zag haar nog steeds om zich heen kijken en voegde eraan toe: 'En nee, ik heb geen knappe neven. Dus zet die hoop maar uit je hoofd.'

Kirstin grinnikte. 'Balen.'

'Ik wou dat Elliot hier was.' Zonder het te beseffen sprak ik de gedachte hardop uit.

Maar het was de waarheid. Steeds keek ik naar de ingang, alsof hij ineens binnen kon stappen. Alsof hij in een bizar toeval een verwant van ome Ruuds kant van de familie bleek te zijn.

'En dan? Je zou alleen maar hard de zaal uit rennen. Of met je rug naar hem toe gaan zitten.'

'Nee.' Ik schudde mijn hoofd. 'Ik zou… Ik hóóp dat ik met hem zou praten.'

Vanuit mijn ooghoek zag ik Daphne arriveren met haar ouders. Ze was gegroeid, een kop groter dan haar moeder nu, en heel wat kilo's aangekomen. Nadat ze onze oom en tante had gefeliciteerd, ging ze bij Myra en haar vriend staan. Ook Jantien was er en voegde zich bij het groepje. Ome Ruud en tante Annie openden de dans, waarna ook tante Karin en ome Guus de dansvloer op gingen. Haar hand op zijn schouder, zijn hand op haar middel, samen verbonden in een keurige wals. Hun gezichten stonden ernstig, alsof het een plechtige activiteit was.

'Zal ik wat te drinken gaan halen?' stelde Kirstin voor.

Ik nam nog een handje pinda's. De rustgevende werking van het zoute vet duurde steeds maar heel even. Inmiddels had ik al drie schaaltjes verorberd en was ik toe aan het vierde. Hopelijk werden ze snel weer bijgevuld. Mijn nichtjes, die bij ons aan tafel waren komen zitten, aten er niet van. Zij hadden het te druk met praten. Zonder het te vragen hadden ze stoelen naar achter getrokken en waren ze aangeschoven. Ze hadden zich gretig aan Kirstin voorgesteld, die nu in gesprek was met Jantien. Het gesprek ging over series waar ik niet naar keek, muziek waar ik niet naar luisterde, films die ik niet had gezien.

Myra zat ook bij ons aan tafel, dicht tegen haar vriendje aan, en zei weinig.

Af en toe zag ik haar naar Kirstin kijken, net iets langer dan nodig was. Waarschijnlijk was ze verrast. Dankzij Kirstin was ik ineens een stuk minder vreemd. Ik had een vriendin die normaal was. Die mooi was, die aardig was. Die wist hoe ze een gesprek op gang moest houden en die de juiste vragen stelde, de goede grapjes maakte. Die het in zich had om aardig te zijn tegen mensen die ze misschien helemaal niet aardig vónd. Het ging vanzelf, bij haar, ze hoefde er niet eens moeite voor te doen. En het was alsof haar charmante aanwezigheid mijn status aparte neutraliseerde. Nu iemand als Kirstin vriendschap met mij had gesloten, moest ik ook wel meevallen, leken mijn nichtjes te denken. Zij was de blonde, goedlachse compensatie voor mijn donkere afstandelijkheid. Dankzij haar werd het geaccepteerd dat ik zelf weinig zei, dat ik eigenlijk niet eens een poging deed. Misschien dat ik, als ik er echt naar zocht, heus wel een raakvlak kon vinden, een paar centimeter gemeenschappelijke grond tussen mijn nichtjes en mij, maar ik had de behoefte niet en kon niet doen alsof.

Hier zitten en aanwezig zijn in deze drukte kostte alle energie die ik had.

Als Kirstin er niet bij was geweest, zou ik me allang in de toiletruimte hebben opgesloten.

Emiel en zijn Chantal waren vertrokken. Ze waren niet de enigen; ik zag ooms en tantes met jassen in hun armen terug de zaal in komen om voor de laatste keer gedag te zeggen. Tafeltjes raakten leeg. De net nog volle dansvloer vertoonde de eerste kale plekken. Met mijn ogen speurde ik de zaal af naar mijn moeder, om haar met gebaren te vragen of het voor ons niet ook de hoogste tijd was om te gaan, maar ze zat met haar rug naar me toe, aan een tafeltje bij ome Gerrit en tante Sjaan.

Ik stond op.

'Wat ga je doen?' vroeg Myra. 'Toch niet op zoek naar telefoonboeken, hè?' Ze fluisterde iets in het oor van haar vriend, waarop ze samen lachten. Dat was wat het in hun herinnering geworden was: een grap, een bizar voorval, de zoveelste rare actie van Jasmijn.

Ik gaf geen antwoord.

Ook Kirstin stond op. 'Gaan we?' vroeg ze.

Ik knikte.

Op weg naar de auto vertelde Kirstin dat ze aan het begin van de avond een gesprek over mij had opgevangen. Ze was een drankje gaan halen en had naast mijn nichtjes, die toen nog niet wisten dat zij bij mij hoorde, aan de bar gestaan.

'Ze zeiden dat je kapsones hebt gekregen.' Kirstin schoot in de lach. 'En dat je een arrogant loopje hebt.'

Verbaasd stond ik stil. Mijn ouders slenterden voor ons, mijn moeder nog naneuriënd van gezelligheid. 'Nou ja. Ik weet niet eens wat dat is: een arrogant loopje.'

Kirstin lachte nog steeds. 'Ik ook niet, joh. Ze zijn gek. Die oudste nicht zei letterlijk "alleen maar omdat ze nu knap is, denkt ze gelijk dat ze heel wat is".'

We liepen weer door. Knap. Het woord lag curieus in mijn hoofd, als een verkeerd bezorgde brief tussen de rest van de post.

Het was moeilijk voor te stellen dat mijn naam op de envelop stond.

'Hey, lieverds.' Ik hurkte neer voor een *group hug* in het gangetje. Vatos likte mijn oor, Locos zwiepte met zijn staart tegen de muur. 'Gaan jullie weer mee?'

'Hoi, Jasmijn.'

Ik sprong verschrikt overeind, maar herkende toen zijn stem. Ik schoot in de lach. 'Carlo, je liet me schrikken, joh. Ik wist niet dat je thuis –'

O. Snel keek ik weg, de andere kant op.

Carlo was naakt. Spiernaakt.

Ik hoorde hem verder de gang in lopen, de eelterige huid van zijn voetzolen schuifelend over het laminaat. Getverdemme, hij kwam naar me toe! Hij deed niet eens moeite zichzelf te verbergen! Ik verroerde me niet, gevangen tussen de vele spiegels in de smalle gang. Carlo's ding was overal om me heen, als een soort pervers behang. Het zag er anders uit dan wat ik jaren geleden in het blaadje van Emiel had gezien. Daar had allemaal schaamhaar boven gezeten. Bij Carlo was alles glad. En glimmend.

Ik staarde naar de grond.

Carlo maakte een grinnikend geluid.

Hij had geweten dat ik kwam, want ik was hier elke dag rond dezelfde tijd. Het minste wat hij had kunnen doen was even een badjas om zich heen slaan zodat ik dat vieze lijf van hem niet hoefde te zien.

'Je bent verlegen,' zei hij.

'Je bent naakt,' zei ik.

Weer dat lachende geluid, ergens diep in zijn keel.

Ik keek op en hield mijn blik daarbij zorgvuldig hoog. Zijn ogen waren smal van pret.

Vatos en Locos trippelden ongeduldig om me heen, hun nagels tikkend op de houten vloer. Ik greep hun riemen van de kapstok en schoof hun halsbanden om. De hele gang rook naar kokosolie of wat dat glanzende goedje op Carlo's lichaam ook was.

Weer zette hij een stap naar mij toe, zo dicht bij me dat onze lichamen elkaar bijna raakten. In de spiegel zag ik dat zijn ding recht naar voren stond nu. Omhoog, zelfs. Hij had een erectie. Kirstin had me erover verteld.

Snel opende ik de voordeur en haastte me het portiek in.

Achter mij hoorde ik hem nog steeds gniffelen.

Toen ik thuiskwam uit het park, was mijn moeder boodschappen doen, met de auto. Vroeger was ze lopend de reeks buurtwinkeltjes in de Sliedrechtstraat afgegaan: de kruidenier, de slager, de groenteboer, de borduurwinkel. Maar de afgelopen jaren had de een na de ander zijn deuren gesloten en waren er andere zaakjes voor in de plaats gekomen. We hadden nu een islamitische slager, een Turkse kledingwinkel, een Surinaamse toko. Sommige panden stonden nog leeg. Op de hoek, waar de schoenmaker gezeten had, waren de ruiten ingeslagen.

Ik vond het Surinaamse zaakje een ontdekking en kocht er regelmatig bananenchips en andere snacks, maar mijn moeder weigerde er inkopen te doen.

Voor het eerst kon ik beter met verandering omgaan dan zij.

Onze boodschappen kwamen steeds vaker bij de Edah op het Plein vandaan.

Ik ging op de bank zitten, met het ontblootte lichaam van Carlo als een schaafwond op mijn netvlies, en pakte de telefoon.

'Veenstra.'

'Hallo-met-Jasmijn-mag-ik-Kirstin-even,' zei ik in één adem.

'Kirst!' Haar moeders schelle stem schraapte langs mijn trommelvlies. 'Telefoon!'

Er klonk wat gestommel, een 'wie is het?', gevolgd door een 'ik neem hem op mijn kamer'. Nog wat doffe geluiden, een deur die dichtging, en toen: 'Hoi!'

'Hoi.'

'What's up?'

'Ik heb Carlo in zijn nakie gezien, en het was ranzig.'

'Wat? Die vent van die honden?'

'Ja.'

'Huh? Hoe dan? Bedoel je écht naakt?'

'Sst,' zei ik. 'Straks hoort je moeder je. Ja, echt naakt. Ik wist niet dat hij thuis was. Hij kwam zomaar ineens de gang in lopen.'

'Terwijl hij wist dat jij er was?'

'Ja. Dat vond hij alleen maar grappig.'

'Jezus! Heeft-ie aan je gezeten?'

'Nee. Maar hij kwam wel naar me toe lopen en hij... Hij werd er opgewonden van, zeg maar.'

'Hij kreeg een stijve?' Kirstin gierde in mijn oor. 'Wat verschrikkelijk goor! Die gast is hoogbejaard, toch? Echt al ver over de dertig, zei jij vorige keer. Getver.' Ze lachte weer.

‘Ja, heel grappig allemaal,’ zei ik.

‘Sorry. Maar blijf je nu wel zijn honden doen?’

‘Dat weet ik niet,’ zei ik, en ik wist het echt niet.

Wat moest ik doen? Vatos en Locos waren me dierbaar geworden, maar een situatie zoals vandaag wilde ik echt niet meer meemaken. Ik snapte niet waarom Carlo zo dicht bij me was komen staan. Volgens mij had ik hem nooit de indruk gegeven dat ik interesse in hem had; ook zonder het leeftijdsverschil kon ik dergelijke gladde, ijdele zonnebanktypes niet uitstaan. Ik vond ze nep. En ik kon me ook niet voorstellen dat hij op míj viel. In een eerste, snelle oogopslag werd er dankzij mijn lange haar en de oogmake-up misschien een aantrekkelijke illusie gewekt, maar het was een fantasie die ik niet waarmaakte. Zodra iemand goed keek, werd de ongecontroleerdheid van mijn bewegingen duidelijk, alsof mijn armen en benen ieder een eigen plan hadden. En ik wist zeker dat de onrust in mijn hoofd zichtbaar was in mijn blik. Ook dat was niet aantrekkelijk.

Maar wat nu? Wat zou Normale Jasmijn doen?

Nou, ten eerste zou zij er ongetwijfeld heel anders op gereageerd hebben, dat wist ik zeker. Zij zou Carlo recht in zijn gezicht hebben aangekeken in plaats van haar blik af te wenden en daardoor júíst, door die vervloekte muurspiegels, naar zijn erectie te staren. Ze zou hem dringend verzocht hebben afstand van haar te houden. Ze zou hem vertellen dat ze er niet van gediend was en dat ze bovendien pas zestien was.

En als hij dan toch nog dichterbij was gekomen, dan zou ze hem een doeltreffend knietje gegeven hebben, in plaats van voor de zoveelste keer uit een situatie weg te rennen zoals ik had gedaan.

Ik schreef Carlo een briefje met daarin de simpele tekst: *‘Heb geen tijd meer om de honden uit te laten, Jasmijn.’* Ik stopte het in zijn brievenbus, de herinnering aan wat ik had gezien brandend in mijn hoofd, woekerend van schaamte om mijn veel te schuwe reactie. Ik had net als Normale Jasmijn ter plekke met hem moeten afrekenen. Dat zou hem leren. Nu had ik alleen mezelf ermee, want ik raakte Vatos en Locos kwijt. En dat terwijl mijn wandelingen met de honden de enige momenten waren waarop ik wél precies wist hoe ik me moest gedragen, waarop ook ik eindelijk over een natuurlijk gemak beschikte.

‘Je kunt toch nog steeds naar het park gaan?’ zei Kirstin toen ik het er met haar over had. ‘Daar heb je die honden toch niet voor nodig?’

Maar dat zag ze verkeerd. Zonder honden was ik nog steeds een buitenstaander, een eenling, óók in het park. Het was mijn vriendschap met hen waar ik rust vond.

Tegen mijn ouders zei ik dat ik het te druk had gekregen met huiswerk en er daarom mee gestopt was. De waarheid drukte ik diep weg. Het was al erg genoeg dat het plaatje van wat er gebeurd was in míjn hoofd zat; ik wilde het niet vermenigvuldigen door het ook in hun hoofd te brengen.

Wat als zij ook vonden dat ik anders had moeten reageren?

Waarom bestond er geen handleiding voor elke situatie in het leven?

Ja, zei ik tegen mijn moeder, het was inderdaad sneu voor Vatos en Locos, maar Carlo zou heus wel een andere oplossing bedenken. En dat deed hij: toen ik hem de volgende ochtend de deur uit zag stappen, sprongen zijn dobermanns vrolijk in de auto. Waar hij ze naartoe bracht, wist ik niet, maar toen hij aan het eind van de dag thuiskwam, sprongen ze er kwispelend weer uit.

En dat ik veel huiswerk had, overdreef ik niet eens: omdat we in ons examenjaar zaten vlogen de repetities en examens ons om de oren. Bovendien was iedereen bezig met plannen maken voor 'hierna'. Net als in groep 8 werden er ook nu weer scholen bezocht, adviesgesprekken gevoerd, vaak met ouders erbij. De meeste jongens en meisjes uit mijn klas zouden doorstromen naar mbo handel. Daar zouden ze nog meer leren over hoe het was om in een winkel te werken, zodat ze uiteindelijk filiaalmanager konden worden. Kirstin had andere plannen: zij had zich ingeschreven voor een mbo-opleiding tot onderwijsassistent. En ik? Ik had geen idee. Mijn stage bij de Blokker had in elk geval bevestigd dat ik écht niet in de detailhandel wilde gaan werken.

'Misschien kun je hondentrainer worden,' had Kirstin geopperd. 'Dat vind ik wel wat voor jou. Politiehonden, of zo.'

Maar ik was het niet met haar eens. 'Met die dieren mag je geen persoonlijke band krijgen, en na de training zie je ze zelf nooit meer terug. Bovendien gaat het er in die wereld veel te grof aan toe. Daar hou ik niet van.'

'Dierenartsassistente dan? Of vertaler? Dan kun je eindelijk je Engels ergens voor gebruiken.'

Ik had iets onbestemds gemompeld. Ik wilde er eigenlijk nog steeds niet over nadenken. Maar door die stomme leerplichtwet moest ik volgend jaar hoe dan ook door naar een andere school, terwijl ik eindelijk aan het Mercatus gewend was. Hier had ik mijn eigen rooster, ik had er mijn leeskelder in het gebouw achter het schoolplein, ik had leraren die me met rust lieten. En nu zou dat allemaal gaan veranderen, alleen maar door bemoeizucht van de overheid.

Ik was zestien, waarom mocht ik nog steeds niet zelf bepalen hoe ik mijn leven leidde?

Door mijn persoonlijke tussenuren kwam het nog maar zelden voor dat ik daadwerkelijk in een klaslokaal zat. Als gevolg daarvan kostte het me steeds meer moeite om vijftig minuten lang een oninteressante les te volgen. Wanneer het dan echt niet anders kon, moest ik elk halfuur iets eten om te voorkomen dat mijn hersenen zo licht werden dat ze wegzweefden. Ik propte mezelf vol met dik besmeerde boterhammen met kaas of jam, gevolgd door chocoladerepen of chips, maar het hielp niet: braaf aan mijn tafeltje zitten en verstikkende zuurstof delen met zo'n twintig andere mensen en al hun geluiden was zo vermoeiend, dat ik er een aantal keer letterlijk bij in slaap viel. Op die momenten maakte Kirstin me met een por van haar elleboog wakker.

De donderdagen bracht ik door op mijn kamer. Lezend. Gekochte boeken, smoezelige exemplaren uit de schoolbibliotheek, dikke, historische romans uit mijn moeders kast, ik las ze allemaal. Soms, als het twaalf uur of halfeen was, ving ik in mijn hoofd een glimp op van Normale Jasmijn, die op dat moment de trap af liep bij de Blokker en daar de kantine binnenstapte. Ik zag haar aan de lunchtafel zitten, kletsend en lachend met Norma en Maaike. Later op de middag rook ik ineens de geur van spiegelreiniger of hoorde ik de onuitroeibare reclamejingles. Het irriteerde me dat ik die flitsen van Normale Jasmijn niet van me af kon schudden. Weg met haar. Zij had haar realiteit, ik die van mij.

Mijn moeder was blij voor me dat ik voor de rest van het jaar was vrijgesteld van stagelopen. Soms kwam ze thee brengen op mijn kamer en waren we samen opgelucht dat ik niet langer in die winkel stond. 'Het was niet echt wat voor jou, hè, daar?' zei ze.

'Niet echt, nee.'

Mijn vrijstelling was niet verzonnen, hij bestond echt. Dat ik hem niet van de school had gekregen maar van mezelf was een onbeduidend detail. Mijn moeder vroeg niet door. Ik had de vrijstelling verdiend omdat ik alle opdrachten die ik tijdens mijn stageperiode moest uitvoeren al volbracht had, had ik haar verteld.

En ook dat was waar.

In mijn hoofd had ik namelijk écht kassa gedraaid, en de nieuwe voorraad geprijsd, en achter de balie van de klantenservice gestaan, en bestellingen geplaatst, net als alle andere stomme taken die ik moest afvinken in mijn stagemap. Ik had ze stuk voor stuk uitgevoerd, en dat die activiteit alleen maar in gedachten had plaatsgevonden en niet in het echt was slechts een detail. Want wat was nou eigenlijk 'echt'? Wie bepaalde dat? De dingen in mijn binnenwereld voelden vaak echter dan de zogenaamd tastbare zaken van de buitenwereld. Dus.

En dat meneer Schaap niets van mijn vrijstelling wist, deed er al helemaal niet toe.

Ik wist beter wat goed voor me was dan hij, en stagelopen was slecht voor me. Het bracht me stress, en dat was hartstikke ongezond. In Nederland was stress doodsoorzaak nummer één, dus waarom zou ik daar in die drukke winkel mijn leven op het spel zetten? Ik was toch zeker niet gek. Schaap zou niets te weten komen; hem liet ik vredig doorsukkelen in zíjn versie van de werkelijkheid. En toen mijn moeder aan Norma had laten weten dat ik van school niet meer terug hoefde te komen, had ook zij geen vragen gesteld.

Soms verbaasde het me hoe eenvoudig het was om situaties naar mijn hand te zetten. En dan werd er over mij gezegd dat ík altijd alles maar geloofde.

In elk geval was dit nu goed geregeld.

Ik zou zorgen voor een boeiend stageverslag, en zo zou iedereen tevreden zijn.

'Sleutels vergeten?' vroeg een oude dame met kort, grijs haar en een waaiertje van rimpels naast haar ogen. 'Even wennen, hè, dat de schuifdeuren vervangen zijn door dit?'

Ik knikte verward. Met 'dit' bedoelde ze de gesloten deur van het flatgebouw achter de school. De toegangspoort naar mijn leeskelder. Niet langer schoven de glazen deuren uitnodigend opzij zodra ze mijn aanwezigheid detecteerden. Weer een ongewenste verandering. Hield het dan nooit op?

De vrouw stak haar sleutel in het slot. 'Loop maar met mij mee naar binnen, hoor.'

In de koele hal drukte ze op het knopje van de lift. Ik bedankte haar en liep zoals altijd naar beneden, maar toen ik daar op mijn vaste plek tegen de koele muur ging zitten en mijn boek uit mijn rugtas tevoorschijn haalde, wist ik dat dit mijn laatste keer hier was. Nu ik plotseling afhankelijk was van anderen om het gebouw binnen te komen, was deze plek niet meer hetzelfde. Maar waar kon ik dán heen? Ik sloeg zoveel lesuren over, het was noodzakelijk dat ik op die momenten een ruimte had waar ik rustig kon zitten. Naar huis fietsen was niet handig, niet met mijn vaders wisselende diensten. Het kleine wijkbibliotheekje van Pendrecht was een plek van mij en Senta geweest, daar wilde ik zonder haar niet zijn. De schoolbibliotheek was niet veel meer dan een klein hok, ook dat was geen optie. Maar wacht even: had ik, toen ik met Kirstin in de stad was, vanuit de verte niet het hoge, grote gebouw van de Centrale Bibliotheek gezien? En had het me, zelfs vanaf een afstand, niet gewenkt en me uitgenodigd er binnen te stappen?

Tijd om de uitnodiging aan te nemen.

'Zo,' merkte Bennie op toen ik weer op school was. 'Back in town?'
Ik knikte. Het moest wel. Er stond een repetitie voor Engels gepland.

'Ik begrijp er niets van.' Hij hief zijn armen in de lucht. 'Ik hoef maar één les te skippen en iedereen flipt, maar jij komt overal mee weg.'

Kirstin grinnikte. 'Jasmijn heeft haar eigen rooster. Dat weet je toch?'

Ondanks haar lach wist ik dat Kirstin het jammer vond dat ik er bijna nooit meer was. Dat had ze gezegd. Nu zat ze vaak alleen in de klas. Haar pauzes bracht ze, net als voordat we vriendinnen waren, door in de aula. Het was haar gewoonte geworden om mij 's avonds te bellen en te vertellen of er nog belangrijk huiswerk was opgegeven, of dat er de volgende dag iets zou zijn waarvoor ik naar school moest komen. Zelfs als er niets te melden was, belde ze. Zomaar, voor een kletspraatje.

Ik, een kletspraatje!

Altijd had ik geloofd daar niet toe in staat te zijn, maar met Kirstin kon ik het.

Ze belde op een vaste tijd, om zeven uur en geen minuut later. Dat had ik haar gevraagd. Dan kon ik me erop instellen en wist ik zeker dat zij het was. Eén keer had ze, op vrijdagavond, om vijf voor zeven gebeld. Ik was alleen thuis geweest en had niet opgenomen.

Vijf minuten later had ze opnieuw gebeld. 'Was je er net niet?'

'Jawel.'

'Waarom nam je niet op dan?'

'Omdat ik niet wist wie het was.'

Ze had niet verder gevraagd. Ik kreeg het gevoel, al durfde ik er nog niet zeker van te zijn, dat ze me leerde begrijpen.

'Heb je Elliot nog gezien vandaag?' was mijn standaardvraag.

Soms had ze hem niet gezien, maar vaak wel. In de aula. Wanneer ik dan zweeg, zuchtte ze overdreven en zei: 'Néé, niet met een meisje.'

'Dat wilde ik helemaal niet vragen.'

'Ik snap nog steeds niet dat je die jongen niet gewoon vertelt hoe leuk je hem vindt. Daar droomt hij van, geloof me.'

Maar dat was nu juist het hele punt.

Ik geloofde dat níét.

Op de begane grond van de centrale bibliotheek, waar ik nu al drie weken kwam, waren twee kleuters met elkaar aan het spelen bij het grote schaakspel op de begane grond. Ze huppelden om de schaakstukken heen, die nauwelijks groter waren dan zijzelf. Een rij wachtenden stond bij de receptiebalie. Ik keek naar ze terwijl ik met de roltrap omhoogging: mensen van alle soorten en leeftijden, mannen en vrouwen en jongens en meisjes die zich hier thuis voelden, net als ik. Dit gebouw was groter dan de schoolbibliotheek en de wijkbibliotheek en nog eens een stuk of vijftig bibliotheken bij elkaar.

De collectie interessante titels was oneindig.

Ik las biografieën over schrijvers, boeken over de Tweede Wereldoorlog, dikke fotobundels met het werk van Anton Pieck, waarbij ik mezelf verloor in de details, mijn gezicht zo dicht bij het papier dat ik de inkt kon ruiken. En dan de romans. Ik dook in de wereld van *Jane Eyre* en *Anne of Green Gables* en kreeg het gevoel dat ik de personages persoonlijk kende. Ik huiverde bij *A Kiss Before Dying*, en bij *Uncle Tom's Cabin* bleven mijn tranen stromen. Een andere middag raakte ik zo gefascineerd door dikke werken over de psychologie achter dromen en nachtmerries, dat ik bijna twee uur lang vergat te eten. Er bestond een techniek genaamd lucide dromen, waarbij je zelf je nachtelijke escapades kon aansturen. Beeld je eens in! Dan was dus alles mogelijk, dan had je totale controle over wat er gebeurde. Ik zou nooit meer in de wakkere wereld willen zijn.

Af en toe ging ik naar beneden, naar de openbare toiletten op de begane grond, waar de lampen een koud, blauw licht verspreidden zodat junks hun aderen niet konden zien. Daarna keerde ik terug naar mijn vaste plek bij het raam op de vijfde verdieping, waar ik links van me naar buiten kon kijken en rechts van me de roltrappen zag. Ze waren vrijwel identiek aan die waar ik als kind mijn toevlucht had gezocht en vormden een rustige, constante factor in mijn ooghoek. Kalm en tevreden vergroeid met hun ritueel. Onvermoeibaar in steeds dezelfde, sierlijke lus.

Ik las en ik las en nooit viel ik in slaap.

Dit was een plek waar mijn hersenen werden gevoed. Hier hingen de geur van papier en de aanwezigheid van kennis in de lucht. Eindelijk was er echte zuurstof.

Soms dacht ik aan mijn klasgenootjes, aan de andere kant van Rotterdam. Die in een stoffig lokaal met vogelpoep op de ramen les kregen in magazijnbeheer.

Ik ontsprong die dans met een kopduikeling in de lucht, duizelig van opluchting.

Emiel had een nieuwe vriendin. Chantal leek vergeten, het was nu Gabriella. Ze woonde in de Beverwaard, meer wist ik niet. Maar straks zou ik haar voor de eerste keer zien, want ze kwam eten.

'Eet jij dan ook een keer mee aan tafel, Jas?' vroeg mijn moeder. We stonden in de keuken, waar ik haar hielp met het snijden van de champignons. 'Dat komt denk ik aardiger over dan wanneer je je helemaal niet laat zien. Gabriella is natuurlijk benieuwd naar jou.'

'Ik kan even "hoi" komen zeggen en daarna terug naar mijn kamer gaan.'

Mijn moeder zette het vuur van de spaghettisaus laag en zei: 'Ik denk dat ze dat wel een beetje raar zou vinden.'

'Nou, én?' Vroeg of laat zou ze me hoe dan ook raar gaan vinden. Ze kon er net zo goed maar meteen aan wennen, dan hadden we dat vast gehad.

'Ik zou het fijn vinden als je erbij kwam zitten. Je doet Emiel er ook een plezier mee.'

'Vanavond eet je gewoon aan tafel,' klonk mijn vaders stem vanuit de woonkamer.

'Waarom is het zo belangrijk? Wat kan het die Gabriella nou schelen hoe of waar ik eet! Over een maand is het toch weer uit.'

'Ik kom jouw maaltijd vanavond niet brengen,' zei mijn moeder. 'Dus als je per se op je kamer wil eten, dan moet je het zelf in de woonkamer komen opscheppen. Dan kun je meteen aan Gabriella uitleggen waarom je niet met haar aan tafel wil zitten.'

'Maar ik eet altijd op mijn kamer,' sputterde ik. 'Dat ben ik gewend.'

'Daar kun je best een keer een uitzondering op maken.'

Natuurlijk wist ik dat ze gelijk had. En natuurlijk was ik benieuwd naar Gabriella. Maar nu al begonnen mijn hersenen onrustig samen te trekken, door elkaar gehusseld als de gesneden champignons in de saus. Het voelde alsof ik, zodra ik toeliet dat er ook maar één klein detail van een vast patroon veranderde, het universum toestemming gaf om al het andere dan ook meteen maar onderuit te halen. Alle touwtjes die ik in handen had, zouden breken. De enige manier om controle te houden was totále controle, anders werkte het niet.

Aan tafel eten was het begin van het einde.

Mijn moeder wees uit het keukenraam. 'Daar heb je ze.'

Ik was nog steeds de enige in de klas die geen idee had wat ze na het Mercatus moest gaan doen. Kirstin zag zichzelf al helemaal in de rol van onderwijsassistent. Leslie wilde stewardess worden en begon na de zomer aan de mbo-opleiding luchtvaart & hospitality. Hannah had zich ingeschreven bij de kappersschool. Verder ging bijna iedereen door naar mbo handel. Ik begreep niet waarom zoveel mensen de rest van hun leven in een winkel wilden doorbrengen.

'Je leert met die opleiding wel meer dan alleen in een winkel staan, hoor,' zei Kirstin lachend. 'Je kunt ook vertegenwoordiger worden. Of inkoper.'

'Het klinkt allemaal verschrikkelijk.'

We zaten op de gang. Over enkele minuten zou de bel gaan en begon de toets bedrijfseconomie. 'Toch moet ook jij gaan nadenken,' zei ze. 'Ik vind het bizar dat je ouders er helemaal niet naar vragen of over beginnen.'

Ik haalde mijn schouders op. 'Ik heb ze verteld dat ik nog de hele zomer heb om erover na te denken.'

Ze hadden niet doorgevraagd. Mijn vader, die op zijn twaalfde al was gaan werken, en mijn moeder, die alleen de huishoudschool had gedaan, wat wisten zij van vervolgopleidingen? Ik had gezegd dat iedereen zich pas in de zomervakantie bij een nieuwe school inschreef, en dat hadden ze geloofd. Het leugentje was noodzakelijk geweest, anders zouden ze zich misschien alleen maar druk maken. En het was niet dat ik nergens in geïnteresseerd was. Er waren genoeg dingen waar ik meer over zou willen leren.

Alleen niet op een schóól.

Dat was het hele probleem.

'Pff, ik wou dat míjn ouders er zo relaxed mee omgingen. Mijn moeder zeurt elke avond aan mijn kop of ik wel goed geleerd heb.'

Daar zijn het je ouders voor, wilde ik zeggen. *Dat hoort zo.*

Maar was dat echt zo? Die van mij deden dat immers niet. Ze lieten mij vrij om het zelf uit te zoeken, net zoals het Mercatus dat deed. En dat was precies zoals ik het graag had.

Toch?

Des te frustrerender was het dat ik door die idiote leerplichtwet niet écht vrij kon zijn. Het léék misschien alsof ik, vergeleken met Kirstin en mijn andere klasgenootjes, veel bewegingsvrijheid had. Maar ook ík kon mijn vleugels niet uitslaan zonder tegen de tralies op te vliegen. Als ik gewoon kon gaan werken, zodat ik geld had om op mezelf te gaan wonen, zou het allemaal heel anders zijn. Er was ergens heus wel een baan waar ik geschikt voor was.

Misschien kon ik assistent-verzorger worden in een dierentuin. Of iets op een kinderboerderij doen. Zelfs de bibliotheek leek me een fijne werkplek.

Daar was geen herrie, zoals bij de Blokker.

Zoals op school.

Als ik thuis mocht studeren, dan zou ik wél mbo kunnen doen, ook dat wist ik zeker. En daarna zelfs hbo. Als ik de opleidingen gewoon in mijn eigen omgeving kon volgen, dan zou ik dingen kunnen bereiken die me op een drukke school nooit zouden lukken.

Maar helaas.

In Nederland moest je tot je achttiende met veel te veel mensen op een lawaaierige plek zijn. Ergens waar je hersenen kapotgingen in plaats van zich te kunnen ontwikkelen.

Dus nee, ik had me nog nergens ingeschreven.

En ik zou er verder gewoon nog niet aan denken.

Er was iemand dood, hoorden we na de pauze. Een jongen die ik niet kende, maar die blijkbaar nogal populair was geweest op school. Kurt. Ik hoorde zijn naam door de klas gaan tijdens het geroezemoes dat opsteeg toen meneer De Bruin had ontdekt dat hij de verkeerde repetitie had uitgedraaid en naar het kopieerhok ging voor de juiste stencils.

Marcel vloekte en zei de hele tijd: 'Nee, man. Nee, man.'

Ik tikte Kirstin aan. 'Wat erg. Wie is die Kurt?'

'Kurt Cobain, Jas.'

'Die ken ik niet. In welke klas zat hij?'

Leslie draaide zich naar ons om. 'Vraag je nou echt in welke klas hij zat?' Ze schaterde. 'Hé, Han, hoor je dat? Die alien hier achter ons weet niet eens wie Kurt Cobain is.'

'Was,' zei Hannah.

Meneer De Bruin liep terug het lokaal in en sloot de deur. 'Oké, dames en heren,' begon hij, terwijl hij op elke tafel twee A4'tjes en een antwoordvel neerlegde, 'jullie krijgen vijftig minuten de tijd. Wie klaar is, mag stilletjes vertrekken, maar denk erom dat je niet op de gang blijft hangen. En vergeet je naam niet bovenaan te zetten. Wie het toch weer vergeet, krijgt een punt aftrek, dus wees gewaarschuwd.'

Ik trok de dop van mijn pen en begon.

Toen ik in de brugklas had gezeten, was er ook iemand van school overleden, een derdejaarsmeisje dat met haar fiets onder een vrachtwagen was gekomen. Ze had eerst een paar dagen in het ziekenhuis gelegen, maar had het niet gered. In de aula was een afscheidsdienst geweest. Het nummer *Wil niet dat je weggaat* werd gedraaid, van Clouseau. Daarna had Roxettes *It Must Have Been Love* alle harten in de aula gebroken.

Ik had het meisje niet gekend, en toch had ik gehuild.

Kurt Cobain was een zanger, vertelde Kirstin me toen we 's middags naar de fietsenstalling liepen. 'Van Nirvana, die band ken je toch wel?'

Ik schudde mijn hoofd.

'Hij heeft zelfmoord gepleegd,' zei ze. 'Hij heeft een pistool tegen zijn hoofd gezet en zijn hersenpan eruit geschoten.'

'Hallo. Moet je dat zo grof zeggen?'

'Ja.' Ze drukte haar mondhoeken naar beneden. 'Ik vind het niet kunnen dat iemand zoiets doet. Hij had een vrouw en een kind.'

Ik bukte om mijn fiets van het slot te halen en vroeg: 'Waarom heeft hij het gedaan?'

Ze haalde haar schouders op. 'Wat boeit dat? Zelfmoord plegen is zo'n beetje het lafste wat je kunt doen, daar is nooit een goede reden voor.'

Ik kwam overeind, zag hoe minachting twee donkere streepjes van haar ogen maakte. 'Er is juist moed voor nodig,' zei ik. 'De meeste mensen zouden die trekker niet durven overhalen.'

Kirstin blies een lok haar uit haar gezicht. 'Ik bedoel niet de manier waarop hij het heeft gedaan, ik bedoel zelfmoord in het algemeen. Het is de makkelijkste uitweg.'

Ik zweeg.

Zelfs Kirstin dobberde soms veilig mee met de massa, allemaal in hetzelfde bootje dezelfde richting op, zich tussen de populaire opinie door laverend. Ik was blij dat ik haar nooit had verteld over mijn plan om Senta op te zoeken.

We liepen de fietsenstalling uit, ik met mijn fiets aan mijn hand. 'Zomaar ergens over oordelen terwijl je de achtergrond niet kent is ook niet echt tof,' zei ik uiteindelijk.

De dagen erna werd er nog steeds over die Kurt gesproken. Zelfs thuis, door Emiel. *Kurt No Brain*, noemde hij hem, en wanneer hij dat zei, hield hij in een stompzinnig gebaar zijn wijsvinger tegen zijn hoofd en haalde met zijn duim zogenaamd een trekker over.

Iedereen had er een mening over, alleen maar omdat deze man besloten had zijn aardse bestaan in te ruilen voor het hiernamaals. Uiteindelijk gingen we allemaal dood, maar zelf beslissen wanneer dat moest gebeuren was blijkbaar 'laf'. Vanaf onze geboorte werden we opgezadeld met de plicht net zo lang te blijven leven tot het lot of God of een andere hogere macht besloot dat het welletjes was geweest. Alsof we zelf helemaal niets in te brengen hadden, terwijl God elk mens een vrije wil had gegeven. Waarom mocht je dan niet zelf beslissen wat je met die vrije wil deed?

Waarom mocht iemand niet zelf zijn eigen god zijn?

In de la van mijn bureau zocht ik naar mijn nooit afgemaakte afscheidsbrief. Ik vond hem onder oude opstellen, mijn rapport uit de derde en een kerstkaart van Kirstin. Ik staarde naar mijn woorden van toen, naar het allesoverheersende verlangen om weer samen met Senta te zijn.

Nu, achteraf, was ik blij dat ik mijn plan niet had doorgezet.

Maar ik zou het mezelf nooit kwalijk hebben genomen als ik het wel had gedaan.

Zo. Ik plukte het laatste blaadje uit mijn vaders printer. Mijn stageverslag was vijftien pagina's lang, en het was een meesterwerk, al zei ik het zelf. Nooit gedacht dat zulke boeiende scènes zich in een winkel voor huishoudelijke artikelen konden afspelen, maar in mijn stageverslag beleefde Jasmijn-de-stagiaire het ene na het andere avontuur. Ze betrapte een dief op heterdaad en voorkwam daarmee de ontvreemding van een snelkookpan. Ze bestelde een zingend telegram voor een jarige collega en maakte foto's toen het spektakel arriveerde. Ze hielp na sluitingstijd met het tellen van de kassa, had altijd reservepanty's bij zich voor collega's in nood en schreef sinterklaasgedichtjes op maat voor elke klant die in november en begin december sintcadeautjes kwam inslaan. Ze beschouwde haar stageperiode bij de Blokker als een van de hoogtepunten uit haar leven tot nu toe. Wat had ze veel geleerd! Wat was ze blij dat ze deze ervaring had mogen opdoen! Wat was het een eer geweest het oranje uniform te mogen dragen, als een sterspeler van het Nederlands elftal. Met pijn in haar hart nam ze afscheid van deze reeks onvergetelijke donderdagen.

Vergeten zou ze het nooit.

Ik bond de A4'tjes samen in een ringbandje en bladerde er nog één keer doorheen. Het was een indrukwekkend geheel. Wat maakte het uit dat de papieren Jasmijn die hier zo uitbundig door haar stagetijd heen danste dusdanig ver bij de werkelijkheid vandaan stond, dat ze zelfs in de meest afgelegen parallelle werkelijkheid onmogelijk echt bestond? Ik moest een stageverslag typen, en dat had ik gedaan. Met de map in mijn handen liep ik naar mijn kamer, pakte een pen en sloeg het verslag open op de laatste pagina. Daar, helemaal onderaan, moest de handtekening van de bedrijfsleider komen. Ik ging zitten, klikte de balpen aan en schreef, met wat zwierige lussen en uithalen: *L. Witteveen*. Toen stopte ik de map in mijn tas.

Meneer Schaap zou er blij mee zijn.

De gymzaal was bijna onherkenbaar: de gehele vloer was bedekt met een dik, blauw zeil dat knarste onder onze voeten. Overal stonden rijen met tafeltjes, achter en naast elkaar. Kleine, opvouwbare tafeltjes met klapstoeltjes.

'Zenuwachtig?' vroeg Kirstin. Ze spande haar kaken aan en bekende: 'Ik wel.'

'Nee,' zei ik, maar daarin leek ik de enige te zijn. Zelfs Marcel liep met een vertrokken gezicht rond, driftig kauwend op kauwgom. Ik wees naar twee lege tafeltjes op de achterste rij. 'Kom, laten we hier gaan zitten.'

Terwijl Kirstin en ik plaatsnamen, keek ik rond of ik Elliot zag. Alle vierdeklassers deden tegelijk examen. Maar hij was er nog niet. Colette kwam wel binnen. Ze had haar manier van lopen nog verder geperfectioneerd. Ze bewoog langzaam, swingend bijna, alsof ze bij elke stap even ritmisch door haar knieën zakte. Haar blonde haar zwierde om haar gezicht. Ze gaf een high five aan een meisje uit haar klas, liep door tot halverwege de zaal en koos een tafeltje naast Menzo. Hij keek naar haar terwijl ze haar spijkerjasje uittrok, en even bleef ze staan, lachend, alsof ze zich van nog meer kleding zou ontdoen, midden in de examenzaal.

O, daar was Elliot.

Hij passeerde Colette en schoof zomaar door mijn blikveld alsof hij er nooit uit was geweest, met de relaxte tred van een lichaam dat geen haast kende.

Kijk om, kijk om, fluisterde ik in gedachten. *Als je nú omkijkt, dan is dat het teken dat je mij nog steeds leuk vindt. Ik zal niet wegkijken. Ik zal jouw blik vasthouden en je met mijn ogen vertellen wat ik voor je voel.*

Maar Elliot keek niet om. Hij klopte een jongen op zijn schouder, die zijn duim naar hem opstak en iets zei.

Toen ging hij zitten.

'En?' vroeg Kirstin, toen we door het rookhok naar buiten liepen. 'Hoe heb je het gedaan, denk je?'

'Geen idee.'

'Bij mij ging het volgens mij wel redelijk, godzijdank. Ik wist bijna alles.' Ze bekeek me van opzij en merkte op: 'Wat was jij trouwens snel klaar.'

'Ja,' zei ik alleen maar.

Kirstin zou het niet begrijpen. Sterker nog, ze zou proberen me op andere gedachten te brengen. En daar zat ik niet op te wachten. Over anderhalve week, als we alle examens achter de rug hadden, dan zou ik het haar vertellen.

Niet nu.

'Ga je nog even mee?' vroeg ze toen ik mijn fiets had gepakt. 'Mijn moeder is er niet. En er liggen donuts in de koelkast.'

Ik schudde mijn hoofd. 'Ik ga naar huis. Economie leren, voor morgen.'

Thuis lag ik op mijn buik op bed en las in één middag en avond Rona Jaffes *The Best of Everything* uit. Mijn economieboek lag tussen de rest van de schoolboeken, op de stapel in de hoek waar ze altijd lagen. Geen moment sloeg ik het open. Ik keek er niet eens naar.

Wat een verademing was het geweest, toen ik vorige week eindelijk had beseft wat ik moest doen. Toen het niet langer onduidelijk was geweest naar welke school ik na de zomer zou gaan. Weg was de twijfel, de onzekerheid, de dreiging van het onbekende. Want de school waar ik na de grote vakantie naartoe zou gaan was... het Mercatuscollege!

Ik zou zakken als een baksteen en mijn vierde jaar gewoon nog een keer doen.

Nog één jaartje de vertrouwde routine die ik voor mezelf had gecreëerd, waarin niemand er wat van zei dat ik spijbelde, niemand vraagtekens bij mijn stage plaatste. Schaap had me nota bene een 9,5 voor mijn verslag gegeven. Ik zou hem in de waan laten dat ik volgend jaar weer bij de Blokker aan de slag zou gaan. Dat moest, want een andere winkel zou er waarschijnlijk een probleem van maken dat ik nooit kwam opdagen. En op de overige dagen zou ik mijn tijd nog steeds doorbrengen in het majestueuze gebouw van de Centrale Bibliotheek. Ik zou mijn abonnement op de vrijheid met nog één jaar verlengen. Het was mijn enige keus. Want hoe zou het er op een andere school aan toegaan? Wat als het daar onmogelijk was om lessen over te slaan, omdat er daar veel strenger op me werd gelet? In een ander gebouw, waar ik weer helemaal opnieuw de weg moest leren, met allemaal andere gezichten, andere namen, andere stemmen, andere geuren, andere lokalen. Een doolhof van desoriëntatie, alsof ik weer een brugsmurf was. Hoe kon men ooit nog van mij verwachten dat ik dag in dag uit in een of ander vreselijk klasje zou zitten, juist nu ik zo gewend was geraakt aan mijn vrijheid? Die kentering zou te groot zijn.

Het was duidelijk wat me te doen stond.

'Even lachen, meiden,' zei mijn moeder. Kirstin en ik stonden in de gang, zij met haar arm om mij heen. Ik droeg hetzelfde jurkje als een paar maanden geleden op de zilveren bruiloft van ome Ruud en tante Annie. 'Drie, twee, één, daar komt-ie!'

Klik.

Mijn moeder legde het fototoestel op tafel en pakte haar autosleutels. 'Klaar?'

'Ja,' zeiden we tegelijk.

We schoten in de lach, ik harder dan anders. Zenuwen trokken aan mijn stembanden, gaven kneepjes in mijn buik. Vanavond was het examenfeest. En voor mij was het mijn laatste kans op wat dan ook met Elliot. Kirstin en ik hadden ons op mijn kamer omgekleed. Ze had een cd meegebracht met daarop alle muziek uit *Dirty Dancing*. Aangespoord door het hunkerende stemgeluid van Otis Redding en *Be My Baby* van The Ronettes had ik mijn lippen rood gestift en vanilleparfum opgesprenkeld uit het flesje dat ik van oma had gekregen.

Kirstin had een krultang meegenomen en bij ons beiden een perfecte Charlie's Angels-look gecreëerd.

Achter mijn moeder aan liepen we de trappen af, onze hoge hakken tikkend op de stenen treden. *Be my be my baby,* zongen we, hoog en vals, onze stemmen schallend door het portiek. *My one and only baby.*

Lachend schoven we op de achterbank.

Het examenfeest werd gehouden in de aula. Het begon om acht uur, en om één minuut voor acht zette mijn moeder ons af bij de ingang van de school. 'Veel plezier!'

'Kom,' zei ik dringend. 'We gaan echt absoluut nog niet naar binnen, hoor. Het is veel te vroeg. Alleen losers zijn er al stipt om acht uur.'

Kirstin liet zich meevoeren, een zijstraat in, een hoek om. 'Wacht,' bracht ze hijgend uit, 'ik kan niet zo snel lopen op die hakken.'

Ik stond stil, plotseling zo zenuwachtig alsof ik twaalf was en in de fietsenstalling stond en het de allereerste schooldag was. Hoe moest ik me gedragen als ik Elliot zag? En wat moest ik doen als Kirstin weer ging dansen en mij achterliet? Iedereen zou in groepjes staan. Drinken. Lachen. Feestvieren. Ik zou de muurbloem zijn die wou dat ze niet gekomen was.

'Ik ga niet,' besloot ik. 'Ik heb me bedacht. Ga jij maar, Kirst. Ik ga niet. Echt niet.'

Ze tikte tegen haar voorhoofd. 'Ben je wel goed wijs? Jij gaat ook. Op deze avond heb je het hele fucking jaar zitten wachten. Sinds de klassenavond!'

'Ik ga niet,' zei ik weer.

'Oké.' Kirstin kruiste haar armen voor haar borst. 'Je moeder komt je pas om elf uur weer ophalen, dus waar ga jij de avond doorbrengen dan?' Ze liet haar blik nadrukkelijk over mijn verschijning gaan. Mijn krullen, mijn mini-jurk, mijn geishagezicht.

'In de kelder van het flatgebouw tegenover de school,' zei ik. 'Oud en vertrouwd.' Als ik aanbelde, zou er heus wel iemand zijn die opendeed.

'Pff! Doe toch eens voor één keer normaal.' Ze trok me mee. 'We gaan nú naar school, en anders praat ik nooit meer tegen je. Hoor je me, Jasmijn Vink?'

Ik sloot mijn ogen en probeerde contact te leggen met mijn toekomstige zelf. Hoe voelde zij zich? Hoe was het gegaan? Maar het bleef stil in mijn hoofd. Ik hoorde slechts de echo's van de *Dirty Dancing*-cd. *Oh, since the day I saw you, I have been waiting for you.*

Oké. Ik haalde diep adem.

Langzaam liepen we terug naar de school.

Er ging wat gebeuren, ik wist het, ik kon het voelen. Met mij. Vanavond.

In deze versie van de werkelijkheid.

De aula was bijna onherkenbaar. Alle stoelen en tafels waren weg, en in het midden van de ruimte schenen blauwe, paarse en roze discolichten in het rond. Langs de muur stonden statafels. Vanuit een rustig hoekje keek ik toe hoe iedereen bier dronk, en nog meer bier dronk, en met wilde armgebaren meebrulde met *Whoomp There It Is*. De school hield het feest expres vóór de examenuitslag, zodat iedereen nog blij kon zijn. Alle gezichten stonden vrolijk. Na vanavond zou ik, op Kirstin na, al deze mensen nooit meer zien, behalve degenen die – net als ik – zouden zakken.

En misschien, als er een wonder gebeurde, ook behalve Elliot.

Ik deed mijn best om niet al te opvallend naar hem te staren, maar dat was lastig. Ik stond ontzettend opvallend naar hem te staren. Al een paar keer had hij teruggekeken en had ik mezelf, zwetend en met ingehouden adem, gedwongen ons oogcontact niet als eerste te verbreken. Hij was nog niet naar me toe gekomen.

Kirstin was op de dansvloer, waar ze samen met Menzo een paringsritueel uitvoerde op *Mr. Vain* van Culture Beat. Ze wreven met hun onderlichamen tegen elkaar, en Kirstin liet zich in haar nek kussen. Toen het nummer was afgelopen, kwam ze bij me staan, lachend en blozend.

'Ik wist niet dat je Menzo leuk vond,' zei ik, hard om boven het volgende nummer uit te komen: een tot waanzin drijvende stamper waar Emiel van in extase zou raken.

'Huh? Dat vind ik ook helemaal niet.'

'Nou, zo zag het er anders wel uit.'

'Nee, joh. Ik danste alleen maar met hem.' Ze rolde met haar ogen. 'Menzo! Je weet toch dat hij mijn type niet is.'

Ik knikte maar. Het zou wel normaal zijn om zo intiem te dansen met iemand die je niet eens leuk vond. Hannah en Jos deden het nu ook, zag ik, terwijl iedereen wist dat Hannah een vriendje had. Het baltsgedrag betekende dus niets. Toch zou ik nooit zo innig kunnen doen met een jongen op wie ik niet verliefd was.

Met Elliot wel.

'Ga naar hem toe,' zei Kirstin, alsof ze mijn gedachten kon lezen. 'Het is nu of nooit.'

Halftien. We waren hier nu al bijna anderhalf uur, en nog steeds had ik Elliot niet gesproken. Ik probeerde niet langer zijn blik te vangen; als hij nog interesse had, dan zou hij me allang benaderd hebben. Ik deed alsof ik het druk had met het bestuderen van mijn jus d'orange, waar ik niet van durfde te drinken want er zat geen rietje in het glas. Ik plukte aan mijn jurkje en lachte overdreven vrolijk om alles wat Kirstin zei.

Elliot was op de dansvloer, waar hij danste met Ilse, een meisje waarvan ik de naam niet wist, en Wytske. Hun bewegingen waren niet seksueel, niet zoals bij Kirstin en Menzo, en toen het nummer was afgelopen, gaf Wytske Elliot een aai over zijn hoofd. Ik deed alsof ik het niet zag en draaide snel mijn gezicht weg toen ik hem mijn richting op zag kijken.

Er was zoveel dat ik tegen hem wilde zeggen. Zoveel.

Maar de muur om mij heen was te hoog en te dik.

Het was te laat.

Toen Kirstin weer de dansvloer op ging, liep ik naar de toiletten. Colette stond haar handen te wassen, gekleed in iets wits, waarvan ik niet zeker wist of het nou een beha of een topje was, en een zwartleren rokje.

Via de spiegel keek ze me met zwaar opgemaakte ogen aan. 'Hoi.'

'Hoi,' zei ik.

Haar stem was nog heser geworden, misschien door het vele roken. Haar gezicht zag eruit alsof ze er zo mee op tv kon, het soort gezicht dat je bijna nooit in het echt zag, gelaatstrekken slechts voorbehouden aan hooguit een halve procent van de vrouwelijke wereldbevolking. Grote, blauwe ogen. Een perfect neusje. Hartvormige mond. Volle, diepzwarte wenkbrauwen terwijl ze verder blond was. Hier stond Colette, die op haar tiende al vriendjes had gehad. Die te gulzig had gedronken van alle plotselinge aandacht en met de kater onder haar arm naar een andere school moest. En die het nu, op haar zestiende, zo normaal vond dat jongens achter haar aan liepen, dat ze er niet eens naar omkeek.

En hier stond ik. Jasmijn. Ook zestien. Nog nooit een vriendje gehad, zelfs nog nooit gezoend. Dromend van Elliot maar niet in staat daar wat mee te doen, behalve alles grandioos verpesten. Wat zou Colette me uitlachen als ze dit wist. Als ik heel goed luisterde, kon ik zelfs Normale Jasmijn horen gieren.

'Alles goed?' Colette draaide de kraan dicht, trok een vel papier uit de dispenser en droogde haar handen af. Haar korte, ovale nagels waren roodgelakt.

Er was zoveel dat ik haar wilde vragen. Wat zíj na de zomer ging doen. Waarom haar ouders naar Barendrecht waren verhuisd. Hoe het met haar ging, écht met haar ging. Hoe het was om zo mooi te zijn. In de spiegel achter haar ving ik een glimp van mezelf op. Ik was niet langer een Charlie's Angel. Hier, oog in oog met Colette, was ik weer het rare, onhandige kind van de Beatrixschool. Het enige verschil was dat ik toen Senta had gehad. En nu... nu...

'Godsamme, Jas, gaat het?' Colette keek geschrokken.

Boos wreef ik mijn tranen weg. Het laatste waar ik op zat te wachten was dat mijn zorgvuldig aangebrachte oogmake-up ook nog eens zou uitlopen. Deze avond was al rampzalig genoeg.

'Wil je erover praten?' vroeg ze zacht.

Ik keek haar aan. De blik in haar ogen was oprecht bezorgd. Colette leek ouder dan ik, veel ouder. Alsof zij haar puberteit allang achter de rug had en volwassen was geworden, terwijl ik er pas net in zat. 'Nee,' zei ik.

'Zal ik Kirstin even halen?'

Ik knipperde met mijn ogen. Ik had niet eens geweten dat Colette wist wie Kirstin was, dat ze had gemerkt dat ik vriendschap met iemand had gesloten.

Ze liep naar de deur, en zei: 'Wacht maar even.'

'Nee.' Ik schudde mijn hoofd. 'Niet doen.'

Colette deed een stap naar me toe en legde haar kleine, sierlijke hand op mijn arm. 'Wat het ook is, laat je niet gek maken. Ik heb er altijd bewondering voor gehad dat jij precies doet waar je zelf zin in hebt, dat jij je door niemand van de wijs laat brengen. Dat je overal boven lijkt te staan.'

Ik snifte. 'Hoe kom je erbij.'

'Gewoon. Door hoe je praat, door hoe je loopt.'

Ik zweeg.

'Koppie op, Jas. Weg met die tranen, hoor.'

De deur ging open. Twee meisjes uit Colettes klas vielen naar binnen, lachend, hun wangen rood. 'Hier ben je!' riep de voorste uit, toen ze Colette zag. 'We waren je kwijt, schat.'

'Als je hoort wat Renzo net heeft gedaan!' riep de achterste gierend uit.

Colette leunde tegen de wasbak, een geduldige uitdrukking op haar gezicht. 'Vertel.'

Ik wurmde me langs de meisjes heen en keek voordat ik wegliep nog één keer om naar Colette. Koppie op, vormden haar lippen geluidloos.

Ik knikte.

Al twee keer was ik de hele aula doorgelopen. Ik schudde mijn hoofd in ironie: juist nu ik inzag dat Colette gelijk had, dat het onzin was om bij de pakken neer te zitten, was Elliot nergens meer te bekennen. Maar ik ging hem vinden. Want waarom zou ik, misschien wel vergeefs, wachten tot hij eindelijk naar míj toe kwam? Ik zou doen alsof ik in een lucide droom zat. Ik had het zelf in de hand. Ik zou Elliot vertellen wat ik voor hem voelde. Wat had ik te verliezen? Als het niet wederzijds bleek, dan zou ik naar huis gaan en mezelf dwingen er nooit meer aan terug te denken. Daar was ik goed in. En er zou in elk geval duidelijkheid zijn. Anders zou ik het mezelf altijd blijven afvragen.

Maar waar was hij?

Het feest was nog in volle gang. Ik kon me niet voorstellen dat hij nu al vertrokken was. En vragen of Kirstin wist waar hij was, ging niet, want ook van haar ontbrak elk spoor. Ik kneep mijn ogen samen toen ik opnieuw naar de dansvloer keek. Al die ronddraaiende bewegingen waren op elkaar gaan lijken. Ik concentreerde me op de hoofden. Daar, iets blonds. Nee, dat was Wytske. De flitsende discolampen stuiterden tegen mijn ogen. Ik draaide mijn rug naar de dansvloer, weg van de stuiptrekkende regenboog. Met mijn vingertoppen masseerde ik mijn voorhoofd in een poging de opkomende hoofdpijn weg te kneden.

Wat nu?

De enige plek waar ik nog niet gekeken had, waren de donkere hoekjes van de aula, waar in schaduw gehulde silhouetten met elkaar stonden te zoenen. Maar ik kon me niet voorstellen dat Kirstin daar was. Want met wie dan?

En als Elliot daar stond, dan wilde ik het niet weten.

Voor de derde keer baande ik me een weg door de aula. *Bam*, mijn schouder botste tegen een bezweet lijf. Ik deed een stap opzij en *flats*, iemands bier gutste over de rand van een plastic bekertje en op mijn jurk. Duizelig wreef ik het weg. Met mijn armen stijf langs mijn lijf liep ik terug naar de toiletten. Eerst even op adem komen nu, weg van de herrie en de –

Met een schok stond ik stil.

Rechts van mij, in de verlaten, donkere ruimte van de garderobe, zag ik een blond hoofd. Kirstins hoofd. En ze was niet alleen. Ik knipperde met mijn ogen in een vergeefse poging te veranderen wat ik zag. Mijn zintuigen steigerden in hun weerzin het beeld door te sturen naar mijn hersenen. Maar hoe vaak ik ook knipperde, het tafereel beukte meedogenloos tegen mijn netvlies. Daar, slechts omringd door wat kale jassenrekken, waren mijn beste vriendin en de jongen op wie ik verliefd was verstrengeld in een innige omhelzing.

Zijn armen om haar heen. Haar lichaam tegen hem aan.

Toen, alsof ze voelden dat er naar hen gekeken werd, lieten ze elkaar plotseling los.

Elliot liep terug naar de gang, waar ik snel de toiletruimte in dook en vanachter de halfopen deur toekeek hoe nu ook Kirstin de garderobe verliet. Ik zwaaide de deur wijd open en stampte op haar af.

'Jas!' Haar lach was groot. 'Ik heb nieuws!'

Een paar meter bij ons vandaan was het feest nog in volle gang, maar hier was het over. Uit. 'Verdomme, Kirst.' Ik slikte. 'Wat een kutstreek.'

'Wat?' Ze pakte mijn handen beet en kneep erin. 'Luister nou! Ik heb met Elliot gepraat. Hij kwam naar me toe en zei dat hij me iets wilde vragen. Hij is verliefd op je. Echt verliefd!'

Ik schudde mijn hoofd. De woorden die ze sprak, klopten niet met wat ik had gezien. Ergens ging er iets fout. Mijn parallelle dimensies waren met elkaar in botsing gekomen en er was een scène over de rand geschoten, per ongeluk deze realiteit in.

'Hoor je me? Hij wilde van mij weten of je ook op hem bent, want hij zegt dat hij totaal geen hoogte van je kan krijgen.'

Ik staarde haar aan. Langzaam drongen haar woorden tot me door. De herrie uit de aula vervaagde. 'En wat heb jij toen gezegd?' hoorde ik mezelf uitbrengen.

'Ik heb gezegd dat hij dat zelf maar aan jou moet vragen. Maar ik zei er wel bij dat hij daar geen spijt van zou krijgen. Hij was me zo dankbaar, dat hij me bijna kapot knuffelde.' Ze lachte weer. 'Gá, Jas. Terug naar de aula. Hij zoekt je. Hij wacht op je.'

'Maar... Maar...' Ik staarde haar aan en zei: 'Dit soort dingen gebeuren niet met mij.'

Kirstin kneep nog eens in mijn handen, harder nu. 'Nu wel.'

Daar stond hij, in de deuropening van de aula. Een zwart T-shirt, de mouwen zoals altijd opgerold, zijn ogen op mij gericht. Dit gebeurde, dit gebeurde echt. Het was geen grap, geen misverstand, geen droom. Het was niet het alternatieve universum van Normale Jasmijn. Het was hier, nu.

Het was Elliot.

'Hoi,' zei ik.

Hij glimlachte. 'Hoi.'

Achter hem kwamen de swingende gestaltes op de dansvloer tot stilstand, het zoveelste dreunnummer was afgelopen. *I swear!* schalde het nu uit de speakers. Ik kende dit nummer, het was een van Kirstins favorieten. *By the moon and the stars in the skies!*

Elliot pakte mijn hand en nam me mee.

We zaten op de donkere gang voor lokaal 2.9. De plek die ik op mijn allereerste schooldag niet had kunnen vinden. De plek waar ik de afgelopen jaren honderden malen met Kirstin had gezeten, pratend over Elliot, fantaserend over Elliot. Nu zat hij naast me, onze vingers verstrengeld. Zijn hand was klam, maar het voelde fijn.

Hier, boven, was de herrie van beneden bijna niet te horen.

We waren alleen, weg van alles. Samen.

We zeiden weinig. Wat viel er te zeggen? Ik kon nog steeds amper geloven dat dit allemaal echt was. Dat onze schouders elkaar raakten. Dat ík dit was die hier zat en dit meemaakte. Ik!

'Jasmijn...'

Ik draaide mijn gezicht naar hem toe. De lampen op de gang stonden uit, maar mijn ogen waren gewend aan het duister, en ik zag hem. Ik zag zijn zware, donkere wenkbrauwen, zijn vragende ogen. Met zijn vrije hand streelde hij mijn wang. Ik sloot mijn ogen. Hij legde een vinger onder mijn kin en tilde mijn gezicht een stukje op. Ik voelde dat hij zich naar me toe boog, zijn warme adem op mijn huid.

En toen… zijn mond op de mijne.

Een elektrisch schokje, alsof een van ons statisch was. Mijn hartslag, harder dan alle housemuziek bij elkaar. Ik kantelde mijn gezicht een stukje, sloeg mijn arm om zijn nek, bewoog mijn lippen mee met die van hem. Zijn mond was heet en smaakte naar bier. Ik durfde mijn ogen niet te openen, bang het moment te verbreken. Hier had ik honderdduizend keer van gedroomd. Dit moment had ik geoefend op mijn hand, en met Elvis. Ik had het gevisualiseerd, voorbeleefd. Eindelijk maakte ik het echt mee. Zijn hand streelde mijn haar en trok me nog dichter naar hem toe. Ik trilde. Mijn hart explodeerde, vonkjes schoten door mijn bloedbaan.

Toen duwde er iets nats tegen het midden van mijn lippen.

In een reflex ging mijn mond een stukje open.

Elliots tong schoot naar binnen: een plotselinge, glibberige aanwezigheid die blind heen en weer kronkelde. Met een ruk dook ik achteruit. Ik trok mijn hand los en veegde driftig mijn mond af.

'Wat is er?' vroeg Elliot geschrokken.

'Wil je dat nooit meer doen!' Ik schoof een eindje bij hem vandaan en probeerde de herinnering aan de natte, opdringerige kronkelaar in mijn mond weg te slikken.

'Maar ik dacht… Ik wilde…'

Ik zweeg. Langzaam bekroop me het vreselijke besef dat ik verkeerd gereageerd had. Totáál verkeerd. Compleet achterlijk. Wat moest Elliot wel niet van me denken? Ik wist wat een tongzoen was. En ik wist ook dat het iets normaals was, iets wat erbij hoorde. Ik had alleen niet gedacht dat het zo… speekselachtig zou zijn.

Zwijgend schoof ik weer wat dichter naar hem toe.

Elliot bleef roerloos zitten.

'Sorry.' Ik pakte zijn hand. 'Ik schrok, dat was alles.'

Langzaam draaide hij zijn gezicht weer naar me toe.

Ik glimlachte, gaf een kneepje in zijn hand, en zei: 'Opnieuw proberen?'

Mijn moeder zette een bord rijstschotel op mijn bureau en keek verrast op bij het horen van de muziek. 'Geen Elvis?'

'Dit is Kirstins cd. Ze heeft hem hier laten liggen.'

'Gezellig,' zei mijn moeder. 'Weer eens wat anders.' Ze maakte een dansbeweging met haar heupen en liep weer weg.

Ik hoorde haar aan tafel schuiven, praten met mijn vader. Het getik van bestek.

Vandaag was ik extra blij dat ik op mijn kamer at. Het was noodzakelijk dat ik alleen bleef met mijn gedachten, dat ik elke seconde van wat er tussen Elliot en mij was gebeurd opnieuw en opnieuw en opnieuw kon ervaren.

Mijn achterafbeleving was immers de werkelijke beleving.

Morgenavond zag ik hem weer. Hij had gevraagd of ik met hem naar de film wilde. Ik was nog nooit eerder naar een bioscoop geweest, maar ik had meteen ja gezegd. In een filmzaal zou het donker zijn, vermoedde ik. En we zouden dicht tegen elkaar aan zitten. We zouden niet veel hoeven praten, want er werd een film afgespeeld. Het was de ideale date. We hadden om zeven uur afgesproken bij de ingang van metrostation Zuidplein. In gedachten zag ik mezelf daar op hem wachten. Wanneer ik hem morgen zag aankomen, zou het niet zijn zoals op school, waar we elkaar toevallig zagen lopen of staan. Nee, morgenavond zou ik hem zien omdat hij er speciaal voor míj was. Hij zou op de bus naar Zuidplein stappen met als enige doel mij te ontmoeten. Ik hoefde me niet af te vragen of ik moest doen of ik hem niet zag, of juist wel, en of ik moest zwaaien of lachen of juist nonchalant de andere kant op moest kijken. Want híj zou weten dat ík daar speciaal voor hém was. Misschien zou hij me zelfs begroeten met een kus.

Langzaam sloot ik mijn ogen en dook in de voorbeleving.

Ik zette *These Arms of Mine* op repeat en liet mijn rijst koud worden.

'Hey.' Hij hield me met één arm tegen zich aan en drukte inderdaad een kus op mijn mond.

Ik lachte en kuste hem terug zoals ik gisteravond had voorbeleefd. Geen lange, uitgebreide zoen hier op deze drukke plek. En geen tong. Gewoon een begroetingskus van een paar tellen, net lang genoeg om mijn ogen bij te sluiten.

Elliot smaakte niet naar bier, dit keer, maar naar iets fris, naar mint.

Hand in hand liepen we de trap op naar het metroperron, waar ik om me heen keek, en naar hem, en naar onze handen, en nog steeds amper kon geloven dat dit echt gebeurde. Dat ik dit was. Normale Jasmijn liep hier.

Ze was mij, ik was haar.

'Wat sta je aandachtig naar me te kijken,' merkte Elliot op. 'Straks kijk je al het knappe eraf.' Hij lachte, een tikkeltje nerveus, om zijn eigen suffe grapje.

Het toenemende geraas van een naderende metro klonk. De mensen op het perron liepen alvast naar de rand. Ik bleef staan. Normale Jasmijn of niet, meebewegen met de massa was nog steeds tegen mijn natuur. Pas toen het voertuig stilstond en de deuren opengingen, liep ik ernaartoe.

Elliot wees naar twee lege stoelen naast elkaar. 'Hier?'

Ik schudde mijn hoofd en wees naar het laatste bankje helemaal achterin. Daar gingen we zitten, achter een vrouw met geblondeerde stekeltjes.

Elliot zat met zijn been dicht tegen die van mij en sloeg zijn arm om me heen.

Terwijl de metro in beweging kwam, staarde ik naar buiten, naar het uitzicht dat ik vroeger zo vaak voorbij had zien trekken toen ik hier met Senta had gezeten. En later, het afgelopen jaar, steeds als ik onderweg was geweest naar de bibliotheek in de stad, naar mijn retraite, mijn veilige plek, mijn werkelijke school. Nooit had ik kunnen vermoeden dat ik ooit samen met Elliot in de metro zou zitten. Het was belangrijk dat ik van dit moment genoot. Dat ik besefte hoe bijzonder het was. Maar ik voelde alleen maar hoe zijn schouder tegen me aan drukte en hoe ik ingeklemd zat tussen hem en het raam.

De vorige keren had ik me vrij gevoeld, in de metro.

Ik keek omhoog. De bovenraampjes stonden open. Ik hief mijn gezicht ernaar op, maar de frisse lucht vervloog voordat die mijn longen bereikte.

Naast me was Elliot begonnen met praten. Ik had geen idee waar hij het over had.

'...denk je niet?' vroeg hij toen.

Ik reageerde niet.

'Of denk jij van wel dan?'

Ik haalde diep adem. Elliot begreep blijkbaar niet dat het vervelend was om in een metro te praten. Dat het me onrustig maakte om een gesprek te voeren met zoveel andere mensen om ons heen, en boven de geluiden van het rijdende voertuig uit. Dat ik gewoon naar buiten wilde kijken.

Hij keek me nog steeds vragend aan.

'Sst,' zei ik zachtjes.

'O.' Hij viel stil.

Samen keken we uit het raam, naar de huizen en havens beneden ons, naar het grauwe, klotsende water van de Maas. Elliots hand lag op mijn verstijfde knie. De drang om de bewegingloze homp vlees van me af te duwen was groot, maar ik beheerste me. Dit was Elliot, bracht ik mezelf in herinnering. *Elliot!* Dit was mijn fucking droom die uitkwam hier, hallo! Het was supersexy dat zijn hand daar lag! Want stel je eens voor wat zijn handen allemaal konden doen! Deze gedachte hielp. Mijn knie ontspande, de vonkjes in mijn bloed kwamen terug. Ik voelde ze, eerst in mijn benen, toen in mijn buik. Ik schoof nog dichter tegen Elliot aan. Ik zou van deze avond genieten, hoeveel moeite het me ook kostte.

We reden de donkere tunnel in, waar het raam ons de reflectie van onze gezichten toonde. Ik, met de halfgesloten ogen die ik herkende van wanneer een situatie me te veel werd. En Elliot, zíjn ogen groot en een peinzende frons tussen zijn wenkbrauwen.

'Kan ik al wat zeggen?' fluisterde hij.

De geblondeerde stekeltjes voor me keken nieuwsgierig om.

Ik zweeg. Dít had ik gisteravond niet voor me gezien. Ik had ons in de metro zien zitten zoals het met Senta was geweest. Vredig en saamhorig. Waarom begreep Elliot niet dat we stil moesten zijn? Dat ik naar buiten moest kijken om me af te sluiten voor de drukte hier, voordat elk gezicht, elk vreemd kuchje, elke gouden tand, elke wolk wietlucht en elke tekst op elke pet zich in mijn hersenen drongen en het daar zo vol maakten dat ik moest wegrennen, op zoek naar een plek waar er wél rust was?

Naast me hoorde ik Elliot slikken.

We zaten achter in de zaal. Op de rijen voor ons werd voortdurend gelachen om de film, de zoveelste in een reeks over pratende baby's. Ook Elliot gniffelde zo nu en dan. Ik snapte deze humor niet. Baby's konden helemaal niet praten, en als ze dat wel konden, dan zouden ze echt niet klinken als een volwassen man of vrouw. Maar ik zou proberen me over dat detail heen te zetten, want verder was het fijn om er te zijn. Los van het gekraak en geknisper en gesmak en gekuch en gefluister om ons heen was het een verademing om in zo'n verduisterde ruimte te zitten. De film stond hard, maar omdat ik me nergens anders op hoefde te concentreren, niet té hard. Het was precies goed. Ik wist nu al dat ik na vandaag zeker nog eens naar een film zou gaan. Met Kirstin, misschien. Of anders zelf. Het was echt fijn hier. Ja, er waren veel mensen, maar in het donker zag ik ze bijna niet. En ze bewogen niet. Iedereen had zijn eigen plek. Er was een schema.

Elliot had zijn arm om me heen geslagen. De stoel naast mij was leeg, waardoor ik niet zoals in de metro het gevoel had klem te zitten, en ik had mijn hoofd op zijn schouder gelegd. Nu pas voelde ik hoe moe ik was. Moe van het voortdurende besef dat ik mijn fantasie beleefde, dat ik nog steeds wakker was in dezelfde lucide droom.

Op het grote, witte doek kraamde de pratende baby iets onnozels uit.

Elliot lachte hard. Toen bracht hij zijn mond naar mijn oor en vroeg: 'Vind je het leuk?'

Ik knikte en onderdrukte een gaap. Ik had chocola nodig. Waarom had ik er niet aan gedacht het mee te nemen? Normaal vergat ik dat nooit. Elliot had pepermunt bij zich, had ik gezien. Het was uit zijn zak gevallen toen hij zijn jas uit had getrokken en over de stoel voor hem had gehangen. Zijn wangen hadden een rode kleur gekregen toen hij de rol King had opgeraapt, wat ik niet begreep, aangezien pepermunt toch niets was om je voor te schamen. Maar op dat moment had ik gezien dat er ook nog iets anders op de grond was gevallen. Iets plats en vierkants, het leek op de verpakking van zo'n eau-de-colognedoekje dat oma altijd bij zich had.

Elliot had het snel weer terug in zijn jaszak gestopt.

Weer klemde ik mijn kaken op elkaar en slikte een geeuw weg. Misschien moest ik, bij gebrek aan chocola, Elliot om een pepermuntje vragen. Of, nog beter, misschien moest ik gewoon even mijn ogen dichtdoen. Een paar minuten maar, genoeg om nieuwe energie op te doen. Zo'n kort krachtslaapje werkte altijd heel goed, en hier kon dat perfect. Ik nestelde mijn hoofd nog wat comfortabeler op Elliots brede schouder, een schouder waar ik in de derde klas onophoudelijk naar gestaard had, en voelde mijn oogleden zwaar worden. Mijn hersenen stopten met draaien en gingen eindelijk rustig liggen.

De volgende gaap hield ik niet tegen.

Ik sprong erin en zakte diep weg in de duisternis achter mijn ogen.

'Hoe vond je de film?' vroeg Elliot. We zaten aan een tafeltje boven in de McDonalds, bij een raam dat uitkeek over de Coolsingel. Elliot had zijn milkshake tegen die van mij geketst en 'proost' gezegd. Hij had erbij gelachen, maar het was niet de soepele, ontspannen grijns waar ik vorig jaar verliefd op was geworden. Vanavond waren de spieren in zijn gezicht gespannen en tikte zijn voet zenuwachtig tegen de poot van de tafel. 'Ik besefte toen ik de kaartjes kocht dat ik eigenlijk helemaal niet weet van wat voor genre je houdt.'

'Het was fijn, dank je wel.' Ik hoorde zelf hoe formeel het klonk. Ik zat rechtop in mijn stoel, krampachtig in gedachten houdend hoe ik me moest gedragen: hem aankijken, aankijken, aankijken, luisteren, antwoord geven. Aanwezig zijn in het moment, niet afdwalen in mijn hoofd.

'Dus, naar wat voor soort films ga je normaal gesproken?'

'Van alles,' zei ik. Ik loog niet: hij had het woord 'ga' gebruikt, niet 'ging'. Als hij zijn vraag in de verleden tijd had gesteld, had ik eerlijk moeten toegeven dat ik nooit eerder in een bioscoop was geweest, en dat was waarschijnlijk vreemd. Maar omdat ik vanaf nu vaker zou gaan en allerlei genres wilde proberen, was dit een correct antwoord.

Elliot nam een lange slok van zijn bananenmilkshake.

Ik bleef hem aankijken, voor het geval hij weer wat ging zeggen. En nu hij even stil was en ik niet hoefde na te denken over een antwoord, kon ik hem eindelijk goed in me opnemen. Voor het eerst. Op de avond van het examenfeest hadden we naast elkaar op de donkere gang gezeten, en ook in de metro en de bioscoop hadden we zij aan zij gezeten. Nu pas zat ik recht tegenover hem en kon ik elk detail van zijn gezicht bestuderen. De onderhuidse schaduw van stoppels op weg naar buiten. De manier waarop zijn ogen heen en weer flitsten, zoekend, al wist ik niet naar wat. Zijn vingers, die rusteloos aan het rietje van zijn milkshake frunnikten. *Elliot, ik zat hier met Elliot!* In gedachten bleef ik het herhalen. Deze hele avond voelde imaginair. Misschien zou ik het toch achteraf pas weer daadwerkelijk beseffen, wanneer ik het thuis in mijn hoofd opnieuw beleefde. Dan zou het echt zijn.

'En wat spook jij normaal gesproken uit, op zaterdagavond?' vroeg Elliot uiteindelijk, nog steeds friemelend aan het rietje.

'Hetzelfde als op andere avonden. Ik zie niet in wat de zaterdag zo anders maakt.'

'Omdat het weekend is.'

'Dat heeft ooit iemand zo verzonnen, en vervolgens is iedereen dat gaan geloven en zich ernaar gaan gedragen. Misschien vind ík een woensdag wel weekend. Of een dinsdag.'

'Oké...' zei hij langzaam. Het rietje knakte.

'En wat doe jíj dan zoal op zaterdagavond?' vroeg ik, zo opgelucht dat ik eraan dacht hem een wedervraag te stellen, dat ik bijna stuiterde op mijn stoel.

'Van alles. Een beetje rondhangen met vrienden... Naar de kroeg... Dat soort dingen.' Hij sloeg zijn ogen naar me op en zei zacht: 'Met een mooi meisje naar de bioscoop...'

Aha. Oké. Ik probeerde begrijpend te knikken en keek uit het raam.

'Met jóú, bedoel ik dus,' zei Elliot.

O.

Hij strekte zijn arm uit over de tafel en pakte mijn hand. Het bekende schokje schoot door me heen, het préttige schokje, de warme tinteling die ergens in mijn onderbuik werd afgevuurd.

'Kom,' zei hij. 'We gaan.'

Op je hand oefenen met zoenen sloeg dus helemaal nergens op, wist ik nu. Je hand zoende niet terug. Je hand schonk je geen speekselproductie die niet weg te slikken viel. Elliots spuug dreef in mijn mond, waar zijn tong nog steeds graag op bezoek kwam, en steeg daar tot een alsmaar hoger peil totdat ik me voorzichtig uit zijn armen terugtrok en het lauwe lichaamssap uitspuwde.

'Eh... gaat alles goed?' vroeg hij voorzichtig.

We stonden onder de metrobaan, ik met mijn rug tegen een van de dikke, betonnen pilaren en Elliot dicht tegen me aan. In plaats van bij Zuidplein uit te stappen en daar de bus terug naar Mijnsheerenland te nemen, was hij meegereisd tot aan Slinge. Hij had zelfs voorgesteld om mee te lopen naar mijn huis, maar dat hoefde niet. Ik kon dat kleine stukje prima alleen afleggen, en bovendien wilde ik niet dat mijn ouders of Emiel hem zagen. Niet nu al. Ze waren er automatisch van uitgegaan dat Kirstin degene was met wie ik naar de film ging, en voor het gemak had ik ze niet tegengesproken.

Ik moest eerst zelf aan deze nieuwe werkelijkheid wennen.

'Sorry,' zei ik nu. 'Ik, eh...' Het lukte me niet langer om hem in zijn ogen te kijken en mompelde: 'Misschien vind ik het fijner om te zoenen zonder tong.'

'O.' Elliot liet zijn armen langs zijn lichaam zakken. 'Deed ik het weer te snel?'

Ik pakte zijn handen beet, nu al een vanzelfsprekende intimiteit. Ik keek ernaar. Dit was hoe het voelde om een vriendje te hebben. Een jongen die je zomaar kon aanraken, op elk moment dat je dat wilde. Bij wie je met je vingers door zijn haar kon gaan, op wiens schouder je kon slapen en aan wie je, zoals nu, kon uitleggen dat het niet aan hem lag maar aan jou. 'Ik moet er nog even aan wennen, denk ik.'

Elliot trok me dichter naar zich toe. 'Oké,' zei hij alleen maar.

'Ik heb nog nooit eerder gezoend. Dus ik bouw het liever langzaam op.'

Hij lachte me niet uit. Hij knikte. En hij vroeg zachtjes: 'Vind je het wel fijn?'

'Ja. Ik vind het heel fijn. Maar... dan wel graag zonder spuug.'

Nu grinnikte hij. 'Kom eens hier dan.'

Ik sloot mijn ogen en proefde zijn lippen. Het aangename, tintelende gevoel kwam terug en verspreidde zich door mijn lichaam. Thuis had ik me afgevraagd of ik het wel kon, zoenen. Maar nu niet meer. Als ik het verkeerd deed, dan zou ik er heus niet zo warm van worden en mezelf steeds dichter tegen hem aan drukken, en dan zou hij zijn armen niet zo stevig om mij heen slaan. Eindelijk ging er eens iets helemaal vanzelf.

Na een paar minuten deed Elliot een stapje terug en schraapte zijn keel. 'Luister, Jasmijn... Ik, eh...' Hij keek naar de grond en zei: 'Dat wat er in de bioscoop uit mijn zak viel... En ik bedoel niet de pepermunt... Ik wil niet dat je daar een verkeerde conclusie uit trekt, oké?'

'Oké.'

'Ik bedoel, het is echt niet zo dat ik daar altijd maar mee op zak loop. Juist niet. Jij bent mijn eerste vriendinnetje. En het is ook niet zo dat ik ervan uitging dat ik er vanavond één nodig zou hebben, of zo... Het is gewoon... Ik weet niet... Ik dacht, je weet maar nooit, en dan kun je maar beter voorbereid zijn, toch?'

'Het is echt niet erg, hoor,' zei ik. 'Mijn oma heeft ze ook altijd bij zich.'

'Je oma...' herhaalde Elliot. Hij wreef door zijn haar, schudde zijn hoofd. Toen lachte hij, voor het eerst die avond ongedwongen en voluit. 'Je bent een bijzonder meisje, Jasmijn.'

'Zijn eerste vriendinnetje, Kirst,' zei ik door de telefoon. 'Hij zei het echt.'

'En dat verbaast jou?'

'Ja, natuurlijk, iedereen vindt hem tof! Ik ging ervan uit dat hij al tientallen meisjes had gehad.' Toen het stil bleef aan de andere kant van de lijn, zei ik: 'Jij dus niet.'

'Nou... misschien geen tientallen. Ik heb toch al eerder gezegd dat ik denk dat de meesten op een ander soort type vallen. Elliot is ontzettend aardig, maar hij is geen hunk. Daar kunnen we gewoon eerlijk over zijn, toch?'

Nu was ik degene die stilviel. Ik probeerde Elliot te zien zoals Kirstin hem blijkbaar zag, maar ik kon werkelijk niets vinden wat er mis was met hem. Ja, hij had misschien een beetje veel speeksel, maar daar zag je aan de buitenkant niets van. Hij was juist enorm aantrekkelijk. Hij had een brede bouw, en zijn haar was weer helemaal terug gegroeid, en op school had hij altijd iets rustigs uitgestraald, een soort natuurlijke kalmte, zelfs zichtbaar in de manier waarop hij liep, waardoor ik geweten had dat het in zijn hoofd vast niet zo druk was als in dat van mij.

En als hij lachte, écht lachte, kwam er een twinkeling in zijn ogen.

'Smaken verschillen,' beaamde ik.

Ik zat met mijn ouders in de woonkamer. Emiel was op zijn werk. Opa en oma wisten dat ze deze ochtend níét moesten bellen: mijn moeder zou hen op de hoogte brengen zodra we iets wisten. Zelf wist ik het natuurlijk al, maar ik zei niets. En hoe later het werd, hoe spannender ook ik het ging vinden. Het was de dag van de examenuitslag. Wie voor twaalven werd gebeld door meneer Lodewijks, was gezakt. Wie om twaalf uur niet was gebeld, was geslaagd.

De komende weken zou ik gaan nadenken over een vervolgopleiding, dachten mijn ouders. Ze geloofden nog steeds dat het normaal was om dat pas in de zomervakantie te doen.

Het werd halfelf.

Elf uur.

Halftwaalf.

Mijn moeder had mijn rugtas al klaargelegd om straks uit het raam te hangen. In de keuken stond een versgebakken appeltaart, en de vriezer was gevuld.

Want iets vieren deden we met ijs.

Kwart voor twaalf. Ik schoof heen en weer over de bank. Mijn god, wat als ik tóch geslaagd was? Het was best lastig geweest om expres allemaal foute antwoorden te geven, juist omdat ik op bijna alle vragen het goede antwoord wist. De rekenopgaven waren het meest eenvoudig te verknallen geweest; daar had ik gewoon lukraak wat gekke cijfertjes neergekrabbeld. Maar wat nou als ik de rest niet zo slecht gemaakt had als ik dacht?

De enige examens waar ik serieus mee was omgegaan waren Nederlands en Engels geweest. Dat pleziertje had ik mezelf gegund. Bovendien zouden slechts twee mooie cijfers te midden van verder extreem lage scores heus niet genoeg zijn om me te laten slagen.

Toch?

Ik pakte de telefoon uit zijn houder en zette hem weer terug, om er zeker van te zijn dat hij er wel goed in stond.

Mijn moeder keek op van haar boek waarvan ze nog niet één bladzijde had omgeslagen en zei: 'Nog maar een kwartiertje... Ik denk dat we misschien voorzichtig al een beetje mogen beginnen met juichen!'

'Niet doen, Pien.' Mijn vader stak een sjekkie op, het zesde in een uur tijd. 'Om twaalf uur weten we het pas echt. Tot die tijd moeten we –'

De melodieuze octaaf van de telefoon pingelde door zijn woorden heen.

'Nee!' riep mijn moeder uit.

Ik staarde naar de telefoon.

'Neem op,' zei mijn vader.

Ik haalde diep adem en drukte de telefoon aan. 'Met Jasmijn Vink.'

'Hallo, Jasmijn,' klonk de zware stem van meneer Lodewijks. 'Nou, je weet zeker wel waarom ik bel?'

'Ja.'

Er ritselde iets. Toen zei hij: 'Je hebt twee tienen op je lijst, voor Nederlands en Engels, maar voor alle andere vakken heb je ernstige onvoldoendes gehaald. Dit betekent dat je niet geslaagd bent. En helaas kom je met dit gemiddelde ook niet in aanmerking voor een herexamen.'

'Duidelijk,' zei ik. 'Bedankt.'

Langzaam zette ik de telefoon terug in de houder.

Niemand zei wat.

Ik beet op mijn lip, keek naar mijn handen. Wat was dit nu weer voor achterlijke teleurstelling die ik voelde? Ik moest blij zijn: mijn plan was geslaagd! Maar het was onmogelijk het verdriet van mijn ouders niet te voelen, al wist ik dat ze hun best zouden doen het te verbergen. Voorzichtig keek ik op, naar mijn moeder, die nog steeds met haar boek in haar handen zat en een zucht losliet alsof ze de hele ochtend haar adem had ingehouden.

'Sorry,' zei ik zacht.

Ze sloeg haar boek dicht. 'Daar kun jij helemaal niets aan doen, meid. Ik weet hoe hard je hebt geleerd.'

Mijn vader knikte. 'Je hebt je best gedaan, en daar gaat het om.'

Shit. Ik knipperde, maar het was al te laat: er drupte een traan op mijn wang. En nog één.

'Niets aan te doen.' Mijn moeder stond op en liep de kamer uit. 'Trek het je maar niet aan, hoor.'

Mijn vader drukte zijn sjekkie uit. 'Volgend jaar beter.'

Uit de keuken kwam het geluid van bordjes die uit de kast werden gepakt, gerinkel in de bestekla. Mijn moeder kwam terug de woonkamer in en reikte me een grote punt appeltaart aan. 'Eet dit maar, daar knap je van op.'

Ik zette mijn vorkje erin en bracht een hap naar mijn mond.

Voor het eerst smaakte mijn moeders appeltaart me niet.

’s Middags kwamen opa en oma langs. Oma had een cadeautje bij zich. ‘Een kleinigheidje’ noemde ze het, iets wat ze aan me had willen geven om te vieren dat ik geslaagd was.

‘Maar nu krijg je het alsnog, want je kunt denk ik wel wat opbeuring gebruiken.’ Ze gaf me een knuffel, en ik snoof de zachte geur van haar Vanderbiltparfum op. ‘Ik hoop dat je het wat vindt. Ik zag het liggen bij dat Chinese winkeltje op het Zuidplein en dacht: dat is nou echt wat voor Jasmijn.’

Ik nam het pakje van haar aan. ‘Een boek?’

‘Ja en nee.’ Oma glimlachte.

Ik trok het glimmende paarse papier los en staarde naar iets met een uitzonderlijk mooie kaft: het leek wel van stof, met geborduurde bloemen erop en gouddraad erdoorheen verweven. Het droeg een zoete, wierookachtige geur met zich mee.

Voorzichtig sloeg ik het open. Alle pagina’s waren blanco. ‘Een... dagboek?’

Oma knikte.

Ik liet mijn vingers over de lege bladzijdes gaan. Wat een fascinerende gedachte dat dit papier zich zou vullen met dingen die op dit moment nog moesten gebeuren. Hoe zou mijn leven eruitzien als mijn pen het laatste vel beroerde? Zou ik, als ik er nu mijn wijsvinger tegenaan drukte en heel hard dacht aan de nog onzichtbare woorden, misschien een boodschap van mijn toekomstige zelf kunnen opvangen?

Oma lachte. ‘Je staat weer te dromen, Mijntje.’

'Tot ziens, mevrouw Veenstra.' Elliot liep de keuken in en schudde de hand van Kirstins moeder. 'Bedankt voor de chips en de cola.'

Kirstins moeder glom. 'Geen dank, knul, ik vind het leuk je ontmoet te hebben.'

Ik stond in de gang. *Kom op, kom op, kom op*, drong Normale Jasmijn in mijn hoofd aan. *Je ziet nu toch hoe eenvoudig het is? Stap die fucking keuken in en zeg gedag*!

Maar ik kon het niet. Er was een te dikke, onzichtbare muur tussen mij en Kirstins moeder gegroeid. Een barrière die elke keer dat ik hier kwam hoger werd, omdat het steeds moeilijker werd om iets tegen haar te zeggen. Ik wist dat ik degene was die de muur moest breken. En dat dit het moment was. Maar er kwam niets uit me.

Ik draaide me om naar Kirstin. 'Zie je morgen, Kirst.'

'Tot morgen,' zei ze. 'Ik vind het echt tof dat je komt.'

'Dat was gezellig,' zei Elliot, terwijl we vanaf Kirstins flat naar de bushalte liepen. Onze reflecties in de winkelruiten liepen hand in hand alsof ze nooit anders hadden gedaan. In gedachten gaf ik de mijne een high five. 'Leuk van Kirstin dat ze tegen jou zei dat je mij mee moest brengen,' vervolgde Elliot. 'Aardige moeder, ook.'

'Ja,' zei ik alleen maar.

Het hokje van bus 70 lag bezaaid met glasscherven. Het was al de derde keer deze week dat iemand het ruitje van een abri had ingegooid om de reclameposter, een levensgrote afbeelding van Pamela Anderson in badpak, te stelen.

'Mijn ouders verheugen zich erop morgen met je kennis te maken,' zei Elliot, terwijl we op het bankje gingen zitten. Met de punt van zijn schoen schoof hij wat scherven bij ons vandaan.

'Wat klinkt dat officieel,' zei ik.

Hij grinnikte. 'Maak je geen zorgen, mijn ouders zijn heel relaxte mensen. Je gaat ze sowieso aardig vinden.'

'Maar zullen ze míj ook aardig vinden?'

'Huh? Natuurlijk, gekkie.' Hij vouwde zijn handen om mijn gezicht en draaide me naar hem toe voor een kus. 'Ze weten dat ik gek op je ben. Ze zijn nu al fan van je.'

Ik kuste hem terug.

Mijn eigen ouders had ik nog steeds niets verteld.

'Vind je het niet heel zuur om morgen bij die diploma-uitreiking te zitten terwijl je zelf bent gezakt?' vroeg hij toen.

'Wat? Nee.' Ik moest oefenen, besloot ik. In mijn hoofd. Ik zou het bij Elliots ouders niet verpesten. Ik zou morgen overdag de hele dag repeteren, zodat ik morgenavond bij de daadwerkelijke ontmoeting een goede indruk maakte.

'Want ik kan me voorstellen dat je er best van baalt natuurlijk, en als wij dan dat podium opgeroepen worden en zo... ja... ik weet niet... ik zou er zelf misschien geen zin in hebben, denk ik.'

Ik zou zowel zijn vader als zijn moeder een hand geven en zeggen: Hallo, ik ben Jasmijn. Ik zou erbij glimlachen. Niet te breed, want dan leek ik zwakzinnig, en ook niet te bedeesd, want dan leek ik op de Mona Lisa, maar normaal. Ik zou het voor de spiegel instuderen, het net zo lang herhalen totdat het er natuurlijk uitzag.

'Dus wat ik wil zeggen is dat ik dat heus wel zou begrijpen hoor.'

Ik keek op. 'Wat begrijp je?'

Hij grinnikte. 'Laat maar. Waar zit jij altijd met je gedachten, joh.'

In de bus dwong ik mezelf te luisteren naar wat hij allemaal zei. Na de ongemakkelijke metrorit van afgelopen weekend had ik besloten hem niet meer te vragen om stil te zijn. Soms was het nodig om je aan te passen, besefte ik. En voor Elliot wilde ik dat graag proberen.

'Je had je dus nog niet ingeschreven op een andere school?' vroeg hij. Zelf zou hij met de rest van de kudde doorstromen naar mbo handel.

Ik schudde mijn hoofd.

'Maar wat wil je later gaan doen dan?'

'Weet ik niet. Het liefst zou ik met dieren werken, maar ik heb geen idee als wat. Dierenartsassistente is geen optie want ik zou te verdrietig worden als er dieren komen die niet meer beter kunnen worden.' De bus stopte bij een halte langs de Slinge, en ik wachtte tot het lawaai van een groep uitstappende meisjes was gepasseerd. Toen zei ik: 'Dus ik weet het echt niet. Wist jij al die tijd al welke richting je op wilde?'

'Nee. Vroeger wilde ik advocaat worden, maar dat wordt lastig met een vbo-achtergrond. Dus tja. Dan maar bedrijfsleider in een winkel.'

Zwijgend keek ik uit het raam.

Ik kon me niet voorstellen dat dit was hoe het leven bedoeld was: dat je een droom aan de kant schoof omdat de sprong ernaartoe misschien te hoog was. Geen enkele wens lag zomaar voor het oprapen, maar je kon altijd een trap bouwen. Elliot was dus iemand die liever met beide benen op de grond bleef. Het maakte een soort medelijden in me los dat ik niet gevoeld had toen hij na zijn operatie met een kaal hoofd op school was verschenen. Niet toen Leslie hem een gedrocht had genoemd. Niet toen ik hem had moeten vertellen dat hij te nat zoende.

Maar nu wel.

Hij stootte me aan. 'Misschien word ik wel bedrijfsleider in een dierenwinkel! En dan kom jij daar ook werken! Dan ben je net Adrian, uit de Rockyfilms!'

Ik staarde nog steeds naar buiten, waar het groene gordijn van de Zuiderparkweg aan ons voorbijtrok. Het gevoel dat ik iets anders moest doen met mijn leven werd met de dag groter.

Ik wist alleen nog niet wat.

'Hallo.' Ik glimlachte zo vriendelijk mogelijk. 'Ik ben Jasmijn.'
Nee, nee! Dat klonk veel te nep en geoefend.

'Hoi. Jullie zijn de ouders van Elliot?' *Hand uitsteken! Lachen!* 'Ik ben Jasmijn.'

Het leek nog steeds nergens op. En mijn stem was te hoog. Ik staarde naar mijn spiegelbeeld, dat geïrriteerd terugkeek. Waarom lukte het me niet om de juiste toon te vinden? Ik was al meer dan een uur aan het repeteren. Hoe deden anderen dat toch?

Goed. Ik duwde mijn haar achter mijn oren, haalde diep adem, schraapte mijn keel. Toen zei ik, mijn stem laag en diep in mijn keel: 'Goedenavond. Aangenaam kennis met u te maken. Mijn naam is Jasmijn Vink.'

Mijn god. Op deze manier joeg ik die mensen de stuipen op het lijf.

Helemaal niets zeggen dan maar? Gewoon een hand geven en lief lachen?

Maar als er íéts was wat ik had geleerd, dan was het wel dat mensen het verschrikkelijk vonden als je niets zei. En dat maakte de druk alleen maar groter.

Ik draaide me weg van de spiegel, liep een rondje door mijn kamer en drukte mijn voorhoofd tegen dat van Elvis. Met mijn ogen wijd open staarde ik in die van hem. Zijn rustige blik was diep als een tunnel. Er lag een tedere kalmte in.

Ik haalde langzaam adem, in door mijn neus, uit door mijn mond.

Elliots ouders waren vast heel aardige mensen. Wat kon er nou fout gaan met een simpele kennismaking? Ik was zestien, geen kleutertje meer.

Ik kon dit.

Met opgeheven hoofd liep ik terug naar mijn spiegel, knikte naar mezelf, stak mijn hand uit en zei op hartelijke toon: 'Hoi! Wat leuk jullie te ontmoeten. Ik ben Jasmijn.'

Bingo. Dit was hem!

Nu moest ik het alleen nog zeker weten. Ik moest het opnemen, zodat ik kon horen hoe ik echt klonk. Maar hoe? Mijn bandrecorder had ik vorig jaar weggedaan, en een andere manier om mezelf te kunnen terughoren was er niet. Of... wacht even, had KPN geen berichtenservice? Meneer Eriksen had erover verteld, toen het bij maatschappijleer over moderne communicatie was gegaan. Volgens hem was het een telefoonnummer dat je kon bellen en waar je een bericht op kon inspreken dat daarna op een door jou gekozen moment zou worden verzonden naar het opgegeven telefoonnummer.

Ik liep naar de woonkamer en pakte het telefoonboek uit de kast. Hebbes, daar stond het: KPN Berichtendienst. Met de telefoon in mijn handen ging ik op de bank zitten, schraapte nog één keer mijn keel en toetste het nummer in.

Welkom bij KPN Berichtendienst. Spreek na de piep het bericht in dat u wenst op te nemen en sluit af met een hekje.

'Hoi! Ik ben Jasmijn. Wat leuk om jullie te ontmoeten!'

Dank u, we hebben uw bericht ontvangen. Toets nu het telefoonnummer in waarnaar u dit bericht wenst te verzenden en sluit af met een hekje.

0104804872.

Toets nu de datum in waarop het bericht verzonden moet worden en sluit af met een hekje.

21061994.

Toets nu het tijdstip in waarop het bericht verzonden moet worden en sluit af met een hekje.

Het was twee minuten voor drie. Ik koos voor drie uur, een mooi, rond tijdstip.

Toen legde ik de telefoon neer en wachtte.

Samen met Kirstin liep ik de school binnen, de laatste keer dat ik samen met haar in dit gebouw zou zijn. Haar ouders liepen naast ons. Haar moeder ging gekleed in een wijdvallende jurk met glitters, waarnaar ik beter niet te lang kon kijken. Haar vader droeg een overhemd met stropdas. Hij knikte voortdurend naar de andere ouders, verbonden in opluchting en trots.

Alweer zag de aula er compleet anders uit. De tafels waren verdwenen, en over de hele breedte van de ruimte waren rijen met stoelen opgesteld. Kirstins ouders liepen naar de voorste rij, en Kirstin liep met ze mee. Ik stak mijn hand uit om haar aan te tikken en te zeggen dat ik liever ergens achterin ging zitten, maar trok toen mijn arm terug en zweeg.

Dit was háár avond.

De stoel naast me was leeg. Kirstin bevond zich, samen met de rest van de geslaagde vierdeklassers, achter een dik gordijn dat op het podium hing. Meneer Lodewijks stond bij de microfoon en riep iedereen een voor een naar voren. Daar kregen ze het diploma, een bos bloemen en applaus uit de zaal. Aan de andere kant van de lege stoel zaten Kirstins ouders, haar moeder met een fototoestel in haar handen. Ze schoof met haar schoenen over de grond, mompelde 'waar blijft ze nou, waar blijft ze nou', terwijl zelfs ik snapte dat deze ceremonie zich aan het alfabet hield en de v nog lang niet aan de beurt was.

Ik staarde naar het gordijn. Ook Elliot stond daar ergens achter. Ik had hem nog niet gezien. Mijn openingszin voor zijn ouders lag voor in mijn hoofd, klaar om te worden uitgesproken zodra het moment daar was. Helaas was mijn ingesproken telebericht vanmiddag niet aangekomen, terwijl ik als tijdstip toch duidelijk drie uur had ingetoetst. Misschien had ik daarna te snel opgehangen.

Op het podium werd Lonneke Baas naar voren geroepen, een meisje uit 4c. Dit betekende dat Elliot de volgende was. Lonneke schuifelde het podium op, haar gezicht knalrood en haar blik op de grond gericht. Ze drukte haar diploma tegen zich aan, klemde haar arm om de bos bloemen en haastte zich terug achter het gordijn.

'Elliot Bakker,' zei meneer Lodewijks.

Ik hield mijn adem in. Daar was hij. Hij liep rustig, relaxed, de bekende scheve en charmante lach op zijn gezicht. Ik zag zijn ogen speuren naar mij. Toen hij me vond, vormden zijn lippen een 'hey!'. Ik lachte.

'Dit is Jasmijns vriendje,' hoorde ik Kirstins moeder tegen Kirstins vader zeggen.

Elliot en meneer Lodewijks schudden elkaar als twee oude kameraden de hand. Elliot hield zijn diploma met beide handen op naar de zaal, zijn armen hoog in de lucht. Iedereen klapte, ik misschien nog wel het hardst.

Toen kreeg Elliot zijn bloemen en verdween ook hij weer backstage.

'Waar blijft ze nou?' klonk het naast me.

Elliot greep mijn hand. 'Kom, ik wil je aan mijn ouders voorstellen.'

Kirstin knikte me bemoedigend toe. 'Ik zie je straks wel weer.'

Ik liep met Elliot mee. We passeerden Colette, die met Hannah en Leslie stond te kletsen. Toen ze mij met Elliot samen zag, stak ze lachend haar duim op.

'Mam, pap.' Elliot stopte en gaf me een zacht duwtje in mijn rug. 'Dit is Jasmijn.'

Een kleine vrouw met een bril en bruin, schouderlang haar schonk me een brede glimlach. Ze pakte met beide handen mijn rechterhand en omklemde hem alsof het een uit het nest gevallen kuikentje was. 'Wat leuk om eindelijk kennis te maken! Ik ben Elly.'

‘Hoi.’ Net op tijd herinnerde ik me dat ik moest glimlachen.

‘En ik ben Joep.’ Elliots vader, een grote man in een donkergrijs pak, klopte met zware hand op mijn schouder. ‘Elliot heeft ons veel over je verteld.’

‘Fotomoment!’ riep zijn moeder. ‘Ga eens even dicht bij elkaar staan, jongens.’

Meer aanmoediging had Elliot niet nodig. Hij sloeg zijn arm om me heen, trok me tegen zich aan en begroef zijn gezicht in mijn haar. Ik werd duizelig. Ik had mijn openingszin niet gebruikt. En had ik überhaupt wat tegen zijn vader gezegd? O, god, ik wist het niet eens. Wat als ik vergeten was om iets terug te zeggen? Moest ik het nu alsnog doen, of zou dat nog vreemder zijn?

‘Lachen.’ Elliots adem kriebelde in mijn oor.

Klik-klik, deed zijn moeders fototoestel.

‘Ik ga naar huis,’ zei ik tegen Kirstin. ‘Ik hoop dat je het niet erg vindt.’

‘Het is wel erg druk, inderdaad.’ Ze keek om zich heen en vroeg: ‘Heb je Elliot ook gedag gezegd?’

‘Natuurlijk.’ Trots voegde ik eraan toe: ‘En zijn ouders ook.’

Ze lachte. ‘Heel goed.’

Met ingehouden adem zigzagde ik me een weg door de groepjes mensen. Normale Jasmijn gaf instructies. *Voorzichtig, tegen niemand aanstoten. Kijk uit, die man staat met koffie in zijn handen. Pas op, daar komt die vrouw met dat zware parfum waar je net zo van moest niezen. Rustig doorlopen, je bent er bijna.* Eindelijk bereikte ik de gang. Elliot had met me mee willen lopen naar mijn fiets, maar ik had gezegd dat hij bij zijn ouders moest blijven.

Dat had aardiger geklonken dan ‘ik moet echt even alleen zijn’.

In het rookhok stond Hannah te praten met een meisje uit 4C. Ze vielen stil toen ik voorbijliep. ‘Hé, Jasmijn, wat hoor ik nou?’ zei Hannah. ‘Heb jij wat met Elliot?’

‘Ja.’

Ik stapte rond in mijn nieuwe realiteit als in een nieuw paar schoenen dat ik jarenlang alleen in een etalage had bewonderd. Dat ze na een paar uur begonnen te knellen maakte niet uit, ze moesten simpelweg worden ingelopen.

Hannah schoot in de lach. ‘Elliot en ET, hoe toepasselijk.’

‘Vliegt hij ook rond met jou in een mandje voorop zijn fiets?’ vroeg het andere meisje.

Schaterend liepen ze terug naar binnen.

Die nacht sneed het luide gerinkel van de telefoon abrupt mijn slaap af. Mijn ogen vlogen open. Het bed van mijn ouders kraakte.

'O, god,' hoorde ik mijn moeder zeggen, terwijl ze naar de woonkamer stommelde waar de telefoon lag, 'er is iets met Emiel.'

Mijn vader riep haar iets na wat ik niet verstond.

In het donker ging ik rechtop zitten. Ik hoorde mijn moeder opnemen.

Even bleef het stil.

Toen klonk het piepje dat de telefoon maakte wanneer hij weer terug in de houder werd gezet. Het geschuifel van mijn moeders blote voeten, langzaam nu, terug naar bed. Gemompel. Mijn vader die iets vroeg.

Nog meer gemompel.

Wat zou er geweest zijn met Emiel? Hij sliep bijna nooit meer thuis, alleen nog bij Gabriella. Wat kon er om drie uur 's nachts zo belangrijk zijn?

Geeuwend ging ik weer liggen en draaide me om.

Ik zou het morgen wel horen.

'Mijn moeder vraagt of je het leuk vindt om bij ons te komen eten,' klonk Elliots heldere stem de volgende dag door de telefoon. 'Heb je daar zin in?'

'Nee,' zei ik snel. Te snel.

Elliot lachte alsof ik een grapje maakte. 'Kun je vanavond?'

'Ik weet helemaal niet eens hoe ik in Mijnsheerenland moet komen.'

'Er rijdt een rechtstreekse bus vanaf Zuidplein, en zodra je uitstapt, zie je mij want ik kom je natuurlijk ophalen. En mijn vader heeft al gezegd dat hij je 's avonds terug naar huis zal brengen.'

Ik slikte.

'Mijn moeder gaat speciaal voor jou iets vegetarisch koken,' ging hij verder.

O, nee. Dit klonk allemaal veel te bekend. In mijn geheugen dreunden de echo's van Kirstins moeder die boos de kamer uit stampte. Wat als Elliots ouders de radio aan hadden tijdens het eten? Of, nog erger, de televisie? Wat als er felle lampen brandden? Of als ze een glas neerzetten zonder rietje, of vroegen of ik al wist wat ik later wilde worden, wat inmiddels de meest irritante vraag ter wereld was. In gedachten zag ik mezelf met een grote donkere zonnebril aan tafel zitten daar en mijn drinken morsen en met mijn eten knoeien en... Nee. Ik kon onmogelijk gaan. Ik zou Elliot alleen maar teleurstellen.

'Sorry,' zei ik. 'Maar ik kan niet.'

'O, dat geeft niet, hoor, wanneer kun je dan wel? Morgen?'

'Ik moet nu ophangen. Ik bel je later terug, goed?'

'Waar ben je nou mee bezig?' Kirstin keek me hoofdschuddend aan. We zaten samen op mijn bed, een zomerse regenbui tikte tegen mijn raam. 'Je belt hem nú terug en zegt dat je gewoon komt vanavond, heel graag zelfs en dank je wel.'

'Nee.' Ik pakte mijn hoofdkussen en sloeg mijn armen eromheen. 'Echt niet, hoor. Gisteravond heb ik een soort van normale indruk op die mensen gemaakt, en dat wil ik graag zo houden. Als ik daar ga eten, dan is het meteen verpest.'

'Nou, én? Het gaat toch om Elliot, niet om zijn ouders?'

'Ik heb gewoon geen zin om me weer zo ellendig te voelen.'

'Oké.' Kirstin knikte langzaam. 'Dus als ik het goed begrijp, dan ga jij de rest van je leven alle situaties waarin je jezelf misschien ongemakkelijk gaat voelen maar lekker uit de weg. Dat wordt wel een extreem leeg leven op den duur, hoor. Je creëert een heel kleine wereld voor jezelf, Jas.'

'Ik vind een kleine wereld fijn.'

'Dat snap ik, maar zie het eens zo: als je wél gaat, en je best doet, dan is het de keer daarna misschien al minder eng. Dat zou een overwinning zijn, toch?'

Maar het had helemaal niets met 'eng' te maken. Het had te maken met... met iets wat ik zelf ook niet goed begreep. Met een gevoel. Ik wilde me goed voelen, en ik wist bij voorbaat al dat me dat daar niet zou lukken. En dat mijn slechte gevoel vervolgens een aanstekelijke uitwerking zou hebben op de mensen om me heen. Waarom zou ik mezelf, en Elliot en zijn ouders, dat aandoen?

Je moest in het leven leren van je ervaringen.

En ik had geleerd dat ik niet bij mensen thuis moest gaan eten.

Later die middag, toen het eindelijk droog was, slenterden Kirstin en ik over het Plein. We schepten drop bij Jamin, omzeilden de regenplassen op straat, en toen we langs de Blokker kwamen, liep ik snel door, de winkel voorbij. Het was al erg genoeg dat ik hier het komende schooljaar weer elke donderdag fictief moest stagelopen. Maar op dit moment ontweek ik niet alleen de Blokker, ik ging ook mijn moeder uit de weg. Al sinds vanmorgen, toen ik me bij het wakker worden plotseling had gerealiseerd wat het telefoontje van vannacht was geweest. Of, beter gezegd, wíé het was geweest. Door de zenuwen had ik er gistermiddag niet bij stilgestaan dat 03.00 uur een tijdstip in de nacht was.

Ik was in bed blijven liggen tot ik mijn moeder had horen vertrekken.

'Ik dacht dat je me zou terugbellen.' Elliot sprak de zin uit als een vraag. 'Er zijn nu al twee dagen voorbij, en ik hoor niets van je.'

'Ik wist niet dat er spoed achter zat.'

'Spoed? O. Nee, nee, zo bedoel ik het niet, natuurlijk niet, maar, ik bedoel, ik dacht...' Hij schraapte zijn keel. 'Ik wil je graag zien.'

'Maar ik heb je op de diploma-uitreiking toch gezien?'

'Dat is vier dagen geleden. Ik ga overmorgen op vakantie.'

O ja, dat was waar. Elliot ging naar Florida, waar Nederland in het WK voetbal speelde. Het scheen nogal een big deal te zijn dat zijn vader kaartjes had weten te bemachtigen.

'Ben je er nog?' klonk het in mijn oor.

'Ja.'

'Vind je het leuk om vanavond wat te gaan drinken in de stad?'

Ik dacht even na. Mijn moeder had koopavond. Mijn vader was vanmiddag de late dienst in gegaan. Ik zou gewoon bij opa en oma kunnen eten en daarna de metro naar de stad kunnen nemen. 's Avonds was het er vast niet zo druk als overdag. En anders ging ik weer terug naar huis. 'Oké,' zei ik.

Ik had nooit eerder op een terrasje gezeten. Het leek een beetje op de aula: allemaal tafeltjes met mensen eraan. Alleen waren er hier op het Stadhuisplein geen muren omheen en zaten we in de openlucht. Elliot had een wit T-shirt aan. Zijn armen staken zongebruind onder zijn opgerolde mouwen uit.

Hij nam een slok van zijn bier en vroeg: 'Er is toch niets, Jasmijn?'

'Huh? Nee. Waarom denk je dat?' Deed ik soms iets fout? Was het vreemd dat ik met mijn rug naar de rest van het terras toe was gaan zitten?

'Ik weet het niet.' Hij dronk de rest van zijn bier in één teug op. 'Het lijkt gewoon alsof je een beetje... hoe zal ik het zeggen... afstandelijk doet.'

Afstandelijk? Ik voelde mijn ogen groot worden. Ik was helemaal naar het drukke centrum van de stad gekomen. Ik zat hier midden in een mensenmassa. Voor hém!

'Ik hoop alleen maar dat je geen spijt hebt,' zei hij.

'Van wat?'

Hij schokschouderde. 'Nou, van ons.'

Dit gesprek werd steeds gekker. 'Heb jíj er spijt van?' vroeg ik.

'Natuurlijk niet.'

'Ik ook niet.'

Elliot staarde voor zich uit, de blik in zijn ogen zo verward dat ik me naar hem toe boog en hem kuste. Ergens achter ons joelde iemand. 'Als ik spijt had, zou ik hier niet zitten,' zei ik, voor de duidelijkheid.

'Gelukkig.' Hij pakte mijn hand en streelde erover met zijn duim. 'Maar... waarom wilde je dan niet komen eten? Mijn moeder vond het jammer.'

'Daar ben ik gewoon nog niet aan toe.' Even overwoog ik het hem uit te leggen. Wat er bij Zahvala thuis was gebeurd. Bij Kirstin. Dat etentjes me ziek maakten. Dat ik liever gewoon alleen was. Maar ik deed het niet. Ik was niet gewend om over mezelf te praten. Wat als hij het allemaal maar vreemd vond wat ik hem vertelde? Niemand wilde een weirdo als vriendin. Dan kon hij nog beter denken dat ik 'afstandelijk' was. 'Zo erg is dat toch niet?'

'Nee... Ik denk het niet.'

Ik dacht terug aan Karli, en aan Chantal, en aan nog een paar ex-vriendinnetjes van Emiel van wie ik de naam niet eens meer wist. Meisjes die bij mijn ouders thuis aan tafel hadden gezeten. Ook Gabriella at regelmatig mee. Dat was blijkbaar hoe het hoorde. Maar waarom zou ik me verplicht moeten voelen mee te doen aan een traditie die ik niet zelf had bedacht?

'Ik vind je heel leuk, Elliot.' Ik nam een slok van mijn sinaasappelsap en koos mijn woorden zorgvuldig. 'Maar voor mij betekent dat niet dat we elke dag moeten bellen, of elkaar elke dag moeten zien. Eén keer per week of zo is toch ook leuk? Of, beter nog, één keer per maand.'

'Eén keer per maand,' herhaalde hij.

Ik wist dat dit niet was hoe hij het zich had voorgesteld. En eerlijk gezegd was het ook niet hoe ík het me had voorgesteld. Vroeger, als ik op bed had gelegen en beelden had opgevangen van Normale Jasmijn, had ik haar samen met Elliot zien lachen, dansen, zoenen, dag en nacht, onafscheidelijk. Kirstin en Dave hadden elkaar ook vaak gezien, vaak gebeld. Hij was zelfs een paar keer bij haar blijven slapen, en zij bij hem. Zo zag verkering eruit. Dat was normaal. Maar niet voor mij. Voor mij leek het op een drukke metro, waar het in-geval-van-nood-hamertje steeds dringender naar me lonkte.

'Eén keer per maand,' zei Elliot weer.

Ik knikte.

'Ik begríjp het niet,' zei Kirstin door de telefoon. 'Eerst loop je twee jaar lang over die jongen te flippen, en nu heb je hem eindelijk, en dan doe je zo.'

'Het is anders dan hoe ik dacht dat het zou zijn.'

Een zucht. 'Hoe had je het dan verwacht?'

'Weet ik veel. Niet zo... opdringerig. Ik dacht: we zien elkaar af en toe en dan zoenen we en praten we en zoenen we weer en misschien doen we nog wat meer. Maar hij wil voortdurend afspreken. En de hele tijd bellen. En dat ik bij hem kom eten. Dat soort dingen. Waarom? Waarom moet het gelijk zo'n hele toestand worden?'

Kirstin was even stil. Toen zei ze wat ik zelf ook al had beseft. 'Zo gaat dat nou eenmaal, als je verkering hebt.'

'Misschien heb ik er nooit rekening mee gehouden dat dit allemaal echt zou gebeuren.'

Want dat was het probleem: dingen gebéúrden tegenwoordig. De muur tussen mijn fantasiewereld en de realiteit was afgebrokkeld. Overal lag puin.

'Als hij terug is van vakantie, moet je met hem praten,' zei Kirstin.

'Ja.'

'Hem uitleggen hoe jij de dingen ervaart. Misschien dat hij je dan beter begrijpt.'

'Begrijp jíj me?' vroeg ik.

'Ik probeer het. Maar het is niet makkelijk.'

'Kijk, ik wil het heus niet met hem uitmaken, of zo. Maar elkaar één keer per maand zien lijkt me meer dan genoeg. Dan heb ik een week de tijd om bij te komen en eraan terug te denken en het in mijn hoofd opnieuw te beleven. En dan is er daarna tijd om me te verheugen en voor te bereiden op de volgende keer. Maar als je elkaar zo vaak ziet, dan raakt alles in mijn hoofd verfrommeld totdat ik niet eens meer normaal kan nadenken. Het is te veel!' Ik klemde mijn vingers om de telefoon en sloot mijn ogen. Hoe kon ik proberen uit te leggen hoe ik me voelde, wanneer er geen juiste woorden voor leken te zijn? 'En bovendien, op die manier zou ik alleen maar met hem bezig zijn, en bijkomen van hem, en weer toeleven naar hem. Ik moet toch ook de kans krijgen om alleen te zijn, met mijn eigen gedachten?'

'Ja maar, je kunt toch met je gedachten zijn én met Elliot?'

'Nee,' zei ik. 'Ik kan het niet allebei tegelijk.'

'Ik wil het snappen, Jas, echt waar. Maar het klinkt allemaal zo tegenstrijdig. Ik bedoel: mij zie je toch ook vaker dan één keer per maand? En dat gaat toch ook goed?'

'Aan jou ben ik gewend.'

'Aan Elliot zal je op den duur ook wennen.'

Ik zweeg.

'Tenzij je dat niet wil...' zei Kirstin.

'Ik wil de Elliot over wie ik fantaseerde,' mompelde ik. 'De Elliot van wie ik blij werd.'

'En word je er nu niet blij van dan?'

Ik gaf het enige antwoord dat ik kon geven. 'Nee.'

'Wie is Elliot?' vroeg mijn moeder, toen de eerste kaart arriveerde. Zijn naam klonk vreemd uit haar mond, alsof ze hardop uit mijn dagboek voorlas.

Xxx uit Orlando, stond er op de achterkant van de kaart. *Het is hier heel erg* ORANJE.

'O, gewoon een vriend,' zei ik. 'Van het Mercatus. Hij is bij het WK in Amerika.'

'Aha. En hij heeft heel toevallig niet iets te maken met dat telefoonberichtje dat onlangs midden in de nacht binnenkwam?'

Shit. Ik was juist zo blij geweest dat mijn ouders daar niets over hadden gezegd. Ik deed alsof ik de geamuseerde blik in mijn moeders ogen niet zag en zweeg.

Een dag later kwam de tweede kaart en merkte mijn moeder op: 'Ik heb zo het idee dat die Elliot denkt dat jullie méér zijn dan alleen vrienden.'

Ik nam de ansichtkaart van haar aan en voelde mijn gezicht kleuren. Elliot had allemaal hartjes op de achterkant getekend. *Ik mis je*, stond er in zijn hakige hoofdletterhandschrift onder.

'Weer één van Elliot,' zei mijn moeder de volgende dag, toen ze uit haar werk kwam en de post mee naar boven nam. Ze schoot in de lach. 'Je hoeft je in elk geval niet af te vragen of hij wel aan je denkt daar in Orlando.'

Ik mompelde iets en legde de kaart bij de andere kaarten op mijn bureau.

Mijn ouders stelden geen vragen. Ze plaagden me met mijn 'fanmail', zoals ze het noemden, maar daar bleef het bij. Blijkbaar geloofden ze dat hij voor mij gewoon een vriend was.

Ook ik zei er niets over.

Toch vroeg ik me soms af hoe het zou zijn als mijn moeder naast me op bed kwam zitten en zou zeggen: 'Zo, vertel me nou eens eerlijk over die Elliot. Wat is het voor jongen? Hoe ziet hij eruit? Volgens mij ben je verliefd op hem.'

En dat ik haar dan om advies kon vragen en dat ik kon vertellen hoe verwarrend het allemaal was omdat wat ik voelde zo onlogisch leek: ja, ik was echt serieus verliefd op Elliot, maar nee, dat betekende niet dat ik hem voortdurend wilde zien. Ik zag hem in mijn hoofd, omdat ik veel aan hem dacht, en dat hoefde niet telkens te worden aangevuld met ontmoetingen in het echte leven, want daar zou ik alleen maar van overstromen. Ik zou aan mijn moeder willen vragen of zij dacht dat er verkeringen bestonden waar je elkaar maar één keer per maand zag. Zodat het leuk bleef.

Maar ze kwam niet bij me zitten, en zelf begon ik er niet over.

Mijn vader en zij zagen elkaar wel elke dag en leken nergens last van te hebben. Mijn vader bracht haar thee als ze achter haar naaimachine zat. Mijn moeder schepte zijn eten voor hem op en vergat nooit het kuiltje voor de jus. Tijdens zijn avonddienst belde hij haar, gewoon, zomaar, terwijl ze elkaar een paar uur daarvoor nog hadden gezien.

Ze wilden allebei hetzelfde.

Ze pasten bij elkaar.

Kirstin wilde stappen. Ze had interessante verhalen gehoord over de Baja Beach Club en stelde voor om daar binnenkort eens te gaan kijken.

Ik schudde beslist mijn hoofd. 'Dat zie ik niet zitten, hoor.'

'Als je het niet probeert, dan weet je nooit of je wat mist.'

'Ik mis niets. En in die Bajatent komen die wijven van de Blokker ook, daar heb ik al helemaal geen zin in.'

'En als we vragen of Elliot ook meegaat? Kun je doen alsof het weer klassenavond is.'

'Nee. Er is daar vast allemaal herrie. Meestal is het nog slechte muziek ook.'

'Als je ergens heen wil waar ze de hele avond Elvis draaien, dan moet je een tijdmachine uitvinden en weet ik hoeveel honderd jaar terug in de tijd gaan, Jas.' Ze duwde met een geïrriteerd gebaar een blonde lok achter haar oor. 'Er is tegenwoordig andere muziek, moderne muziek. En ík hou daar wel van.'

'Dan ga je toch met iemand anders?'

'Ik wil juist met jóú dingen doen. Straks zit ik op die andere school en dan zien we elkaar bijna helemaal niet meer.' Ze pauzeerde even en zei toen, rustiger: 'Ik snap dat een stampende discotheek iets te veel van het goede is. Maar er zijn toch genoeg andere dingen die we kunnen doen?'

'Laten we naar de bioscoop gaan,' stelde ik voor, en ik hoorde zelf de opluchting in mijn stem omdat ik iets normaals had bedacht. Naar de film gaan was zo'n beetje de normaalste activiteit ter wereld, of niet?

Kirstin vond het een goed idee.

Ik zou chocola meenemen en in de bioscoop een grote bak zoete popcorn kopen.

Dit keer zou ik niet in slaap vallen.

We zagen *Forrest Gump*, een film die me onverwacht gelukkig maakte omdat Elvis er een paar seconden in voorkwam, maar die me de rest van de tijd deed afvragen of ik óók een Forrest Gump was. Was dat hoe andere mensen mij zagen? Ook ik hield van rennen, en ook ik begreep mensen vaak verkeerd. Maar daar hielden de overeenkomsten op, toch? Ik sprak niet sloom, ik dácht niet sloom. Integendeel. En ik zou nooit zomaar op een bankje tegen wildvreemden beginnen te praten, al helemaal niet over mezelf. Forrest wilde graag onder de mensen zijn; hij ging door het leven als een kwispelende labrador. Zijn optimisme was mooi, maar hij begreep niet eens wat oorlog was.

Nee, besloot ik. Ik was geen Forrest.

Op andere dagen namen Kirstin en ik de metro en bus naar Rockanje, waar we een rustig plekje in de duinen vonden, ver bij de andere strandgangers vandaan. Thuis huurden we films, bestelden pizza, en ik ging zelfs weer een keer mee winkelen. We gingen opnieuw naar de film, naar *Speed* dit keer, en Kirstin zei dat ik op Sandra Bullock leek, waarop ik lachte want dat bevestigde dat ik dus echt geen Forrest was, anders zou ze dat ook wel gezegd hebben.

En toen, op de dag dat Kirstin voor drie weken met haar ouders naar de camping ging, kwam Elliot terug uit Florida.

'Ga jij zelf niet op vakantie?' vroeg Elliot. We zaten op het muurtje bij Bram Ladage op de Hoogstraat, uit de drukte, beiden met een puntzak friet. Rond Elliots neus waren wat sproetjes ontstaan, gespikkelde souvenirs van de Amerikaanse zon.

Ik schudde mijn hoofd. 'Ik ging altijd met mijn ouders en opa en oma naar een bungalowpark op de Veluwe, maar sinds kort bestaat dat niet meer. Het is nu een asielzoekerscentrum.'

'Dat is klote, zeg. En jullie gaan nergens anders heen?'

'Nee. Mijn ouders gebruiken hun vakantiedagen deze zomer om mijn broer te helpen met het opknappen van zijn flat. Hij is vorige week gaan samenwonen met zijn vriendin, in Zuidwijk.'

Elliot doopte zijn patat in de mayonaise, knikte terwijl ik geen vraag had gesteld en leek voortdurend op zoek naar een nieuw onderwerp om over te praten. Hij droeg stilte niet zoals ik: voor hem was die een stekelige jas die zo snel mogelijk moest worden afgeworpen.

'En je gaat ook niet een paar dagen naar Kirstin toe, op de camping?' vroeg hij.

'Nee.' Ik wachtte met een nieuwe hap, klaar om hem uit te leggen waarom niet. Ik moest Elliot uitleggen hoe ik dingen ervoer, had Kirstin gezegd. Dit was een geschikt moment om daarmee te beginnen. Ik zou hem vertellen dat een camping niets voor mij was, dat ik me niet op mijn gemak voelde bij Kirstins ouders en dat ik veel alleentijd nodig had. Maar zelfs in mijn hoofd stokten de woorden al. 'Aansteller,' had Emiel vroeger voortdurend verzucht. Emiel was een jongen, net als Elliot. Ik wilde niet het risico nemen dat Elliot me ook een aansteller vond. Ik zweeg en doopte een frietje diep in de mayonaise.

'O,' zei hij.

Weer waren we stil.

'Ik ga in de herfstvakantie met mijn ouders naar een vakantiehuisje in België,' hoorde ik mezelf vertellen. 'Mijn opa en oma gaan ook mee. Daar heb ik wel zin in.'

'Wat gaaf,' zei Elliot, te hard, te enthousiast, te dankbaar dat hij weer iets had om op door te borduren. 'Het lijkt me leuk om jouw familie eens te ontmoeten. Ben heel benieuwd naar ze. Vooral naar je oma. Ze lijkt me een moderne vrouw.'

Die laatste opmerking begreep ik niet, maar ik liet het.

Ik wist dat die kennismaking er toch niet van zou komen.

Hij reisde weer met me mee naar Slinge, waar we als vanzelf naar onze afscheidsplek onder het viaduct liepen. Dit keer liet hij zijn handen tijdens het zoenen voorzichtig afdwalen. Hij streelde mijn rug, omvatte mijn billen. Toen kropen zijn handen naar boven en naar voren, onder mijn T-shirt.

'Je draagt geen beha,' merkte hij op.

'Jij ook niet.'

Elliot grinnikte. 'Ik ben een jongen. Ik heb dat niet nodig.'

'Nou, ik ben een meisje en ik heb het ook niet nodig.'

Hij trok me dichter tegen zich aan en fluisterde iets over klein maar fijn.

Terwijl boven ons hoofd de metro voorbij daverde, duwde de zwelling in zijn spijkerbroek tegen me aan. Meteen schoot de herinnering aan de naakte Carlo door mijn hoofd. Bijna deinsde ik terug, maar ik bleef staan. Dit was Elliot, niet Carlo. Dit was iemand op wie ik verliefd was, en die lekker rook, en wiens erectie aangenamer aanvoelde dan ik had verwacht. Het had iets warms, iets urgents. Ik wilde mijn handen eromheen vouwen en het écht voelen en bekijken, en het niet meteen opzijwerpen zoals ik met de aanblik van Carlo en met de blaadjes van Emiel had gedaan. Dit keer was het welkom. Dit keer zorgde het voor een ongeduldig gevoel in mijn onderlichaam, alsof ook ik haast had nu, haast om met Elliot alleen te zijn. Een nieuwe stroom mensen kwam uit de lift en liep langs ons heen. Ik keek niet naar ze, maar hield mijn gezicht verborgen in Elliots hals. Zijn handen trokken een brandend spoor over mijn lijf. Mijn eigen handen gleden over zijn nek, zijn schouders, zijn armen. Lager dan zijn bovenlichaam ging ik niet. Niet hier.

Na vijf metro's namen we afscheid.

Mijn moeder gaf de telefoon aan. 'Het is Elliot,' zei ze.

Nog steeds klonk zijn naam gek uit haar mond. Als een klank die hier niet hoorde.

Ik nam de telefoon mee naar mijn kamer. 'Hoi.'

'Hey!' Er klonk geroezemoes op de achtergrond, muziek, stemmen. Gelach. 'Heb je vanavond wat te doen?'

'Ik heb altijd wat te doen.' Ik keek mijn kamer rond. Op mijn bureau lagen drie boeken die ik nog wilde lezen.

'O. Nou, want ik ben in 't Haantje, en... O, wacht even.' Nog meer geroezemoes. Elliot die tegen iemand zei dat hij er zo aan kwam. Ik kende 't Haantje, het was een café op de hoek van de Bierens de Haanweg, vlak bij het Mercatus. Ik was er uiteraard nooit binnen geweest. Wat moest ik in een café? In de rook, en de herrie, en met allemaal mensen om me heen? Ik was er altijd snel voorbijgelopen. 'Daar ben ik weer. Dus, ik kwam Jurriaan net tegen, Jurriaan van Krimpen, die ken je denk ik wel?' Hij wachtte mijn antwoord niet af, maar vervolgde: 'Nou, en zijn ouders zijn dus op vakantie. Hij geeft vanavond een feestje bij hem thuis, en wij zijn ook uitgenodigd.'

Wij. Weer een woord met zo'n vreemd, buitenaards geluid. Ik was nooit eerder een 'wij' geweest, behalve met Senta. Was dat hoe mensen als Jurriaan van Krimpen mij nu zagen? Als iemand die onderdeel was van iets, de helft van een menselijk tweetal?

'Dus heb je daar zin in?' vroeg hij. 'We kunnen bij Zuidplein afspreken en er dan samen met de bus naartoe gaan. Het is in Vreewijk.'

'Ik kan niet.'

'O. Echt niet? Want... nou... ik dacht dus... ik weet dat je niet van drukte houdt, maar Jurriaan heeft gezegd dat we zijn kamer mogen gebruiken. Om alleen te zijn, zeg maar.'

'Naar een druk feestje gaan om alleen te zijn. Lekker logisch.'

'Ja... Nee... Ik bedoel natuurlijk, zodat jij en ik sámen kunnen zijn. Snap je? Zonder dat iemand ons stoort. En zonder metrobaan boven ons hoofd. Om... Nou... Jezus, zeg alsjeblieft dat je me begrijpt.'

Ik zweeg. Natuurlijk begreep ik hem. Zijn intenties drukten zich tegen me aan als de stijfheid achter zijn rits.

'Jasmijn?' Zijn stem wankelde. Hij was aangeschoten, besefte ik. Ik rook de bierlucht bijna door de telefoon. 'Ik zou het echt fijn vinden als je kon.'

'We hebben elkaar gisteravond nog gezien.'

'En ik mis je!'

Op de achtergrond klonk gejoel. Zoveel stemmen. Zoveel mensen. Elliot in het rookhok. Elliot op het schoolplein. Elliot in de aula.

Hij hoorde onder de mensen.

'Ja?' vroeg hij. 'Vanavond om zeven uur, op Zuidplein.'

'Ik ga ophangen, Elliot.'

'Tot straks?'

Ik zweeg.

'Ik wil je gewoon graag zien,' zei hij, zachter nu, dringend. 'Ik weet dat we elkaar gisteravond nog hebben gezien, maar wat dan nog? Ik zie je het liefst elke dag! Voel jij dat dan echt niet zo?'

'Nee.'

Ik hoorde hem een slok nemen van iets. Toen zei hij: ‘Dus je meende het toen je zei dat je me het liefst maar één keer per week ziet.’

Volgens mij had ik één keer per maand gezegd, maar ik maakte een bevestigend geluid.

‘Oké…’ zei hij langzaam. ‘Oké.’ Weer een slok. ‘Maar dan kun je vandaag toch wel een uitzondering maken? Volgende week zijn Jurriaans ouders weer terug, dus dan gaat het niet meer, en –’

‘Ik zei toch dat ik niet kan!’ viel ik uit, harder dan mijn bedoeling was. Shit. Ik wilde wél met hem alleen zijn. Natuurlijk wilde ik dat. Dat wilde ik al sinds onze afscheidskus. Maar niet als hij me dronken opbelde. Niet als ik dan eerst naar een druk feest moest. Niet als hij zo lomp aandrong. ‘Als ik ergens niet tegen kan, is het wel als mensen me proberen te dwingen.’

‘O, is dat zo?’ Weer een slok, en nog één. ‘Zeg, waar kan jij eigenlijk wel tegen? Ik hoor steeds alleen maar dat je hier niet tegen kan, en daar niet tegen kan, en dat we in de metro niet kunnen praten, o, en dat ik niet met je mag tongzoenen, en zo zijn er nog duizend dingen. Denk jij ook weleens aan een ander? En hoe die ánder dingen ervaart? Ik krijg het idee dat iedereen altijd maar rekening moet houden met jou, maar dat jij het andersom niet kunt opbrengen. Of is dat ook iets waar je niet tegen kan? Weet je hoe ze dat soort gedrag noemen, Jasmijn? Dat noemen ze egoïstisch. En –’

Ik hing op.

Toen Elliot de volgende dag terugbelde, liet ik mijn moeder zeggen dat ik er niet was. En de dag daarna ook. En daarna. Er kwam een brief waar *sorry* in stond. Hij had te veel gedronken. Hij had al tegen iedereen gezegd dat ik zou komen en wilde niet afgaan tegenover zijn vrienden. Hij had verdriet omdat zijn opa ziek was. Hij had zich erop verheugd mij weer te zien. Hij hoopte dat ik met hem wilde praten zodat hij het allemaal kon uitleggen.

Hij hield van me.

Ik las de brief drie keer. Telde de uitroeptekens achter zijn liefdesverklaring. Zes.

Ik ook van jou, fluisterde ik in gedachten. *Maar dit lukt gewoon niet.*

Ik streek over de plekken waar het papier ribbelig was van zijn *xxx*-jes en drukte mijn vingertoppen tegen mijn mond.

Langzaam vouwde ik de brief op en legde hem in de la van mijn bureau.

Toen hij weer belde, liet ik nog steeds zeggen dat ik er niet was.

Na anderhalve week stopte hij met bellen.

Er kwam ook geen brief meer.

En ik haatte mezelf. Hij had sorry gezegd, dus het minste wat ik had kunnen doen was nog één keer met hem praten. Maar dan? Hij zou het toch niet snappen. Ik had eerder al duidelijk tegen hem gezegd dat er maar één manier was waarop ik onze verkering vol kon houden. En dat had hij niet kunnen accepteren. Voor hem was één keer per maand niet genoeg. Lichamelijk zou ik hem heus wel vaker willen zien. Ik hield van het warme gevoel dat door me heen stroomde als hij dicht bij me was. Als we elkaar aanraakten. Dáár wilde ik meer van. Ik wilde weten hoe het voelde om geen kleren aan te hebben als we zoenden. Om zijn gewicht op me te voelen, om hem ín me te voelen. Dáár was ik klaar voor. Maar niet voor al het gedoe dat er dan meteen omheen kwam. Praten. Bellen. Mensen.

In mijn fantasie was dat probleem er nooit geweest.

En nu was het uit.

Het was beter zo. Toch? Misschien zou Elliot nu een meisje leren kennen die het wél kon handelen om verkering te hebben. Die wel met hem naar feestjes wilde, vrolijk kletste in de metro, gretig zijn overvloedige speeksel wegslikte. Iemand die een echt vriendinnetje kon zijn. Iemand die het niet benauwd kreeg als hij steeds maar wilde afspreken. Een simpel meisje in plaats van iemand die wel verliefd was maar tegelijkertijd met rust gelaten wilde worden, twee dingen die blijkbaar niet naast elkaar konden bestaan.

Normale Jasmijn splitste zich weer af van mijn echte zelf en trok zich opnieuw terug in de alternatieve werkelijkheid. In mijn fantasiewereld, die steeds meer vorm kreeg in het dagboek dat ik van oma had gekregen, leefde ze verder. Dáár, op die naar wierook geurende bladzijdes, was alles mogelijk. Daar waren geen beperkingen. Daar leefde het meisje dat ooit ontstaan was in de verhalen die ik aan mijn vader vertelde en die samen met mij was opgegroeid. Normale Jasmijn ging wél met Elliot mee naar het feest van Jurriaan van Krimpen, zij glipte wel samen met hem de trap op naar Jurriaans slaapkamer. Elliot kleedde haar uit, en ze dansten zoals op het examenfeest. Ze belandden op bed en...

Ik dacht terug aan het lange, hete afscheid onder het metroviaduct.

Elliots handen onder mijn T-shirt. Zijn opwinding.

Ik trok mijn dekbed over me heen en legde mijn pen neer om mijn hand vrij spel te geven.

Een nieuwe ontdekking.

De eerste week van het nieuwe schooljaar hield ik me bijna helemaal aan het officiële rooster. Ik was aanwezig bij alle vakken, behalve bij gym, leerde de namen en gezichten van mijn klasgenootjes uit mijn hoofd en bracht de pauzes door op mijn vertrouwde plek voor lokaal 2.9. Daarna begon ik weer lessen over te slaan. Niet ineens allemaal tegelijk, dat zou te erg opvallen. Ik moest het langzaam afbouwen. Het eerste vak dat ik liet vallen was verkoopbevordering. Daarna bedrijfsadministratie. Toen economie.

Marijke, die in de eerste week besloten had om overal naast mij te gaan zitten, merkte fluisterend op: 'Wat spijbel jij veel.'

We zaten bij warenkennis: weer vijftig minuten van herhaling. Na vandaag zou ik ook dit vak uit mijn schema schrappen.

'Ik heb die lessen niet nodig,' zei ik. 'Ik gebruik mijn tijd liever voor nuttige dingen.'

Haar roodgestifte lippen weken een stukje uiteen. 'Zoals wat?'

'Ken je de bibliotheek in de stad? Dat grote gebouw met die gele buizen aan de buitenkant?'

Ze schudde haar hoofd. Lichtbruine krullen dansten om haar oren. 'Ik kom nooit in een bibliotheek. Ik haat boeken.'

Ik was opgegroeid met een vader die alleen de krant las. Een broer die een grondige hekel had aan letters. En toch bleven dit soort uitspraken me verbazen.

Marijke zag mijn blik en giechelde. 'Ik vind lezen gewoon het saaiste wat er is.'

Wat kon ik daarop zeggen? Ik schudde zachtjes mijn hoofd.

'Maar wat doe je daar dan, in die bibliotheek? Heb je daar een bijbaantje, of zo?'

'Ik ga daarheen om te leren. Ik stel mijn eigen opleiding samen.'

'Ja... maar...' Ze gebaarde om zich heen. 'School dan?'

'De bibliotheek is mijn school.' Ik ging wat rechter zitten, klaar om Marijke te vertellen welke boeken ik daar precies las, wat ik er allemaal al van had opgestoken, hoe rustgevend het gebouw met de vele roltrappen vanbinnen was, hoe –

'En heb je een vriendje?' Ze wikkelde een krul om haar wijsvinger en staarde dromerig voor zich uit. 'Ik wel. Kijk, ik heb een foto van hem.'

Ik zweefde over de reprise van mijn examenjaar als een zwaluw over de winter. Ik streek neer voor mijn toetsen en tentamens, liet mijn moeder in de waan dat ik nog steeds vrijstelling had voor stage en bracht mijn tijd hoofdzakelijk door in de bieb. Naar de schoolfeesten ging ik niet, en toen de klassenfoto werd gemaakt, was ik afwezig. Niemand zei er wat van. Mensen waren te druk met zichzelf om op anderen te letten. En als mijn verzuim wel opviel, dan werd het blijkbaar geaccepteerd, ook al was ik vorig jaar gezakt.

Mijn absentie was net zo vast aan mij verbonden als mijn naam.

De Jasmijn in mijn dagboek ging wel naar school, maar zat niet op het Mercatus. Zij kon zich handhaven in grote drukke gebouwen en volle klaslokalen en deed vwo, waar ze Frans leerde, en Spaans, en Latijn. Ze kreeg les in geschiedenis en filosofie, en bij Nederlands werd er literatuur behandeld in plaats van alleen maar 'stam plus t'. Ze had een leraar die alles wist over het werk van haar favoriete schrijvers, en ze had nog steeds verkering met Elliot.

Mijn schooltas hing uit het raam van de woonkamer. Er was appeltaart, er was ijs. Op de deur van mijn kamer hing een grote kaart met daarop: *Van harte gefeliciteerd! Papa en mama.*

Opa en oma kwamen langs, oma met een cadeautje dat ik al herkende voordat ik het uit het glanzende papier haalde. 'Ik dacht dat je intussen wel aan een nieuwe toe was,' zei ze.

Met het dagboek in mijn handen sloeg ik mijn armen om haar heen. 'Dank je wel.'

'We zijn groos op je,' zei opa.

Ik keek naar mijn moeder, die met een stralend gezicht de appeltaart aansneed. Opa en oma, die glunderend aan weerszijden van mij op de bank zaten, trots dat hun kleindochter het vbo had afgerond. Mijn vader, die vanmorgen tijdens het in de gaten houden van de telefoon bijna een heel pakje shag had opgerookt en juichend uit zijn stoel was gesprongen toen de wijzers van de klok geruisloos de twaalf aan hadden getikt. De triomf in zijn ogen, de glimmende trots dat allebei zijn kinderen een diploma op zak hadden terwijl hij zelf alleen maar lagere school had gedaan. Hij keek naar me alsof vanaf dit moment de wereld aan mijn voeten lag.

Kon ik maar voor één moment de Jasmijn zijn die mijn ouders en opa en oma zagen.

De Jasmijn die niet het gevoel had dat het allemaal zinloos was.

Die niet alleen maar haar best had gedaan om te slagen omdat je bij twee keer zakken zonder diploma van school werd gestuurd.

Ja, en nu? Ik was nog steeds leerplichtig. Na de zomer begon het hele feest weer opnieuw. Ik had me nog nergens ingeschreven, want waar moest ik naartoe? Een opleiding tot literair vertaler Engels leek me interessant, maar dat was hbo, en daar werd je zonder een havodiploma niet toegelaten. Ik moest dan eerst een mbo-opleiding doorlopen. Nu alsnog aan havo beginnen ging ook niet. Omdat het Mercatus een detailhandelschool was, waren er te veel reguliere vakken die ik nooit had gehad. Dan kwam je dus niet voor havo in aanmerking.

En mbo handel was geen optie.

Dat nooit.

'Wat zeggen je ouders?' vroeg Kirstin, die na de zomer aan haar tweede jaar van de opleiding tot onderwijsassistent zou beginnen. We zaten op haar kamer, waar de posters van boybands vervangen waren door filmposters en een foto van een zonsondergang. 'Of hebben die ook geen idee?'

'Mijn ouders vinden het lastig,' zei ik.

Mijn vader had me meegenomen naar een open dag van het Zadkine College in Spijkenisse, voor mbo verpleegkundige. Hij had van ome Ruud en tante Annie gehoord dat Myra zich daar had ingeschreven en misschien was het ook wel wat voor mij. Ik ging mee om hem een plezier te doen, maar werken in een ziekenhuis leek me niets voor mij. Te veel mensen, die je nog moest aanraken ook. Te fel licht, een overvloed aan penetrante geuren, en je kon er nooit even alleen zijn. En dan was er eerst nog de opleiding zelf. Weer de schoolbanken in. Ik zag het gewoon niet gebeuren.

Mijn moeder had, bloedserieus, de koksschool voorgesteld. Omdat ik zo van eten hield. Maar het idee om de hele dag eenden kaal te plukken, vis te fileren en kadavers in te vetten trok me nou ook niet echt aan.

'Je moet echt heel erg goed gaan nadenken over wat je leuk vindt om te doen, Jas. En dan kijken of er een opleiding is die daarbij aansluit. Eentje waar je met vbo basis terechtkunt. De zomer is sneller voorbij dan je denkt.'

'Maar ik trek het echt niet om vijf dagen per week in een benauwd klaslokaal te gaan zitten. Onder de tl-buizen, tussen allemaal andere mensen. Dat wordt mijn dood.'

'Nou, waarom doe je dan niet wat je broer heeft gedaan? Vier dagen per week werken en één dag in de week naar school?'

Ik keek haar aan.

En bleef kijken.

Waarom had ik hier in godsnaam niet zelf aan gedacht? Dan zou ik een salaris hebben. Geld verdienen betekende dat ik op mezelf kon gaan wonen. Dat ik eindelijk mijn eigen wereld kon bouwen, helemaal zoals ik die wilde! Ik zou zelfstandig zijn. Vrij zijn!

'Dan moet je alleen nog bedenken waar,' ging Kirstin verder. 'En als wat.'

O, ja.

De uitroeptekens in mijn hoofd dwarrelden terug naar beneden, namen opnieuw de vorm van vraagtekens aan, tastten weer in het duister.

'Geen zorgen,' zei Kirstin. 'Ik heb een idee.'

Ad Rem Uitzendbureau hield kantoor in een laag pand vlak bij de Hofpleinfontein. De vrouw tegenover ons aan het bureau had zich voorgesteld als

Angelique. Met haar lange nagels beroerde ze lichtjes en snel de toetsen van haar computer. Het tikkende geluid klonk als een regenbui op een autodak. Er stonden nog drie andere bureaus in de ruimte, alle drie met druk typende en bellende vrouwen erachter. Telefoons rinkelden onophoudelijk, en toch maakten de vrouwen een ontspannen indruk: alles onder controle. Hoe kregen ze dat in deze voortdurende herrie voor elkaar? Zelf wilde ik nu al het liefst opstaan en naar buiten rennen.

'Ik heb misschien wat gevonden.' Angelique knikte naar haar beeldscherm, waar ik alleen maar de achterkant van zag. 'Een leuk, internationaal bedrijf midden in de stad. Ze zijn op zoek naar een receptioniste. Je moet goed zijn in Engels, en dat ben jij, en een basiskennis hebben van computers. Je ziet er representatief uit, je hebt een goede stem, ik denk dat dit wel wat voor jou kan zijn!'

'Is er geen vacature ergens in een bibliotheek?' vroeg ik.

Angelique trok haar wenkbrauwen op. 'Dus dit lijkt je niets?' Ze keek weer naar haar scherm. 'Ze zoeken iemand die in augustus kan beginnen. Als je wil, kan ik vragen of je op gesprek kunt komen. Dan kun je zelf kijken of het je wat lijkt.'

Kirstin schoof naar voren op haar stoel. 'En het is voor vier dagen in de week?'

'Er staat hier dat ze iemand zoeken voor fulltime, maar daar is misschien wel een mouw aan te passen.' Angelique keek weer naar mij. 'Zal ik ze bellen?'

Ik beet op mijn lip.

Angelique zuchtte. 'Kijk, meid, ik zal eerlijk tegen je zijn: je stapt hier naar binnen zonder afspraak, zonder cv, en zonder ook maar enige werkervaring behalve een vage stage bij de Blokker. Dit is een mooie kans. Ik zou het proberen, als ik jou was.'

'Mag ik er even over nadenken?'

Ze knikte en voegde eraan toe: 'Maar wacht niet te lang.'

'Het is maar voor een jaar,' zei Kirstin, toen we naar buiten liepen. 'Daarna ben je achttien en kun je stoppen met school, en ook met dat baantje, en dan kun je gaan doen wat je écht wil. Als je tegen die tijd tenminste eindelijk weet wat dat is.'

Angelique had me als bijbehorende opleiding mbo secretarieel aangeraden, op een school in IJsselmonde. De lessen waren maar één dag in de week. De andere vier dagen zou ik bezig zijn met geld verdienen, wat ik nog steeds een geweldig idee vond. In no time zou ik op mezelf wonen. Met dat vooruitzicht kon ik die ene schooldag hopelijk wel aan.

Eén dag.

Ik moest het proberen.

Samen met mijn moeder ging ik naar de school, waar verrast werd gereageerd op mijn nieuws dat ik de volgende dag al een sollicitatiegesprek had op een mogelijke praktijkplek.

'Dat heeft ze helemaal zelf geregeld,' zei mijn moeder trots.

De man aan de andere kant van de tafel knikte goedkeurend en gaf me een stapeltje formulieren mee die het bedrijf moest ondertekenen als ik werd aangenomen.

'Je krijgt van ons een lijst met benodigde boeken en informatie over waar je die kunt aanschaffen,' zei hij. 'Je eerste schooldag is op 29 augustus, maar je ontvangt nog een officiële brief.'

Ik knikte, bedankte hem en knikte nogmaals. Ik kon me helemaal nog niet voorstellen dat ik daadwerkelijk in dit gebouw lessen zou volgen. Toen ik er met mijn moeder naar binnen was gelopen, had ik om me heen gekeken. Het was groter dan het Mercatus en het leek stiller, maar dat kwam natuurlijk alleen maar omdat de zomervakantie net begonnen was. Het voelde allemaal niet echt. Niet alleen deze school, maar ook het feit dat ik straks misschien vier dagen per week in een kantoor zou zitten. Ik was nog nooit op een kantoor geweest, ik wist niet eens wat ik me erbij voor moest stellen. Wat er voor mensen zouden werken. Hoe ik me daar moest gedragen. Wat als het me niet lukte om tegen ze te praten? Het lukte me niet eens om het in mijn hoofd te oefenen, want ik kon er geen beeld bij oproepen. Deze plotselinge realiteit was te vers, te onwerkelijk. Het ging veel te snel. Ik moest naar huis, rustig nadenken over wat dit allemaal inhield. Wie deze compleet nieuwe Jasmijn zou zijn. En hoe ik –

Mijn moeder stootte me aan. 'Er wordt iets aan je gevraagd.'

Ik keek op.

'Dus is alles zo duidelijk?' vroeg de man.

Ik knikte weer.

Het was ongetwijfeld de enige juiste reactie.

Er veranderde nog meer. Op weg naar huis vertelde mijn moeder me dat ze volgende maand zou stoppen met werken bij de Blokker. Steeds meer mensen deden een beroep op haar kleermaakkunsten, en vorig jaar was ze begonnen er een kleine vergoeding voor te vragen. Ze had Emiels oude kamer omgebouwd tot naaiatelier, compleet met kleedscherm en alles. Pauline Naaimachine, had ze haar zaakje genoemd, en de stapel met opdrachten groeide en groeide. Inmiddels verdiende ze er genoeg geld mee om niet langer in een winkel te hoeven staan.

'Wat een geweldig nieuws!' riep ik uit. 'Dus nu kan het eindelijk!'

Mijn moeder stopte voor een rood verkeerslicht en keek opzij. 'Wat kan eindelijk?'

'Nu kan er eindelijk weer een hond komen. Want jij bent voortaan altijd thuis.'

Lachend drukte ze het gaspedaal in en zei: 'Je hebt gelijk. Ik zal het er binnenkort met pa over hebben.'

Meteen schoof de opleiding waar ik over anderhalve maand aan zou beginnen naar achteren in mijn hoofd. Dit was veel belangrijker: binnenkort zou ik me na al die jaren weer compleet voelen, net zoals de Jasmijn in mijn dagboek. Zíj had natuurlijk allang een hond. Reza, heette ze. Ze gingen vaak samen naar Rockanje, waar ze lange wandelingen maakten langs het strand. Soms ging Elliot ook mee. Dan liepen ze blootvoets door de branding en streken ze neer tussen de bomen van het duinbos. Jasmijn was een graag geziene gast bij Elliot thuis, waar zijn moeder vegetarische pizza's bakte die iedereen gewoon met zijn of haar handen at en waar er nooit gevraagd hoefde te worden of Jasmijn het wel lekker vond. De foto van Elliot en Jasmijn die op de avond van de diploma-uitreiking was gemaakt, prijkte ingelijst bij hen aan de muur. Soms keek Normale Jasmijn ernaar en besefte ze dat ze die dag voor niets zo zenuwachtig was geweest. Dat ze alleen maar even aan de nieuwe situatie had moeten wennen.

En had ík dat ook moeten doen? Had ik gewoon wat meer geduld moeten hebben?

Achteraf gezien had ik Elliot en mij niet eens een kans gegeven. Ik had me gedragen als een vluchtdier zodra het ongemakkelijk was geworden.

Maar Normale Jasmijn mocht hem hebben.

Ik kreeg een hond.

Het bedrijf was gevestigd in het WTC, had Angelique van Ad Rem me door de telefoon verteld. Toen ik niets had gezegd, had ze verduidelijkt: 'Het World Trade Center. Het Beursgebouw.'

Nog steeds had ik geen idee gehad waar ze het over had.

'Op het Beursplein. Dat hoge gebouw met die brede trappen. Tegenover de Bijenkorf.' Toen het haar duidelijk was geworden dat ik minder goed mijn weg wist in de stad dan ze had verondersteld, had ze uitgelegd: 'Je stapt uit bij station Beurs, neemt de roltrap omhoog, en vervolgens loop je er zo tegenaan.'

Nu stond ik voor mijn kledingkast, starend naar de inhoud. Ik moest iets representatiefs aantrekken, had Angelique gezegd. Ik schoof wat spijkerbroeken opzij. Dankzij Kirstin was mijn garderobe het afgelopen jaar meerdere rokjes en jurkjes rijker geworden. Ze kwamen wel nog steeds van postorderbedrijven, maar toch. De vrouwelijkere outfits pasten bij de Jasmijn die zeventien was, die op hakken liep en die wist hoe ze zich moest opmaken. Ik koos een witte blouse met korte mouwen en een donkerblauw rokje.

Geen idee hoe een receptioniste eruitzag, maar hopelijk benaderde ik het goed.

Op het moment dat ik het Beursgebouw binnenstapte, trad er een verandering op. Ik kon het voelen: een plotselinge verschuiving van energie, een nieuwe rangschikking van de wereld om me heen. De hakken van mijn pumps tikten op de marmeren vloer als een intro naar iets nieuws en onbekends. Mijn zenuwen bleven achter in de draaideur als vossenharen in prikkeldraad. Ik voelde me licht, voortgeduwd door een zachte wind die alleen voor mij blies. De grote hal waar ik liep was ruim, de verlichting hier was aangenaam mild. Geen harde tl-buizen of bijtende spotlampjes, maar een warme gloed alsof er kaarsen aan het plafond hingen. De schreeuwerige stemmen van het Mercatus en de agressieve kassalades en jengelende reclamefilmpjes van de Blokker zakten weg in het zwarte gat van het verleden. Hiér was de lucht koel, de energie kalm. Ik liep naar een brede balie, waar een vriendelijke mevrouw me informeerde dat Mancini Maritiem zich op de derde verdieping bevond.

Ze gebaarde waar ik de lift kon vinden.

Toen ik haar bedankte, hoorde ik hoe rustig mijn stem was. Hoe ik er vriendelijk bij lachte, niet omdat ik mezelf in gedachten toeriep dat te doen maar gewoon zomaar. Helemaal vanzelf. Ik liep in de aangegeven richting en keek om me heen in de grote hal. De stenen fontein. De dikke pilaren. Als ik van tevoren had geweten hoe reusachtig dit gebouw was, dan zou ik zeker geweten hebben dat ik zou verdwalen. Dat ik me hier verloren zou voelen.

Maar dat was niet zo.

Een zakenman in driedelig pak passeerde me en groette me met een kort knikje. Als vanzelf knikte ik terug. Een vrouw met een dikke stapel enveloppen in haar armen schonk me in het voorbijgaan een glimlach, en ik glimlachte terug. De mensen in dit gebouw zagen geen raar kind in mij, ze zagen iemand die een reden had om hier te zijn. Hier kon ik een nieuwe start maken. Hier kon ik doen alsof ik normaal was. Als ik echt mijn best deed, moest het lukken. Ik zou voortdurend verbinding maken met Normale Jasmijn en haar rechtstreeks nadoen. Niet pas achteraf wanneer ik er niets meer aan had. Nu. Ik zou mensen vriendelijk aankijken. Ik zou luisteren naar wat ze vertelden, ook als het niet over honden of Elvis ging. En ik zou altijd iedereen groeten! Vooral dat was belangrijk.

Ik drukte op het knopje van de lift.

Met een ping schoven de metalen deuren open.

Het startschot.

'En?' riepen oma en mijn moeder tegelijk, toen ik de naar bloemkool ruikende flat binnenstapte. Ze stonden in de keuken, oma met een schort voor en mijn moeder met een pollepel in haar handen. Opa en oma aten tegenwoordig elke week een avond bij ons. Op die avonden at ik wél aan tafel.

'Hoe ging het?' vroeg mijn moeder, roerend door de maizenasaus.

Voordat ik antwoord kon geven, ging de telefoon. Mijn moeder draaide het gas laag en liep naar de woonkamer.

'Wat zie je er mooi uit, Mijntje,' zei oma. 'Ging je gesprek goed?'

Ik knikte.

Met de telefoon in haar handen kwam mijn moeder de gang in lopen. 'Voor jou,' zei ze. 'Ad Rem Uitzendbureau.'

Nu al? Dat was wel heel snel. Was dat een goed teken, of juist niet?

Ik schraapte mijn keel en nam de telefoon aan. 'Met Jasmijn.'

'Ja, hóóóóói Jasmijn, met Angelique van Ad Rem!' klonk het geaffecteerd. 'En, hoe ging het bij Mancini?'

Ik draaide me om zodat ik niet afgeleid raakte door de nieuwsgierige gezichten in de keuken en zei: 'Goed.'

Ik deed geen poging de triomf in mijn stem aan te vechten. Het was namelijk écht goed gegaan. Hein van der Steen, een vijftiger met een rond hoofd en vrolijke grijze krullen, had in een vergaderkamertje tegenover me aan een tafel gezeten. Hij had een kopje thee voor me neergezet en me verteld wat de functie zou inhouden, en ik had erop gelet dat ik alles goed in me opnam. Toen hij na afloop een opmerking maakte over mijn koud geworden thee (*Ik wou dat iedereen zo aandachtig naar me luisterde!*) had ik met hem meegelachen. Hij hoefde niet te weten dat ik het niet had aangedurfd er een slok van te nemen. Thee kon je niet met een rietje drinken, en je zou zien dat alles ernaast ging als ik een normale slok probeerde te nemen, juist nu ik me zo goed voelde. Ik had besloten het risico niet te nemen. Van de zenuwen had ik misschien iets langer en harder om het grapje gelachen dan strikt noodzakelijk was, maar Hein deed mee, en zijn ronde buik had er goedhartig bij op en neer bewogen. Duizelig van alle informatie was ik terug in de metro gestapt, en daar prompt in slaap gevallen.

Bij Zalmplaat was ik wakker geschrokken.

'Mooi, heel mooi,' klonk Angelique in mijn oor. 'Ik heb meneer Van der Steen zelf ook gesproken, en daarom bel ik jou nu.'

Ik wachtte.

'En ik heb goed nieuws,' ging Angelique verder, 'meneer Van der Steen is zelf ook heel enthousiast! Je kunt er, als je wil, vanaf volgende maand aan de slag!'

'Echt waar?'

'Ja.' Angeliques lach klonk warm en moederlijk, wat haar gekunstelde uitspraak verzachtte. 'Je hebt het goed gedaan, meid. Je moet binnenkort nog even bij mij langskomen om een paar dingen te ondertekenen, want de eerste drie maanden werk je er via ons. Daarna zal Mancini beslissen of ze je een contract aanbieden.'

'Ik ben zo trots.' Oma bleef het zeggen, tijdens het eten. 'Ons Mijntje, op een heus kantoor, midden in de stad nog wel!'

'Wat is het eigenlijk voor bedrijf?' Opa goot wat extra jus over zijn aardappelen. Vanachter zijn donkere brillenglazen keek hij me belangstellend aan. 'Wat doen ze?'

'Een scheepvaartbedrijf. Ik ga daar de telefoon beantwoorden, klanten verwelkomen, en de inkomende en uitgaande post verzorgen.'

Ik zag mijn ouders een zorgelijke blik wisselen bij het stukje over telefoon beantwoorden, maar ze zeiden niets. De ijstaart die ik in de vriezer had zien liggen vertelde me dat ze in me geloofden, dat ze al voordat ik thuis was gekomen, geweten hadden dat er vandaag iets te vieren zou zijn.

Alles was aan het veranderen, maar dit keer zou verandering verbetering zijn.

De verbetering bleek een verbeterde versie van mezelf. En hoe. Ik speelde de rol van receptioniste alsof ik hem zelf geschreven had. De dikke eikenhouten vesting van de receptiebalie gaf me mijn eigen ruimte, afgeschermd van de rest van het kantoor. Twee glazen deuren lieten me zien of er bezoekers arriveerden, waarna ik met een knop op mijn bureau de toegang kon ontgrendelen. Met gemiddeld één bezoeker per uur, hoofdzakelijk postjongens en koeriers, was het niet superdruk bij Mancini, en deze vluchtige ontmoetingen boden me de perfecte kans om eindelijk de kunst van het groeten rustig te kunnen oefenen.

En het werkte.

Al na de eerste dag begroette ik niet alleen de bezoekers, maar ook collega's die aan het begin van de dag binnenkwamen, of die tussen de middag naar buiten gingen. Dit gemak had ik eerder alleen ervaren tijdens het oefenen met Elvis. Zo vrolijk en natuurlijk als ik destijds door mijn kamer had gelopen en tegen elke poster hallo of dag had gezegd, zo vanzelfsprekend had ik nu voor iedereen die de receptie passeerde een vriendelijke lach.

Ik hoefde niet eens te acteren; mijn lippen plooiden zich vanzelf omhoog.

Ik had een nieuw ritueel gevonden.

Het grootste gedeelte van de tijd zat ik geïsoleerd, alleen met mijn gedachten en met genoeg tijd om van elke begroeting bij te komen. De kantoortuin waar mijn collega's met zijn twintigen in zaten, was verderop, dus ik kon ze vanaf waar ik zat niet zien of horen. Het was een ideaal werkklimaat, waarin zelfs het beantwoorden van de telefoon beter ging dan ik had durven hopen. Híér ging ik er niet van zweten. Ik kreeg het er niet eens warm van. Ik nam hier namelijk niet op met mijn eigen naam, maar met die van het bedrijf. De mensen die naar Mancini belden, wisten niet dat ik Jasmijn Vink was. Hier was ik niets meer dan een onzichtbare stem aan de andere kant van de lijn. Die afstand maakte het mogelijk om in mijn rol te blijven. Ik werd vloeiend in 'die is helaas niet aanwezig, kan ik een bericht aannemen?' en 'een moment alstublieft, ik verbind u door'. Dankzij het draaiboek dat Hein bij me had neergelegd, begreep ik de verschillende knopjes van het telefoonsysteem. Ook stond er precies in wat ik in welke situatie moest zeggen. Soms streek ik er met mijn vingers over; het waren toverspreuken die Normale Jasmijn tot leven hadden gewekt.

Een duidelijke handleiding, iets waar ik zo vaak naar had gesnakt.

Het vaste schema van de werkdag bij Mancini paste me als een op maat gespelde jurk. 's Ochtends haalde ik de post op bij de postbussen beneden in de grote hal, waar de lucht nog steeds koel en de verlichting nog steeds zacht was. Dat er zo'n rust kon heersen in een gebouw waar duizenden mensen werkten, vond ik bijzonder. Zelfs de zakenmannen die hier in- en uitliepen, met hun koffertjes en hun gladde haar en hun grote, stijve stappen, knikten me in het voorbijgaan hartelijk toe. Zonder dat er een gesprek of wat dan ook werd verwacht, deelde je met dat korte knikje of die snelle glimlach een seconde van wederzijdse vriendelijkheid. Ik kon me niet herinneren dat dit op school ook zo was geweest. Op het Mercatus werd er alleen maar gegroet als men elkaar kende, verder liep iedereen zwijgend langs elkaar heen. Of niet? Ik besefte dat ik, die altijd ieders blik ontweken had, het niet eens met zekerheid kon zeggen. Maar nu was het anders. Ik was anders, alsof ik bij het betreden van het World Trade Center de parallelle realiteit van Normale Jasmijn was binnengestapt.

Terug bij Mancini verdeelde ik de ingekomen brieven over de verschillende afdelingen. Tussendoor nam ik de telefoon op en ontving ik mensen, en aan het eind van de middag frankeerde ik de uitgaande post. De verschillende taken op mijn lijstje waren precies klein genoeg om overzichtelijk te blijven. Ik had alles onder controle.

Wanneer ik naar de keuken of het toilet ging en de werkvloer passeerde, was ik extra dankbaar voor mijn eigen plek. Mijn collega's zaten in elkaars herrie en in elkaars lucht, al zag ik ook dat niemand dat erg leek te vinden. De Mancinimensen waren aan elkaars nabijheid gewend als een klasje op de basisschool. Sommigen keken op als ik langsliep en staken dan hun hand op of lachten naar me.

Normale Jasmijn lachte vrolijk terug.

Wanneer ik aan het eind van de werkdag het Beursgebouw verliet, zoemde mijn hoofd als de Bijenkorf aan de overkant en hoorde ik de echo's van elke groet, van elk telefoontje, van elke binnenkomende fax. Maar ik had het gered. Ik had het volgehouden.

Zonder me te verschuilen.

De eerste avonden viel ik op weg naar huis in de metro in slaap en schrok ik wakker in Rhoon of Poortugaal, zodat ik moest overstappen en terugreizen naar station Slinge.

De oplossing was simpel: voortaan bleef ik tijdens de reis staan. Met losse handen. De inspanning om op hoge hakken mijn balans te bewaren terwijl de razende metro over het spoor schudde en slingerde, schakelde elke lokroep van slaap volledig uit.

Ik had collega's. Dat had tijdens mijn donderdagen bij de Blokker nooit zo gevoeld. Ik had twintig oranje blouses over elkaar heen kunnen aantrekken en dan nog zou ik een buitenstaander zijn geweest. Maar hier bij Mancini kreeg ik al in mijn eerste week het gevoel onderdeel te zijn van iets. Werken op een kantoor was dan wel niet mijn ultieme levensdoel, maar voor nu koesterde ik de veilige omgeving waarin ik eindelijk sociale vaardigheden ontwikkelde. Ik nam zo vloeiend de telefoon op dat het voelde alsof ik zong. Tijdens de rustigere momenten schreef ik in mijn meegebrachte dagboek, en in de lunchpauzes at ik mijn brood in de schaduw van een van de bomen bij de Laurenskerk. Daarna slenterde ik terug naar het WTC, mijn tred licht, mijn armen losjes naast mijn lichaam. De allesoverheersende weerzin die ik had gevoeld wanneer ik na een van mijn tussenuren weer terug het schoolgebouw in moest, bleef hier weg. Dít gebouw voelde niet als een kooi.

Dit was een plek waar ik gewaardeerd werd, waar ik taken had die ik begreep, waar ik een nieuwe kant van mezelf ontdekte.

Elke ochtend stapte ik op hoge hakken de deur uit. Ik flaneerde over het perron van metrostation Slinge alsof het mijn persoonlijke catwalk was, en het bewonderende mannengefluit om me heen was als de soundtrack van een film waarin Normale Jasmijn de hoofdrol speelde. Mijn zelfverzekerde buitenkant werd een masker. Door de combinatie van lipgloss, lange benen en een lief jurkje zagen mensen niet langer dat ik anders was. Ik bracht mijn voorstelling met zo veel verve, dat niemand eraan twijfelde of mijn gedrag wel echt was. En misschien wás het ook wel echt.

Misschien was Normale Jasmijn de ware Jasmijn.

Misschien had ze al die tijd gewacht op het juiste moment om zich aan de wereld te tonen.

Mijn eerste dag op het mbo was een abrupte dover van het kaarslicht. Ik zat aan een tafeltje helemaal achter in een bedompt lokaal, in een klas met alleen maar meisjes. We kregen met ons vijftienen les in kleuter-Engels, kleuter-Nederlands en computervaardigheid voor idioten. Ik zag mijn klasgenootjes ijverig aantekeningen maken, sommigen met gekromde rug, hun gezicht dicht bij het papier. Ze hadden roze etuitjes op hun bureau liggen en vormden nu al giechelende kliekjes. Ik vermeed oogcontact, schreef korte verhalen in mijn schrift en telde de minuten tot de bel ging.

In de middagpauze ging ik naar buiten. Ook hier hadden ze ongetwijfeld ergens een aula, maar ik was mijn ervaring op het Mercatus niet vergeten: aula's waren felverlichte echoputten waar ik ver bij uit de buurt moest blijven. Bovendien kon ik wel wat frisse lucht gebruiken. De docent computervaardigheid was een magere man geweest met een intonatiegebrek. Vijftig minuten lang had hij zijn woorden zonder enige klemtoon uit zijn mond laten sijpelen, traag als een walkman met een bijna lege batterij.

Ik had een compleet tablet pure chocola met hazelnoten gegeten om wakker te blijven.

Vier meisjes uit mijn klas stonden bij de ingang te roken, dicht bij elkaar, samenklittend als ongeborsteld haar. Ik voelde hoe ze naar me keken toen ik voorbijliep, hun blikken priemend in mijn rug.

'Kapsoneswijf,' hoorde ik een van de meisjes zeggen.

Het groepje giechelde.

De opmerking raakte me niet, maar zweefde wel om me heen. De spontane, goedlachse Jasmijn die ik bij Mancini was, kon ik hier niet op het toneel roepen. Dit was een heel ander publiek, de energie in de zaal stug. Daar kon ik niet doorheen spelen, dat kon ik slechts negeren. Ik voelde hoe de muur om mij heen zichzelf weer opbouwde, met elke stap een steen erbij.

En misschien had ik het langer de kans moeten geven.

Misschien had ik na de pauze terug naar binnen moeten gaan en me weer moeten laten opsluiten in een ruimte waar ik zou aanhoren wat het verschil was tussen *the present simple* en *the present continuous* alsof ik dat niet al tien jaar wist.

Maar ik kon het niet. Ik kon het echt niet.

In mijn hoofd probeerde ik te zien wat Normale Jasmijn deed. Stond zij bij het groepje meisjes? Lukte het haar wel om te doen alsof ze aansluiting met hen had? Maar voor het eerst was er in geen enkele gedachtegang een glimp van haar te bekennen.

Misschien was ook zij een kapsoneswijf.

Het maakte niet uit. Deze meiden hier mochten denken wat ze wilden. Ik voelde altijd direct of ik iemand aardig zou kunnen vinden of niet, en als dat niet het geval was, kon ik me met geen mogelijkheid voor die persoon openstellen. Laat staan voor een hele groep. Ik zou hier ongetwijfeld net zo zwijgzaam zijn als ik bij de Blokker was geweest, en er net zo weinig leren.

Er zat werkelijk maar één ding op.

Ik viel terug in mijn vertrouwde patroon en liep weg, ver bij de school vandaan, zonder ook maar één keer om te kijken. Ik reisde naar de stad en liep blindelings het statige gele buizengebouw binnen. Daar zocht ik een filosofieboek uit, dat ik meenam naar mijn bekende plek bij het raam dat uitkeek op de Binnenrotte. Mijn volle schooltas landde met een plof op de grond naast me, neergestort als een vliegtuig dat nooit zijn bestemming zou bereiken.

Elke week werd mijn salaris gestort. Nooit eerder had ik zoveel geld tot mijn beschikking gehad. Ik kocht er bloemen en parfum van voor oma, puzzelboekjes en aftershave voor opa. Ik liet pizza's bezorgen zodat mijn moeder niet hoefde te koken en schonk mijn vader een abonnement op het Rotterdams Dagblad zodat hij niet langer die van de bovenbuurman hoefde te lenen. Ik nam Kirstin mee uit lunchen en liep vaak bij Donner naar binnen. Voorheen had ik één boek per maand gekocht, nu kon ik meerdere titels per week aanschaffen. Mijn vader timmerde er een extra plank voor aan mijn muur. Ik plaatste mijn nieuwe boeken tussen mijn oude, snoof hun geur op en schreef nog steeds mijn naam aan de binnenzijde. Wat een luxe ineens!

Toch lukte het me om het grootste deel van mijn inkomen te sparen. Ik had namelijk een plan. Nu ik een vast salaris had, kon ik op mezelf gaan wonen, eindelijk écht in mijn eigen wereld leven. In mijn hoofd zag ik een knus appartement voor me met veel kussens en planten, een plek waar ik vrij door de kamers kon dansen, waar elke ruimte zich zou vullen met de stem van Elvis, waar nooit gerookt werd, waar geen dieren in de pan lagen te braden en waar geen televisie stond te flikkeren tenzij ik specifiek een bepaald programma wilde zien. Er zou rust zijn. Boekenkasten van muur tot muur. Ik zou de videoband van *Dirty Dancing* kopen en Kirstin uitnodigen om die te komen kijken alsof we weer vijftien waren. Als mijn ouders kwamen eten, zou ik óók aan tafel zitten, en ik zou tijdens die maaltijden gezelliger zijn dan al Emiels ex-vriendinnetjes bij elkaar. Altijd zou ik zorgen dat ik ijs in huis had wanneer er iets te vieren viel.

En verder zou er stilte zijn.

Geen onverwachte en ongewenste geluiden die mijn gedachtestroom verstoorden. Mijn binnenwereld zou glad zijn als een satijnen kimono. Ik zou niets in mijn wereld toelaten waar ik niet zelf voor koos, ik zou totale controle hebben.

En een hond.

Ik had met mijn ouders afgesproken dat we naar het asiel zouden gaan om er eentje uit te zoeken zodra ik genoeg vakantiedagen had opgebouwd om een paar weken vrij te kunnen nemen. Want van die eerste dagen wilde ik natuurlijk geen moment missen. Dat de hond er moest zijn voordat ik mijn eigen woning betrok, stond in elk geval vast, dan konden we samen verhuizen. Het avontuur met zijn tweeën beleven zou alles nog veel mooier maken.

Ook mijn ouders stond een verhuizing te wachten. Ze hadden een brief gekregen dat de Geertruidenbergstraat gesloopt ging worden. Maar mijn vader had zijn schouders opgehaald en gezegd: 'Ach, zo'n vaart zal het heus niet lopen.'

Ik herkende de klank van zijn stem alsof ik degene was die de woorden uitsprak.

Als je ergens niet aan dacht, was het er niet.

Ik bleef mijn schooldagen doorbrengen in de bieb. Er kwam geen brief, en mijn ouders werden niet gebeld. De deur van de kooi stond open, en ik vloog weg. Nog steeds was er niemand die mij probeerde te vangen. Over een paar maanden zou ik achttien worden en maakte het allemaal niet meer uit: dan kon ik eindelijk stoppen met school, officieel dit keer.

'Meen je dat serieus?' vroeg Kirstin, die op woensdagen alleen 's ochtends les had en daarna naar de stad kwam om samen te lunchen. We zaten op een bankje bij het Churchillplein, met een warme ciabatta in onze handen. 'Je gaat je opleiding niet afmaken?'

'Nee, natuurlijk niet. Waar heb ik nou een administratief diploma voor nodig?'

Met gefronst voorhoofd veegde Kirstin wat kruimels uit haar mondhoek. 'Ik dacht anders dat je het best leuk vond bij Mancini.'

'Klopt. Maar daar heb ik die opleiding niet voor nodig. Het gaat nu ook al goed.'

Naast ons, op de Coolsingel, klingelde een tram. Meteen daarna racete een loeiende ambulance voorbij. Ik stak mijn hand op naar Kirstin, die wist dat dit gebaar 'even wachten tot het lawaai weg is' betekende. Dankzij mijn lunchpauzes begon ik langzaam gewend te raken aan de volle, rumoerige stad, die ik een paar jaar geleden nog zo gemeden had. Zolang ik geen winkels in hoefde en zolang we niet door de herrie heen hoefden te praten, kon ik het aan.

'En weten je ouders het al?' vroeg Kirstin, zodra de sirenes weg waren.

'Nee, ik vertel het zodra ik jarig ben geweest. En dan betaal ik ze ook het schoolgeld terug.' Ik verfrommelde het papieren zakje en veegde mijn mond af met het servet. Een grijze stadsduif hinkte op één misvormd pootje voorbij, zijn grijze snavel speurend naar kruimels. 'Voor jou is het anders, Kirst, jij weet wat je wil worden en daar werk je naartoe. Ik wou dat ik dat had.'

Ook voor de fictieve Jasmijn in mijn dagboek was het makkelijk. Haar had ik een leven gegeven in Rockanje, ver weg van de stad, ergens waar ze samen met haar hond Reza hele dagen door de natuur zwierf. Erg realistisch was haar sprookjesachtige bestaan niet, want waar kwamen haar inkomsten vandaan? Welk werk maakte het haar mogelijk te leven als een bosnimf? De reden waarom ik mijn werk bij Mancini fijn vond, was dat ik wist dat het maar tijdelijk was, aangevuld met de opluchting dat het me zo goed afging. Maar ik kon onmogelijk de rest van mijn leven op een kantoor doorbrengen. Het hele punt van leven was dat je dingen deed waar je tot in je ziel gelukkig van werd, anders kon je net zo goed niet bestaan. De Jasmijn in mijn dagboek had dat voor elkaar. Het moest ook voor mij mogelijk zijn. Maar hoe? Welk beroep kon je in het bos uitoefenen?

Boswachter lag het meest voor de hand.

Alleen had je daar ongetwijfeld een opleiding voor nodig. En me weer laten opsluiten in een klaslokaal zou gewoon nooit meer een optie zijn voor mij, om welke studie het ook zou gaan.

Maar... wacht even.

Als ik straks achttien was en de leerplicht viel weg, dan kon ik eindelijk een thuisopleiding gaan doen! Dan zou ik overdag bij Mancini zitten en 's avonds zou ik, in de stilte en rust van mijn eigen appartement, alsnog een mbo-studie volgen. Als die er althans was, voor boswachter.

'Kom.' Kirstin stond op en klopte haar spijkerbroek af. 'We moeten gaan lopen, anders ben je niet op tijd terug.'

We gooiden onze troep in de afvalbak, negeerden het ge-*psst!* en gefluit van het groepje jongens dat we passeerden en staken de Coolsingel over, waar de goudbruine herfstbladeren kraakten onder onze hoge hakken.

Ik vertelde Kirstin nog niet over mijn plan. Het leek zo mooi. Ik wilde mijn kansen niet in gevaar brengen door er te snel over te praten. Dat zou ongeluk brengen.

Eerst uitzoeken of het echt mogelijk was.

En voorlopig was ik toch nog geen achttien.

De receptie was mijn grondgebied. Ik heerste er. Bezoekers konden pas naar binnen als ík op het knopje drukte. Bellers kregen pas verbinding als ík de telefoon opnam. Als receptioniste was ík het gezicht en de stem van Mancini Maritiem, een verantwoordelijkheid die ik met trots droeg. Mijn kantoorfamilie had me in de armen gesloten, en de genegenheid was wederzijds. Ik hield van elke collega, van elk bericht dat ik aannam, elke letter op mijn toetsenbord. Van de geurige Cup-a-Soup uit de keuken, van het onstuimige enthousiasme waarmee de frankeermachine enveloppen uitspuwde. Van de warmte van het kopieerapparaat, het flinterdunne papier van de binnenkomende telexen en van de beursklokken die elke dag rond halftwee geluid werden. Ik kende de namen van alle koeriers, en van hun vriendinnen, zelfs van hun huisdieren. Dankzij de jongens van DHL, UPS en FedEx werd ik behalve in groeten nu ook eindelijk bekwaam in hoe-gaat-het-praatjes. Het strakke tijdschema waar de koeriers zich aan moesten houden, gaf mij de rustgevende zekerheid dat de duur van het gesprek nooit uit de hand kon lopen en zorgde ervoor dat ik me kon openstellen voor wat ze vertelden. Zodra een koerier daarna opgewekt terug naar de lift liep, viel ik aan op een van de chocoladerepen die ik in grote hoeveelheden in mijn la bewaarde. De inspanning om een gesprek te voeren, hoe moeiteloos het me nu voor de buitenwereld ook leek af te gaan, slurpte nog steeds energie. Dat was ook de reden waarom ik nee zei toen Marco, van de afdeling Crewing, vroeg of ik zin had om komende vrijdagavond mee te gaan naar Paddy Murphy's, de Ierse pub schuin onder het Beursgebouw.

'Is leuk, joh,' zei hij. 'Wij zitten daar elke vrijdag. Even de werkweek van je af drinken, het weekend opengooien.'

Maar het leek me niet verstandig. Wat als ik in de pub in slaap viel, zoals me steeds in de metro was gebeurd? Marco zei dat ze daar elke vrijdag 'zaten', dus dan zou het vreemd zijn wanneer ik als enige ging staan. Of wat als mijn collega's er daar alsnog achter kwamen dat ik anders was dan zij? Het ging de laatste tijd juist zo goed. Ik maakte slimme keuzes, door risicosituaties te vermijden. Op plekken waar ik me niet goed voelde, kwam ik gewoon niet meer, en dat werkte. Maar in zo'n pub zou het druk zijn. Misschien was er harde muziek. En waarschijnlijk overal stemmen. Hoe groot was de kans dat ik de rol van Normale Jasmijn ook daar kon volhouden? Zonder balie om me achter te verschuilen.

Zonder draaiboek.

'Denk er even over na,' zei Marco. 'Ik hoor het wel.'

'Het kan zijn dat ik volgende week niet kom,' zei ik toen oma de tafel afruimde. Ik bracht de lege borden naar de keuken en vertelde: 'Mijn collega's hebben gevraagd of ik na het werk wat met ze ga drinken.'

'Echt waar?' Oma maakte een sopje in de gootsteen en klapte kort, opgetogen in haar handen. 'Hoor je dat, Aart? Jasmijn gaat wat leuks doen met haar collega's!'

'Nou, nou,' mompelde ik. 'Zo'n big deal is dat nou ook weer niet.'

Marco was het blijven vragen, en vragen, tot ik uiteindelijk het gevoel had gekregen dat steeds nee zeggen nóg vreemder zou zijn dan gewoon een keertje meegaan. Ik zou maar eventjes blijven, had ik me voorgenomen, dan kon er hopelijk weinig fout gaan.

Opa kwam de keuken in lopen en merkte op: 'We hebben je heel graag hier, kind, maar toevallig zeiden oma en ik pas nog tegen elkaar dat het voor jou toch ook leuk zou zijn als je eens wat meer met jongere mensen omging.'

Oma knikte.

Twee verheugde gezichten keken me stralend aan.

Zwijgend keek ik terug. Ik stond hier een bijna tienjarige traditie te verbreken, en ze reageerden met het soort verrukte blijdschap dat je zou verwachten bij de mededeling dat ik binnenkort Graceland ging bezoeken.

'Maar ons vaste gebruik is dat ik op vrijdag hier eet...' bracht ik ze maar even voor de duidelijkheid in herinnering. 'Dus dat ik er volgende week niet ben, is natuurlijk maar een uitzondering. Ik zal er geen gewoonte van maken.'

'Juist wél doen.' Oma gaf een kneepje in mijn wang, haar vingers warm en nat van het sop. 'Dit vinden we hartstikke leuk voor je, Mijntje. En je kunt hier altíjd komen eten, dat hoeft echt niet per se op vrijdag.'

Ze sloeg haar armen om me heen, en ik omhelsde haar, iets waar ik tegenwoordig een beetje voor moest bukken. Toen we elkaar loslieten, keek ik op de keukenklok. Bijna halfzeven. Volgende week om deze tijd zou ik waarschijnlijk al op weg zijn naar huis.

Eén drankje zou ik nemen, meer niet.

'En voor jou weer een appelsap, Jasmijn.' Arjan van IT zette het glas voor me neer. Met rietje. Zelf dronk hij een donkerbruin goedje dat Guinness heette. Marco en Hein dronken het ook.

Ik bedankte hem en keek om me heen. Ongemerkt was het drukker geworden in de Ierse pub. Toen we binnen waren gekomen, even over vijven, waren we een van de eersten geweest. We waren over de houten vloer naar een tafeltje in de hoek gelopen, toen nog met wat collega's van Finance erbij. Die waren intussen naar huis. Zelf had ik verrassend genoeg geen haast om weg te gaan. Het was aangenaam donker hier, de muziek die gedraaid werd had een gemoedelijke klank, en ik zat aan een tafeltje met mensen die ik aardig vond. Deze avond viel niet te vergelijken met de bruiloftsfeesten van vroeger, of met de klassenavonden van het Mercatus. Ik had hier niet het gevoel dat ik anders was dan de rest van de wereld. Hier was ik, net als bij Mancini, ónderdeel van de wereld. Van een knusse, sfeerverlichte schepping, een plek waar mensen hun bierpullen tegen elkaar ketsten en 'cheers!' riepen en mijn buik vanbinnen gloeide als een warme kruik. Het maakte niet uit dat er steeds meer stemmen klonken en dat de muziek harder werd gezet. Wij zaten goed hier, in ons eigen hoekje. En nu een heuse liveband het podium betrad en begon te spelen, bleek ook dát geluid niet eens overheersend. Ja, ze waren luid, en ja, Arjan en Marco moesten harder praten om hun discussie over een nieuwe spelcomputer die Playstation heette voort te kunnen zetten, maar de zanger had een stem die paste bij de sfeer van deze avond en de Engelstalige nummers werden gespeeld op het ritme van een hart in rust. Ergens achter mij zongen mensen mee.

Er werd geklapt, er werd gedanst.

Ik liet een ijsblokje smelten op mijn tong en voelde me verbonden met iedereen.

Toen ik een paar uur later vanaf metrostation Slinge naar huis liep, mijn oren nasuizend van de muziek en mijn haar een donker gordijn van achtergebleven sigarettenrook, kwam ik in de Sliedrechtstraat Carlo van de overkant tegen.

Hij liep zonder Vatos en Locos.

'Hoi,' zei hij. Hij smakte op kauwgom. Zijn haar was strak achterovergekamd, en ondanks de afstand die ik hield, kon ik de opdringerige geur van zijn aftershave ruiken.

Het slot van mijn avond was het begin van de zijne.

'Hoi,' zei ik.

'Hoe gaat het?' Hij deed een extra stap in mijn richting. Een luie grijns strekte zich uit over zijn glimmende, gebruinde gezicht. 'Lang niet gezien.'

Ik staarde hem aan. De afstand tussen ons was ongeveer even groot als de laatste keer dat we elkaar hadden gezien, en ik voelde dat ik rood werd. Mijn hoofd gonsde van uitputting na deze lange dag, waardoor ik niet kon opvangen wat Normale Jasmijn, tegenwoordig zo'n nijverige souffleuse, me influisterde.

Zonder wat te zeggen liep ik door.

'Kleine meisjes worden groot...' hoorde ik Carlo zeggen. Hij slingerde een hoog, waarderend fluitje achter me aan. 'Zeg, wanneer kom je de hondjes weer eens uitlaten? Ze missen je.'

Ik draaide me langzaam om.

Met mijn allerliefste glimlach stak ik mijn middelvinger naar hem op.

Ik werd wakker van de rinkelende telefoon. Geeuwend plukte ik de verduisteringssok van mijn wekker en knipperde met mijn ogen om zeker te weten dat ik het goed zag. Bijna tien uur al! Normaal sliep ik nooit zo lang uit. Ik kwam overeind en kneep mijn neus dicht. Mijn slaapvlechten roken alsof ze door een asbak waren gesleept. Ik hoorde mijn moeder onverstaanbare dingen zeggen tegen iemand aan de andere kant van de lijn, terwijl in mijn hoofd de livemuziek van gisteravond echode. Ik hoorde de soepele beats van de drummer, daartussendoor de vrolijke stemmen van Arjan en Marco. Wat een avond. Ik had zelf weinig gezegd, maar niemand leek dat erg te vinden. Ik was op onbekend terrein geweest, een plek die steeds voller was geworden, en toch had ik ontspannen in mijn stoel gezeten. Niet eenmaal had ik me willen verschuilen of telefoonboeken uit het raam willen gooien. Toen ik naar de wc was gegaan, waar een knap meisje voor de spiegel haar lippenstift had bijgewerkt, had ik haar vrolijk gegroet, alsof ik net zo normaal was als zij, en zij had 'hey' gezegd. Het vluchtige contact had zich vloeiend voltrokken, alsof ik een lucifer was die een kaars aanstak.

'Jas?' Mijn moeder opende mijn deur op een kiertje. 'Ben je wakker?'

'Net.' Ik stapte uit bed en raapte mijn badjas van de grond.

Met de telefoon nog in haar hand kwam ze mijn kamer in en zei: 'Emiel en Gabriella zijn onderweg.'

Verbaasd knoopte ik mijn badjas dicht. 'Zo vroeg? Is er iets aan de hand?'

'Ze komen wat laten zien.' Haar ogen twinkelden. 'Iets wat jij denk ik niet wil missen...'

Mijn moeder en ik zaten samen op de bank voor het raam, ik met mijn ellebogen leunend op de vensterbank. Mijn vader grinnikte vanachter zijn krant. 'Jullie lijken wel twee kinderen die op Sinterklaas zitten te wachten.'

'Dit is beter dan Sinterklaas,' zei ik, terwijl ik mijn gezicht nog wat dichter bij het glas bracht. Emiel en Gabriella konden nu elk moment hier zijn. Ik was zo benieuwd. Mijn haar stonk nog steeds naar gisteravond, maar douchen kon wachten tot later. Mijn moeder had gelijk: dit wilde ik inderdaad niet missen.

'Daar heb je ze,' zei ze.

Emiels grijze Opel kwam de straat in rijden. Hij zat zelf achter het stuur, Gabriella zat naast hem. Ik probeerde de achterbank in het zicht te krijgen en drukte mijn neus tegen het raam. Emiel parkeerde de auto en stapte uit. Gabriella opende het achterportier.

Twee grote, donkere flaporen floepten in beeld.

Een zwart hondje sprong wild kwispelend naar buiten.

Het was hoofdzakelijk Emiels idee geweest, vertelde Gabriella. Hij had haar zoveel enthousiaste verhalen over Senta verteld, en hij had verlangend toegegeven toch wel erg graag weer een hond in zijn leven te willen. In een impulsieve bui waren Gabriella en hij vanmorgen naar het asiel gereden. Daar, aan het einde van een lange rij hokken met daarin piepende, blaffende, slapende, springende, bange en uitbundige honden, hadden ze dit zwarte pupje aangetroffen. Het beestje was nog maar drie maanden oud en had hen met grote, lichtbruine ogen aangekeken. Ze had er hoopvol bij gekwispeld.

'En ik wist het gelijk,' zei Emiel. 'Toch, Gaab? Ik zei meteen: dit is haar.'

Gabriella knikte langzaam.

'Maar hoe komt zo'n leuk, jong hondje nou in het asiel terecht?' vroeg ik. Ik zat op de grond, waar de pup enthousiast mijn handen, mijn armen en elk ander bloot stukje huid likte. 'Wat een ontzettende lieverd is het, zeg.'

'Niemand weet wat haar verhaal precies is,' zei Gabriella. Door de manier waarop mijn schoonzus steeds naar me keek, zag ik dat ze moest wennen aan mijn aanwezigheid. Ze kende mij vooral als een onzichtbaar wezen achter een dichte deur. 'Ze is twee weken geleden op straat gevonden. Zonder chip, zonder halsband.'

Ik aaide het blije dier over haar kopje. Haar zachte vacht glansde als drop. 'Wat is het voor ras?'

'Dat weten ze ook niet.' Gabriella drukte haar mondhoeken naar beneden. 'Er zit waarschijnlijk iets van een stafford in, en een labrador, maar op deze leeftijd vond het asiel het nog moeilijk te zeggen. Het is maar te hopen dat ze een beetje normaal opdroogt.'

Ik voelde mijn wenkbrauwen omhoogschieten. 'Normaal opdroogt? Ze is nu al schitterend.'

'Nou...' Gabriella kruiste haar armen. Toen mompelde ze voor zich uit: 'Mijn keuze was het niet, laten we het daar maar op houden.'

Het hondje was op mijn schoot gekropen en rolde zich daar met een tevreden zucht op. 'Luister maar niet naar haar, hoor,' fluisterde ik. 'Ik vind je mooi.'

'Hoe heet ze eigenlijk?' vroeg mijn vader.

'Ze heeft nog geen naam,' zei Emiel. 'Ze is gisteren pas beschikbaar gekomen voor adoptie, want het asiel hield er rekening mee dat de eigenaar zich nog zou melden. Maar ik dacht aan Romy. Dat vind ik bij haar passen.'

Gabriella maakte een hard geluid dat klonk alsof ze tussen op elkaar geklemde kiezen de letters *tsj* naar binnen zoog.

'Romy,' herhaalde ik zachtjes. 'Je heet Romy, hoor je dat? Een prachtige naam, voor een prachtige hond.'

Ik draaide net de douchekraan dicht toen het geluid van de telefoon opnieuw door de flat schalde. Ik besloot het te negeren, want het was toch niet voor mij. Bovendien was het nogal zonde van mijn douchebeurt om nu gelijk te gaan zweten.

Het gerinkel stopte.

Ik knoopte een handdoek om mijn natte haar, sloeg een andere handdoek om mijn lichaam heen en –

Weer ging de telefoon. Dat er meteen opnieuw werd gebeld gaf het geluid een urgentere klank, en even staarde ik vertwijfeld in de beslagen spiegel. Zou ik het blijven negeren? Of zou ik kijken of het me inmiddels, na al die honderden telefoontjes bij Mancini, ook thuis lukte om op te nemen? *What the hell*, ik zou het gewoon proberen.

Ik liep de woonkamer in en drukte de telefoon aan. 'Met Jasmijn Vink.'

'Met Emiel.' Kortademigheid beet zijn woorden in afgemeten stukjes. 'Mag ik ma of pa even?'

Ik hield de hoorn een eindje van mijn oor. Wat een herrie, daar op de achtergrond! Iemand was als een krankzinnige aan het schreeuwen, en er werd met deuren geslagen.

'Jas! Hoor je me? Zijn pa en ma thuis? Geef ze even!'

'Ze zijn er niet. Ze zitten bij oma Vink.' Het was al twee uur. Nooit eerder had ik me zo loom door een dag bewogen.

‘Bij oma Vink?’ herhaalde Emiel. Zijn stem was hoger dan anders, wankelend op het randje van wanhoop.

‘Wat is er aan de hand, Miel?’ Aan de andere kant van de lijn klonk gestamp. Weer werd er een deur dichtgeknald. ‘Gaat alles wel goed daar? Er is toch niets met Romy gebeurd, hoop ik?’

‘Vraag of ze me willen terugbellen zodra ze thuis zijn, goed?’

Ik beloofde het.

Voordat ik kon vragen waarom hij niet gewoon naar oma Vink belde, had hij al opgehangen.

Met een zucht legde mijn moeder de telefoon neer. ‘Het is helemaal mis daar: Miel en Gaab hebben vreselijke bonje. We moeten ernaartoe, Wim.’

Mijn vader schudde zijn hoofd. ‘Geen denken aan, ik ga me daar niet mee bemoeien. Een ruzie is iets tussen hen. Ze zijn allebei volwassen.’

‘Wim,’ zei mijn moeder scherp, ‘Emiel vraagt nadrukkelijk of we willen komen. Hij hoopt dat wij de boel kunnen kalmeren. Dat we Gabriella tot bedaren kunnen brengen. Ze loopt met dingen te gooien. Ze is hysterisch over Romy. Ze zei toch direct al dat ze het niet eens was met de keuze? Blijkbaar is thuis de bom gebarsten. Emiel weet niet wat hij moet doen.’

‘En jij wel?’ vroeg mijn vader.

‘Dat zien we wel als we daar zijn.’

Met een zucht pakte mijn vader de autosleutels.

‘Wacht,’ zei ik. ‘Ik ga ook mee.’

‘Jij?’ Mijn moeder keek op. ‘Jij gaat nooit mee naar Emiel.’

Ik trok mijn gympen aan en zei resoluut: ‘Nu wel.’

Het raam naast me stond op een kiertje. De wind die naar binnen blies, trok mijn haar in woelige, naar shampoo ruikende slierten rond mijn hoofd. Zittend op de achterbank probeerde ik me een voorstelling te maken van de situatie die we bij mijn broer zouden aantreffen. Slaande ruzie, zo heftig dat Emiel om hulp vroeg. Dat was nooit eerder gebeurd. Net als mijn vader had ook ik geen idee hoe mijn ouders er iets aan konden bijdragen. Maar ik wist wel wat *ík* ging doen.

Mijn taak was duidelijk: iemand moest zich in deze crisis over Romy ontfermen.

‘Ik vond Gaab eerlijk gezegd al opmerkelijk stil,’ merkte mijn vader op. ‘En ze keek zo boos.’

Mijn moeder sloeg links af. We waren er bijna.

Ik kon me niet voorstellen dat zo'n lief hondje werkelijk de aanleiding van deze enorme rel kon zijn, maar ik zei niets. Het was niet aan mij me hiermee te bemoeien.

Ik zou doen waar ik voor kwam, en meer niet.

Ik sprong als eerste uit de auto, stak de straat over en drukte op de bel van het rijtjeshuis.

'Hou jij je er maar zoveel mogelijk buiten, Jas,' klonk mijn moeders stem achter me. 'We weten niet hoe erg het allemaal is.'

Voordat ik kon reageren, vloog de deur open.

Emiels gezicht, dat een paar uur geleden nog zo vrolijk had gestraald, was rood en vlekkerig. Een spiertje in zijn kaak trilde. Zijn stem was hees toen hij zei: 'Ze is in de woonkamer.'

Ik liet mijn ouders voorgaan en stapte toen ook naar binnen. Daar bleek dat Emiel het niet over Romy had gehad, maar over Gabriella, die inderdaad in de woonkamer zat, ineengedoken op de zwartleren bank, met haar hoofd in haar handen. Haar schouders schokten. Blijkbaar was de schreeuwende woede voorbij.

Ik speurde de rommelige woonkamer af. Tijdschriften, plastic tasjes, stoffige beeldjes. 'Waar is Romy?' vroeg ik.

'Boven,' zei Emiel kort. 'In de slaapkamer. Het was hier beneden even... te... druk voor haar.'

'Kuthond,' klonk het vanaf de bank. Gabriella liet haar handen zakken. Donkere vegen van betraande make-upogen prijkten als oorlogsstrepen op haar wangen. 'Ik had er nooit mee moeten instemmen.'

Mijn moeder ging naast haar zitten en sloeg haar arm om haar schoondochter heen. 'Wat is er nou precies aan de hand, meiske?'

Mijn vader en Emiel liepen, alsof dat zo was afgesproken, zwijgend naar de open keuken. Emiels schouders hingen laag, zijn voeten sloften over de stoffige vloer. Ik zag hem de koelkast opentrekken, twee blikjes bier eruit pakken.

Ik stond nog steeds midden in de woonkamer, waar Gabriella steeds harder snotterde. 'Alsof zo'n beest... Alsof zo'n beest...' Ze slikte en hapte naar adem.

Mijn moeder klopte haar op haar rug.

Ik had geen idee waar ze het over had.

Zachtjes, geruisloos op mijn gympjes, draaide ik me om en liep de woonkamer uit. Ik klom de trap op, opende de deur van hun slaapkamer. Daar, midden in de met grijstinten ingerichte ruimte, lag Romy met grote ogen op een onopgemaakt bed.

Toen ze mij zag, begon haar staart aarzelende klopjes op de sprei te slaan.

'Hé, meissie,' zei ik. 'Het is goed, hoor. Ik kom je halen!'

Ze hield haar kopje schuin. Haar staart ging harder op en neer.

Ik lachte en spreidde mijn armen. 'Kom maar.'

Meer aanmoediging had ze niet nodig. Met een hoog blafje sprong ze van het bed en landde in mijn armen. Ik drukte mijn neus in haar hals, snoof haar zoete puppygeur op.

'Van nu af aan ben je van mij,' zei ik zacht.

Niemand hoorde ons weggaan.

'Godallemachtig, we hebben het hele huis naar je afgezocht,' zei mijn moeder, toen zij en mijn vader naar buiten kwamen. 'Waar was je nou?'

Ik gebaarde om me heen naar het grasveld achter de auto. 'Gewoon, hier. Met Romy.'

'Ja, dat zie ik. Nou, stap in, dan kunnen we naar huis.'

Ik bleef staan. 'Romy ook?'

'Ja.'

'Yes!' Ik zwaaide het achterportier open en liet me met het blije zwarte bundeltje in mijn armen op de achterbank ploffen, snel, voordat wie dan ook zich zou bedenken.

Toen we wegreden, keek ik uit het raam.

Emiel stond in de woonkamer.

Hij hield de lamellen opzij en staarde ons na.

Thuis, waar Romy zich opkrulde op de hoek van de bank en daar in een diepe slaap viel, legde mijn moeder uit wat er aan de hand was. 'Wij wisten het ook niet… maar Gabriella heeft vorige week een miskraam gehad.'

Mijn vader liep naar de keuken en kwam terug met een flesje bier. Het was voor het eerst dat ik hem meer dan één pilsje per dag zag drinken.

'Heel begrijpelijk zijn ze daar allebei nogal door van streek,' ging mijn moeder verder. 'Gabriella is al een week ziek thuis. Ze was bijna drie maanden zwanger, en Emiel en zij waren al bijna van plan om het nieuws bekend te maken.'

Even was ik stil. Wat vreselijk. Het moest gevoeld hebben alsof er een stukje van henzelf doodging. Letterlijk. 'Wat erg,' zei ik toen zacht.

Mijn moeder knikte. 'Dat is ook de reden waarom Gabriella vandaag zo heftig reageerde. Emiel had het gevoel dat hij er goed aan deed om haar op te vrolijken, om haar af te leiden met iets anders, iets positiefs. Hij hoopte dat de liefde van een hond Gabriella zou kunnen helpen bij het verwerken van haar verdriet.'

Ik knikte en streelde het warme, slapende lijfje naast me. Ik snapte dat.

'En Gabriella liet zich overhalen en ging mee naar het asiel, maar eenmaal daar zag ze eigenlijk meteen al in dat ze helemaal niet klaar is voor een hond. Haar hoofd staat er niet naar. Maar toen zagen ze Romy en... tja...' Mijn moeder zuchtte. 'Ik ben bang dat Emiel zijn zin heeft doorgedreven. Daarna werd het Gabriella allemaal te veel.'

'En nu?' vroeg ik.

'Emiel had al zo'n vermoeden dat jij Romy had meegenomen,' zei mijn vader. 'Hij kent jou langer dan vandaag.'

'En...' Ik keek mijn ouders om beurten aan en durfde het bijna niet te vragen. 'Dat is dus goed? Ze mag bij ons blijven?'

'Wat ons betreft wel.' Mijn moeder glimlachte. 'En Emiel is het er ook mee eens. Je vader en ik gaan maandag naar het asiel om Romy op onze naam te zetten.'

'Whoohoo!' riep ik uit.

Romy opende één slaperig oog en keek naar me op.

Ik plantte een klapzoen op haar neus.

'Hebben we ijs in huis?' vroeg ik. 'Dit moeten we vieren!'

Romy rende door het park alsof ze er geboren was. Ze joeg achter stokken aan, groef kuilen, trippelde over de houten bruggetjes en rolde door het gras. Samen keken we naar de vogels hoog boven ons. Ze dook vol overgave in het water en klom met een opgewonden blafje weer op de kant. Dat ze me natspetterde maakte niet uit, want met elke in het rond vliegende druppel schudde ze een stukje asiel van zich af.

Romy was vrij.

Ze hoefde nooit meer in een hok.

En mijn wereld was eindelijk weer compleet.

Het was dan wel niet precies gegaan zoals ik had gepland en ik had nog lang niet genoeg vakantiedagen opgebouwd om een paar weken verlof op te kunnen nemen, maar het was goed zo. Romy hoorde bij mij, dat voelde ik.

En zij voelde het ook.

Net als Senta sliep ze bij mij op bed. En mijn moeder vertelde me dat ze elke dag rond halfzes naar het balkon liep om haar zwarte snuit tussen de spijlen door te wurmen en uit te kijken over de Sliedrechtstraat. Hoe ze haar oren spitste bij het geklikklak van mijn hakken en hoe ze, wanneer ik eindelijk in zicht kwam, zo hard kwispelde dat haar hele kont mee schudde.

'Hoi, Romy!' riep ik dan vanaf de straat naar boven.

De onstuimige begroeting wanneer we eindelijk weer samen waren, werd een ritueel waar ik de hele dag naar uitkeek. Het zorgde ervoor dat mijn enthousiasme voor het werken bij Mancini de eerste slijtplekken begon te vertonen. Ik probeerde het niet te laten merken, maar ik wist dat ik tijdens de laatste uren van de werkdag de telefoon iets minder vrolijk beantwoordde, dat ik wellicht wat kortaf was tegen de koeriers. Steeds weer keek ik op de klok, wachtend tot het vijf uur was en ik terug naar Romy kon.

Al het andere was plotseling minder belangrijk.

Ooit zou ik een beroep hebben dat mij niet meer losscheurde van een ziel aan wie ik nu al zo gehecht was. In de brochure van de LOI had ik gezien dat er inderdaad een schriftelijke mbo-opleiding tot boswachter bestond. Door middel van een antwoordkaart vroeg ik een uitgebreid informatiepakket aan, dat ergens volgende week bezorgd zou worden. Bij Mancini uiteraard, zodat mijn ouders het niet zouden zien. Die zouden zich alleen maar afvragen waar ik dat voor nodig had. Ik zou eerst zelf alles uitzoeken.

Daarna kon ik ze verrassen met mijn toekomstplan.

'Weet je zeker dat ik welkom ben?' had Kirstin gevraagd. 'Jullie zijn allemaal collega's van elkaar, en dan kom ik er ineens bij.'

'Vinden ze juist leuk!'

En inderdaad. Al sinds Kirstin de pub was binnengekomen, keek ik geamuseerd toe hoe Arjan zijn ogen niet van haar af kon houden en hoe zij op haar beurt steeds dichter naar hem toe schoof, blozend en lachend. We zaten aan hetzelfde tafeltje als vorige week, en weer was daar dat warme, aangename gevoel in mijn buik, de ontspannen rust in mijn hoofd. Mijn hersenen registreerden wat er om ons heen gebeurde, maar ze sloegen er niet van op tilt.

De reden waarom ik Kirstin had uitgenodigd erbij te zijn was dat ik wilde dat ook zij deze kant van mij kon zien.

Mijn collega's wisten niet hoe ik hiervoor was geweest, maar zij wel. En dat nu ook Kirstin de nieuwe Jasmijn aanschouwde, de normále Jasmijn, was de ultieme bevestiging dat ik me dit niet verbeeldde.

Dit was echt.

Ik was echt. Ik hoefde niet langer te acteren. Ik hield dit vol omdat ik er zelf voor koos. Niemand dwong mij om hier te zijn, niemand verplichtte mij om deel uit te maken van dit gezelschap. Als ik weg wilde, dan ging ik weg. Ik had volledige controle.

Morgen zou ik met Romy in het park zitten en zouden de echo's van deze avond rustig wegebben, zonder migraine, zonder braken, zonder explosies in mijn hoofd.

Toen Arjan naar de bar liep om nieuwe drankjes te halen, zag ik dat Kirstin hem met haar ogen volgde. Naast Arjan trommelde een donkerharige jongen met vlakke handen op de bar.

Terwijl ik ernaar keek, zoomde mijn blik automatisch in tot ik niets anders meer zag dan zijn soepele ritmiek.

Ik was intussen gestegen naar nummer vijftig op de lijst van woningzoekenden.

Verhuizen naar Rockanje was voorlopig niet haalbaar, dat wist ik ook wel. Als starter maakte ik vooral kans op een flatje in mijn eigen buurt. Bovendien stonden er in Rockanje bijna alleen maar koophuizen. Ook zou het nogal omslachtig zijn om elke dag uren met het openbaar vervoer te moeten reizen. Rockanje had geen trein, metro of tram, en alleen maar één buslijn. Zolang ik bij Mancini werkte, was het beter om in Pendrecht te blijven. Om me te concentreren op mijn schriftelijke mbo-opleiding. Om te laten zien dat ik heus wel kon leren. Graag zelfs. Zolang het maar op mijn eigen manier kon, in mijn eigen omgeving.

Ik had gezien dat er regelmatig appartementjes te huur stonden in de galerijflats op de Oldegaarde, tegenover het Zuiderpark, en zodra ik ver genoeg op de lijst naar boven was geklommen, zouden dát de woningen zijn waarop ik ging reageren. Wonen tegenover het park: dichter bij de natuur kon je in een stad niet komen.

Ook Romy zou het daar geweldig vinden.

In de ochtend zou ik haar naar mijn ouders brengen, en wanneer ik 's avonds uit mijn werk kwam, zou ik haar weer ophalen. De rest van de tijd zou ze bij mij zijn.

Altijd.

Zelfs in het portiek rook het al naar appeltaart. Romy stond kwispelend in de deuropening. Opa en oma zaten in de woonkamer en stonden op om me te knuffelen, en nog heel veel jaren, lief Mijntje, en ongelooflijk wat ging de tijd toch snel. Mijn ouders hadden me vanmorgen al gefeliciteerd. We zouden straks met zijn allen uit eten gaan, Emiel en Gabriella gingen ook mee. Achttien was ik.

Volwassen.

Mancini Maritiem, waar ik de receptie vandaag versierd met slingers had aangetroffen en waar ik op chocoladetaart had getrakteerd, had me laten zien dat ik er mocht zijn. Dat er ruimte was voor mij. Een kantoor was eigenlijk de wereld in het klein, en ik had een plek in die wereld. Op afstand, dat wel, en met een muurtje eromheen.

Maar toch.

'Alsjeblieft.' Mijn moeder drukte me een plat pakje in handen. We zaten met zijn zevenen bij de Koriander, een lieflijk restaurantje op de Kromme Zandweg naast het Zuiderpark. Het was een van de weinige eetgelegenheden in de buurt waar honden ook welkom waren, en Romy lag rustig onder mijn stoel. 'Omdat het toch wel handig is om een rijbewijs te hebben als je later in Rockanje woont.'

Ik keek mijn ouders verrast aan. 'Jullie geloven dat ik daar ga wonen?'

Mijn vader schoot in de lach. 'Toen je het er voor de duizendste keer over had, begonnen we er wel rekening mee te houden, ja.'

Ik scheurde het papier los. 'O, dank je wel!' riep ik uit. Ik draaide het vel karton om in mijn hand. Het was een soort stempelkaart, goed voor vijfentwintig autorijlessen. 'Wat gaaf!'

'Een lespakket?' Emiel grinnikte. 'Laat je van tevoren wel even weten wanneer je de weg op gaat, zussie? Dan zorg ik dat ik thuisblijf.'

Gabriella gaf hem een stoot met haar elleboog. 'Plaag haar niet zo, joh.'

Ik stopte de leskaart in mijn tas en bedankte mijn ouders opnieuw.

Van opa en oma kreeg ik een theorieboek. Ik streek met mijn duim over de glanzende omslag en bekeek de kleurige bladzijdes met plaatjes en voorbeelden. Ik zag het helemaal voor me: ik, in mijn eigen auto, wat een kick. Ik zou rijden met de raampjes open en Elvis op een cd, Romy vrolijk op de achterbank. Met een auto kon je overal komen. Met een auto was je pas écht vrij en onafhankelijk.

'Hopelijk kun je de rijlessen combineren met je opleiding,' merkte opa op. 'Anders kun je misschien beter even wachten tot de zomervakantie.'

'O, maar dat kan ze wel, hoor,' zei mijn moeder. Ze kneep eventjes in mijn bovenarm en keek opa en oma trots aan. 'Jasmijn doet het hartstikke goed op school.'

Toen ik die avond in bed lag, met Romy als een warm, snurkend hoopje op mijn benen, dacht ik terug aan mijn moeders woorden. Ik wist dat ik mijn ouders moest vertellen dat ik met mijn opleiding was gestopt. Dat ik tegen Hein had gezegd vanaf nu fulltime te kunnen werken.

Maar het was belangrijk dat ik het juiste moment afwachtte.

Ik wilde eerst alles helemaal goed geregeld hebben zodat ik op elke mogelijke vraag een antwoord had. Daarna zou ik mijn vader en moeder direct het verspilde lesgeld terugbetalen en daarmee laten zien dat ik mijn verantwoordelijkheid kon nemen.

Vandaag was het in elk geval beter geweest om iedereen nog even in de waan te laten dat ik elke maandag gewoon naar school ging. Als ze dát al zo geweldig vonden, hoe blij zouden ze dan wel niet zijn wanneer ik eindelijk aan een opleiding begon die aansloot bij wie ik was?

Nog even geduld.

Achter de receptie bladerde ik door de LOI-brochures. Een van de taken die je als boswachter zou hebben, was dat je mensen moest aanspreken op fout gedrag. Dus geen hele dagen in de natuur zonder ook maar één mens te zien; als boswachter moest je juist mensen in de gaten houden! Je moest ze ter verantwoording roepen wanneer ze zich niet aan de regels hielden. Welke regels dat dan waren, stond hier niet bij. Maar ik zag mezelf dat hoe dan ook niet doen. Juist nu ik goed was in groeten en lachen en korte gesprekjes van een paar zinnen, zou ik dat echt niet gaan verpesten door hele dagen ruzie te gaan lopen zoeken.

Die opleiding viel dus af.

Maar wat dan?

Ik sloeg een bladzijde om. Er was van alles mogelijk, zag ik. Bijvoorbeeld een mbo-thuisstudie tot vakbekwaam medewerker dierverzorging. Daarmee kon je in een dierentuin of op een kinderboerderij gaan werken, stond er. En... Nee, kijk!

Hier had ik een nog veel betere!

Sterker nog, dit was een perfecte!

Hondentrainer.

En niet hoe ik het me altijd had voorgesteld, namelijk trainer van politiehonden, en waardoor ik had gedacht dat het niets voor mij was. Dat was veel te hard, te ruw. Maar nee, hier las ik iets heel anders. Met een diploma als hondentrainer kon je namelijk... je eigen uitlaatservice beginnen! Helemaal officieel! Als een bedrijf!

Jasmijn Vink, hondenuitlaatservice.

Stel je eens voor, dan zou mijn beroep letterlijk hetgene zijn wat ik mijn hele leven al het liefste deed. Romy en ik zouden een perfect team vormen, dat wist ik zeker. Al had ik er natuurlijk heus niet echt een opleiding voor nodig. Honden waren mijn eerste natuur. Maar aan mijn ouders had ik gemerkt hoe belangrijk mensen het vonden dat je een papiertje had. Met een diploma op zak zou het helemaal echt zijn, ik zou mijn eigen baas zijn.

Ik zou me vrij voelen.

De opleiding duurde tien maanden, zag ik.

Mooi. Ik zou me ervoor inschrijven zodra ik mijn rijbewijs had gehaald: één ding tegelijk. Dan kon ik me er daarna volledig op storten. Ik zag het helemaal voor me. Ik zou een logo laten ontwerpen en op mijn auto laten schilderen. De auto, of misschien wel een klein busje als we met meerdere honden tegelijk gingen, zou vanbinnen helemaal voor dit doel zijn ingericht. Romy en ik zouden de honden thuis ophalen en weer terugbrengen. We zouden naar het park gaan. Naar het bos.

We zouden de beste uitlaatservice ooit zijn.

Ik bewoog mijn hoofd op de maat van de muziek. De afgelopen weken waren er in de pub steeds andere muzikanten te gast geweest, maar nu was eindelijk de band weer terug die ik het prettigst vond. De charme was niet zozeer de tekst van hun muziek, als wel het complete geluid en het soepele, natuurlijke ritme ervan.

De drummer van de groep had ik herkend als de jongen die naast Arjan aan de bar had gestaan en die daar met zijn handen had staan trommelen, alsof de muziek in zijn lijf er simpelweg uit moest, ook wanneer hij niet achter zijn drumstel zat.

Kirstin keek me lachend aan. 'Zie ik het nou goed dat je iets kunt waarderen wat geen Elvis is?'

'Elvis?' Arjan keek op. De overige collega's waren al weg, alleen hij, Marco en ik waren er nog. 'Het is 1996. Die gast is al zo'n beetje twintig jaar dood, toch?'

'Het is het enige waar Jasmijn naar luistert,' zei Kirstin. 'Ze staat meestal nergens anders voor open.'

'En jij?' Arjan duwde zijn gezicht in haar haar. 'Waar sta jij voor open?'

Giechelend duwde ze hem weg, maar daarna trok ze hem naar zich toe voor een kus.

Een van de bandleden verkondigde door de microfoon dat na dit nummer een pauze volgde. Dit was standaard het vaste moment waarop ik mijn jas pakte en naar huis ging, zodat ik rond tienen bij Slinge aankwam en ik me er nog veilig kon wanen. Iedereen wist dat je daar later op de avond niet meer moest komen. Vorige maand nog was er iemand neergestoken onder het viaduct, op praktisch dezelfde plek waar ik een paar jaar geleden zo lang met Elliot had gestaan.

Arjan en Kirstin waren twee nummers geleden al vertrokken. Ik had Kirstin nagekeken, gezien hoe ze zich een weg naar de uitgang baande, hoe haar blonde hoofd werd opgeslokt door de massa. Arjan had achter haar gelopen, zijn hand op haar schouder.

'Nou Jasmijn, dan moeten wij elkaar maar zien te vermaken,' had Marco opgemerkt.

'Eh... ja,' had ik geantwoord, niet wetende wat ik anders moest zeggen.

'Dik aan, tussen die twee,' zei hij, met een knikje naar de lege stoelen waar Arjan en Kirstin gezeten hadden. 'Wel echt tof om Arjan weer blij te zien. Hij was er behoorlijk kapot van dat zijn vorige relatie stukging.'

Ik volgde met mijn vingertop de krassen in de houten tafel en knikte.

'Heb jij eigenlijk een vriend?' vroeg Marco.

'Nee.'

'Dat kan ik me bijna niet voorstellen. Zo'n knap meisje, single.'

Ik keek hem strak aan. Zijn ogen hadden de vettige glans van iemand met te veel bier in zijn bloed. Hoe moest ik op zijn opmerking reageren? Hij had geen vraag gesteld, hij had me alleen maar een beperking in zijn fantasievermogen toevertrouwd. Maar of hij zich dingen wel of niet kon voorstellen was niet iets waar ik iets aan kon doen.

Marco sloeg de laatste slok van zijn Guinness achterover. Zijn mondhoeken krulden op toen hij me aankeek, horizontale lijntjes verschenen op zijn voorhoofd. Het was een vragende blik, begreep ik.

'*Thank you, guys*,' zei de zanger, een Brit. '*We're gonna take five now, but we'll be back in two shakes of a lamb's tail.*'

Vanuit mijn ooghoek zag ik de bandleden van het podium stappen.

Ik stond op en pakte mijn tas van de grond.

Marco stond ook op. De vraag op zijn gezicht had plaatsgemaakt voor iets anders, zag ik. Verwachting? Verheuging? Ik kon het niet lezen.

En het maakte ook niet uit. Ik zou het toilet bezoeken en daarna naar huis gaan.

'Tot maandag, Marco,' zei ik.

Met mijn armen stijf langs mijn lichaam om mezelf zo smal mogelijk te maken wurmde ik me door de drinkende en lachende en luid pratende vrijdagavondvierders naar de toiletruimte toe.

'Jasmijn,' klonk het achter me.

Ik draaide me om.

Marco was me gevolgd.

'Zal ik je naar huis brengen?' stelde hij voor. Hij had een leaseauto van Mancini, wist ik, omdat hij regelmatig naar de schepen op de Maasvlakte moest rijden. 'Ik sta in de garage hier aan de overkant.'

'Dank je, maar dat is niet nodig. Ik ga met de metro.'

'Waar woon je? Op Zuid, toch? Niet echt een lekkere buurt. Helemaal niet 's avonds laat, en voor iemand die er zo uitziet als jij.'

'Echt heel lief dat je zo bezorgd bent, Marco, maar het is nergens voor nodig.' Ik duwde de deur van de toiletruimte open en riep, om hem duidelijk te maken dat hij er niet meer moest staan als ik er weer uitkwam: 'Fijn weekend!'

'Jasmijn...' Marco greep mijn arm en hield me tegen. Ik rook de Guinness op zijn adem. 'Doe nou niet zo koppig. Kom, je –'

Met een ruk trok ik me los. 'Niet doen, man. Waarom dring je zo aan?'

Weer stak hij zijn hand naar me uit, maar dit keer was híj het die bij zijn arm gepakt werd. Een jongen met kort, donker haar stond achter hem. 'Volgens mij wil ze niet, vriend.'

Marco draaide zich om. 'En waar bemoei jij je mee?'

Met een nog altijd volle blaas drong ik me een weg door bier, sigaretten en warme lichamen heen. Ik zou thuis wel plassen. Ik keek niet meer om. Niet naar de jongen, niet naar Marco, niet naar de situatie.

Pas toen ik bij Beurs het perron op liep, herkende ik tijdens de replay in mijn hoofd de jongen als de drummer van de band.

'Sorry,' zei Marco direct, toen hij maandagochtend binnenkwam. Hein, die achter hem aan naar binnen liep, keek ons nieuwsgierig aan. Marco bleef bij de receptie staan. 'Echt, sorry Jasmijn.'

Ik haalde mijn schouders op. 'Het geeft niet.'

'Het geeft wél. De Guinness was me naar het hoofd gestegen. En... Ik weet niet... Arjan had het zo naar zijn zin met die vriendin van jou, en...' Marco bestudeerde zijn handen en vervolgde: 'Het deed me beseffen dat ik al een tijdje geen vriendin heb gehad en dat... Nou, ik hoopte gewoon dat ik misschien ook...' Hij kleurde. 'Het is een tijd geleden, laten we het daar maar op houden.'

'Ik kan je daar niet bij helpen, Marco.'

Hij werd nog roder en mompelde: 'Ja, dat begrijp ik nu.'

'Het geeft niet,' zei ik weer, en ik meende het. Het was misschien zelfs goed dat dit was gebeurd. Het was een ervaring, een belangrijk leermoment dat me zou helpen de volgende keer sneller in te zien dat ik blijkbaar verkeerde signalen uitzond.

'Nou...' ging hij verder, terwijl hij me nog steeds niet aankeek, 'dat wilde ik dus even zeggen. En misschien kun je het ook tegen die vriend van je zeggen, als je hem ziet.'

'Vriend? Welke vriend?'

'Die jongen uit de pub. Hij zei dat hij je kent.'

Ik keek hem verbaasd aan.

'Goed.' Marco sloeg met zijn vlakke hand op de receptiebalie. 'Ik ga maar eens aan de slag. Nogmaals sorry.'

Terwijl hij wegliep, speelden mijn hersenen de herhaling van zijn beweging af. Maar in mijn hoofd was het niet Marco's hand die het glanzende eikenhout raakte: het waren twéé handen, en ze waren van de jongen uit de pub. Ik zag hem naast Arjan aan de bar staan, waar hij met zijn handen ritmisch op de bar sloeg. Ik zag hem op het kleine podium van Paddy Murphy's achter zijn drumstel zitten, zijn blauwe ogen starend in de verte, zwevend op de beat. De geheugenplaatjes koppelden zich aan een andere herinnering, verder terug, zo ver dat ik mijn ogen moest sluiten om het beeld omhoog te trekken en scherp te krijgen.

Toen zag ik het.

Een kleuter, met donker haar en lichte ogen. Een kleine jongen die van de juf op zijn handen moest zitten om te voorkomen dat hij tijdens het klassikaal zingen zou meetrommelen.

Nick Drumstick.

'Nou, zo onwaarschijnlijk is het niet,' zei Kirstin. We zaten op de brede buitentrappen van het Beursgebouw. Mijn lunchpauze was bijna voorbij. We waren niet de enigen die deze trappen gebruikten als zitplaats, schuin onder en boven waren andere mensen neergestreken. Kirstin keek over haar schouder om te zien of Arjan er al aan kwam en vervolgde: 'Ik bedoel, je kleuterschool was in Rotterdam, de pub is ook in Rotterdam. Vroeg of laat kom je mensen van vroeger tegen. Dat je dat niet eerder hebt meegemaakt komt alleen maar omdat jij je nooit ergens vertoont!'

'Het is toch best gek?' Ik nam een hap van mijn boterham en zei: 'In mijn hoofd is Nick altijd dat jongetje van vijf gebleven. En nu is hij ook ineens achttien.'

'O, jee.' Kirstin grinnikte. 'Ik ken deze blik in je ogen. Je vindt hem leuk.'

Ik probeerde het niet te ontkennen.

Kirstin keek weer om of ze Arjan al zag. Toen zei ze: 'Maar je blijft wel gaan hoor, naar de pub. Je gaat die jongen niet ontwijken zoals je met Elliot deed. Dat mag niet van mij.'

Voordat ik wat kon zeggen sprong ze met een kreetje op en vloog Arjan in zijn armen. Ik keek toe hoe ze hand in hand de roltrap af daalden naar de onlangs geopende Koopgoot. Zelfs vanaf hier hoorde ik Kirstins lach, dansend op de toonladder van prille liefde.

Voor haar ging het allemaal vanzelf.

Maar ik zou mezelf niet langer met haar vergelijken. Ik was gegroeid, was een heel eind gekomen. Ik kon mensen groeten. Ik kon een conversatie voeren, zolang die niet langer dan een paar minuten duurde. Het waren basisbeginselen die de meeste mensen als kind al onder de knie hadden gehad, maar voor mij was het een triomf. Hoe het me zou vergaan op momenten dat de beschutte leeromgeving van mijn receptiebalie wegviel, wist ik niet.

Stel dat Nick me zou benaderen in de pub.

Kon ik me dan nog steeds staande houden?

'Ga je nu al weg?' vroeg Hein aan Marco. 'Het is pas zeven uur.' Marco murmelde iets over ergens naartoe moeten. Hij had me amper aangekeken sinds we in de pub waren. Voor het eerst was hij niet naast maar tegenover me gaan zitten, waar hij een langdradig gesprek had aangeknoopt met de stagiair. Nu stak hij zijn hand op naar de groep. 'Tot maandag, jongens.'

Een voor een vertrokken ook de andere collega's, tot het acht uur was en alleen Arjan, Kirstin en ik achterbleven. Ik deed mijn uiterste best om niet te laten merken hoe vaak ik om me heen keek om te zien of Nick er al was. Ik had zijn band aangekondigd zien staan. Come Back Creedence, heetten ze. En ook al begonnen ze meestal pas rond negen uur met hun set, het was niet ondenkbaar dat Nick er al was.

Ik had me voorgenomen niet teleurgesteld te zijn als hij niet naar me toe kwam, maar voor de zekerheid had ik wel geoefend wat ik zou zeggen. De gespreksstof lag voor de hand. Ik zou hem vragen waarom hij na de kleuterschool niet met de rest van ons naar de Beatrixschool was gegaan. Of hij nog steeds in Pendrecht woonde. Wat hij tegenwoordig deed, behalve drummen. In mijn hoofd probeerde ik de vragen een nonchalante klank te geven, alsof ze tijdens het gesprek spontaan ontstonden en niet uit het script kwamen waar ik al sinds maandag aan schreef. Misschien zou Nick het gesprek een heel andere richting op sturen, dat kon. De variaties waren eindeloos. Maar met deze zinnetjes achter de hand had ik in elk geval een soort houvast. De hele week had ik naar vandaag toegeleefd. Niet omdat Nick een 'lekker ding' was, zoals Kirstin hem had bestempeld, maar omdat hij iemand was van vroeger. Iemand die van Senta wist. Iemand die de oorspronkelijke Jasmijn had gekend. Iemand die mij had meegemaakt voordat ik moest leren de wereld te ontcijferen. Iemand die uit dezelfde buurt kwam als ik. De mensen bij Mancini kwamen uit Kralingen, Hillegersberg of Blijdorp. Als je tegen hen over Zuid begon, dachten ze aan De Kuip, en verder reikte hun kennis van dat deel van Rotterdam niet. Maar Nick –

'Au!' Ik keek Kirstin boos aan. 'Waarom trap je tegen mijn been?'

'Dáár.' Ze knikte langs me heen, in de richting van de toiletten.

Ik keek om. Nick stond bij de sigarettenmachine. Hij stond met zijn rug naar me toe, maar toch herkende ik hem. Meteen werden mijn handpalmen klam.

'Ga!' zei Kirstin.

Met het pakje sigaretten in zijn handen draaide Nick zich om. 'O,' zei hij. 'Hoi.'

'Hoi.'

'Jasmijn, toch?'

Ik knikte.

'Ken je me nog?' vroeg hij.

'Je rookt,' zei ik.

Nee! Waarom zei ik dit? Dat stond niet in het script!

Nick grinnikte.

Nu ik zijn gezicht van dichtbij zag, sprongen alle ontbrekende schakeltjes op hun plek. De herkenning werd compleet. Zijn neus had een volwassen vorm aangenomen, en zijn lippen waren hun kinderlijke glans kwijt, maar zijn ogen waren nog hetzelfde. Hij had een lage stem gekregen die paste bij zijn brede bouw.

'...jij wel, dan?' vroeg hij.

Ik knipperde. 'Sorry, wat zei je?'

Zijn grijns werd breder. 'Ik zei dat dit...' Hij gooide het sigarettenpakje in de lucht en ving het zonder ernaar te kijken weer op. '...voor Shaun is. De zanger. Die zenuwpees lijdt aan plankenkoorts. Er gaat zo'n beetje een compleet pakje Silk Cut doorheen voordat hij het podium op durft.'

'O.'

'Ik rook dus zelf niet. Dus toen vroeg ik of jij wel rookte?'

'Nee,' zei ik hard.

Shit! Waarom kon ik niets normaals uitbrengen? Ineens was Normale Jasmijn weer vertrokken, slechts een penvriendin op de bladzijdes van een fictief dagboek. Een groepje van drie meisjes liep langs ons heen, op weg naar de toiletten. Ze droegen strakke, laag uitgesneden topjes. Een van hen knipoogde naar Nick.

Dit werd niets. Ik liep weg. Ik zou terug naar mijn tafeltje gaan, mijn tas pakken en –

'Hey,' klonk het achter me. 'Wacht even.'

Ik draaide me om.

'Ik ga even backstage om Shaun zijn *fags* te brengen, maar daarna kom ik terug. Zit jij waar je altijd zit?'

Ik knikte. Zijn vraag fladderde door mijn hersenen. Nick wist mijn vaste plek!

'Mooi. Dan zie ik je daar.'

'Dat was kort...' Kirstins wenkbrauwen waren twee vragende boogjes boven haar ogen.

'Hij komt zo bij ons zitten.' Ik wilde het luchtig zeggen, maar het kwam er ademloos uit. Het leek te onwerkelijk, te gemakkelijk, te eenvoudig. Bij mij was niets ooit zo simpel.

Maar bij Nick blijkbaar wel.

Kirstin stak lachend haar duim op. 'Goed gedaan.'

Arjan schoof zijn Guinness naar me toe. 'Hier, neem een slok. Je ziet eruit alsof je wel wat alcohol kunt gebruiken.'

Met opgetrokken neus duwde ik het glas terug. De scherpe, penetrante geur van drank wekte altijd weerzin op. Weinig dingen gaven zo'n opdringerig aroma af.

'Hoi,' klonk het ineens achter me, sneller dan ik had verwacht. 'Ik ben Nick.'

Arjan stond op en schudde hem de hand. Kirstin deed hetzelfde.

'Coole sound hebben jullie, man,' merkte Arjan op. 'Echt gaaf.'

'Dank je.' Nick schoof de stoel naast mij naar achteren en ging met een ontspannen gemak zitten, alsof hij zich thuis in zijn oude vertrouwde fauteuil liet ploffen. 'We zijn pas een jaar of wat bij elkaar, maar het gaat lekker.'

Mijn ademhaling kalmeerde toen ik inzag dat dit blijkbaar was hoe het zou gaan: Arjan en Kirstin zouden met Nick praten, en ik zou toekijken en proberen te wennen aan zijn aanwezigheid. Dan, wanneer ik gestopt was met zweten en mijn handen gewoon rustig op tafel of in mijn schoot lagen in plaats van dat ze zoals nu de hele tijd aan mijn haar plukten, zou ik een van mijn ingestudeerde vragen op hem afvuren. Goed.

Maar Nick had een ander script.

Hij draaide zijn stoel een kwartslag zodat hij niet langer met zijn gezicht naar Kirstin en Arjan toe zat, maar naar mij, en zei: 'Jasmijn.'

Meer zei hij niet. Alleen dat. Mijn naam.

Ik opende mijn mond, maar sloot hem weer. Wat moest ik zeggen? Hij had geen vraag gesteld. Moest ik nu 'Nick' zeggen? Hij zat zo dicht bij me dat onze knieën elkaar bijna raakten. *Doe alsof het een scène uit je dagboek is,* riep Normale Jasmijn in mijn hoofd. *Doe gewoon zoals je wil zijn. Niemand schrijft jouw script behalve jijzelf. Blijf in godsnaam zitten. Niét naar achteren schuiven.*

Ik moest hem aankijken. Luisteren naar wat hij zei.

'Nick,' zei ik. Toch maar.

Zijn gezicht plooide zich in een lach. 'Zo grappig dat jij het echt bent. Ik had al een tijdje een vermoeden hoor, de keren dat ik je hier zag zitten. Je hebt een bepaalde uitstraling, iets in je blik, die nog hetzelfde is als in mijn herinnering. Maar ik wist het steeds niet zeker. Het is natuurlijk onwijs lang geleden. Totdat ik die gozer van vorige week jouw naam hoorde zeggen.' Hij pauzeerde even en zijn gezicht werd ernstig. 'Ik hoop niet dat je het vervelend vond dat ik me daarmee bemoeide. Ik was je heus niet aan het volgen of zo, als je dat misschien denkt. Ik moest naar de wc, en toen zag ik jullie.'

'Het was goed dat je er was.' Ik speurde mijn brein af, zoekend naar mijn draaiboek. Daar, gevonden. Snel sloeg ik het open en vroeg: 'Dus, eh... waar ben je na de kleuterschool gebleven?'

Ik had getwijfeld of ik Romy vandaag mee zou nemen. Ze was sinds 'het incident', zoals mijn ouders en ik die bewuste middag waren gaan noemen, niet meer bij Emiel en Gabriella thuis geweest. Die dag was inmiddels ruim een halfjaar geleden, maar wat als de confrontatie met die plek toch nog nare herinneringen opriep aan de onrust en spanning van destijds?

Toch zaten we nu samen op de achterbank van de auto.

Romy hoorde bij mij.

En omdat ze bij me hoorde, zou ik haar ook morgen meenemen. Morgen wanneer ik... Mijn god, het lukte mijn hoofd niet om deze gedachte rustig af te maken. Ik stuiterde bijna op de achterbank. Morgen wanneer ik... een date had met Nick!

Tijdens ons gesprek in de pub gisteravond had hij, alsof hij dezelfde tekst had ingestudeerd als ik, gevraagd of ik nog steeds op Zuid woonde. We hadden gepraat, gelachen, en toen hij een halfuur later een ja-ja-ik-kom-al-gebaar had gemaakt naar de gitarist van Come Back Creedence, die al op het podium had gestaan, had hij snel gevraagd of ik misschien zin had om met hem te gaan lunchen dit weekend.

Meteen had ik geknikt, alsof het allemaal doodnormaal was. Alsof ik regelmatig buiten de deur lunchte met andere mensen dan Kirstin en ik mijn hand niet omdraaide voor nog een afspraak erbij in mijn volle, sociale agenda. Ik had hem verteld dat ik de volgende dag niet kon, maar zondag wel.

'Doen we dat,' had hij gezegd, terwijl hij was opgestaan. 'Waar?'

'De Koriander. Tegenover landhuis De Oliphant. Ken je het?'

'Ja.' Hij had zich naar me toe gebogen om me drie zoenen op mijn wangen te geven. Van hem was het niet vervelend. Ik had zijn stoppels zachtjes voelen schuren langs mijn huid. Ze hoorden bij Nick als zand bij de zee. 'Tot zondag dan. Eén uur?'

Ik had weer geknikt en toegekeken hoe hij het podium beklom en achter zijn slagwerk ging zitten. Daar had hij mijn blik gezocht en lachend één drumstok naar me opgestoken.

Ik had teruggelachen, en was daar de hele weg naar huis niet mee gestopt.

Zelfs nu moest ik mezelf er voortdurend aan herinneren mijn gezicht in de plooi te houden. Ik zou het namelijk nog niet aan mijn ouders vertellen, had ik me voorgenomen. Eerst moest deze nieuwe ontwikkeling rijpen in mijn hoofd, voorzichtig de vorm van realiteit aannemen. Ik was er nog niet klaar voor om mijn binnenwereld te delen, mijn ziel in de etalage te zetten en te roepen: Kijk maar! Als mijn ouders morgen vroegen waar ik naartoe ging, zou ik zeggen dat ik met Romy naar het park ging. Daar was geen woord van gelogen; de Koriander lag immers in het Zuiderpark.

Verder moest ik vooral onthouden dat het allemaal niets voorstelde. Het was maar een lunch, natuurlijk. Met iemand van de kleuterschool, nota bene. Ik moest dit niet opblazen in mijn hoofd. Ik moest cool blijven.

Maar ik vond deze jongen wel leuk. Echt leuk.

En ik kon niet wachten om te zien hoe de nieuwe Jasmijn daarmee omging.

We reden Emiels straat in. Naast me keek Romy naar buiten. Ze leek gelukkig niet gestrest. Emiel en Gabriella hadden groot nieuws, hadden ze tegen mijn moeder gezegd. Niet iets om over de telefoon te vertellen. En, o, ze hoopten dat Jasmijn ook meekwam, hadden ze benadrukt, zodat iedereen de bekendmaking tegelijkertijd kon horen.

'Is het goed nieuws?' had mijn moeder voorzichtig gevraagd, met de knallende ruzie nog in haar geheugen.

Ja, had Emiel bevestigd.

'Ze gaan trouwen,' voorspelde mijn moeder nu, terwijl mijn vader de auto parkeerde. 'Wedden?'

'Dat is het niet, Pien,' zei mijn vader. 'Gabriella is in verwachting. Dat zeg ik toch steeds al?'

Mijn moeder draaide zich om in haar stoel. 'Wat denk jij, Jas?'

Voor mij was het antwoord doodsimpel. 'Ze hebben een nieuwe hond, natuurlijk.'

'Hé, Romy'tje.' Emiel ging op zijn hurken zitten en krabbelde Romy achter haar oren. 'Jij bent gegroeid, zeg.'

Ik keek om me heen. Het huis was opgeruimder dan de vorige keer. Maar van de nieuwe hond was nog niets te zien.

'In de tuin ligt een bal,' zei Emiel tegen mij. 'Die kun je pakken, de pui staat open.'

Ik sprong op. 'Hoor je dat, Romy? Kom, we gaan kijken!'

We renden de tuin in, waar ik de tennisbal van de terrastegels opraapte en de woonkamer in rolde. Met verheugde sprongetjes hupte Romy erachteraan.

'Ga zitten.' Gabriella gebaarde naar de twee beige banken, die in een L-vorm tegen elkaar stonden. 'We blijven binnen, in de tuin is het veel te heet. Wat willen jullie drinken?'

Ik hoorde mijn moeder antwoord geven en zonk weg in mijn gedachten. Het was halftwee. Dat betekende dat ik morgen om deze tijd al een halfuur met Nick aan een tafeltje zou zitten. Nog steeds verbaasde het me hoe soepel ons gesprek gisteravond was verlopen, hoe vanzelf het allemaal leek te gaan. Dat had ik behalve met Kirstin nog nooit met iemand ervaren. Nicks ouders waren gescheiden toen hij vijf was, had hij me verteld, en hij was met zijn moeder in IJsselmonde gaan wonen. Daar was hij naar de basisschool gegaan. Hij studeerde nu autotechniek, maar eigenlijk wilde hij professioneel drummer worden. Zijn plek in Come Back Creedence was maar tijdelijk, want hun vaste drummer was op tournee met een bekende Ierse band. Terwijl hij had verteld, was ik erin geslaagd hem aan te blijven kijken, maar wanneer ik zelf aan het woord was geweest, had ik van hem weggekeken. Luisteren kon ik combineren met oogcontact, praten nog niet. Op die momenten had ik naar mijn tas gekeken, die aan mijn stoel hing, en ik had Nicks ogen pas weer gezocht nadat ik was uitgesproken.

Lachend had hij gewezen naar het boek dat half uit mijn tas stak. 'Dat is hoe ik me jou herinner, weet je dat? Als het meisje dat altijd aan het lezen was.'

'Op dit moment lees ik hoofdzakelijk in een theorieboek,' had ik bekend. 'Ik doe binnenkort theorie-examen, en daarna begin ik met rijlessen.'

Mijn moeders tikje tegen mijn arm bracht me terug naar het nu. 'Even niet dromen,' zei ze zacht. 'Ze gaan het vertellen.'

Ik keek op. Gabriella en Emiel zaten samen op het bankje tegenover ons, ik zat tussen mijn ouders in. Zelfs Romy leek de opwinding te voelen; ze lag aan mijn voeten, maar keek met alerte ogen van de een naar de ander.

Emiel schraapte zijn keel. 'We wilden even wachten tot we zeker wisten dat alles echt goed was... Maar nu kunnen we het jullie dan eindelijk vertellen.' Hij vlocht zijn vingers door die van Gabriella en zei: 'Er is een kleintje op komst.'

'Een baby!' riepen mijn ouders gelijktijdig uit.

Gabriella knikte. Ze had tranen in haar ogen. 'Jullie worden opa en oma.'

'En jij wordt tante, Jas.' Emiel lachte. 'Tante Jasmijn.'

Mijn moeder stond op om Gabriella en Emiel in haar armen te sluiten.

Mijn vader straalde en bleef maar zeggen: 'Ik wist het, ik wist het.'

'Gefeliciteerd!' riep ik, zo hard en enthousiast mogelijk, om te compenseren voor het feit dat mijn omhelzing uitbleef. Ik was oprecht verheugd, maar dat kwam hopelijk ook zonder lichamelijke intimiteiten duidelijk over. 'Wat een mooi nieuws!'

Romy liep kwispelend tussen ieders benen door en verbeeldde zich beslist dat de blijdschap om haar draaide. Plotseling stond ze stil en hield haar kopje schuin.

Ik hoorde het ook: het onmiskenbare geklingel van een ijscowagen.

Dat was het! Dit was dé manier om Emiel en Gabriella te laten zien dat ook ik echt blij voor ze was, ook al was ik geen kus-kus-kusser en geen omhelzer en hing ik er maar een beetje bij, als het losgeraakte oortje van een koptelefoon. Maar ik zou ijs halen! Voor ons allemaal! Want iets vieren deden we met ijs! Ik keek om me heen, zoekend naar mijn tas. Ah, daar lag hij, in de tuin, van mijn schouder gegleden toen ik de bal opraapte. In vier sprongen vloog ik door de woonkamer richting het terras. Ik moest snel zijn, voordat de kar weer doorreed. Ik kneep mijn ogen dicht tegen de felle zon en sprong naar bui–

Een oorverdovende knal.

Iemand gilde.

Een scheurend geluid. De wereld brak. Alles was donker.

Ik voelde mezelf niet meer.

Er werd opnieuw gegild.

Jasmijn! Jasmijn!

Ik probeerde te bewegen maar ik zat vast. Ik voelde mijn lichaam niet. Mijn mond stroomde vol met iets plakkerigs.

Bel 112!

Alles was zwaar, zo zwaar. Ik droomde. Ik zweefde. Maar er werd aan me getrokken. Harde, sterke armen. Ik werd opgetild, klapte dubbel. Een sproeiend, sissend geluid, als een kraan die sputterend aansprong om daarna in volle kracht te spuiten. Ik keek. Ik zag. Het water was rood. Bloed? Bloed.

Snel! Hier! Druk dit ertegenaan!

Iemand wikkelde een doek om mijn arm. Er drukte iets tegen mijn been. Ik werd in een stoel gezet. Mijn vader, ik zag mijn vader. Zijn gezicht was spierwit.

Twee doeken zijn niet genoeg!

Er werd nog steeds gegild.

Hallo? Ja, we hebben hier met spoed een ambulance nodig!

Mijn hoofd zakte naar beneden. Ik zag mijn vader zijn vuist ballen. Er zat een doek omheen. Toen verdwenen de vuist en de doek.

Ik spuwde roest uit mijn mond.

Laat iemand die hond uit de buurt houden!

Sirenes.

Mijn broer, plotseling vlak voor mijn gezicht. *Wat voor dag is het vandaag, Jasmijn? Hoe heet je hond? Hoe oud ben je? Nee, niet je ogen dichtdoen! Je moet bijblijven! Hoe oud ben je? Hoe heet ik?*

Ik dacht koortsachtig na. Hoe heette hij?

Nog meer theedoeken. De sirenes kwamen dichterbij.

Geblaf.

Gehuil.

Ik probeerde mijn ogen te openen. Het ging moeizaam, alsof er iets zwaars op mijn oogleden drukte. Toen ik eindelijk beeld kreeg, begreep ik niet wat ik zag. Metalen stangen. Ik lag op mijn rug. Het ding met de metalen stangen was een bed. Er stond een infuuspaal naast. Er hing een zak bloed aan en een andere zak, met doorzichtig spul. In mijn linkerhand zat een dikke naald met een gaasje eroverheen, mijn rechterarm zat helemaal in het verband. En mijn benen... Ik duwde mijn voeten onder het dekbed vandaan maar alleen mijn rechtervoet piepte tevoorschijn. Hij was bloot tot aan mijn enkel. Daarboven zat allemaal verband, strak als een lelijke witte legging. Ik staarde ernaar. Waar was mijn andere voet? Ik trok het dekbed opzij en blies mijn adem uit: godzijdank, ik had nog steeds twee benen. Maar het lukte me niet mijn linkervoet te bewegen. Zelfs mijn tenen deden niets. Ik sloot mijn ogen tegen de duizeligheid en probeerde het opnieuw. Weer lag mijn voet daar alleen maar, bewegingloos als een prothese. Alleen mijn teennagels waren zichtbaar, de rest zat in verband gewikkeld. Ik trok de deken verder opzij en zag dat mijn hele been omzwachteld was, helemaal tot aan mijn... Met mijn vingers volgde ik het witte spoor. Tot aan mijn heup!

Ik greep de bedstangen vast. Wat was er in godsnaam gebeurd?

'O gelukkig, je bent wakker.' Een blonde verpleegkundige kwam naar me toe gelopen. 'Hoe voel je je?'

Ik staarde haar aan. 'Waar ben ik?'

'Je ligt op de uitslaapkamer. De chirurg is ruim vijf uur met je bezig geweest.'

Chirurg? Uitslaapkamer? Ik slikte. Mijn keel was droog. Waar waren mijn ouders? Waar was Romy? 'Ik voel mijn been niet,' zei ik.

'Sst,' zei ze. 'Doe je ogen nog maar even dicht. Er komt zo dadelijk iemand bij je.'

Voor de derde dag op rij stak dokter Yang kleine naaldjes door het dikke verband om mijn been. 'En?' vroeg hij met een ernstig gezicht. 'Voel je al iets?'

Ik schudde mijn hoofd.

Hij schreef iets op en zei: 'Ik kom morgen weer even kijken bij je.'

Morgen. Iedereen leek het maar vanzelfsprekend te vinden dat ik niet naar huis ging. Ik moest blij zijn dat ik nog leefde, was me verteld. Ik had geluk gehad.

Noem het maar geluk.

'Gabriella voelt zich zo schuldig,' had Emiel tijdens zijn bezoek gezegd. 'Omdat zij degene is die de pui had dichtgeschoven. Ze wilde niet dat de buren ons nieuws al zouden horen, snap je.'

'Het is mijn eigen schuld,' had ik hem verzekerd, en dat was het natuurlijk ook. Mijn eigen stomme, lompe schuld. Ik was degene die als een idioot mijn ogen dichtkneep zodra het licht te fel werd en daardoor niet gezien had dat de pui niet langer openstond. En als ik gewoon naar de tuin was gelópen, in plaats van als een hysterisch kind te rennen, was het ongeluk ook niet gebeurd. Dan had ik hooguit mijn neus gestoten. Maar door mijn vaart was het glas gebroken. Dubbelglas, waardoor ik erin was blijven hangen.

Bevroren in mijn sprong.

Mijn vader had het ongeluk aan me beschreven. 'Je gezicht en een deel van je bovenlichaam waren al door het glas heen, maar de rest van je lichaam bleef steken. Je hing als een voorwerp in die ruit, met je linkerbeen precies op een scherpe punt. Emiel heeft je er zo snel mogelijk uitgetrokken, maar omdat je met je hele gewicht op die ene punt hing, sneed het glas dieper en dieper in je vlees en ontstond er een extreem grote wond. Je bent meer dan drie liter bloed verloren; het spóót er letterlijk uit.' Hij had een paar keer diep ademgehaald voordat hij had afgesloten met: 'Als Emiel niet zo snel gehandeld had, zou je het niet hebben overleefd.'

Bij deze laatste woorden was mijn moeder zachtjes gaan huilen.

Het gapende gat aan de achterkant van mijn dijbeen was zo groot geweest, dat mijn vader er zijn vuist in had gestopt in een wanhopige poging het bloeden te stelpen. Tijdens een spoedoperatie had dokter Yang mijn spieren, zenuwen en pezen zo goed als mogelijk microscopisch gehecht. De overige verwondingen, op mijn rechterbeen en mijn bovenarmen, waren vanwege de urgente situatie met grote, grove steken dichtgenaaid. Ze zeurden en prikten en trokken, maar de pijn zou overgaan. Het zouden 'niet zulke fraaie' littekens worden, had dokter Yang me gewaarschuwd, maar er was in elk geval geen neurologische schade.

Daar niet.

De wond aan de achterkant van mijn linkerdijbeen was zo diep, dat een aantal belangrijke zenuwen grotendeels waren doorgesneden, waardoor mijn been vanaf de knie naar beneden toe gevoelloos was geraakt. Maar wat ik moest onthouden was dat het een wonder was dat ik nog leefde, herhaalden de zusters. Ook dokter Yang zei het, en mijn ouders. Een wonder. Zoveel geluk.

Ik was een echt zondagskind.

De dagen trokken in flarden aan me voorbij. Mijn hersenen lagen onder een deken van mist. De schok was te groot. Ik was hier, maar toch ook niet. Ik besefte het wanneer de nevel even wegtrok, maar dat duurde nooit lang. Het was gewoon te onwerkelijk. Alsof de klap van het ongeluk me had weggeslingerd uit mijn eigen werkelijkheid en ik per abuis in weer een andere realiteit terecht was gekomen. De Jasmijn-die-in-het-ziekenhuis-lag.

Tijdens mijn heldere momenten zag ik mezelf op de zaal liggen. Ik zag de hoogbejaarde ziel in het bed naast me, die de hele dag met broodmagere armen aan haar stangen rammelde en 'Zuster! Zuster!' riep. Ik zag de vrouw tegenover me, een zurig type van een jaar of zeventig met een gebroken heup, een ongelukkig feit dat ze elk uur herhaalde.

Mijn bed stond naast de gang, waar voortdurend mensen langsliepen, waar voedselkarretjes en schoonmaakwagentjes rammelend heen en weer werden gereden. Tijdens bezoekuur stroomde de gang vol met passanten die onbeschaamd naar binnen keken alsof ze over de Lijnbaan slenterden en ik in een winkelraam lag opgesteld. Ik wilde me afwenden, maar kon me niet omdraaien. Soms deed ik mijn ogen dicht. Maar in de duisternis van mijn hoofd sprong dan meteen het knappe gezicht van Nick tevoorschijn, waar ik nu echt niet aan kon denken, en dus deed ik snel mijn ogen weer open. Dan zag ik jonge verpleegkundigen op witte plastic klompen, die hun best deden om vriendelijk naar me te glimlachen.

Ik wist niet of ik teruglachte.

Ik wist niet of dit echt gebeurde.

Mijn ouders kwamen elke dag. Ze namen fruit mee, en flessen water, en chocola. Mijn moeder had niet meer gehuild. Ze was vrolijk nu, té vrolijk, te opgewekt.

Ook dat gebeurde niet echt.

Zelf was ik niet vrolijk. Ook niet verdrietig. Ik was niets.

Mijn emoties waren uitgeschakeld. Verlamd, net als mijn been.

Ik mocht niet op mijn buik of mijn zij liggen; mijn been mocht niet bewegen. Als ik naar het toilet moest, bracht een verpleegkundige een po. Tandenpoetsen deed ik boven een grijs kartonnen bakje. Na de zoveelste nieuwsgierige blik vanaf de gang vroeg ik een verpleegkundige het gele gordijn rond mijn bed dicht te trekken.

Het zou pas weer opengaan als ik naar huis mocht.

Terug naar mijn eigen wereld.

'Goed, Jasmijn...' Dokter Yang schraapte zijn keel. 'De reden waarom ik je ouders gevraagd heb om bij dit gesprek aanwezig te zijn is omdat we vrezen dat je de ernst van de situatie niet helemaal begrijpt.'

Mijn moeder stond naast mijn bed en pakte mijn hand.

Mijn vader keek strak naar de arts.

Dokter Yang las iets van het klembord in zijn handen en vervolgde: 'Er is geconstateerd dat je erg passief bent. Veel te... afwezig zullen we maar zeggen. Je ondergaat alles, zonder dat het echt tot je door lijkt te dringen.' Hij knikte geruststellend naar mijn ouders en ging verder: 'Dat is begrijpelijk, en wij zien dat natuurlijk wel vaker. Het kan door de schok komen, of door het vele bloedverlies. Maar het houdt bij jou wel erg lang aan.'

Ik zweeg.

Dokter Yang wendde zich tot mijn moeder. 'Is dit normaal gedrag voor haar? Trekt ze zich vaker zo terug in zichzelf?'

Ik sloot mijn ogen. In mijn hoofd zag ik Jasmijn-de-kleuter, weggekropen achter mijn moeders rug. Juffrouw Marleen, die op bezoek was om te vragen waarom ik zo stil was. Was dat wat er hier gebeurde? Was ik, na al die jaren, weer terug bij af? Elk toneelstuk hield een keer op, en alle maniertjes die ik mezelf bij Mancini had aangeleerd, waren hier in het drukke ziekenhuis vervlogen als lucht uit een open ventiel. Het was alsof ik al die vaardigheden nooit had vergaard. Ergens in mijn hoofd wist ik ze nog, maar de planken waarop ik de rol van Normale Jasmijn zo overtuigend had gespeeld, waren onder mijn voeten vandaan gerukt.

Alles was anders.

Mijn moeder zei: 'Ik denk dat ze even moet wennen aan, eh... deze situatie.'

'Maar begríjp je de situatie, Jasmijn?' Dokter Yang keek me vanachter zijn ronde brillenglazen zonder te knipperen aan. 'Besef je wat er aan de hand is?'

'Er was een ernstig ongeluk,' zei ik toonloos. 'Alles is doorgesneden. Mijn been is verlamd en mag niet bewogen worden. Ik was bijna dood en heb ontzéttend veel geluk gehad.'

'Ja.' Weer schraapte hij zijn keel. Hij zweeg even en keek mijn ouders aan alsof hij toestemming nodig had om verder te gaan. 'Maar we moeten er rekening mee houden dat je je linkerbeen misschien niet meer zult kunnen gebruiken. Dat je niet meer zult kunnen lopen.'

Mijn moeder kneep in mijn hand.

Ik hoorde dokter Yangs woorden, maar ze klonken alsof ze niet over mij gingen. Natuurlijk ging ik wél weer lopen. Dit was maar tijdelijk.

'Je zenuwen...' Dokter Yang wees met zijn pen naar mijn voet. 'Eerder zei je tegen me dat het voelt alsof je voet slaapt. Voelt dat nog steeds zo?'

Ik knikte.

'En de rest van je been?'

'Daar voel ik niets.'

'Exact. Dat je voet lijkt te slapen komt doordat de doorgesneden zenuwen in je bovenbeen in rechtstreekse verbinding stonden met je enkel en je voet. Die verbinding is nu weggevallen, waardoor jij je voet niet meer voelt. En aangezien ook je spieren nog niet hersteld zijn, zou hij, als je er nu bijvoorbeeld op zou proberen te staan, onmiddellijk dubbelklappen. Het is erg belangrijk dat de wond tijd krijgt om zo goed mogelijk te genezen. En daarom wil ik je minstens een maand hier houden. Je been moet volledige rust krijgen.'

Een maand.

Het was te onwerkelijk. Ik kon het me allemaal gewoon niet vóórstellen. Ik kon simpelweg niet geloven dat ík het was die hier lag, in deze vreemde, luidruchtige omgeving en met verpeste benen. Het was niet te bevatten. Ik zag het kale verdriet op de bleke gezichten van mijn ouders, maar ik wist met een soort kalme, krankzinnige zekerheid dat het allemaal niet waar was. Dat ze zich vergisten.

'En daarna?' vroeg mijn moeder zacht. 'Na die maand?'

'Ze woont nog thuis, heb ik begrepen?'

'Ja,' zei mijn vader.

'Dan zullen jullie de woning rolstoelvriendelijk moeten maken, zoals dat heet.'

Ik hoorde mezelf een kort lachje uitstoten. Ik, in een rolstoel? Nooit.

Weer een kneepje in mijn hand.

Waarom geloofde mijn moeder dit allemaal? Waarom aanvaardden mijn vader en zij deze foutieve realiteit? Een cirkel van stilte sloot zich rond mijn bed. Ik keek niemand aan, hield mijn ogen laag. Mijn moeder had een zalmkleurige blouse aan. Een paar korte, zwarte haartjes staken af tegen de lichte stof. Haartjes van Romy. Ik moest me inhouden om ze niet aan te raken. Die kleine Romy had natuurlijk geen idee waar ik was. Ze had gezien hoe ik werd afgevoerd, ze had blaffend en jankend laten weten het er absoluut niet mee eens te zijn. Haar verontwaardigde geluid klonk na in mijn oren. En nu was zij thuis en ik hier. Lieten mijn ouders haar wel goed uit? Gingen ze met haar naar het park? Ik wilde haar zien. Ik moest weg hier! Ik… Ik…

'Huil maar,' zei mijn moeder zachtjes. 'Het is goed.'

'Het is helemaal niet goed!' Ik zag dokter Yang terugdeinzen bij mijn plotselinge harde stem, maar dat kon me niets schelen. 'Ik wil hier niet zijn! Ik wil naar huis!'

Ik greep de stangen van mijn bed beet en duwde mezelf overeind, klaar om mijn benen over de rand te slingeren en op te staan, weg te lopen. Ik was helemaal klaar met die onzin hier. Maar mijn linkerbeen deed het niet. Het lange, dunne ding lag daar alleen maar, zwaar en nutteloos, als het levenloze been van een omgevallen etalagepop.

'Rustig, Jasmijn…' Dokter Yang duwde me voorzichtig terug naar achteren, tot mijn rug het matras weer raakte. 'Rustig…'

'Nee!' Tranen sprongen uit mijn ogen. Ik veegde ze weg. De infuusnaald in mijn linkerhand schampte mijn wang. 'Nee!'

'Huil maar,' zei mijn moeder weer. 'Geef je er eindelijk maar aan over.'

Nooit.

Kirstin kwam langs. Opa en oma. Emiel en Gabriella. Er kwamen fleurige kaarten van ooms en tantes en een grote, uitvouwbare van Mancini. Iedereen had zijn naam erop geschreven. Hein kwam persoonlijk langs. Olcay van Finance zou mij vervangen tot ik er weer was, vertelde hij. Daar hoefde ik niet over in te zitten.

Iedereen was geschrokken en leefde met me mee.

Mijn moeder stelde voor om mijn bed naar de buitenplaats te rijden, zodat ik Romy kon zien, maar ik schudde mijn hoofd. Hoe kon ik haar zien, alleen maar om daarna weer afscheid te moeten nemen? Dat zou het allemaal nog moeilijker maken. Ik wilde dat ze mij pas weer zag wanneer we echt herenigd waren, wanneer ik weer thuis was.

Thuis, dat nu zo ver weg leek.

En als ik straks eindelijk weer terug was, wat dan? Hoe kon ik in een rolstoel met Romy op avontuur? Hoe kon ik dan met haar spelen, dansen, rennen?

Nee. Ik dwong mijn gedachten te stoppen. Zo zou ik niet denken. Het zou namelijk niet gebeuren.

Ik werd níét de Jasmijn-die-in-een-rolstoel-zat.

Mijn moeders woorden klonken na in mijn hoofd. *Ik denk dat ze even moet wennen.* Het was niet waar. Aan het leven in een ziekenhuis viel niet te wennen. Dit was erger dan de kleuterschool, erger dan het Mercatus, erger dan de Blokker. Hier kon ik namelijk niet weglopen. Ik kon letterlijk geen kant op. Voor het eerst in mijn leven was de kooi echt dicht.

'Waarom zit jij toch steeds met je gordijnen gesloten?' klonk de zeurderige stem van Gebroken Heup een paar keer per dag. 'Het is net alsof je de hele dag op de po zit.'

Ik reageerde er niet op. Mezelf uitleggen was altijd al lastig geweest, maar bij deze vrouw zou ik het niet eens proberen. Ze was niet geïnteresseerd in een verklaring; ze wilde gewoon iets hebben om over te zaniken. Ik ging haar niet vertellen dat het voelde alsof ik vastgeketend lag in een druk winkelcentrum. Dat ik de afgelopen maanden zo trots was geweest op mijn vooruitgang, maar dat deze terugval me liet zien dat het niets meer dan een illusie was geweest. Dat ik nog stééds niet wist hoe ik me moest gedragen. Maar dat het me voor het eerst ook niet meer interesseerde. Echt niet. Het maakte me niet uit wat de mensen hier in dit ziekenhuis van me dachten. Het enige wat mij interesseerde, was hier zo snel mogelijk zien weg te komen.

Gisteren had ik mijn moeder gevraagd een leeg schrift en wat pennen mee te nemen, zodat het papier mij kon vertellen hoe Normale Jasmijn haar periode in het ziekenhuis ervoer. Soms las ik terug wat ik geschreven had en zag ik dat zij net als ik meedraaide in de dagelijkse routine van ontbijt om halfzeven, opfrissen met het pak babydoekjes naast haar bed, tromboseprik, thermometer, dokter Yang met zijn naalden, het omaatje dat om de zuster riep en met haar bedstangen rammelde.

Lunchtijd. Bezoektijd. Elke-dag-was-hetzelfde-tijd.

En toen, op zaterdag, verschenen Arjan en Marco aan mijn bed.

Marco had een lange rode roos bij zich. 'Voor jou.'

'O.' Ik ontweek zijn blik.

'Van Nick,' zei hij er snel achteraan.

'Wát?' Ik duwde mezelf wat verder overeind. Mijn bed mocht sinds gisteren in de zitstand, met extra kussens in mijn rug. 'Serieus?'

Marco knikte. 'We zagen hem gisteravond in de pub. Hij keek de hele tijd naar ons tafeltje. Waarschijnlijk vroeg hij zich af waar jij was.'

Ik hield mijn adem in. 'Kwam hij naar jullie toe?'

'Nee. Maar...' Marco rechtte zijn schouders, duidelijk trots op wat hij had gedaan. 'Ik ben naar hém toe gegaan. Arjan had van Kirstin gehoord dat jij zondag een date met hem had, en dat is natuurlijk niet doorgegaan. Dus ik dacht dat hij misschien wel zou willen weten wat er gebeurd was.'

Ik zweeg. Langzaam liet ik mijn adem ontsnappen.

Nick.

Nick, aan wie ik al die dagen niet had willen denken. Omdat het te veel was, omdat ik het er simpelweg niet bij kon hebben. Het idee dat hij afgelopen zondag naar de Koriander was gegaan, en daar was gaan zitten, aan een tafel gedekt voor twee. Ik had het beeld niet kunnen verdragen. Hoe hij met gefronst voorhoofd een steelse blik op zijn horloge wierp. Hoe zijn vingers op de tafel trommelden. Hoelang was hij blijven wachten? Wanneer had hij beseft dat ik niet zou komen? De conclusie dat ik hem had laten zitten moest een klap in zijn gezicht geweest zijn. We hadden geen telefoonnummers uitgewisseld. Er was geen enkele manier om met elkaar in contact te komen tenzij hij mijn achternaam wist, maar die wist hij waarschijnlijk niet. Ik wist die van hem ook niet. Dat waren geen dingen waar je op de kleuterschool bij stilstond.

'Ik hoop dat ik er goed aan heb gedaan...' zei Marco, toen ik stil bleef. 'Nick schrok heel erg, Jasmijn. Hij wilde meteen hierheen komen, maar ik zei dat ik niet zeker wist of jij dat wilde. Toen is hij deze gaan halen.' Marco hield de roos voor mijn gezicht. Er zat doorzichtig cellofaan omheen. 'Kijk, er zit een berichtje bij.'

Ik pakte de roos aan. Een piepklein kaartje prijkte aan een rood lint. Ik vouwde het open. *-x- Nick*, stond er.

Meer niet. Maar het was alles.

Ik drukte de roos tegen me aan.

Ik bladerde door de tijdschriften die Kirstin had meegenomen, maar kreeg niet mee wat erin stond.

'Ga je hem langs laten komen?' had ze me gisteravond gevraagd. 'Volgens Arjan heeft hij tegen Marco gezegd dat hij je graag wil zien.'

'Ik wil niet dat hij me zo ziet. Als een fucking invalide. Lekker sexy.'

'Zo denkt hij vast niet. Je sluit jezelf weer af, Jas.'

'Ik stel onze ontmoeting even uit, dat is alles. Zodra ik weer op de been ben, zal ik...' Ik had gezwegen. Dan zou ik wat? Nick en ik hadden elkaar pas één keer echt gesproken. Het betekende niets. Minder dan niets. 'Dan zie ik wel weer verder,' had ik mijn zin afgemaakt.

Kirstin had niets gezegd. Ik wist dat ze zich afvroeg hoe het moest als ik nooit meer zou lopen.

Vanmorgen had een van de verpleegkundigen een boek op mijn kastje gelegd over een danseres die verlamd raakte en in een rolstoel terechtkwam. Volgens de achterflap ging het verhaal erover hoe het meisje, ondanks haar lichamelijke beperking, toch weer een gelukkig leven wist op te bouwen. Zonder wat te zeggen had ik het boek teruggegeven.

Zo zou het mij niet vergaan. Ik zou wél weer gaan lopen.

In gedachten herhaalde ik dat keer op keer. Ik negeerde de donkere hoekjes van mijn geest, waar het licht niet kwam en mijn angst zich schuilhield. Stel dat ik echt nooit meer... Nee. Er was geen 'stel dat'. Dit was allemaal maar tijdelijk. Ik zou herstellen.

Ook als ik de enige was die dat geloofde.

'Je sluit jezelf weer af,' had Kirstin gezegd. Ik wist wat ze bedoelde, dat zij als geen ander wist hoe goed ik was in dingen ontkennen, in ze niet onder ogen willen zien. Als ik er niet aan dacht, was het er niet. Maar was dat echt hoe ik wilde zijn, altijd maar met mijn kop in het zand? Eigenlijk was dat ontzettend zwak. Ik was een Vink, geen struisvogel! Ik moest eens leren om niet alleen mensen maar ook situaties recht in de ogen te kijken.

En als ik het niet eens was met wat ik zag, dan moest ik daar wat aan doen.

'Ik wil naar huis,' zei ik rustig.

Dokter Yang fronste zijn wenkbrauwen. 'Dat lijkt me echt niet verstandig, Jasmijn. Je bent hier pas twee weken, en –'

'Thuis kan ik ook op bed liggen en mijn been stilhouden.'

'Dat is waar. Maar toch vind ik het daar nog te vroeg voor.'

'Nou, ik niet. Ik lig niet meer aan het infuus, en morgen gaat mijn verband eraf. Waarom zou ik hier dan nog blijven?'

'Lieve kind, ik begrijp je gevoel, maar we kijken het nog heel even aan, goed? Ik beloof je dat ik je wens in gedachten zal houden.'

De dag erna zei ik het opnieuw.

En de volgende dag weer.

Een flinke jaap! Zo had de verpleegkundige die mijn verband weg had geknipt mijn litteken genoemd. Ik had de plek zelf nog niet gezien, maar als ik er met mijn vingers over streek, voelde ik de diepe en ribbelige deuk van verloren weefsel dat nooit meer terug zou groeien. De littekens op mijn armen en mijn andere been had ik wel gezien: vuurrode ritssluitingen die eruitzagen alsof ik met een haai had geworsteld.

Morgen zouden de hechtingen worden verwijderd.

Vandaag had ik een spalk gekregen om mijn verlamde voet op zijn plek te houden. Het was een wit ding van hard kunststof, dat om mijn voet en enkel heen sloot en tot net onder mijn knie kwam. Hierdoor wees mijn voet netjes omhoog als ik op mijn rug lag.

Dokter Yang prikte niet langer zelf in mijn been maar gebruikte een machine die mij stroomschokjes gaf. Neurale elektrostimulatie, noemde hij dit.

Ik voelde er niets van.

'Alsjeblieft.' Mijn moeder legde glimlachend een plastic tasje bij me op bed. 'Hier zul je wel blij mee zijn. Stom dat we daar niet eerder aan dachten.'

Ik stak mijn hand in het tasje. Mijn vingers raakten een hard, glad oppervlak dat zo vertrouwd voelde, dat mijn ogen zich vulden met tranen.

'Zeg, kun je eens tegen je dochter zeggen dat het maar akelig is om de hele dag tegen die dichte gordijnen aan te kijken?' krijste Gebroken Heup vanaf de overkant. 'Zodra jullie weg zijn, sluit ze zich weer op in die gele iglo. Dat is toch niet gezellig?'

'Ik denk niet dat Jasmijn hier ligt voor de gezelligheid,' zei mijn moeder.

Gebroken Heup sputterde iets en zette haar televisie aan. De overenthousiaste stemmen van een TelSellprogramma schalden bij haar vandaan.

Ik klemde mijn vingers stevig om de walkman van vroeger. Om Elvis.

'Fijn?' vroeg mijn moeder.

'Ja,' zei ik zacht. Elvis zou me bij de hand nemen en me helpen weg te glijden in mijn eigen wereld. Ik sloot mijn ogen bij het gelukkige vooruitzicht. Het was bijna net zo goed als thuiskomen.

'Hallo,' hoorde ik mijn vader zeggen.

Ik opende mijn ogen en zag mijn vader vragend naar iemand opkijken. Iemand naar wie mijn moeder vriendelijk knikte.

Ik volgde hun blik... en verslikte me.

Nick stond in de deuropening. Brede schouders in een donkerblauw T-shirt, een papieren zakje in zijn handen. Hij lachte naar me. Het was de lach die ik kende uit de pub, de lach die ik steeds opnieuw in mijn hoofd had gezien toen ik nog naar ons afspraakje toe had geleefd.

De lach die ik hier geprobeerd had uit mijn hoofd te bannen.

Hij liep naar mijn bed, zijn stappen groot en zelfverzekerd. Met een 'Hallo, ik ben Nick' stak hij zijn hand uit naar mijn ouders, in hetzelfde gebaar waarmee hij zich in de pub ook aan Arjan en Kirstin had voorgesteld. De vanzelfsprekendheid in zijn stem sloot alle twijfel of hij hier wel hoorde acuut uit.

Mijn vader en moeder wisselden een geamuseerde blik.

'Hoi,' zei hij tegen mij. Hij boog zich voorover en drukte een kus op mijn wang.

Ik voelde dat ik rood werd.

Vanuit mijn ooghoek zag ik mijn moeder nieuwsgierig toekijken.

'Dit is voor jou.' Nick pakte een in lichtgroen inpakpapier verpakt cadeau uit het zakje en legde het op mijn bed. 'Ik wist niet wat ik mee moest nemen. Ik weet dat je van lezen houdt, maar niet welke boeken je al gelezen hebt en welke niet. Dus toen probeerde ik te bedenken waar je het meeste behoefte aan zou hebben nu, en... nou ja... kijk zelf maar.'

'Dank je wel.' Ik gebaarde naar de roos op mijn nachtkastje, die nog altijd fier rechtop stond in een leeg flesje Spa. 'Ook voor die.'

Weer keken mijn ouders elkaar aan. Ik had ze de afgelopen dagen al af en toe naar de roos zien kijken, had de vraagtekens over hun gezicht zien glijden. Maar zoals altijd hadden ze hun vragen niet uitgesproken.

'Ik ben blij dat Marco het me vertelde,' zei Nick. 'Ik schrok me rot.' Hij zweeg en nam me met een ernstig gezicht op. Mijn benen lagen verborgen onder de deken, slechts de wonden op mijn armen waren zichtbaar. Plotseling verlangde ik dat ik iets anders aanhad dan mijn suffe, roze slaapshirt.

'Pak je cadeautje uit, joh,' zei mijn moeder. 'Ik ben benieuwd.'

Nick lachte. 'Stel je er niet te veel van voor, hoor.'

Ik scheurde het papier los. Mijn vingers troffen wat zachts, mijn ogen zagen iets zwarts. Ik trok het tevoorschijn. Een zwart, pluchen hondje keek me met heldere ogen aan.

'Zo is jouw Romy toch een beetje bij je,' zei Nick. 'Ik weet dat het nergens op slaat en dat je het misschien kinderachtig vindt, maar...' Hij haalde zijn schouders op. 'Nou ja, ik hoopte dat je het misschien toch kon waarderen.'

Ik drukte het hondje tegen mijn gezicht. Voor de tweede keer sinds ik hier was, kwamen mijn tranen naar buiten. Ik begroef mijn gezicht nog dieper in de pluchen vacht van het diertje, dat nat werd van mijn tranen. Dit was zo'n klein gebaar van Nick, maar zo groot. Natuurlijk wist ik dat dit niet echt Romy was. Maar het ging om de gedachte. Alles ging altijd om de gedachte.

En Nick begreep dat. Nick begreep míj.

Op mijn schoot lag nog altijd het gewicht van de walkman. Mijn vader en moeder voelden altijd aan wat ik nodig had. En nu was daar ineens, vanuit het niets, deze jongen, deze bijzondere jongen, die dat op zijn manier ook leek te kunnen.

'Dank je wel,' zei ik, mijn stem gesmoord in het zwarte wolfluweel.

De oude vrouw in het bed naast me stopte met het rammelen aan de metalen stang, alsof ook zij het begreep.

Na drie weken mocht ik eindelijk naar huis, op voorwaarde dat ik mijn linkervoet niet zou belasten, ik mijn been regelmatig hoog legde en ik zo vaak mogelijk de spalk droeg om te voorkomen dat mijn voet en enkel naar binnen klapten. Alleen als het harde ding te erg knelde, mocht hij eventjes af, maar nooit lang. Verder was het belangrijk dat ik mijn been zoveel mogelijk stilhield, drukte dokter Yang mij op het hart. Eén verkeerde beweging, en de hele boel scheurde vanbinnen los. Wekelijks zou ik naar het ziekenhuis terug moeten, om de elektrostimulatie voort te zetten.

In een door mijn moeder gemaakte lange jurk, want het was onmogelijk mijn gevoelloze been in een broekspijp te krijgen, was ik klaar om het ziekenhuis te verlaten. Met mijn ouders aan weerszijden van mij bewoog ik mezelf in een rolstoel de lange gangen door, de lift in. Beneden, in de hal van het ziekenhuis, keek ik strak voor me uit. Ik wilde niet zien met welke blik in hun ogen mensen naar me keken. Misschien hadden ze medelijden. Misschien dachten ze dat ik in deze rolstoel hóórde. Ik duwde en duwde tegen de grijphoepels van de grote wielen en hoorde mijn ouders hun passen versnellen. Ik moest weg hier, voordat ik zou opkijken en tegen de eerste de beste persoon die ik zag, zou roepen dat dit maar tijdelijk was, hoor! Dat ik in no time weer zou lopen. Dat er niets zieligs aan was.

Buiten tilde mijn vader me voorzichtig de auto in.

De rolstoel bleef achter bij het ziekenhuis. Dokter Yang had aangeraden er thuis ook een te gebruiken, maar dat ging niet gebeuren.

'Zolang mijn andere been het wél doet, heb ik dat ding niet nodig,' had ik gezegd. 'Ik kan me ook met krukken verplaatsen.'

Mijn moeder stapte uit en hielp mijn vader mij uit de auto te tillen. Daarna haastte ze zich om de benedendeur alvast open te doen. Ik zag hoe achter het raam van mevrouw Stoep de vitrage opzijgeschoven werd, hoe bij de bovenburen nieuwsgierige gezichten opdoken achter het glas.

Niets aan de hand, riep ik ze in mijn hoofd toe. *Komt goed.*

Ik wist natuurlijk dat niemand me hoorde. Maar ík hoorde me.

En dat was nu even het belangrijkst.

Mijn vader droeg me de portiektrappen op in de voorzichtige stapje-voor-stapje-klim van iemand die een pasgeboren baby'tje naar huis bracht. Mijn moeder snelde voor ons uit, de sleutel in haar hand. Aan de andere kant van de deur klonken opgewonden piepjes van Romy.

Binnen legde mijn vader me behoedzaam op de bank.

Romy sprong op me en bleef mijn wang likken, uitzinnig van blijdschap. Haar staart sloeg *zwiep-zwiep-zwiep* tegen de leuning van de bank. Haar warme, zoete adem blies hijgend in mijn gezicht.

'Ja, ik ben er weer,' zei ik lachend. 'En ik laat je nooit meer zo lang achter.'

Ik lag op mijn rug op de bank en keek omhoog naar de slingers boven mijn hoofd, een feestelijke regenboog van letters.

WELKOM THUIS, zongen ze. WELKOM THUIS.

De volgende dag lukte het me om op mijn krukken naar mijn kamer te hinken, waar mijn moeder met ingehouden adem toekeek hoe ik me voorzichtig op mijn bed liet zakken, haar armen uitgestrekt alsof ze elk moment moest ingrijpen. Pas toen ik veilig op de rand zat, liet ze haar armen naar beneden vallen en nam mijn krukken van me aan. Met mijn handen tilde ik mijn linkerbeen op en legde hem bij me op bed. Het voelde vreemd. Dun. Toen schoof ik door naar achteren tot ik helemaal op bed lag, mijn beide benen voor me uitgestrekt. Ik blies mijn adem uit. Mijn hele lichaam tintelde van inspanning, maar ik had het gedaan.

Zelf.

Mijn moeder legde twee kussens onder mijn knie om mijn been hoog te houden.

Romy sprong voorzichtig naast me en vlijde zich tegen mijn heup.

Wij waren klaar voor het bezoek van Nick.

'Zo, zo.' Grijnzend keek hij om zich heen terwijl hij mijn kamer binnenstapte. 'Ik hoef volgens mij niet te vragen van welke muziek jij houdt.'

Ik zei niets, ik kon alleen naar hem kijken.

Behalve Emiel was er nog nooit een jongen op mijn kamer geweest. Ik had het me ook nooit kunnen voorstellen, zelfs niet met Elliot. Mijn kamer was de plaats waar ik alleen was met mijn gedachten, met Elvis, met Senta en met Romy. Zelfs in de alternatieve realiteit van mijn dagboek-Jasmijn waren er nooit jongens toegelaten.

En nu was Nick hier opeens.

Nick, die zich naar me toe boog en me een kus op mijn wang gaf. Nick, die naar een frisse douchegel rook waardoor ik in mijn hoofd prompt een plaatje zag van hem onder de douche. Met nat haar dat in zijn ogen viel, zijn brede lichaam druipend in de stoom. Nick, die nu rustig mijn bureaustoel naar achteren trok en naast mijn bed ging zitten. Die me een groot tablet hazelnootchocolade in handen drukte omdat mijn moeder hem had verteld dat die soort mijn favoriet was.

'Mijn moeder?' Ik keek hem verbaasd aan.

Nick knikte. 'Ik vroeg het haar gisteravond, voordat ik jou zelf aan de lijn kreeg.'

En weer kon ik niets anders doen dan naar hem kijken. Hoe kalm en gemoedelijk hij in mijn bureaustoel zat, die eigenlijk te klein was voor zijn grote lichaam. Hoe soepel en vanzelfsprekend hij zijn persoon vervlocht met mijn leven, mijn wereld.

Net als in het ziekenhuis leek hij geen enkele twijfel te voelen over de vraag of hij hier moest zijn.

'Dus...' Hij grijnsde weer. 'Elvis.'

Zelfs de manier waarop hij die naam uitsprak, klonk goed. Méér dan goed. Ik wilde hem vragen het nog eens te zeggen, en nog eens.

'Mijn moeder is groot liefhebber,' ging hij verder. 'Ik ben zo'n beetje met hem opgegroeid. Als kleuter sloeg ik mijn eerste beats mee op *Baby, I Don't Care*.' Hij lachte. 'Ik bakte er toen nog niets van, natuurlijk, maar ik beeldde me in dat ik D.J. Fontana was.'

Ik voelde mijn ogen groot worden. 'Ik kan niet geloven dat je die naam kent.'

'Serieus?' Hij streelde Romy, die naast hem op de grond was gaan zitten en die veelbeduidend haar kop op zijn knie had gelegd. 'Kom op, elke zichzelf respecterende drummer weet wie Fontana is. Wat een nauwkeurigheid en een kracht heeft die man, wat een ritme en dynamiek, en dat alles in een zeldzame eenvoud die het geluid puur houdt. Het is doodzonde dat hij niet altijd een vast bandlid van Elvis is gebleven. Hij... Wat? Wat is er? Waarom kijk je me zo aan?'

Ik trok hem naar me toe en kuste hem.

Lang en intens.

Emiel en Gabriella kwamen vaak op bezoek. Gabriella, haar buik rond van verwachting, voelde zich nog steeds schuldig over het dichtschuiven van de pui en bracht vaak wat oude tijdschriften voor me mee. Ze lagen op een rommelig stapeltje naast mijn bed. Soms pakte ik er eentje op en bladerde erdoorheen. Ik las verlopen horoscopen en testjes die Gabriella had gemaakt, de aanvinkkruisjes klein en strak alsof ze in opperste concentratie had willen achterhalen welk lichaamstype ze had of wat voor soort vriendin ze was. Ik zag foto's van beroemdheden waar ik nog nooit van had gehoord en verbaasde me dat alle vrouwen in deze bladen op elkaar leken. Ze bewogen zich door de media als een lange eenheidsworstparade waarin iedereen hetzelfde haar had, hetzelfde lichaam, dezelfde kleding, dezelfde make-up.

Voor sommigen hield de middelbare school nooit op.

Romy lag hele dagen bij me. Af en toe snuffelde ze aan mijn been en aan mijn voet. Ik vroeg me af of ze kon ruiken wat er allemaal stuk was. Ik hoorde haar getrippel in het portiek als ze met mijn moeder naar buiten ging, rook het gras en de aarde in haar donkere vacht wanneer ze weer terugkwam. Mijn moeder stelde voor om een rolstoel te huren zodat ik mee kon naar het park.

Ik sloot mijn ogen in een poging het voor me te zien en schudde mijn hoofd.

'Waarom niet?' vroeg mijn moeder.

'Zodra ik in zo'n ding ga zitten, is het alsof ik al verloren heb.'

'Nee, je moet het zien als een hulpmiddel. Je kunt moeilijk op je krukken het hele park door. Stel je eens voor dat je struikelt, of –'

'Maak mijn spalk eens los, alsjeblieft.'

'Knelt hij? Zal ik hem wat minder strak doen?'

'Nee, ik wil hem even helemaal af. Ik ga wat proberen.'

Mijn moeder keek bezorgd, maar deed toch wat ik vroeg.

Meteen viel mijn voet opzij, als een dronken tante tijdens *De vogeltjesdans*.

'O, Jas...' Mijn moeder had tranen in haar ogen. 'Kom, ik doe hem weer om.'

'Nee,' zei ik scherp. 'Hij blijft af.'

'Maar dokter Yang zei –'

'Ik moet iets proberen, en dat gaat beter zonder spalk. Laat me maar even.'

Toen ze op haar lip beet, haar armen nog steeds naar mij uitgestrekt, voegde ik eraan toe: 'Het is goed, ma.'

Zodra ze weg was, bukte ik naar voren en legde een kussen tegen de zijkant van mijn enkel, om mijn voet in elk geval een beetje steun te geven. Van dat levenloos opzij bungelen ging alles vanbinnen branden en prikken, alsof er te hard aan mijn spieren getrokken werd. Ik haalde diep adem. Oké. Concentreren nu. Ik sloot mijn ogen en riep een beeld op van Romy en mij in het park. Een gelukkige herinnering. We renden, we speelden. Ik kneep mijn ogen stijver dicht en trok de herinnering verder naar boven. Concentratie, concentratie. De Jasmijn in mijn hoofd droeg een korte broek. Ik zag grote, vuurrode littekens op haar benen. Het plaatje was geen herinnering meer, maar een toekomstbeeld. Om haar linkerbeen droeg ze een spalk. Maar ze líép. Zelf. Zonder krukken. Ik zag het, ik vóélde het. Het kriebelende gras tegen mijn kuiten. De druppels van Romy die zich uitschudde. Het beeld vervaagde, veranderde. Ik zag ons op het strand van Rockanje, ik voelde de wind in mijn haren, het zand tussen mijn tenen, de geribbelde zeebodem onder mijn voeten. Ik proefde de zoute druppels op mijn lippen, hoorde het gemekker van de zeemeeuwen. Ik zag de Jasmijn-die-weer-kon-lopen.

Ik wás de Jasmijn-die-weer-kon-lopen.

Die met Romy in de zee zwom, die met haar door het park rende.

Die haar rijbewijs haalde en haar eigen hondenuitlaatservice begon.

Ik opende mijn ogen. Staarde intens naar mijn voet. Mijn blik zoomde in, verder en verder. Niet te veel in één keer, klein beginnen. Ik focuste me op mijn grote teen. Ik hield mijn concentratie vast en bleef staren, en staren, en staren. Er ging een kwartier voorbij, een halfuur. *Omhoog, omhoog*, dwong ik mijn teen. *Omhoog*. In mijn hoofd zag ik hem bewegen, tot leven komen. *Omhoog, omhoog*. Zweet prikte langs mijn haarlijn, op mijn bovenlip en tussen mijn schouderbladen. *Omhoog, omhoog*.

Vanuit mijn ooghoek zag ik Romy aandachtig toekijken.

OMHOOG.

Een schokje, nauwelijks voelbaar, schoot door mijn teen. Een trilling die hem een seconde lang een paar millimeter omhoogduwde.

Het was meteen weer weg, maar ik had het gevoeld.

Uitgeput liet ik me achterover in mijn kussens vallen, lachend en huilend tegelijk.

Ik had het gevóéld.

De dag erna herhaalde ik mijn oefening. Ik balde mijn vuisten en drukte mijn wenkbrauwen naar elkaar toe in focus en wilskracht. *Omhoog, omhoog, omhoog.* De plaatjes in mijn hoofd kwamen terug. Het park. Het strand. Romy en ik. *Omhoog, omhoog!* In gedachten voelde ik hoe mijn teen omhoogkwam. In mijn hoofd lukte het al. Ik hield dat gevoel vast, net zo lang totdat er ook écht wat gebeurde. Weer een schokje, weer die korte maar onmiskenbare beweging. Mijn vreugdekreet was zo luid, dat Romy van bed sprong en blaffend rondjes achter haar staart aanrende.

Mijn deur vloog open. 'Ik schrik me rot! Wat is er aan de hand?'

'Ma! Moet je kijken, moet je kijken!' Ik wees naar mijn teen. 'Let op!'

Ze keek. En keek. Toen er niets gebeurde, vroeg ze: 'Wat moet ik zien dan?'

'Wacht nou. Blijf kijken, blijf... Kijk! Zag je dat? ZAG JE DAT?'

'Ja.' Mijn moeder knikte beverig. Met de rug van haar hand streek ze langs haar ogen. 'Ik ga je vader bellen,' zei ze. 'En dokter Yang! Dit hadden ze nooit nu al verwacht.'

Ik greep mijn kussen beet en drukte het tegen me aan.

In mijn hoofd sprong de Jasmijn-die-weer-kon-lopen op en neer, haar bewegingen hysterisch van triomf. Het maakte niet uit dat mijn zwetende lijf trilde van inspanning.

Want dit was nog maar het begin, dat wist ik zeker.

Zaterdag kwam Nick. In de middag, want 's avonds moest hij spelen op een bruiloft. Ik had hem over de telefoon al verteld wat ik bereikt had met mijn teen, maar nu kon hij het live aanschouwen. Samen juichten we.

'De rest komt ook wel,' zei hij. 'Let maar op.'

Ik knikte. Ik wist het. En dat hij het ook wist, maakte de overtuiging nog echter.

Nick kuste me.

Zijn lippen waren aangenaam stroef. Mannenlippen. Hij smaakte naar cola.

Nick vond het prima dat ik soms even niets zei. Dat ik gewoon naar hem wilde kijken. Naar zijn hoekige handen, die hun hele leven al het talent hadden om ritme te vangen en weer vrij te laten. Het donkere begin van borsthaar, vlak boven zijn T-shirt. Nick sprak niet over de dingen die we konden gaan doen wanneer ik weer kon lopen. Hij richtte zich op het hier, op het nu. Hij had zich mijn situatie eigen gemaakt, alsof het ook zíjn situatie was.

Onze situatie.

Als we zoenden, sloot ik mijn ogen en liet ik mijn vingers over zijn nek gaan, zijn schouders, zijn borst. Het was anders dan met Elliot: Nick kuste me niet als een hongerige lama. Zijn tong tikte zachtjes tegen die van mij en liet mij bepalen wat ik ermee deed, als twee honden die elkaar besnuffelden. Het was een dans, een spel. Onze handen zochten, verkenden en ontdekten, en de temperatuur in mijn kamer steeg.

Maar toen ik hem bij me op bed trok, schudde hij zachtjes zijn hoofd.

'Niet nu,' zei hij rustig. 'We hebben alle tijd.'

Ik keek naar mijn gehavende benen, die zichtbaar waren nu mijn lange rok was opgekropen. Om mijn linkerbeen knelde de harde, dikke spalk, op mijn rechterbeen prijkten de grote littekens in volle glorie. Ik slikte. Ik moest het vragen. 'Komt het door hoe ik eruitzie?'

Nick kuste me, langzaam en teder. 'Je ziet er prachtig uit. Wat kunnen mij die krassen nou schelen? Je lééft nog. Ik besef heel goed dat het verkeerd had kunnen aflopen, en dat terwijl we elkaar net hadden gevonden.'

Gevonden. Ik herhaalde het woord een paar keer in mijn hoofd.

Het klopte.

Ik had iets gevonden zonder ernaar te zoeken.

Wat een verschil met Elliot, over wie ik eerst jarenlang had gedroomd, gefantaseerd. Door wie ik geobsedeerd was geweest. Voor wie ik een compleet alternatief universum had aangelegd: een parallelle wereld waarin de Elliot-en-Jasmijn-die-verkering-hadden de norm voor de realiteit hadden bepaald. Een kansloze verwachting, zag ik nu. Gedoemd te mislukken.

'Waar denk je aan?' vroeg Nick.

'Ik... Ik moet eerlijk tegen je zijn.' Het lukte me niet hem aan te kijken. 'Ik wil dit... tussen ons... niet verpesten. Ik moet je vertellen dat ik hier eigenlijk niet zo goed in ben. In heel dat verkeringgedoe. Ik weet niet hoe het moet, of ik kan het niet, of... Nou, ja, ik ben bang dat ik je ga teleurstellen.'

Nick zweeg. Hij liet me naar woorden zoeken, rustig uitpraten.

'Kijk, nu gaat het allemaal nog goed,' ging ik verder. 'Nu we hier zijn en we verder toch nergens heen kunnen. Maar er komt een moment waarop ik weer kan lopen. En dan? Dan ga je andere dingen van me verwachten. Dan wil je ineens dingen dóén. Me meenemen naar feestjes, of naar je ouders, of... of...' Mijn stem haperde. 'Of dan ga je tegen me praten in de metro, of elke dag bellen, en...' Er rolde een traan uit mijn oog. 'En dat kán ik niet. Dat kan ik gewoon niet!'

'Hé...' Hij sloeg zijn armen om me heen, streelde mijn haar. 'Wat is dit nou opeens? Waar heb je het over?'

Ik maakte me los en keek naar hem op. Het waterige beeld was wazig. 'Ik ben bang dat jij allemaal wensen hebt die ik niet kan vervullen.'

'Jasmijn.' Nick streek een natte pluk van mijn wang en keek me ernstig aan. 'Ik vind je werkelijk heel lief, en mooi, en bijzonder, en nog veel meer goede dingen, maar er is één ding waar je echt direct mee moet stoppen, en dat is voor mij te denken. Want hoe weet jij wat ik voor wensen heb? Hoe weet jij wat ik van plan ben? Je zit jezelf hier gek te maken met allemaal speculaties over wat ik wel en niet denk of verwacht, en dat moet je helemaal niet doen. Je hebt het volgens mij al druk genoeg met je eigen gedachten.' Hij legde zijn hand onder mijn kin en kuste me.

Ik proefde mijn eigen tranen. 'Maar –'

Hij drukte zachtjes zijn wijsvinger tegen mijn mond. 'Afgesproken?'

Ik knikte. Ik zou het proberen.

'Mooi.' Nick leunde achterover en kruiste met een tevreden knikje zijn armen voor zijn borst. 'Dus wanneer zullen we bij mijn moeder langsgaan? Mijn vader heb ik al een tijd niet gezien, die woont met zijn nieuwe vriendin in Den Haag. Maar toen ik mijn moeder over jou vertelde, en dat jij ook op de Prinses Marijkeschool hebt gezeten, kon ze niet wachten om je weer eens te zien.'

Ik kneep mijn ogen dicht, mijn paniek in volle kracht terug. Zie je wel?

Nick grinnikte zachtjes. 'Ik plaag je maar. Dat weet je wel… toch?'

Wild schudde ik mijn hoofd. Hoe kon ik weten wanneer hij iets meende of niet? Net zei hij nog dat ik niet moest invullen wat hij dacht.

'Doe je ogen eens open.'

Ik keek hem voorzichtig aan.

'Luister. Ik heb mijn moeder inderdaad over je verteld. Ze kan zich herinneren dat jouw hond jou altijd uit school kwam halen. Grappig, niet?'

'Ja,' mompelde ik.

Nick drukte een kus in mijn haar. 'Maar dat is alles. Ik verwacht niets en mijn moeder al helemaal niet. Sorry voor mijn flauwe grapje. Maar het is gewoon echt niet nodig om in paniek te raken. Geloof me, alsjeblieft.'

Net als de vorige keer hoorde ik hem, nadat hij mij gedag had gekust, nog even met mijn ouders praten. Ik hoorde dat mijn moeder hem wat te drinken aanbood, dat hij een stoel pakte en in de woonkamer ging zitten. Misschien deed hij dat als compensatie voor het feit dat we tijdens zijn bezoekjes alleen maar op mijn kamer zaten, met de deur dicht nog wel. Ik wist het niet. In elk geval waardeerden mijn ouders zijn beleefdheid, dat hoorde ik aan de manier waarop mijn vader lachte om iets en aan hoe mijn moeder hem in de gang gedag zei en hem op het hart drukte zijn moeder de groetjes te doen.

Ik leunde achterover in mijn kussens.

Ik had een vriendje. Zomaar ineens. Soms gebeurden dingen blijkbaar zonder dat ik ze van tevoren had bedacht. *Nick.* Het was een naam waarbij je lippen zich tijdens het uitspreken vanzelf in een glimlach plooiden. Nick, die hard had kunnen wegrennen toen Marco hem had verteld over mijn ongeluk. Die onze avond in de pub had kunnen vergeten, míj had kunnen vergeten, als hij daarvoor had gekozen. Ik zou het hem niet kwalijk hebben genomen. Maar hij had een andere keuze gemaakt. Een keuze die meer zei dan honderd lunchafspraakjes bij de Koriander zouden hebben gekund.

Met de smaak van zijn lippen nog op mijn mond richtte ik mijn aandacht op mijn voet en concentreerde me weer op mijn tenen. *Omhoog, omhoog.*

OMHOOG.

'Ongelooflijk,' zei dokter Yang. 'Als dit herstel zich doorzet, ga je zo de medische boeken in. Dit is werkelijk uitzonderlijk.'

Mijn moeder lachte trots.

Behalve mijn grote teen kon ik nu ook de teen ernaast bewegen. Een klein beetje maar, meer dan een trilling was het nog niet, maar het was iets. Het was vooruitgang. Eindelijk leidde mijn neiging om me heel sterk op één ding te focussen tot iets goeds.

Ik trok mijn lange, soepele rok omhoog en ging op de behandeltafel liggen. De assistente van dokter Yang sloot het apparaat aan en positioneerde de lange, dunne naaldjes op mijn been. Met op elkaar geklemde kaken onderging ik de elektrische schokken. Ik voelde er meer van dan de vorige keer. Het deed zelfs pijn. Ik bedwong de neiging mijn been terug te trekken als een paard dat zich tegen schrikdraad stootte. Pijn was goed.

Pijn betekende vooruitgang.

'Mag ik er al op staan?' vroeg ik toen ik weer rechtop zat, verlangend naar een volgende mijlpaal. 'De spalk houdt mijn voet op zijn plek, dus hij kan niet onder me dubbelklappen.'

Maar dokter Yang schudde snel zijn hoofd. 'Nog niet. Ik wil het risico niet nemen. Als je valt en de boel scheurt alsnog open, dan ben je weer helemaal terug bij af. Erger nog zelfs, want ik kan het niet opnieuw hechten. Het zou betekenen dat het nooit meer goed komt.'

'Geduld, Jas,' zei mijn moeder zacht.

'Maar ik kan je oprecht feliciteren.' Dokter Yang typte iets op de computer, zijn toetsaanslagen zwierig van schik. 'Zowel je spieren als je zenuwen zijn wel degelijk aan het herstellen.'

Mijn moeder hield met een juichend gezicht mijn krukken naar me op.

'Het zal nooit meer honderd procent worden,' ging dokter Yang verder, terwijl ik mijn krukken aanpakte en me van de behandeltafel liet glijden, 'en je hoge hakken kun je opruimen, vrees ik, maar als je blijft doen wat je nu doet, als je blijft oefenen, dan kun je een heel eind komen.'

De rest van de dagen bracht ik schrijvend door. Op papier evolueerde de Jasmijn-die-weer-kon-lopen tot de Jasmijn-die-haar-rijbewijs-haalde-en-haar-honden-uitlaatservice-begon. Soms bladerde ik terug in de schriften die ik vol had geschreven tijdens mijn Mercatusjaren, mijn handschrift groot en krullerig. Overal kwam ik de naam Elliot tegen, met een hartje op de i. Hoe zou het tegenwoordig met hem gaan? Had hij een nieuw vriendinnetje, iemand die hem wél kon geven wat hij nodig had? Zou hij boos op me zijn om hoe het allemaal gelopen was? Waarschijnlijk wist hij niet eens wat hij echt voor me betekend had. Ik had er niets van laten merken. Ik had in mijn eigen wereld geleefd, zonder ook maar één poging te doen hem daarin toe te laten. Ik had hem buitengesloten.

Een fout die ik helaas vaker maakte.

'Je hebt me mooi voor gek laten staan, Jas,' had mijn moeder vanmorgen nog boos gezegd. Serieus boos. Terecht boos. 'Ik wist werkelijk niet wat ik moest zeggen.'

Mijn ouders hadden zich gerealiseerd dat ze nog niet aan mijn school hadden doorgegeven wat er met me was gebeurd. Dat ik voorlopig geen lessen kon volgen. Maar dat er misschien wel leerstof was waar ik thuis mee aan de slag kon, zodat mijn studie niet helemáál stil zou liggen. Dus had mijn moeder opgebeld.

'Jasmijn Vink?' werd er verbaasd gereageerd. 'Die heeft zich begin februari uitgeschreven, mevrouw.'

'Uitgeschreven? Nee, dat kan niet. V-I-N-K. Ze gaat elke maandag naar school.'

'Nee, mevrouw, dat is onjuist. Uw dochter heeft te kennen gegeven haar studie te willen stopzetten. En aangezien ze niet langer leerplichtig is, kunnen wij daar niets aan veranderen.'

Met de telefoon nog in haar handen was mijn moeder mijn kamer binnengekomen. Ze had me gevraagd wanneer ik van plan was geweest haar dit te vertellen. Had me gezegd dat ik zoiets toch niet zomaar eventjes zelf kon beslissen. Dat mijn vader en zij voor een heel jaar lesgeld hadden betaald. En ze was geëindigd met de vraag waar ik dan in godsnaam steeds op maandag had uitgehangen.

'Toen ik me nog niet had uitgeschreven, ging ik naar de bibliotheek.'

'Maar je school! Je opleiding! Je diploma!'

'Het was niet de juiste opleiding voor mij.'

'Ik kan het niet geloven.' Ze schudde haar hoofd. 'Hoe gaan we dit aan pa uitleggen? Zomaar met je opleiding gestopt! Als je ergens aan begint, dan moet je het afmaken, Jasmijn.'

'Nee hoor. Als je beseft dat iets niet het juiste pad voor je is, dan is het tijdverspilling om er toch domweg op te blijven lopen.'

'Maar je werk dan? Bij Mancini? Ben je daar soms ook mee gestopt?'

'Natuurlijk niet. Zodra ik kan lopen, ga ik daar weer aan de slag. Maar die stomme school was echt niets voor mij. Ik ga iets anders doen, ma. Ik ga beginnen aan een –'

'Je hebt tegen ons gelogen,' onderbrak ze me.

'Niet waar. Ik heb jullie iets niet verteld, dat is iets heel anders. Jullie hebben nooit letterlijk aan mij gevraagd: Ga je nog steeds elke maandag naar school, Jasmijn? Jullie gingen er simpelweg van uit. Nou, prima toch? Want in een bepaald opzicht gíng ik ook naar school. De bibliotheek was mijn school.'

Mijn moeder hief haar armen in de lucht. 'Hoor jij jezelf wel? Hoe kóm je bij al die onzin? Hoe bedenk je dit allemaal?'

In haar overslaande stem hoorde ik haar hersenen struikelen in hun onvermogen om mijn manier van denken écht te begrijpen. Mijn lieve, optimistische ouders, die me altijd volledig hadden vrijgelaten en die er simpelweg op hadden vertrouwd dat het wel goed kwam met mij. Nooit hadden ze kunnen vermoeden dat ik niet echt naar school ging, omdat die mogelijkheid eenvoudigweg niet in hen opkwam. Zíj deden alles zoals het hoorde, zij hielden zich aan de regels. Het feit dat je in het leven je eigen regels kon bepalen, bestond in hun belevingswereld niet. Mijn vader en moeder hadden altijd begrepen dat ik mijn leven op mijn manier moest leiden, en dat vonden ze prima, zolang het maar tussen de lijntjes bleef. Dat juist die lijntjes een beperking vormden, zagen ze niet.

We keken elkaar aan. Ik op mijn bed, rechtop met kussens in mijn rug, zij leunend tegen mijn bureau. Mijn moeder, die zo haar best deed. Die mij eten bracht op een dienblad. Die met zwarte viltstift een blij gezichtje tekende op de schil van een hardgekookt ei. Die mijn vader had gevraagd om speciale steunen in de muur van het toilet op te hangen zodat ik me ergens aan kon vasthouden wanneer ik, stuntelend met mijn krukken, naar de wc ging. Die altijd mijn kant had gekozen als mensen mij vroeger maar een vreemd kind vonden. Die mij de ruimte had gegeven om mezelf te zijn. Daar zou ik haar altijd dankbaar voor zijn. Maar ik zag ook dat ik me dankzij al die ruimte nooit meer had kunnen vormen naar andermans verwachtingen. Dat was een gevolg dat nu pijnlijk duidelijk werd.

'Sorry,' zei ik, en ik meende het. 'Niet dat ik met school ben gestopt, maar wel dat ik jullie niks heb gezegd.'

Mijn moeder ging op de rand van mijn bed zitten. De lijnen in haar gezicht trokken weg nu de nieuwe feiten langzaam hun plek in haar hoofd vonden. 'Je moet eerlijk tegen ons zijn, dat is alles. Je moet ons niet buitensluiten.'

Ik knikte. Ik begreep het.

'Je vader en ik zullen altijd proberen om je te helpen, dat weet je toch? Je kunt niet steeds alles maar in je eentje regelen en uitzoeken en doen, en maling hebben aan alles en iedereen.' Ze beet op haar lip. 'Ik voel me echt een beetje voor de gek gehouden. Dat is niet fijn.'

'Zo had ik er niet over nagedacht,' zei ik zacht.

'Omdat jij alleen maar aan jezelf denkt. Dat klinkt lullig, en zo bedoel ik het niet, maar het is wel zo. Jij leeft in je eigen wereld, dat heb je altijd al gedaan.' Mijn moeder streelde langzaam Romy's oren. Dit was het langste gesprek dat we ooit met elkaar hadden gevoerd. Een nadenkende frons lag tussen haar wenkbrauwen. En uiteindelijk was daar de opmerking die ik al had verwacht. 'Zo ben je nu eenmaal.'

Ik sloeg mijn ogen neer. 'Niet expres.'

'Dat weet ik. En pa weet dat ook. En ik hoop...' Ze stopte twijfelend, maar zei het toen toch. 'Ik hoop dat Nick dat ook weet.'

Nick. Ik zou met hem niet dezelfde fouten maken als met Elliot. Ik was twee jaar ouder nu, twee jaar wijzer. Ik zou mijn best doen om met hem te praten. Altijd. Over alles. Ik zou proberen hem uit te leggen hoe ik me voelde. Dat ik ervan droomde om op mezelf te wonen, een plek waar hij eens per week zeer welkom was om langs te komen. Op den duur misschien iets vaker, zolang hij maar begreep dat ik ruimte nodig had. Ruimte om mijn eigen gedachten te kunnen horen zonder dat ze overstemd werden door geluiden van buitenaf.

Door prikkels.

Ik noemde ze stekels.

Nick had geduld. Ik merkte het aan hem. Zijn rustige manier van doen, zijn soepele bereidheid om stil te zijn wanneer ik dat nodig had. Op onze momenten samen zou ik mijn best doen om leuk te zijn. Belangstellend. Aanwezig.

Zolang ik daarna maar tijd kreeg om van die inspanning bij te komen.

Ik kon alle vijf mijn tenen bewegen. Dokter Yang had gezegd dat ik, als dit zo doorging, volgende maand mocht beginnen met fysiotherapie om zo voorzichtig te oefenen met rechtop staan. In mijn hoofd stond de Jasmijn-die-weer-kon-lopen langs de kant en moedigde ze me aan zoals we dat tijdens de Rotterdamse marathon hadden gedaan.

Oma schonk me een nieuw dagboek, weer uit het Chinese winkeltje. 'Om de tijd mee door te komen, zolang je nog rust moet houden.'

De kaft was van donkerpaars fluweel, het papier zoals altijd dik en kruidig. Ik rook eraan, drukte het tegen mijn gezicht. In gedachten zag ik de toekomstige Jasmijn over de pagina's lopen, met Romy aan haar ene kant en Nick aan haar andere. Haar tred was licht en onbezorgd. Ze lachte. Ze redde zich wel.

En ik wist dat het waar was.

Mijn blik streelde de lege bladzijdes, koesterde de mogelijkheden.

Ik knikte langzaam, eerst naar het papier, toen naar mezelf.

Misschien was de tijd aangebroken om de blanco regels met iets bijzonders te vullen. De vele alternatieve versies van mezelf waren mooie vingeroefeningen geweest, maar nu was ik toe aan iets nieuws. Ik dacht aan de schoolopstellen van vroeger, de *bedtime stories* die ik aan mijn vader vertelde. Misschien was het opstarten van een hondenuitlaatservice niet mijn enige roeping. Misschien was er een heel duidelijke reden waarom ik zo'n gedetailleerd geheugen had, waarom ik altijd alles zo intens ervaarde, waarom ik me zo eenvoudig een alternatieve realiteit kon voorstellen. Misschien was ik geboren om dat andere universum tot leven te brengen.

Op papier.

Ik pakte mijn pen en trok de dop eraf. Het schrijfinstrument klopte in mijn hand, als de hartslag van een foetus. Er was geen 'misschien' meer in mijn hoofd, ik wist het zeker. Na alle boeken die ik gelezen had, zou ik er nu zélf een schrijven. Ik zou me erop storten, niet alleen tijdens deze aan bed gekluisterde tijd, maar ook daarna.

Ik zou de wereld in woorden vangen.

En er wellicht eindelijk iets van begrijpen.

1999

'Ik moet je wat vertellen,' zei Kirstin. We stapten de benedeningang van mijn flatgebouw binnen, waar ik zo nonchalant mogelijk in de brievenbus keek of er post was. Niets. Ik hield mijn gezicht neutraal om mijn teleurstelling niet te verraden. Niemand wist dat ik een maand geleden mijn voltooide manuscript naar een uitgeverij had opgestuurd, zelfs Kirstin niet. De eerste dagen had ik, zodra ik thuis was gekomen van Mancini, gretig mijn brievenbus geopend. Er zou een brief in liggen, en er zou in staan dat ze onder de indruk waren van wat ik geschreven had. Dat ze graag mijn boek wilden uitgeven. Maar na de zoveelste lege brievenbus begon mijn zelfvertrouwen te wankelen. Wat als ik nooit wat terug hoorde? Of een afwijzing kreeg? Dat ik schrijver wilde zijn stond vast. Helemaal nu mijn uitlaatservice niet haalbaar bleek: zonder rijbewijs werd het lastig om de dieren op te halen en te vervoeren. Het maakte niet uit, had ik na de eerste, grote teleurstelling besloten. Het gaf me des te meer tijd om me te richten op het schrijven. Drie jaar lang had ik in het grootste geheim aan mijn manuscript gewerkt. En nu werd het tijd het te delen. Met mijn geschreven woorden zou ik, op mijn eigen manier, anderen kunnen bereiken. Tóch contact kunnen leggen met de wereld.

'Maar je moet het niet verkeerd opvatten, goed?' zei Kirstin.

Verward keek ik opzij, en ik drukte op het knopje van de lift. 'Waar heb je het over?'

'Waar zit jij met je gedachten, zeg? Bij Nick, zeker.'

'Altijd,' antwoordde ik grinnikend. We stapten uit op de vierde verdieping. Ik liep al een halfjaar zonder spalk, en af en toe lukte het me zelfs om voor een kort moment weer op hakken te lopen. Romy rende voor ons uit over de galerij, naar het appartement op de hoek. Míjn appartement, al bijna een jaar. Vanuit de keuken had ik uitzicht over het Zuiderpark, waar Kirstin en ik nu vandaan kwamen. 'Maar wat wilde je me vertellen?'

We liepen mijn flat in, trokken onze modderige schoenen uit. Nicks jas hing aan mijn kapstok. Hij had de gewoonte spulletjes bij mij achter te laten. Het stoorde me niet. In de weekenden sliep hij hier, doordeweeks zagen we elkaar één of twee avonden. Hij drong er niet op aan om vaker samen te zijn, en ik merkte dat ik me steeds verheugde op zijn gezelschap.

Kirstin ging op de bank zitten en vervolgde: 'Er is me iets opgevallen.'

Ik schonk thee in, zette er chocolade bij neer en keek haar vragend aan. 'Wat?'

'Op mijn werk.' Kirstin werkte sinds vorige maand in het speciaal onderwijs en voelde zich er helemaal op haar plek. Ze schraapte haar keel. 'Goed. Weet je nog wat jouw rijinstructeur tegen je zei, een paar jaar geleden? Voordat je stopte met lessen?'

'Dat ik me eens moest laten onderzoeken.' Ik rolde met mijn ogen. 'Idiote opmerking.'

'Nou... zo idioot is het volgens mij niet.' Kirstin stak de palm van haar hand naar me op en zei: 'Nee, ga me nou niet meteen tegenspreken. Luister gewoon even, oké?'

Ik knikte met tegenzin. Gingen we weer. Ik was mijn hele leven al wie ik was, wat had het voor zin om daar nu ineens een psycholoog op los te laten? Een vreemde, nota bene? Iemand die van alles over je wilde weten, terwijl jij niets van hem of haar wist. Een nogal scheve interactie, als je het mij vroeg.

'Ik zíé jou,' ging ze verder. 'Ik zie jou bij mij op school. In de leerlingen daar. Hun gedrag is zo hetzelfde als hoe jij op het Mercatus was. Het verschil is alleen dat deze kinderen weten dat ze autisme hebben. En dat de docenten het ook weten. Dat iedereen er rekening mee houdt.'

'Autisme,' herhaalde ik stroef. Was dat echt hoe zij me zag? 'Sorry hoor, maar dat heb ik echt niet.'

'Niet alle autisten zijn zoals *Rain Man*. De kinderen bij mij op school zijn hoogfunctionerend, zoals dat heet, en... Waarom kijk je nou zo boos?'

'Omdat het eindelijk goed gaat met me! Ik kan weer lopen, ik woon op mezelf, ik heb een vriend. Eindelijk begin ik te geloven dat ik toch normaal ben. En dan kom jij hiermee.'

'Jas...' zei ze voorzichtig. 'Jij voelt je "normaal" zolang alles gaat hoe het volgens jou hoort te gaan. Hoe jij de dingen gewend bent. Maar weet je nog hoe jij je voelde toen ze bij Mancini ineens besloten om een nieuw telefoonsysteem te installeren? En hoe je reageert als Nick onaangekondigd bij je op de stoep staat?'

'Dat doet hij niet meer.'

'Nee, en waarom niet?'

'Omdat...' Ik zweeg en stak een groot stuk chocolade in mijn mond.

'Omdat je dan niet opendoet,' maakte Kirstin mijn zin af. 'En zo zijn er nog veel meer voorbeelden.'

Ik schoof heen en weer over de bank. Misschien had ze een punt.

'Zo'n onderzoek kan echt geen kwaad,' zei ze, haar stem milder nu. 'Zou het je geen rust brengen om een diagnose te krijgen? Om te begrijpen waarom je bent zoals je bent?'

'Weet ik niet.' In gedachten hoorde ik mijn moeders stem. *Zo is ze nu eenmaal.*

Kirstin roerde door haar thee. 'Nou, ík weet het wel. Ik weet dat jij het fijn vindt als dingen logisch zijn. Als ze kloppen. Ik denk dat het handig is als er straks een officiële verklaring is voor bepaalde zaken waar jij moeite mee hebt, waar je steeds opnieuw tegenaan loopt.' Toen ik niets zei, voegde ze eraan toe: 'Dat is alles. Het verandert verder niets. Maar ik denk echt dat zo'n bevestiging je goed zal doen. Dat het een antwoord kan zijn op heel veel persoonlijke waaroms.'

Daar had ze me.

Ik keek haar aan. Herhaalde haar woorden in mijn hoofd.

Toen voelde ik dat ik langzaam knikte.

Misschien was het, na een leven vol waaroms, eindelijk tijd voor een dáárom.